고전시가
형성·전승의
미학

고대시가·향가 편

고전시가
형성·전승의
미학

고대시가·향가 편

이현정 지음

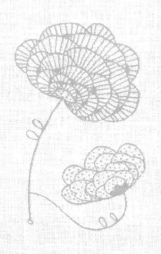

보고사
BOGOSA

잃어버린 기억은 되살리기가 녹록지 않다. 오랜 시간이 흐른 뒤라면 더욱 그렇다. 덤벙거리기 일쑤에 게으르기까지 한 나에게 기억은 진실로 짐덩어리다. 그래서 '옛것', '옛 노래'를 공부하겠다며 덤벼든 10여 년 전의 치기 어렸던 내가 여전히 부끄럽다. 지금을 좇는 것조차 버겁다는 어리석고 안일한 마음, 공부를 하기엔 너무도 모자란 깜냥을 안고 어찌저찌 여기까지 다다랐다.

그동안 늘 품에 새겼던 말이 있다. 글을 쓰는 일, 공부하는 일은 괴롭고 무모한 일이지만 자족하는 법, 참된 자아를 찾아 자기구원의 길로 향하는 법을 배우기에 그것으로 족하다는 지도교수님의 책, 정확히는 책머리를 차지한 한 구절이다. 공부를 하며 느끼는 것이 많다. 그럴 때마다 모자람과 부끄러움은 더 커질 뿐 절대 작아지지 않는다. 문장 하나에, 글 한 편에 이런 모자람과 부끄러움이 뭉텅이로 묻어난다. 이 책은 사실 그런 것들을 모아 펴낸 것이다.

하지만 내게 이 책의 글들은 참 소중하다. 애써 모자람과 부끄러움을 내보이고 털어내 나아가려 한 노력들을 한데 묶어 놓았기 때문이다. 그래서 이 책은 자기구원이란 이와 다른 것이 아님을 깨달은 즈음에 짓는 한 매듭이다.

1부에서는 고대시가와 몇 편의 향가를 아울러 다뤘다. 언제부터인가 고대시가를 포함한 초창기 시가들의 궤적을 되짚는 일은 괜한 수고로움을 자처하는 것처럼 여겨졌다. 물론 고대시가를 탐구하는 일에는 일정한 한계가 존재한다. 전승이 온전한 작품이 〈구지가〉, 〈공무도하가〉, 〈황조가〉 세 편뿐이다. 하지만 세 작품을 연구한 결과물은 수백 편에 달한다. 문학·역사·음악학 등 범주도 다양하다. 그래서 새로운 논의가 이루어지기 어렵고 더 이상 연구의 미개지는 있을 수 없다는 통념도 존재한다.

하지만 어디까지나 한계일 뿐이다. 고대시가를 새로이 바라볼 수 있는 가능성조차 닫힌 것은 아니다. 늘 당연하게 여겨 온 사실을 문제시하여 연구의 새로운 관점과 방법을 마련하는 방편으로 활용하면 된다. 그래서 이 글에서는 고대시가와 향가가 갖는 자못 당연한 두 가지 통념을 새롭게 하는 작업부터 시작하였다. 바로 고대시가와 향가가 문자 정착 이전부터 전승서사와 전승시가의 결합이란 특별한 형태로 구비 전승되어 왔다는 점, 주술·제의·서정이 원시종합예술, 고대시가, 민요계 향가, 사뇌가의 성격을 논의하는데 지속적으로 거론되어 온 개념들이란 사실이다. 이로부터 고대시가를 평가하는 기존의 단조로운 시선을 극복하고 그 시가사적 위상을 조금이나마 곧추세워 보려 하였다.

2부에서는 향가 몇 작품과 밀교 신앙 간의 상관 관계를 살폈다. 그간 고대시가와 향가 몇 작품들의 형성·전승에 관여하여 온 신앙적·사상적 요소들 중 주술성과 제의성에 주목하되, 이미 많은 성과들이 쌓인 전통 신앙적·민속학적 접근이 아닌 불교론적 관점에서 이들을 해명할 수 없는지 고민해 온 흔적들을 모았다. 그래서 1부의 글과는 전혀 다른 논지가 진행된 부분들도 많다. 하지만 『삼국유사』, 『삼국사기』 소재 기사 또는 설화들을 중심으로 밀교 사상과의 연관성을 살핀 논의들은 꽤 많은 반면, 시가를 중심으로 이러한 조명을 시도한 경우는 드문 편이다. 성글지만 이 논의가 나름 고전시가 연구의 내·외적 지평을 확장하는데 의의가 있지 않을까 한다.

이즈음에 고마움을 전할 사람들이 너무도 많다. 갚을 수도 없는 아낌과 사랑을 받아 왔다는 생각에 마음이 무겁다. 매 순간 탈선을 꿈꾸던 어린 제자를 아버지와 같은 마음으로 지금까지 끌어 주신 허남춘 교수님, 격려와 조언을 아끼지 않으신 은사님들, 큰일 작은일 할 것 없이 함께해 온 제주의 동학들과 선후배들, 철없는 큰딸에게 든든한 힘이 되어 주시는 부모님, 부족한 언니를 되려 챙겨 주는 두 여동생, 나의 따뜻한 곁 유형동 선생님께 깊은 고마움을 전한다. 턱없이 모자란 글을 어려운 시기에 마다않고 출판해 주신 보고사 사장님과 편집부에도 감사드린다. 살펴 주신 모든 분들께 곧 진심을 담아 인사드리고 싶다.

못난 손녀의 허물마저 안쓰러워 하셨던, 한없는 사랑으로 늘 그 자리에서 기다려 주셨던 할아버지와 할머니께 이제서야 이 책을 바친다.

2023년 4월
나의 터전, 나의 뿌리 제주섬에서

차례

제 1 부

고대시가의 형성 국면과
존재 의의

고대시가는 향가(鄕歌) 출현 전후로 쇠퇴하거나 소멸한 구시대적 유물처럼 인식된다.[1] 그러나 고대시가는 우리 시가사(詩歌史)의 전개와 확립을 이야기하려면 없어서는 안 될 존재다. 이 글에서는 그러한 고대시가의 지속적인 생명력과 영향력을 이론적으로 검토하여 본다. 주된 방향은 〈구지가(龜旨歌)〉, 〈공무도하가(公無渡河歌)〉, 〈황조가(黃鳥歌)〉와 향가 〈헌화가(獻花歌)〉와 〈해가(海歌)〉, 〈도솔가(兜率歌)〉의 전승서사와 전승시가를 중심으로,[2] 각 작품의 형성 기반과 변모 양상을 이들의 전승 양

---

1 고대시가는 우리 시가의 역사상 가장 이른 시기에 나타난 일련의 작품을 묶어서 부르는 편의상의 명칭이다. 좁게는 문헌상에 처음 등장하는 〈공무도하가〉, 〈황조가〉, 〈구지가〉, 유리왕대 〈도솔가〉 등 기원전후의 작품들을 가리키는 것이 상례이나 넓게는 3·4세기 원삼국시대의 시가작품에까지 확대하여 고대시가라 지칭하기도 한다.(成基玉, 「上古詩歌」, 『한국문학개론』, 새문社, 2007, 42쪽.) '가요'가 아닌 '시가'란 용어를 사용하는 것은 향가와 여타 시가 문학은 물론 무가, 민요 등을 포함한 구비시가 간에 계기성을 강조하기 위함이다. 고대시가에 속하는 작품들은 주술성과 제의성을 벗어나 논의될 수 없으며 일정한 시대적 이념성을 띤다. 아울러 왕권과 결부되어 상층성을 지향하는 경우도 있고, 대개 공공적·사회적 기능을 수행한 것으로 파악된다. 이러한 속성 때문에 단순히 '가요'란 용어로 정의하기 난해한 측면이 있다.

2 '전승서사', '전승시가'는 고대시가와 향가의 전승 형식인 서사적 양식(이야기)과 서정적 양식(노랫말)을 지칭하는 개념이다. 고대시가와 향가의 전승이 구비전통(원시종합예술) 시대의 사유와 정신을 승계하며 문헌 정착으로 이어져 온 것임을 잘 드러낼 수 있는 표현이므로 이와 같이 쓰기로 한다. 전승서사와 전승시가, 양자를 대등한 위상을 지닌 존재로 취급하려는 의도도 존재한다. 기존 연구자들은 전승서사를 '부대설화, 배경설화' 등으로, 전승시가를 '삽입가요, 삽입시가, 삽입시, 편입가요, 편입시가' 등으로 명명하여 왔다. 그런데 '삽입, 편입, 부대, 배경' 등의 용어는 이미 전체와 부분, 상하관계의 구분을 전제하는 의미를 띤다. 고대시가와 향가의 전승 형식에 있어, 전승서사와 전승시가는 문체와 양식면에서 이질적일지라도 어느 하나가 다른 하나의 부분이거나 하위에 놓일 수 없는 상호보완적이며 대등한 관계이다. 그러므로 이 같은 사실을 강조하기

식과 속성, 곧 '전승서사와 전승시가의 결합'이라는 그릇에 담겨 온 주
술·제의·서정적 인식으로 풀어내어, 우리 시가사 안에서 문학적·미학
적으로 톺아 보는 것이다. 전반부 논의의 주축은 크게 두 가지다.

　　① 고대시가가 주술·제의·서정이 미분립 된 원시종합예술의 전통을
계승한 양식임을 전승서사(서사적 양식)와 전승시가(서정적 양식)의 상
보성을 통하여 확인하고 각 작품들의 주술·제의·서정의 역학 관계로
서 그 기원과 형성 국면을 재구하는 일

　　② 주술·제의·서정의 존재 방식이 시대 이념과 긴밀히 조응·변이하
는 방식으로 고대시가와 4·8·10구체 향가(민요계 향가, 화랑계 향가,
사뇌가)의 형성에 지속적으로 관여한 국면을 공시적·통시적으로 구명
하는 일

　①은 고대시가의 기원, 곧 형성 기반에 대한 논의이다. 〈구지가〉, 〈공
무도하가〉, 〈황조가〉를 다룬 기존 논의들을 참고하되, 전승서사와 전승
시가의 속성을 면밀하게 분석하여 각 작품들의 형성 과정에 관여한 주
술·제의·서정의 작동 양상과 시대 이념과의 관계를 살피는 작업이라
할 수 있다. 주술·제의·서정의 작동 양상은 주술적·제의적·서정적 인
식이 전승서사와 전승시가의 형성에 기여하는 비중을 뜻한다. 이러한
작동 양상을 각 작품들이 형성되었을 당시의 실제 역사 정황들과 연계
하여 살피고, 나아가 한반도 내 상이한 부족의 시가사적 궤도를 동일한
자장 안에 둘 수 있는 까닭도 함께 풀어 보려 한다.
　②는 4구체계 향가들의 형성 국면을 고대시가와 연계하여 탐구하기

　위하여, 전승서사와 전승시가라는 용어를 사용하였다.

위한 선작업이다. ①과 마찬가지로 〈헌화가〉·〈해가〉, 〈도솔가〉의 형성에 영향을 끼친 주술·제의·서정의 작동 양상을 고찰하고, 그와 고대시가와의 상관성을 양식적 측면에서 살핀다. 장구(長久)한 기간인 만큼 탐구 대상을 고대시가 전편과 향가(혹은 사뇌가(詞腦歌)) 전반으로 확대하면 더없이 좋겠지만 전승서사와 전승시가가 온전하게 전하는 작품, 후대에 미친 고대시가의 영향력을 잘 보여주는 작품들을 우선하는 편이 집중적인 논의를 위하여 적절하다고 생각하였다.

고대시가를 다룬다면서 몇 편의 향가를 논의에 포함하는 까닭은 〈헌화가〉·〈해가〉, 〈도솔가〉가 고대에서 중세로 이어져 온 고대시가의 영향력을 입증해 줄 대상들이기 때문이다. 〈구지가〉, 〈공무도하가〉, 〈황조가〉, 〈헌화가〉·〈해가〉, 〈도솔가〉를 통시적으로 연계하면, 기원전 2~3세기 전후에서 시작하여 8세기 후반에 달하는 원시·고대·중세 시가들의 영향 관계와 지속·변화상을 계기적으로 살필 수 있다. 〈헌화가〉·〈해가〉, 〈도솔가〉는 중세전기 제1기에 출현한 향가다.[3] 하지만 이 작품들은 앞선 시기에 이미 출현한 〈혜성가〉, 〈모죽지랑가〉, 〈원왕생가〉처럼 발전된 8·10구체 향가들을 좇는 방식으로 마련되지 않았다. 중세시가면서도 가장 짧은 4구체 형식을 취한 것이 〈헌화가〉·〈해가〉, 〈도솔가〉가

---

3 『한국문학통사』는 고대에서 중세로의 이행기를 "고대문학이 해체과정에 들어서고, 한문을 받아들였으나 아직 활발하게 사용되지 않은 기간"으로 정의한다. 다른 문학사 이행기에 비하여 고대에서 중세로의 이행기는 매우 폭넓고도 애매한 시기로 설정된 셈이다. 그만큼 해당 시기의 문학사적 국면을 구체적으로 살피는 일이 어렵다는 사실을 뜻한다. 상대적으로 고대문학에서 중세문학으로 전환된 시점은 명확히 제시되어 있다. 중세전기문학은 414년에 세운 〈광개토대왕릉비(廣開土大王陵碑)〉를 기점으로 삼국시대에서 통일신라시대까지의 문학을 의미하며 이를 중세전기 제1기로 규정한다. 이후 전개된 고려전기의 문학은 중세전기 제2기에 해당한다.(조동일, 『한국문학통사(1)』, 지식산업사, 2016, 42쪽.)

갖는 특별함이다.

〈헌화가〉는 무속 제의에서 불린 굿노래일 가능성이 꾸준히 제기되어
왔다. 이런 측면에서 제의와의 연관선 상에서 분석되어 온 고대시가와
일정 정도 접점을 띨 여지가 크다. 〈해가〉는 고대시가 〈구지가〉 계열의
패러디(Parody)로, 보통 한역시가(漢譯詩歌)로 취급된다. 하지만 〈헌화가〉
와 함께 8세기에 출현한 시가인 점, 〈구지가〉 계열의 영향을 받아 표기
와 형식면에서 향찰적 특성과 사고관이 내재한다는 점 등을 감안하여
향가의 범주에 포함하여 다루려 한다. 〈도솔가〉는 유리왕대 〈도솔가〉나
〈도솔가〉계 시가의 전통을 답습하여 출현한 시가로 주목된다. 그러므로
〈헌화가〉·〈해가〉, 〈도솔가〉는 동일한 갈래 종인 향가보다 고대시가의
문학적 자장과 전통을 승계하여 형성된 작품일 가능성이 적지 않다.[4]

그동안 우리 문학사에서 시가사의 고찰은 유독 갈래 간의 경쟁과 교
체, 즉 헤게모니(Hegemonie) 중심으로 정리·파악되어 온 경향이 있다.
김학성의 변형계승설,[5] 조동일의 이행기 설정은 이 같은 한계를 극복하

---

4 다만 세 편의 시가는 각각 '전통을 답습한 정도'가 다르다. 〈해가〉는 형식·내용면에서
   고대시가의 한 계열을 명확히 좇아 형성될 수 있었던 작품이지만, 〈헌화가〉와 〈도솔가〉
   는 전승서사에 반영된 사회·문화상과 역사 배경 혹은 전승시가의 언술 방식 등을 종합
   적으로 살펴야만 고대시가와의 상관성을 밝힐 수 있다. 하지만 이 같은 변화는 시대
   정황이나 가창 상황에 따라, 전대의 전통을 훼손하지 않는 범주에서 이루어진 것일
   뿐이다. 그러므로 〈헌화가〉·〈해가〉, 〈도솔가〉는 전대 시가들이 갖추어 놓은 자장 안에서
   형성된 개체란 사실에는 변함이 없다.
5 김학성은 『한국문학개론』에서 우리 시가사의 계기적 흐름이 기존 갈래(父장르)에 대한
   반동과 선행 갈래(祖父장르)의 변형계승을 통하여 구축되었다고 주장한 바 있다. 특히
   사뇌가 출현 이전까지 시가 갈래의 출현 향상을 원시민요 → 주술적 서정가요 → 민요적
   향가 → 사뇌가로 파악하여 원시민요가 민요적 향가를, 주술적 서정가요가 사뇌가를
   형성하는 모본이 되었을 것으로 보았다.(金學成, 「時調」, 『한국문학개론』, 131쪽.) 이
   <u>책에서 거듭인용은 '저자, 서명(논문명), (쪽수)'를 기입하고 출판사항을 생략하여 표기하는</u>
   <u>형태를 취한다.</u>

기에 유용한 이론이지만,[6] 이로부터 시가양식을 구성하여 온 특정 속성
을 자세하게 살피기는 어렵다. 그래서 '갈래'라는 틀에서 벗어나려 한
다. 고대시가와 향가의 공통된 전승 양식인 '전승서사와 전승시가의 결
합', 그리고 이러한 양식 형성에 관여한 주술·서정·제의라는 속성들의
길항 관계에 주목하여, 각 작품들의 출현을 계기적으로 파악하여 보기
로 한다.

 '전승서사와 전승시가의 결합'이라는 전승 양식은 고대시가와 향가
의 동일한 전승 형식이자 전승 방식이다. 이는 원시종합예술에서 미분
립 되었던 양식 요건인 주술·제의·서정이 작품 형성에 관여한 결과의
총체, 달리 원시·고대·중세 시가의 '총합적 범형(範型)'이라 할 수 있다.
원시종합예술과 가장 유사한 갈래로 판단되는 무가(巫歌)의 전승·연행
형태가 이와 유사한 것으로 말미암아 판단할 수 있는 사실이다. 무가에
는 사설(辭說)과 노래, 음영(吟詠)과 창(唱)이 공존하는 특별함이 있다. 이
런 특성 때문에 무가에서는 전혀 다른 갈래인 민요, 판소리 따위가 자
유롭게 혹은 의도적으로 섞여들기도 하며, 민담과의 교섭 양상 또한 적
지 않게 확인된다.

 고대시가와 향가의 양식 특성인 '전승서사와 전승시가의 결합'도 이
러한 무가 형성 과정과 별반 다르지 않았을 것이라 짐작된다. 고대시가
의 형성 기반을 살필 때 무가, 민요, 구비서사시와의 영향 관계를 따져
보아야 하는 까닭도 여기에 있다. '전승시가와 전승서사의 결합'은 결

---

6 조동일은 '서정적', '서사적' 등의 관형사가 붙는 작품군의 출현은 문학사적 이행기에
  신구의 갈래체계가 공존하며 주로 보이는 체계 이탈의 징후로 보았다.(조동일, 『한국문
  학통사(1)』, 30쪽.) 하지만 지속과 변모라는 측면에서 이러한 체계 이탈은 전대의 문학
  적 자장이 존재하여야만 이루지는 것이다.

국 사설과 노래, 산문과 운문, 서사와 서정이라는 서로 다른 양식 간의
결속이다. 무엇보다 고대시가와 향가는 문자 정착 이전 구비 전승을 이
루어 왔기에 무가와 동일한 전승 환경을 지녔다고 할 수 있다. 따라서
고대시가, 향가, 무가의 양식적 특수성은 시(詩)·가악(歌樂)·무(舞), 서
사·서정·교술·극(劇), 주술·제의·서정이 미분화 된 상태인 원시종합
예술의 잔영(殘影)이자, 문자이전(preliterate) 시대의 문학 양식의 유풍일
여지가 크다.[7]

　　갈래가 구체적 실체개념(實體槪念)이라면 주술·제의·서정은 양식을
이루는 추상적 속성개념(屬性槪念)이라 할 수 있다.[8] 고대시가의 전승 양
식인 '전승서사와 전승시가의 결합' 안에서 주술·제의·서정은 끊임없
이 길항 작용을 이루며 서정시를 태동시켰다.[9] 주술·제의·서정은 원시
종합예술 단계에서 미분립 되어 존재하던 이념적·인식적 요소이며, 동
시에 전승서사(서사적 양식), 전승시가(서정적 양식)의 형성에 관여하여 온
기제들이다. 따라서 전승서사와 전승시가에 작동되어 온 주술·제의·
서정의 상보 관계를 살피면서, 시대적 이념이나 인식에 따라 변주하여
온 유동적인 흐름들을 각 작품들의 형성 기반을 재구하는 일로부터 찬
찬히 풀어 가기로 한다.

7　문자이전(preliterate)이란 용어는 월터 J.옹의 『구술문화와 문자문화』에서 차용하였다.
　(Walter J.Ong, 이기우·임명진 옮김, 『구술문화와 문자문화』, 문예출판사, 2004, 25쪽.)
8　실체개념과 속성개념의 정의는 성기옥의 정리를 따랐다. 실체개념은 일정한 범위의
　경계를 드러내는 장르적 개념이다. 속성개념은 양식적 개념으로 양식으로 응집되는
　동질성 자체의 기본 성격이며, 시공을 초월하여 실재하는 불변의 보편적 모형을 뜻한
　다.(成基玉, 「국문학 이해의 방향과 과제」, 『한국문학개론』, 37쪽 참조.)
9　속성개념인 주술·제의·서정이 실체개념인 주술(呪術), 제의(祭儀), 서정(抒情)과 함께
　쓰여야 할 상황이 발생할 수 있다. 이때는 속성개념으로서의 '주술·제의·서정'을 '주술
　적·제의적·서정적'이란 용어로 대체하여 쓰기로 한다.

1장

기존 연구 검토와 논의의 전제

1. 관련 연구 동향과 논의 방향

기존 연구 가운데 고대시가와 향가의 전승서사와 전승시가의 상보성을 검토하여, 주술적·제의적·서정적 인식의 교섭 양상을 살피고 이를 시가사 안에서 통시적·계기적으로 논의한 연구들은 드문 편이다. 대다수는 개별 작품 연구, 개별 작품 연구들을 모아 낸 논문집 성격의 저작물, 갈래종을 구분하여 시대별 시가의 특성과 의의를 문학사의 흐름 안에서 정리한 일반 개론서들이다.

고대시가와 향가 연구 가운데 개별 작품을 중심으로 단편의 논의를 이어온 성과들이 방대하게 집적되어 있는 정황은 어떤 면에서 한계일 수 있다. 문맥의 행간이나 화소에 대한 작은 해석 차이만으로 연구 성과를 인정하는 풍토가 조성되어 버린 정황 역시 극복해야 할 문제다. 작품들의 문맥 행간이나 단어 하나에 담긴 상징이 만만치 않다는 점을 부정하거나 기존 연구자들의 노력과 결실을 폄하하는 것은 아니다. 지금이 메타 연구와 함께 시가사(詩歌史)의 큰 줄기 하나를 새롭게 궁구하기에 적절한 시기임을 환기하려 할 뿐이다.

그 가운데 시대 변화의 정황을 고려하여 고대시가 또는 향가의 주술적·제의적·서정적 인식 간의 관계를 살핀 연구, 이들의 후대적 전승과 존재 의의를 다룬 연구를 추리면 대략 세 편 정도에 그친다. 해당 성과들의 주요 논지를 소개하고 의의를 살피는 것에 겸하여, 앞으로 진행될 논의와의 관련성과 차별성도 짚어 보고자 한다.[10]

허남춘은 향가 출현 이전의 옛노래가 지닌 형태상 특징과 주제적 지향을 사유체계 변천에 견주어 살펴, 초창기 시가의 존재 양상을 소명하려 하였다.[11] 주요 논의 대상은 〈구지가〉, 〈황조가〉, 〈도솔가〉인데, 〈구지가〉는 무속적 주술성을 계승한 시가, 〈황조가〉는 계절제의에서 불리던 주술적 서정성을 바탕으로 한 시가, 〈도솔가〉는 전통적 예악관에서 비롯된 토속적 주술, 화랑 집단과 관련된 선풍적 주술, 불교가 토착화된 시기의 잡밀적(雜密的) 주술이 혼재하는 시가로 파악하고 있다.

허남춘의 논의는 고대시가와 향가의 형성에 관여한 주술적·제의적·서정적 인식을 바탕으로 이들의 존재 양상과 시가사적 변모 양상, 그 의의를 도출하려는 이 글의 방향 설계에 많은 시사점을 제공하였다. 이 논의에서 가장 큰 의의는 고대시가 연구에 있어 주술, 제의, 서정의 문제를 분절하지 않고 고대신화와 민간신앙에 내재된 관념·이념 체계를 시가사 안에서 계기적으로 살피고자 한 점이라 할 수 있다.

하지만 고대시가에서 향가로 동일하게 이어져 온 전승서사와 전승시

---

10 고대시가와 향가의 개별 작품 연구는 이 글에서 구명하려는 논제와 완전히 일치하는
    선행 연구는 아니다. 그러나 고대시가에서 향가로 이어지는 주술적·제의적·서정적 인
    식의 관계 양상을 조명하려면 각 작품들의 연구 성과를 제외할 수 없다. 이에 각 작품별
    분석의 장에서 함께 다루기로 한다.
11 許南春, 「古典詩歌의 呪術性과 祭儀性」, 『古典詩歌와 歌樂의 傳統』, 月印, 1999.

가의 결합에 따른 두 갈래의 시가사적 함의, 각편의 형성에 관여한 시
대적·문화적 지속과 변모, 전승시가의 기능과 효용성, 양식으로서 형
식적·이념적·미학적 특질 등을 구체적으로 종합하고 체계화 하는 데
까지 나아가지는 못하였다. 이 글에서 논의 대상에 〈헌화가〉·〈해가〉를
포함한 까닭이 이와 같다. 또한 고대시가와 현전 향가 14수와의 형성
국면에 따른 연관 관계를 파악하는 데까지 논의를 확장하는 작업도 요
구된다.

하경희는 〈도솔가〉, 〈혜성가〉, 〈처용가〉의 주술성을 일종의 메시지로
보아 화용론(話用論)의 차원에서 각각의 소통맥락을 분석하고, 이를 『악
학궤범』의 고려속요 〈처용가〉, 『시용향악보』 소재의 무가 계통 시가와
비교하였다.[12] 그 결과 주술시가에서 비주술시가로 전용되어 온 시가사
적 흐름은 시가의 소통구조의 변화에 따른 것이며, 이는 주술성에 대한
문화적 인식이 달라짐에 따라 문화적 가치 내지 의미가 변하며 발생한
현상이라 보았다. 이 논의는 주술성을 내재한 시가의 형식적 측면과 이
에 따른 문화적 변모 양상을 모두 살펴, 고대·중세 시가 일군의 문학
적·문학사적 위치를 통시적 관점에서 재고하였다는 의의를 지닌다.

그러나 〈도솔가〉, 〈혜성가〉, 〈처용가〉의 전승서사에 대한 논의는 배
제되었으며, 〈구지가〉와 유리왕대 〈도솔가〉를 논의 대상으로 포함하지
않아, 정작 시가의 주술성을 태동하게 한 다양한 근간들을 다양하게 검
토하지 못하였다. 시가에 내재한 주술성의 기저를 무속으로 한정하고,
그에 따른 문화적 변모를 고대 신앙과 제의에 대한 고찰 없이 무속과
유·불·도와의 갈등 양상만으로 논의하였다는 점에서 다소 일변도적인

---

12 河敬喜, 「呪術詩歌의 轉化 樣相 硏究」: 疏通(comumunication)의 次元에서」, 서강대학
교 석사학위논문, 1996.

시선 또한 없지 않다. 주술성, 제의성, 종교성을 모두 하나로 뭉뚱그려 주술성의 범주로만 소급한 점도 아쉽다.

이에 이 논의의 성과를 확장하는 면에서, 하나의 범주로 다루어 온 주술성을 주술성, 제의성, 종교성으로 면밀하게 구분하여 주술적 인식의 변화에 따른 각 작품들의 지속과 변모 양상을 살피는 논의의 보완이 필요하다. 고대시가의 서정성 문제는 주술성, 제의성의 문제 만큼이나 중요한 해명 거리이니, 이 역시 논의로 포함하여 시가사적 맥락을 두루 조명하는 작업도 요구된다.

하경숙은 고대시가 세 편 〈공무도하가〉, 〈황조가〉, 〈구지가〉가 후대에 지속적인 변용을 이루며 재해석된 양상과 이에 따른 문학적·문화사적 특성과 의의를 도출한 바 있다.[13] 〈황조가〉는 악부시로 변용된 양상을, 〈공무도하가〉와 〈구지가〉는 주로 현대 문학에서 변용·재수용 된 양상을 주목하였다. 고대시가 세 편에 따른 후대적 변용의 가치와 의미를 현대의 범주에서 장르 개척이나 문화콘텐츠 개발과 관련하여 찾고 있어, 고대시가를 포함한 초창기 시가의 통시적 흐름을 재구하려는 이 글과는 대척·보완선 상에 놓인 연구라 할 수 있다. 시대와 공간의 간극을 넘어, 고대시가의 보편적인 가치와 후대의 수용층이 고대시가를 대하는 문학적·문화적 인식을 세밀히 살폈다는 점에서, 고대시가의 생명력을 현대까지 계승·연장시킨 소중한 성과다.

하지만 각각의 고대시가에 투영된 의식 구조와 의미를 분석하는 작업에서, 후대 작품의 성격과 가장 잘 맞아 떨어지는 기존 논의들을 부회하였다는 느낌을 쉽사리 지울 수 없다. 예를 들어 〈황조가〉는 제의에

---

13 하경숙, 「고대가요의 후대적 전승과 변용 연구: 〈공무도하가〉·〈황조가〉·〈구지가〉를 중심으로」, 선문대학교 박사학위논문, 2011.

서 불린 집단적 서정가요라 전제하였으면서, 이 노래가 투영하는 고대인의 의식 구조는 자유연애에 의한 애정의 갈망이라 분석하거나, 〈구지가〉의 특성에서 도출할 수 있는 다산성이나 풍요성 역시 남녀 간의 애정을 상정하는 표현으로 직결하는 태도 등이 그러하다. 제의나 주술과 밀접한 관련을 갖는 고대시가들을 극단적으로 성(性)과 사랑에 관한 기술로만 이해하는 단면적인 접근은, 고대시가의 다양한 형성 국면 그리고 이와 관련된 제의의 실상, 역사적 정황을 단순하게 뭉뚱그린 것에 지나지 않아 아쉽다.

물론 고대시가의 현대적 변용 양상을 주로 다루려 하였기에, 상대적으로 전승 당시의 실상에 주력하기 어려웠다는 점을 감안해야 될 줄로 안다. 이와 같은 연구 방향에 작게나마 보탬이 되기 위해서라도, 이 글의 목적에 부합하는 논의― 시가사 전반기에 위치한 고대시가와 향가의 주술적·제의적·서정적 속성에 따른 형성 국면과 각편의 존재론적 의미를 공시적·통시적으로 재구하는 원론적이고 종합적인 논의― 로 나아가야 할 것이다.

이 글에서 주로 다룰 대상인 〈구지가〉, 〈공무도하가〉, 〈황조가〉와 〈헌화가〉·〈해가〉, 〈도솔가〉과 관련하여, 고대시가 또는 향가의 형성에 관여한 주술적·제의적·서정적 인식을 통시적으로 재구하고자 한 연구 성과, 고대시가의 후대적 변용상과 그 의의를 찾고자 한 연구 성과들을 살펴 얻은 주요점은 다음과 같다.

우선 고대시가와 향가의 형성 과정과 그 역사적 국면을 재구하거나 고대시가와 향가 간의 상관 관계를 통시적으로 다루어 온 작업은 그동안 개별 작품론, 갈래론, 미학론 등의 영역에서 단편적으로 이루어지거나 전승서사와 전승시가를 이분하여 조명되어 온 경향이 있다. 고대시가와 향가의 형성에 긴밀한 영향을 끼쳤을 것으로 보이는 주술적·제의적·서정적 인식의 작동 양상 역시, 각각 별개로 취급되어 왔다. 이에 기존 연구 성과를 보완하기 위하여 각편의 집중적인 논의보다는 각편들을 아우를 수 있는 총체적이면서도 계기적인 논의가 필요한 실정이다. 이러한 논의에서는 전승서사와 전승시가의 상보성과 유기성, 고대시가와 향가의 양식적 동질성, 시가 양식을 창출한 원시종합예술 또는 구비시가와의 관련성, 고대시가와 향가의 전승 이력에 따른 구비성과 기록성, 문학이자 역사인 고대시가와 향가의 특수성이 고려되어야 한다.

또한 고대시가와 향가의 형성 국면에 결정적으로 관여하였을 것으로 판단되는 제의의 실체에 관심을 두려 한다면, 전승서사와 전승시가의 텍스트와 컨텍스트의 분석을 통하여 얻어진 주술성, 제의성, 신화성, 서정성 등을 각편의 속성과 형성 국면으로 직결하던 기존 관습에서 탈피하는 자세가 요구된다. 시가 출현 당시 향유층(부족 혹은 국가)의 사회·문화적 기반과 시가사적 궤도, 이에 따른 실제 제의의 실상을 명확히 담보할 수 있는 구체적인 증거들이 추가적으로 다양하게 뒷받침되어야 한다.

이를 위하여 먼저 각 작품들의 형성 기반을 민속학적·역사학적으로 살피는 일이 필요하다.[14] 각 작품의 전승서사에 투영된 '제의적 인식'을

---

14 이 글에서는 '제의'라는 개념을 '주술적·신화적·(보편)종교적 인식'의 범주에 따라 세분화 하였다. 체계를 갖춘 제의가 출현하기 이전, 그 역할을 담당한 것은 주술이었다. 주술과 제의는 차이를 지닌다. 제의는 신을 섬기는 의식으로서 초월적인 힘이 발휘되도록 하는 행위이며, 주술은 일정한 법칙에 따라 행위함으로써 초월적인 힘이 나타나서 타력적으로 문제를 해결하기를 기대하는 행위다.(임재해, 「민속문화에 갈무리된 제의의 정체성과 문화창조력」, 『실천민속학연구』 10, 실천민속학회, 2007, 22쪽.) 제의는 주술이 지닌 힘과 융합하여 시대 규범으로 우뚝 설 수 있었다. 종국에 제의는 종교라 불릴 만한 신앙 사상과 결합하며 더욱 견고해졌다. 주술, 신화, (보편)종교는 추구하는

제의 구성의 필수 요소인 시·공간의 속성들을 중심으로 분석한 뒤, 제
의의 실상을 보다 구체적이고 사실적으로 좇아 보기로 한다. 기존에 주
목하지 못한 새로운 제의적·역사적 근거들을 최대한 보태는 것이 관건
이다. 각 작품들과 속성이 유사한 무가, 민요, 구비서사시 등이 있다면
이들도 적극 활용한다. 각 작품들의 기능과 의미, 서정성의 발현 양상
등도 주술·제의적 인식에 따른 시대상과 결부하여 해명한다.

　제의적 관점을 포함하는 민속학적 방법론은 문학 작품의 의식 구조
와 정신적 성향 등을 고찰하는데 매우 유용한 방법론이다. 우리의 고대
시가가 서양 음유시인들이 향유하던 서사시와 달리 제의와 밀접한 연
관이 있다는 점도 주술·제의·서정이란 속성 개념에 주목하려는 중요
한 이유 가운데 하나다.[15] 특히 주술·제의·서정이란 속성개념들의 길
항 관계를 살피기 위해서는 서정·서사·교술·극(劇)이란 문학 총체의
출현 기원이자, 주술·신화·종교와 긴밀한 연관을 지닌 '제의'의 존재
에 주목할 수밖에 없다. 아무리 문화적으로 발전한 사회라 하더라도 제
의로부터 자유로운 사회는 없다.[16] 그래서 문학 작품이 형성된 시기가
오랠수록 제의와 역사, 제의와 문화, 제의와 문학 간의 연관성을 논하
지 않고는 쉬이 수긍할 만한 결론을 얻기 어렵다. 원시·고대의 제의는

지향과 가치는 동일하더라도, 그 존재면에서 각각의 독자성과 시대성을 인정하는 시각
이 필요하다. '주술 → 신화 → 종교'로의 변화는 시대 이념 혹은 시대 인식과 긴밀한
연관을 지니므로 주술의 시대, 신화·제의의 시대, 종교·제의의 시대로 다시 구분할
수 있다. 이 같은 구분을 고대시가와 향가 형성의 컨텍스트 분석에 접목하면 텍스트의
형성 국면에 작동한 주술적·제의적·서정적 인식의 교섭 과정과 지속·변화상을 더욱
뚜렷이 조명할 수 있어 유용하다.
15 박경신, 「巫歌의 時作原理에 대한 現場論的 硏究」, 서울대학교 박사학위논문, 1991,
　 10~11쪽 참조.
16 임재해, 「민속문화에 갈무리된 제의의 정체성과 문화창조력」, 19쪽.

그 내부에 시와 음악과 춤, 원시·고대인의 일원론적 우주관과 신화를 동시에 포괄하는 시대 이념이자 종교 체계였다.[17] 그래서 고대시가의 본질은 제의적 접근을 벗어나 예각화될 수 없다.

동시에 고대시가와 향가는 특정한 역사적 사건과 결부하여 형성된 문학이다. 또한 수용층에게 문학이자 역사로서 회자되어 온 개체이기도 하다. 고대시가와 향가의 구비성에 말미암은 적층성과 변이성, 기록성에 따른 개변성(改變性)을 해명하기 위해서라도 역사학적 접근은 필수적이다. 이 같은 역사학적 접근은 일정한 '사실'에 근거하므로 민속학적 방법론에 입각하여 도출된 상징적 해석의 정당성과 타당성을 뒷받침하여 줄 것이다.

이처럼 여러 단계에 걸친 논증만이 고대시가 형성 기반과 존재 양상에 따른 실상, 전승 의의를 재구할 수 있는 가장 온전한 방법이다. 각 작품에 따른 개별 논의를 우선 진행하고 다시금 이들을 통시적인 흐름에서 재구하여 종합하는 논의 역시 필요하다. 따라서 기존 연구 검토를 통하여 도출된 사항들을 숙고하여, 전승서사가 함의한 제의적(신화적) 속성에 입각하여 전승시가의 형성 과정을 재구하고, 각 작품들의 성격을 파악하기로 한다. 이를 위하여 논의에 필요한 몇 가지 전제와 개념을 우선 정리한다.

2. 시가(詩歌)와 가요(歌謠)의 개념

본격적인 논의에 앞서 고대시가, 향가, 무가 일반, 구비서사시, 민요

---

17 金學成, 『韓國古典詩歌의 硏究』, 圓光大學校 出版局, 1980, 54~55쪽.

등을 모두 '시가의 영역'으로 끌어들이려면, 시가(詩歌)와 가요(歌謠)의 개념부터 명확히 해 두어야 한다. 그동안 시가와 가요의 개념은 고전시가 전반에 걸쳐 다소 명확한 정의 없이 통용되어 왔는데, 유독 고대시가와 향가의 갈래명이나 개념 정의에서 이런 경향이 두드러지게 나타나는 편이다.

실제로 고대시가는 고대가요(古代歌謠), 상고시가(上古詩歌), 상고가요(上古歌謠), 원시가요(原始歌謠), 원시가(原詩歌), 원시시가(原始詩歌), 한역시가(漢譯詩歌), 한역가요(漢譯歌謠)로, 향가는 신라가요(新羅歌謠) 또는 신라시가(新羅詩歌)로 다양하게 불려 왔다. 고대시가의 개념을 정의하면서 고대가요라는 용어를 함께 기재하는 일도 빈번하다. 다음과 같은 예다.

> <u>고대시가</u> 또는 <u>고대가요</u>란 우리 민족의 선조인 예맥족(濊貊族)이 한반도와 남만주 일대에 삶의 터전을 잡고 생활을 영위하기 시작하고서부터 향찰 표기의 향가가 발생하기 이전까지 존재하였던 시가를 총칭한다.[18]

시가(詩歌)는 노랫말에 따른 문학성과 이념성이 강조된 개념이다. 상대적으로 가요는 가(歌)와 요(謠)의 음악적 속성, 즉 '노래부른다'는 행위와 관련하여 음악성과 반복성(운율성)이 강조된 개념이다. 용어 그대로 시(詩)와 가(歌)가 결합된 것이 시가(詩歌), 가(歌)와 요(謠)가 결합된 것이 가요(歌謠)라 할 수 있다. 따라서 가(歌)는 시(詩)와 요(謠)를 넘나들며 결합하는 특별한 존재인데, 시(詩)와의 결합에서는 앞서 위치하지 못하고 요(謠)와의 결합에서는 앞선다. 이런 측면에서 시가는 시(詩)의 의

---

18 國文學新講編纂委員會 編, 『國文學新講』, 새문사, 2005, 31쪽.

미에, 가요는 가(歌)의 의미에 조금 더 방점을 둔 개념이라 보아도 무방
한 듯 보인다. 하지만 이와 같은 단순한 정의만으로 시가와 가요의 차
이를 뚜렷하게 구분하기란 어려운 일이다.

시가와 가요의 개념은 시(詩)와 가(歌), 가(歌)와 요(謠)의 동질성과 차
별성을 종합하여 이해하는 편이 바람직하다. 나정순은 조선조의 시가
(詩歌)는 대개 '노래불리는 시가'로서 악장(樂章), 악시(樂詩)의 의미를 담
고 있다고 보았다. 또한 조선조에서 시가는 어디까지나 백성들에게 습
용된다 할지라도 창작 주체가 상층에 제한된 반면, 가요(歌謠) 개념은
다분히 유가적(儒家的) 인식 안에서 정제된 형식을 갖춘 노래와 민요의
성격을 띤 민간의 노래를 아울러 지칭하는 용어였음을 지적한다. 다만
유가적 이념을 내포한 가요는 계층의 문제에 상관없이 악장체 시가와
동일한 효용성을 가지고 있었으며, 경우에 따라 시가(詩歌)가 가요(歌謠)
로 향유되어 온 정황 역시 발견된다는 점을 짚고 있다.[19]

비록 조선조에 통용되던 암묵적인 정의지만 고대시가와 향가의 형
성·전승기에 시가와 가요의 개념을 규정한 문헌이나 기록이 존재하지
않는 지금으로선, 『삼국유사』와 『삼국사기』에 수록된 고대시가와 가
요들의 '가(歌)'와 '요(謠)'에 따른 성격을 가늠하는 비교 대상으로 활용
할 만하다. 다만 조선조에서 사용된 해당 용어의 개념 규정은 『시경(詩
經)』에 기반한 것이기에 시가적 전통과 다를 수 있어 주의를 요한다.

관련하여 여기현은 『삼국유사』 수록 향가 전승에 보이는 가(歌)와 요
(謠)의 용례를 살피고 두 개념의 차별성을 지적한 바 있다. 가(歌)와 요
(謠)는 동일하게 악기 반주가 수반되지 않는 노래인데, 가(歌)는 개인에

---

19 나정순, 「조선왕조실록을 통해 본 "시가"와 "가요"의 문제」, 『한국시가연구』 22, 한국시
　　 가학회, 2007.

의하여 창작된 일반적인 향가이며 요(謠)는 여타 향가와는 달리 집단에게 불려진 노래라는 것이다. 특히 요(謠)로 지칭되는 향가들을 갈래 범주에서 제외되어야 할 대상으로 파악하였다는 점이 특별하다.[20] 더불어 『삼국유사』에서 가(歌)로 기술되었음에도 형식면·가창면에서 요(謠)의 성격을 띠는 〈헌화가〉, 〈도솔가〉를 〈서동요〉, 〈풍요〉와 함께 향가의 일반적 범주에서 상당히 일탈된 노래로 규정하고 있다.[21]

하지만 이 같은 가(歌)와 요(謠)의 구분에 앞서, 더욱 주목할 지점은 요(謠)를 가(歌)로서 노래한 까닭과 향가에 속하는 요(謠)의 실제적 기능이 아닌가 한다. 가(歌)와 요(謠)는 서로 영향을 주고 받으며 형성·전승되어 온 양식이다. 그러므로 4구체 향가 내에 가(歌)와 요(謠)가 동시에 존재하는 사정은 갈래종에 입각한 일탈의 문제라기보다, 시가 양식을 마련하여 온 한 작법(作法)이자 그 계기적 흐름을 보여주는 정황일 수 있다. 향가의 요(謠)와 가(歌)에는 모두 집단과 개인의 문제를 넘어 전논리(前論理)를 승계하는 원형상징과 주술적 감동이 담겨 있기도 하다.[22]

〈구지가〉야말로 집단 가창되었으나 『삼국유사』에는 "노래에 이르길[歌之云]"이라 하여, '가(歌)'라는 표현이 사용되었다. 〈해가〉를 소개하며 "여러 사람이 노래한 해가의 가사는 이렇다[衆人唱海歌, 詞曰.]"라 기술한 대목도 마찬가지다. 따라서 '집단 가창의 유무'라는 준거로 가(歌)와 요

---

20 呂基鉉, 『新羅 音樂相과 詞腦歌』, 月印, 1999, 41~43쪽.
21 여기현은 노래명에 요(謠)가 붙어 있는 것은 단지 향찰로 표기되었다는 사실을 제외하고는 여타의 향가와는 매우 이질적인 특성을 지녔다고 하였고, 차사(嗟辭)를 향가의 본질적 형식이자 형식적 규제장치로 이해하여 이것이 존재하지 않는 4구체 향가 역시 향가의 일반적 범주에서 상당히 일탈된 노래로 파악하고 있다.(呂基鉉, 『新羅 音樂相과 詞腦歌』, 43쪽.)
22 許南春, 『古典詩歌와 歌樂의 傳統』, 64쪽.

(謠)를 구분하기보다, 향가에 가(歌)와 요(謠)가 모두 속할 수 있었던 원인을 곡(曲), 악(樂)의 개념과 견주어 상세히 재구하는 편이 더욱 알맞다고 여겨진다. 우선 각 개념들의 일반적인 특성을 나누어 정리하여 본다.

가(歌)와 요(謠)는 곡(曲)과 함께 악(樂)의 하위 분류로서 존재하여 온 갈래들이다.[23] 가(歌)는 특정한 의도로 만들어져 일정한 격식이 있으며 악기 반주를 수반할 수 있는 갈래, 특정한 가창자가 특별한 훈련을 거쳐서 부르는 노래이다. 가(歌)의 속성은 무가(巫歌)를 떠올리면 이해하기 쉽다. 무가는 의식의 거행이라는 생활 상의 필요에 따라 부르지만 지정된 대상을 위하여 '들려주는 것'이란 특정한 목적이 있다.[24]

무가는 무요(巫謠)라 불리지 않는다. 제의공동체의 특정한 목적과 제의의 일정한 격식에 따라 불리며, 무당(사제자)의 특별한 수행을 통하여 부를 수 있는 노래다. 이념성, 전문성, 음악성이 요(謠)에 비하여 상대적으로 부각된다. 그래서 후대에 곡(曲)·악(樂)으로 향유하는 전문적인 창(唱)의 효시는 가(歌)에 있을 가능성이 크다. 하지만 이 과정은 가(歌)의 이념성은 점차 사라지고 전문성, 흥미성, 놀이성 위주로 변모하는 흐름과도 관련이 깊다.

요(謠)는 자연발생적으로 생겨나 공동체의 구성원이면 누구나 부를 수 있는 노래다. 노동과 같은 일상생활에 필요한 기능이나 이에 따른

---

23 하지만 이때의 악(樂)은 어디까지나 악기의 반주[奏]에 준거한 종차(種差)를 포괄하는 개념이다. 허남춘은 통상 악기의 반주를 주(奏) 대신에 악(樂)이란 용어로 써온 결과 유개념의 악(樂)과 종개념의 악(樂)이 혼동되어 쓰이게 된 사정을 지적하여, 종개념을 벗어난 온전한 악(樂)은 가(歌)·무(舞)·악(樂)의 결합형태로 가악(歌樂), 가무(歌舞), 무악(舞樂)을 포괄하는 개념으로 정의한 바 있다.(許南春, 『古典詩歌와 歌樂의 傳統』, 54쪽.)

24 長德順·趙東一·徐大錫·曺喜雄, 『口碑文學槪說』, 一潮閣, 2002, 76쪽.

순수한 감정의 표출에 집중하여 형성된 갈래라 할 수 있다. 대표적인 갈래가 민요(民謠)이다. 민요는 창자만으로도 존재하는 자족적인 성격을 지닌다. 창자 스스로의 필요성에 따라 노래하고 스스로 즐기기 위하여 부른다.[25] 노래하기 위한 악기 연주도 수반하지 않는다고 이해하는 것이 예사다. 하지만 세련된 민요일 경우에는 가(歌)처럼 악기가 동원되는 양상을 보이기도 한다.

곡(曲)은 노랫말을 수반하지 않거나 노랫말이 매우 간단한 후렴구로만 존재하고 대체로 연주가 중심이 되는 기악곡(器樂曲)이다. 요곡(謠曲)이란 말은 잘 쓰이지 않는데, 흔히 요(謠)와 곡(曲)이 결합하여 가(歌) 혹은 악(樂)을 이룰 수 있는 것으로 보기 때문이다. 1세기경에 출현한 〈회소곡(會蘇曲)〉이 요(謠)가 곡(曲)으로 전환되어 악(樂)이 마련된 사정을 잘 보여주는 예다. 곡(曲)은 곡조(曲調)로서 일정한 체계를 갖추게 되었을 때, 가악(歌樂), 악곡(樂曲), 가곡(歌曲)으로 규정되는 갈래를 형성하는 주요 요건이 된다.

이처럼 민요적 수준의 요(謠)와 그보다 고급한 양식인 가(歌), 그보다 더 고급한 양식인 곡(曲)과 악(樂)은 분명히 구분되는 개념들이다.[26] 그러나 몇몇 향가 가운데 요(謠)로 지칭되는 각편의 속성들이 이에 들어맞는지는 더 고민해 보아야 할 문제다. 『삼국유사』에서 요(謠)는 단 네 차례에 한하여 쓰였다. 〈양지사석(良志使錫)〉조의 '〈풍요(風謠)〉', 〈후백제 견훤(後百濟 甄萱)〉조의 '동요(童謠)', 〈무왕(武王)〉조에 보이는 '작요(作謠)'와 '동요(童謠)'가 그것이다. 이들의 특성은 꽤 중층적이다. 종교적

---

25 長德順·趙東一·徐大錫·曹喜雄, 『口碑文學槪說』, 76쪽.
26 이런 구분은 실제로 어떤 수준으로 이들을 향유하였는가의 문제와 긴밀한 관련을 지닌다.(김학성, 『한국고전시가의 전통과 계승』, 성균관대학교 출판부, 2009, 90쪽.)

이념성이나 불안한 세태에 대한 시대적 인식이 짙게 투영되어 있으며,[27] '왕권(王權) 유지'와도 긴밀한 연관성을 띤다. 그래서 앞서 정리한 요(謠)의 속성과 완전하게 일치하지 않는다.

위에서 언급한 〈풍요〉는 물론 4구체 향가 〈서동요〉, 〈헌화가〉, 〈도솔가〉도 사정은 마찬가지다. 이 작품들은 형식면·율격면에서 요(謠)를 차용하여 형성된 개체이지만,[28] 목적과 효용성만은 가(歌)를 지향하는 듯 보인다. 전승서사가 특정한 종교적 이념성을 지향하거나 특정 시기의 왕권과 시대상을 반영하고 있기 때문이다.

〈서동요〉 전승에는 백제 무왕의 내력과 사찰연기설화 등이 얽혀 전한다. 〈풍요〉는 당시 널리 유포되어 있는 민요를 불교적 공감력을 확산하려는 의도로 변용시킨 노래이자, 왕권 강화를 위하여 선덕여왕이 양지(良志)를 앞세워 민중에게 전파토록 한 정치적 교화의 불교 가요로 해석될 여지가 존재하는 작품이다.[29] 〈헌화가〉는 수로부인(水路夫人)이란 고귀하고 신이한 여성의 아름다움을 예찬(禮讚)하는 노래이므로 단적으로 민요의 속성과 부합한다고 볼 수 없다. 『삼국유사』 「기이」편에 수록되어 있어, 편제 체계 상 성덕왕대의 특별한 국가적 사건으로 취급

---

27 이희덕은 〈서동요〉 역시 시요의 성격을 띠는 것으로 파악하였다. 서동이 왕실 공주를 유인해 내려는 의도로 만들어진 노래가 당시 진평왕대 백관의 극간(極諫)으로 공주의 유배를 가져왔으므로 결코 정상적인 상황이 아닌 시요(詩妖)의 성질을 띤다고 하였다. (李熙德, 『韓國古代 自然觀과 王道政治』, 혜안, 1999, 107쪽.)

28 고대시가의 율격과 형성 근원에 대해서는 이미 성기옥, 조동일 등이 민요적 전통에 입각한 4음 2보격, 혹은 2음보격이 중첩된 4음보격으로 2행이 두 번 반복되어 4행을 이루었을 가능성을 제기한 바 있다.(성기옥, 『한국시가율격의 이론』, 새문社, 1986, 166~167·174~175쪽; 조동일, 『한국민요의 율격과 시가율격』, 지식산업사, 1996, 201·265쪽.)

29 김명준, 「선덕여왕(善德女王) 대 〈풍요(風謠)〉의 불교정치적 의미」, 『우리문학연구』 39, 2013.

되었다. 〈도솔가〉 역시 불교 이념이 복합된 노래이자, 왕권의 위기 혹은 국가적 재이(災異)라는 특별한 정치적·역사적 사건의 발생으로 형성된 노래이다. 그러나 이들은 가장 기본적인 요(謠)의 형식을 취한다.

우리 시가사에서 요(謠)는 가(歌)와 상호 보완적인 관계를 이루어 왔다. 요(謠)는 가(歌)로 전환되며 특정한 역사적 시가 양식을 창출하는데 꾸준히 기여한 존재이다. 상층은 한시 또는 중국에서 전래된 노래를 즐겼다는 점에서 하층과 구별되었지만, 그런 것들로 만족을 할 수 없어 우리 노래를 찾을 때마다 민요 가운데서 어떤 것을 받아들여 개조하였다.[30] 중세까지도 요(謠)는 시대적·종교적 이념의 확장 수단으로 활용되거나 민심을 살피기 위한 정치적 목적으로 쓰였다. 문인(文人)들이 개인적인 관심을 가지고 한역(漢譯)함으로써 요(謠)를 수집하게 된 것은 비교적 후대의 사정일 뿐이다.[31]

사실 상 요(謠)와 차별되는 가(歌)의 속성은 악(樂)과 분화되기 이전, 혹은 궁중가악(宮中歌樂)이 출현하기 이전 원시종합예술 단계에서부터 태동하여 왔을 가능성이 적지 않다. 원시종합예술은 제의와 불가분의 관계이고 서로 분화되지 않은 가(歌)와 악(樂)은 제의적·정치적·이념적 효용성을 지니고 있었다. 그래서 제의의 악(樂)은 요(謠)보다 가(歌)의 속성과 부합한다. 요(謠)가 가(歌)로 전환될 수 있었던 계기 또한 가악(歌樂) 형성의 출발점, 곧 아직 미분화 된 가무악(歌舞樂)의 형태인 원시종합예술의 전통에 기인한 것이 아닌가 한다. 그렇지 않고서야 엄숙하고 성대한 고대 제의에서 많은 이들이 음주가무(飮酒歌舞)하며 즐길 수 있었던 까닭을 쉬이 이해하기 어렵다.

---

30 조동일, 『한국민요의 율격과 시가율격』, 202쪽.
31 長德順·趙東一·徐大錫·曹喜雄, 『口碑文學槪說』, 76~77쪽 참조.

고대적 사유 속의 시(詩)는 전통적 윤리·정치적 요구로 형성된 갈래이며, 고신명(告神明)의 송(頌)을 주축으로 하다가 점차 개인적 감정을 담는 도구로 전환되었다고 한다.[32] 그래서 시(詩)의 태동은 가(歌)·악(樂)의 형성과 긴밀한 연관을 지닌다. 따라서 시(詩)의 연원을 원시종합예술이 체계화 되기 이전, 주사(呪詞) 또는 주술요로까지 소급할 수도 있을 것이라 본다. 애초에 주사와 주술요는 매우 간결한 운율을 담은 시체(詩體)로, 형식면에서 요(謠)에 가까웠을 것으로 추정된다.[33] 이는 주사와 주술요의 형성을 요(謠)의 형식을 빌어 가(歌)를 마련하는 전환 단계의 첫 국면으로 취급할 수 있는 이유가 된다.

원시·고대시대의 주사와 주술요는 결코 개인적인 범주에서 소용된 노래가 아니다. 사회적·공동체적인 효용성을 지향한다. 그러므로 주술요는 목적·기능면에서 요(謠)가 아닌 가(歌)와 악(樂)의 성질에 부합하며, 그 노랫말은 시(詩)적 전통을 따른다. 따라서 시(詩)는 가(歌)의 노랫말이자 이념을 형상화 한 언술로서, 가(歌)는 시(詩)라는 노랫말을 악(樂)

---

32 許南春, 『古典詩歌와 歌樂의 傳統』, 188쪽.
33 한 예로 콩디야크의 견해를 들 수 있다. 그는 언어를 태동시킨 운율이 찬송에 가까웠으며, 이후 문체는 가장 명백하고 쉽게 드러나는 방식인 시체(詩體)로부터 개념을 그려내는 선상에서 출발하였다고 보았다. 매우 풍부한 리듬을 가지고 있는 해당 양식의 율격은 사람이 우연하게 구사한 어구에서 소리의 높낮이와 곡절, 음절의 장단, 어조 등을 변곡하면 리듬감을 얻을 수 있다는 사실을 깨달아 점차 예술로 발전할 수 있었던 것으로 보았다. 따라서 음악과 시는 자연히 동시에 생겨나게 갈래이며, 그 뒤로 언어의 발전이 다양화 되면서 동작 언어가 점차 줄어들고 언어의 형상성이나 비유적 표현이 감퇴하고 점차 문체가 산문 형식에 가깝게 되었을 것으로 추정하고 있다. 또한 처음 출현한 시는 제도적·종교적·공공적 의도를 벗어나 존재할 수 없음을 강조하였다.(Condillac.Bonnot de Étienne, Aarsleff, Hans, Edt., "The origin poetry", *Condillac: Essay on the Origin of Human Knowledge*, NewYork: United States of America by Cambridge University Press, 2010, pp.150~155 summary.)

으로 행위하는 방식으로서 늘 원시종합예술(고대 제의)의 자장 안에서 공존하여 온 개체였다고 할 수 있다. '제의'가 시(詩)의 연원과 가(歌)·악(樂)의 전통을 해명할 수 있는 중요한 기제임을 부인할 수 없다.

　고대시가와 향가 전반이 지닌 '전승서사와 전승시가의 결합'이라는 양식은 어쩌면 이들이 요(謠)보다 가악(歌樂)의 속성에 가까운 개체임을 방증하는 단서일 수 있다. 시가(詩歌)이면서 원시종합예술의 전통을 좇고 있어, 요(謠)·가(歌)·악(樂)의 교섭과 분화 양상을 고찰할 수 있는 적절한 대상이기도 하다. 선행 연구들로 미루어 볼 때, 〈구지가〉, 〈공무도하가〉, 〈황조가〉는 종교(제의)적·시대적 인식으로부터 완전히 분리되어 형성될 수 없었던 존재들이다. 『삼국유사』에 수록된 향가들도 대개 특정 시기의 왕권(王權)과 관련된 정치적·역사적 사건과 연계된다는 점에서, 상층 또는 지배 이데올로기, 신앙 체계와 무관하지 않다.

　음악성의 측면에서도 향가는 요(謠)보다는 가(歌)의 속성에 부합한다. 향가는 경우에 따라 슬(瑟), 젓대[笛]과 같은 악기 반주에 맞추어 가창되기도 하였다. 형성기의 향가는 선도(仙徒)가 주관하는 토속신 제사에서 가무백희(歌舞百戲)와 함께 존재하였을 가능성이 높으며,[34] 만파식적(萬波息笛) 등의 예로 미루어 신라의 고유 악기가 존재하였음을 근거할 수도 있다.[35] 이는 향가가 애초에 이념적·효용적 면에서 정치적 인식 또는 제의의 가악(歌樂)과 깊은 관련을 지녔다는 것을 의미한다.

　결국 우리의 시가사에서 가(歌)·악(樂)·시(詩)의 연원은 제의라는 특별한 의례, 원시종합예술의 자장 안에서 마련되었다고 할 수 있다. 요(謠)는 경우에 따라 가(歌)를 마련하는데 유용한 틀거리가 되어 왔다. 따

34　김승찬, 「전기향가 연구」, 『國文學의 史的 照明(1)』, 계명문화사, 1994.
35　許南春, 「鄕歌와 歌樂」, 『古典詩歌와 歌樂의 傳統』, 57~58쪽.

라서 '원시종합예술 → 고대가요 → 신라 가악(歌樂)의 시초인 유리왕대 〈도솔가〉 → 민요계 향가 → 사뇌가'로 이어지는 통시적 흐름은 요(謠)의 형식을 가(歌)로 전환하여 역사적 시가 갈래를 마련하던 전통, 가(歌)를 악(樂)으로서 중시하여 온 제의적 전통, 본디 시(詩)를 이념적·정치적인 것으로 여겼던 전통 안에서 계기적으로 파악되어야만 한다.

이 같은 관점에서, 무가(巫歌) 역시 시(詩)와 가(歌)의 결합, 즉 시가(詩歌)로서 논의될 수 있다. 지금의 무속은 민간 신앙이지만, 본래 우리 고유의 원시·고대 신앙으로서 보편 종교이자 통치 이념에 해당하는 체계였다. 무격(巫覡)이 지녔던 애초의 권위는 원시·고대에서 추장 혹은 족장, 군장(君長) 그리고 고대 국왕의 권위로 확장되어 왔다. 이 당시 무격은 신성한 힘을 지닌 사제자로서 장(長)·군(君)에 비견될 만큼 고귀한 신분이었다. 또한 이때의 제의는 당시를 기준으로 고도로 체계화·규범화된 의식이었으며, 이런 의식에서 노래불린 무가의 원형은 악기들을 총동원 한 당대의 성대한 가악(歌樂)이자 세련된 악곡(樂曲)이었다.

무가는 고대시가와 민요계 향가처럼 2음 4보격 혹은 4보격과 동일한 기본 율격 구조를 지닌다.[36] 지금의 무가가 서정 민요 따위와 자유롭게 결합할 수 있는 가장 큰 이유 가운데 하나가 바로 요(謠)와의 율격적

----

36 "무가는 대체로 2음보에 의한 율격적 분절을 핵심으로 한다. 대체로 이를 종래의 연구자들이 4음보의 틀에서 해왔는데 과연 그렇게 할 수 있는지 회의적인 데가 적지 않다. 그러므로 이를 2음보의 율격 속에서 해명하는 것은 정말로 중요한 문제일 수 있으며, 서로 바꿀 수 없는 것이라고 하겠다. 2음보의 고정적 성격과 관련되면서 음보를 이루는 음절수는 항상 가변적이고, 가변적이기 때문에 이것이 고정적 법칙과 다르다고 할 수가 있을 것이다. 정형시와 자유시의 속성이나 자질을 말한다면 음절수의 가변성과 음보수의 고정성은 이러한 속성을 전적으로 반영하는 것이라고 하지 않을 수 없으며, 그것이 가장 중요한 율격의 현상이고, 이것이 곧 무가와 민요의 구비시가 일반으로서의 성격을 분명하게 하고 있다."(김헌선, 『함경도 망묵굿 산천도량 연구』, 보고사, 2019, 49~50쪽.)

동질성이라 할 수 있다. 이는 무가 또한 고대시가와 민요계 향가처럼 요(謠)를 형식적 기반으로 삼아 형성된 시가(詩歌)이기 때문에 갖는 특성이다.

애초에 무가는 구비 전승되어 온 갈래였다. 그리고 어디까지나 '신성함을 노래하기 위하여', '신성한 역사를 기억하기 위하여' 존재하는 갈래이다. 고대시가와 향가 또한 마찬가지이다. 이들의 전승시가는 본디 '노래불리기' 위하여 존재하던 것이다. 또한 문자 정착 이전, 글쓰기가 상용되기 전까지 고대시가와 향가의 전승서사는 역사를 기억하고 유지·전승하는 방식이었다.

이 사실은 구비전승 되던 시(詩)와 가(歌), 그리고 서사의 본래적 기능과 효용이 어떤 것이었는가를 되짚게 한다. 조선조에 들어 시(詩)와 가(歌)로 이분되었지만, 우리 시는 가창의 방식으로 존재하여 온 것이 대부분이고 가창까지는 아니라고 하더라도 대개 독특한 방식의 음영을 수반하며 연행된 갈래이다.[37] 고대시가와 향가가 오랜 시간 전승될 수 있었던 까닭 또한 원시종합예술 혹은 그 이전의 주술요에서 비롯된 '노래하는 말'과 '노래하는 행위'가 지닌 신성한 힘 때문이다. 비록 시대가 변하며 '노래하는 행위'에 실려 있는 '신성한 힘'에 대한 믿음은 와해되어 갔지만, 후대에 전할 만한 공리적 가치가 있었기에 기록 정착을 이룰 수 있었던 것이다.

그러므로 고대시가와 향가의 형성 국면과 존재 의의에 대한 탐구는 기록보다 구비, 글말보다 입말의 관점에서 시(詩)·가(歌)·악(樂), 말과 행위, 노래와 음영, 서정과 서사, 운문과 산문, 노동·의식·놀이가 분리

---

37 김대행, 「시의 율격과 시가의 율격」, 『국어교육』 65, 한국어교육학회, 1989, 80쪽.

되기 이전의 단계, 요(謠)가 점차 가(歌)의 수준으로 전환되어 온 흐름, 주술·제의·서정이란 속성 개념이 미분립되어 있던 시기, 제의 안에 시 (詩)·가(歌)·악(樂)이 공존하던 시기를 고려하며 순차적으로 조명되어야 한다. 이를 위하여 무엇보다 갈래 규정이란 틀, 문자 문화에 속박되어 있는 고정관념을 버리는 태도가 요구된다.

무엇보다도 시가(詩歌) 형성의 형식적·율격적 양식을 제공한 민요, 고대시가의 연원인 원시종합예술의 성격을 담지한 무가(巫歌)를 하나의 범주, 즉 구비시가(口碑詩歌)란 영역으로 견인하여 함께 살피는 일이 수반되어야 할 것이다. 따라서 이 글에서는 민요, 무가 등을 '구비시가'라는 개념 안에서 다루며, 원시적 주사(呪詞)와 주술요에서 원시종합예술, 고대시가와 향가의 형성에 가닿는 계기적 흐름을 해명할 수 있는 요긴한 틀로 활용하고자 한다.

3. 서정(抒情)의 정의와 유형

이 글의 주요 논의 가운데 하나는 고대시가와 향가의 형성과 전승을 우리 시가사 안에서 계기적으로 재구하는 것이다. 따라서 시가(詩歌)가 본격적인 서정 갈래, 즉 온전한 서정적 양식을 마련하게 된 전환점을 주술·제의·서정이라는 양식 속성들의 길항 관계 안에서 살피고자 한다면, 서정성(lyricism)에 대한 개념적·유형적 검토가 반드시 필요하다.

서정에 대한 수많은 논의 가운데, 서정성을 주체와 객체 간의 관계로 가장 명백하게 요약한 것은 조동일의 논의이다. 조동일은 서정을 "세계의 자아화"로 규정하여, "언어가 세계로서의 외연적 의미보다 자아로서의 내포적 의미를 갖는" 비특정 전환표현(非特定 轉換表現)에서 발현

되는 성질의 것으로 보았다.[38] 하지만 조동일의 견해에 따라 "서정적
인식"을 내포한 작품 전반을 "작품외적 세계의 개입 없이 이루어지는
세계의 자아화"로 일관되게 파악하는 것은 쉽지 않다.[39]

　지금까지 서정시가의 태동을 논의할 때 그 형성에 관여하는 주체를
개인적 자아로 설정하여 온 이래, 주술·제의와 서정은 공존할 수 없는
것처럼 다루어져 왔다. 물론 주술과 제의는 본래 공동체, 즉 집단의 안
녕과 영위를 위한 의식이다. 그러나 적어도 전승시가란 서정적 양식 안
에서 구현되는 주술적·제의적 인식은 특정 사건을 재구조화 하고 환언
(換言)하는 함축(含蓄)적 표현이자 특정 사건을 인식하는 객체의 정서적
(情緒的)·감정적 반응이다. 이 경우에 주술·제의는 객체(세계)에 관여하
는 주체(집단)의 정서 표현 방식으로서 서정과 유사한 기능을 갖는다.
요(謠)의 형식을 빌려 출현한 무가의 원형 역시 공동체의 동질적인 정
서, 즉 집단적 서정을 저층에 두고 주술적·제의적 인식을 표층에 담았
을 가능성이 크다. 이처럼 주술·제의는 어떤 면에서 서정과 긴밀히 결
합·공존할 수 있는 속성을 띤다.

　서정시의 본질로 언급되는 요건은 일인칭 자기고백체, 서정적 자아
로서의 화자, 주관 표출의 문학 양식, 순간의 형식, 일인칭 화자의 독백
적 진술, 주관성과 내면성, 자아와 세계의 동질성 등이다. 이 특성들은
독립적인 것이 아니라 밀접한 연관을 이루어 하나가 다른 것의 파생이

38　趙東一, 『韓國小說의 理論』, 지식산업사, 1996, 101쪽.

39　조동일의 문학 갈래 4분법에 따르면 서정은 작품외적 세계의 개입이 없이 이루어지는
　　세계의 자아화이며, 교술은 작품외적 세계의 개입으로 이루어지는 자아의 세계화이다.
　　서사는 작품외적 자아의 개입으로 이루어지는 자아와 세계의 대결이며, 희곡은 작품외
　　적 자아의 개입없이 이루어지는 자아와 세계의 대결이다.(조동일, 『한국문학통사(1)』,
　　29쪽.)

거나 그 원인으로 작용한다. 꽤 다양한 듯 보이나 동일성과 주관성이라
는 공통된 특성으로 '서정적 자아'를 규정한다는 점에서 동궤를 이룬
다. 이런 특성들은 모두 주체와 객체의 관계로부터 비롯된다.[40]

　이처럼 엄밀하게 따지자면 주체가 객체를 부정하고 양자 간의 균열
이 일어난 상태는 물론, 주체와 객체가 밀접하게 상호 동화된 상태에서
도 서정은 얼마든지 구현될 수 있다.[41] 그러므로 이 글에서는 서정을
"주체와 객체의 상호 작용으로부터 도출되는 감정과 정서"로 보다 넓
게 정의하려 한다. 이 같은 정의는 서정성을 개인과 집단을 아울러 발
생하는 정서 상태로 보다 폭넓게 바라보려는 것이라 할 수 있다.

　성기옥은 기원 전후의 무렵에 우리 시가가 네 계열의 시적 전통을
구축한 것으로 파악한 바 있다. 네 계열의 시적 전통이란 앞 시대를 이
은 주술·종교적 노래(〈구지가〉계 노래)와 집단적 민요(〈공무도하가〉류)의 전
통, 새로이 마련된 창작시로서의 개인적 서정(〈황조가〉류)과 공리적 서정
(〈도솔가〉류)를 노래하게 된 전통을 말한다.[42]

40　박현수는 주체(subject)·객체(object)를 문맥에 따라 주관과 객관, 자아와 세계 등으로
　　사용되는 용어로 규정하고 있다. 본고의 개념 역시 이를 따른다.(박현수, 「서정시 이론
　　의 새로운 고찰: 서정성의 층위를 중심으로」, 『우리말글』 40, 우리말글학회, 2007, 261쪽
　　요약.)
41　조동일의 견해와 비슷한 맥락에서 김준오는 "자아와 세계의 동일성"으로 서정시의 원
　　형이자 서정성의 개념을 정의한 바 있다. 다만 이때 객체(세계)는 자립적 의의를 갖지
　　못하고 주체(자아)에 종속되는 대상이다. 이 경우 자아와 세계는 서로 동화되어 어떤
　　것이 인간이고 어떤 것이 사물이라는 구별 없이 미적 전체로 통일된다. 극과 서사와
　　달리 자아와 세계 사이의 거리가 존재하지 않는다. 이처럼 서정적 자아는 세계를 내면화
　　하여, 동일성·일체감의 상상적 공간 속에 놓이게 하는데, 이것이 서정시의 원형일 것으
　　로 추정한다.(김준오, 『시론』, 삼지원, 2000, 36·394쪽.) 최승오 역시 전통시학의 측면에
　　서 서정성을 "자아와 세계 간에 서정적 공동선을 추구하는 것"으로 파악한 바 있다.(최
　　승호, 「전통서정시론의 시대적 변천」, 『서정시의 이데올로기와 수사학』, 국학자료원,
　　2002, 85쪽.)

그런데 주술에 기반한 〈구지가〉계 노래는 〈구지가〉에서 〈해가〉에 이르는 시가 양식으로서 공동체 문제의 해결을 위한 서정적 양식으로 지속·변모하며 꽤 견고한 전통을 이룩해 왔다. 따라서 주술적 성격이 강한 시가들 역시 어떤 면에서는 〈도솔가〉류와 마찬가지로 전통 가악(歌樂)적 속성, 공리적 속성을 지닌다고 할 수 있다.

온전한 서정시는 본질적으로 외부현실의 변화를 희구하는 데서 출발하였다고 한다. 이런 면에서 서정적 인식은 주술적·제의적 인식과 동일한 속성을 갖는다. 다만 소망한 대로 실현될 수 있다는 인식과 실현될 수 없다는 인식이 주술·제의적 인식과 서정적 인식을 분명히 구획하는 기준이 되기도 한다.[43] 이때 주술·제의로서 소망한 것을 이룰 수 있다는 인식은 주체와 객체를 상호 동질적인 것으로 여기는 서정적 인식과 매우 유사하다. 따라서 주술적·제의적 인식은 완전한 서정 또는 서정시를 형성하는 속성 개념은 아닐지라도, 서정성을 구현하는 인식 체계와 밀접한 관련이 있음을 부인할 수 없다.

그래서 이 글에서는 서정의 유형을 우선 인식에 관여하는 주체와 객체의 관계와 방향성을 고려하는 방식으로 나누어 보려 한다. 주체가 객체를 부정하고 양자 간의 균열로부터 발현되는 서정을 '단절적 서정', 주체와 객체가 밀접하게 상호 동화된 상태에서 발현되는 서정을 '동화적 서정'으로 구분하는 것이다.

또한 전승시가(서정적 양식)가 주술·제의적 인식을 중심으로 공동체·사회나 주체(자아)가 처한 문제를 해결하려는 의도에서 형성되었다면,

---

42 成基玉, 「국문학 이해의 방향과 과제」, 『한국문학개론』, 52쪽.

43 成基玉, 「公無渡河歌 硏究: 韓國 敍情詩의 發生問題와 관련하여」, 서울대학교 박사학위논문, 1988, 70쪽.

동일한 목적의 효용성을 지닌 시가의 정서를 '주술적 서정' 또는 '제의적 서정'으로 유형화 할 수 있다. '주술적 서정'과 '제의적 서정'은 외부 세계와 자아를 동일시하는 '동화적 서정'의 범주에 포함된다.

더불어 민요에 내재된 집단 서정을 기반으로 형성된 시가는 집단 서정과 개인 서정을 아우를 수 있는 특성을 지닌다. 따라서 이러한 서정은 집단과 개인이 동시에 관여하는 서정이므로 '복합적 서정'으로 유형화 할 수 있다.[44]

물론 '주술적 서정', '제의적 서정', '복합적 서정'은 여전히 집단 의식, 주술적·제의적 인식의 자장에서 온전히 벗어난 순수한 서정은 아니다. 어디까지나 주체의 인식이 작품 외적 세계로부터 완전히 분리되지 않은 '의존적 서정'이다. 집단적 인식과 어떤 방향으로든 긴밀히 조우하기에 '공리적 서정'과도 밀접한 관련을 지닌다.

반면 시가가 주술적·제의적 인식의 영향을 받지 않고 순수한 서정적 인식만을 표출하는 경우, '의존적 서정'에 반대에 놓여 있는 '독립적 서정'으로 유형화 할 수 있다. 이때 '독립적 서정'은 '단절적 서정'과 유사한 속성을 띠며, '순수 서정'과 밀접한 관계에 놓인다.

〈황조가〉의 경우, 그간 '개인적 서정'이란 용어로 시가의 서정성이 규

---

44 성기옥은 민요를 한 개인의 산물이 아닌 공동의 산물로서, 개인적 관심사가 아닌 공동의 관심사를 공동의 경험 양식에 기대어서 노래하는 것이 통례인 갈래로 정의한다. 이런 까닭으로 서정민요가 드러내고 있는 자아의 성격 역시 노래의 서정적 주체로서 지닐 수 있는 개별성이 경시되는 대신, 공동체의 일원이면 누구라도 서정적 주체로서 노래의 경험에 쉽게 뛰어들 수 있는 집단성이 강조된다고 보았다. 그러나 같은 서정 민요의 범주에 들면서도, 〈공무도하가〉와 같은 극적 독백체 민요는 자아의 성격이 일정한 경험 공간 안에 갇힌 폐쇄성으로 말미암아, 집단 민요이면서도 개인 창작시와 상당한 유사성을 띠는 것으로 파악하였다.(成基玉, 「公無渡河歌 硏究 : 韓國 敍情詩의 發生問題와 관련하여」, 94~95쪽 요약.)

정되어 왔다. 하지만 기존 선학들의 논의를 종합하면, 〈황조가〉는 제의 혹은 유리왕이 처한 정치적·사회적 현실에 입각하여 형성된 시가일 가능성도 존재한다. 따라서 〈황조가〉의 '개인적 서정'은 외부현실을 완전히 차단한 주관적·내면적 자아적 인식에서 생겨난 온전한 서정이라 보기 어렵다.

또한 '개인적 서정'은 〈정읍사〉, 〈원왕생가〉, 〈제망매가〉의 경우처럼 제의적·기원적 인식 속에서 '제의적 서정', 달리 '의존적 서정'으로 얼마든지 표출될 수 있다. 따라서 '개인적 서정'이란 용어는 완전한 주체와 객체의 단절, 주술·제의와 분리된 온전한 서정을 의미하는 '독립적 서정', '단절적 서정'과 혼동될 우려가 있다. 그렇기에 '의존적 서정', '단절적 서정'의 유형과 함께 '집단적 서정'과 '개인적 서정'이란 유형을 달리 마련하기로 한다.

정리하자면 고대시가와 향가에 있어, 전승시가(서정적 양식) 안에서 구현되는 서정성은 객체를 인식하는 주체의 정서와 집단·사회의 관계 정도, 관여하는 주술적·제의적·서정적 인식의 비중에 따라 다음과 같이 유형화 해 볼 수 있다.

① 주체가 지향하는 객체 인식의 동일성 정도에 따라
  : '동화적 서정' ≠ '단절적 서정'
② 서정적 양식의 형성에 관여하는 주술·제의·서정의 교섭 양상에 따라
  : '의존적 서정('주술적 서정', '제의적 서정')',[45] ≠ '독립적 서정'

---

[45] '의존적 서정' 가운데 '제의적 서정'은 사실상 '제의적 서정'과 '종교적 서정'으로 다시 나눌 수 있는 개념이다. 제의는 앞시대의 주술적 인식과 융합하여 공존하다가 점차 종교 의식으로서 변모되는 정황을 보인다. 주술적 인식이 기반이 되는 제의, 신화적

③ 서정성 또는 서정적 인식을 구현하는 주체(집단·개인)의 관여 정
도에 따라
: '집단적 서정' ≠ '개인적 서정' → '개성적 서정'
: '복합적 서정(집단적 서정 + 개인적 서정)'
④ 서정성 또는 서정적 인식이 표출된 시가의 효용 범주(목적·기능)
에 따라
: '공리적 서정' ≠ '순수 서정'

온전한 서정시가가 구현되는 단계는 아무래도 '개인적 서정'과 '독립
적 서정', '단절적 서정'의 속성을 아우르는 시가가 출현한 시점일 것이
다. 그러므로 서정의 유형이 '개인적 서정'과 '독립적 서정', '단절적 서
정'의 성격을 모두 지닐 경우, '개성적 서정'이라 지칭하기로 한다. '개
성적 서정'은 '의존적 서정'과 '집단적 서정'의 반대편에 놓여 있는 유형
이다. 더하여 '공리적 서정'이라 일컬어야 할 만한 유형이 있다면, 그
반대측에 있는 서정의 유형을 '순수 서정'으로 상정하기로 한다.

이와 같이 서정에 대한 기존의 정의를 보다 폭넓게 상정하고 범주와
유형을 체계화 하면, 고대시가와 향가 각편의 형성에 관여한 여러 기제
들의 작동 양상과 비중을 구체적으로 살피는 일이 조금이나마 수월해
질 것이라 생각한다. 또한 작품들을 계기적·통시적으로 나열하였을 때
도 주술적·제의적·서정적 인식의 지속과 변모 양상(주술시가에서 서정시
가로, 의존적 서정에서 독립적 서정으로), 집단적 인식에서 개인적 인식으로
의 전환에 따른 서정성의 자아화 양상(집단적 서정에서 개성적 서정으로, 공

인식이 기반이 되는 제의, 종교적 인식이 기반이 되는 제의는 면밀히 따지면 존재 유형
으로서 분류될 수 있는 것들이다. 하지만 이 글에서는 간략히 세 유형으로 다루기로
한다.

리적 서정에서 순수 서정으로) 등의 전환 국면들을 체계적으로 살피는 논의 역시 가능할 것이라 본다. 해당 전제를 바탕으로 본격적인 논의에서는 각 작품들을 우선 검토한 뒤, 갈래종을 벗어난 고대시가와 향가의 양식 적·인식적 연쇄 관계로까지 확대하여 자세하게 살피기로 한다.

작품별 분석

2장에서는 〈구지가〉, 〈공무도하가〉, 〈헌화가〉·〈해가〉, 〈도솔가〉의 형성 국면과 관련하여 막연하게 추정되어 온 제의의 실체를 민속학적·역사적·문학적 단서에 근거하여 구체화 하여 본다. 각 작품들의 형성 과정에 대한 단계적 검토와 함께, 작품 형성에 관여한 주술적·제의적·서정적 인식 간의 연관 관계도 살핀다. 이러한 논의를 중심으로 최고(最古)의 시가 양식이 출현하게 된 다양한 국면들을 계기적으로 톺아 볼 것이다.

1. 〈구지가〉: 제의·신화가 된 기우 주술요

〈구지가〉의 전승서사와 전승시가가 내포하는 이념적 인식 간에는 다소 시대적 간극이 존재한다. 〈구지가〉의 전승서사는 수로왕의 일대기를 다룬 일종의 "신화"이다. 전승서사 자체가 신화이자 형성·전승 당시 제의의 일부이니, 속성 개념에 따른 부차적인 논의는 필요하지 않다. 〈구지가〉의 전승서사는 자명하게 제의적 인식, 상세히 지적하면 신화적·제의적 인식을 기반으로 형성된 것이라 하겠다. 그런데 전승서사의 속성이나 그가 담지한 인식보다 전승시가는 주술적 인식이 큰 비중을 차지한다. 이 차이에 주목하면 〈구지가〉의 형성 국면을 구체적으로 재구할 수 있다.

주술적인 노래가 신군(神君)의 내력담과 결합하고 신화이자 국가 제의의 일부로 소용된 맥락을 찾으려면, 수로왕 신화가 마련되었던 정황에 관심을 두어야 한다. 수로왕 신화는 고대 건국신화이다. 고대 건국신화의 형성 목적은 일차적으로 정복층과 피정복층의 신앙적·정치적 통합에 있다. 〈가락국기(駕洛國記)〉조가 형성된 본래 목적도 이와 같다. 따라서 먼저 〈구지가〉의 형성 기반이 된 주술적·제의적 인식의 단서들을 전승서사, 특히 〈구지가〉와 밀접한 관계에 놓인 수로왕 탄강담을 중심으로 고찰하여 그 형성 국면과 출현 의의를 밝혀 가기로 한다.[1]

1) 기존 연구 검토와 문제 제기

〈구지가〉와 관련한 선행 연구들은 〈구지가〉의 발생학적 계통을 노동 또는 주술과 신화·제의와의 관계에서 소명하려는 노력이 상당수를 차지한다.[2] 수많은 성과 가운데 〈구지가〉의 형성 과정과 속성을 시대적

---

1 〈구지가〉와 관련된 논의는 글쓴이의 게재 논문을 수정·보완하여 정리하였다.(이현정, 「고대가요 〈구지가(龜旨歌)〉 삽입의 기능과 효용성: 서사로 편입된 주술요의 운용과 의미」, 『한국시가연구』 48, 한국시가학회, 2019.)

2 〈구지가〉를 노동적 성격의 시가로 정의한 예는 조윤제·이가원 등의 논의로 대표될 수 있다.(趙潤濟, 『國文學史』, 東國文化社, 1949, 16쪽; 李家源, 『韓國漢文學史』, 民衆書館, 1961, 38쪽.) 그러나 주술·제의와의 상관성을 전혀 배제한 것이 아니며 노동적 가무(歌舞)와 주술·제의적 가무(歌舞)의 연관성과 전환상으로서 〈구지가〉의 형성 과정을

추이와 견주어 조명한 대표적인 논의들을 정리한다.[3]

황패강은 〈구지가〉를 축수가(祝壽歌)에서 제의가(祭儀歌)가 된 가요가 다시 주가(呪歌)되는 과정을 거친 시가로 정의하였다.[4] 정병욱은 〈구지가〉를 원시인들의 성욕에 대한 강렬한 표현이 담긴 노래이자 여성이 남성을 유혹하는 수단으로 불리던 것이 시대적 추이에 따라 주문적(呪文的)인 기능을 띠게 되고 급기야 건국신화에까지 끼어든 것이라 하였으며,[5] 최동원은 집단의 무한한 존속을 주원(呪願)하던 도가(蹈歌)가 신군(神君)을 맞이하는 노래로 변이된 것으로, 원시시대의 생생력을 상징하던 노래가 영신군(迎神君)의 기능으로 전환되어 형성된 노래로 보았다.[6] 김승찬은 〈구지가〉를 수로왕 탄강제의 중 신탁제의(神託祭儀) 다음에 연행된 구복제의(龜卜祭儀)에서 중서(中庶)가 무도(舞蹈)와 더불어 부

논의한 것에 속한다.

3 이와 관련하여 황패강은 (1) 무격적·주술적·원시적 신앙과 제의와의 관련성, (2) 농경 사회의 노동과의 관련성, (3) 사회적 추이와 정치적 의의와의 관련성으로 〈구지가〉의 연구 성과를 정리한 바 있으며,(黃浿江, 「龜旨歌攷」, 『國語國文學』 29, 國語國文學會, 1965.) 김승찬은 (1) 제의적 측면, (2) 발생학적 측면, (3) 정신분석학적 측면, (4) 토템적 측면, (5) 사회사적 측면, (5) 민간신앙적 측면, (6) 수렵경제적 측면, (8) 한문화 영향적 측면 등으로 세분한 바 있다.(金承璨, 『韓國上古文學硏究』, 第一文化社, 1978.) 그런데 주술에서 제의로, 원시에서 고대로, 수렵에서 농경으로, 신앙에서 제의 또는 종교로 전환되는 흐름은 〈구지가〉 형성과 관련한 사적(史的) 전개의 전환적 국면의 준거를 무엇으로 상정할 것인가의 문제로 모두 소급될 수 있다.
4 黃浿江, 「龜旨歌攷」, 21~48쪽.
5 鄭炳昱, 『韓國詩歌文學史(上)』, 『韓國文化史大系(V): 言語·文學史(下)』, 高麗大學校 民族文化硏究所, 1967, 769쪽. 관련하여 정상균은 〈구지가〉를 모계사회 당시 한 여성이 상대 남자의 교체를 원하는 소망을 무의식적으로 노래한 것이 가락국 신화에서 대모(大母)의 불평을 얻은 구간(九干) 집단의 교체를 희망하는 노래로 전환된 것으로 파악한 바 있다.(鄭尙均, 『한국고대시문학사연구』, 한신문화사, 1984, 11~24쪽.)
6 崔東元, 「駕洛國記攷」, 『金海地區綜合學術調査報告書』, 釜大韓日文化硏究所, 1973; 金承璨, 『韓國上古文學硏究』, 27쪽 재인용.

른 노래였으나 뒷날 구복점(龜卜占)이 없어지고 거북을 식용물로만 여기게 되면서 주가(呪歌)로 성격이 바뀌게 된 노래로 규정하였다.[7] 김학성은 거북 토템 집단이 장차 그들의 통치자로 내정된 영아(嬰兒)의 출산제의 겸 영신제의에서 정상 출산을 바라는 열망의 극한적 표현에서 불리어진 주사(呪詞)로 파악한 바 있다.[8] 그런가 하면 한문화(漢文化) 교양을 지닌 외부의 권력자가 정치적 목적을 이루기 위하여 토착민에게 가르친 노래로 〈구지가〉를 정의하는 견해도 있다.[9]

이후 〈구지가〉의 형식과 노랫말이 원시 기우 주술요나 동요(童謠)와 유사하다는 지적이 제기되면서, 이를 토대로 〈구지가〉의 형성 국면과 시가의 성격을 구명하는 논의가 주류를 이루게 된다.

관련하여 조동일은 〈구지가〉를 제의와 관련된 굿노래로 정의하되, 굿을 하지 않을 때 무당이 아닌 예사 사람도 부를 수 있는 노래로서 어느 정도 독립성을 지니고 있었던 것으로 보았다. 따라서 후대에 상대방을 위협하면서 소원을 이루려는 형식의 동요는 이와 같은 〈구지가〉 계열의 노래가 후대적 변모를 이룬 것이라 하였다.[10] 성기옥은 〈구지가〉를 기우 혹은 풍요 주술에 본래적 기능을 둔, 달리 말하자면 '호칭 + 명령 - 가정 + 위협'의 주술공식구로 이루어진 〈구지가〉계 노래가 수로왕의 탄강담

7 金承璨, 『韓國上古文學研究』, 48쪽. 관련하여 〈구지가〉를 구복(龜卜) 행위에서 불린 노래로 파악한 견해로는 김열규, 유창돈, 김영수, 어강석 등의 연구가 있다.(김열규, 「가락국기고: 원시연극의 형태에 관련하여」, 『문창어문논집』 3, 문창어문학회, 1961; 유창돈, 「上古문학에 나타난 巫覡思想: 시가를 중심으로」, 『思想』 4, 사상사, 1952; 김영수, 「龜旨歌의 신해석」, 『東洋學』 28, 단국대학교 동양학연구소, 1998; 어강석, 「한문학의 관점으로 본 〈구지가(龜旨歌)〉의 재해석」, 『정신문화연구』 38(1), 한국학중앙연구원, 2015.)
8 金學成, 『韓國古典詩歌의 研究』, 62쪽.
9 엄경흠, 「龜旨歌의 語釋的 研究」, 『釜山漢文學研究』 5, 釜山漢文學會, 1990.
10 조동일, 『한국문학통사(1)』, 104쪽.

으로 전환되어 형성된 노래로 보았다.[11] 상대적으로 이연숙은 수로왕
신화와 무관한 동요가 〈가락국기(駕洛國記)〉가 윤색되는 과정에서 의도
적으로 신성성을 더하기 위하여 삽입된 것이 〈구지가〉라 추정하였다.[12]

〈구지가〉의 개별 연구는 주로 원시·고대인들의 주술적·제의적 인식
을 기점으로 가락국 신화의 형성과 윤색 과정에 이르기까지 폭넓은 시
기면에서, 〈구지가〉가 전승서사와 결합할 수 있었던 전환적 국면을 해
명하는 일을 주된 과제로 삼아 왔다. 하지만 선행 연구들은 〈구지가〉의
형성에 있어, 원시시대의 신앙적 주술에서 고대 제의로 전환된 국면을
논의하면서도 관련된 제의의 속성을 구체적으로 조명하지는 않았다.
비교적 최근에 이 한계를 극복하려는 움직임이 일었는데, 〈구지가〉와
관련된 제의를 토착적 신앙에 기반한 풍요 제의, 해신 제의, 고대국가
의 봉선제의(封禪祭儀)로 파악하는 논의들이다.[13]

그럼에도 여전히 주술이 제의로, 주술요가 신화로 운용될 수 있었던
개연성이 통시적·계기적으로 상세히 해명되지 않은 측면이 존재하거

---

11 成基玉, 「上古詩歌」, 『한국문학개론』, 45~47쪽.

12 李姸淑, 「龜旨歌考」, 『韓國文學論叢』 14, 한국문학회, 1993.

13 金永峯, 「〈駕洛國記〉의 분석과 〈龜旨歌〉의 해석」, 『淵民學志』 5, 연민학회, 1997; 김영
   수, 「龜旨歌의 신해석」; 이영태, 「〈龜旨歌〉의 수록경위와 해석의 문제」, 『한국학연구』
   10, 인하대학교 한국학연구소, 1999; 박상란, 『신라와 가야의 건국신화』, 한국학술정보
   (주), 2005; 오태권, 「〈龜旨歌〉 敍事의 封祭機能 研究」, 『列上古典研究』 26, 열상고전
   연구회, 2007; 남재우, 「駕洛國의 建國神話와 祭儀」, 『역사와 경계』 67, 경남사학회,
   2008; 조용호, 「豊饒祈願 노래로서의 〈龜旨歌〉 연구」, 『서강인문논총』 27, 서강대학교
   인문학연구소, 2010; 이현정, 「고대가요 〈구지가(龜旨歌)〉 삽입의 기능과 효용성: 서사
   로 편입된 주술요의 운용과 의미」. 이상 〈구지가〉와 관련된 연구의 양은 실로 방대하여,
   일일이 밝혀 체계적으로 정리하는 것은 지난한 작업이다. 이에 기존 연구 검토에서는
   〈구지가〉에 나타난 거북[龜]과 머리[首], 굴봉정촬토(掘峰頂撮土)라는 행위의 의미 등
   을 논의한 견해와 논쟁들은 별도로 언급하지 않는다.

니와, 〈구지가〉의 형성 국면과 후대 시가와의 관계를 해명하는 논의로
확장되지는 못하였다. 이 같은 논의는 주로 〈구지가〉와 〈해가〉를 연계
하여 조명하는 단계에 그쳐 있다. 이에 기존 견해들을 재검토 하여 〈구
지가〉 형성에 따른 시가의 본래적·전환적 기능과 효용성, 시가사적 의
의 등을 전반적·순차적으로 검토하는 작업이 필요하다. 그런 뒤에야
비로소 〈구지가〉가 주술요로서, 신화이자 제의의 일부로서 다양하게
조명될 수 있었던 국면을 온전히 도출할 수 있을 것이다.

2) 수로왕 탄강담의 제의성

『삼국유사(三國遺事)』「기이(紀異)」편 〈가락국기〉조는 가락국(금관가
야)의 건국주인 수로왕의 내력과 역대 왕력을 다룬 기록이다. 고려 문종
(文宗) 때 금관주지사(金官州知事) 문인(文人)이 소찬(所撰)한 내용을 전거
(典據)로 삼아,[14] 일연(一然)이 편찬 시 간략히 옮겼다고 전한다.

가락국의 멸망 이후에도 수로왕 신화는 신라에서 명맥을 이어 온 김
해 김씨 집단의 시조신화로서 중요하게 전승되었다. 김해 김씨 집단은
가락국 신화를 통하여 그들의 정체성 정립에 심혈을 기울였는데, 최종
결과물이 〈가락국기〉조였을 것으로 추정된다. 덕분에 일찍이 쇠락의

---

14 〈가락국기〉조의 후반부에 수로왕릉의 축조 시기와 관련된 내용이 있으므로 그 편찬연
대를 태강(太康) 2년, 고려 문종 31년(1076)으로 추정하는 것이 일반적인데,『숭선전지
(崇善殿誌)』의 기록들을 참고할 때 그 편자는 왕명을 받은 김량일(金良鎰)일 것으로
추정되고 있다. 김량일은 비문·구비자료·민속 등을 수집하여 〈가락국기〉조를 지었을
것이라 한다.(이영식,「〈駕洛國記〉의 史書的 檢討」, 가락국사적개별연구원 편,『강좌한
국고대사』 5, 2002, 154쪽; 이강옥,「수로신화의 서술원리의 특수성과 그 현실적 의미」,
『가라문화』 5, 경남대학교 가라문화연구소, 1987, 138쪽; 허남춘,『제주도 본풀이와 주
변 신화』, 제주대학교 탐라문화연구소, 2005, 262쪽.)

길을 걸었던 고대 국가의 신화임에도 삼국의 신화와 견주어 뒤지지 않
을 만큼 서사구성이 체계적이며 풍부하다. 그 가운데 〈구지가〉는 특별
히 수로왕 신화의 차별성·특수성을 제고하는 요소로 주목받고 있다.
〈구지가〉가 결합한 〈가락국기〉조 전반부 서사는 아래와 같다.

　　개벽한 후로 이곳에 아직 나라의 이름이 없고 또한 군신의 칭호도 없
더니 이때 아도간(我刀干), 여도간(汝刀干). 피도간(彼刀干), 오도간(五
刀干), 유수간(留水干), 유천간(留天干), 신천간(神天干), 오천간(五天
干), 신귀간(神鬼干) 등의 구간(九干)이 있어, 이들이 추장이 되어 인민
을 거느리니 그 수효가 무릇 일백 호 칠만 오천 인이었다. 산야에 도읍
하여 우물을 파 마시고 밭을 갈아 먹더니 후한 세조 광무제(光武帝) 건
위(建武) 십팔년 임인(壬寅) 삼월 계욕일에 그곳 북쪽 구지(龜旨)【이것
은 산봉우리의 이름이니 십붕(十朋)이 엎드린 형상과 같음으로 구지라
한 것이다.】에서 무엇을 부르는 수상한 소리가 났다. 마을사람 이삼백
인이 이곳에 모이니, 사람의 소리는 나는 듯하되 그 형상은 보이지 않고
소리만 내어 말하기를 "여기에 사람이 있느냐?" 구간들이 이르되 "우리
들이 여기 있다." 하였다. 또 말하기를 "여기가 어디이냐?" 대답하되 "구
지."라 하였다. 또 말하되 "하늘이 나에게 명하기를 이곳에 와서 나라를
새롭게 하여 임금이 되라 하였으므로 이곳에 일부러 내려왔으니 너희들
은 마땅히 봉우리의 정상에서 흙을 파면서 노래하여, '**거북아 거북아,
그 머리를 내어라, 내어 놓지 않으면, 구워서 먹으리**(龜何龜何/首其現也/
若不現也/燔灼而喫也).'하고 도무(蹈舞)하면서 대왕을 맞이하여 환희용
약할 것이리라." 하였다. 구간 등이 그 말과 같이 모두 기뻐서 가무하다
가 얼마 아니하여 쳐다보니 자색줄이 하늘에서 내려와 땅에 닿는지라
줄 끝을 찾아보니 붉은 폭에 금합이 싸여 있었다. 열어보니 해와 같이
둥근 여섯 개의 황금알이 있었다. 모두 크게 기뻐하여 백 배하고 조금
있다가 다시 싸가지고 아도(我刀)의 집으로 돌아와 탑 위에 두고 각기

흩어졌다. 열두 시각이 지나 이튿날 평명(平明)에 여럿이 다시 모여 합을 여니, 여섯 알이 부화하여 동자가 되었는데 용모가 매우 깨끗하므로 상에 앉히고 여럿이 배하고 극진히 위하였다. 나날이 자라 십여 일을 지나매 신장이 9척이나 되었으니 이는 은(殷)의 천을(天乙)과 같고 그 얼굴이 용과 같았음은 한(漢)의 고조(高祖)와 같고 눈썹의 팔채(八彩)는 당고(唐高, 堯)와 같고 눈에 동자가 둘씩 있음은 우순(虞舜)과 같았다. 그달 보름날에 즉위하였다. 처음으로 나타났다고 하여 휘를 수로라 하고 혹은 수릉(首陵)이라 하며【수릉은 죽은 뒤의 시호이다.】 나라를 대가락(大駕洛), 또는 가야국(伽耶國)이라고도 일컬으니 곧 육가야의 하나요, 나머지 다섯 사람은 각각 가서 오가야(五伽倻)의 임금이 되었다. 동쪽은 황산강(黃山江), 서남쪽은 창해(滄海), 서북쪽은 지리산(地理山), 동북쪽은 가야산(伽耶山)으로써 경계하고 남쪽은 나라의 끝이 되었다. 가궁(假宮)을 짓게 하여 입어(入御)하였으나 질박하고 검소하려 하여 모자(茅茨)를 자르지 않고 토계(土階)는 겨우 삼 척(三尺)이었다.[15]

---

15 "【文廟朝大康年間, 金官知州事文人所撰也, 今略而載之.】 開闢之後, 此地未有邦國之號, 亦無君臣之稱. 越有我刀干·汝刀干·彼刀干·五刀干·留水干·留天干·神天干·五天干·神鬼干等九干者, 是酋長, 領總百姓, 凡一百戶, 七萬五千人. 多以自都山野, 鑿井而飮, 耕田而食. 屬後漢世祖光武帝建武十八年壬寅三月禊洛之日, 所居北龜旨【是峯巒之稱, 若十朋伏之狀, 故云也.】有殊常聲氣呼喚, 衆庶二三百人集會於此, 有如人音, 隱其形而發其音曰, 此有人否. 九干等云, 吾徒在 又曰, 吾所在爲何. 對云龜旨也. 又曰, 皇天所以命我者, 御是處, 惟新家邦, 爲君后. 爲玆故降矣. 儞等須掘峯頂撮土, 歌之云, 龜何龜何, 首其現也. 若不現也, 燔灼而喫也, 以之蹈舞, 則是迎大王 歡喜踴躍之也. 九干等如其言, 咸忻而歌舞. 未幾, 仰而觀之, 唯紫繩自天垂而着地, 尋繩之下, 乃見紅幅裹金合子. 開而視之, 有黃金卵六圓如日者. 衆人悉皆驚喜, 俱伸百拜, 尋還裹著, 抱持而歸我刀家, 寘榻上, 其衆各散. 過浹辰, 翌日平明, 衆庶復相聚集開合, 而六卵化爲童子, 容貌甚偉. 仍坐於床, 衆庶拜賀, 盡恭敬止. 日日而大 踰十餘晨昏, 身長九尺則殷之天乙, 顏如龍焉則漢之高祖, 眉之八彩則有唐之高, 眼之重瞳則有虞之舜, 其於月望日卽位也. 始現故諱首露, 或云首陵【首陵是崩後諡也】, 國稱大駕洛, 又稱伽耶國, 卽六伽耶之一也. 餘五人各歸爲五伽耶主. 東以黃山江, 西南以滄海, 西北以地理山, 東北以伽耶山, 南而爲國尾. 俾創假宮而人御, 但要質儉, 茅茨不剪, 土階

보통 고대건국신화의 주인공은 부성(父性)과 모성(母性)의 혈통적 신
성성을 승계하는 존재로 그려지기 마련이다. 그러나 〈가락국기〉조에
기술된 수로왕의 내력에는 이 같은 서사가 존재하지 않는다. 『신증동
국여지승람(新增東國輿地勝覽)』에 수록된 최치원의 『석이정전(釋利貞傳)』
에서 수로왕이 천신(天神) 이비가(夷毗訶)와 가야산신(伽倻山神) 정견모
주(正見母主)의 아들이자 대가야의 시조 뇌질주일(惱窒朱日)과 형제 관계
라는 별도의 전승이 존재하지만,[16] 〈가락국기〉조에서 전하는 특별한 탄
강담은 전하지 않는다. 대신 〈가락국기〉조는 구간(九干)과 수로왕의 만
남으로 신성 존재의 부모와 관련한 내력담을 대치하고 있다. 유사한 양
상은 신라의 건국신화에서도 보인다.[17]

三尺."(『삼국유사』권2, 「기이(紀異)」제2, 〈가락국기〉조.) 본고에서 『삼국유사』와 『삼
국사기』의 해석은 '이병도 역, 『삼국사기·삼국유사』, 두계학술재단, 1999.'의 DB자료
(한국의 지식콘텐츠 KRpia 누리집 수록)와 국사편찬위원회 한국사데이터베이스 누리집
에 수록된 DB자료를 참조하되, 원문과 대조하여 필자의 해석을 가감하였음을 밝힌다.
이하 인용 출처와 해석문 제시 방식은 동일하다.

16 "本大伽倻國【詳見金海府山川下】, 自始祖伊珍阿豉王【一云內珍朱智】. 至道設智王
凡十六世五百二十年【按崔致遠釋利貞傳云, "伽倻山神正見母主 乃爲天神夷毗訶之
所感 生大伽倻王惱窒朱日 金官國王惱窒靑裔二人.", 則惱窒朱日爲伊珍阿豉王之別
稱 靑裔爲首露王之別稱. 然與駕洛國古記六卵之說.】"(『신증동국여지승람』권29, 「경
상도 고령현(慶尙道 高靈縣)」, 〈건치연혁(建置沿革)〉조; 민족문화추진회, 『국역신증동
국여지승람(4)』, 1982, 144쪽.)

17 신라(계림국)와 가야(가락국)의 모태는 진한(辰韓)과 변한(弁韓)인데 대개 같은 종족
계통으로 간주된다. 양국 신화 간의 구조적·내용적 유사성은 일차적으로 이에 기반한
것으로 보인다. 이후 각국의 역사적 사정에 따라 체계화의 경로를 달리하다가, 가야가
신라로 복속되면서 다시금 영향 관계에 놓이게 되었을 것으로 추정된다. 독립적인 성모
신화가 저층에 뿌리 깊게 자리한다는 점, 선주민 신화가 부각되어 있는 점, 성씨 취득으
로 구체화 되는 계보 의식이 동일하게 발견된다는 점,(박상란, 『신라와 가야의 건국신
화』, 16~20쪽.) 등으로 미루어 수로왕 신화의 형성 기반을 혁거세왕 신화와의 비교를
통하여 유추하는 작업은 나름의 타당성을 지닌다.

(혁거세왕이 서라벌(徐羅伐)을 세우기 이전), 이보다 먼저 조선의 유민이 산골에 나누어 살며 육촌을 이루고 있었다. …(중략)… 고허촌장(高墟村長)인 소벌공(蘇伐公)이 하루는 양산(楊山) 기슭을 보니 나정(蘿井) 옆에 있는 숲 사이에 말이 꿇어 앉아 울고 있으므로 즉시 가 보니 홀연히 말은 보이지 않고, 다만 큰 알이 있었다. 그것을 가르니 한 어린아이가 나와 거두어서 길렀더니, 10여 세에 이르자 유달리 영리하고 숙성하였다. 육부 사람들이 그 출생을 신이하게 여겨 그를 받들어 존경하여 이때에 이르러 그를 임금으로 세웠다.[18]

위의 글을 살펴보면 이 육부의 조상이 모두 하늘에서 내려왔다. 노례왕 9년 처음 육부의 이름을 고치고 또 여섯 성을 내렸다. …(중략)… 3월 삭(朔)에 육부의 조상(祖上)들이 각기 자제들을 데리고 알천의 언덕 위에[關川岸上에] 모여서 의논하되, "우리가 위에 백성을 다스릴 군주가 없어, 백성들이 모두 방일(放逸)하여 제맘대로 하니, 어찌 덕있는 사람을 찾아 임금으로 삼아 나라를 세우고 도읍을 정하지 아니하랴." 하고 이에 높은 곳에 올라 남쪽을 바라보니 양산(楊山) 아래 나정(蘿井) 옆에 상서로운 기운이 전광(電光)과 같이 땅에 비치더니 거기에 한 마리 백마가 꿇어 앉아 절하는 형상을 하고 있어 그곳을 살펴 보니, 한 자색 알【혹은 푸른, 큰 알이라고도 한다.】이 있었다. 말은 사람을 보고 길게 울다가 하늘로 올라가버렸다. 그 알을 깨어 동자를 얻었는데, 형채가 단정하고 아름다워 놀라고 이상히 여겨, 동천(東泉)【동천사(東泉寺)는 사뇌야(詞腦野) 북쪽에 있다.】에서 목욕시키니 몸에서 광채가 나고, 새와 짐승이 춤추며 따르고 천지가 진동하며 해와 달이이 청명한지라, 그로 인하여

---

18 "先是, 朝鮮遺民分居山谷之間, 爲六村. …(중략)… 高墟村長蘇伐公望楊山麓, 蘿井傍林間, 有馬跪而嘶, 則往觀之, 忽不見馬, 只有大卵, 剖之, 有嬰兒出焉, 則收而養之, 及年十餘歲, 岐嶷然夙成, 六部人以其生神異, 推尊之, 至是立爲君焉."(『삼국사기』 권1, 「신라본기」 제1, 〈시조 혁거세거서간〉조.)

혁거세왕(赫居世王)이라 이름하였다.[19]

　보통 건국신화의 서사에서 기존 인물(들)과 새로운 인물의 '만남'은 정치적 상하 관계를 우회적으로 뜻한다. 육부 촌장과 혁거세의 만남은 집단 간의 역학 관계에 따른 건국의 사회적·역사적 사정을 신화적 문맥으로 재구성한 것이며,[20] 구간과 수로왕의 만남 또한 '정치적 필요성'에 따라 문맥화 된 서사이다.

　하지만 단순히 '만남'이 아닌, 사건이 발생할 당시 기존 인물(들)이 취

------

19 "按上文, 此六部之祖, 似皆從天而降. 弩禮王九年始改六部名. …(중략)… 三月朔, 六部祖各率子弟, 俱會於閼川岸上, 議曰, 我輩上無君主臨理蒸民, 民皆放逸, 自從所欲, 盍覓有德人, 爲之君主, 立邦設都乎 於時, 乘高南望, 楊山下蘿井傍, 異氣如電光垂地, 有一白馬跪拜之狀. 尋撿之, 有一紫卵(一云靑大卵), 馬見人長嘶上天, 剖其卵得童男, 形儀端美. 驚異之, 浴於東泉(東泉寺在詞腦野北), 身生光彩, 鳥獸率舞, 天地振動, 日月淸明, 因名赫居世王."(『삼국유사』 권1, 「기이」 제1, 〈신라시조 혁거세왕〉조.)

20 이주영은 혁거세의 출현담을 중심으로『삼국유사』와『삼국사기』의 서사를 대조할 때, 『삼국유사』의 내용이 천신의 신성성으로 수식된 보다 정치적 의미를 가진 사건으로 해당 삽화를 조직하고 있다는 사실을 밝힌 바 있다. 하늘로부터 내리 비친 전광(電光), 백마의 천상 회귀 등이『삼국사기』의 기록에서 보이지 않고, 육부의 촌장들과 자제들이 연맹체 존속의 중사(重事)를 논하는 자리에 혁거세가 출현하는 잇따른 전개에서 이러한 해석이 가능하다는 것이다. 또한『삼국유사』에서 육부의 시조는 각각 표암봉(瓢嵓峰), 형산(兄山), 이산(伊山), 화산(花山), 명활산(明活山), 금강산(金剛山)에서 출현한 존재들로, 이들은 단순한 촌장이 아닌 각 촌의 신화적 조상이며, 혁거세의 출현과 신라의 건국은 육부의 시조들이 보이는 신화적 시·공간 속에서 이루어진 사건이라 하였다.(이주영, 「삼국시대 건국신화의 기반과 전개」, 고려대학교 박사학위논문, 2018, 118~121쪽.) 반면 박상란은 육부의 시조 신화 가운데 신화적 요소는 단지 그 시조들이 어느 산으로 내려왔다는 것일 뿐이며, 고대의 신화적 발상에 충실한 것이라기보다 어디까지나 정치적 필요성에 의하여 후대에 삽입된 서사로 파악하였다. 하지만 후대 삽입이라는 특성보다 신화 형성의 완성 단계에 이르러 혁거세 신화는 육촌장 신화 없이는 존재할 수 없고, 육촌장의 신화적 개입이 필수적으로 동반되어야만 신화적 의미가 온전히 구현될 수 있음을 지적하고 있다.(박상란, 『신라와 가야의 건국신화』, 2005, 52~55쪽.)

하는 태도가 더욱 중요하다. 기존 인물(들)이 긍정적인 태도를 보인다면 이는 신화 속 인물로 상정되는 역사 집단의 공존, 정치적 결합의 성공을 의미한다. 새로운 존재가 벌이는 낯선 변화들은 신성함으로 여겨지고 비로소 서사는 건국신화라 할 만한 새로운 국면을 맞이한다. 따라서 건국신화에서 기존 인물(들)과 새로운 인물 간의 긍정적인 만남은 남녀의 결연과 동일한 의미를 띤다. 반면 부정적이라면 이는 역사 집단의 갈등과 정치적 결합의 무산을 의미한다.[21] 이때 서사는 중심 흐름에서 잠시 벗어나 새로운 존재를 축출하는 전개로 나아간다.

　구간과 육부의 촌장들이 새로이 출현한 존재에게 긍정적인 태도를 취할 수 있었던 까닭은 그들이 '신성한 것'이라 여긴 특별한 정황 때문이다. 그런데 수로왕 신화에서 새로운 존재가 보이는 신성성은 혁거세왕 신화와 다소 다른 양상을 보인다. 수로왕 신화에서 새로운 존재는 천명(天命)을 표방하는 수상한 목소리로 구간 집단에게 처음으로 신성함을

21　가장 부합하는 예는 탈해 신화이다. 기존 집단 또는 새로운 출현 존재가 만남에서 취하는 부정적인 태도는 〈가락국기〉조에서 탈해가 수로왕에게 "내가 왕의 자리를 뺏으러 왔다."고 직접적으로 언급하는 대목에서 양자의 관계가 신화적 결연이 이루어질 수 없었던 정치적 적대 관계란 사실이 드러난다.("悅焉詣闕, 語於王云, 我欲奪王之位, 故來耳. 王答曰, 天命我俾卽于位, 將令安中國而綏下民, 不敢違天之命以與之位, 又不敢以吾國吾民, 付囑於汝."『삼국유사』 권2, 「기이」 제2, 〈가락국기〉조.) 또한 수로왕과 탈해의 만남은『삼국유사』와『삼국사기』에서 상이하게 기술되어 있다.『삼국사기』에서는 금관가야의 사람들이 탈해의 출현을 '괴이하게' 여겼다고 하였다("初至金官國海邊, 金官人怪之不取."『삼국사기』 권1, 「신라본기」 제1, 〈탈해이사금(脫解尼師今)〉조.) 역으로『삼국유사』에는 수로왕과 신민(臣民)들은 환영하였으나 오히려 탈해가 몸을 실은 배가 달아났다고 기술되어 있다("駕洛國海中有船來泊, 其國首露王, 與臣民鼓譟而迎, 將欲留之, 而舡乃飛走."『삼국유사』 권1, 「기이」 제1, 〈탈해왕(脫解王)〉조.) 이런 사정은 편찬자가 역사를 기술하는 태도와 신화 전승층의 자기 중심적 사고관이 복합적으로 얽혀 비롯된 것이지만, 이에 대한 해명은 차지하고 살피기로 한 기존 집단과 출현 존재 간의 첫 만남에 관한 태도에 집중하기로 한다.

내보인다. 자줏빛 줄, 금란이라는 가시적인 요소로 신성함을 드러낸 것
은 이후의 일이다. 상대적으로 혁거세왕 신화에서는 전광, 백마의 출현
과 같은 가시적인 증거들이 거듭되며 새로운 존재가 신성함을 보인다.

수상한 목소리만으로 구간 집단이 새로운 존재를 '신성한 대상'으로
여길 수 있었던 이유는 '만남'이 처음으로 성사된 장소가 구지(龜旨)이
며, 그 시기가 3월 계욕일이었기 때문이다. 혁거세왕 신화와 빗대면 충
분히 합리적인 유추가 가능하다. 『삼국사기(三國史記)』와 『삼국유사』의
기술 내용에 따르면, 혁거세는 소벌공의 개입 유무를 떠나 처음으로 양
산(楊山)에 출현한다.

역사학계에서는 알천(閼川)·양산(楊山)을 고고학적 증거에 따라 신라
건국 초기 세력의 중심지로 판단하고 있다.[22] 즉 알천양산촌(閼川楊山村)
은 부족명인 동시에 해당 부족이 근거하는 중심 지역이라 할 수 있다.
신화에서 알천의 언덕은 육부 수장들이 모여 연맹의 일을 논의하는 장
소였다. 이 같은 장소가 알천양산촌의 근거지였다는 사실은 육부 중에
서도 이들이 가장 강력한 세력이었음을 의미한다.

또한 『삼국유사』의 기록에 따르면 육부 수장들이 알천의 언덕에 모인
시기는 3월 삭(朔)일이었다. 『삼국사기』는 고허촌장 소벌공이 우연한
계기에 혁거세의 출현을 마주하게 된 것으로 기술하고 있지만, 이는 신

---

22 정연식에 따르면 역사지명학에 근거한 알천의 지명은 '기다란 산줄기의 끝부분에 뻗어
    나온 산'이란 의미를 지니고 있다고 한다. 경주 탑동의 발굴 유물 가운데 우물 유구에서
    좌우가 뒤바뀐 생(生)이 새겨진 기와 90여점이 발견된 점, 나(柰)가 생(生)과 연관되어
    '나다'의 뜻으로 쓰였던 글자라는 점으로 미루어, 탑동이 혁거세의 출현 장소인 나정이
    존재하던 장소일 가능성이 크며, 나정의 위치를 근거로 양산의 실체를 지리적으로 추정
    하면, 양산은 서천을 중심으로 한 고위봉과 금오봉을 아우른 남산 전체 또는 금오봉에
    해당하는 지역으로 추정된다고 한다.(정연식, 「역사음운학과 고고학으로 탐색한 閼川
    楊山村」, 『한국고대사연구』 80, 한국고대사학회, 2015, 7쪽.)

화의 서사가 본래의 신화적 맥락보다 역사적 사정을 더욱 반영하거나 신화의 신성성이 약화되었을 즈음의 변이로 보인다. 3월은 고대의 계절 제의들이 치러진 기간이며 삭(朔)은 새로움 또는 첫 시작이란 의미를 지닌다. 대개 이 주기를 기점으로 고대·중세까지 계절제의인 봄의 제전 (祭典)이 치러졌다.[23] 삭일에 탄강한 혁거세왕은 난생 뒤에 동천에 목욕 시켜졌다고 하였는데, 역시 새로운 탄생 또는 재생과 관련이 깊은 행위 이다. 이런 정황들을 종합할 때, 육부 수장들이 알천 언덕에 모인 까닭은 본디 제의를 연행하기 위한 것일 여지가 크다.[24]

이 같은 정황에 근거하여 수로왕 탄강담에 보이는 시·공간적 배경의 제의적·정치적 의미를 유추할 수 있다. 구지(龜旨)는 알천양산촌과 마 찬가지로 초기 가락국의 중심지로서 구간 집단 가운데 가장 상위 세력 의 점거 지역이자, 근본을 상징하던 장소일 가능성이 높다. 수로왕의 탄강이 3월 계욕일에 이루어진 것 역시 혁거세왕의 탄강 시기에 담긴 사유와 다르지 않다. 3월 계욕일은 원시·고대인의 관념에서 새로운 존 재의 탄생, 새로운 시작을 상징하는 주술적 신성성이 깃든 시기이다.

따라서 이 시기는 구간 집단이 섬기는 지고신(至高神)과 소통할 수 있

---

23 3월은 고구려의 회렵(會獵)과 산천제의(山川祭儀)가 벌어진 기간이다. 우리 전통 계절 의례인 계욕일(禊浴日) 또한 3월에 치러진다.『동국세시기(東國歲時記)』의 3월 행사를 보면, 화류(花柳), '사회(射會)', '향음사(鄕飮射)', 제주도의 차귀제(遮歸祭) 등이 나오 는데, 모두 계절제의인 봄의 제전(祭典)과 관련된 것들로 보인다. 또한 삭(朔)과 유사한 의미를 지니는 순우리말인 '설'이 '설장고', '설쇠' 등에 쓰이는 것으로 미루어, '설'이 으뜸, '우리머리' 등의 의미로 해석할 여지가 있다.(이경엽, 「연구논문: 상대의 세시풍속 과 그 전승 맥락」,『남도민속연구』 5, 남도민속학회, 1999, 117·131쪽.)

24 나희라 역시 알천양산촌을 초기 신라의 주촌(主村)이자 6촌의 공공 제의가 거행되던 지역으로 판단한 바 있다.(나희라, 「新羅初期 王의 性格과 祭祀」,『韓國史論』 23, 국사 편찬위원회, 1993, 71쪽.)

는 공식적인 제의의 기간이며, 신성한 시간에 해당한다. 그렇기에 구간 집단은 구지봉(龜旨峰)에서 들려 온 낯선 소리를 단번에 '신성한 것'으로 받아들일 수 있었다. 구간 집단이 건국신화 속 여느 기존 집단보다 강렬한 신성 체험을 경험한 듯한 태도를 취하고 있는 이유도 이 때문이다.[25]

　구간 집단이나 육촌 집단이 이러한 시·공간을 배경으로 새로운 존재의 출현을 맞닥드린다는 설정은 곧 해당 서사가 '제의적·정치적 주도권의 승계'를 뜻하는 신화적 문맥임을 의미한다. 실제로 고대 초기 왕권의 등장은 기존의 신앙 권력을 통치자·정복자의 자장 안으로 흡수하고 수용하며 이루어졌다. 복속 전쟁으로 이룩하는 정치적 권위와 함께 정복한 지역의 제의권을 가져오는 일은 신앙·사상적 측면 뿐이 아니라, 공동체의 결속력을 높이는 정치적 자기장을 끌어오는 작업이었다. 이 전략은 천자(天子)의 권위나 신성왕권에 대한 인식이 보편화 되지 않았던 사회를 토대로 출현한 초기국가가 기틀을 다지는 통치 원리였다.[26]

　여타 건국시조와는 달리 수로왕의 탄강에 굳이 〈구지가〉가 노래불려야만 한 원인, 건국신화에 특별하게 시가가 결합한 원인도 이와 다르지 않아 보인다. 수로왕은 자신을 '천황이 명한 나라를 새롭게 할 임금'이

25　송효섭은 구간 집단이 보이는 태도를 "신성을 목격한 자들이 경험하는 강렬한 신성 체험의 전형"으로 해석하였다.(송효섭, 「始祖傳乘 속의 神秘體驗: 三國遺事 紀異篇의 敍述構造와 관련하여」, 『語文論叢』 7·8, 전남대학교 어문학연구회, 1985, 346쪽.)

26　신라의 남해왕(南解王)이 자신의 명호로 차차웅(次次雄)이란 칭호를 사용한 사실과 연계하여 이해할 수 있다. 관련하여 남해왕이 이를 명호로 받아들인 것은 토착 세력의 수장인 육촌장이 지녔던 전통적 권위이자 종교적인 신성성을 포용하기 위한 노력이란 주장,(김병곤, 『신라 왕권 성장사 연구』, 학연문화사, 2003, 175쪽.) 왕에 대한 인식이 명확하지 못한 건국 초기에 일반 사람들에게 쉽게 이해될 수 있는 기존의 종교직능자를 의미하던 칭호를 사용하여 그 능력과 역할을 포용하는 존재를 의미토록 한 것이라는 주장은 시사하는 바가 크다.(朴大福, 「建國神話의 天觀念과 巫觀念」, 『語文研究』 32(3), 한국어문교육연구회, 2004, 218쪽.)

라 하면서도 거듭하여 구간 집단에게 〈구지가〉를 노래할 것을 요구한다. 또한 수로왕의 현현은 〈구지가〉가 노래불린 뒤에야 비로소 실현될 수 있었다.

이는 역으로 〈구지가〉가 구간 집단에 의해 불려졌을 때 특정한 힘을 발휘하는 노래이자, 구간 부족이 자신들의 지고신을 대상으로 벌이던 토착적 제의에서 불렸던 노래라는 사실을 간접적으로 뜻한다. 곧 〈구지가〉는 천명(天命)과 비견할 만한 위력을 가진 구간 집단의 토착적 제의가(祭儀歌)였던 것이다. 〈구지가〉는 '머리'의 출현을 바라며 부른 시가이다. 수로왕 탄강담과 직결하면 '머리'는 곧 수로왕을 비유한다. 〈구지가〉의 본 모습이 구간 집단의 제의가라면 본래 '머리'는 구간 집단의 지고신을 뜻하였을 가능성이 크다. 그러므로 〈구지가〉는 제의에서 신의 출현을 바라며 불렀던 청배가(請陪歌)였을 것으로 보인다.

그러므로 〈구지가〉는 새로운 지배자가 껴안아야 할 기존의 권위, 원천적인 힘을 상징한다고 볼 수 있다. 수로왕은 구간 집단이 섬기던 토착신의 권위와 힘을 흡수하여 천신(天神)의 권위를 위임받은 새로운 신군(神君)으로 거듭나게 되었다. 건국신화이든 무속신화이든 새로운 신화가 형성되거나, 새로운 신격이 도래하면 대부분 '기존에 있던 신성존재의 권위'를 끌어오면서도 '새로움을 합리화 할 수 있는 용이성'을 고민하게 된다. 대개 해결 방안은 기존의 토착 신앙이나 토착 신화를 활용하여 새로운 신화를 구성하는 토대로 삼는 방식이었다.

이러한 작법에 근거하여 수로왕으로 대변되는 새로운 집단은 피지배 집단인 구간 집단이 잘 아는, 그들이 '노래의 신성한 힘'을 믿어 의심치 않는 〈구지가〉를 선택하여 시조의 내력담을 구성한 것으로 볼 수 있다. 〈구지가〉의 형성은 의도적으로 전략화 된 신성왕권시대의 신화 작법이며, 이에 〈구지가〉는 기존 집단의 제의가를 건국신화의 서사에 맞추어 재맥락화 하여 형성된 시가라 할 수 있다.

3) 〈구지가〉 전승의 형성 단서

앞서 수로왕 탄강담에 속한 시·공간적 배경의 제의적 속성을 토대로 그 서사는 지배집단과 피지배집단 간의 제의권 승계 과정을 신화적으로 형상화 한 맥락이며, 〈구지가〉는 구간 집단의 벌인 토착적 제의 가운데 청배 절차에서 불렸던 제의가라는 결론을 내릴 수 있었다. 수로왕 탄강담과 결합한 〈구지가〉의 가장 큰 특성은 전승서사에서 보이는 천신중심주의적 화소들과 상이한 성격을 띤다는 것이다. 전승서사와 전혀 상관 없는 '거북'이란 주술적 매개자가 등장하는 점, 신성 존재의 현현을 위협과 명령으로 강제한다는 점도 특별하다.

〈구지가〉가 이처럼 차별되는 특성을 담지할 수 있었던 이유, 구간 집단의 토착적 제의가에서 수로왕의 탄강담으로 전환될 수 있었던 이유를 시가가 형성·전승되었던 시대적·지역적 실상 안에서 구체적으로 고찰하기로 한다.

〈구지가〉계 노래와 기우 주술

〈구지가〉와 유사한 형식을 갖춘 노래인 〈구지가〉계 노래가 범세계적 차원으로 분포한다는 사실은 익히 알려져 있다. 관련하여 성기옥은 〈구지가〉계 노래를 우리가 추적할 수 있는 가장 이른 시기의 노래이자, 〈구지가〉의 형성 기반이 된 우리 시가의 직접적인 원류 가운데 하나로 다룰 필요성을 제기한 바 있다. 〈구지가〉계 노래의 특성은 다섯 가지로 정리할 수 있는데, 아래와 같다.[27]

① 호칭 + 명령 – 가정 + 위협의 주술적 공식구를 갖추고 있는 노래
② 일정한 규모의 집단적 제의에서 불리는 주술적 노래
③ 여럿이서 함께 부르는 집단 주술의 형태를 띤 노래
④ 그 본래적 기능이 기우 혹은 풍요 주술에 기반을 두고 있는 노래
⑤ 주술적 위협의 대상이 주술적 해결의 능력을 지닌 신이 아닌 신의
　매개자로 설정되어 있는 노래

　그런데 ②, ③은 주술이 실현되는 규모와 형식면에서 시기적으로
선·후행되는 양상이므로 분리하여 이해하는 편이 좋을 듯 하다. ③이
②보다 앞선 시대의 주술 유형이라 할 수 있다. 집단적 제의는 엄연히
집단 주술과 다르다. 제의는 주술에 비하여 보다 복잡화, 규범화, 체계
화 된 의식(儀式)이므로 단순히 '여럿이 함께 부르는 집단 주술'보다 후
대에 형성된 것이다. 또한 공적 주술은 주술 시대의 후기에 이르러 점
차 증대하는 양상을 보인다. 그전까지 주술은 혈연집단을 중심으로 한
다소 규모가 작은 공적 주술로서 존재하였다.
　성기옥은 〈구지가〉계 노래가 청동기 문화단계로의 진입, 정착 농경
이 시작된 시기, 혈연 집단을 넘어선 보다 큰 규모의 사회 공동체로 재
편이 이루어진 시기, 신을 직접 위협할 수 없을 만큼 상당한 정도의 신
관념의 형성된 이후의 시기에 형성되었을 것으로 추정한다.[28] 허남춘도
성기옥의 논의를 토대로 〈구지가〉계 노래를 청동기시대로 진입할 당시
에 형성된 것과 청동기시대에서 철기시대로 진입할 즈음에 형성된 것
으로 이분하여 살핀 바 있다. 전자는 신의 화신과 신의 사자가 구분되
지 않는 주술의 노래이며, 후자는 신의 화신(化身)과 신의 사자가 구분

27　成基玉, 「上考詩歌」, 『한국문학개론』, 46쪽.
28　成基玉, 「上考詩歌」, 『한국문학개론』, 46쪽.

되어 있는 주술의 노래라는 것이다.[29]

이와 함께 규모·형식에 따른 주술의 시대적 변화상을 감안한다면, 아마도 ③의 모습은 청동기시대로 진입한 시기의 이른 〈구지가〉계 노래의 실현상, ②은 청동기시대에서 철기시대로 진입하는 시기의 늦은 〈구지가〉계 노래의 실현상이라 할 수 있다. 그러므로 〈구지가〉는 직접적으로는 늦은 〈구지가〉계 노래, 즉 어느 정도 발전된 주술요의 영향을 받아 형성된 시가로 볼 수 있다. 우선 이를 명확히 하여 둔다.

다음으로 ④에 해당하는 〈구지가〉계 노래의 속성으로 미루어, 〈구지가〉의 신화적 전환에 대한 근거를 구체적으로 파악한 연구들이 있었다.[30] 연구들은 공통적으로 수로왕 탄강일인 3월 계욕일을 주시하고 있는데, 〈구지가〉계 노래의 풍요적·재생적 속성과 계욕일의 상징성이 맞물려 새로운 통치자의 출현과 국가의 시작을 비유하기에 적절하며, 왕의 탄강제의로 거듭될 수 있는 연결고리가 생겨나는 것으로 보았다. 유의미한 해석이라 본다.

하지만 양자 간의 연관성에 대한 많은 논의가 있었으니, 이제 그 차별성에 더욱 주목해야 할 때이다. 건국신화에 예속(隷屬)된 〈구지가〉와 그 이전 집단적 제의에서 불렸던 〈구지가〉계 노래 간에는 분명한 차이가 있다. 〈구지가〉의 모본은 〈구지가〉계 노래 가운데 '기우 주술'과 관련된 노래일 가능성이 크다.[31] '기우'는 '풍요'를 전제할 수 있는 조짐

29 許南春,「古典詩歌의 呪術性과 祭儀性」,『古典詩歌와 歌樂의 傳統』, 196~197쪽.
30 최용수,「구지가에 대하여」, 343쪽; 조동일,『한국문학통사(1)』, 79쪽; 許南春,「古典詩歌의 呪術性과 祭儀性」,『古典詩歌와 歌樂의 傳統』, 197쪽; 조용호,「豊饒祈願 노래로서의「龜旨歌」연구」등.
31 〈구지가〉에서 주술의 매개자인 거북이 갖는 달동물로서의 원형상징성, 굴봉정촬토(掘峰頂撮土)가 띠는 기우 주술적 속성 때문이다. 〈석척가(蜥蜴歌)〉의 존재도 〈구지가〉가

가운데 하나이고 '기우 주술'은 '풍요 주술' 가운데 가장 강력한 위상을 가지고 있었다. 기우 주술이 풍요 주술로서 갖는 위상과 시대적 변모상을 살피면 〈구지가〉의 형성 과정과 관련된 역사적 국면을 단계적으로 재구할 수 있다.

〈구지가〉의 형성은 기우 주술과 같은 공적·사회적 주술이 점차 주술사, 군장, 신군이라 불리는 존재들의 권능으로 제한되어 가는 시대적 흐름과 관련이 있다. 〈구지가〉와 〈구지가〉계 노래의 차이도 이 맥락 안에서 이해할 수 있다. 이 흐름은 우주만물의 순환 자체를 신성한 힘으로 인식하던 우주적 권능이 신의 권능에서 다시 신군의 권능으로, 주술이 제의로 전환되는 과정이기도 하다. 〈구지가〉의 형성에 영향을 끼친 가장 깊숙한 지층에는 이른 〈구지가〉계 노래가 자리한다. 신과 신의 사자가 분리되지 않았던 시기에 불리던 것이니, 원시적·소집단적·생활적 주술이라 할 수 있다. 상대적으로 〈구지가〉의 형성에 직접적인 영향을 끼친 늦은 〈구지가〉계 노래는 원시·고대적, 집단적·사회적 주술이라 하겠다.

프레이저는 '주술사에서 왕'으로 주술적·정치적 권력이 이행하는 사회·문화적 전환상을 자세히 논의한 바 있다. 그는 세계 곳곳의 왕은 원시의 주술사나 '주술의(呪術醫)의 계보를 잇는 후계자'이며, 주술사에서 출발한 신군은 점차 사제적 직능을 가진 자로 변화하였음을 지적한다. 그 과정에서 주술 행위는 기도와 제물을 봉헌하는 제의적 행위로 변모하였다고 한다.[32] 주술사와 신군이 행사하는 주술적 권능 가운데

본래 '기우 주술'의 노래였음을 입증한다.
32 프레이저는 이 과정을 주술사라는 특수 계층이 공동체에서 분리되어, 공공의 안녕과 복지를 보장하는 특별한 의무를 수행하며 공동체의 신뢰를 얻고, 점차 부귀와 권세를 누리게 되다가 지도자인 신군으로 변화한 것으로 보았다.(J.G.프레이저, 신상웅 옮김, 『황금가지』, 동서문화사, 2007, 145쪽.)

가장 중요한 것은 풍요를 주재하는 힘, 천후(天候)의 조절을 주재할 수
있는 힘이었다. 그 중에서도 기우 주술은 인간 주관자(rain maker)를 절
대적인 힘을 가진 유일무이한 존재로 여기는 결정적인 근거를 제공하
였다. 이런 사유는 원시시대에서 고대로 이어지는 제정일치시대까지
지속되어, 건국신화의 서사 구성에도 영향을 끼쳤다.

　고대건국신화에서 기우 주술은 주인공의 신성성을 드러낼 뿐만 아니
라. 패권(覇權)의 성패를 가르는 일에 결정적으로 기여하는 신이한 능력
이다. 〈동명왕편(東明王篇)〉에서 주몽(朱蒙)은 흰 사슴을 매개로 한 기우
주술로 비류국(沸流國)을 물에 잠기게 만들고 송양(松讓)과의 대결에서
승리한다.『남당유고(南堂遺稿)』에는 송양이 주몽과 동일한 기우 주술
로 자신이 통치하는 비류국을 물에 잠기도록 한 뒤, 주몽에게 굴복하였
다는 이야기가 전한다.

　　(주몽이) 서쪽으로 순행하다가 사슴 한 마리를 얻었는데 해원(蟹原)
　에 거꾸로 달아매고 주술을 외기를, "하늘이 만일 비를 내려 비류왕의
　도읍을 표몰시키지 않는다면 내가 너를 놓아주지 않을 것이니, 이 곤란
　을 면하려거든 네가 하늘에 호소하라."하였다. 그 사슴이 슬피 울어 소
　리가 하늘에 사무치니 장맛비가 이레를 퍼부어 송양(松讓)의 도읍을 표
　몰시켰다. 송양왕이 갈대 밧줄로 흐르는 물을 횡단하고 오리 말을 타고
　백성들은 모두 그 밧줄을 잡아당겼다. 주몽이 채찍으로 물을 긋자 물이
　곧 줄어들었다. 6월에 송양이 나라를 들어 항복하였다고 한다.[33]

---

33 "西狩獲白鹿, 倒懸於蟹原, 呪曰, 天若不雨而漂沒沸流王都者, 我固不汝放矣, 欲免斯
　難, 汝能訴天, 其鹿哀鳴, 聲徹于天, 霖雨七日, 漂沒松讓都, 王以葦索橫流, 乘鴨馬,
　百姓皆執其索, 朱蒙以鞭畫水, 水卽減, 六月, 松讓舉國來降云云."(李奎報,『東國李相
　國全集』제3,「古律詩」,〈東明王篇〉.)〈동명왕편〉의 원문은 국사편찬위원회의 한국사
　데이터베이스 누리집에서 인용하였다. 해석은 이를 참고하되 필자가 수정·보완한 것이

(동명왕) 즉위 2년 6월, 송양이 현록표도(懸鹿漂都)하여 나라를 바치므로 다물후로 봉하였다. 다물후는 고향이라는 뜻으로 해모수의 땅이다.[34]

주몽의 기우 주술과 〈구지가〉계 노래, 〈구지가〉의 주술 실현 양상이 동일하다는 것은 기존 연구에서 여러 번 지적된 바 있다. 동물을 위협하는 언술로 비나 홍수를 부르는 방식이 같기 때문이다. 송양은 주몽에게 패하기 이전까지 비류국의 왕이었다. 주몽과의 변신술 싸움에서 대등하리만치 신이함을 발휘하는 인물이기도 하다. 송양이 스스로 '현록표도' 할 수 있는 존재로 나타나는 까닭은 원시·고대의 군장이 기후를 조절할 수 있는 신성한 힘을 갖는다는 오랜 믿음 때문이다. 문헌의 진위 여부에 따른 논란을 떠나 기우 주술을 성공적으로 실현시키는 자가 가장 힘있는 자로 여겨졌던, 기우 주술을 실현하는 초인간적인 힘이 신성 존재에게 있다고 믿었던 오랜 사유가 이어져 온 정황이 파악된다.

수로왕 탄강담에도 이와 같은 사유가 담겨 있다. 〈구지가〉는 기우 주술 노래인 〈구지가〉계 노래의 신화적 실현태이자, 수로왕의 내력을 구성하는 신화의 일부이다. 기우 주술의 위상에 기대어 특정 존재의 신성함을 이야기하는 방식이 주몽과 송양의 예와 같다. 하지만 주몽이나 송양은 '기우 주술의 실현자이자 주체'이지만, 수로왕은 '기우 주술로서 출현한 자'라는 측면에서 조금 다른 성격을 띤다.

주몽과 송양처럼 '기우 주술을 실제로 실현하는 자'는 신성과 교감할

다. 이하 동일 문헌의 출처와 해석 인용 방식은 같다.

34 "二年 六月, 松讓懸鹿漂都, 以國来献, 封為多勿候【多勿故鄕之意 解慕漱之地也.】(『南堂遺稿』, 「고구려사초(高勾麗史抄)」, 「고구려사략(高勾麗史略)」 제1, 〈시조추모대제기(始祖鄒牟大帝紀)〉조; 남당 박창화 필사, 「추모경(鄒牟鏡)(上)」, 『고구려 창세기: 일본왕실서고에서 탈출한 대연방천제국』, 김성겸 역, 지샘, 2009, 재인용.)

수 있는 유일무이한 존재이자, 집단에서 가장 힘있는 자라는 의미에 방
점이 있다. 반면 수로왕처럼 '기우 주술로서 출현한 자'인 경우, 말 그대
로 왕의 본질이 신의 본질과 동일시되는 화신(化神)으로서의 면모가 더
욱 강조되는 듯하다. 수로왕 탄강담에서 주술을 실현한 주체는 수로왕
이 아닌 구간 집단이다. 여럿이 입을 모아 주술을 실현함으로서 결핍된
것을 얻을 수 있다는 인식은 이른 〈구지가〉계 노래로부터 이어져 온
가장 원시적인 주술적 사유이다. 이렇게 볼 때, 〈구지가〉는 이른 〈구지
가〉계 노래와 늦은 〈구지가〉계 노래가 담지하는 주술적 사유, 그리고
신성 왕권을 중심으로 하는 주술적 사유가 모두 공존하는 노래라 할
수 있다.

'굴봉정찰토(掘峰頂撮土)' 역시 기우 주술에 기반한 원시적 사유를 담
고 있을 가능성이 높다. 기본적으로 주술과 제의는 '언어 + 행위'가 결
합된 짜임을 지닌다. 기존 연구들은 '굴봉정찰토'의 의미를 건국신화·
고대 제의의 사유 체계 또는 범주 안에서 파악하고자 애썼다. 이는 크
게 제의에서 신이 좌정할 자리를 만드는 행위, 거북 토템 사회의 극적
행위, 음과 양의 성적 결합을 의미하는 행위, 점복(占卜) 행위, 봉선제의
(奉禪祭儀), 유입 집단이 토착 집단의 성역을 훼손 하는 행위 등으로 나
눌 수 있다.[35]

하지만 '굴봉정찰토(掘峰頂撮土)'가 기우 주술과 밀접한 관련이 있다
는 실마리를 민간 전승에서 찾을 수 있다. 마을 사람들이 오래도록 비

---

35 (1)은 김승찬(1978)·허영순(1962)·김종우(1962)의 견해, (2)는 황패강(1965)·변덕진
(1970), (3)은 황패강(1965), 유창돈(1952), 황경숙(황경숙, 「가락국기의 上山儀禮와 구
지가의 성격에 대한 소고」, 『국어국문학』 31, 부산대학교 국어국문학과, 1994.) 등으로
대표된다. 반면 박지홍(1957)은 가래질이나 타작과 같은 노동의 주술성이 투영된 행위
로 추정한 바 있다.

가 내리지 않자 특정 지역이나 마을 일대에 위치한 특정한 봉우리에 몰래 장사(葬事)한 묘를 파서 비를 얻었다는 신앙 전설이 그것이다. 대표적인 사례를 아래에 제시한다.

① 안덕면의 산방산은 예로부터 금장지라 해서 장사를 지내면 아니 된다고 전한다. 산방산 안에서도 질매특이라고 하는 곳이 있는데, 특히 여기에는 장사를 지내면 안 된다. 만일 여기에 장사를 지내면 한발(旱魃)이 심하여 백성이 못 살게 된다고 한다. 그래서 주민들은 가뭄이 심해 가면 이 산방산 질매특에 누가 묘를 쓴 것이 아닌가 의심하게 되고, 그곳을 더듬어 보면 과연 묘를 쓴 것이 있어, 이를 파혜치면 곧 비가 내리곤 한다. …(중략)… 산방산엔 이 질매특뿐 아니라, 그 꼭대기에 농사만 지어도 한발이 심해진다고 한다.[36]

② 안덕면 군산의 봉우리는 금장지로 전해 내려온다. 여기는 쌍선망월형이라 하여 예로부터 명당이라 전해진다. …(중략)… 개천의 물이 다 마르고 밭에 곡식이 다 말라 가자, 마을 사람들은 군산 금장지에 누가 암장한 게 틀림없다고 입을 모았다. …(중략)… 그 주위를 조사하기 위하여 저마다 막대기로 흙을 쑤시기 시작했다. …(중략)… 시체를 파혜치자 즉시 풍우대작하여 가뭄이 끝났다는 것이다.[37]

③ …(중략)… 이렇게 하면 며칠 안 있다가 정말 비가 온다. 그래서 다들 신기하다고 한다. 그래서 날 가물면 무제 지내고, 국사봉에 뫼 파서 (불지르러) 간다고 그런다.[38]

---

36 현용준, 「산방산 금장지」, 『제주도 전설』, 서문당, 2002, 237~238쪽.
37 현용준, 「군산 금장지」, 『제주도 전설』, 238~239쪽.
38 김재호, 「기우제의 제의맥락과 기우권역」, 『역사민속학』 18, 한국역사민속학회, 2004, 14쪽.

④ 임피(臨陂)의 서쪽은 곧 옥구로 서해바다에 임해 있으며, '자천대' 가 있다. 작은 산기슭이 바닷가 섬으로 이어지는데, 위에 두 개의 석롱 (石籠)이 있다. …(중략)… 석롱에는 곧 큰 거대한 돌이 놓여 있어서 사람 들이 감히 열 수가 없었다. 사람이 혹 끌어당기면 바다 위에 풍우가 몰 아쳤다. 마을 사람들은 그것을 이용하여 매번 가뭄이 들면 수백인이 거 대한 밧줄로 잡아당겼다. 그러면 바다의 비가 쏟아져 논과 밭을 흡족하 게 적셔주었다.[39]

①, ②는 제주도에서 채록된 설화이다. 금장(禁葬)이란 금기 사항은 풍수 사상이 성행한 이후의 변이일 것이다. 더불어 산방산이나 군산을 명당(明堂)으로 인식하는 사유는 풍수 사상이 유입보다 훨씬 오랜 것이 다. ①에는 가뭄과 기우에 대한 두 가지 전승이 있다. 금장지인 곳에 매장을 하여 가뭄이 들고 이 문제를 해결해야만 다시 비가 쏟아졌다는 전승, 그리고 산방산 꼭대기에 농사만 지어도 가뭄이 심해졌다는 전승 이다. ②에 보이는 사유는 두 전승 가운데 전자와 동일하다. ①의 배경 인 산방산은 일대 사람들에게 일기 변화를 주관하는 신령스러운 산으 로 사유된다. ②의 군산 역시 실제로 마을사람들이 기우제를 지냈던 장소이다.

③은 예천군 용문면 원류리 허리골 마을에서 면담을 통하여 채록한 옛 기우제의 기억이다. 국사봉은 실제로 기우단이 있던 장소로 주변 지 역에서도 숭앙의 정도가 극진하였다고 한다.[40] 기후를 주관할 수 있는 성산(聖山)에 인위적인 훼손을 가하자 가뭄이 들었다는 사유는 ①, ② 의 사례와 동일하다. 한편 ④에서는 기우를 위하여 바닷가 근저의 신석

39 이중환 지음, 이익성 역, 『택리지』, 을유문화사, 2006.
40 김재호, 「기우제의 제의맥락과 기우권역」, 14쪽.

(神石)을 인위적으로 훼손한다. 이런 훼손이 기우를 불러온다는 사실을 알게 된 사람들이 매 가뭄마다 이 같은 행위를 반복한다고 하였다.

위에 제시한 설화 각편은 신성한 공간 또는 자연물을 "인위적으로 훼손"하는 경우, 기후의 변화가 수반된다는 공통된 신앙적 사유에 기반한다. 가뭄을 해결하기 위하여 파묘(破墓)하는 경우, 인위적 훼손으로 오염된 신성 장소를 회복시키는 행위가 또 다시 산의 흙을 파내는 인위적 훼손이라는 점에서 주목된다. 개인의 욕심보다 공동체성을 강조하는 교훈은 후대의 것이겠고, 개인의 욕심은 풍수 사상의 성행이란 시대적 정황을 담고 있을 뿐이다.

또한 민간 전승되는 기우 의식 가운데 '산정방화(山頂防火)' 형이 있다. 이는 지역 사회 공동체가 신성하다고 인식하는 산봉우리에 불을 지피는 행위로서 기우를 기원하는 주술적 방식이다.[41] 이 같은 '산정방화' 행위는 〈구지가〉의 노랫말 가운데 "구워 먹으리(燔灼而喫也)"란 언술적 위협에 상응하는 행위이자, 기우를 부르는 '인위적 훼손'에 해당하는 행위와 다름이 없다.

〈구지가〉에 등장하는 언술 방식인 '위협'은 〈구지가〉계 노래의 전통에서 비롯된 기우 주술의 언술적 실현 방식이다. 신에게 절대적인 경외심을 보이던 신앙민들도 기우 의식을 치를 때만은 신의 비위를 건드리는 일을 서슴지 않았다.[42] 화기(火氣)로 신의 매개자를 굽겠다고 언술적 위협을 가하는 것은 기우와 물, 가뭄과 불의 대립 상징을 활용한 언어

---

41 정승욱, 「주술적 기우제의 통합 제의원리 탐색 시론」, 『한국문학논총』 72, 한국문학회, 2016, 111쪽.
42 김기설, 「강릉고을의 기우제 고찰」, 『2016 전통예술 복원 및 재현 연구보고서』, (재)전통공연예술진흥재단, 2017, 392쪽.

주술에 속한다. 산봉우리의 흙을 파거나 불을 지르는 '인위적인 훼손' 역시 일종의 위협이자 신력(神力)을 지닌 대상의 비위를 건드리는 행위이다. 양자는 언어 주술과 행위 주술이라는 차이만이 있을 뿐, 모두 '기우 주술'의 일종이다.

그러므로 〈구지가〉와 '굴봉정찰토(掘峰頂撮土)'는 본래 기우 주술을 구성하는 언어 주술과 행위 주술의 결합으로, 구간 집단의 기우 의식에서 소용되어 왔던 집단적·원시적 주술 의식의 행위적 실현태로 보인다. 이 같은 기우 의식이 시대적 추이에 따라 구간 집단의 체계화·규범화 된 제의로 편입되었다가, 수로 집단에 의하여 다시금 신화화·제의화 되는 단계를 거쳤을 것이라 추정된다.

곧 〈구지가〉는 〈구지가〉계 노래가 담지한 집단적·원시적 주술이 점차 신성왕권적·고대적 주술로, 종국에는 신화이자 고대 제의로 전환되는 동안 요(謠)에서 가(歌)로서의 속성을 뚜렷하게 갖추게 된 시가라 할 수 있다. 〈구지가〉의 주술에 내재된 본질은 신성한 자연물에 가하는 '집단적·인위적 훼손'이 기우를 부른다는 주술적 사유이다. 이러한 주술적 사유가 언술 방식에서는 '명령·위협'으로, 행위 방식에서는 '불을 지르거나 산꼭대기를 파헤치는 행동'으로 구체화되었다가 종국에는 왕의 탄생을 담보하는 사유로 재맥락화 되었다. 이처럼 〈구지가〉의 전승 서사와 전승시가가 담지하는 주술적 인식은 원시적 사유를 기반으로 하지만, 기능과 효용성의 측면에서 신성한 힘을 지닌 노래로서 공동체가 처한 문제를 해결하거나 원하는 것을 얻는다는 사유를 매개로 시대적 간극을 뛰어 넘고 있다.

풍요 제의와 청배 무가

지금까지 〈구지가〉와 〈구지가〉계 노래의 상관성을 토대로 기우 주술요가 수로왕 신화에 결합될 수 있었던 근본적인 원인을 살폈다. 〈구지가〉와 '굴봉정촬토(掘峰頂撮土)'의 결합 양상은 본래 구간 집단이 벌이던 기우를 목적으로 한 집단적·원시적 주술 의식과 밀접한 관련이 있었지만, 점차 시대적 추이에 따라 제의화 하는 과정을 거쳤을 것이라 판단하였다. 또한 수로 집단은 이 같은 구간 집단의 토착적 제의를 끌어들여, 수로왕의 탄강담을 만드는 새로운 신화적 논리로 활용하였다는 견해 또한 밝혔다.

　수로왕 출현 당시, 김해 일대에는 다양한 제의들이 민간 전승 되었을 것이다. 구간이 민간의 규율로 통치하던 집단은 꽤 규모화 된 농경문화를 이룩하고 있었다. 기록에 따르면, 이들은 우물을 파고 농경생활을 하며 삶을 영위할 정도의 수준을 갖춘 연맹체였다. 또한 이 시기의 문명 집단들은 대부분 전적인 토템신앙에서 탈피하고 위계가 뚜렷한 신격 체계를 구성하여 굿과 같은 토착 제의를 지냈다고 한다.

　〈구지가〉에 등장하는 거북에 대한 많은 견해들이 있으나,[43] 거북은 구간 집단의 토템이었다가 점차 신격이 체계화 되며, 지고신의 보조령이 된 전령(傳令)으로 해석하는 편이 합당하다. 실제로 김해 지역의 산, 강, 마을 등에는 거북과 관련된 지명들이 많다. 거북을 수로왕을 대표하는 이주집단에 의하여 복속·억압을 강요 당한 집단의 대유물이나,

---

[43] 거북을 산신으로 본 박지홍(1957)의 견해, 거북을 희생제물로 본 김열규(1961)의 견해, 거북을 토템신으로 본 황패강(1965)의 견해, 남성 성기의 은유로 본 정병욱(1967)의 견해, 거북을 토템신앙 하에서 토템집단이 출생하려는 영아의 상징(머리)으로 본 김학성(1985)의 견해, 거북은 풍요를 전제하는 달동물이며 머리는 곡식의 낱알을 뜻한다는 조용호(2010)의 견해, 거북을 동물 자체가 아닌 구복점를 은유한 것으로 보는 어강석(2015)의 견해 등이 있다. 이외 견해들은 열거된 해석 중 하나와 뜻을 같이 하거나 논의를 확장한 것이므로 생략한다.

단순히 점을 치는 도구로 한정해서는 민간에 널리 퍼진 이 같은 흔적들을 설명할 길이 없다. 거북은 '위협'의 대상이므로 신성존재가 될 수 없다는 비판이 있어 왔지만,[44] 〈구지가〉의 거북은 집단의 소망을 실현해 주는 집단 제의의 주체가 아니다. 그렇기에 거북을 대상으로 명령이나 위협을 가하는 일은 충분히 가능하다.[45]

주술 중에서도 공동체의 삶과 긴밀한 관계에 놓였던 것들이 주로 제의의 범주로 흡수되는데, 대표적인 것이 기우 주술이다. 기우 주술은 민간 제의에서 국가 제의로, 단순 의식에서 체계적인 규모를 갖춘 풍요 제의로 자연스레 편입되어 왔다. 이를 증명하는 근거 가운데 하나가 강릉단오제의 용왕굿이다. 용왕굿의 사설에서 용왕에게 비를 간구하는 무당의 축원을 찾아볼 수 있는데, 이는 본래 수시로 지낼 수 있었던 용굿과 같은 기우 제의가 공동체의 풍요를 기원하는 일부 절차로 편입된 것이다.[46]

동일한 제의 체계의 변화를 구간 집단도 겪었을 것이라 본다. 〈구지

---

44 임재욱, 「〈龜旨歌〉에 나타난 신격에 대한 이중적 태도의 이해」, 『국문학연구』 19, 국문학회, 2009, 114~115쪽; 어강석, 「한문학의 관점으로 본 〈구지가(龜旨歌)〉의 재해석」, 251~255쪽 요약.

45 성기옥은 〈구지가〉가 보이는 신의 매개자에 대한 위협은, 이미 초월자로서의 신을 직접 위협할 수 없을 만큼 상당한 정도의 신관념이 형성된 이후의 산물임을 보여주는 것이라 하였다.(成基玉, 「上古詩歌」, 『한국문학개론』, 46쪽.)

46 김진순, 「한국 기우제와 용굿」, 『2016 전통예술 복원 및 재현 연구보고서』, (재)전통공연예술진흥재단, 433~438쪽. 필자에 따르면 "올해 병자년에도 날이 가물어서야 원주다 양구다 속초다 삼척이며 강원도 땅에도야 날이 가물어서 깃수 요왕님전에 오늘 이 정성을 드립니다.", "용왕님에 식수물이라도 밥으는 세끼 없어도 살지마는 물이 없으면 못삽니다 …… 바다에는 소낙비가 와야 고기가 많이 나고 들에는 이슬비가 보슬보슬 와야만은 곡식이 잘 자라 난답니다." 등의 사설이 발견되는 것은, 단오제 안에 흡수되기 이전 용굿 기우제의 흔적이 남아 있기 때문이라 하였다.

가〉와 '굴봉정촬토(掘峰頂撮土)'가 결합한 기우 의식은 더욱 체계적이고 규모화 된 제의로 편입되었을 확률이 높다. 이로부터 구간 집단이 전승하는 기우 의식이 해신과 산신을 아울러 숭앙하던 3월 계욕일의 풍요 제의로 소급되었던 실상을 재구할 수 있다.

김해의 고지리학적 환경에 근거한다면 거북은 해신 신앙의 산물이자, 산신 신앙의 산물이기도 하다. 거북은 용왕, 산신 자체를 상징하기도 한다. 해신과 산신은 기우(祈雨)와 불가분의 관계에 놓인 대상들이다. 그러므로 구간 집단은 자체적인 해신 신앙과 산신 신앙을 중심으로 한 토착적 신앙 체계를 이미 어느 정도 갖추고 있었던 것으로 보는 편이 바람직하다.[47]

고지리학 분야의 연구들은 약 1,700년 전 김해시 남쪽에 위치한 김해평야가 바다였을 것이라 추정한다. 김해의 중심지뿐만 아니라 김해를 둘러싼 고환경이 바다와 매우 근접하였다는 연구 결과가 있다.[48] 이런 탓에 김해 지역의 토질은 염분침투나 홍수피해로 인하여 농경에 적합하지 않았고, 변한~가야시대 낙동강 하류지역의 주된 생업 경제는 고김해만을 중심으로 한 어로생활로 꾸려졌다는 것이다.[49] 또한 『김해읍지』의 〈단묘(壇廟)〉조를 참고하면, 구지봉(龜旨峰) 외에도 용제봉(龍蹄峰), 용당(龍塘), 신어산(神魚山) 등의 명칭이 발견된다.[50] 이에 김해 지역

---

47 해당 부문에서 사용하는 구간 집단의 토착적 산신신앙은 천신(天神)과의 관련성이 미약한 말 그대로 산, 언덕 등을 신앙의 대상으로 여기는 것을 의미한다. 제주도의 당신앙 체계 가운데 한라산신계열의 신앙 특성과 유사하다.

48 오건환, 「완신세후반의 낙동강 삼각주 및 그 주변해안의 고환경」, 『한국고대사논총』 2, 가락국사적개발연구원, 1991, 106~132쪽.

49 곽종철, 「洛東江河口 金海地域의 環境과 漁撈文化」, 『伽倻 文化研究』 2, 釜山女子大學校 伽倻文化研究所, 1991, 59~86쪽.

50 정호완은 신어(神魚)는 인도 아유타의 상징인 쌍어가 아니라, 불교가 들어오면서 습합

일대는 일찍이 어로생활의 영향으로 해신(수신, 용왕) 신앙이 곳곳에서
발생하였으며, 산신 역시 신앙의 대상으로 함께 섬겨졌다는 사실을 추
정할 수 있다.[51]

　애초에 수로왕은 해신, 산신, 천신의 권위를 두루 갖춘 존재로 인식
되다가, 허 왕후와의 결연으로 산신 신앙의 제사권을 왕비 세력과 나누
었던 것으로 보인다.[52] 〈어산불영〉에 차용된 수로왕 탄강담은 『고기』를
원전으로 삼는다. 그런데 『고기』의 것은 〈가락국기〉조나 여타의 수로
왕 탄강담과는 다르다.

　『고기』에는 "만어사 옆에 가라국이 있었는데, 옛적에 하늘에서 알이
바닷가에 내려와 사람이 되어 나라를 다스렸으니 곧 수로왕"이라 하였
다.[53] 다른 기록들이 구지(龜旨)와의 관련성을 내세웠으나, 수로왕 탄강
장소로 바닷가가 등장하여 색다르다. 바닷가는 통치자의 통합적 신성
성을 내세우기에 알맞은 장소이다. 수평적 공간인 물과 땅, 수직적 공
간인 하늘과 땅을 아우르는 경계가 바로 바닷가이기 때문이다. 수로왕
의 탄강은 수(水)·지(地)·천(天)의 경계가 모두 맞닿은 곳에서 이루어졌
다. 고대의 통치자는 하늘이 내린 존재인 동시에 지상권의 지배력을 확

이 대상이 된 고대시기의 거북신앙을 의미하는 것으로 보았다.(정호완, 「신어산(神魚山)의 표상에 대하여」, 『한어문교육』 7, 한국언어문학교육학회, 1997.)

51 『김해읍지』, 〈단묘〉 조(條); 金承璨, 『韓國上古文學硏究』, 36쪽 재인용.

52 허남춘은 허 왕후를 산신신앙의 계승자이자 사제자로 보았다. 허 왕후가 처음 육지에 당도하여 비단바지를 벗어 산령(山靈)에게 바친 것은 제의 행위와 다름이 없으며, 지모신 신앙의 성격을 강하게 드러내는 것이라 하였다.(허남춘, 『제주도 본풀이와 주변 신화』, 259쪽.)

53 "古記云, 萬魚寺者古之慈成山也, 又阿耶斯山. (當作摩耶斯, 此云魚也.) 傍有呵囉國, 昔天卵下于海邊, 作人御國, 卽首露王…(이하 생략)…."(『삼국유사』 권3, 「탑상(塔像)」 제4, 〈어산불영〉조.)

보한 존재라는 사유가 고스란히 투영되어 있다.

김해 지역의 토착 신앙은 수로 집단의 종교적·정치적 권위를 정립하는데 주요한 대상이었다. 김해 일대 혹은 가락국 영역 내에서 토착신앙을 흡수하여 승리를 운운하는 방식은 지배 질서를 재편하는 신화적 논리이기도 하였다. 이 방식은 민중에게서 거대한 파급력이 있었다. 한 예로 『삼국유사』에 수록된 〈어산불영(魚山佛影)〉을 들 수 있다.

〈어산불영〉에는 부처가 수로왕의 권위를 밀어내고 우위를 선점하는 과정이 담겨 있다. 김헌선은 이를 외래신앙과 토착신앙의 갈등에서 외래신앙이 토착신앙을 복합화하던 단계의 산물로 해석하였다.[54] 풍요를 주재하는 토착신의 권위를 흡수한 고대 신성왕권의 신성화 방식이, 다시금 4~6C 불교전래기에 이르러 풍요를 주재하는 왕의 권위를 부처에게 위임하는 같은 방식으로 재현되고 있는데, 〈구지가〉와 '굴봉정촬토(掘峰頂撮土)'가 결합된 주술 의식의 제의화·신화화 과정도 이와 다르지 않다.

물론 당시 김해 지역에 전승되던 토착 제의나 신화의 모습은 구체적으로 알기 어렵다. 현재 남아 있는 민간의 굿에서 흔적을 찾아 볼 수 있음을 전제할 뿐이다. 굿은 민간 신앙의 산물이며 전승 공동체의 역사적 층위를 겹겹이 누적하고 있다. 그러므로 해당 지역의 굿을 매개로 흔적을 살피는 일이 최선이라 여겨진다.

경상남도의 민간 제의에서 〈구지가〉와 같은 신요(神謠)가 불릴 수 있는 제차(祭次)는 청신(請神), 즉 맞이굿 단계이다. 구지가는 이러한 제차에서 청배무가(請拜巫歌)로 불려졌을 여지가 크다. 나경수 역시 〈구지가〉에서 보이는 맞이굿 구조는 한반도 남부의 세습무 지역에 속하는

---

54 김헌선, 『옛이야기의 발견』, 보고사, 2013, 589쪽.

신화가 갖는 특성과도 일치한다고 하였다.[55] 경상남도 지역의 굿을 구
성하는 사설들은 대체로 교술무가가 중심이 된다. 교술무가는 크게 청
배(請陪)와 축원(祝願)으로 나뉘는데, 경상남도 지역의 경우 지역적·토
착적인 본풀이(서사무가)류의 전승을 확인하기가 어렵다. 굿에서 본풀이
를 연창하는 것은 맞이굿에서 보이는 일반적인 전승 형태인데, 이조차
찾아보기 어렵다는 점이 경상남도 지역굿의 특성이다. 경상남도 지역
에 자생적·토착적인 서사무가의 전승이 있었으나 중단되었을 수 있겠
고, 처음부터 서사무가가 존재하지 않았을 가능성도 존재한다.

그러나 서사무가 역시 큰 틀에서는 청배무가에 속하고 교술무가도
청배의 기능을 갖는다. 즉 교술무가가 기능면에서 서사무가와 같은 기
능을 발휘할 수 있는 것이다. 따라서 서사무가의 전승이 미약하다면 교
술적인 청배무가가 그 역할을 대신하였을 여지가 크다. 청배 단계에 속
한 교술무가는 주로 신이 오는 과정이나 출현 양상을 노래한다. 종종
신의 탈 것으로 묘사되는 동물이나 보조신격들이 등장하거나 마련한
제물과 신격이 주재한다는 만복(萬福) 등을 열거하며 사설을 꾸리는데,
〈구지가〉의 표면적 형태나 기능과 합치하는 면이 있다.

이에 대해 〈구지가〉의 노랫말에 보이는 주술 언사는 명령·위협인 반
면, 지금의 청배·기원 무가는 기원적 찬가의 속성인 칭명(稱名)·청원·
기구(祈求)로 이루어졌기에 비교가 적절치 않다는 지적이 가능하다. 하
지만 둘은 기원하는 바를 얻어내는 방식의 차이일 뿐 결국 목적면에서
는 동일하다. 〈구지가〉의 호칭 어법은 본래 직접적으로 신에게 기원하
던 전통에서 전용된 것이므로 칭명 어법과 밀접한 관련을 갖는다. 또한

---

55 羅京洙, 『한국의 신화연구』, 교문사, 1993.

주술적 표현에서 빈번히 볼 수 있는 반복은 곧 기원하는 바에 대한 절실함을 드러내는 방식이다. 청배 과정에서 신을 호명하고 청하는 교술무가의 경우, 일견 주술적 성향을 띠기도 한다는 점에서 양자 비교는 무리한 시도가 아니라 본다.

청배·기원 무가의 연행은 말이나 읊조림으로 시작하는 경우가 더러 있긴 하지만, 신을 호명하여 제장으로 청하는 본격적인 청배·기원 제차에서만은 일정한 율격에 맞추어 극진히 노래하는 것이 관례이다. 이 경우 첫 대목에서 대부분 신명을 반복하여 호칭하거나, 끝 구절에 청배를 의미하는 특정 어구가 지속적으로 반복된다. 신격에게 기원하는 바를 언급하는 무가 사설 또한 마찬가지이다. 대개 '~주소사', '~하옵소서' 등으로 서술어를 일치시키는 형식으로 어투를 반복하는 일이 다반사이다. 대개 아래와 같다.[56]

> ○○ 나리소사(반복) 또는 나림하소(반복)
> ○○님네 ○○님네 / ○○이야 ○○이야
> ○○을 모시자(반복) 또는 ○○ 오신다(반복)
> ○○에 본을 받고 / ○○에 안세(앉절) 받자
> ○○에 본을 받세 / ○○에 본을 받세
> ― ○○ / ―○○ / 시위들 하소사(반복)
> ― 신도업(신메와) 드립니다 (반복) 또는 ― 살려옵서(반복)

최근 류쉐페이(Liu Xue Fei)는 〈구지가〉의 표현과 형식이 시경체를 십분 반영한 것임을 주장한 바 있다. 그는 〈구지가〉에서 보이는 '야(也)'의

---

56 여기서 ○○은 신명(神名)에 해당하며, 굿거리 또는 젯도리 등에 따라 다양한 신명을 언급할 수 있는 자리에 해당한다.

반복 용례와 이에 따른 의미 구현상을 『시경』「대아(大雅)」편의 〈억
(抑)〉에서 찾았다. 주장에 따르면 '야(也)'는 『시경』에서 항상 쓰이는 글
자이며, 〈구지가〉에서 보이는 '야(也)'의 의미 역시 〈억(抑)〉에서처럼 굳
이 해석될 필요가 없는 경우에 해당한다는 것이다.[57] 그러나 〈억(抑)〉의
'야(也)'는 〈구지가〉처럼 잇따른 반복이 아니다.[58] 더불어 〈구지가〉에서
는 '야(也)'만이 거듭 반복되지 않는다. 1행은 '구(龜)'와 '하(何)'의 반복,
2행과 3행은 '현야(現也)'의 반복이며 4행은 이를 다소 변형한 '끽야(喫
也)'가 출현한다.

　'야(也)'는 한자어에서만이 아니라, 향찰에서도 무엇을 단정하여 결
말을 짓거나 뜻을 단정할 때에 쓰는 결말어미이다. 방언형과도 밀접한
관련이 있을 가능성이 크다. 따라서 〈구지가〉에서 보이는 시경체와 다
른 반복 어법은 우리 고유의 구비전통에 입각한 표현 방식이자,[59] 반복
을 통하여 주술의 효력을 강화하고 기원의 간절함을 바라는 표현 요소
로 보아야 한다.

　'구하(龜何)'는 신을 부르는 공식어구, '현야(現也)' 또는 '끽야(喫也)'는
청배와 기원(주술적 명령)을 의미하는 특정한 서술어를 반복하여 노래한

57　Liu Xue Fei, 「한국 상고시가와 『시경』의 연관성 연구」, 전남대학교 석사학위논문, 2012,
　　32쪽.
58　Liu Xue Fei가 제시한 근거는 〈抑〉의 "白圭之玷, 尙可磨也, 斯言之玷, 不可爲也"이
　　다.(Liu Xue Fei, 「한국 상고시가와 『시경』의 연관성 연구」, 32~33쪽.)
59　관련하여 이연숙의 연구를 참고할 만하다. 연구자는 〈구지가〉의 노래 형식이 시경체의
　　중국 가요와 비슷하지만 완전히 중국의 것은 아닐 가능성이 높다는 견해를 밝힌 바
　　있다. 전형적인 중국 한시는 한 작품 내에서 동일한 글자를 그다지 중복하여 사용하지
　　않는데, 〈구지가〉는 '龜', '阿', '現', '也'가 거듭하여 반복된다는 것이다. 더불어 〈구지가〉
　　의 2행은 한문식 문장의 어순에 맞지 않기에 우리말 어순에 따라 노래를 기록한 것이고,
　　3행은 상대의 어순이 현대와 다른 점을 상기할 필요가 있음을 지적한 바 있다.(李姸淑,
　　「龜旨歌考」, 13~14쪽.).

흔적일 수 있다. 이런 면에서 〈구지가〉에 보이는 한자 용례와 어투, 조어의 활용상은 시경체의 형식을 따른 것으로 보기 어렵다. 오히려 구비전승 되던 주술적 노랫말의 표현 방식과 율격을 감안한 한역이거나 한자 차용으로 보는 편이 적절하다.[60]

〈구지가〉계 노래는 기우와 풍요를 바라는 주술요이지만, 노래의 소통 구조 때문에 제도화 된 큰 규모의 제의와 결합하면, 신을 청하는 단계로 편입될 수밖에 없는 특성을 지닌다. 수로왕 탄강담에서 〈구지가〉의 기능도 이와 같다. 〈구지가〉가 지향하는 목적을 달성하려면, 반드시 매개자를 통한 신성 존재의 응답과 출현이 따라야 한다. 늦은 〈구지가〉계 노래가 〈구지가〉로 전환될 수 있었던 연결 고리, 수로왕 신화의 서사로 〈구지가〉가 운용될 수 있었던 것은 기우 주술을 행하던 의식이 체계화 된 풍요 제의와 결합하며, 일종의 청배 무가 혹은 신화와 같은 기능을 수행하는 제차(祭次)로 재의미화 되었기 때문이다.

김헌선은 〈가락국기〉조의 내용 중 가장 눈에 띄는 것이 신화적 내용을 의례와 같이 바꾸어 놓은 데 있음을 지적한 바 있다.[61] 같은 관점에서 〈구지가〉는 제의의 일부분이지만 신의 내력, 즉 신화의 한 형태로

---

60 〈구지가〉는 지금까지도 작품을 한시로 보는 견해와 한자의 음훈차용 표기법을 활용한 것이라는 주장이 첨예하게 대치하고 있다. 글쓴이의 견해로는 두 견해가 다 옳다고 여겨진다. 〈구지가〉는 어디까지나 우리말 노래를 한역하되, 노랫말 표현을 최대한 살려 옮긴 것으로 보이기 때문이다. 아마도 한역, 한자 차용, 시경체에 모두 익숙한 후대의 누군가가 그렇게 바꾸어 놓았을 것이라 추정한다.

61 김헌선은 신화를 제의학파적 관점에서 살필 때 큰 성과를 이룩했으나 의례에 집착한 나머지 신화를 소홀하게 취급하는 우를 범하였다고 지적하였다. 〈가락국기〉조는 신화적인 것보다 실제 의례적인 요소가 많은 것으로 변형된 것이며, 그러므로 신화적 설정에 특히 관심을 둘 필요가 있다고 하였다.(김헌선,「〈가락국기〉의 신화학적 연구」,『京畿大學校人文論叢』6, 경기대학교 인문과학연구소, 1998, 45쪽.)

다루어질 수 있다. 노래의 견인을 단순히 주술이나 제의의 측면이 아닌 신화성을 갖는 서사의 범주에서 논할 수 있다면, 〈구지가〉와 수로왕 신화의 결합을 굳이 이질적인 갈래— 노래와 서사, 운문과 산문— 간의 결합으로 이분하지 않아도 좋을 것이다.

이미 〈구지가〉와 무속 제의 연행의 절차적 상관성을 주장한 견해들이 있었다. 서대석은 수로왕의 탄강담을 가락국 지역에서 전통적으로 행하여진 신맞이굿의 모습으로 해석한 바 있다.[62] 조동일도 〈구지가〉를 굿 노래의 일부로 판단하였고,[63] 임재해는 굿의 신내림 현상으로 보았다.[64] 나경수는 앞서 밝힌 대로 〈구지가〉가 신내림 과정 중에서도 맞이굿 과정과 일치한다고 보았다.[65]

따라서 〈구지가〉의 출현은 '기우 주술요 → 기우 의식(노래+행위) → 풍요제의(맞이굿 내 청배무가) → 건국신화(영신군가)'의 단계를 거쳐 일어나게 된 것이며, 이 과정이 전승서사에 희미한 제의적·신화적 흔적으로 남아 있는 것이라 하겠다. 수로 집단이 많은 제의들 가운데, 맞이굿에 해당하는 전승시가를 선택한 것은 피지배집단이 잘 아는 주술요이자 제의가를 새로운 건국자, 혹은 통치자의 내력으로 만들어 지배의 정당성을 확보하는 한편, 독자적인 제의권을 자신들의 것으로 만드는 의도화된 전략이었다. 그래서 수로왕의 내력담을 구성하는데 〈구지가〉의 운용은 필수적일 수밖에 없었다. 이것이 신성왕권기의 신화 작법인 동시에 고대시가를 형성하는 방식이었다.

---

62 서대석, 『무가문학의 세계』, 집문당, 2011, 16쪽.
63 조동일, 『한국문학통사(1)』, 108쪽.
64 임재해, 「굿 문화사 연구의 성찰과 역사적 인식지평의 확대」, 『한국무속학』 11, 한국무속학회, 2006, 120~131쪽.
65 羅京洙, 『한국의 신화연구』, 1993.

이처럼 〈구지가〉와 '굴봉정촬토(掘峰頂撮土)'가 결합한 기우 의식은 본래 구간 집단이 벌이던 기우 주술 의식이었으나 점차 체계화·등급화되는 신관념을 반영하며, 보다 제도화·규범화 된 풍요 제의로 편입되었던 것으로 보인다. 주술요가 풍요 제의로 편입될 수 있었던 것은 기우와 관계된 노래의 본래적 가치가 우선시 되었기 때문이지만, 후에 이같은 기우 의식은 제의 체계 안에서 신의 출현을 바라는 청배요이자, 신의 내력을 말하는 신화가 되었다.

이후 수로왕에 대한 제사가 거듭되고, 제천의례 또한 일정한 형식으로 굳어진 시기에 〈구지가〉는 신화 서사가 아닌, 국가 의례 과정의 일부로 완전히 제의화 될 수밖에 없었다. 시간이 더욱 흐른 뒤에 제의인 번(燔)과 연관되어 재맥락화 되고, 점복 행위와 관련된 작(灼)이나 끽(喫)이 한역화 과정에서 선택되었을 가능성이 농후하다.[66] 그러므로 '구워 먹겠다'는 언술 위협이나 '굴봉정촬토(掘峰頂撮土)'는 본래 기우 주술과 밀접한 관련이 있던 것으로 재고되어야 한다. 이러한 기우 주술 행위가 수로왕 신화의 일부가 되면서 종국에는 고대 국가의 제의 행위로 재맥락화 하는 과정을 거쳐, 그와 같은 의미에 해당하는 한자를 활용하여 기록되기에 이르렀던 것이라 본다.

그래서 〈구지가〉는 '제의를 부른 노래'가 아닌, '제의에서 불린 노래'에서 출발하였다는 입장을 견지할 필요가 있다. 〈구지가〉는 기우 주술 의식에서 규모화 된 제의로 또 왕조의 구비서사시로 운용되며 오래도록 제의와 함께 전승되어 온 시가이다. 고정된 기록 신화 안에서만 〈구지가〉의 시가사적 의의를 논하여서는 그 실체를 정확히 들여다 볼 수

---

66 〈구지가〉의 제4구와 번시(燔柴), 구복과의 관련성은 어강석의 논문에 자세히 언급되어 있다.(어강석, 「한문학의 관점으로 본 〈구지가(龜旨歌)〉의 재해석」, 267~275쪽.)

없다. 〈구지가〉는 〈구지가〉계 노래와 주술적 인식의 시대적 변화에 따라 지속적으로 변주되어, 갈래의 경계를 넘어 신성 세계와 조응하는 소통 방법 그 자체였다.

〈가락국기〉의 윤색 경위와 수로(首露)의 의미

〈가락국기〉조는 윤색의 문제에서 자유로울 수 없다. 그래서 〈구지가〉가 수로왕 탄강담과 결합한 시기를 수로왕 신화가 윤색을 거칠 만큼 거친 뒤의 사건으로 파악하는 견해들이 제시되어 왔다.[67] 하지만 주술적 인식의 변화와 주술, 제의의 시대적 변화상을 살피면 〈구지가〉는 수로왕 신화의 형성기부터 이미 영향을 끼쳤던 것으로 보인다. 이를 명확히 근거하기 위하여 역사적 사실과 함께 다시금 〈구지가〉의 결합 시기를 추정하여 보기로 한다.

〈가락국기〉조는 끊임없는 윤색의 흔적이다. 극도로 끌어올려진 수로왕의 신성성이 그 증거이다.[68] 많은 연구자들은 〈가락국기〉조의 과도한 신성성이 가락국 신화가 가야계 김해김씨 집단의 시조신화로 변모하는

---

67 〈구지가〉의 후대 결합설을 주장하는 학자들은 노래의 결합시기를 서사의 체계화가 감행된 『개황력(록)』의 편찬기, 혹은 문헌 정착기로 보는 편이다. 이와 관련하여 윤색 단계에서 가능한 모든 신이를 수용하는 과정에서 〈구지가〉의 결합이 일어났다고 보거나,(金永一, 「〈가락국기〉敍事의 構成原理에 關한 一考察: 一然의 記述態度를 中心으로」, 『加羅文化』 5, 경남대학교 가라문화연구소, 1987.) 문자 정착기에 맞추어 수로왕에게 신성을 부여하기 위해 종천하강과 관련된 신화에 제의 노래를 맞추어 수로 후손들이 견인하였다거나,(이영태, 「〈龜旨歌〉의 수록경위와 해석의 문제」.) 아이들이 부른 동요였던 것이 제의 장소와의 음운적 유사성으로 연결되어 기록의 단계에서 신화 속으로 결합되었을 것이라는 주장들이 있었다.(李姸淑, 「龜旨歌考」, 16쪽.)
68 박상란은 〈가락국기〉조가 다양한 전승을 통하여 신성성을 강조하느라 장황하고 복잡한 구조로 구성되었다고 보았으며, 이를 수로왕 신화의 과장된 신성 원리로 정의한 바 있다.(박상란, 『신라와 가야의 건국신화』, 35쪽.)

과정에서 이루어진 결과, 다시 말하여 전승 집단의 자발적 의도로 재편되고 체계화 된 흔적이라 하였다.[69] 그러니 윤색된 시기를 명확히 밝히기도 어렵다.[70]

실제로 〈가락국기〉조는 가락국 신화의 이본(異本)과도 내용이 상이하다. 앞서 언급된 〈구지가〉의 존재도 〈가락국기〉조와 이본 전승이 보이는 분명한 차이 중 하나다. 『삼국유사』 외에 『삼국사기』, 『고려사(高麗史)』, 『응제시주(應製詩註)』, 『세종실록지리지(世宗實錄地理志)』, 『신증동국여지승람』 등에 가락국 신화가 전한다. 이들은 각기 인용처가 다르거나 〈가락국기〉조를 매우 축소하여 실은 기록들이다. 기사의 원전은 금관주지사의 소찬, 『개황력(록)(開皇曆(錄))』, 『고기』, 김유신비문(金庾信碑文), 『김유신행록(金庾信行錄)』, 『석이정전』 등으로 추정되는데, 특히 탄강담 전승에서 차이를 보인다.

---

69 김태식은 김유신, 문명왕후 등 가야계 후손의 정치적 비중이 절정에 달하고 금관소경(金官小京)을 설치하기도 한 문무왕대를 전후한 시기에 가락국의 역사가 문자로 정착되었을 가능성이 크다고 하였다.(김태식, 『가야연맹사』, 일조각, 1993, 71쪽.) 더불어 김영일, 박상란, 남재우 등도 가야계 김해 김씨 세력의 계보 의식과 정치적 입지를 다지기 위한 방편으로써 〈가락국기〉조의 체계화가 이루어졌다고 보았다.(金永一, 「〈가락국기〉 敍事의 構成原理에 關한 一考察: 一然의 記述態度를 中心으로」; 박상란, 『신라와 가야의 건국신화』, 135쪽; 「駕洛國의 建國神話와 祭儀」, 42쪽.)

70 윤색의 근거는 다음과 같다. (1) 서사 구성이 치밀한 점, (2) 구간 집단의 태도가 소극적인 점, (3) 다섯 금란의 서사는 간략하게 처리되고 수로왕 위주로 서술이 이어진다는 점, (4) 고난과 시련의 과정이 없다는 점 등이다. 특히 (4)와 같은 특성을 장주근은 이 특성을 다른 신화들과 수로왕 신화 간의 커다란 차이점이라 하였다. 탈해와의 변신술 내기도 하나의 시련담임이 분명한데, 그것은 등극 뒤의 일이며 수로의 등극에는 아무런 장애와 시련이 없었음을 강조하고 있다.(장주근, 『풀어쓴 한국의 신화』, 집문당, 1999, 274쪽.), (5) 수로왕의 수명이 삼국의 건국주와는 달리 매우 길다는 점, (6) 수릉왕묘의 이적(異蹟)이나 제사와 관련된 일화가 내력 뒤에 덧붙여져 장황히 설명되는 점 등이다. 이와 같이 〈가락국기〉조의 문자화 과정은 단순치 않다. 『삼국유사』로 정리될 당시 편자의 사상이나 역사적 정황에 따라 서사가 일부 달라졌을 개연성도 간과할 수 없다.

역사학자들은 〈가락국기〉조형 신화의 정착 시기를 『개황력(록)』이 편찬되었을 즈음으로 보고 있다. 『개황력(록)』의 편찬 시기는 대략 문무왕(文武王) 대를 전후 한 시기라 한다. 또한 학자들은 『개황력(록)』이 '수로(首露) → 김(金)수로'의 전환 국면을 나타내는 결정적인 문헌이며, 가야계 김해 김씨라는 성씨의 취득을 계기로 이 문헌이 편찬되었다는 추론에 대체로 동의한다.[71]

따라서 수로왕 신화의 형성·윤색 과정과 〈구지가〉의 결합 시기는 재조명 되어야 한다. 『개황력(록)』이나 〈가락국기〉조의 서사는 전적으로 고대 삼국의 신화적 작법과 논리를 적용하여 마련되었다. 수로왕에게 성(姓)을 부여하는 방식이 가장 큰 근거이다. 관련된 문헌 전승은 두 갈래인데 금란이나 금궤 등과 연결하거나, 상고(上古)시기 인물인 소호 금천씨(少昊 金天氏)와 계보적 상하 관계를 설정하여 김성(金姓)의 근원을 이해하고 있다.

전자는 박혁거세 신화나 김알지 신화와 유사한 요소를 덧씌워 마련한 서사인데, 신라 경주 김씨 왕실의 전례(典例)를 김해 김씨 집단이 답습한 결과이다. 경주 김씨 왕실은 전대 왕실신화와 자신들의 시조신화를 유기적인 관계에 놓아, 계보의 정당성과 우월성을 담보 받았다. 전대 왕실과 성(姓)을 달리 하면서도, 시조의 신성성을 전대의 신화에서

---

71 박상란, 『신라와 가야의 건국신화』, 129쪽; 남재우, 「駕洛國의 建國神話와 祭儀」, 4~42쪽. 『개황력』과 『개황록』을 서로 다른 문헌으로 보기도 하나, 이 글에서는 금관가야 왕실의 역사를 기록한 동일한 문헌으로 취급하려 한다. 『개황력(록)』의 편찬은 수나라 개황 집권기(581~600)에 이루어졌을 것으로 추정되는데, 당시는 진평왕 집권기로 건복이라는 별개의 연호를 쓰고 있었다고 한다. 중국연호인 영휘를 사용한 것은 650년(진덕여왕 4년) 이후이므로 이를 기점으로 현재는 나말여초나 문무왕대 전후 등으로 편찬시기를 추정하고 있다.

찾았던 것이다.

신라 경주 김씨 왕실의 시조 김알지는 탈해이사금대에 등장하여 계림 국 출현을 견인한 중요한 인물이다. 알지는 탈해와 혁거세로부터 출현을 예정 받는다.[72] 그런데 문무왕 재위기에 계보의 신성성을 정당화 하는 방식이 변한다. 이는 문무왕이 동륜왕(銅輪王)계의 시조묘와 별도로 혈연 조상을 수위한 종조를 마련한 사실,[73] 그의 아들 김인문의 비(碑)에는 소호(少昊)·금천(金天)과 같은 용어가 사용된 사실에서 짐작할 수 있다.[74]

이 변화는 무열왕계가 갖는 진골 신분의 한계를 극복하고,[75] 불교적 신성관념에 근거하여 성골 신분을 과시한 동륜왕계와 분명한 차이를 드러내기 위한 적극적인 개입이 야기한 결과이다.[76] 동륜계 왕실이 국조 인 혁거세왕을 모신 시조묘에 치제함으로써 왕위 계승권자임을 내세운

---

72 임재해는 알지 신화를 중심으로 보면 이에 선행하는 혁거세 신화는 사실 상 알지신화를 위한 예비신화이자, 알지의 계림국 출현을 위한 예언적 기능을 갖는다고 하였다. 또한 탈해 역시 실제로 알지를 계림에서 거두어 이름을 지어주고 아들로 삼아 태자로 책봉한 자이기에 알지 신화와 분리할 수 없는 인물이라 하였다. 혁거세는 알지의 출현을 예고한 예언자이며, 탈해는 알지를 이끈 선구자의 구실을 한다는 점에서, 알지 신화의 위상을 재점검할 수 있다고 하였다.(임재해, 「맥락적 해석에 의한 김알지 신화와 신라문화의 정체성 재인식」, 『비교민속학』 33, 비교민속학회, 2007, 24~25쪽.)

73 채미하, 『신라 국가제사와 왕권』, 혜안, 2008, 128~129쪽.

74 이종태는 기록의 용례에 비추어 시조와 태조의 용어를 구분하여 사용하고 있다. 시조는 신성성을 타고난 존재로서 혈연적으로 직접 연관되기 보다 막연하게 자신들의 선조로 가상(加上)할 수도 있는 존재이며, 태조는 그 후손이 혈연의식을 확연하게 가지고 있는 조상을 의미할 것으로 보았다. 또 금석문의 기록으로 볼 때, 성한(星漢)이 문무왕이 15대조로 나타난다는 점을 지적하였다. 김인문비의 태조한왕(太祖漢王)의 바로 윗 행에 소호·금천의 용어가 보여 신라인이 소호금천씨의 후예라는 관념을 가지고 있었던 것과 관련될 수 있다는 점도 아울러 언급하였다.(李鍾泰, 「新羅의 始祖와 太祖」, 『白山學報』 52, 白山學會, 1999, 4~15쪽.)

75 채미하, 『신라 국가제사와 왕권』, 132쪽.

76 나희라, 「신라의 종묘제 수용과 그 내용」, 『韓國史硏究』 98, 韓國史硏究會, 1997, 68쪽.

것에 반하여, 신라 중대 왕실의 신왕들은 오묘에 모셔진 태조를 통하여 김씨 왕실의 실제적인 왕위 계승권자임을 내세우면서 왕자로서의 정통성을 천명하는 대조적인 입장을 견지했던 것이다.[77] 실제로 신라 중대나 하대의 자료에서 알지가 시조 또는 태조로 인식된 예를 찾을 수 없을 뿐 아니라, 그에 대한 제사 기록도 남아 있지 않다고 한다. 신화를 통하여 신성한 시조로 추앙받던 알지는 중대 이후에 그 지위를 잃게 되었다.[78]

이처럼 전대 왕조의 신화를 자신들과 긴밀히 엮어 왕성(王姓)의 계승권을 증명하던 방식을 버리고, 중국과의 관계로부터 중세의 새로운 연원을 찾았던 신라 왕실의 변화가 가야계 김해 김씨 집단에도 영향을 끼쳤다. 소호 금천씨, 수로왕, 김유신을 혈연 관계로 이어 계보의 위엄을 내세우는 방식은 신라 왕실의 신성화 과정과 다를 바가 없다.

한편 김해 김씨 집단은 계통의 신성성을 강조하기 위하여 신화 서사를 구체화하였다. 수로왕 탄강담에 보이는 '자줏빛 줄'이 대표적인 예이다. 줄은 종전(從前)의 신화와는 다른 방식으로 천계와의 연관성을 나타내려 한 것이다. 빛이나 구름이 아닌, 뚜렷한 형태적 비유를 통하여 신성존재가 천신을 매개한다는 점을 직접적으로 내비쳤다. 실제로 '줄'은 토착화소를 약화시키고, 상대적으로 천신과의 상관성을 뚜렷하게 내보일 때 등장하는 요소이다.[79]

---

77 채미하,『신라 국가제사와 왕권』, 134쪽.
78 李鍾泰,「新羅 智證王代 의 神宮設置와 金氏始祖意識의 變化」,『韓國史論叢: 擇窩許善道先生停年紀念』, 誠信女子師範大學 國史敎育學會, 1992, 46~75쪽.
79 '줄'은 서사 안에서 토착적 성격의 화소들을 약화시키고, 천신과의 상관성을 뚜렷하게 내보일 필요가 있을 때 줄곧 등장하는 신화적 요소로 보인다. 일례로 제주도의 〈할망본풀이〉에 나타난 "노각성ᄌ부줄"이 이와 유사하다. 천신인 옥황상제로부터 산육신으로서의 자질을 인정받은 명진국 따님아기는 이 줄을 통하여 하늘에서 지상으로 강림한다. 또한 김헌선은 자주색 줄이 천상과 지상을 연결시키는 상징적 신화소인데, 끈이나 줄

막연한 신화적 설정을 현실적인 장소로 대체하거나, 중국 또는 불교와의 상관성을 원형 서사에 보태어 확장하기도 했다. 승점(乘岾), 망산도(望山島) 같은 주변 지명을 덧붙이거나,[80] 수로왕의 용모를 중국 상고시기 왕들과 유사하게 묘사하고, 가락국의 영토를 16나한의 존재와 결부하여 해석하는 불연국토설과 결합시키기도 하였다.[81] 허황옥 관련 서사에서 보이는 천부경(泉府卿), 종정감(宗正監)과 같은 중국 관명이나 불교적 윤색, 파사석탑의 호국적 성격 등도 이 당시에 구체화 되었을 가능성이 크다.[82]

김해 김씨 집단은 가야의 망국 이후에도 자신들의 정체성을 가락국 신화에서 찾았고, 수로왕의 신성화를 통하여 다른 집단과의 차별성과 우월성을 드러내고자 하였다. 이처럼 수로왕 신화를 역사적 실상에 맞추어 윤색하는 과정에서, 신성성을 부가하기 위해 여러 요소들이 첨삭되는 전환이 일어났는데, 이들 중 무엇보다 가장 중요히 여겼던 과정이 '통치자의 이름'에 시대적 신성성을 지속적으로 덧입히는 일이었다.

실제로 건국신화의 핵심은 건국주나 시조의 이름과 출현, 나라 이름의 유래 등을 밝히는 데 있다. 가락국은 완전한 고대국가로 나아가지 못했으나, 가락국(수로왕) 신화의 존재와 그 의의만큼은 고대 삼국과 견줄 만하다. 삼국의 건국신화에서 건국주나 시조의 이름은 신화의 탄강

또는 줄기 및 우주수의 변형이라 하였다. 〈해와 달이 된 오누이〉, 〈나무꾼과 선녀〉, 〈천지왕본풀이〉, 〈단군신화〉 등으로 그 범례를 든 바 있다.(김헌선, 「〈가락국기〉조의 신화학적 연구」, 48쪽.)

80 金泰植, 「駕洛國記 所在 許王后 說話의 性格」, 『韓國史硏究』 102, 한국사연구회, 1998, 42쪽.

81 김복순, 「가야불교와 신라불교의 특성과 차이」, 『한국불교사연구』 12, 한국불교사연구소, 2017, 153쪽.

82 남재우, 「駕洛國의 建國神話와 祭儀」, 44~49쪽.

담, 즉 출현(생)담으로부터 비롯된다. 성씨 부여의 기원도 출현(생)담에 있다. 가락국 신화도 동일하다. 건국주의 명칭과 전승서사의 관계를 아래에 표로 비교한다.

[표1] 건국주(建國主)의 이름과 전승서사의 관계

구분	내용	관련 서사
단군왕검	·웅녀가 혼인할 사람이 없어 매양 **단수(檀樹 또는 壇樹)** 밑에서 잉태하기를 축원하자, 환웅이 잠시 인간으로 변하여 웅녀와 혼인한 뒤 아들을 얻게 한데에서 비롯됨	출현(생)서사와 관련
금와	·금빛 개구리 모습의 어린아이였기에 금와라 이름 붙임	출현서사와 관련
고/주몽 (동명왕)	·부여의 속어, **활을 잘 쏘는 것**을 이름 ·나라 이름을 고구려라 하고, 고씨를 성으로 삼음 ·**(햇빛에 감응하여 잉태되어 패수에 이르러 도읍을 세운 것**이 부여의 건국시조 동명왕과 유사함)	신이한 능력 또는 출생서사와 관련
박/혁거세	·태어난 알[卵]이 표주박[瓠]과 유사한 형태이므로 이를 성씨로 삼음 ·알에서 태어난 후에 동천에 목욕시키니 몸에서 광채가 나고 새와 짐승들이 따라 춤추며, 천지가 진동하고 해와 달이 청명하였기에 혁거세라 함 ·불구내왕(弗矩內王) 역시 밝게 세상을 다스린다는 뜻임 ·배우자 알영(閼英)은 계룡의 옆구리에서 출생하되, **계룡의 출현이 알영정에서 일어난 일이므로 우물의 이름을 붙임**	출현(생)서사와 관련
석/탈해	·성을 알지 못하니, **처음 궤짝이 바닷가에 닿을 때 까치가 날아와 따라다닌 것**에서 석(昔)씨로 성을 삼음 ·아이가 **처음 궤짝을 풀고 등장**하였으니 탈해(脫解)로 이름 붙임	출현(생)서사와 관련
김/알지	·금(金)궤에서 나왔으므로 성을 김씨로 삼음 ·알지(閼智)는 어린아이의 뜻으로, **혁거세의 출현(생)과 비슷한 탄생이 후대에 거듭되었음**을 의미하기도 함(유사) ·**자람에 총명하고 지략이 많으므로 이름을 알지(閼智)라 함**(사기)	출현(생)서사와 관련 또는 신이한 능력
김/수로	·금(金)란에서 나왔으므로 성을 김씨로 삼음(개황록(력), 유사) ·금(金)궤에서 나왔으므로 성을 김씨로 삼음(사기) ·**처음 나타났다 하여 이름을 수로라 함**(유사)	출현(생)서사와 관련

　[표1]은 실제 어원을 떠나, 건국주의 이름을 출현(생)담에서 명명(命名)의 구실을 찾고 있는 전승층의 인식을 보여준다. 향가의 작자명 또한 배경설화의 중심 서사와 긴밀한 관계에 놓여 있는데, 이 양상도 서사 주체의 신성성 혹은 신이성을 '이름'으로 표상하는 방식의 후대 전승으로 볼 수 있다. 통치자(시조)의 이름은 신화 서사에서 출현(생)과 밀접한 관계에 있고, 신성존재의 출현에 대한 상황적 특성을 함축한다. 이는 서사주체의 신성성과 집단의 정체성을 압축하여 제시하는 일이기도 하였다.

　'수로'도 출현 상황을 반영하여 명명된 것이다. 〈가락국기〉조에는 '수로'의 의미가 '처음 나타났다.'는 뜻이라 하였는데, 육란 서사는 연맹체로서의 가야국 또는 동류의식을 강조할 필요가 있었던 후대에 결합되었을 가능성이 크다. 건국신화에서 복수 주인공이 등장하는 경우는 드물기 때문이다. 대가야 신화는 수로왕과 이진아시를 복수 주인공으로 두고 있는 정황도 같은 맥락이다.

　'수로'의 출현과 관련한 이름의 본래적 의미는 수릉(首陵)과 〈구지가〉에 있다. 수로(首露)의 단어 조합을 보자면 수(首)는 '머리' 혹은 '처음', 로(露)는 '드러내다'의 뜻을 지닌다. 두 글자의 조합으로 수로는 곧 '머리를 드러낸자' 정도의 의미를 지니며, 〈구지가〉의 노랫말과 직결된다. 수로는 '처음으로 나타난 자'라는 의미로도 해석할 수 있다. 로(露)의 직접적인 뜻은 '이슬'인데, 무속에서 이슬의 상징성은 실로 크다. 한 예로 제주굿의 초감제에서 이슬은 〈상경계문도업(三更開門都業)〉, 즉 삼경이 열리고 새날이 시작되듯 천지 혼합을 여는 근원으로 사유된다.[83] 〈상경

---

83 "상경 계문 도업 제일릅긴, 요 하늘엔 하늘로 청이슬(靑露), 땅으론 흑이슬(黑露), 중왕(中央) 황이슬(黃露) 느려 합수(合水) 뒐 때 천지인왕(天地人皇) 도업으로 제이르자."

계문도업〉에 뒤이어 벌이는 〈천지인황도업〉은 우주·자연의 질서가 세
상에 자리잡게 된 사정을 고하는 대목이다. 우주·자연의 질서는 곧 신
의 질서라 할 수 있다. 이에 수로(首露)는 '신군(神君)으로서 신의 질서에
감응할 수 있는 존재'이자, '개벽 이후 인세에 이 같은 시혜(施惠)를 가
져올 수 있는 최초의 존재'임을 내세우는 의미 또한 지닌다. 굳이 육란
서사와 관련하지 않아도 수로의 이름에 부여된 상징적 의미가 이와
같다.

물론 수로를 '머리를 드러낸 자', '처음으로 나타난 자'가 아닌 상신성
(上神聖)을 의미하는 '수리', '솔'의 사음(寫音)으로 보거나, 금관국의 왕
을 뜻하는 고유명사인 싀닉(ㄹ)의 음차라는 견해,[84] 태양신을 뜻하는 산
스크리트어 수리야(सूर्य, Sūrya)에서 비롯된 것이라는 주장이 제기된 바
있다.[85] 그러나 신화를 구비 전승하던 향유층에게는 이런 어원적 의미
보다 출현 배경과 관련하여 시조의 이름을 이해하는 방식이 훨씬 효율
적이었을 것이다.

가야계 김해 김씨 집단은 수로왕 신화, 특히 탄강담의 방점을 '머리
로서 나타난 자'에서 '처음 나타난 자'로, 이어 '금란·금궤에서 태어난
자"로 끊임없이 윤색하였다. 최종적인 윤색 결과는 신화적 맥락을 버리
고 소호 금천씨(少昊 金天氏), 수로왕, 김유신을 잇는 계보 의식으로 나
타났다.[86] 이름에서 성으로(수로 → 김수로), 신화에서 실제 역사의 반영으

(현용준,『제주도무속자료사전』, 도서출판 각, 2007, 39쪽.)
84 金蘭珠,「굿노래로서의 〈龜旨歌〉와 〈海歌〉의 小考: 건국신화와 그 후대적 변모와 관련
   하여」.
85 김창환,「〈구지가〉의 인도 신화적 요소 고찰」,『陶南學報』 25, 도남학회, 2015.
86 수로왕과 소호금천씨를 계보화 한 기록은 적어도『개황력(록)』에서는 보이지 않고,『삼
   국사기』「열전(列傳)」편의 〈김유신(金庾信) 상(上)〉조에 이르러서야 나타난다.『개황

로 이어지는 윤색의 구심점이 고스란히 반영되어 있다.

　　처음으로 나타났다고 하여 휘를 수로(首露)라 하고 혹은 수릉(首陵)이라 한다.[87]

　　수로왕은 임인 3월 알에서 태어나 같은 달에 즉위하였고 158년 간 치세하였다. **금란에서 난 까닭으로 성을 김씨라 하였다**고 개황력에 쓰여 있다.[88]

　　(수로왕의) 자손이 서로 계승하여 9대손 구해(仇亥)에 이르렀다. (구해를) 구차휴(仇次休)라고도 하는데, 유신(庾信)에게 증조(曾祖)가 된다. 신라 사람들이, **스스로 중국 소호금천씨의 후예이므로 성을 김이라 한다고 하였으며 유신의 비문에도 헌원(軒轅)의 후예요 소호(少昊)의 종손이라 하였으니, 그러면 남가야의 시조 수로도 신라와 동성(同姓)이 되는 것이다.**[89]

　　(사신은 논한다.) 신라고사(新羅古事)에 이르기를, "**하늘이 금궤를 내렸으므로 성을 김씨라 하였다.**"고 하였는데, 그 말이 괴이하여 믿을 수

력(록)』의 편찬 시기를 전후하여 수로왕 신화를 김알지 신화나 신라 전대 왕실의 신화를 매개로 윤색을 거듭하다가, 김유신 사후 그 후손들의 지위가 급상승하거나 정치적 필요에 따라 이들의 권위를 복권하려 할 즈음에 신라 김씨 왕실과 동일한 소호 금천씨의 계보를 끌어 쓸 수 있었을 것으로 보인다.

87 "始現故諱首露, 或云首陵."(『삼국유사』 권2, 「기이」 제2, 〈가락국기〉조.)

88 "首露王 壬寅三月卵生 是月卽位 理一百五十八年 因金卵而生 故姓金氏 開皇曆載."(『삼국유사』 권1, 「왕력」 제1.)

89 "其子孫相承, 至九世孫仇亥, 或云仇次休, 於庾信爲曾祖, 羅人自謂少昊金天氏之後, 故姓金庾信碑亦云, 軒轅之裔, 少昊之胤, 則南加耶始祖首露與新羅同姓也."(『삼국사기』 권41, 「열전」 제1, 〈김유신(金庾信) 상(上)〉조.)

없었다. 신이 사기(史記)를 닦음에 있어 그것이 오랜 전승이기에 그 말
을 산삭(刪削)할 수가 없었다. 그런데 또 듣건대 **신라인은 스스로 소호
금천씨(小昊金天氏)의 후예이므로 성을 김씨라 하였다고 한다.**【신라의
국자박사(國子博士) 설인선(薛因宣)이 찬한 **김유신비(金庾信碑)**와 박거
물(朴居勿)의 찬, 요극일(姚克一)의 서(書)인 삼랑사비문(三郞寺碑文)
에 보인다】[90]

　출현 상황을 육란 서사와 긴밀하게 엮고 통치자의 이름도 그 맥락을
따르도록 서사를 조정하는 과정에서 상대적으로 〈구지가〉와의 상관성
은 약화되었다. 이러한 과정은 가야연맹의 맹주인 가락국과 건국주 수
로의 위상을 드높이려는 행보였으며, 〈가락국기〉조의 윤색 과정과 부
합한다.

　수로왕 신화는 신성 출현과 관련한 서사를 가장 먼저 수로의 이름과
관련하여, 다음으로는 이름이 아닌 성(姓)과 관련하여 지속적으로 윤색
하였다. 〈구지가〉는 이 같은 윤색 방향의 초단(初段)에 위치한다. 〈구지
가〉에는 '머리를 드러낸 자'라는 통치자의 '이름'과 출현 상황이 담겨
있다. 따라서 〈구지가〉가 〈가락국기〉조의 윤색 시가 혹은 신화의 문자
정착기 즈음에, 수로왕의 신성성을 확보하는 일환으로 결합되었다는
주장은 받아들이기 어렵다. 〈구지가〉의 결합은 가락국 신화, 혹은 수로
왕 내력담이 형성되던 초기에 이미 실현된 상태로 보아야 한다.[91]

90　"論曰, 新羅古事云, 天降金樻, 故姓金氏, 其言可怪而不可信, 臣修史, 以其傳之舊, 不
　　得刪落其辭, 然而又聞, 新羅人自以小昊金天氏之後, 故姓金氏【見新羅國子博士薛因
　　宣撰金庾信碑, 及朴居勿撰姚克一書三郞寺碑文】(『삼국사기』 권28, 「백제본기」 제6,
　　〈의자왕(義慈王)〉조.)
91　오태권은 〈구지가〉는 가락국 건국 '봉선제'가 『개황록』 편찬 당시에 전통적인 시각을
　　통하여 신화로 정착되었다가, 『삼국유사』가 정리되던 시기 보편주의와 한문학에 의해

　수로왕 탄강담에서 삼국의 건국신화와 공통된 요소를 거세하면 〈구지가〉만이 남는다. 첫 단계의 윤색은 신라의 건국신화를 모본(模本) 삼아 이루어졌을 가능성이 높다. 윤색의 맥락과 주술적 인식이 농후한 〈구지가〉의 속성은 매우 이질적이다. 민간의 동요가 신라 왕실이 표방하던 신성성과 비견할만한 위상을 가졌다고 보았을 리도 없다. 분명한 의도를 가진 집단의 서사는 느슨한 구성을 허용치 않는다. 그것이 건국신화라면 더욱 그렇다.

　『개황력(록)』의 편찬은 전제왕권의 확립을 도모하는 시기에 이루어졌다. 〈구지가〉가 보이는 주술성이나 제의성은 전제왕권보다 신성왕권, 곧 무왕(巫王)의 패권을 상징한다. 굳이 〈구지가〉가 포함된 탄강담을 『개황력(록)』이나 〈가락국기〉조에 실었던 원인을 따지자면, 당시까지 원형 서사를 삭제하기보다 교묘히 변형시키는 데 방점을 둔 윤색 태도와 민간에서 수로왕 탄강담이 〈구지가〉와 결합한 형태로 활발한 전승을 이루고 있었기 때문일 가능성이 크다.

　그러므로 〈구지가〉는 운문의식과 산문의식이 혼효될 수 있었던 시기에 제도화 된 규범적 제의와 신화로 결합되었던 노래로 보는 편이 옳

　재해석되어 '영신군가' 혹은 '주술적 농경제의'의 의미를 부여받아 수로왕 전승에 개입되어 있는 것으로 보았다.(오태권, 「龜旨歌〉 敍事의 封祭機能 研究」, 2007.) 이 주장은 〈구지가〉 해석과 운용 과정을 밝히는 데 유용한 틀거리를 제공한다. 그러나 이 글에서 주장하려는 〈구지가〉의 운용 과정은 이와 정반대이다. 『개황력』이 표방한다는 '전통적인 시각'은 신화적 논리에 입각하여 있는 것은 맞다. 그러나 이는 신화적 윤색 또한 '전통적인 시각'의 입장에서 이루어질 수 있음을 의미키도 한다. 따라서 신화의 윤색에 상당한 영향을 준 대상은 고려시대나 일연이 아닌, 신라 후기 또는 통일신라기의 김해 김씨 집단으로 보아야 한다. 덧붙여 〈구지가〉는 봉선제와 같은 국가 범주의 제의 자체가 신화화된 것이 아니라, 민간 제의가 신화로 결합된 이후에 그 노랫말이 다시금 국가 범주의 제의를 반영하도록 재편성된 것이다.

다. 건국신화류는 기록화 되기 이전부터 노래 불리며 제의 속에서 구비 전승 되었으며, 이는 〈구지가〉 또한 마찬가지이다. 문헌으로 정착된 신화는 이야기화 된 문자 신화에 불과하다. 제의의 일부인 신성 신화, 구비서사시는 '노래부르기'의 구연법을 본질로 삼는다.[92] 〈구지가〉가 자연스럽게 제의, 신화와 결합할 수 있었던 까닭도 여기에 있다. 이처럼 〈구지가〉는 노래와 서사, 주술과 제의를 넘나들며 고대시가가 형성된 가장 앞선 시가사의 국면을 재구할 수 있는 단서이기에, 매우 소중한 가치를 지닌다.

4) 〈구지가〉 출현과 전승 의의

논의를 정리하자면, 〈구지가〉는 구간 집단의 풍요 제의에서 불리던 청배가(請陪歌)를 건국신화의 서사에 맞추어 재맥락화 하며 형성된 시가라 할 수 있다. 〈구지가〉의 형성 기반은 시대적 추이에 따른 주술적·제의적 인식의 교섭에 있다. 본래 기우 주술 의식에 활용되던 늦은 〈구지가〉계 노래가 체계적인 풍요 제의와 결합한 뒤, 정치적 목적에 의하여 수로왕 탄강담으로 재맥락화 되면서 출현한 노래가 바로 〈구지가〉인 것이다.

〈구지가〉와 늦은 〈구지가〉계 노래의 가장 큰 차이는 주술을 통하여 얻는 결과가 '신군의 출현'과 '기우'라는 점에 있다. 이는 기존의 기우 주술이 그대로 건국 신화의 맥락으로 차용된 것이 아니라, '기능과 효용성' 면에서 전환되어 〈구지가〉가 출현하였다는 사실을 보여 준다.

〈가락국기〉조가 수로왕의 출현을 기원 후 42년으로 기술하고 있으

---

92 玄容駿, 『巫俗神話와 文獻神話』, 316쪽.

니, 이를 믿는다면 〈구지가〉는 1세기경에 출현한 노래가 된다. 이즈음이 바로 구간 집단에서 수로 집단으로, 청동기시대에서 철기시대로, 기원 주술에서 사회적 주술로, 주술적 제의(의식)의 시대에서 신화적 제의의 시대로 접어드는 흐름의 연장선이다.

이러한 시대적 추이에 따라 〈구지가〉가 이른 〈구지가〉계 노래에서 늦은 〈구지가〉계 노래로, 늦은 〈구지가〉계 노래에서 풍요 제의의 청배가로, 풍요 제의의 청배가에서 수로왕의 탄생담으로, 종국에는 수로왕의 탄생담에서 가락국의 국가 제의로 거듭날 수 있었다. 이 지점이 곧 고대시가 형성의 한 국면이자 본격적인 시가(詩歌)의 출현을 이끈 가장 오랜 역사적 정황이라 할 수 있다. 이처럼 〈구지가〉는 시대의 변화 안에서 주술적 인식이 제의적 인식과 긴밀히 융합되어 간 사정을 방증하는 작품으로서 우리 시가사에서 특별한 의의를 지닌다.

주술적·제의적·서정적 인식 가운데 〈구지가〉의 형성과 출현에 가장 큰 영향을 끼친 요소는 주술적 인식이라 할 수 있다. 주술적 인식이 점차 제의적 인식과 융화되다가 완전히 제의적 인식 안에 편입되는 과정, 집단 주술이 더 큰 규모의 집단 제의로 체계화 되는 과정 안에서 〈구지가〉는 요(謠)에서 가(歌)로 점차 확연한 성격을 띠게 된다. 이후 이 같은 주술적 인식을 담지한 시가는 다시 시대적 흐름에 따라, 국교(國敎)의 정립에 따른 종교적 자장 안으로 완전히 흡수되기에 이르렀다. 상대적으로 공적 주술시가의 효용성을 제의가 앞서게 된 이후, 이 같은 주술시가는 사적인 영역에서 개인적 기원을 해결하려는 목적으로 전승·소용되었다.

『조선왕조실록』에 전하는 〈석척가(蜥蜴歌)〉는 〈구지가〉계 노래 계열, 즉 공적 주술의 시가적 전통 하에 출현할 수 있었던 노래이다. 『역옹패설(櫟翁稗說)』에 수록된 박세통(朴世通)의 일화에 전하는 손자 감(瑊)의 시(詩), "거북아 거북아, 잠에 빠지지 말라. 삼세재상(三世宰相)이라고 한 것은 빈말뿐이로구나.(龜乎龜乎/莫耽睡/三世宰相/虛語耳)"는 단적으로 〈구지가〉 계열의 주사(呪詞)가 개인적 기원의 영역으로 전환된 사정을 보여준다.[93] 또한 〈풍뎅이요〉, 〈방아깨비〉노래 등의 동요나 민요는 민간 영역에서 동물을 매개로 삼아 원하는 것을 얻는 〈구지가〉계 노래의 전승태이다.

이처럼 〈구지가〉는 시대와 상황에 따라 달리 추구되는 집단의 열망을 반영하며 전환·운용될 수 있는 유연성을 가진 노래였으며, 그 전통은 주술적 인식이 응축된 〈구지가〉계 노래에서 비롯된 것이라 하겠다. 다만 〈구지가〉가 형성되었던 당시의 국면은 주술적 인식과 제의적 인식이 공동체의 자장에서 대등하리만치 적절히 융화·공존하던 되었던 시기였기에, 〈구지가〉는 제의를 매개로 시(詩)이자 가(歌)로서, 건국신화의 일부로서 그 위상을 확고히 할 수 있었던 것이겠다.

2. 〈공무도하가〉: 진혼 제의에서 새롭게 불린 상장요(喪葬謠)

〈공무도하가〉와 관련한 논의에서는 전승서사를 씻김굿의 일종인 진혼 제의로 파악한 기존 견해, 〈공무도하가〉 전승이 주술적·제의적 인

---

93 박세통이 백성들에게 잡혀 도살당할 뻔한 거북을 구하여주자, 꿈에 늙은이가 자신의 자식을 살려준 은혜로 반드시 삼대가 재상이 되도록 하겠다는 약속을 남겼으나 삼대에 이르러 손자 감이 재상이 아닌 상장군(上將軍)으로 치사(致仕)하게 되자 이 같은 시를 지었다는 일화가 전한다. 이후 손자 감의 꿈에 거북이 나와 감의 허물을 지적하되 기다리면 이루어지리라는 말을 남겼으며, 실제로 손가 감이 치사가 해제되어 복야(僕射)되었다고 한다.(이제현,「전집(前集)」,『역옹패설』, 남만성 역, 을유문화사, 2005 DB자료. 한국의 지식콘텐츠 KRpia 누리집 참조.)

식을 기반으로 한 세계관의 파탄상을 다루고 있다는 기존 견해를 전적
으로 수용하려 한다. 더불어 백수광부와 백수광부의 처를 모두 무격(巫
覡)으로 파악한 조동일의 견해 역시 수용한다.[94]

하지만 〈공무도하가〉의 형성 국면과 출현 의의에 대한 견해는 다소
다르다. 이는 〈공무도하가〉가 단번에 곽리자고에 의하여 여옥에게 전
달될 수 있었던 정황, 우리의 고대가요 가운데 가장 폭넓은 전승과 향
유층을 보유할 수 있었던 정황, 백수광부와 그의 처에게 일어난 비극적
인 파탄상을 세간에서 애틋한 그리움의 노래로 달리 인식하게 된 정황
등을 종합적으로 고려하여 판단되어야 한다.

또한 〈공무도하가〉가 〈구지가〉, 〈황조가〉와 같이 1세기를 전후한 시
점에 놓여 있던 시가라는 사실도 감안하여야겠다. 이때 고대시가를 마
련하는 작법은 일종의 비유, 재맥락화 또는 전환이란 방법론으로 귀결
될 수 있다는 점이 관건이다. 이 같은 고대시가의 형성 국면을 고려하
여 〈공무도하가〉의 형성 과정을 전승시가 중심으로 살피기로 한다.

논의를 전개하는데 선학들의 견해와 일치를 보이는 부분을 다시 꺼
내어 지난하게 부언할 필요는 없어 보인다. 따라서 전승서사에서 제의
적 속성을 짚어내는 것은 간략히 하고, 기존 견해와 다른 지점들을 압
축적으로 제시하여 논의를 이어가기로 한다.

---

94 조동일, 『한국문학통사(1)』, 105쪽.

1) 기존 연구 검토와 문제 제기

〈공무도하가〉의 개별 연구는 시가의 명칭,[95] 국적와 작가의 문제,[96]

---

95 〈공후인(箜篌引)〉이란 명칭을 부여한 논의는 안자산(安自山) 이래, 서수생, 장덕순, 김학성, 윤영옥, 김성기의 논의로 이어져 왔다.(안자산, 『朝鮮文學史』, 한일서점, 1922; 최원식 역, 『조선문학사』, 을유문화사, 1984 재인용; 서수생, 〈箜篌引〉 新攷』, 『語文學』 7, 한국어문학회, 1961; 장덕순, 『韓國文學史』, 同和文化社, 1975; 김학성, 『箜篌引의 新考察』, 『韓國古典詩歌의 硏究』, 윤영옥, 『韓國의 古詩歌』, 文昌社, 2001; 김성기, 「箜篌引의 作家에 對한 硏究」, 『한국시가문화연구』 13, 한국시가문화학회, 2004.) 〈공무도하가(公無渡河歌)〉란 명칭은 김태준 이래, 조동일, 성기옥, 조기영, 유종국, 이규배의 논의로 까지 이어져 왔다.(김태준, 『조선한문학사(朝鮮漢文學史)』, 朝鮮語文學會, 1931; 조동일, 『한국문학통사(1)』; 成基玉, 「公無渡河歌 硏究: 韓國 敍情詩의 發生問題와 관련하여」; 조기영, 「〈公無渡河歌〉 연구에 있어서 열가지 쟁점」, 『牧園語文學』 14, 牧園大學校國語教育科, 1996; 유종국, 「〈공무도하가〉론: 론-낙부의 원전 탐구를 통한 접근」, 『국어문학』 37, 국어문학회, 2002; 李圭培, 「「公無渡河歌」再攷 試論: 歌·樂·舞 文獻記錄들로부터의 循環的 解釋學」, 『어문연구』 45, 한국어문교육연구회, 2017.) 이에 대한 자세한 정리는 조기영의 연구를 참조하기 바란다. 여러 논의 가운데 유종국은 〈공무도하가〉의 음악상·악부(樂府)상 명칭을 〈공후인〉으로 명명하되, 〈공무도하가〉는 악부집에 채록되기 이전 본래의 민간 가요로서의 명칭일 것으로 정리한 바 있다.

96 집적되어 온 연구에서 대개 〈공무도하가〉는 우리 측 시가로서 그 위상과 가치가 회자되고 있다. 다만 최신호, 지준모, 이종출은 〈공무도하가〉를 우리 측 작품이 아닌 '순수한 중국 가요'나 중국인이 부른 시가로 규정하였다.(최신호, 「箜篌引 異考」, 『東亞文化』 10, 서울대학교 동아문화연구소, 1971; 지준모, 「公無渡河 考正」, 『국어국문학』 62·63, 국어국문학회, 1973; 이종출, 「상대가요의 시가적 양상」, 『한국고시가 연구』, 태학사, 1989.) 윤영옥은 『태평어람(太平御覽)』의 기록을 근거로 〈공무도하가〉를 조선의 노래로 상정하면서도 국적 문제에 있어, 중국 측의 것일지도 모른다는 입장으로 판단을 보류하기도 하였다.(윤영옥, 『韓國의 古詩歌』.) 그러나 정하영, 김영수 등이 제시한 바와 같이 〈공무도하가〉가 인간의 '보편적 심성과 공감'에 의거하여 사람들의 두루 수용할 수 있었던 시가였다는 점,(정하영, 「〈공무도하가〉의 성격과 의미」, 『한국고전시가작품론(Ⅰ)』, 집문당, 1992; 김영수, 「「公無渡河歌」新解釋: '白首狂夫'의 정체와 '被髮提壺'의 의미를 중심으로」, 『한국시가연구』 18, 한국시가학회, 1998.) 성기옥이 구체적이고 폭넓은 역사지리적·연대적 고증을 통하여 조선진(朝鮮津)을 낙랑(樂浪)의 조선현(朝鮮縣)이 위치하였던 평양지역의 대동강 유역 또는 우리 강토의 어느 나루로 명확히 구명한 점으로 미루어,(成基玉, 「公無渡河歌 硏究: 韓國 敍情詩의 發生問題와 관련하

제작 연대의 문제,**97** 시가 형성에 관여한 주술적·제의적·서정적 인식
에 관련한 문제 등 작품 제반에 걸친 논쟁이 지속되는 중이다.**98** 여기서

여」.) 〈공무도하가〉는 애초에 우리 시가가 조선 유민의 이주에 따라 중국측에 널리 확산
될 수 있었던 시가로 파악되어야 옳다.

한편 작자와 관련된 문제는 원작자를 여옥(麗玉)으로 보는 조윤제의 견해, 곽리자고로
보는 윤영옥의 견해, 백수광부의 처로 보는 양재연, 서수생, 임동권, 유종국 등의 견해,
애초에 토착 주민들에 의해 형성되어 널리 퍼진 집단 민요로서 특정 작자가 지은 것이
아니라고 보는 김학성, 김성기, 성기옥, 정하영, 황재순 등의 견해, 1차 작자를 백수광부로
2차 작자를 뱃사공의 아내인 여옥으로 나누어 파악하는 조동일의 견해, 관련 기록을
모두 종합하여 여섯 단계의 전승 과정(원작자 → 전성자 → 사성자 → 수용자 1 →
수용자 2 → 제명자)을 재구한 조기영의 견해 등으로 나뉜다.(趙潤濟, 『國文學史』; 윤영
옥, 『韓國의 古詩歌』; 양재연, 「公無渡河歌(箜篌引) 小考」, 『국어국문학』 5, 국어국문
학회, 1953; 서수생, 〈箜篌引〉 新攷; 임동권, 『韓國民謠史』, 文昌社, 1961; 유종국,
「〈공무도하가〉론」론-낙부의 원전 탐구를 통한 접근; 金學成, 『韓國古典詩歌의 硏究』;
김성기, 「箜篌引의 作家에 對한 硏究」; 成基玉, 「公無渡河歌 硏究: 韓國 敍情詩의
發生問題와 관련하여」; 정하영, 「〈공무도하가〉의 성격과 의미」, 『한국고전시가작품론
(Ⅰ)』; 황재순, 「공무도하가의 원전과 국적」, 『고전문학 어떻게 가르칠 것인가』, 집문당,
1994; 조동일, 『한국문학통사(1)』; 조기영, 「〈公無渡河歌〉 연구에 있어서 열가지 쟁점」.)

97 관련 논의는 〈공무도하가〉의 제작 연대를 고조선 시대로 파악한 조윤제의 견해와 구체
적으로 팔조금법이 생긴 직후로 파악하는 고경식의 견해,(朴焌圭, 「1960年代의 國文學
硏究 : 上代歌謠와 鄕歌의 硏究를 主로하여」, 『용봉논총』 1, 전남대학교 인문학연구소,
1972, 11쪽 재인용.) 기자조선이나 위만조선 이후에 고전선이 지배체제를 바꾸기 시작
할 즈음에 사회변화상과 맞물려 형성된 시가라는 조동일의 견해,(조동일, 『한국문학통
사(1)』.) 고조선한사군(漢四郡) 설치 직후나 존속기로 본 18세기 실학자(박지원, 이덕무,
유득공, 한치윤 등)과 김사엽, 서수생, 지준모 등의 견해,(金思燁, 『改稿 國文學史』,
正音社, 1954; 서수생, 〈箜篌引〉 新攷; 지준모, 「公無渡河 考正」.) 기원 후 2세기경으
로 추정한 양재연의 견해,(양재연, 「公無渡河歌(箜篌引) 小考」.) 이미 기원전 2~3세기
경에 집단 서정 민요로서 형성되어 있었으며, 기원전 1세기 무렵에는 단순한 민요로
불리는 단계를 지나 기악박주 형태의 세련된 성악곡으로서 정비되었을 것이라는 성기
옥의 견해 등이 대표적이다.(成基玉, 「公無渡河歌 硏究: 韓國 敍情詩의 發生問題와
관련하여」.)

98 크게 주술·신화적 시대관과 결부하여 무속 제의와의 관련성 안에서 시가의 속성을 구
명하는 견해와 이와 상관없이 실제 역사적 사실에 따른 현실 인식의 반영으로 형성된
시가라는 견해로 나뉜다. 전자는 본문에서 정리하여 다룰 것이므로 후자와 관련된 견해

는 그 가운데 〈공무도하가〉의 형성 과정이나 속성을 신화 또는 제의와
관련하여 구명한 논의, 시가사의 측면에서 다룬 논의들을 중심으로 그
성과와 흐름을 정리한다.

　〈공무도하가〉를 신화적 성격을 담지한 시가로 파악하여 백수광부를
주신(酒神)으로, 그의 처를 숲 또는 강물의 요정이자 악신(樂神)으로 파
악한 정병욱의 연구 이래,[99] 〈공무도하가〉의 전승서사가 담지한 신화·
제의성에 근거하여 전승시가의 속성을 신(神)의 이야기가 아닌 무격(巫
覡)의 이야기로, 제의의 파행에 따른 주술·신화적 시대의 파탄상이 담
겨 있는 것으로 구명하는 연구들이 개진되었다.[100] 이는 정병욱의 연구

<hr />

들을 정리하자면 다음과 같다. 〈공무도하가〉를 중국의 시경사상 가운데 예(禮)의 사상
에 기반하여, 부부의 윤리와 남녀간에 지켜야 할 예를 형상화 한 노래로 파악하는 최두
식의 견해,(최두식, 「詩經과 韓國古詩歌」, 『성곡논총』 15, 성곡언론문화재단, 1984.)
고조선의 패망에 따른 조선 유민의 절망을 노래한 디아스포라(Diaspora)적 성격의 시가
로 보는 구사회의 견해,(구사회, 「공무도하가의 성격과 디아스포라 문학」, 『한민족문화
연구』 31, 한민족문화학회, 2009.) 문면 의미 그대로 무모하게 하수(河水)를 건너서는
안 된다는 당대의 금기를 어겨 발생한 백수광부의 익사 사건에 충격을 이기지 못한
아내가 투신 자살 직전에 불렀던 역사적 현실을 반영한 노래로 보는 성범중의 견해
등이 있다.(성범중, 「〈공무도하가(公無渡河歌)〉 전승 일고: 설화의 의미와 시가의 결구
를 중심으로」, 『韓國漢詩硏究』 26, 한국한시학회, 2018.)

99　鄭炳昱, 『韓國詩歌文學史(上)』, 『韓國文化史大系(Ⅴ): 言語·文學史(下)』, 高麗大學
　　校 民族文化研究所, 1967, 781~782쪽; 張德順, 『韓國 古典文學의 理解』, 一志社,
　　1973, 13쪽.

100　김학성은 숙련되지 못한 무격이 입무의식(入巫儀式) 가운데 신밀(神密)로서 공신력을
　　　표방하는 재생체험(再生體驗)에 실패하여 익사한 사건이 민중들에게 흥미소를 작동
　　　시켜 형성된 시가로 무격의 능력이 현저히 약화된 것으로 인식되던 시기의 사회 정황
　　　이 반영된 시가로 파악하였고, 조동일은 나라 무당으로 인정되지 못한 민간 무당이
　　　불신 받고 배격되는 사태, 무당의 권위가 추락하여 죽음에 이르는 시대 정황 속에서
　　　형성된 시가로 보았다. 성기옥 역시 〈공무도하가〉의 원류는 집단 서정 민요이자 극적
　　　독백체의 민요 파악하면서도 서사체의 전통과 극적 정황의 힘을 빌어 자립할 수
　　　있는 주술적 노래의 전통에 기대어 형성된 노래이자, 이 같은 노래의 형성에 기여한

가 서구 신화의 속성에 입각하여 우리 시가를 지나치게 분석하였다는 지적과 신(神)이 죽음에 이르는 결말을 갖는 신화는 존재할 수 없다는 지적의 반향이었다. 이후 〈공무도하가〉의 신화·제의적 성격을 구명하는 연구들은 전승서사와 전승시가 전반에 담긴 '죽음의 문제'나 '백수광부의 행위' 등을 실제 제의의 실상과 연관하여 구체적으로 해명하는 등의 단계적 진전을 이루게 되었다.

관련하여 조규익은 〈공무도하가〉 전승과 초혼굿의 양상을 견주어 해당 시가를 무당이 재연한 백수광부 처의 슬픈 넋두리로, 곽리자고는 굿판의 관객으로 보았다. 이에 〈공무도하가〉는 굿노래가 예술적인 시가로 형성화 된 첫 국면을 보여주는 우리 시가사의 소중한 자산이라 평가하고 있다.[101]

현승환은 〈공무도하가〉의 전승서사를 익사자의 영혼을 달래는 무혼굿의 과정과 다름이 없으며, 백수광무는 익사자 역할을 하는 무당으로 그가 극적 행위로서 제의를 연행하는 과정이 곽리자고를 통하여 남편에 대한 아내의 사랑으로 전환되어 전하게 된 시가라 판단하였다. 따라서 〈공무도하가〉를 본래 안전을 기원하는 주술성을 지닌 노래로 규정하고 있다.[102]

정상홍은 『시경』의 「위풍(魏風)·석서(碩鼠)」를 납제(臘祭), 나례(儺禮)의 속성을 띤 가무극에서 불렸던 노래로 새롭게 조명하여, 주술적 무혼가가 희극적 요소를 포함하고 있는 제사악무(祭祀樂舞)이자 가무극(歌舞

시대 정황은 주술·신화적 세계관의 붕괴에서 인간 중심적 사고의 불연속적 세계관으로 이행되는 문화적 변동기일 것으로 추론한 바 있다.(金學成, 「箜篌引의 新考察」, 『韓國古典詩歌의 硏究』, 283~297쪽.)

101 조규익, 『풀어읽는 우리 노래문학』, 논형, 2007, 17~18쪽.
102 현승환, 「공무도하가 배경설화와 무혼굿」, 『한국민속학』 52, 한국민속학회, 2010.

劇)의 성격이 존재함을 지적하고, 이 같은 갈래의 영향을 받아 〈공무도하가〉가 형성될 수 있었던 것으로 추론하였다. 이런 의미에서 〈공무도하가〉는 익사자에 대한 주술적 무혼가이며, 오랜 세월 동안 배가 출항하는 날이나 특정한 날에 무당 부부가 거듭 연행하던 재현적 사건이 전승서사로 남아 있는 것이라 보았다.[103]

이규배는『고금주(古今主)』가 편찬된 당대 언어 관습으로 미루어 백수광부를 지칭하는 공(公)을 '남편'의 의미가 아닌 천자(天子), 주군(主君), 제후(諸侯) 또는 그와 유사한 지위의 귀족 등을 지시하는 단어로, 진졸(津卒)을 '조선나루를 중심으로 형성된 백 사람의 군졸집단'을 의미하는 것으로 분석하였다. 이와 후대 의작(擬作)인 류호위(劉孝威), 장정견(張正見)의 시구(詩句)를 근거로 백수광부의 도하(渡河)는 '적국과의 전쟁과 같은 국경을 넘는 사생결단'의 행위였으며, 그의 죽음 뒤로 고조선에서 이를 추모하는 정기적인 제사가 연행되었고, 그 비(妃)가 공(公)을 추도하는 만가(輓歌)를 지어 부른 뒤 자결하였던 정황이 후대 전승에서 변이되어 전하는 것이라 하였다.[104]

반면 민긍기는 〈공무도하가〉 전승 속 죽음은 어디까지나 실제 죽음이 아닌 제의적 죽음일 뿐이며, 해당 시가는 본래 백수광부의 처가 백수광부의 입사제의 중 축원으로 부른 노래라 주장하였다. 이에 〈공무도하가〉는 입사 제의와 관련하여 백수광부가 천지창조를 체현하고 새로운 세계의 질서를 받아들이고자 하는 제의적 의미를 갖는 노래로 파악하였다. 특히 노래의 마지막 구절인 '당내공하(當奈公何)'를 신성 체현이

---

103 정상홍,「『시경』을 통해서 본 한국 上古詩歌의 발생적 기반:「公無渡河歌」를 중심으로」,『한국문학과 예술』19, 숭실대학교 한국문학과예술연구소, 2016.
104 李圭培,「「公無渡河歌」再攷 試論: 歌·樂·舞 文獻記錄들로부터의 循環的 解釋學」.

순조롭게 진행되어 인간 세계로 되돌릴 수 있는 방법을 신에게 묻는 축원의 한 언술 방식으로 해석하였다.[105]

한편 〈공무도하가〉의 형성에 따른 우리 시가사의 의의를 여타 고대시가 또는 구비시가의 관계로 말미암아 집중 조명한 연구들도 성과의 한 축을 이룬다. 임갑랑은 〈공무도하가〉에 담겨 있는 '님의 죽음' 혹은 '이별에 따른 애환의 정서'가 우리 시가사에서 전통적인 시적 정서로 자리잡아 온 정황을 살피려 하였다. 〈공무도하가〉와 고려속요 〈만전춘별사(滿殿春別詞)〉, 시조 〈단심가(丹心歌)〉, 가사 〈사미인곡(思美人曲)〉과 〈속미인곡(續美人曲)〉, 현대시 〈초혼(招魂)〉, 〈춘향유문〉 등을 견주어, 〈공무도하가〉가 우리 시가사에서 '애환적 정서'라는 원형적 패턴을 생성한 시가로서 가치를 지님을 강조하였다.[106]

강명혜는 〈공무도하가〉의 의미와 기능이 인간의 사랑과 죽음, 인간의 재생과 그 원리, 순환성, 영원성 등의 인간 삶의 영위를 위한 본질성 등을 모두 이야기하는 것에 있다고 보았다. 또한 이러한 인간 삶의 국면이 〈구지가〉의 '생명 탄생', 〈황조가〉의 '사랑'과 '풍요'로 순환 고리를 이루므로 고대시가는 인간의 가장 원초적인 삶의 원형을 모두 함축하고 있는 갈래란 견해를 피력하였다.[107]

이와 같이 〈공무도하가〉의 개별 연구 성과는 해당 작품이 우리 시가사에서 가장 오랜 시기의 것인 만큼 작품론, 문학사론, 배경론 등의 범주에서 방대하게 집적되어 왔다. 하지만 작품을 둘러싸고 있는 '죽음'

---

105 민긍기, 『원시가요와 몇 가지 향가의 생성적 의미에 관한 연구』, 도서출판 누리, 2019, 112~117쪽.

106 林甲娘, 「「公無渡河歌」의 原型的 研究」, 『한국학논집』 14, 계명대학교 한국학연구원, 1987.

107 姜明慧, 「죽음과 재생의 노래:「公無渡河歌」」, 『우리문학연구』 18, 우리문학회, 2005.

이란 문제를 주로 전승서사 위주로 파악하는 경향이 있었다.

또한 많은 선행 연구들의 지적처럼 〈공무도하가〉가 무속 제의와 같은 굿에서 불린 노래라면, 어디까지나 주술적·제의적 인식과 무관하지 않은, 서정성과 주술적·제의적 인식의 결합 혹은 단절의 연결 고리가 구체적으로 해명되어야 한다. 〈공무도하가〉의 형성 국면과 존재 양상을 향가와 연계하여 시가사의 계기적인 흐름 안에서 해명하려는 시도 역시 아직 충분치 못하다.[108] 이 점이 보완된다면 〈공무도하가〉의 특별함과 시가사적 위상이 한층 제고될 수 있을 것이다. 이어질 논의에 보태어 다루기로 한다.

2) 〈공무도하가〉 전승서사의 제의성

〈공무도하가(公無渡河歌)〉는 〈공후인(箜篌引)〉, 〈공무도하곡(公無渡河曲)〉, 〈공무도하행(公無渡河行)〉으로 불리기도 한다. 〈공후인〉은 관련 전승을 가장 먼저 수록한 것으로 보이는 중국 측 문헌 『금조(琴操)』, 『태악가사(太樂歌詞)』 등의 기록을 보건대, '공후(箜篌)'를 타며 불렀던 시가라는 의미가 강조되어 있는 명칭이다.[109] 상대적으로 〈공무도하곡〉, 〈공무도

---

108 이와 관련된 연구 성과로는 이완형, 김난주 등의 논의가 있다.(이완형, 「「公無渡河歌」와「祭亡妹歌」의 輓歌的 性格에 대하여」, 『어문연구』 24, 어문연구학회, 1993; 김난주, 「詩歌에 나타난 生死 공간관 고찰」, 『東아시아古代學』 14, 東아시아古代學會, 2006.) 두 연구는 고대시가에서 향가로 이어져 온 생사관에 주목하고 있는데, 이완형은 〈공무도하가〉와 〈제망매가〉를 만가(輓歌)의 전통으로 해석하고자 하였으며, 〈공무도하가〉를 시원적 형태의 만가로 생래적으로 우리 시가사와 함께 존재하여 왔음을 강조하였다. 김난주는 서사무가 〈바리공주〉와 〈공무도하가〉, 〈제망매가〉를 살펴 생사관의 공통점과 차이점을 면밀히 살폈다.

109 채옹(蔡邕)의 『금조』는 가장 이른 시기에 〈공무도하가〉를 수록한 문헌이다. 후한말(後漢末)에 쓰였을 것으로 추정되며, 〈구인〉편에 해당 전승서사와 전승시가를 수록하고

하행〉, 〈공무도하가〉 등은 전승서사와 전승시가의 노랫말을 모두 강조할 수 있는 명칭이다. 특히 선학들은 〈공무도하가〉라는 명칭을 사용하면서 해당 시가가 우리 노래라는 의미를 강조하는 방편으로 삼기도 하였다. 이 글 역시 〈공무도하가〉를 우리의 고대시가로 다루려 하기에 그를 따르기로 한다.

〈공무도하가〉 전승이 수록된 문헌들 대부분은 중국 측 자료이다. 시가의 형식 또한 한(漢)대의 악부(樂府)에서 흔히 볼 수 있는 4언 4구의 형식을 취한다. 하지만 이 같은 사실이 〈공무도하가〉의 국적을 단적으로 중국이라 단언할 수 있는 근거는 아니다. 문헌이란 전승 경로(經路)는 애초의 발생과 출현을 추정할 수 있는 단서일 뿐이며, 전파(傳播)와 수용의 문제와 오히려 밀접한 관련이 있기 때문이다.

또한 〈공무도하가〉가 취하는 4언 4구의 형식은 우리 측 고대시가인 〈구지가〉, 〈황조가〉의 특성이기도 하다. 특히 〈황조가〉의 의문형 종지(終止)가 〈공무도하가〉의 경우와 마찬가지로 애환과 체념의 정서를 환기하는 형식적, 표현적 기능을 한다는 점에서 우리측 고대시가와 그 속성이 같다고도 볼 수 있다.

더불어 선학들은 과거 고조선의 판도가 중국땅 안쪽 깊숙이 뻗어 있다는 점과 고조선 이래 한인(韓人)의 잔류민들이 형성한 조선인 거류민

있다. 순욱(荀勗)의 『태악가사』는 시기적으로 『금조』 이후에 〈공무도하가〉 전승을 다시금 수록한 문헌이다. 이는 서진(西晉) 무제(武帝) 시에 편찬된 것이다. 이후 〈공무도하가〉 전승은 서진 혜제(惠帝)시기에 편찬된 최표(崔豹)의 『고금주(古今注)』, 동진(東晉) 원제(元帝) 시에 편찬된 공연(孔衍)의 『금조(琴操)』 등에 수록되었다. 『고금주』에는 〈공무도하가〉 전승에서 전승서사만 기록되어 있으며, 전승시가는 달리 수록되어 있지 않다. 따라서 이른 시기에 중국측 문헌에 수록된 〈공무도하가〉 전승은 2~4세기에 걸쳐 있는 각편들이라 하겠다.

(居留民) 집단과 관련시킬 수 있다는 점을 들어, 〈공무도하가〉가 우리의 시가일 것이라 주장하였다.[110] 또한 조선을 계승하였다는 사실과 인식이 고고학적, 사상적, 역사적으로 입증될 수 있는 차원의 것임을 들어,[111] 〈공무도하가〉를 우리의 오랜 시가 전통으로 파악하여 왔다. 이처럼 〈공무도하가〉는 우리의 고대시가로 인정받기에 충분한 정당성을 확보하고 있기에, 국적 문제를 다시금 꺼내들 필요는 없어 보인다.

전승시가로서의 〈공무도하가〉는 개인의 서정을 노래한 창작물이라기보다 오랜 시간동안 전승되며 여러 단계를 거친 민요적 성격이 강하다는 의견이 다수다. 글쓴이도 이 같은 의견에 동의한다. 〈공무도하가〉가 개인의 창작에 기반을 두었다고 해도 여러 사람들에 의해서 수용·가창되는 과정이 있었던 점, 이 과정에서 기존의 소리와 가사가 변형되어 다시금 동아시아 한자문화권의 민중들이 공유하던 곡조가 첨입된 뒤, 한국과 중국의 보편적 정서의 기반 위에 유행하던 고대시가로 이해하는 편이 합리적이기 때문이다.[112]

하지만 전승서사의 맥락에서 〈공무도하가〉의 형성과 전승 국면을 조금 달리 파악할 만한 단서들이 있어 재고를 요한다. 우선 전승서사가 씻김굿과 같은 진혼 제의의 실상과 정황과 다름이 없음을 전제하고 관련 대목들을 짚고 넘어 가기로 한다. 아래에 『금조(琴操)』와 『고금주(古

---

110 金學成, 「箜篌引의 新考察」, 『韓國古典詩歌의 硏究』; 조동일, 『한국문학통사(1)』, 成基玉, 「公無渡河歌 硏究: 韓國 敍情詩의 發生問題와 관련하여」.

111 윤명철은 고구려인들이 스스로 기록한 광개토대왕릉비를 위시한 금석문의 기록, 그리고 『구당서(舊唐書)』 등의 중국의 기록들을 종합적으로 살펴 볼 때, 고구려에는 부여뿐만 아니라 조선을 중심으로 한 계승의식이 존재하며, 이러한 건국의 계승성을 국가를 발전시키는 명분과 힘의 근원으로 삼았음을 들었다.(윤명철, 「고구려의 고조선 계승성에 관한 연구(1)」, 『고구려발해연구』 13, 고구려발해학회, 2002.)

112 조기영, 「〈公無渡河歌〉 연구에 있어서 열가지 쟁점」, 182~183쪽.

今注)』에 수록된 〈공무도하가〉 전승을 제시한다.

    공후인(箜篌引) 은 조선진졸(朝鮮津卒) 곽리자고(霍里子高)가 지었다. 자고(子高)가 새벽에 일어나 배를 타고 노를 젓고 있었다. (그때) 어떤 광부(狂夫)가 머리를 풀어헤치고[被髮] 병을 들고서[提壺]하고 강을 건너가고 있었다[涉河而渡]. 그 아내가 따라가며 멈추라고 하였으나 미치치 못하였고, 광부(狂夫는) 강에 빠져 죽었다. 이에 그 아내가 하늘을 향하여 소리쳐 부르짖고 나서 공후(箜篌)를 두드리며 **"님더러 물 건너지 말래도, 님은 건너고 말았네, 물에 빠져서 죽었으니, 님이여, 어찌 하리오 (公無渡河/公竟渡河/公墮河死/當奈公何)."** 하고 노래를 불렀다. 곡이 끝나자, 스스로 물에 몸을 던져 죽었다. 자고가 그것을 듣고 슬퍼하였다. 이에 거문고를 가져다가 두들기며 그 소리를 본떠[象] 〈공후인(箜篌引)〉을 창작하니 이른 바, 공무도하곡(公無渡河曲)이다.[113]

    〈공후인〉은 조선진졸 곽리자고의 처 여옥(麗玉)이 지었다. 곽리자고[高]가 새벽에 일어나서 배를 타고 노를 젓고 있었다. 어떤 백수광부가 머리를 풀어헤치고 병을 들고서 거센 물줄기를 건너가고 있었다[亂流而渡]. 그 아내가 따라가며 멈추라고 하였으나 미치지 못하였고, 결국 물에 빠져 죽었다. 이에 공후를 가지고 두들기며 공무도하지가(公無渡河之歌)를 지었는데 그 소리가 지극히 처창(悽愴)하였다. 곡을 마치고 스스로 물에 몸을 던져 죽었다. 곽리자고가 돌아와 처 여옥에게 그 소리를 말했다. 옥(玉)이 이를 아파하였고 이내 공후를 끌어다가 그 소리를 본

---

[113] "箜篌引者 朝鮮津卒 霍里子高所作也 子高晨刺船而濯 有一 狂夫 被髮提壺 涉河而渡 其妻追止之 不及 墮河而死 乃號天噓唏 鼓箜篌而歌曰 公無渡河 公竟渡河 公墮河死 當奈公何 曲終 自投河而死 子高聞而悲之 乃援琴而鼓之 作箜篌引以象其聲 所謂公無渡河曲也."(蔡邕, 『琴操』, 「九引」, 〈箜篌引〉; 조기영, 「〈公無渡河歌〉 연구에 있어서 열가지 쟁점」, 168쪽 재인용.) 시가 해석은 조동일의 것을 따랐다.(조동일, 『한국문학통사(1)』, 105쪽.)

뜨니[寫] 듣는 사람들이 눈물을 흘리고 눈물을 삼키지 않는 이가 없었
다. 여옥이 그 소리를 이웃집 여자 여용(麗容)에게 전하니 이름하여 〈공
후인〉이라고 하였다.[114]

〈공무도하가〉의 특별함은 아무래도 기원전 1~2세기 전후 혹은 2~3
세기 전후까지도 시가의 형성 연대를 소급할 수 있을 만큼의 오랜 것이
라는 점,[115] 그리고 같은 시기 즈음에 출현한 여타 고대시가와는 달리,
죽음에 대한 비탄과 애환이란 개인 서정을 토로하는 시가라는 점, 〈공
무도하가〉의 출현과 전승에 있어, 전승서사가 역사적 의미를 지닐지라
도 그 저층에는 주술적·제의적 인식이 담지되어 있을 가능성이 크다는
점이겠다. 이러한 주술적·제의적 인식은 점차 세간에 '전승'되며 전달
과 수용의 측면에서 작품의 의미와 당대의 사회적 현실과 결합하였을
가능성이 크다. 그러면서 전대와는 다른 새로운 사회적 관계와 질서를
함축하는 역사적·현실적 방향으로 변화하였을 것이다.

그렇다면 〈공무도하가〉의 출현 정황과 관련하여, 전승서사에서 주술
적·제의적 인식을 응축하고 있는 요소들을 찾을 수는 없는 것인가. 이

---

114 "朝鮮津卒 霍里子高 妻麗玉所作也 高晨起 刺船 而濯 有一白首狂夫 被髮提壺 亂流
而渡 其妻隨呼止之 不及 遂墮河水死 於是援箜篌而 鼓之 作公無渡河之歌 聲甚悽
愴 曲終 自投河而死 霍里子高還 以其聲語妻麗玉 玉傷之 乃引箜篌而 寫聲聞 者莫
不墮淚飲泣焉 麗玉以其聲傳鄰女麗容 名曰 箜篌引焉."(崔杓, 『古今注』, 撰中, 〈音
樂 第三〉; 조기영, 「〈公無渡河歌〉 연구에 있어서 열가지 쟁점」, 168쪽 재인용.)

115 성기옥은 〈공무도하가〉가 우리 노래로서 중국에 유포될 수 있는 계기가 된 역사적
사건을 한사군(漢四郡)의 설치(기원전 108년)로 보고, 해당 시가가 기원전 1세기 무렵
당시 대동강 유역이 한반도의 다른 지역보다 가장 발전된 정치 형태와 선진 문화를
누리고 있었던 위만조선(衛滿朝鮮, 특히 평양 주변)의 토착 주민들에 의하여 오래
전부터 널리 유행된 민요일 것으로 판단하였다.(成基玉, 「公無渡河歌 硏究: 韓國 敍
情詩의 發生問題와 관련하여」, 18~41쪽.)

에 대한 논의를 선학들의 견해를 바탕으로 다시금 구체적으로 되짚으려 한다.

〈공무도하가〉 전승서사의 주술적·제의적 인식은 아무래도 제의 연행과 관련된 가장 본질적인 요소인 시·공간과 도구에 담긴 신화적·제의적 원형성에 있을 것이다. 바로 새벽, 물, 백수광부가 입수(入水) 시에 들고 있었던 도구인 병[壺]이다. 이 셋은 〈공무도하가〉의 전승에서 성과 속, 불가시와 가시의 세계, 이상과 현실을 동일화시킬 수 있었던 가장 주요한 요소들이다. 이들은 전승시가에 애환과 비탄이라는 독특한 정서가 표출될 수 있게 하는 본질적인 요소다.

새벽, 물, 병이 갖는 신화적 원형성은 이 같은 세계관을 형식화 한 제의(祭儀)에서도 신성 영역, 신의 세계의 속성을 형상화 하는 표징으로 등장한다. 〈공무도하가〉의 전승서사가 담지한 제의성은 이 세 요소의 신화적 원형성, 제의적 상징성, 그리고 현실에서의 이들의 실체에 대한 유기적 관계에 기초한다.

신화의 세계에서 새벽은 천지개벽의 순간, 태초(太初)의 시작과 관련된다. 우주와 인세의 근원적이며 원초적인 탄생이 시작된 순간으로서 새벽이 갖는 신화적 원형성은 매우 중대하다. 새벽 이전의 어둠은 침묵과 혼돈이 존재하는 닫힌 시간이자 공간이며, 인간을 포함한 만물에게는 죽음을 상정키도 한다. 이에 상반된 밝음이 시작되는 새벽은 만물의 탄생 혹은 재생의 시간을 형상화 한다.

물은 만물의 근원을 형성하는데 없어서는 안 될 신성한 존재이다. 동서양을 막론하여 물은 신화에서 생명 탄생의 근원지라는 상징성을 지닌다. 특히 창세신화에서 물은 원시적인 혼돈 상황에서 만물의 최초 형태가 갖추어지기 전, 세상이 다채로운 물상의 형태를 갖추기 전 원형적 근원을 의미한다. 특히 중국 측의 창세신화와 우리의 창세신화에서 이

같은 속성이 뚜렷하게 드러난다. 그 가운데 물과 불의 근본에 관한 신
화소는 세계의 창세신화소 가운데 한반도에서만 발견되는 특유한 것이
다.[116] 이에 물의 원형적, 근원적 상징성을 신화적으로 끊임없이 강조하
여 온 특정한 의식은 우리의 신화적 세계관임을 알 수 있다.

　신화에서 물은 이 같은 긍정적인 근원으로서의 원형적 상징성을 갖
는 동시에 죽음이라는 부정적인 상징성을 띠기도 한다. 그러면서도 다
시금 재생 혹은 새로움이라는 상징적 맥락으로 귀결된다. 이러한 속성
을 가장 잘 보여주는 것이 창세신화 또는 시조신화 가운데 한 유형인
홍수 신화이다. 홍수신화는 한 시대가 '물'이라는 대재난에 의해서 소
멸되고 '새로운 존재'에 의해서 지배되는 시대적·문화적 교체상을 신
화적 인식으로 형상화, 서사화 한 것이다.

　'물'을 주재할 수 있는 힘은 신화에서 다분히 창세신 혹은 수신, 그리
고 이와 같은 신격들의 신성성을 혈통적으로 계승한 영웅이 가질 수
있는 특별한 능력이다. 고래(古來)로 물에 투신하는 행위는 입사제의나
상장의례와 관련을 맺어 왔다는 점도 〈공무도하가〉의 전승서사가 담지
하는 주술적·제의적 인식과 관련하여 간과할 수 없는 단서이다.

　〈공무도하가〉의 전승서사에 보이는 호(壺)는 단적으로 병(甁)을 상징
하는 것이지만, 한국과 중국의 신화에서 병은 물의 원형 상징인 탄생,
재생, 새로움 등을 응축하고 있다. 이런 점에서 호(壺)는 박[瓠]과 매우
유사한 속성을 갖는다. 이는 우리 측 신화에서 박혁거세의 내력, 호공
(瓠公)의 내력, 그리고 미륵과 석가의 대결에서 보이는 병줄 당기기나
병 깨뜨리기 삽화의 상징성,[117] 여와신화의 이본에 나타난 호리박의 관

116　김헌선, 『한국의 창세신화: 巫歌로 보는 우리의 신화』, 길벗, 1994, 93쪽.
117　김헌선은 미륵과 석가의 대결에서 등장하는 병을 무당의 권능이나 외부적 행사에 쓰였

련성, 중국 요족(瑤族) 측 신화에 나타난 여신 사호(沙壺)의 속성 등으로 말미암아 짐작할 수 있는 것이다.[118] 또한 호(壺)는 신화에서 물의 속성과 긴밀하게 관련되어 '알', '태양', '박'과 유사한 신화적 표징으로서 기능하며, 박[瓠]이나 배[舟]와 같은 도구로 나타나기도 한다.

이 같은 인식은 종국에 호(壺)가 한국의 넋건지기굿이나 오구굿, 중국의 매수(买水) 의례와 같은 상장(喪葬) 제의에서 물에 빠져 죽은 이의 넋을 담는 제의적 상징성을 가진 도구로 사용되는 기제가 되었다.[119]

을 병으로 해석할 필요가 있다고 하였다. 그러므로 병이라는 도구를 중심으로 석가와 미륵의 경쟁은 무당의 주술적 권능을 행사하기 위해서 다툼을 벌인 것이라 해석할 수 있다. 더불어 병은 적어도 신화적인 차원에서 계절의 변화를 마음대로 할 수 있는 권위를 상징하며, 병을 가지고 바다에서 다투는 것은 자연에서 문화로의 상징적 변모를 의미한다고 보았다.(김헌선, 『한국의 창세신화: 巫歌로 보는 우리의 신화』, 166쪽.)

118 "애뢰국 ……먼저 한 부인이 있었는데 이름을 沙壺라 하며 애뢰산 아래에 거주하면서 고기를 잡아서 자급한다 홀연히 물 속에서 무거운 나무에 닿았는데 드디어 감응해서 임신이 되었다 열달이 지나고 남자아이 열 명을 낳았다.(陽國志, 南中志 哀牢国. …… 其先有一妇人, 名日沙壺, 依哀牢山下居, 以捕鱼自给. 忽于水中触一沉木, 遂感而有娠. 度十月, 产子男十人)"(李德民, 「水: 神話中的精神化石」, 『西北農林科技大學學報』 10(2), 西北農林科技大學, 2010, 139쪽.)

119 "이러한 화화 토장과 수당 이전의 폭시습 골장은 다르다. …(중략)… 저우취페이(周去非)는 『영외대답(嶺外代答)』에서 "친족인(欽族人)들은 상주가 머리를 풀어 헤친 채 대나무로 만든 방갓을 쓰고 병이나 항아리를 가지고, 또한 지전을 지니고 물가로 가서 부르짖으며 통곡하는 동시에 돈을 물속으로 던져 물을 사가지고 돌아와 사자를 씻었다. 이것을 매수(买水)라 하였고 그렇지 않으면 불효라고 여겼다. 오늘날 친족인은 물을 마셨으니, 돈으로 물을 바꿔와서 부엌에서 길어 놓는 것을 고수라 하였는데 흉함을 피하고자 이름 붙인 것이다. 『옹주계동(邕州溪峒)』에서는 남녀 한 무리가 함께 냇가에 나가서 목욕하고 울부짖으면서 돌아 왔다. 그런 후에 사자를 불태워 토장한 뒤에는 사자의 혼령은 '가귀(歌鬼)'가 되어 자유로이 집에 드러들며 명절에는 자손들의 봉헌을 받게 된다.(전영란, 『중국 소수민족의 장례 문화』, 중문, 2011, 145~146쪽.) 전영란은 해당 기록을 쫭족(壯族)의 장례습속으로 인용하여 제시하고 있다. 파발[被髮]이나 제호[提壺]는 상장(喪葬) 또는 진혼(鎭魂) 제의 혹은 의식과 관련하여 한·중에 흔히 보이는 것임을 우선 밝혀 두고, 구체적인 상관 관계를 살피는 것은 별외로

넋건지기굿에서 흔히 발견되는 '넋사발'의 존재 역시 이 같은 신화적·제의적 상징성을 띤다.[120] 즉 익사(溺死)와 관련된 무속 제의에서 병은 일종의 주술적 도구이자, 무격의 주술적 권능과 신성과 조우하는 능력을 대변하는 상징물인 셈이다.

관련하여 〈공무도하가〉의 전승서사에서 '백수광부의 입수'라는 사건이 벌어진 시간이 '새벽'임을 굳이 명시(明示)하는 까닭을 새로이 바라볼 필요가 있다. 새벽은 모든 것이 시작되는 신성한 시간이며, 신성 존재와 가장 가까이 닿을 수 있다는 제의의 시간이다. 백수광부의 처가 태연히 남편의 도주와 그에 대한 죽음을 목격하면서도 공후를 타며 노래를 불렀다는 이후의 상황은 쉬이 이해하기 어렵다.[121] 배를 타고 있던 곽리자고가 백수광부의 죽음과 처의 투신을 보고도 방관한 사정도 마찬가지이다.[122]

성기옥은 〈공무도하가〉의 전승서사에는 신화적 세계관과 역사적 세계관이라는 이중적 세계관이 존재하였음을 구명한 바 있다.[123] 이 같은

한다.(추가 자료로는 '百度百科(买水), baidu 검색, 2020.06.15. 접속, baike.baidu.com'을 참조할 수 있다.)

120 넋사발은 넋건지기굿에서 망자가 사용하던 밥 식기에 쌀을 가득 담아 3자 3치 혹은 7자 7치의 넋줄로 묶어 싼 무구를 뜻한다. 넋사발을 던져 놓고는 망자의 부모나 부인이 사망자의 이름을 "아무개야"라고 세 번 연거푸 부른다. 넋은 쉽게 건져지기도 하지만 그렇지 않기도 한다. 넋을 건져낼 때까지 계속 반복하는데, 사흘 혹은 닷새 동안 반복하기도 한다. 넋줄을 쥐고 있는 대잡이의 대에 신이 오르면 물속에 빠진 밥그릇이 떠오른다. 이를 '넋줄이 뜬다'고 표현한다. 이렇게 되면 넋이 건져진 것으로 간주한다.(김효경, 「수사(水死) 관련 신앙의례 고찰: 충남 해안(海岸)과 도서(島嶼) 지역을 중심으로」, 『한국무속학』 24, 한국무속학회, 2012, 124~125쪽.)

121 양재연, 「公無渡河歌(箜篌引) 小考」, 73쪽.

122 민긍기, 『원시가요와 몇 가지 향가의 생성적 의미에 관한 연구』, 7쪽.

123 成基玉, 「公無渡河歌 硏究: 韓國 敍情詩의 發生問題와 관련하여」, 67~72쪽.

견해를 수용한다면, 중국 측 〈공무도하가〉의 의작(擬作)에서 '호(壺)'를 '호(瓠)'의 가차자(假借字)로서 '술병'이나 '술항아리'가 아니라 하수(河水)를 건너는 데 필요한 보조 도구로서 치환시킬 수 있었던 사유를 가늠할 수 있다.[124] 더불어 당시에는 실제 박[瓠]을 이용하여 도하(渡河)하는 경우가 많았다고 하니, 이 같은 현실상 역시 전승에 덧보태어진 것이라 하겠다. '호공(瓠公)'이라는 인물의 내력이 신화적 성격과 역사적 성격을 아울러 갖는 것 또한 마찬가지의 양상이다.

　이 같은 관점을 견지하여, 이어질 논의에서는 제의와 관련된 구체적인 단서를 보태어 〈공무도하가〉 전승의 형성 국면을 재구하여 보기로 한다. 기존 연구들이 주로 전승서사의 분석에 천착하고 있으므로 새로이 전승시가를 중심에 놓아 살핀다.

3) 〈공무도하가〉 전승의 형성 단서

　〈공무도하가〉는 기록 정착에 앞서 꽤 장시간 민간 영역에서 구비 전승되어 온 시가다. 전승 경로 또한 단순치 않아 형성 당시의 시가의 속성을 재구하는 일이 쉽지 않다. 하지만 〈공무도하가〉의 전승서사가 제의의 실상을 반영한 것이며, 다분히 그 인식은 신화적·제의적 세계관을 기층으로 한다는 기존 견해들, 백수광부와 그의 처는 모두 무격으로 씻김굿과 같은 제의를 연행하던 가운데 벌어진 사건이 시가 발생의 원

124　성범중은 후대에 제작된 〈공무도하〉 의작(擬作) 중에서 '壺'가 등장하는 16수의 맥락을 실증적으로 검토해 보면, '壺(호)'는 '瓠(호)'의 가차자(假借字)로서 '술병'이나 '술항아리'가 아니라 하수(河水)를 건너는 데 필요한 보조도구로서의 호리병박이라는 사실이 확인됨을 지적한 바 있다.(성범중, 「〈공무도하가(公無渡河歌)〉 전승 일고: 설화의 의미와 시가의 결구를 중심으로」, 11~27쪽.)

인이 되었으리란 기존 견해들에 주목하기로 한다. 또한 기존 연구들이 전승서사를 분석하면서 미처 해명하지 못하였던 의문점들을 논의의 수면 위로 꺼내어, 〈공무도하가〉의 형성 국면을 재구하기로 한다.

씻김굿과 상여소리

〈공무도하가〉의 본형(本形)은 여항(閭巷)의 민요일 수도 있고, 악기의 연주를 수반할 만큼 특정한 악기의 반주를 필요로 하는 전문적인 악곡(樂曲)일 가능성도 있다. 적어도 『금조』와 『고금주』에 수록된 〈공무도하가〉는 세련화의 과정을 거친 전문화 된 노래로 추정된다.[125] 이처럼 〈공무도하가〉의 원형과 당시의 형성 기반을 재구하는 일은 좀처럼 쉽지 않다. 그렇기에 다시금 전승서사의 대목 가운데 문제가 될 만한 거리를 추려내어 환기할 필요가 있다.

①『금조』   : 강을 건너가고 있었다[涉河而渡].
②『고금주』: 거센 물줄기를 건너가고 있었다[亂流而渡].
③『금조』   : 그 소리를 본떠 〈공후인〉을 지었다[作箜篌引以象其聲].
④『고금주』: 그 소리를 말하니[以其聲語] … 소리를 듣고 본떴다[寫聲聞].

우선 〈공무도하가〉의 기록 전승에서 '파발제호(被髮提壺)'만큼이나 주요한 것은 ①이 ②로 달리 나타나는 기록 전승, 즉 『금조』에서 '강'이 '거센 물줄기[亂流]'로 바뀐 정황이 아닌가 한다. '강을 건너는 것'과 '거센 물줄기를 건너가고 있었다'라는 대목은 백수광부의 행위를 문젯거

---

125 成基玉, 「公無渡河歌 硏究: 韓國 敍情詩의 發生問題와 관련하여」, 38쪽.

리로 삼을 수 있다는 점에서 동일한 특성을 지니지만 전자는 '백수광부의 실제 행동'에, '거센 물줄기'는 그보다는 문제 발생 정황에 관심이 있다.

현승환의 지적처럼 〈공무도하가〉의 전승서사가 '씻김굿(무혼굿) 장면의 서술 또는 모의적 공연'이었다면,[126] 응당 이를 지켜보는 곽리자고는 그의 행위에 시선을 둘 수밖에 없었을 것이다. 그러나 이후 민간 전승을 이루며 제의적 문맥은 점차 희미해지고 익사라는 충격적인 죽음만이 관건 요소로 남아, 백수광부가 강을 건너는 행위보다 거센 물살이라는 정황에 방점을 둔 변이가 일어났을 여지가 크다.

〈공무도하가〉의 전승에서 주목할 것은 ③, ④와 같은 '거듭 전승'이다. 〈공무도하가〉의 작자가 기록에 따라 달리 나타나는 난해함이 있으나 이를 제외하면 상이한 기록들은 모두 노래의 '거듭된 전승'에 초점을 두고 있다. 실제 〈공무도하가〉의 역사적 전승 양상 또한 마찬가지다. 〈공무도하가〉는 전승서사 자체에서도 '거듭 전승'을 말하며, 실제 시가사에서도 매우 오랜기간 동안 많은 이들에게 폭넓게 '거듭 전승'되어 왔던 것이다.

무엇보다 노래를 창작[作]한 사람이 있고 그것을 본뜬[象, 寫] 사람이 있음을 명확히 한다는 점, 『금조』에서 백수광부 처가 공후를 타며 부른 노래를 곽리자고가 단 한번에 듣고 슬(瑟)로 연주한다는 점, 『고금주』 역시 백수광부 처의 노래를 곽리자고가 단 한번에 듣고 아내 여옥에게 전달할 수 있었으며, 여옥 역시 금새 이를 공후로 본 뜰 수 있었다는 점 등은 참으로 의구심을 자아낼 수밖에 없는 대목이다. 이 문제에 대

---

126 현승환, 「공무도하가 배경설화와 무혼굿」, 300쪽.

한 성기옥의 견해를 아래에 대폭 제시한다.

　기원전 1세기 무렵, 중국 유입 당시의 〈공무도하가〉가 우리나라에서
전승된 형태는 이미 단순한 민요로 불리는 단계를 지나 기악반주 형태
의 세련된 성악곡으로 상승되어 있었고, 그 설화 역시 단순설화의 단계
를 지나 현재의 공후인 설화와 비슷한 구조의 복합설화 형태로 재구성
되어 있었을 가능성이 더 크다고 할 수 있을 것이다. …(중략)… 기원전
3~4세기 경 발생기의 이 노래는 대동강 유역의 토착 주민들에 의해 불
리던 아주 단순한 형태의 소박한 민요였을 것이다. 노래의 배경이 강을
중심으로 하고 있는 것을 보면, 처음에는 아마도 대동강을 터전으로 어
로활동을 해 나가던 토착주민들의 노동요로 불리었거나 혹은 대동강의
나루터에서 뱃사공들이 노를 저으며 부르던 노동요로 전승되었던 것이
아닌가 한다.
　그리고 노래에 얽힌 배경설화 역시 처음에는 남편의 죽음을 보고 뒤
따라 아내도 강물에 몸을 던지는 내용의 사건담이 중심인 간단한 형태
의 단순설화였을 것이다. …(중략)… 새로운 신분의 형성과 분화를 통한
사회 계층의 확립은 아마도 이 노래가 기악반주 음곡으로 상승하게 된
중요한 역사적 배경이 될 것이다. 당시 기층사회의 토착주민들을 중심
으로 널리 유행하고 있었던 소박한 민요 형태의 공무도하 노래는, 노래
의 비극적 사연과 음곡의 호소력에도 불구하고, 이미 그 이전에 들어와
있었던 돈이계 현악기의 세련된 음악성을 맛본 이들의 음악적 취향을
충족시키기에는 지나치게 단순했을 것이다. …(중략)… 그리고 이에 따
른 배경설화의 변화 역시 노래의 반주음곡화에 맞추어, 동이계 현악기
가 공무도하 노래의 전용 반주악기로 쓰이게 된 내력을 덧붙이는 방향
으로 일어나게 되었을 것으로 짐작된다. …(중략)… 노래의 비극적 사연
못지 않게 반주음곡이 된 내력도 큰 관심사로 떠오르게 된 데서 비롯된
현상이라 할 수 있을 것이다.
　그리하여 애초에 아내가 남편을 뒤따라 죽기 직전에 이 노래를 불렀

다는 사연이 동이계 현악기를 치면서 노래했다는 사연으로 바뀌었을 것이고, 이를 목격한 한 사람이 그것을 재현하여 부름으로써 세상에 전해지게 되었다는 내력도 새로이 덧붙여졌을 것이다.[127]

성기옥은 〈공무도하가〉 전승이 중국 측에 전달되기 이전, 대동강 유역의 토착 주민들에 의하여 불리는 아주 단순한 성악곡 형태의 소박한 민요가 음악적으로 더욱 전문화된 기악반주 음곡으로 상승하였을 것이라 추정한다. 그리고 이러한 역사적 배경에는 새로운 지배 집단의 문화적 욕구가 자리하고 있을 것이라 판단하였다.

하지만 이러한 관점을 재론할 수 있지 않을까 한다. 성기옥은 〈공무도하가〉의 전승서사에 등장하는 공후(箜篌)가 본디 우리 측의 토착적 현악기일 것으로 추정하는 것에 그칠 수밖에 없었지만,[128] 해당 연구 이후 1997년 광주의 신창동 유적에서 10현(絃)을 갖춘 슬(瑟)이 발굴되었다. 또한 발굴 장소가 기원전 1세기경 마한(馬韓)의 대표적인 주거 지역이었다는 점으로 미루어, 당시 삼한 전역에 이와 같은 현악기가 널리 소용되고 있었다는 사실이 입증된 바 있다.[129] 마한과 고조선의 역사·문화적 친연성은 이미 잘 알려진 바다. 이에 한반도 대동강 유역에서 이 시기를 전후로 하여 현악기를 수반한 가창이 이루어졌으리라 보는 것, 〈공무도하가〉는 그 형성 과정부터 우리 전통 악기인 슬(瑟)을 동반한 기악곡이라 상정하는 일은 얼마든지 가능하다.

제반 정황들을 감안하면, 백수광부의 처는 민간의 상장 가요를 씻김

---

127 成基玉, 「公無渡河歌 硏究: 韓國 敍情詩의 發生問題와 관련하여」, 49~52쪽.

128 成基玉, 「公無渡河歌 硏究: 韓國 敍情詩의 發生問題와 관련하여」, 42~47쪽.

129 주재근, 「한국 고대 유적 출토 현악기의 음악고고학적 연구」, 『국악교육』 47, 한국국악교육학회, 2019.

굿과 같은 제의에서 '슬(瑟)'로서 세련되게 다듬을 수 있었던 전문 가
창·창작 집단인 무(巫)였을 것이라 짐작된다. 즉 〈공무도하가〉는 민간
의 상장 가요를 전문 가창·창작 집단이었던 무격이 세련된 반주로 재
편하여, 씻김굿과 같은 진혼 제의에서 불렸던 노래일 가능성이 크다.[130]
또한 〈공무도하가〉의 본형은 노동요가 아닌 민간의 상장(喪葬) 의식에
서 불리던 의식요였을 것으로 유추된다.

〈공무도하가〉와 함께 살필 구비시가가 있다. 바로 '민간 의식요'로서
의 '상여 소리'이다. 통과의례 가운데 특히 상장례는 민요를 필수적으
로 동반하는 의식이다. 상장례에서 불리는 '상여소리'나 '덜구소리'의
노랫말은 장례의 슬픔과 인생의 허무함을 중점적으로 노래한다. 또한
죽은 사람에 따라서 내용이 달라지는 즉흥적인 창작이 이루어지기도
한다. 이는 노래의 사설이 장형되 될 수 있는 구실을 한다. 이러한 상장
례 민요에서는 여러 민요에서 흔히 들을 수 있는 상투적인 사설이 등장
하기도 한다.[131] 현전하는 사례로 전라도의 씻김굿에 민간 의식요인 '상
여소리'가 결합하는 양상을 견줄 수 있다. 해당 논의는 김혜정이 고찰
한 바 있다. 아래에 구체적으로 제시한다.

흔히 무속음악이 보수적이라고 여기지만, 실제로는 다양한 음악문화
를 수용·적층하고 있다. 전라도의 씻김굿에는 다양한 음악문화가 수용
되어 있다. 대표적인 사례가 민요 상여소리의 수용이다. 씻김굿 도중에
망자를 위해 사용되는 민요 상요소리는 굿의 내용과 목적에 가장 잘 어
울리는 노래의 수용이라고 할 수 있다. 씻김굿에 사용되는 상여소리는

---

130 지준모는 고대에 여인이 악기를 다룰 줄 안다는 것은 귀족 여성이었거나 무녀였거나
     기녀로 보아야 함을 주장한 바 있다.(지준모, 「公無渡河 考正」, 301쪽.)
131 조동일, 『한국민요의 율격과 시가율격』, 178~179쪽.

크게 두 가지 성격으로 나눌 수 있다. 하나는 민요 상여소리가 무가로
수용된 것이며, 다른 하나는 본래부터 무가로 만들어진 것이다. 그리고
이 두 가지 상여소리는 모두 민요 상여소리에 다시 역전이(逆轉移)되거
나 영향을 미치기도 한다. …(중략)… 길닦음에서는 많은 상여소리를 집
중적으로 부르고 있다. 길닦음은 씻김굿의 절차 가운데 후반부에 속하
는 것으로서 망자를 천도하는 의식이다. 넋당석에 망자의 혼을 담고 그
것을 상여로 삼는다. 그리고 넋당석을 든 무녀가 저승으로 가는 '질베'
를 염불로 닦아서 망자를 보낸다. 즉 망자를 보내는 천도의식에 해당하
기 때문에 저승길을 닦을 수 있도록 상여소리류의 노래를 하는 것이다.
…(중략)… 진도 씻김굿의 상여소리 계열 악곡은 그 성격에 따라 두 가
지고 나눌 수 있다. (그 가운데) 하나는 민요에서 수용된 것들로, 무녀나
굿의 상황에 따라 유동적으로 들고나는 것으로 보인다. …(중략)… 순천
씻김굿의 상여소리 계열 악곡 역시 두 가지로 나눌 수 있는데, (그 가운
데) 하나는 오구굿과 길닦음에서만 부르는 상여소리 계열이다. …(중
략)… 상여소리계열은 같은 창자라 할지라도 경우에 따라 확대되거나
축소되고, 생략될 수 있는 유동적인 악곡들이다. …(중략)… 그런데 민요
상여소리와 무가 상여소리의 중간에는 또 하나의 연결고리가 있다. 그
것은 신청예인들이 불렸던 상여소리이다. 신청예인들의 상여소리는 그
들이 굿을 직접 연행하는 사람이라는 점에서 민요와 무가의 중간적인
입장에 놓인다. …(중략)… 민요와 무가에서 같은 상여소리를 공유하는
것은 망자를 보낸다는 공통의 주제가 있기 때문에 가능하다. …(중략)…
때문에 양자는 서로 밀접한 영향을 미치면서 전승되어 왔다. 신청예인
들은 굿을 하면서 일반인들이 함께 공유하고 납득할 수 있도록 적절히
민요 상여소리를 수용하였다. 이와 같은 상여소리의 수용은 지역별로
각 지역에 전승된 민요 상여소리를 그대로 받아들인 것이다. 그리고 굿
의 향유자이면서 민요가창자인 일반인의 공감대를 형성하기에도 효율
적인 방법이었을 것으로 판단된다.[132]

김혜정은 우리 상여소리의 공통적인 특징은 '죽음이라는 사건에 의한 이승과 저승의 시·공간적 거리의 단절', '죽음에 의한 단절 의식'을 드러낸다는 점, 이 같은 단절은 죽음의 본질로서 홀연이 나타나 시간의 흐름을 끊고 타인과의 관계를 단절시켜 개인의 무능력과 고독 그리고 시·공적 유한성을 여과없이 투영하게 된다는 점에 있다고 하였다.[133] 여기에서 '상여소리'의 특성은 〈공무도하가〉가 표출하는 '죽음관'과 만난다. 따라서 〈공무도하가〉가 기존의 민간의 상장 의식에서 불리던 민요가 백수광부의 처에 의하여 새로운 가악곡으로 재편되었다는 추정은 나름의 정당성을 얻을 수 있다. 또한 이와 같은 가정을 〈공무도하가〉의 전승서사에 대입하면 퍽 자연스러운 인과 관계를 이룬다.

특히 앞서 제시하였던 새로운 문제들 즉, '창작'과 '본뜸', 〈공무도하가〉를 '특별한 소리'로 여겼으면서도 이를 듣고 단번에 그 소리를 전달할 수 있었다거나 즉흥적으로 연주할 수 있었다는 의문점도 해소되기에 이른다. '상여소리'는 민간 의식요이다. 의식요는 동일 지역, 동일 민족이라면 누구나 공유할 수 있었던 민간 가요이다. 이러한 노래가 무격에 의하여 새롭게 악곡화·전문화·세련화를 이루고 있을지라도, 가락이나 가사와 같은 근본은 어느 정도 유지하며 재맥락화 되었을 가능성이 크다. 따라서 새롭고 특별한 노래임에도 본뜸과 즉시 전달에 큰 장애가 없었 것이다.

〈공무도하가〉의 의작(擬作)들은 어느 시대를 막론하고 불의의 '도하

---

132 김혜정, 「씻김굿 상여소리의 사용양상과 민요·무가의 관계: 순천과 진도 씻김굿을 중심으로」, 『공연문화연구』 12, 한국공연문화학회, 2006, 1~21쪽.

133 강문순, 「「喪輿소리」 硏究: 죽음 意識을 中心으로」, 이화여자대학교 석사학위논문, 1982, 27·49쪽.

(渡河)/도강(渡江)/도선(渡船)'사고나 익사 사건을 제재로 한 시편에서 많이 사용되었다. 이것은 시대의 변화에도 불구하고 강이나 바다에서 언제든지 발생할 수 있는 불의의 사고를 제재로 한 작품에 적용할 수 있는 일반적 성격의 모티프이기 때문이기도 하지만,[134] 본래 해당 시가가 담지하고 있었던 상장 가요로서의 추도적·기원적 성격 또한 적지 않게 작용하였기 때문이다.

〈공무도하가〉의 전승서사는 액자식 구성을 띤다. 백수광부가 입수한 사건 이래로 그의 처가 죽음을 목격하기까지의 일련의 흐름과 남편의 죽음을 절절한 심정으로 노래한 이후의 흐름이 결합되어 있는 내연의 서사, 전반적인 사건을 전체적으로 목격한 곽리자고가 이를 여옥에게 전달하는 외연의 서사로 나뉜다.

액자의 내연에 위치한 서사는 백수광부와 그의 처로 상정된 두 무격이, 넋건지기굿과 같은 상장 제의를 연행하던 모습과 다름이 없다. 내연 서사에서는 백수광부와 그의 처가 제의를 원만하게 마치지 못하고 물에 빠져 죽는 '제의의 파탄'이 일어난 것이 핵심이다. 백수광부가 손에 쥐고 있었던 병[壺]은 무당에게 부여된 주술적 권능을 보일 수 있는 제의적 도구였다. 망자의 넋을 건지거나 망자를 잘 천도하여 보내는 넋사발, 넋당석과 같은 무구였을 것으로 추정된다.

〈공무도하가〉의 분석에 가장 문제 거리는 제의의 정황에서 죽음을 맞이한 백수광부 부부의 행보에 있을 것이다. 그러나 제의가 파탄으로 치달은 정황으로 미루어 백수광부는 그와 같은 주술적 권능을 무격으로서 내보이지 못하였다. 이 같은 제의 연행의 실패는 그의 죽음으로

---

134 성범중, 「〈공무도하가(公無渡河歌)〉 전승 일고: 설화의 의미와 시가의 결구를 중심으로」, 37쪽.

상정되었다. 죽음에 의한 단절 그 자체에도 일정한 의미를 부여할 수 있겠지만, 〈공무도하가〉는 그보다 '무엇과의 단절'이냐는 문제가 전승의 형성 과정을 재구하는 데 중요한 단서가 된다.

『금조』는 백수광부의 죽음을 목격한 그의 처가 "하늘을 향하여 허희하였다[號天噓唏]"고 전한다. 이때의 허희(噓唏)는 단순한 탄식이 아닌 '곡하며 흐느껴 울 정도'의 처절함, 곧 훤호(喧呼)의 뜻을 띤다. 백수광부의 처가 하늘을 향하여 울부짖는 것은 곧 예찬·찬탄의 대상을 향한 부르짖음이다. 이 지점이 〈공무도하가〉가 제의적 파탄상에 따른 비극적 세계관의 창출에 따른 시가임을 결정적으로 보여주는 전환점이라 할 수 있다.

이런 사정은 추도와 기원을 담아, 노래하면 원하는 바를 이룰 수 있을 것이라는 의식요의 본질적 기능을 파행시키고 오롯이 불가항력적 상황 앞에서 즉흥적이며, 감정적인 개인 서정을 토로하는 극적 전환의 계기로 작용하였다. 이는 백수광부의 처가 전문적 가창·창작 집단인 무격이었기에 가능한 일이었다.

의식요는 주술적 인식·서정적 인식을 아우른다. 노래가 의식에서 이루고자 하는 바를 실제로 실현할 수 있다는 믿음, 노래가 의식에서 표현하고 싶은 감정을 나타내는 데 가장 효과적인 개체라는 효용성, 이 둘의 길항이다.[135] 이 같은 측면에서 "남편에게 강을 잘 건너라고 증언할 때에는 공무도하를 읊었"던 민간 풍속이 있었다는 사실은,[136] 〈공무

---

135 조동일, 『한국민요의 율격과 시가율격』, 144쪽.

136 "…炙轂者曰 樂府題解序云 樂府之興 肇于漢魏 歷代文士篇詠實繁 或不覩本章 便斷題取義 贈夫利涉 則述公無渡河 慶待彼再誕 乃引烏生八九子…"(『說魂』卷43, 「炙轂者雜錄」五卷,〈唐 王獻(瑯樺人): 序樂); 현승환,「공무도하가 배경설화와 무혼굿」, 306쪽 재인용.) 현승환은 이 같은 사실을 토대로 〈공무도하가〉는 노래 속에 진혼의

도하가〉의 형성 근원이 민간의 상장 가요, 즉 의식요와 밀접한 관련이 있다는 것을 입증하여 준다.

의식요의 기원은 노동의 시작과 맥을 함께 할 만큼 오랜 것이다. 조동일은 "노동요와 의식요는 서로 밀접한 관련을 가지고 전개되다가, 이른바 고대가요라 하는 것들도 남겼고 마침내 향가를 산출하는 데까지 이르렀을 것"이라 추정하였는데,[137] 〈공무도하가〉의 형성 국면이 바로 이와 다름이 없었을 것으로 보인다.

곽리자고와 여옥으로 표상되는 전승 집단에게 이 같은 노래는 '익숙하지만 새로운 것'으로 받아들여졌고, 개인의 시선에서 남편의 죽음을 목도한 아내의 슬픔과 연이은 죽음이라는 처절한 개인적 차원의 비극으로 표출된 노래로서 인식되는 결과를 낳았다. 이후 〈공무도하가〉는 인간의 본질적인 문제 불가항력적인 문제에 기인한 단절과 좌절을 짙은 개인적 서정으로 노래하는 시가 양식의 시원이 되었던 것이다.

4) 〈공무도하가〉 출현과 전승 의의

〈공무도하가〉의 형성 국면은 전승서사의 내연 삽화에 주목하여 고찰되어야 한다. 내연 삽화는 제의 연행의 실패를 감지한 백수광부의 처가 백수광부를 만류하는데 실패하고 그의 죽음을 통탄하는 제의 연행의 실상을 그리고 있다. 〈구지가〉가 주술적 권능에 온전히 기대어 외부 세계의 변화를 희구하고 또한 그와 같은 결과를 원만하게 도출할 수 있다

의미를 담는 주술적 노래였으며, 본래 남편의 안전을 기원하는 소망을 담아 부르던 주술적 성격을 띤 민요로서 무당이 무혼굿과 같은 익사자의 천도를 위하여 불렀던 노래가 익숙하여 아내들에게 널리 회자된 것으로 보았다.

137 조동일, 『한국민요의 율격과 시가율격』, 201쪽.

는 믿음에 근거한다면, 〈공무도하가〉는 이와 대척점에 놓여 있는 시가라 할 수 있다.

본디 〈공무도하가〉의 본형이었던 민간의 의식요, 즉 상장가요는 슬픔과 단절을 노래하되 어디까지나 망자의 편안한 안식을 기원하던 것이었다. 이러한 의식요를 노래부름으로써 실제로 원하는 바가 이루어질 것이라 믿는 일원론적 세계관에 기반한 인식을 담지하고 있었다. 하지만 내연 서사에서 백수광부와 백수광부의 처가 죽음에 이르며, 두 세계관—주술·신화 시대의 세계관과 인간 중심적 사고의 불연속적 세계관—이 충돌하고 종국에는 주술·신화 시대의 세계관보다 인간 중심적 사고의 세계관이 앞서며 새로운 국면을 맞이하게 되었다. 이러한 정황은 곽리자고와 여옥에게 다시금 회자되면서, 인간 본질적인 문제의 애환을 개인 서정으로 노래하는 새로운 세계관을 수용하여 끊임없이 역사적·사회적으로 의미화 하게 된다.

그러므로 〈공무도하가〉의 전승 이력은 주술적·제의적 인식을 바탕에 둔 무속 제의의 실현상이 시대적 전환에 따라 파탄을 맞게된 시점에서, 무격의 비탄을 노래하던 시가가 곽리자고와 여옥의 시선으로 재현되며 개인적 비감(悲感)을 노래하는 서정적 인식이 더욱 강조되는 방향으로 나아갔던 역사적 정황을 여실히 보여 준다.

이에 〈공무도하가〉는 주술적·제의적 인식의 파탄을 전복시켜 처절한 서정을 담아내는 파격 행보를 보인 시가이며, 기존의 주술시가에서 보이던 숭고와 예찬의 태도가 비탄과 슬픔의 시가로 전복(顚覆)되는 극적인 전환을 이룬 특별한 시가라 할 수 있다. 〈공무도하가〉를 논의에 앞서 전제한 서정적 유형에 대입하면 그 시가사적 의의를 잘 파악할 수 있다. 즉 〈공무도하가〉는 '단절적 서정'을 노래한 가장 앞선 시기의 시가이자, 우리 시가가 '순수 서정'으로 나아갈 수 있는 계기를 창출한 대상으로서 큰 가치를 지니고 있는 것이다.

3. 〈황조가〉: 풍요 제의가(祭儀歌)가 된 서정 민요

〈황조가〉의 전승서사와 전승시가는 각각 서사적 양식과 서정적 양식에 온전히 부합하는 성격을 지녔다. 전승시가로서의 〈황조가〉는 서정적 인식을 짙게 드러낸다. 기존 연구들을 살필 때, 여전히 구명 거리로 남은 것은 전승서사의 제의적·신화적 속성을 유리왕대의 역사, 그리고 전승시가의 출현과 좀 더 긴밀하게 연계하여 다룰 수 있는 구체적인 실증이다.

기존 논의들은 전승서사의 제의성을 재구하는 자료로서 화희(禾姬)·치희(稚姬) 서사를 중심으로 유리왕 재위 3년의 기사에 한정된 검토를 진행하여 왔다. 상대적으로 주몽신화, 고구려의 제의 기록과 사회·문화상들이 전승시가보다 오히려 우선시 되어 다루어진 일면도 존재한다.

이에 〈유리왕〉조 기사 전반으로 분석 대상을 확대하여, 전승서사가 담지하는 제의적 인식을 명확히 도출하기로 한다. 또한 주몽신화, 동이계 새토템 신앙, 고구려의 패수(浿水)제의 등으로 전승서사의 제의성을 담보할 수 있는 민속학적·역사적 근거들을 더하기로 한다. 아울러 전승서사의 문면에 함축된 제의의 본모습도 보다 구체적으로 밝혀 본다. 또한 전승시가로서 〈황조가〉의 역할과 기능, 시가적 특성 등을 빼놓지 않고 논의하기로 한다. 전승서사가 담지한 제의적 인식과 전승시가의 서정적 인식이 결합할 수 있었던 배경들을 기능론적으로 해명하는 작업, 〈황조가〉의 서정적 인식과 그 표출의 양상의 기반을 살피는 과정 등을 통하여 〈황조가〉의 형성 국면과 출현 의의를 살피기로 한다.

1) 기존 연구 검토와 문제 제기

〈황조가〉를 구명한 기존 연구들은 특히 작자 문제와 전승시가의 성격을 치밀하게 논의하는 일을 가장 중요한 해명 거리로 삼아 왔다.[138] 우선 작자의 문제에서는 〈황조가〉를 유리왕 개인의 창작물로 보아야 할 것인가에 따른 논쟁이 일었다. 이는 크게 〈황조가〉를 유리왕이 개인적으로 창작하여 부른 것이란 입장,[139] 기존에 전승되던 노래를 유리왕

---

[138] 〈황조가〉와 관련된 1930년~2000년대 초반까지의 연구사 검토는 강명혜, 임주탁·주문경, 허남춘에 의하여 비교적 상세히 정리된 바 있다.(강명혜, 「〈황조가〉의 의미 및 기능: 〈구지가〉·〈공무도하가〉와의 연계성을 중심으로」, 『온지논총』 11, 온지학회, 2004; 임주탁·주문경, 「〈황조가〉의 새로운 해석: 관련 서사의 서술 의도와 관련하여」, 『관악어문연구』 29, 서울대학교 국어국문학과, 2004; 허남춘, 「〈황조가〉 연구 현황 검토」, 『황조가에서 청산별곡 너머』, 보고사, 2010, 13~24쪽.) 이들을 참고하여 기존 연구의 흐름을 정리하되, 해당 논의들 이후 추가된 연구 성과들을 구체적으로 밝히는 방식으로 관련 연구를 살피고자 한다.

[139] 梁柱東, 『朝鮮古歌研究』, 博文書館, 1957, 13쪽; 조윤제, 『조선시가사강』, 을유문화사, 1954; 김기동, 『국문학개론』, 진명문화사, 1980; 李家源, 『韓國漢文學史』, 20~22쪽; 장홍재, 「〈황조가〉의 연모대상」, 『국어국문학연구논문집』 5, 청구대학 국어국문학회, 1963; 이종출, 「〈황조가〉 논고」, 『조대문학』 5, 조선대학교, 1964; 권영철, 「黃鳥歌新研究」, 『국문학연구』 1, 대구가톨릭대학교, 1968; 민영대, 「황조가 연구」, 『숭전어문학』 5, 숭전대학교, 1976; 김봉영, 「황조가의 새로운 이해: 그 창작의 시가와 문학적 성격」, 『국어국문학』 3, 조선대학교, 1981; 정무룡, 「〈황조가〉 연구(1)」, 『청천강용권박사 송수기념논총』, 태화출판사, 1986; 成基玉, 「上古詩歌」, 『한국문학개론』; 윤영옥, 「유리왕 유리와 황조가」, 『韓國의 古詩歌』; 장선희, 「高句麗의 〈黃鳥歌〉 研究」, 『光州保健專門大學論文集』 20, 광주보건전문대학교, 1995; 김영수, 「황조가 연구 재고」, 『한국시가연구』 6, 한국시가학회, 2000; 김성기, 「황조가의 연모 대상과 창작시점」, 『고시가연구』 8, 한국고시가문학회, 2001; 조용호, 「〈황조가〉의 求愛民謠的 성격」, 『고전문학연구』 32, 한국고전문학회, 2007; 황병익, 「『삼국사기』 유리왕조와 〈황조가〉의 의미 고찰」, 『정신문화연구』 32(3), 한국정신문화연구원, 2009; 조동일, 『한국문학통사

이 부른 것이란 입장,[140] 〈황조가〉는 유리왕과 전혀 무관한 노래란 입장
으로 나뉜다.[141]

〈황조가〉를 유리왕의 개인 창작으로 보는 경우, 시가의 창작시기를
기록 문면(유리왕 3년 10월) 그대로가 아닌 별도의 시기로 추정하는 시도
가 수반되었다.[142] 〈황조가〉의 작자 문제는 전승의 한역화 과정을 재구
하는 일로도 확산되었는데, 원래 유리왕이 한문으로 지어 불렀다는 견
해가 있는 반면 우리말로 된 우리 노래였던 것이 후세에 한역되어 전하
게 되었다고 보는 두 입장으로 나뉜다.[143]

....

(1)』, 107쪽.) 등.

140 현승환, 「황조가를 어떻게 가르칠 것인가」, 『백록어문』 14, 백록어문학회, 1997; 강명
혜, 「〈황조가〉의 의미 및 기능: 〈구지가〉·〈공무도하가〉와의 연계성을 중심으로」; 이영
태, 「황조가 해석의 다양성과 가능성: 『삼국사기』와 『시경』의 글자 용례를 통해」, 『국
어국문학』 151, 국어국문학회, 2009; 조동일, 『한국문학통사(1)』 등.

141 이는 〈황조가〉 전승을 제작 시기와 작자를 알 수 없는 고구려의 민요나 후대인의 위작
(僞作)으로 간주하는 경우, 유리왕 대에 한 부족장이 구애나 실연 중에 부른 노래로
보는 경우 등이다.(고정옥, 『조선민요연구』, 수선사, 1949; 임동권, 『한국민요사』, 집문
당, 1981; 金承璨, 「黃鳥歌攷」, 『韓國上古詩歌研究』, ; 黃浿江·尹元植, 『韓國古代歌
謠』, 새문社, 1986; 정병욱, 『한국고전시가론』, 신구문화사, 1982; 김학성, 「한국고시가
의 거시적 탐구」, 집문당, 1997; 이경수, 「황조가의 해석」, 『한국문학사의 쟁점』, 집문
당, 1986.)

142 권영철은 유리왕 재위 1~2년 사이 9월 또는 2년 봄, 이가원은 유리왕 재위 4년 봄,
이종출은 유리왕 재위 4년~10년 또는 5년 봄, 민영대는 유리왕 재위 5년 봄, 정무룡은
유리왕 재위 32년으로 다양하게 추정하고 있다. 그러나 이런 견해들은 〈황조가〉 창작
과 관련한 사건을 전승서사 자체가 아닌 유리왕대에 일어난 또 다른 역사적 사건들로
거듭 부회토록 하고 있다는 의심을 쉬이 지울 수 없게 한다.(허남춘, 「황조가」 연구
현황 검토」, 『황조가에서 청산별곡 너머』, 14쪽 재인용.)

143 전자는 양주동과 이가원 등의 견해이며,(梁柱東, 『朝鮮古歌研究』; 李家源, 『韓國漢文
學史』.) 후자는 권상로, 이명선, 조윤제, 이병기, 이종출 등의 견해로 대표된다.(권상로,
『國文學史』, 新興文化社, 1948, 16~17쪽; 이명선, 『朝鮮文學史』, 朝鮮文學社, 1948,
16쪽; 趙潤濟, 『國文學史』, 20~21쪽; 李秉岐·白鐵, 『國文學全史』, 新丘文化社,

〈황조가〉를 유리왕과 전혀 무관한 노래로 파악하게 된다면, 어찌하여 "일찌기(嘗)"부터 수용층에게 〈황조가〉가 유리왕이 지어 부른 것으로 회자되었는가를 해명할 수 있어야 한다.[144] 〈황조가〉를 유리왕의 개인 창작물로 파악하는 견해 역시 마찬가지다. 유리왕 재위기에 발생한 다른 역사적 사건이나 정치적 상황 역시 전승서사와 연계하여 이를 뒷받침하는 단서가 될 뿐, 전승서사의 문면 전체를 〈황조가〉의 형성과 전혀 무관하다는 식으로 전면 부정한다면 시가 전승이 형성된 본질적인 국면을 놓쳐버리기 십상이다. 전승서사와 전승시가의 결합은 무작위로 설정되는 것이 아니라, 전승의 형성 단계부터 수용층의 의식 안에서 필연적으로 견고하게 얽혀 전하여 온 것임을 간과할 수 없다.

또한 선행 연구들은 〈황조가〉의 성격을 서정시 또는 서사시로 이분하여 어느 한 쪽으로만 가름하려던 경향이 있었다.[145] 이는 〈황조가〉를

1957, 40~41쪽; 이종출, 「〈황조가〉 논고」, 『조대문학』 5, 조선대학교, 1964.)

[144] 〈황조가〉 전승과 관련하여 전승서사에 보이는 '嘗'의 용례를 따지고 이로부터 〈황조가〉의 창작시기를 점치는 견해들이 있었다. 물론 〈황조가〉 전승에 대한 구체적인 실증을 시도하려 한 것이기에 나름의 의의를 부여할 수 있겠다. 하지만 이보다 더 〈황조가〉 전승에 관련된 구명의 핵심은 전승서사와 전승시가 간에 존재하는 의미적 상관성에 있을 것이라 본다. 민긍기는 이와 관련하여 유리왕의 사적이야 당연히 후대에 신화적 논리에 따라 재구성되었을 것인데, 그렇다면 '嘗'을 꼭 본 기사 이전만을 의미하는 것이 아닌, '유리왕이 생존하여 있던 어느 날' 정도의 의미를 갖는 것으로 파악할 수 있다고 하였다.(민긍기, 『원시가요와 몇 가지 향가의 생성적 의미에 관한 연구』, 55쪽 각주 92번 참조.) 글쓴이 역시 이 같은 견해에 동의한다.

[145] 〈황조가〉를 순수한 서정시로 파악한 논의는 김학성, 황패강·윤원식, 이경수로 대표된다. 김학성은 〈황조가〉를 민요적 성격의 노래로 규정하여 집단의 보편적 경험을 단순·소박하게 표출한 공동작의 민요일 것으로 추정하고 있으며, 황패강·윤원식은 비교적 이른 시기에 나온 고대의 서정시로 여인을 그리워하는 한 사나이의 내면세계를 꾀꼬리에 의탁하여 부른 노래로 파악한다.(黃浿江·尹元植, 『韓國古代歌謠』, 14~15쪽.) 또한 이경수는 신화적인 제왕이 부른 노래가 아닌 한 인간이 애정을 구하면서 부른 작자 불명의 순수한 서정시로 규정하였다.(이경수, 「황조가의 해석」, 『한국문학

제의에서 불린 주술적 서정시가, 또는 제의성을 잃어버린 시가로 파악하는 연구들이 활발히 진행되며 점차 보완되어 왔다. 전승서사와 전승시가의 상보성에 주의하려는 노력에 더하여, 유리왕 재위기의 시대적 정황과 후대의 전승 양상 등 전반적인 사항들을 고려한 해석들이 이어졌다. 이 같은 연구들은 이 글의 논의와 관련하여, 주술적·제의적·서정적 인식이 〈황조가〉 전승의 형성에 긴밀히 관여한 요체임을 밝혀 줄 실마리를 제공하여 주었다.

관련 논의들은 〈황조가〉를 계절제의 혹은 성적제의와 관련되어 서정성을 띨 수 있었던 노래,[146] 유리왕이 세계의 질서와 교감하기 위한 제

사의 쟁점』, 101쪽.) 반면 〈황조가〉를 온전한 서사시로 파악한 견해는 〈황조가〉를 종족 간의 상쟁을 막지 못한 실패한 추장의 탄성으로 구명한 이명선의 논의를 필두로, 서사시 혹은 서사시의 흔적으로 파악한 이능우와 한족과의 항쟁을 그린 서사시에서 남아 전하는 노래로 본 김동욱 등으로 이어져 왔다.(이능우, 『고전시가론고』, 선명문화사, 1966, 26쪽; 김동욱, 『국문학사』, 일신사, 1988, 35쪽.)

146 정병욱, 김승찬, 엄국현, 전관수 강명혜, 허남춘, 현승환의 견해가 대표적이다. 정병욱은 〈황조가〉를 "계절제의 혹은 성적 제의에서 불린 서정시가"로 보았으며,(정병욱, 『한국 고전시가론』, 신구문화사, 1982, 53~36쪽.) 엄국현은 "풍요를 불러 오려는 굿놀이에서 공동체의 집단적 정서를 나타내던 노래가 〈황조가〉였으며, 고대사회의 시조 추모의례 때 하늘과 땅의 신귀를 모방한 호례에서 처첩의 갈등을 소재로 한 희극적인 굿놀이에서 불린 극적인 양식의 노래"라 주장하였다.(엄국현, 「고대사회의 의례와 가요」, 『죽전 장관진교수 정년논총』, 세종출판사, 1995, 186쪽.) 한편 강명혜는 단적으로 제의와의 상관성을 언급하고 있지 않으나, "〈황조가〉가 배필이나 짝을 찾는 사랑을 갈구하는 노래로 이면적으로는 새 생명의 탄생 그리고 풍요의 의미까지 내포하므로 이를 왕이 불렀다는 것은 결국 왕실의 번영이나 풍요를 기원한다는 의미로 볼 수 있다"고 주장하였기에 풍요제의와의 관련성을 언급한 것과 다름이 없다.(강명혜, 「〈황조가〉의 의미 및 기능: 〈구지가〉·〈공무도하가〉와의 연계성을 중심으로」.) 허남춘은 〈황조가〉의 서정성과 계절제의와의 관련성을 명확히 해 둘 필요가 있음을 지적하면서, "〈황조가〉는 계절제의에서 불린 주술의 노래라기보다 제의에서 불린 집단적 서정가요"임을 강조한 바 있다.(허남춘, 〈황조가 신고찰〉, 『황조가에서 청산별곡 너머』.) 현승환은 해당 노래가 제의에서 불린 일종의 무가란 사실에서 이를 서사시로 또는 서정시로 볼 수 있는 근거가

의에서 본원회귀와 관련하여 축원으로 부른 노래,[147] 신화적·제의적 성격이 점차 거세되는 과정을 겪으며 시가의 성격이 서정성 자체로만 남게 된 노래 등으로 규정하고 있다.[148]

지금의 〈황조가〉 연구는 제의적 관점을 견지한 연구들로 말미암아, 역사 사실과 제의, 제의적 인식과 서정적 인식을 두루 연계하여 고찰할 수 있는 토대 위에서 확장되어야 한다. 시가 형성과 관련된 제의의 온전한 실상이 밝혀졌다고 보기 어렵기에 보완이 필요하다. 이에 고구려의 사회·문화적 기반과 연계하여 실제 제의의 실상을 명확히 담보할 수 있는 구체적인 증거들이 추가적으로 뒷받침 되어야 한다. 주술적·제의적·서정적 인식과 시가 형성의 상관 관계 역시 상세히 논의되어야 한다. 〈황조가〉와 〈공무도하가〉의 서정성을 비교하는 일도 필요하다. 이러한 방향으로 〈황조가〉 연구가 보완된다면 기존 연구 성과에서 보다 진일보 한 논의로 나아갈 수 있을 것이다. 이를 염두에 두고 논의를 이어가기로 한다.

마련된다고 하였다. 이에 최종적으로 〈황조가〉를 산신 의례를 행할 때 제정일치시대의 군주였던 유리왕이 부른 무가의 삽입가요로 정의하였다.(현승환, 「黃鳥歌 背景說話의 文化背景的 意味」, 『교육과학연구』 1, 제주대학교 교육과학연구소, 1999.)

147 민긍기, 『원시가요와 몇 가지 향가의 생성적 의미에 관한 연구』, 117쪽.

148 이는 신연우가 새롭게 제시한 관점이다. 그는 〈황조가〉를 풍요제의에서 불린 노래로 파악하는 동시에 고구려 건국 초기의 수신제, 더불어 〈주몽신화〉와의 관련선 상 속에서 구체적으로 따진 바 있다. 특히 〈황조가〉 관련 문맥은 〈주몽신화〉 속 유화의 곡신으로서의 기능을 분화하여 신화의 한 대목을 제의적으로 극화한 것으로 보았다. 〈황조가〉의 서정성은 신화적·제의적 전승이 점차 신화적 사유가 미약해지는 시류를 반영하며 본래적 속성을 잃고 서정·비극이란 시적인 의미만을 지녀 서정시 혹은 서사시로 이해되는 결과를 견인하게 된 과정으로 보았다.(신연우, 「'제의'의 관점에서 본 유리왕 황조가 기사의 이해」, 『한민족어문학』 41, 한민족어문학회, 2002.)

2) 〈유리왕〉조의 제의성

〈황조가〉는 『삼국사기』 「고구려본기(高句麗本紀)」의 〈유리왕(琉璃王)〉
조에 실려 전한다. 〈황조가〉 자체는 표면상 화희와의 총애 다툼으로 떠
나버린 치희에 대한 애틋한 미련을 외로움의 정서로 표출한 유리왕의
소박한 사랑의 노래로 이해된다.[149] 하지만 〈황조가〉의 전승서사는 다
분히 제의적 문맥일 뿐만 아니라, 제의 연행의 실상을 서사화 한 것과
다름이 없다. 우선 〈황조가〉의 형성 국면을 제의적 인식, 고구려 제의와
의 상관성 속에서 검토하여 보기로 한다. 〈황조가〉 전승을 포함한 유리
왕 3년의 기사 내용을 아래에 제시한다.

> (유리왕) 3년 **7월 가을**에 골천(鶻川)에 이궁(離宮)을 지었다. 3년 **10월
> 겨울**에 왕비 송씨가 돌아갔다. 왕이 다시 두 여자를 취하여 계실(繼室)
> 을 삼으니, 하나는 화희(禾姬)란 이로 골천인(鶻人)의 딸이요, 하나는 치
> 희(雉姬)란 이로 한인(漢人)의 딸이었다. 두 여자가 다투어 서로 불화하
> 므로 왕이 양곡(涼谷)이란 곳에 동서 두 궁을 지어 그들을 각각 두었다.
> **그 후** 왕이 기산(箕山)이란 곳에서 전렵(田獵)을 행하고 **7일** 동안 돌아
> 오지 아니하였는데, 두 여자 사이에 싸움이 일어나, 화희가 치희를 꾸짖
> 어 말하기를, "너는 한가(漢家)의 비첩(婢妾)으로 무례함이 어찌 그리
> 심하냐?"고 하니, 치희는 부끄럽고 분하여 도망하였다. 왕이 듣고 말을
> 채찍질하여 쫓아갔으나 치희는 노하여 돌아오지 아니하였다. 왕이 **일찍
> 이** 나무 밑에서 쉬다가 황조가 모여드는 것을 보고 느낀 바 있어 노래하
> 기를, "**훨훨 나는 저 꾀꼬리, 암수 서로 노니는데, 외로울사 이 내 몸은
> 뉘와 함께 돌아갈꼬(翩翩黃鳥/雌雄相依/念我之獨/誰其與歸)**" 하였다.[150]

---

149 成基玉, 「上古詩歌」, 『한국문학개론』, 50쪽.
150 "三年, 秋七月, 作離宮於鶻川, 冬十月, 王妃松氏薨, 王更娶二女繼室, 一曰禾姬, 鶻川

위의 기사는 시기 면에서 크게 세 가지 사건으로 나뉜다. ① 골천에 이궁을 지은 일, ② 왕비 송씨가 죽자 유리왕이 두 계비(繼妃)를 맞아들이며 벌어진 쟁투와 치희의 떠남 ③ 유리왕의 〈황조가〉 가창이다. ①과 ②가 벌어진 시기는 각각 3년 7월 가을과 3년 10월 겨울이다. 구체적인 시기가 기술되었다는 점이 주목된다. 그러나 ③은 ①, ②와는 다르게 '일찍이[嘗]'라고 하여 〈황조가〉의 가창 시기를 막연하게 비정(比定)한다.

이영태는 『삼국사기』 안에서 '일찍이[嘗]'는 40회에 달하는 용례를 보이는데, 그 기록들을 살피면 다양한 시기와 관계되어 발화자 자신의 과거 경험을 진술하는 경우와 특정한 사례를 부연하는 경우로 나눌 수 있다고 하였다.[151] 실제로 '일찌기[嘗]'의 해석은 학자 간에 〈황조가〉의 전승 시기와 창자의 문제, 문면 전반에 대한 해석의 문제를 다양한 각도에서 해석할 수 있는 단서로 활용되어 왔다.

이는 ③의 시기 해석, 즉 유리왕이 〈황조가〉를 불렀다는 사건 발생 시기를 언제로 가늠할 것이냐에 따라 〈황조가〉의 출현 방식이나 동인을 분석하는 입장이 완전히 달라질 수도 있음을 의미한다. 따라서 ③의 분석은 잠시 보류하여 두고 상대적으로 사건 ①과 ②가 일어난 7월 가을과 10월 겨울의 특수성을 먼저 검토하여 보기로 한다. 그런 뒤에 이를 토대로 ③의 속성을 유추하기로 한다.

人之女也, 一曰雉姬, 漢人之女也, 二女爭寵, 不相和, 王於涼谷造東西二宮, 各置之, 後, 王田於箕山, 七日不返, 二女爭鬪, 禾姬罵雉姬曰, 汝漢家婢妾, 何無禮之甚乎, 雉姬慙恨亡歸, 王聞之, 策馬追之, 雉姬怒不還, 王嘗息樹下, 見黃鳥飛集, 乃感而歌曰, 翩翩黃鳥, 雌雄相依, 念我之獨, 誰其與歸."(『삼국사기』권13, 「고구려본기」 제1, 〈유리왕〉조.)

151 이영태, 「〈황조가〉 해석의 다양성과 기능성: 『삼국사기』와 『시경』의 글자용례를 통해」, 240~241쪽.

2년 **7월 가을**에 왕이 다물후(多勿侯) 송양(松讓)의 딸을 들이어 비(妃)를 삼았다.[152]

3년 **10월 겨울**에 신작(神雀)이 왕정(王庭)에 모여들었다. 백제 시조 온조(溫祚)가 즉위하였다.[153]

22년 **10월 겨울**에 왕이 국도(國都)를 국내(國內)로 옮기고 위나암성(尉那巖城)【지금의 동구산성자(洞溝山城子)】을 쌓았다.[154]

37년 **7월 가을**에 왕이 두곡(豆谷)에 행행(行幸)하여 **10월 겨울**에 두곡이궁(離宮)에서 돌아가니, 두곡 동원(東原)에 장사하고 시호를 유리명왕(琉璃明王)이라 하였다.[155]

위의 기사에서는 유사한 사건들이 주기적으로 반복된다. 이 같은 특정 시간의 반복은 유리왕 3년의 기사를 제의 문맥으로 이해하는 결정적인 단서다. 〈유리왕〉조에서 7월 가을과 10월 겨울로 상정되는 시간은 세속의 시간이 아닌 신밀(神密)한 제의가 연행되는 '성현적 시간' 또는 '상징의 시간'일 가능성이 크다.

기사에서 골천(鶻川)에 이궁이 세워진 시기는 7월 가을이다. 유리왕 37년 두곡(豆谷)에 이궁이 세워진 시기 역시 7월 가을로 동일하다. 게다가 유리왕과 왕비 송씨가 결연을 맺은 시기 또한 7월 가을로 같다. 반면 10월 겨울은 유리왕과 왕비 송씨가 죽음을 맞은 시기이다. 유리왕이

---

152 "二年, 秋七月, 納多勿侯松讓之女爲妃."(『삼국사기』 권13, 「고구려본기」 제1, 〈유리왕〉조.)

153 "冬十月, 神雀集王庭, 百濟始祖溫祚立."(『삼국사기』 권13, 「고구려본기」 제1, 〈유리왕〉조.)

154 "二十二年, 冬十月, 王遷都於國內, 築尉那巖城."(『삼국사기』 권13, 「고구려본기」 제1, 〈유리왕〉조.

155 "三十七年 秋七月, 王幸豆谷, 冬十月, 薨於豆谷離宮, 葬於豆谷東原, 號爲琉璃明王."(『삼국사기』 권13, 「고구려본기」 제1, 〈유리왕〉조.)

화희와 치희를 계실로 삼은 시기 역시 10월이라 할 수 있다. 그런가
하면 10월 겨울은 백제 온조왕이 즉위한 시기이자, 유리왕이 수도를
국내성으로 옮겼던 시기에 해당한다.

계절 상징에 따르면, 7월 가을은 만물이 생육을 온전한 결실을 맺는
시기이자 다가올 겨울을 대비하는 시기이다. 〈유리왕〉조 기사에서도 7
월은 대부분 결연의 시간으로 나타난다. 유리왕과 왕비 송씨의 결연,
화희·치희와 유리왕의 결연이 모두 이때 발생한 사건이다. 더불어 〈유
리왕〉조의 기사에서 7월은 죽음을 준비하는 시기이기도 하다. 7월이 왕
과 왕비의 죽음에 앞서 이궁이 설치되는 기간이라는 점에서 그러하다.

10월 겨울은 만물이 성장을 멈추고 쇠(衰)하는 시기다. 겨울은 인간
의 생애 주기로는 죽음을 의미하며 사회적 삶에서는 위기의 시간으로
상정된다. 반면에 겨울은 다가올 소생의 계절인 봄을 맞이하는 준비 기
간이자, 만물이 새로운 도약을 위하여 매무새를 가다듬는 기간이기도
하다. 송씨 왕비와 유리왕의 죽음이나 백제의 건국과 고구려의 수도(首
都) 이전과 같은 사회·문화적 전환점이 되는 사건이 이때 발생하는 이
유는 이처럼 10월의 계절 상징성과 밀접한 연관을 갖는다.

특히 7월 가을과 10월 겨울에 발생 사건들 가운데 '이궁의 설치 →
왕과 왕비의 죽음'으로 이어지는 전개는 가을과 겨울이 상호 교차되고
반복되는 형태의 주기성을 띤다. 고대 사회에서 계절의 주기성은 자연
순환의 생물학적 질서에 사회·문화적 질서를 대입한 통과제의와 밀접
한 연관이 있는데, 이러한 사유가 그대로 드러난다.

통과제의는 계절제의의 주기와 대응하여 문화적인 삶의 순환에 질서
를 부여한다. 고대인들은 끊임없이 재생되는 순환을 창출하는 시간의
매듭마다 사회·문화적으로 특별한 상징성을 부여하고 이 시기를 제의
의 기간으로 삼았다.[156] 따라서 이궁의 설치에 대응되는 송씨 왕비와

유리왕의 죽음은 실제 역사가 아닌 상징적·제의적 문맥으로 파악하는 편이 알맞다. 계절의 주기성이 반영된 삶과 죽음의 사이클 안에 국가의 지존(至尊)인 왕과 왕비가 놓여 있다는 점에서 이 사건들은 제의 혹은 제의성을 지닐만한 사건들과 긴밀한 연관성을 지닌다.

고대국가에서 왕과 왕비는 신의 후예, 곧 신인(神人)으로 국가 제의를 주관하는 주체였다. 그리고 고대국가에서 주기성을 띤 제의는 우주 순환에 따른 삼라만상의 변화를 민감하게 대변하는 의식이었다. 이러한 제의는 절대자의 진혼 제의, 재생 제의와 같은 계절제의(혹은 세시제의)적 성격을 띠기 마련이었다. 따라서 왕비 송씨의 죽음이 모의적 죽음이라는 기존 연구 견해는 타당한 것으로 보인다.[157]

특히나 유리왕과 송씨 왕비가 죽음을 맞이한 10월은 고구려의 제천 행사인 동맹제(東盟祭)와 수신제(隧神祭, 襚神祭)가 집전되었던 제의 기간이다.[158] 유리왕의 죽음이 역사적 사실이라 할지언정 그 시기가 10월로 기록된 것은 이 같은 계절제의의 속성, 관련된 신앙적 사유가 투사된 문면임에 틀림없다.

이 같은 단서를 토대로 〈황조가〉 전승서사의 인과 관계를 거슬러 찾

---

156 캐서린 벨, 류성민 옮김, 『의례의 이해』, 한신대학교 출판부, 2013, 206쪽.

157 『삼국사기』의 기록에서 3년 10월에 죽음을 맞이한 왕비 송씨가 제 3대 〈태무신왕조〉에 이르면 다시금 기록에 등장한다. 이를 근거로 삼으면 왕비 송씨는 유리왕의 제 3자인 대무신왕을 낳는 기점, 즉 유리왕 23년까지 생존하여 있었으며, 앞선 3년 10월의 죽음은 계절제의의 준비를 위한 모의적 죽음의 시간을 설화적 문맥으로 기록한 것에 다름 없다.(金承璨, 『韓國上古文學硏究』, 11~12쪽; 허남춘, 〈황조가〉 신고찰」, 『황조가에서 청산별곡 너머』, 38쪽.)

158 "後漢書云, 高句麗好祠鬼神·社稷·零星. 以十月祭天大會, 名曰東盟. 其國東有大穴號襚神校勘, 亦以十月迎而祭之."(『삼국사기』, 권 32, 「잡지(雜志)」 제1, 〈제사(祭祀)〉조.)

아가자면, 모든 사건의 발단은 3년 7월 골천에 이궁을 설치한 사건에서 시작된다. 이후 벌어지는 일련의 사건들이 연쇄적으로 일어났기 때문에 유리왕 3년 10월의 기사로 편제되었다고 할 수 있다. 화희와 치희의 쟁투가 벌어지기 전, 기사에서 시간의 흐름을 나타내는 두 표지를 찾을 수 있다. 바로 '후(後)'와 '7일'이다. '후'는 화희·치희의 쟁투와 유리왕이 사냥을 떠난 행위가 시기적으로 단절되어 있으나, 연속선상에 놓인 사건임을 진술하는 표현이며, '7일'은 화희·치희를 양곡의 동서궁에 분리하여 놓은 채 유리왕이 기산(箕山)으로 수렵을 떠난 기간이다. 따라서 '7일'은 겨울 사냥을 통하여 다시금 봄과 풍요가 도래하기를 기원하는 동시에, 왕비 송씨의 모의적·상징적인 죽음이 다시 소생의 시간으로 바뀌는 것을 기다리는 주술적인 시간이라 할 수 있다.

〈유리왕〉조의 기사에서 왕의 사냥 행위는 여러 차례 언급된다. 2년 9월 가을에 서쪽으로 순수(巡狩)하여 흰 노루[白獐]를 잡았다는 기록을 위시하여,[159] 21년 여름 4월에 위중림(尉中林)에서 전렵을 행한 기록,[160] 22년 12월 겨울에는 질산(質山) 북쪽에서 수렵을 하여 닷새동안 돌아오지 않았다는 기록,[161] 24년 9월 가을의 기록에는 기산원야(箕山原野)에서 전렵을 하다가 이인(異人)을 만난 흥미로운 일화가 보인다.[162]

고대 중국의 역대 왕들은 사냥을 계절제의의 일종으로 여겼다. 봄 사냥을 수(蒐), 여름 사냥은 묘(苗), 가을 사냥은 선(獮), 겨울 사냥은 수(狩)라는 각기 다른 용어로 표현하며, 이들을 총칭하거나 사냥 일반을 가리

---

159 "二年, 九月, 西狩獲白獐."(『삼국사기』 권13, 「고구려본기」 제1, 〈유리왕〉조.)
160 "夏四月, 王田于尉中林."(『삼국사기』 권13, 「고구려본기」 제1, 〈유리왕〉조.)
161 "十二月, 王田于質山陰, 五日不返."(『삼국사기』 권13, 「고구려본기」 제1, 〈유리왕〉조.)
162 "二十四年, 秋九月, 王田于箕山之野, 得異人."(『삼국사기』 권13, 「고구려본기」 제1, 〈유리왕〉조.)

켜 엽(獵)이나 전렵(田獵)이라 불렀다. 특히 가을 사냥은 숙살(肅殺) 기운에 응하여 살찐 짐승을 잡는 행위였는데, 중요하여 왕이 직접 참여했다는 기록이 있다. 이는 태고의 중요한 가을 축제의 흔적이라 한다.[163] 유사한 사냥 풍습이 고구려에도 계절제의의 형태로 잔존하고 있었으리라 추정된다.[164]

따라서 유리왕 3년 기사에서 화희·치희 쟁투의 앞부분에는 이궁의 설치와 송씨 왕비의 죽음이라는 문맥이, 뒤는 유리왕의 가을 사냥이라는 문맥이 배치되어 있음을 알 수 있다. 앞뒤의 서사 문면이 모두 제의의 실상에 다름이 없으니, 화희·치희의 쟁투 역시 이와 일관된 연관 관계에서 제의에 해당하는 행위이자, 제의의 연쇄적 흐름 속에서 이해하는 편이 옳다.

주기성을 띤 사건들의 반복이 〈황조가〉 전승을 포함하여 제의의 연행상을 순차적으로 나타낸 것일 가능성이 높다면, 확실한 방증을 위하여 그와 연관된 공간의 속성을 살피는 일이 필요하다. 성현적 시·공간의 결합이 곧 제의 연행의 첫째 조건이므로 유리왕 3년 기사가 실제 제의의 실현상을 투영한다면, 이러한 조건을 갖추고 있어야 한다.

왕비 송씨의 죽음이 주기성을 띤 일종의 계절제의 속 진혼·재생 제

---

163 김현자, 『천자의 우주와 신화: 고대 중국의 태양신앙』, 민음사, 2013, 74~75쪽.

164 허남춘은 유리왕의 기산 전렵을 의례적인 성격을 띤 행위로 보았는데, 왕이 사냥의 시간 속에 있을 때 겨울과 봄의 교체가 계속되다가 자연의 순리대로 봄이 돌아오는 맥락과 관련지었다. 덧붙여 기산에서 사냥을 하는 행위가 후대의 왕에게 지속되고 있다는 사실을 들어 단순한 놀이의 성격이 아닌 3월 3일 낙랑의 언덕에서 사냥하여 하늘과 산천에 제를 지내던 것과 같은 의례였음이 틀림없다고 보았다.(허남춘, 「〈황조가〉 신고찰」, 『황조가에서 청산별곡 너머』, 38쪽.); 현승환 역시 유리왕의 사냥을 특별한 행사에 의거한 의례 행위로 고찰한 바 있다.(현승환, 「黃鳥歌 背景說話의 文化背景的 意味」, 109쪽.)

의의 문맥이라면, 해당 기록에서 제의의 공간은 이궁 그리고 이궁의 설치 장소와 관련하여 해명할 수 있을 것으로 보인다. 〈유리왕〉조의 기록에 따르면 왕비 송씨와 유리왕의 죽음 이전에 각각 골천(鶻川)과 두곡(豆谷)에 이궁이 마련된다. 아직 역사 학계에서도 두 곳의 위치나 실체를 고증학적으로 밝혀내는 데 어려움을 겪는 바, 두 장소는 일정한 상징성을 지닌 제의적 공간일 가능성이 높다.[165]

그런데 〈유리왕〉조의 기록 상 이궁이 설치된 장소인 두곡과 유사한 성격을 띤 공간이 있어 주목을 요한다. 화희·치희가 쟁투 때문에 동서로 나뉘어 머물렀던 양곡(凉谷), 북부여의 파멸 징조가 나타났던 모천(矛川)이다. 이와 관련된 〈유리왕〉조 기사를 병렬하면 다음과 같다.

> 3년 **7월 가을**에 골천(鶻川)에 이궁(離宮)을 지었다. **10월**에 왕비 송씨가 돌아갔다. …(중략)… 두 여자가 사랑다툼으로 서로 불화하므로 왕이 양곡(凉谷)이란 곳에 동서(東西) 두 궁(宮)을 짓고 그들을 각각 두었다.

> 29년 **6월 여름**에 모천(矛川)이란 내 위에서 흑와(黑蛙)와 적와(赤蛙)가 떼를 지어 싸우다가 흑와가 이기지 못하고 죽었다. 의자(議者)가 "흑은 북방의 색이니 북부여가 파멸할 징조다."라고 말하였다. **7월**에 두곡이란 곳에 이궁을 세웠다.[166]

---

165 허남춘은 김열규의 논의를 확장하여 골천을 통과 의례의 장소로 보고, 왕비 송씨가 계절제의와의 관련선 상 안에서 유폐되었던 공간으로 정의하고 있다. 이때 골천은 곡모신의 죽음과 부활을 왕비 송씨의 유폐에 빗대어 재현하는 제의의 공간이라 하였다.(허남춘, 「〈황조가〉 신고찰」, 『황조가에서 청산별곡너머』, 44쪽.)

166 "二十九年, 夏六月, 矛川上有黑蛙與赤蛙羣鬪, 黑蛙不勝死, 議者曰, 黑, 北方之色, 北扶餘破滅之徵也, 秋七月, 作離宮於豆谷."(『삼국사기』 권13, 「고구려본기」 제1, 〈유리왕〉조.)

37년 **7월**에 왕이 두곡(豆谷)에 행행하여 **10월**에 두곡 이궁에서 돌아
가니, 두곡 동원(東原)에 장사하고 시호를 유리명왕(琉璃明王)이라 하
였다.

골천과 모천, 양곡과 두곡은 각각 천(川)과 곡(谷)으로 이분된다. 천은
물, 곡은 산악(山岳)에 상응하는 장소로 보인다. 실제로 "고구려족은 만
주에 있던 부여족의 일부가 A.D. 2세기경 송화강(松花江) 유역으로부터
이주하여 동가강(佟佳江)에서 압록강(鴨綠江) 중류에 걸친 산악지대에
살며, 수렵으로 생활을 영위하였다."는 하타다 다카시(旗田巍)의 『조선
사(朝鮮史)』의 기록,[167] 벽화군(壁畫群) 등으로 볼 때, 초기 고구려인들은
자신들의 처한 지리적 여건에 따라 하늘 외에 내와 계곡을 신성한 장소
로 인식하였을 여지가 크다.

고구려는 항상 봄철 3월 3일에 낙랑(樂浪)이라는 언덕에서 왕과 신하
들이 사냥하는데, 돼지와 사슴을 잡고는 **천신(天神)**과 **산신(山神)**과 **하
천신(川神)**을 위하여 제사를 지냈다.[168]

산악은 높게 치솟아 있어 천상과 가장 가까이 위치한다. 따라서 산악
은 천신(天神)과 산신(山神)을 두루 숭배하던 장소였다. 하천신(川神)으로
비견되는 물은 땅과 경계를 이루며, 토지를 비옥하게 하는 대상이므로
수신(水神)과 결이 다르지 않다. 이 같은 고구려의 신앙적 사유는 주몽
신화에서 천제의 아들 해모수(解慕漱)와 수신 하백의 딸 유화(柳花)의 결

---

167 旗田巍, 「高麗王朝」, 『朝鮮史』, 東京:岩波全書セレクション, 2008, 15쪽.
168 "高句麗常以春三月三日, 會獵樂浪之邱, 以所獲猪鹿, 祭天及山川神. 至其日, 王出
獵, 群臣及五部兵士皆從."(『삼국사기』 권45, 「열전(列傳)」 제5, 〈온달(溫達)〉조.)

연 과정으로 상징화 되었다. 하늘과 땅(물)을 대변하는 신격의 결연은
자연의 순환, 계절(시간)의 순환을 신성한 것으로 인식하던 시기의 산물
이다. 하늘은 천체 운행에 따른 절기의 변화를 주도하고 땅은 바람과
안개 등 자연에서 일어나는 변화를 주도하며 세상 만물의 질서를 관장
한다는 신앙적 사유가 빚어낸 신화·제의 체계가 해모수와 유화의 결연
과정에 담겨 있다.[169]

　붉은 개구리와 검은 개구리가 모천(矛川)이라는 곳에서 쟁투하였다
는 기록은 화희·치희의 쟁투와 매우 유사하다. 이 기사의 상징성 또한
남다르다. 개구리가 떼싸움을 벌인 모천(矛川)에서 모(矛)는 전쟁 도구
인 창을 의미한다. 동부여의 왕인 금와(金蛙)의 존재 역시 풍요와 관련
된 개구리 떼의 출현을 북부여 멸망의 조짐으로 환치하는 은유적 매개
가 되었을 것이라 추정된다. 개구리떼를 붉은색과 검은색으로 가름하
는 사정은 남녀신의 성적 결합이 결실을 이끈다고 믿는 풍요 제의의
양상과도 무관하지 않다. 연관하여 하홋굿의 연행상을 살피기로 한다.

　　경상북도 영양군 일월면 주곡리 주실에서는 섣달 그믐날 농악대와
사대부, 각시, 포수, 떡달이 등의 가면을 쓴 무리들이 서낭을 내려 당나
무 주위를 돌며 춤을 춘다. 서낭대를 앞세우고 마을로 들어올 때에도
춤을 춘다. 설을 지나고 나서, 이들이 지신밟기를 하고 이웃 마을 가곡
리 농악대와 마나 하후굿을 거행한다. **주곡의 서낭은 여서낭이고 가곡의
서낭은 남서낭이다.** 두 서낭은 부부이다. **서낭대를 둘 나란히 세워 두고
두 마을 농악대가 농악의 경연을 벌이며 서로 싸워 승부를 내는 것을 하후
굿**이라고 한다. 농악대끼리의 싸움과 두 서낭의 성행위가 함께 이루어
진다. 두 마을 서낭대에 각기 늘어뜨린 서낭치마라는 헝겊이 바람에 날

---

169 허남춘, 『제주도 본풀이와 주변 신화』, 155쪽 각주 21번 참조.

려 휘감기면 부부 서낭이 성행위를 하는 것으로 이해한다. **주곡 여서낭의 치마는 붉고, 가곡 남서낭의 치마는 검다. 부부 서낭의 성행위는 풍년을 가져올 수 있다고 생각된다.**[170]

 하후굿은 풍요 제의인 별신굿과 유사한 의례이다. 기사에 기록된 개구리의 빛깔 대비는 주곡 여서낭은 붉은 색, 가곡 남서낭은 검은 색 치마를 두른다는 하후굿의 연행 양상과 동일한다. 조동일은 두 서낭의 싸움을 남성과 여성의 싸움이면서 또한 겨울과 여름의 싸움이라 보았다. 또한 이러한 제의 행위에는 여성이 이겨야 풍년이 든다는 사유, 여름이 이겨야 풍년이 든다고 사유가 숨겨져 있는 것으로 파악하였다.[171] 기사에 등장한 개구리들의 편싸움에서도 승리는 붉은 개구리 떼의 몫이었다.

 29년 6월 모천에서 일어난 개구리떼의 편싸움 사건을 기점으로 〈유리왕〉조의 기록은 한(漢)과 부여와의 전쟁 관련 기사들이 큰 비중을 차지하게 된다. 32년 11월에는 부여인이 내침하자 무휼(無恤)이 산곡간(山谷間)에 잠복하였다가 기습하여 큰 승리를 거둔 것을 언급하였고, 연이은 기사인 33년 정월에는 무휼의 태자 책봉을 기록하였다. 실제로 고구려는 대무신왕(大武神王) 집권기에 동부여(東夫餘)를 멸망시키고 5세기 후반에 이르기까지 북부여(北扶餘) 세력을 흡수하면서 국가의 기반을 다졌다. 따라서 개구리떼의 편싸움 기사는 부여 세력과 관련한 정세의

---

170 이는 1963년 12월 30일에서 1964년 1월 16일까지 조동일이 연행이 중단된 하후굿을 면담 조사를 통하여 조사한 결과이다. 주요 제보자는 오수근(1906년생, 농악대의 상쇠), 장순석(1914년생), 장성도(1916년생, 1964년도의 제관)으로 일람되어 있다.(조동일, 『탈춤의 원리 신명풀이』, 지식산업사, 2006, 23~24쪽.)
171 조동일, 『탈춤의 원리 신명풀이』, 27~28쪽.

흐름, 부여와의 전쟁에서 승리하는 고구려의 흥성을 예견하는 신앙적 상징을 역사적 사실로 환치한 사례였을 가능성이 크다. 또한 이는 나라의 흥성을 풍요 제의의 맥락과 연관하여 인식하고 이해하려 한 당대의 사고관을 반영한다.

이처럼 〈유리왕〉조 기사에는 무수한 신화적·역사적 맥락이 계절제의, 그와 연관성을 띤 편싸움의 전통 등으로 형상화 되어 전한다. 기사 분석을 통하여 화희·치희의 쟁투를 포함한 〈황조가〉 전승 문면이 계절의 전환과 깊은 관련을 지녔던 국가적 차원의 제의였을 가능성을 읽어 낼 수 있었다. 관련 기사는 각각 7월과 10월로 상정된 가을과 겨울의 교체 상을 담고 있었으며, 송씨 왕비와 유리왕의 행위는 진혼·재생 제의적 속성을, 화희·치희의 쟁투는 편싸움의 주술적 상징성을 담지한 풍요 제의와 연관되어 있다.

이는 〈황조가〉 전승서사를 제의의 맥락으로 해석해야 하며, 〈황조가〉를 풍요 제의 또는 계절제의에서 불린 노래로 파악하여야 할 당위성을 제공한다. 그렇다면 〈황조가〉 전승을 포함한 유리왕 3년의 기사는 어떤 제의를 서사화 한 것인지, 구비 전승 혹은 문헌 전승되며 변이는 없었는지, 또한 계절제의와 서정시가 〈황조가〉의 상관성은 어디에 있는지, 양자의 결합 동인은 무엇인지 구체적인 단서들을 통하여 살피기로 한다.

3) 〈황조가〉 전승의 형성 단서

지금까지 〈황조가〉 전승을 포함한 〈유리왕〉조 기사 전반에는 국가적 차원에서 벌인 계절제의, 풍요 제의의 실상을 살필 만한 단서들이 주기성을 띤 채 배치되어 있다는 사실을 확인하였다. 이에 단서하여 〈황조가)의 전승서사는 고구려 초기에 국가적으로 거행된 계절제의, 풍요 제의의 연행 상과 다름없으며, 〈황조가〉는 이 같은 제의에서 불렸던 노래였을 가능성을 확인하였다. 따라서 고구려 건국 초기에 거행된 계절제의 연행상을 재구할 수 있는 신화적·제의적 단서들, 역사적·사회적 단서들을 구체적으로 살펴 이를 구체적으로 증명하기로 한다. 또한 〈황조가〉의 형성 국면을 추정하면서, 시가의 서정성을 제의와 관련하여 어떻게 이해할 수 있는지도 풀어보기로 한다.

동이(東夷)의 새토템과 주몽신화

고구려 문화사의 변천과 형성은 기원전 1천년 경에 출현한 기마민족의 이동과 관계가 깊다. 이 기마민족은 스키타이(Scythai) 문화로 대변된다. 이들의 문화는 세력의 성쇠에 따라 만주(滿洲)의 선비(鮮卑), 오환(烏桓, 烏丸)의 동호족(東胡族)에게 이르렀고 부여와 고구려에까지 영향을 끼쳤다.[172] 특히 흉노(匈奴)는 이 기마민족의 문화를 받아들여 북아시아에서 최초로 흥기(興起)하였던 민족으로 알려져 있다.

중국 역사에서 흉노가 등장하기 전까지 동북방 지역에는 동이족(東夷族)이 정착하고 있었다. 그런데 이곳은 부여와 고구려의 근거지기도 하였다. 흉노의 명칭에 보이는 '노(奴)'가 고구려 성립 이전 압록강 중류 지역 부근의 토착세력인 네 부족 '절노부(絕奴部)', '순노부(順奴部)', '관노부(灌奴部, 貫奴部)', '소노부(消奴部, 涓奴部)'에서도 동일하게 발견되는데, 이는 나(那), 국(國), 내(內), 양(壤)과 동의어로 '토지' 혹은 '수변(水邊)의 토지를 뜻하는 말이라 한다. 이 같은 정황은 양자 문화의 친연성을

---

172 나경수, 「한국 기록신화의 상징 해석과 역사 인식」, 『국어교과교육연구』 21, 국어교과교육연구회, 2012, 14쪽 요약.

입증하는 근거 가운데 하나다.[173]

스키타이 문화로 불리는 기마민족의 문화가 흉노에 의하여 동이족에 영향을 끼치면서, 자연스레 양자의 문화는 교섭하게 된다. 종국에는 동호와 동이의 구분없이 이들을 '동이족'이라는 한 틀거리로 묶어 이해할 정도의 문화적 유사성이 형성되기에 이른다. 실제로 흉노와 고구려 간에서 매우 유사한 문화적 풍습이 발견되는데, 이것들은 유목민 사회에서 흔히 발견되는 관습이라 한다. 중대사를 연합체의 수장들이 모여 결정하는 방식, 취수혼(娶嫂婚) 제도 등이 그러하다. 또한 기마민족임에도 수렵과 목축을 주된 생활 기반으로 삼았으나 농업에 대한 중요성을 인식하고 있었다는 점이 특별한데, 흉노와 고구려 모두 이런 문화적 특성을 띤다.[174]

기마민족의 문화와 영향을 주고 받는 가운데, 이들의 신앙적·신화적 사유도 자연스럽게 교섭하였던 것으로 보인다. 대표적인 것이 바로 새 토템이다. 새 토템은 이들의 구비서사시 또는 건국신화를 형성하는 원류(原流)라 일컬어도 과언이 아니다.

동이족과 새 토템, 그리고 이와 고구려·부여 건국신화의 상관성에 대한 검토는 박명숙에 의하여 선행된 바 있다.[175] 박명숙은 묘족(苗族)와

---

173 이종호, 「고구려와 흉노의 친연성에 관한 연구」, 『白山學報』 67, 2003, 150~152쪽; 동이(東夷)란 상(商)·주(周)시기 중원(中原) 지역에 살았던 종족이 자신들을 기준으로 동쪽에 자리잡은 종족들을 지칭하던 단어이다. 진나라의 통일을 기점으로 중국의 영토가 확장되면서 산동반도 일대에 살고 있는 지역에서 중국 동북 지역을 포함한 한반도와 그 외의 국가들을 가리키는 의미로 변화하였다.(이인택, 『신화, 문화 그리고 사상』, UUP, 2004, 20~29쪽 요약.)

174 이종호, 「고구려와 흉노의 친연성에 관한 연구」, 156~158쪽.

175 朴明淑, 「고대 동이계열 민족 형성과정 중 새 토템 및 난생설화의 관계성 비교 연구」, 『국학연구』 14, 한국국학진흥원, 2010.

같은 중국 소수민족을 포함한 고대 중국 경내 민족의 구비서사시와 신화에서 새 토템의 흔적을 선명하게 또는 희미하게나마 발견할 수 있어, 새 토템이 동이 계열 제민족의 원시 신앙으로 활발히 숭앙되었던 사정을 가늠할 수 있다고 보았다.

그러면서도 고구려의 건국신화와 동이계 새 토템과의 상관성을 검토하는 과정에서 "주몽의 모태는 하백의 딸이고 하백은 물의 신으로서 새와는 직접적인 연관성이 없다."고 하여,[176] 고구려의 새 토템 수용 양상을 다소 거리가 있는 삼한(三韓)의 솟대와 중국 사서(史書)『삼국지(三國志)』에서 찾고 있다. 이는 주몽과 유리왕의 서사, 〈황조가〉의 전승서사와 유리왕 설화, 주몽 신화를 자세하게 검토하지 않아 생겨난 공백이 아닌가 한다.

김승찬이 〈황조가〉 전승을 "고구려 건국 당시의 사회 경제상의 발전 과정을 보이는 것"으로 분석한 이래,[177] 〈황조가〉 관련 연구들은 화희·치희의 대립상을 벼[禾]로 대유된 농경 문화와 꿩[雉]으로 대유된 수렵 문화의 전환사로 전제하고, 전승서사와 전승시가를 분석하여 왔다. 물론 〈황조가〉 전승의 출현은 고구려의 수렵 문화와도 연관되어 있지만, 그보다는 동이계 집단이 공유하였던 새 토템과 더욱 긴밀한 관련성이 있는 것으로 보인다. 특히 화희·치희 쟁투 서사가 그러하다.

앞서 언급한 대로 고구려의 건국 기반이 된 부족들, 건국 이후 고구려에 흡수된 압록강 유역의 부족들은 동이계 집단으로 분류된다. 『후한서』「동이열전(東夷列傳)」에 따르면, 상나라 시기 기록에는 동이를 구

176 朴明淑,「고대 동이계열 민족 형성과정 중 새 토템 및 난생설화의 관계성 비교 연구」, 95쪽.
177 金承璨,『韓國上古文學硏究』, 15~19쪽.

이(九夷)라 하여 견이(畎夷), 우이(于夷), 방이(方夷), 황이(黃夷), 백이(白
夷), 적이(赤夷), 현이(玄夷), 풍이(風夷), 양이(陽夷) 등의 부족으로 구분하
고 있다.[178] 문헌 사료에 근거하자면 동이계 집단의 최초 추장은 태호(太
昊) 혹은 소호씨(少昊氏)라 불리는 인물이다. 학설에 따라 둘을 동일 인
물로 혹은 다른 인물로 상정하기도 하지만,[179] 그와는 상관없이 소호씨
집단이 봉황, 매 등을 숭앙하는 새 토템을 섬겼던 것으로 알려져 있다.

특히 『춘추좌전(春秋左傳)』에 전하는 소호씨 집단의 건국 일화에는
새 토템을 기반으로 국가의 통치 체제를 갖추어 갔던 과정이 나타나
있다. 소호씨 집단의 새 토템은 〈황조가〉 전승을 포함한 〈유리왕〉조 기
사, 주몽 신화에 투영된 토템적 인식과 매우 유사할 뿐만 아니라 새 토
템이 고대국가의 출현과 성장 과정에 개입하는 본질을 파악할 수 있는
단서이기도 하다. 고고학적 근거에 따르면 소호씨 집단의 기원지에서
발견된 팽이형 토기에는 '아사달' 문양이 새겨져 있는데, 이는 이들이
고조선으로부터 이주한 집단임을 증명하는 것이라 한다.[180] 따라서 새
토템을 준거로 동이계 종족 가운데 소호씨 집단과 고구려의 신앙적 친
연성을 논의하는 일이 무리한 시도는 아니라 본다.

소공 17년 가을, 담자가 노나라로 와서 조회하였다. 소공이 그에게
연회를 베풀었다. 이때 소자가 질문하기를 **"소호씨가 새를 가지고 관직**

---

178 "王制云: 東方日夷, 夷者柢也, 言仁而好生, 萬物柢地而出. …(중략)… 夷有九種, 日
    畎夷, 于夷, 方夷, 黃夷, 白夷, 赤夷, 玄夷, 風夷, 陽夷."(『後漢書』, 「東夷列傳」, 〈序〉).)
    원문은 국사편찬위원회 한국사데이타베이스의 『중국정사조선전』 DB 자료를 인용하
    였다.
179 김연주, 「선진(先秦) 시기 산동성 지역 '동이(東夷)'에 관한 연구」, 이화여자대학교
    박사학위논문, 2011, 26~29쪽 참조.
180 김연주, 「선진(先秦) 시기 산동성 지역 '동이(東夷)'에 관한 연구」, 31쪽.

명을 지은 것은 무슨 까닭입니까?" 하였다. 담자가 말하기를 "나의 선조이니 내가 알고 있습니다. 옛적에 황제씨는 구름으로써 관명을 기록하였습니다. 고로 백관과 사장을 모두 운(雲)자로 이름하였습니다. 염제씨는 불로써 본을 삼아 백관과 사장을 모두 수(水)자로 이름하였습니다. 태호씨는 용으로서 기틀을 잡았으므로 백관과 사장을 용(龍)자로 이름하였습니다. **우리 고조 소호지는 즉위할 때에 봉조(봉황)이 마침 이르렀으므로 조(鳥)에 기틀을 두어 새로써 백관과 사장의 이름을 하였으니, 봉조씨(鳳鳥氏)는 봉조가 천시(天時)를 앎으로 역정의 관명으로 삼은 것이요. 현조씨(玄鳥氏)는 제비가 춘분에 왔다가 추분에 가므로 이분(二分)을 관장하는 관명으로 삼은 것이고, 백조씨(伯趙氏)는 백로(伯勞)가 하지에 울어 동지에 그치므로 입춘에서 하지를 관장하는 관명으로 삼은 것이고, 청조씨(靑鳥氏)는 청조가 창안(鶬鴳)이니 입춘에 울어 하지에 그치므로 입춘에서 하지 사이를 관장하는 관명으로 삼은 것이고, 단조씨(丹鳥氏)는 단조가 별치(鷩雉)이니 입추에 왔다가 입동에 가므로 입추에서 입동을 관장하는 관명으로 삼은 것이고,** 축구씨(祝鳩氏)는 축구가 초구(鷦鳩)이니 초구는 효조(孝鳥)이므로 교육을 담당하는 사도(司徒)의 관명으로 하였고, 저구(雎鳩)씨는 저구가 왕저(王雎)이니 정리가 지극하여도 별다름이 없으므로 법률을 담당하는 사마(司馬)의 관명으로 하였고, 시구(鳲鳩)씨는 시구가 알국(鵠鵴)이니 시구는 평균하므로 수토(水土)를 평치하는 사공(司空)의 관명으로 하였고, 상구씨(爽鳩氏)는 상구가 매이니 잡음으로 치안을 담당하는 사구(司寇)의 관명으로 하였고, **골구씨(鶻鳩氏)는 골구가 골조(鶻鳥)이니 봄에 왔다가 겨울에 가므로 일을 맡은 사사(司事)의 관명으로 하였습니다.** 이 오구(五鳩)는 백성을 모으는 관직입니다."[181]

---

[181] "秋, 郯子來朝, 公與之宴, 昭子問焉, 日, 少皞氏鳥名官, 何故也, 郯子日, 吾祖也, 我知之. 我高祖少皞, 摯之立也, 鳳鳥適至, 故紀於鳥, 為鳥師而鳥名, 鳳鳥氏歷正也, 玄鳥氏司分者也, 伯趙氏司至者也, 青鳥氏司啟者也, 丹鳥氏司閉者也, 祝鳩氏司徒

소호씨의 등극에 맞추어 봉황이 나타났다는 일화는 〈유리왕〉조에서 온조가 백제의 시조로 등극하자 고구려 왕정에 신작이 나타났다는 기사와 대응된다. 양자 모두 봉황은 하늘의 도움을 알리고 자연의 순환 이치를 아는 신조(神鳥)라는 신앙적 사유가 담겨 있다. 그러나 〈유리왕〉조의 기사에서 봉황은 온조 왕의 등극을 알리는 새이므로 고구려와 소호씨 집단이 새 토템의 세부적 체계가 다르다는 추정이 가능하다.

소호씨 집단의 관직 편제에 보이는 골조는 골주(鶻鴡), 즉 비둘기를 뜻한다. 봄에 왔다가 겨울에 가는 특성으로 말미암아 사사(司事)와 관련이 깊은데, 두예(杜預)는 주소(注疏)에서 사사가 농사를 뜻한다고 하였다. 따라서 소호씨 집단의 새 토템에서 비둘기는 농경과 밀접한 관련이 있는 새로 숭앙되었다는 사실을 확인할 수 있다.

반면 〈황조가〉의 전승서사에서 골천(鶻川)은 개울, 곧 물을 상징하는 장소이다. 골천은 왕비 송씨의 모의적 죽음을 위한 제장(祭場)이 마련된 장소이며 화희(禾姬)의 원적(原籍)이기도 하다. 소호씨 집단의 토템적 사유에서 비둘기와 농경의 관련성이 도출된 사실을 감안하면, 골(鶻) 역시 매가 아닌 비둘기로 상정할 수도 있다고 본다. 그러므로 골천과 비둘기, 이와 연계되는 천(川), 벼[禾]의 의미소를 통하여 양자의 토템적 사유가 동일함을 알 수 있다.

골을 비둘기로 상정해야 하는 단서는 주몽 신화에도 존재한다. 비둘기는 유화의 대리자로 주몽에게 오곡 종자(혹은 보리 종자)를 전하는 매개물이다.[182] 유화는 하백의 딸로서 수신적 면모와 지모신적 면모를 함

也, 鵙鳩氏司馬也, 鳲鳩氏司空也, 爽鳩氏司寇也, 鶻鳩氏司事也. 五鳩, 鳩民者也."(『춘추좌전』,「卷志」39,〈소공(昭公)〉조; 좌구명,『춘추좌전』, 신동준 역주, 인간사랑, 2017, 419~420쪽. 원문과 해석 인용.)

께 지닌 신격이자, 고구려에서 신모(神母)로 존숭되었던 대상이다. 주몽은 유화가 보낸 비둘기로부터 오곡 종자를 얻은 뒤, 왕도를 정하고 군신의 위차(位次)를 정리한다.[183] 주몽의 이 같은 행동은 '봉황의 등장과 소호씨의 왕위 등극 → 관료 편제의 기틀 마련'이라는 소호씨의 행적과도 일치한다.

하지만 소호씨 집단이 봉황을 최상의 존재로, 비둘기를 그 하위 존재로 삼았던 것과 달리, 고구려인들은 자신들의 건국신화에 근거하여 비둘기를 매우 신성한 존재로 여겼던 듯하다. 이에 유화와 주몽의 족적에 근거하여 국가의 계절·풍요 제의를 치르는 제장을 골천으로, 농경 문화적 사유가 투영된 화희의 계보를 골천인으로 두는 것은 당연한 설정이었을 것으로 보인다.

새 토템의 흔적은 주몽과 유화의 일화뿐만 아니라 유리왕의 일화에서도 반복되어 나타나고 있다.

① 주몽이 작별에 임하여 차마 떠나지 못하니 그 어머니가 말하기를 "너는 어미 때문에 걱정하지 말라"하고 오곡 종자를 싸 보냈다. 주몽이 **이별**하는 마음이 간절하여 보리 종자를 잊었다. **주몽이 큰 나무 아래서 쉬는데 비둘기 한 쌍이 날아오자** "이는 응당 신모께서 **종자**를 보낸 것이리라"하고 한 **화살**에 모두 떨어뜨려, 목구멍에서 보리 종자를 얻었다. 보리

---

182 이와 관련하여 신연우, 허남춘이 상세하게 고찰한 바 있다.(신연우, 「'제의'의 관점에서 본 유리왕 황조가 기사의 이해」; 허남춘, 「〈황조가〉 신고찰」, 『황조가에서 청산별곡 너머』.)

183 "雙鳩含麥飛, 來作神母使, 形勝開王都, 山川鬱嵯峨歸, 自坐茀蕝上, 略定君臣位."(李奎報, 『東國李相國全集』 제3, 「고율시(古律詩)」, 〈동명왕편(東明王篇)〉.) 원문은 한국고전번역원의 한국고전종합DB에서 인용하였다. 이하 〈동명왕편〉의 원문 출처는 동일하다.

종자를 얻고 나서 물을 뿜으니 비둘기가 **소생**하여 날아갔다고 한다.[184]

　② 유리는 어릴 때 **밭두둑에 나아가 새를 쏘다가** 잘못하여 **물 긷는 여자의 물동이를 깨뜨리니** 그 여자가 꾸짖어 말하기를, "이 아이는 아비가 없는 까닭에 이 같이 완악하다"하였다.[185]

　③ 왕이 기산(箕山)이란 곳에서 전렵(田獵)을 행하고 7일 동안 **돌아오지 아니하였는데**, 두 여자 사이에 싸움이 일어나, 화희는 치희를 꾸짖어 말하기를, "너는 한가(漢家)의 비첩(婢妾)으로 무례함이 어찌 그리 심하냐?"고 하니, 치희는 부끄럽고 분하여 도망하였다. 왕이 듣고 말을 채찍질하여 좇아갔으나 치희는 노하여 돌아오지 아니하였다. **왕이 어느 날 나무 밑에서 쉬다가 황조가 모여드는 것을 보고** 느낀 바 있어 노래하기를, "훨훨 나는 저 꾀꼬리, 암수 서로 노니는데, 외로울사 이 내 몸은 뉘와 함께 돌아갈꼬" 하였다.[186]

　주몽이 활쏘기로 신이한 재능을 발휘할 수 있었던 것은 모친인 유화가 활과 화살을 마련하여 주었기 때문이다.[187] 주몽이 새를 활로 쏘아 곡식을 얻고 물을 뿌려 소생시키는 신성 행위의 원천은 유화와도 밀접한 관련을 맺는다. 유리는 주몽(朱蒙)의 신성함을 혈통적으로 계승한 존

---

184 "朱蒙臨別, 不忍睽違, 其母曰: '汝勿以一母爲念.' 乃裹五穀種以送之, 朱蒙自切生別之心, 忘其麥子. 朱蒙息大樹之下, 有雙鳩來集, 朱蒙曰: '應是神母使送麥子.' 乃引弓射之, 一矢俱擧, 開喉得麥子, 以水噴鳩, 更蘇而飛去云云."(李奎報, 〈동명왕편〉.)
185 "幼年出遊陌上, 彈雀誤破汲水婦人瓦器, 婦人罵曰, 此兒無父, 故頑如此."(『삼국사기』 권13, 「고구려본기」 제1, 〈유리왕〉조.)
186 『삼국유사』 권1, 「기이」 제1, 〈유리왕〉조.
187 "母姑擧而養, 經月言語始, 自言蠅噆目, 臥不能安睡, 母爲作弓矢, 其弓不虛掎."(李奎報, 〈동명왕편〉.)

재이다. 이러한 상징성은 유리왕 설화에서 ②와 같은 사건, 곧 새를 향한 활쏘기 행위의 재현으로 나타난다. 유리의 행실이 완악하다고 묘사된 것은 아직 그 혈통적 신성성을 알아채지 못하였기 때문이다. 신화적 맥락에서 이때의 신성성은 평범(平凡)에 반하며 이질적이고 올바르지 않은 것으로 인식되기 마련이다. 그러므로 ②는 부친의 내력담, 즉 주몽신화에 근거하여 유리가 자신의 정체성을 되찾고 왕위를 계승할 존재임을 암시하는 대목으로 보아야 한다.

다음으로 소호씨 집단에서 꿩은 별치(鷩雉), 즉 붉은 꿩을 뜻한다. 소호씨 집단의 토템적 사유에 입각하면 꿩은 입추에서 입동의 기간을 상징한다. 이는 가을이 들어 나타나고 겨울에 모습을 감추는 꿩의 속성을 반영한 사유이다. 〈황조가〉의 전승서사에서 꿩은 치희(稚姬)로 상정된다. 그리고 화희와 치희의 쟁투는 10월 겨울의 기사로 귀속되어 있다. 겨울에 행하는 계절제의는 만물의 소생과 풍요로움을 상징하는 봄의 도래를 기원하며 벌이는 것이다. 꿩에 대한 소호씨 집단의 토템적 사유에 기댄다면, 봄이 오고자 하면 치희는 존재하던 곳으로부터 물러나 자신의 모습을 숨겨야만 하는 대상이다. 이렇게 본다면 치희가 화희에게 패하여 떠나는 사건은 제의의 맥락에서 계절 순환의 질서 상 응당 벌어져야만 하는 일이 된다.

소호씨 집단의 새 토템 가운데 청조(青鳥)는 창안(鶬鴳)이라 불리는 새인데 속칭 황앵(黃鶯)이라 하였으니, 꾀꼬리를 뜻한다. 소호씨 집단의 토템적 사유에 따르면, 꾀꼬리는 입춘에 울어 하지에 그치는 존재에 해당한다. 그래서 비둘기와 시기적으로 나타남이 같아 합(合)을 이루며, 꿩과는 반(反)하는 존재이기에 둘의 공존은 불가능하다.

흥미로운 것은 사서(史書)에 기록된 유리왕의 차자 표기가 꾀꼬리를 의미한다는 점이다. 실제로 유리왕에 대한 차자표기는 『삼국사기』 내

에서도 혼용되고 있으며, 심지어 광개토왕비에도 달리 나타난다. 이를
모두 제시하면 유리(琉璃), 유리(類利), 유류(孺留), 누리(累利), 유류(儒留)
와 같은데, 『시경(詩經)』, 『모시육소광요(毛詩六疏廣要)』, 『이아익(爾雅翼)』
등의 중국 문헌에 '꾀꼬리'를 의미하여 쓰인 글자의 용례가 각각 황리
유(黃鸝留), 황율류(黃栗留), 황유리(黃流離)이다. 이 단어들에서 황(黃)을
제외하면, 유리왕의 이름을 표기하는 데 사용한 글자의 비중이 상당수
임을 알 수 있다. 결국 유리왕은 아주 오래 전부터 전승자들에게 꾀꼬
리왕으로 인식되어 왔을 개연성이 짙다.[188]

이처럼 동이계 집단의 새 토템에 근거한 꾀꼬리의 행적은 유리왕이
화희와 치희의 갈등 사이에 놓였다가 치희를 떠나보내고 화희와의 관
계만을 이어갈 수 있었던 〈황조가〉의 전승서사와 완벽히 일치한다. 결
국 〈황조가〉 전승서사는 새 토템을 기반으로 한 계절제의의 실상을 서
사화 한 것임을 재차 확인할 수 있다. 제의의 사상적 기저는 동이계 집
단과 신앙적 근원을 공유하고 있으나, 자신들의 건국 신화를 근거로 독
자적인 신앙·제의 체계를 마련하였는데 이 흔적이 〈황조가〉 전승서사
에 남아 있는 것이라 하겠다.

그런데 〈황조가〉의 전승서사는 신앙적·제의적 변천만이 아니라 고
구려의 문화적·정치적 인식을 담고 있기도 하다. 화희, 치희, 왕비 송
씨의 출신 배경에서 이 같은 사정을 확인할 수 있다. 골천은 화희의 원
적이자, 왕비 송씨의 제의적 죽음과 재생을 위한 이궁이 마련된 장소이
다. 또한 주몽 신화 속 유화의 족적과 신물(神物)로서 창업의 기틀을 마

---

188 정민은 이 같은 고증을 통하여 유리왕이 꾀꼬리왕으로 불리게 된 것은 고구려 후대인
들에게 〈황조가〉를 지은 임금으로 회자되었기 때문이라 하였다.(정민, 「새를 통해 본
고전시가의 몇 국면」, 『한국시가연구』 15, 한국시가학회, 2004, 5~6·9쪽.)

련한 비둘기를 상징하는 근원이다. 이에 골(鶻)은 고구려에서 신화적·
제의적으로 자신들의 주체적이고 독자적인 근본, 토착적인 근본을 의
미하는 고구려 신화·제의 체계 핵심이 반영된 용어이다.

유리왕이 결연한 왕비 송씨가 토착족인 비류국(沸流國) 송양(松讓)의
딸이라는 점도 같은 범주 안에서 이해할 수 있다. 그러므로 유리왕과
왕비 송씨의 결연, 유리왕과 화희의 결연은 건국 신화에 기인한 골천의
신성성에서 출발하여 토착성·고유성을 대변하는 의미로 확장된 것이
라 할 수 있다.

이런 인식은 고구려 도읍을 지칭하는 용어에서도 나타난다. 『위서(魏
書)』에 보이는 흘승골성(紇升骨城)과 『삼국사기』와 『동명왕편』에 나타
난 골령(鶻嶺)의 의미는 홀본(忽本), 졸본(卒本)이라는 명칭과 대조할 때,
골(骨) = 골(鶻) = 홀(忽) = 졸(卒)로 연결되는 음상사적 표현으로 연결된
다. 따라서 홀본, 졸본의 명칭은 '골'과 연결되어 첫 도읍, 즉 근본의
의미가 파생된 것에 지나지 않는다.[189]

치희의 원적인 한(漢)이 골(鶻)과 대치되고 치희가 화희와 갈등을 일
으키는 인물로 설정되는 것은 신화적·제의적 사유를 반영하던 문맥 대
신 고구려의 정치적·역사적 사실이 덧입혀졌기 때문이다. 골천인 화희
와 한인 치희의 쟁투를 두고 성기옥은 "한족으로 대표되는 수렵민 중심
의 외래 세력과 골천인으로 대표되는 농경민 중심의 토착 세력 간의
정치적 알력"으로 해석한 바 있으며,[190] 현승환은 "한나라에 대한 사대
사상에서 탈피하여 자주의식을 강조한 것으로 〈황조가〉 전승을 제의의
구술상관물화한 외세 배격 사상, 자주성 확립의 표현문학"으로 보았

---

189 조법종, 「고구려 초기도읍과 비류국성 연구」, 『백산학보』 77, 백산학회, 2007, 131~133쪽.
190 成基玉, 「上古詩歌」, 『한국문학개론』, 50쪽.

다.[191] 그런데 이런 해석을 두고 허남춘은 "고구려 내부에서 일어난 종족 간의 대립이라면 설득력이 있겠으나, 고구려 초기부터 고구려와는 적대관계에 있던 한족과의 결혼은 상상할 수 없으며, 한족과 토착세력의 알력과 정치적 좌절감이라는 설명은 시대적 정황과 맞지 않는다."는 반론을 제시하기도 하였다.[192]

해당 난제를 해결할 수 있는 합리적인 근거는 동이계 집단, 고구려, 한족 간의 역사적·문화적 관계에 있다. 〈황조가〉의 전승서사에 보이는 화희의 원적(原籍)인 골천과 치희의 원적인 한(漢)은 고구려의 건국 세력이 중국 동이계 집단을 포함한 한족과의 차별성을 표방하고, 자신들의 독자성과 신성성을 다져한 작업의 일환이라 할 수 있다.

우선 치희와 유리왕의 결연은 고구려와 문화적·신앙적 기반을 공유한 동이계 집단과의 연계성을 상징하는 설화적 문맥으로 해석할 수 있다. 양자의 문화적 친연성은 앞서 살핀 바와 같다. 그런데 소호씨 집단에서 치(雉)는 계절의 순환만이 아닌, 공예 분야를 담당하는 관료들의 관직명에 부여된 명칭이다. 이들의 공무 가운데 통치 체제와 관련하여 매우 중요한 소임은 치리(治理)의 기반인 도량형을 균일하고 바르게 정립하는 일이었다.[193] 국가 통치의 기반, 모든 국가 체제의 기준을 상징하는 것이 치(雉)였던 것이다. 사학계에서는 기록에 등장하는 오치(五稚)를 소호씨 집단을 구성한 다섯 토착 부족으로 이해하기도 하니,[194] 치

191 현승환, 「黃鳥歌 背景說話의 文化背景的 意味」, 110쪽.
192 허남춘, 「〈황조가〉 신고찰」, 『황조가에서 청산별곡 너머』, 39~40쪽.
193 "五雉, 爲五工正, 利器用, 正度量, 夷民者也."(『춘추좌전』, 「卷志」 39, 〈소공(昭公)〉 조; 좌구명, 신동준 역주, 『춘추좌전』, 420쪽.)
194 이는 소호씨 집단을 맹금[鷙]을 토템으로 하는 방대한 마을 연맹체로 보고, 연맹 체계를 구성하는 하위 부족을 『춘추좌전』의 기록에 의거하여 오조(五鳥), 오구(五鳩), 오치

(稚)는 마치 이(夷)와 같은 개념으로 상정되었을 가능성이 크다.

고구려는 연맹체의 통합과 건국 이후, 주몽으로부터 유리왕의 집권기까지 혹은 그 이후에도 중국 동이계 집단과 변별되는 고유 체제를 갖추려는 시도를 지속적으로 감행하였을 것으로 보인다. 고구려의 신화·제의 체계 역시 이런 방향에서 기틀을 마련하게 되었음은 물론이다. 치(稚)는 고구려의 입장에서 자신들과는 다른 대상, 나아가 외부 세력을 지칭하는 상징성을 띠게 되었으며, 치(稚)에 투영된 이 같은 인식이 이후 한(漢)과의 군사적·정치적 갈등이라는 역사적 사실로 환원되었다. 종국에는 해당 변화가 치희의 원적이 한인(漢)으로 설정되는 서사적 변이를 일으켰을 것이라 추정된다.

이처럼 동이족의 새 토템과 주몽 신화는 〈황조가〉 전승의 출현을 견인한 가장 강력한 동인이다. 〈황조가〉 전승과 관련된 〈유리왕〉조의 서사 문맥은 〈주몽신화〉와 관련하여 이 같은 상징성을 짙게 드러내고 있다. 결국 유리왕 설화는 신화를 바탕으로 다시금 조정된 서사적 재현에 해당하고, 〈황조가〉 전승서사는 이를 국가 차원의 계절제의로 조정한 제의적 재현으로 다시금 정리할 수 있겠다.

왕비 송씨의 모의적 죽음과 재생 역시 신모 유화의 신성성을 계승하는 제의적 반복이라 할 수 있다. 〈황조가〉 전승서사에 담긴 제의적 속성과 동이계 집단이 공유한 새 토템, 주몽 신화와의 관련성으로 볼 때, 왕비 송씨의 모의적 죽음과 제의 장소인 골천에서 보이는 골(鶻)의 신

(五雉), 구호(九扈)란 네 개의 포족(胞族)으로 이해하는 관점이다. 따라서 꿩을 표상하는 오치 부족을 각각 방위 개념에 근거 하여 준치(鷷雉), 치치(鵗雉), 적치(翟雉), 희치(鶅雉), 휘치(翬雉)로 상정한다. 소호씨 집단을 구성한 이들 부족 가운데, 실제로 거주지를 비교적 명확히 근거할 수 있는 대상은 오직 '구(鳩)' 부족이라 한다.(김연주, 「선진(先秦) 시기 산동성 지역 '동이(東夷)'에 관한 연구」, 29~30쪽 참조.)

화적·신앙적 사유, 그리고 천(川)이라는 공간의 제의성은 신모 유화의
신성성을 계승하기 위한 방편이었을 여지가 크다.

이처럼 〈황조가〉의 전승서사, 〈유리왕〉조의 기사, 주몽 신화에는 명
백한 새 토템의 흔적이 남아 있다. 이 같은 원형에서 역사적·정치적
시대상이 개입하여 외부 세력과의 관계를 재편하는 과정이 덧붙어 지
금의 〈황조가〉 전승이 형성된 것이라 하겠다.

고구려 패수(浿水) 제의와 제주도 입춘굿

〈황조가〉 전승서사는 고구려 초기에 국가적 차원에서 벌인 계절제의
가 서사화 된 것이다. 국가적 차원의 계절제의는 왕이 단순히 제사를
집전하는 것으로 그치지 않는다. 대개 나라굿과 같은 형태로 기원과 축
원, 그리고 연희가 복합된 규모화·체계화 된 제의였다. 현전하는 자료
가운데, 『수서(隋書)』 〈고려전〉에는 고구려가 벌였던 세시제의에 대한
기록이 전한다. 이와 〈황조가〉 전승서사로 서사화 된 고구려 초기의 계
절제의의 절차를 비교하면 제의의 실상을 조금 더 구체적으로 정리할
수 있다. 먼저 『수서(隋書)』의 기록을 제시하면 아래와 같다.

> 해마다 연초에는 패수에 모여 놀이를 하는데, **왕은 요여(腰輿)를 타고
> 나가 우의(羽儀)를 벌이고 이를 구경한다. 놀이가 끝나면 왕이 옷을 입은
> 채로 물에 들어 간다. (사람들은) 좌우 두 편으로 나누어 물과 돌을 서로
> 뿌리고 던지면서 소리치고 쫓고 쫓기를 두 세 번하여 그친다.**[195]

---

[195] "每年初 聚戲於浿水之上 王承腰輿 列羽儀以觀之事畢 王以衣服入水 分左右爲二
部 以水石相濺擲, 誼呼馳逐, 再三而止."(『隋書』卷81 〈列傳〉第46, 〈東夷: 高麗〉;
나희라, 「고구려 패수에서의 의례와 신화」, 『사학연구』 118, 한국사학회, 2015, 11쪽
재인용.)

패수 제의는 연초에 벌이는 신년 제의이다. 왕을 중심으로 한 재생 제의와 진혼 제의, 민중 주도의 편싸움 놀이인 석전(石戰)이 복합된 왕권 제의의 성격을 띤다.[196] 고대에 벌이던 세시제의의 기원은 계절제의에 있다. 그라네는 계절제의를 계절적 리듬을 반영한 고대의 축제로 정의하고, 대개 생산주기의 끝인 10월에 벌이던 것을 나중에 역년(曆年)을 도입하며 그 끝인 12월로 옮겨 벌였다고 하였다.[197] 시간 순환의 끝자락은 곧 시작과 맞물려 있고, 계절제의는 시작과 끝의 반복과 순환 원리에 입각하여 벌이는 것이므로 패수 제의를 매년 초에 벌이는 사정이 이와 다르지 않다.

패수 제의의 구성은 ① 요여를 탄 왕의 등장 ② 우의의 연행 ③ 왕의 입수 ④ 편싸움 놀이로 짜여 있다. 제의가 벌어지는 시기와 패수라는 제장(祭場)의 속성, 물에 입수하는 왕의 행위에서 재생과 풍요의 제의적 상징성을 도출할 수 있다. 따라서 패수 제의는 세시제의이자 풍요 제의로서의 속성을 지닌 동시에, 왕의 신성성을 매개로 한 우주적·사회적 질서의 갱신과 회복을 기원하는 목적에서 행해졌음을 알 수 있다.

패수 제의의 특성은 〈황조가〉 전승서사로 말미암아 추론할 수 있는 계절제의의 속성과 일치한다. 다만 『수서』는 당 고조에서 당 고종의 재위기 사이에 편찬된 사서이므로 이 기록은 적어도 6세기 말~7세기 초에 벌였던 고구려의 제의가 기록된 것이라 할 수 있다. 반면에 〈황조가〉 전승과 관련된 제의는 〈유리왕〉조의 기록으로 소급되니, 양자 간에

---

[196] 나희라 역시 패수 제의의 이 같은 성격을 지적하여, 각각의 제의 단락이 종국에 놀이와 합쳐진 복합적 의례이기에 해당 제의를 패수제라 명명하였다.(나희라, 「고구려 패수에서의 의례와 신화」, 13쪽.)

[197] 마르셀 그라네, 신하령·김태완 옮김, 『중국의 고대 축제와 가요』, 살림, 2005, 219쪽.

다소 시간적 간극이 있다.

하지만 패수 제의와 〈황조가〉 전승에 따른 계절제의는 풍요를 견인한다는 제의 목적과 제의 주체가 왕이라는 점에서 동일하다. 또한 패수 제의의 구성에 〈황조가〉 전승서사의 전개를 견주면, 제의 진행상 역시 매우 유사한 것을 확인할 수 있다.

〈황조가〉 전승서사 중 골천에 이궁을 마련하고 이어 왕비 송씨가 죽음을 맞이한 대목에 주목한다. 골천은 물의 신성성과 건국신화 속 비둘기의 상징성이 더해진 제장이다. 패수 제의를 벌이는 장소 역시 패수변(浿水邊)이므로 물과의 관련성이 나타난다. 패수 제의에서 왕은 작은 가마인 요여를 타고 제장에 모습을 드러낸다. 왕이 가마에 몸을 의탁하는 과정은 왕비 송씨의 모의적 죽음과 대치될 만한 왕의 모의적·제의적 은폐라 할 수 있다.

신성 존재의 모의적 죽음 또는 은폐는 신성성을 담보로 부활과 재생을 견인하여, 시간의 갱신과 풍요의 도래를 전제하는 행위이다. 신성 존재가 죽음에서 부활에 이르는 기간은 분리·은폐(隱蔽)의 시간이기도 하다. 동시에 이 시간은 '성스러운 힘'을 발현하기 위한 주술적·제의적 기다림의 기간이다.[198]

『동명왕편』에 따르면 유화는 두 번의 은폐를 거듭한다. 해모수의 계책 때문에 하백이 유화의 입술을 석 자로 늘여져 우발수(優渤水)로 쫓겨난 벌을 받은 것이 첫 번째 은폐이고, 금와왕이 해모수의 왕비인 것을

---

[198] 『황금가지』에는 식량이 부족하면 왕을 감금하는 스키타이족의 관습이 기술되어 있다.(J.G.프레이저, 신상웅 옮김, 『황금가지』, 141쪽.) 이런 사실을 감안한다면 고구려의 계절·풍요 제의 절차인 모의적 은폐와 죽음은 스키타이 문화와의 영향 수수 관계에서 생겨난 것으로 볼 여지가 존재한다.

알고 유화를 별궁으로 가둔 것이 두 번째 은폐이다.[199] 두 번의 은폐는
주몽의 잉태와 출산을 전제하는 사건이다. 또한 이는 유화가 하백의 딸
이라는 기존의 지위를 버리고 신모로서 새로운 지위를 획득하는 과정
이기도 하다.

그러므로 이 같은 은폐는 결실과 풍요, 갱신과 재생의 의미로 합치된
다. 왕비 송씨의 모의적 죽음, 즉 골천의 은폐는 유화의 신화적 내력을
제의로서 재현하는 절차이며, 왕비 송씨는 신모와 소통, 감응할 수 있
는 유일한 존재이자, 유화의 내력을 국가 제의에서 재현할 수 있는 제
의의 주체였음을 알 수 있다.

유화의 내력과 마찬가지로 해모수 역시 그의 내력에서 은폐와 새로
운 탄생을 논할 수 있다. 해모수가 지상으로 하강한 뒤 왕도를 정하는
과정이 이에 해당한다. 『동명왕편』은 해모수는 오룡거(五龍車)를 타고
처음 지상에 모습을 드러냈다고 전한다. 이때 해모수를 뒤따르는 행렬
은 백여 명 정도였는데, 고니를 타고 털깃 옷을 화려하게 입었다고 묘
사되어 있다. 해모수는 지상에 도착한 뒤 웅심산(熊心山) 10여 일을 머
문다. 그 뒤에 비로소 머리에 오우관(烏羽冠)을 쓰고 용광검(龍光劍)을
찬 모습으로 새롭게 나타나 왕도를 천명한다.[200] 해모수가 웅심산에 머
물렀던 10여 일의 기간은 천제의 아들이라는 신분을 버리고 인간의 통

199 "河伯責厥女, 挽吻三尺弛, 乃貶優渤中, 唯與婢僕二, 漁師觀波中, 漁師觀波中, 乃告
王金蛙, 鐵網投溪溪, 引得坐石女, 姿貌甚堪畏, 脣長不能言, 三截乃啓齒, 王知慕漱
妃, 仍以別宮置, 懷日生朱蒙, 是歲歲在癸."(李奎報, 〈동명왕편〉.)
200 "初從空中下, 身乘五龍軌, 從者百餘人, 騎鵠紛襂襹, 清樂動鏘洋, 彩雲浮旖旎【漢神
雀三年壬戌歲, 天帝遣太子降遊扶余王古都, 號解慕漱, 從天而下, 乘五龍車, 從者百
餘人, 皆騎白鵠, 彩雲浮於上, 音樂動雲中, 止熊心山, 經十餘日始下, 首戴烏羽之冠,
腰帶龍光之劍.】"(李奎報, 〈동명왕편〉.)

치자인 왕으로 존재를 탈바꿈하는 과정이라 할 수 있다. 오우관과 용광
검을 쓴 모습은 해모수가 지상의 존재로 새롭게 거듭난 모습을 비유적
으로 상징한다.

이 같은 해모수의 내력과 패수 제의의 진혼·재생 제의 과정을 빗대
면 많은 의문점을 해소할 수 있다. 왕이 타고 등장한 요여는 오룡거의
제의적 재현이다. 뒤이어 벌어지는 우의는 해모수를 따르는 무리들의
행장(行裝)을 재현하는 극적 제의에 해당한다. "고니를 타고 털길 옷을
화려하게 입은 백여 인이 행렬이 웅장한 음악 연주와 함께하는 모습"은
꽤 장관인지라 사람들의 구경거리가 되었을 만하다. 그러나 우의 제의
이후 왕이 옷을 입은 채로 물 속에 들어가는 재생 제의의 절차가 마련
된 정황, 국가적 세시제의가 패수라는 장소에서 벌어진 정황은 유화의
신격적 특성과 내력이 빈약화 되어, 여성인 왕비에서 남성인 고대왕을
중심으로 재편된 시대적 변모라 해석할 수 있다.

하지만 〈황조가〉 전승에서는 왕비 송씨의 역할이 중심이 되는 반면,
패수 제의는 남성인 왕을 중심으로 제의가 치러진다는 점에서 차이가
있다. 남성인 왕이 여성인 왕비 송씨의 역할을 대체하게 된 사정은 남
성 중심·제왕 중심의 사고관이 지속적으로 부상하며 벌어진 일이라 할
수 있다. 고구려는 5세기를 기점으로 중앙집권체제를 이룩하며 본격적
인 고대국가의 반열로 들어서게 된다. 이 같은 사회·문화사적 전환 과
정을 반영하며, 제의의 양상 역시 변모하게 된 것이라 할 수 있다.

조우연은 동맹제가 거행되던 시기에는 고구려인들 사이에 천신보다
는 수신이 더 중요한 숭상 대상으로 제의 체계의 중심에 있었으나, 5세
기에 이르러서 '시조 주몽'이 국가 제사의 핵심 숭상 대상으로 부상한
것이라는 주장을 내놓았는데,[201] 〈황조가〉 전승에 부합하는 고구려 초
기 계절제의는 유화의 내력과 주몽의 행위가 중심이 되는 반면, 패수

제의 속 진혼·재생 제의의 진행 상은 해모수의 내력 혹은 패수에 임하여 도움을 열었던 주몽의 내력을 중심으로 삼는다는 점에서 이 같은 견해를 뒷받침한다.

그렇다면 패수 제의의 진혼·재생 제의에 상응되는 고구려 초기의 계절제의의 본모습을 재구할 수 있는 단서는 없을까. 〈유리왕〉조 3년의 기록에 따르면, 유리왕이 〈황조가〉를 지어 부른 것은 10월에 벌어진 일이고 고구려는 이 시기에 제천 의례인 동맹을 열었다. 그런데 동맹제를 치르던 같은 기간에 또 하나의 제의가 함께 벌어졌다. 수신제(隧神祭)라 불리던 제의이다.

『주서(周書)』에는 수신제를 통하여 섬겼던 대상이 '하백녀(河伯女)'와 '시조 주몽(始祖 朱蒙)'이라 기록되어 있다. 하백녀는 하백의 딸인 유화일 것이고, 유화와 주몽을 함께 모셨다는 점에서 수신제는 유화와 주몽의 관계 그리고 창업으로 이어지는 일련의 과정이 중요시 되었던 제의임을 추정할 수 있다.

그러므로 패수 제의에서 우의(羽儀)가 해모수를 뒤따르던 이들의 가장 행렬이었다면, 수신제와 같은 초기의 계절제의는 주몽이 비둘기를 활로 쏘아 종자를 얻고 물로 재생시켰던 우렵(羽獵)행위의 재현이 이에 상응하는 제차였을 확률이 크다. 유리왕이 7일 간 떠났다던 사냥은 바로 이와 같은 제의가 설화적으로 형상화 된 전승이었을 것으로 보인다.

> 24년 9월에 왕이 기산원야(箕山原野)에서 전렵하다가 한 이인(異人)을 만났는데 그의 겨드랑이에는 깃[羽]이 달려 있었다. 조정(朝廷)에 등용하여 우씨(羽氏)란 성을 주고 왕녀(王女)를 취하게 하였다.[202]

---

201 조우연,「고구려 祭天儀禮의 전개」,『고구려발해연구』41, 고구려발해학회, 2011, 63쪽.

〈유리왕〉조의 24년 9월 가을의 기록은 〈황조가〉 전승이 기록된 3년 10월 가을의 기록, 그리고 지금까지 재구하여 온 고구려 초기 계절제의 속 '우의'의 모습과 매우 유사하다. 왕이 전렵을 떠난 시기는 가을이며, 장소가 기산으로 일치하는 사정을 간과할 수 없다. 유리왕이 전렵을 하다 만났다는 이인은 겨드랑이에 날개가 달려 있다는 신체적 특징만으로 조정에 등용되고, 왕녀를 취하는 극진한 대접을 받는다.

겨드랑이에 날개가 달린 이인을 만난 사건부터 그를 조정에 등용하는 일련의 흐름은 건국 직전의 주몽의 내력과 맞물린다. 주몽은 두 비둘기에게서 오곡 종자를 얻은 뒤, 물로 이들을 재생시키고 띠 자리 위에서 군신의 위치를 정하여 비로소 나라를 열었다고 하였다. 왕녀를 취하게 하였다는 것은 계절제의의 중요한 목적 가운데 성적 결합을 통한 풍요 제의적 특성에 들어 맞는다.

이 같은 단서들을 바탕으로 고구려 건국 초기에 연행된 계절제의를 재구하자면, 본격적인 제의 진행에 앞서 유화의 신성성을 계승한 왕실의 여성들이 재생과 풍요를 전제하기 위한 은폐(혹은 은둔)의 과정을 겪었을 것으로 보인다. 왕비 송씨는 특히 왕실 여성 가운데 가장 존귀한 존재이므로 진혼·재생 제의가 연행되는데 가장 중심 구실을 하였을 것이다. 〈황조가〉 전승서사에서 화희와 치희가 쟁투를 벌여 양곡(凉谷)의 동서궁으로 별거되었다는 대목은 이 같은 진혼 제의의 제차로 소급된다. 왕비 송씨와 관계된 제장인 골천(鶻川)와 양곡(凉谷)의 명칭은 동일하게 주몽 신화에 나타난 비둘기의 신화적 상징성을 강하게 띤다. 골(鶻)은 비둘기 그 자체, 양(凉)은 주몽이 곡식 종자를 얻은 이후 뿌렸던

---

202 "二十四年, 秋九月, 王田于箕山之野, 得異人, 兩腋有羽, 登之朝, 賜姓羽氏, 俾尙王女."(『삼국사기』 권 13, 「고구려본기」 제1, 〈유리왕〉조.)

물의 성질을 감안한 표현일 여지가 크다.

이어 유리왕이 사냥을 떠나는 것은 주몽이 두 마리 비둘기를 만나 곡식 종자를 얻고 군신의 질서를 바로 하여 나라를 건국하는 과정의 재현이다. 주몽이 비둘기를 만나는 대목과 〈황조가〉 전승서사에서 유리왕이 꾀꼬리 암수를 만나는 대목이 매우 유사하게 묘사되어 있는 사정이 이를 근거한다. 이 같은 우렵(羽獵) 제의를 끝내고 돌아오면 시간의 재생과 풍요를 전제하는 성적 결합과 관련한 풍습들이 이어졌으리라 본다.

그런데 어째서 진혼·재생 제의의 문맥이 화희·치희 쟁투 서사로 뒤바뀌고, 유리왕은 애정 조율에 실패한 왕으로 남게 되었는지 의문이 아닐 수 없다. 이는 고구려의 평양 천도와 밀접한 연관이 있을 듯하다. 김영준에 따르면 석전 전승이 보이는 세계 도처의 지역은 모두 벼농사 지역이라 한다. 따라서 고구려의 국가 제의에 석전 의례가 보이는 것은 벼농사 문화와 깊은 관련이 있겠는데, 한반도 일대에서 탄화미(炭化米)가 발견되는 북방 한계선이 바로 평양이므로 고구려의 석전은 평양 천도 이후에 국가적 차원에서 대동강 유역의 민간 의식을 수용하여 세시제의로 편입된 연희라는 것이다.[203]

그러므로 〈황조가〉 전승에서 보이는 제의적 편싸움의 전통은 초기 고구려의 제의적 실상이며, 이것이 평양 천도 이후 제왕 중심의 세시제

---

203 김영준은 평양의 청동기시대 주거지에서 기장, 조, 수수, 콩 같은 낟알 외에 벼의 낟알들이 발견되었다는 북한측의 기록인 『남경유적에 대한 연구』와 고구려와 상관없는 남방지역에서도 석전이 행해졌던 정황을 이 같은 주장의 추가 근거로 들었다. 이 근거들을 종합하면 석전은 선사시대로부터 쌀농사를 하던 평양지역의 사람들의 풍습으로 파악할 수 있다고 하였다.(김영준, 「고구려 패수희(浿水戱)에 대한 고찰」, 『한국학연구』 31, 인하대학교 한국학연구소, 2013, 467~495쪽.)

의로 재편되면서 본래 편싸움 연희가 있었던 자리를 메웠을 것이라 추
정할 수 있다.[204]

고구려 초기 계절제의의 구성 체계를 명확히 유추할 만한 결정적인
증거는 제주도 입춘굿에 있다. 제주도 입춘굿은 마을굿이 탈춤으로 이
행하는 과정을 선명하게 보여주는 좋은 사례다.[205] 입춘굿과 관련 기록
은 중국에서 확인될 뿐 아니라, 우리나라에서도 여럿 찾을 수 있다. 따
라서 입춘굿에서는 동아시아의 보편적인 풍요·계절제의의 형식과 체
계를 살필 수 있다. 입춘굿 관련 전승은 어디에서나 나라굿에서 고을굿
으로 바뀌는 과정을 겪었다. 그리고 이때의 나라굿은 왕이나 그와 같은
역할을 했던 지방 관료가 사제자를 겸하는 모양을 갖추었을 가능성이
크다.[206] 『제주도실기(濟州道實記)』에 기술된 입춘굿의 진행 순서는 아
래와 같다.

춘경(春耕)은 상고탐라왕시(上古耽羅王時)에 친경적전(親耕籍田)하
던 유풍이라. 예전부터 이를 주사(州司)에서 집합하고, 목우(木牛)를 조
성(造成)하야써 제사(祭祀)하며, 익조(翌朝)에 호장(戶長)이 머리에 계
관(桂冠)을 쓰고 몸에 흑단령예복(黑團領禮服)을 입고, 출동(出動)하야
목우에 농계(農械)를 갖추고 무격배(巫覡輩)는 홍단령예복(紅團領禮服)

---

204 많은 역사학자들이 고구려는 평양 천도 이후, 사회적 토대가 되는 여러 상황의 변동과
함께 많은 부분이 바뀌었을 것이라는 견해를 내놓는다. 서영대는 동맹제는 국내성
도읍 시기의 제천의례로 파악하고 있으며, 여타 역사학자들 역시 구체적인 시점을
확언하기 어려우나 고구려에서 동맹으로 불린 제천의례가 후기에 들어 그 의미가 상당
히 퇴색된다는 사실을 지적한 바 있다.(서영대, 「高句麗의 國家祭祀: 東盟을 중심으로」,
『韓國史研究』120, 2003, 한국사연구회, 28~29쪽.)
205 조동일, 『탈춤의 원리 신명풀이』, 23쪽.
206 강정식, 「입춘굿의 고을굿적 성격과 복원 방안」, 〈굿과 축제, 원형과 변형의 이중주〉,
탐라국입춘굿 복원 20돌 맞이 학술세미나 발표문(2017.06.09.), 31~33쪽.

을 입고, 무격이 목우를 끌고, 전로(前路)에는 육률(六律)을 갓추고 뒤에
는 동기(童伎)로 호종(護從)케 하며, 중, 쌍매기, 무악기(巫樂器) 등을 울
니며 호장을 호위(護衛)하야, 관덕정(觀德亭)에 이르면 호장이 무격배
를 여염(閭閻) 집에 파견(派遣)하야 저치(儲置)한 곡식속(穀食束)을 뽑
아 오게 하고, 쎰은바 실부(實否)를 보아서 신년의 풍겸(豊歉)을 징험하
며, 쏘 그 모양으로 객사(客舍)에 이르러 호장과 무격이 현신(現身)하고
동헌(東軒)에 이르러 **호장이 쟁기와 쌉이를 잡고 와서 밧을 갈면 한 사람
은 적색가면(赤色假面)에 진 수염을 달아 농부(農夫)로 쒸미고 오곡(五穀)
을 뿌리며, ① 쏘 한 사람은 색우(色羽)로써 새와 갓치 쒸미고 주어먹는
형상을 하면, ② 쏘 한 사람은 엽부(獵夫)로 쒸미어 색조(色鳥)를 쏘는 것
과 갓치 하고, ③ 쏘 두 사람은 가면(假面)하야 여우(女優)로 쒸미고 쏘
한 사람은 가면하여 남우(男優)로 쒸미고, ④ 처첩(妻妾)이 투기하는 것을
조정(調停)하는 모양을 하면, ⑤ 목사(牧使)는 좌상(座上)에 안자서 주육
(酒肉)과 연초(煙草)를 만히 주며 여민동락지풍(與民同樂之風)을 보인다.
…(중략)…** 호장은 물너가고 ⑥ **무격배는 집합 일대(一隊)에 조적창(糶糴
倉)에 드러 쒸놀며, 어지러이 춤추고 청(靑靑)한 목소래로 연풍(年豊)의
주문을 외오며, 태평(泰平)을 질기고 산회(散會)한다.**[207]

①과 ②는 주몽이 사냥을 떠나 비둘기를 얻는 과정과 매우 유사한
양상을 지닌다. 새를 쏘아야만 풍요의 전조를 마련할 수 있기 때문이
다. ③과 ④는 한 남자를 두고 두 여자가 벌이는 사랑의 쟁투이다. 남자
가 두 여자의 투기를 조정하려는 노력 또한 유리왕과 화희·치희 전승
맥락에 온전하게 일치한다. 〈황조가〉 전승서사의 문면에 등장하는 비
둘기, 꾀꼬리, 꿩은 동이계의 새 토템 인식에 따라 각각 상정하는 계절
과 기간이 달랐다. 비둘기와 꿩은 서로 반하는 존재였으며, 꾀꼬리는

---

[207] 金斗奉, 『濟州道實記』, 濟州道實蹟硏究社, 1936, 35~37쪽.

비둘기와는 합하고 꿩과는 공존할 수 없었다. 고구려는 건국 초기 이 같은 신앙적 인식을 바탕으로 겨울을 보내고 새로운 봄을 맞는 상황을 한 남자와 두 여자의 애정 갈등으로 그렸던 것이다.

고구려 초기에 벌인 계절제의의 체계는 유리왕대에 그 기반이 마련되었을 가능성이 농후하다. 그러므로 화희·치희의 쟁투는 시조 신화를 재현하던 계절제의에서 벌여 온 진혼·재생 제의의 맥락과 민간이 주체가 되어 벌이던 연희의 과정이 유리왕과 얽혀 전승되며 한 편의 이야기처럼 전해져 왔을 가능성이 크다. 유리왕을 민간에서 꾀꼬리왕으로 기억하는 이유도 이 때문일 것이라 본다.

그렇기에 〈황조가〉는 유리왕 개인의 창작물이라기보다, 고구려의 풍요·계절제의에서 불린 노래로 보는 편이 합당하다. 당시 국가적 풍요제의는 민간의 대대적인 참여를 도모하는 것이 예사였으니, 자연스레 집단적 서정성을 띤 민요와 같은 민간가요가 제의와 결합할 수 있는 구실을 마련하였던 것이 아닌가 한다.

유리왕의 시대는 신화적 질서가 붕괴되기 시작한 시점이었다.[208] 역사적으로 3세기를 전후한 시기 고구려는 각자 조상을 달리하는 다섯 혈족을 중심으로 구성된 나부(那部) 연맹체제가 줄곧 유지되었고, 이들의 정치적 독립성도 상당하였다고 한다. 이 시기 고구려의 동맹제는 신화에 기반하여 왕권의 엄숙한 신성함과 정당성이나 지배층의 차별성을 표명하기 어려울 수밖에 없었다.[209]

----

208 신연우는 이 같은 사정을 〈유리왕〉조의 서사가 신화성과 아울러 전설의 성격을 띠며, 이어 〈대무신왕〉조의 기록은 신화성이 대거 소거된 채 전설화 된 방향성을 갖는 동시에 유학적 사고를 포함한다는 사실을 들었다.(신연우, 「'제의'의 관점에서 본 유리왕 황조가 기사의 이해」, 95~98쪽.)

209 조우연은 『翰苑』卷30에 고구려의 "部貴五宗"에 대한 언급이 있는데, 『魏略』의 기록

그러니 이 같은 정치세력을 견제하면서도 신화에 기반을 둔 왕실의 제의를 연행하고 별도로 민간의 참여를 독려하여, 화합의 장으로써 동류의식을 고취시키는 제의 또한 별도로 필요하였으리라 추정된다. 이에 유리왕은 정치적 차원에서 나부 세력을 견제하는 방편으로 민간 연희를 국가 제의의 일부로 편입시켰던 것으로 보인다. 이는 제의 참여자들의 일체감을 고조시키고 단합을 도모하여 동류의식을 제고하는 최적의 방법이었다.

〈새타령〉의 제의적 결합과 전통 민요

기록 전승을 이룬 〈황조가〉는 시가 본연의 흔적을 찾아볼 수 없을 만큼 철처히 시경투에 입각하여 한역되어 있다. 그래서 연구자들은 〈황조가〉의 성격을 『시경』의 〈관저(關雎)〉와 견주어 비교해 왔다.[210] 물론

을 차용한 것으로 消奴部, 絶奴部, 順奴部, 灌奴部, 桂婁部가 각각 고구려를 이루는 다섯 부족(族)으로 기록되어 있는 점, 나부 세력은 『三國志』의 기록에 의거하면 별도로 종묘를 둘 정도로 정치적 독립성이 상당히 큰 세력인 점 등으로 미루어, 3세기 고구려의 지배체제는 왕권을 중심으로 일원화 된 중앙집권체제가 시행되었다고 볼 수 없다고 하였다. 따라서 동맹제를 왕실 시조신화의 재연으로 보면서, 그 목적을 왕권 중심으로 혈통을 달리하는 나부세력들을 결속하기 위한 것이라는 해석은 다소 모순이 있음을 지적한 바 있다. 달리 동맹제를 부여의 시조 東明에 대한 제사로 보아, 고구려가 부여로부터 시조 제시권을 확보하였음을 의미한다는 기존의 해석 역시 조상숭배 관념에서 어긋난 발상이라 보고 있다.(조우연, 「고구려 祭天儀禮의 전개」, 46~51쪽.).

210 〈關雎〉의 노랫말과 해석은 다음과 같다.(류종목·송용준·이영주·이창숙 譯解, 『시경·초사』, 明文堂, 2012. 28~29쪽 인용.) "關關雎鳩 在河之洲 窈窕淑女 君子好逑 參差荇菜 左右流之 窈窕淑女 寤寐求之 求之不得 寤寐思服 悠哉悠哉 輾轉反側 參差荇菜 左右采之 窈窕淑女 琴瑟友之 參差荇菜 左右芼之 窈窕淑女 鐘鼓樂之", "꽥꽥 물수리, 물가 섬에 있구나. 아리따운 숙녀는 군자의 좋은 짝. 삐쭉삐쭉 마름풀을 이리저리 찾노라. 아리따운 숙녀를 자나깨나 찾노라. 찾아도 얻지 못해 자나깨나 그립네. 그리워라 그리워. 이리 딩굴 저리 뒤척. 삐쭉삐쭉 마름풀을 이리저리 뜯노라. 아리따운 숙녀를 금과 슬로 짝하노라. 삐쭉삐쭉 마름풀을 이리저리 고르노라. 아리따운 숙녀를

〈황조가〉는 『시경』의 전래와 송독(誦讀)이 성행하였던 시기, 그래서 시어투의 응용 또한 자유자재로워 진 시기에 한역되었을 것이다.[211] 그러나 자연물을 매개 삼는 표현법은 인간의 보편적 정감을 형상화 하는 일반적인 방식이므로 쉬이 단정할 수도 없다.

유리왕대의 역사적 배경을 감안하자면, 〈황조가〉의 연원은 어디까지나 우리의 전통적 민가(民歌)에 있는 것으로 파악함이 옳다. 따라서 『시경』에 수록된 노래들과 〈황조가〉를 비교하는 것보다, 우리 전통의 자장 안에서 〈황조가〉의 출현 동인을 살피는 일이 우선되어야 할 것이다. 실제로 〈황조가〉와 유사한 주제를 가진 민간 가요가 주술적·제의적 목적과 기능을 띤 대상으로 전용되어 온 우리 사례가 존재한다. 바로 〈새타령〉의 제의적 결합이다.

〈새타령〉은 단독으로 노래불릴 때 민요, 잡가, 단가, 창가 등으로 다양하게 정의된다. 이는 〈새타령〉이 가창 방식이나 목적, 기능, 형식, 사설 등에서 활발한 변용을 겪었다는 것을 시사한다. 또한 〈새타령〉은 무가, 판소리, 줄타기 재담 등 연행 예술과도 빈번하게 결합하는 노래이기도 하다. 김기형은 〈새타령〉이 언제부터 민요로 불리게 되었는가에 대해서 알 길이 없으나, 그 연원은 꽤 오래되었을 것이라 추정하며, 〈새타령〉이 본래 비교적 단순한 형태의 민요였다가 온갖 새종류를 열거하

종과 북으로 즐기노라."

211 김창룡, 『고구려 문학을 찾아서』, 보고사, 2002, 149쪽; 이영태는 〈황조가〉의 조어 대부분이 『시경』에 수록된 시가의 용어임을 밝히고자, 『시경』내에서 〈황조가〉 시어들의 출현 횟수를 집계하였다. 그 결과 편편(翩翩) 4회(편(翩) 3회), 황조(黃鳥) 14회, 자웅(雌雄) 1회, 수기(誰其) 1회, 여귀(與歸) 1회, 염아독(念我獨) 3회(아독(我獨) 11회)로 〈황조가〉의 시어가 『시경』에 두루 나타나고 있다는 사실을 밝힌 바 있다.(이영태, 「〈황조가〉 해석의 다양성과 기능성: 『삼국사기』와 『시경』의 글자용례를 통해」.)

는 방식으로 사설이 확대되면서 잡가로까지 갈래적 전이를 이룬 것으로 파악한 바 있다.[212]

〈새타령〉이 지니는 특별한 수사 형식은 다른 민요와 구별되는 가장 큰 특성이다. 노랫말에는 온갖 종류의 의성어와 의태어가 등장하는데, '꾀꼬리 수루루, 붓붓, 깍깍, 훨훨, 붓붓, 딱따그르, 편편' 등이 그것이다.[213] 〈새타령〉의 특성을 감안할 때, 〈황조가〉의 편편(翩翩) 역시 이처럼 민가(民歌)에서 쓰이던 의성·의태어가 활용되었다고 보는 편이 알맞지 않은가 한다.

〈새타령〉은 민요이지만 여타 구비시가들, 특히 무가와 활발한 결합을 이루며 전승되어 왔다. 무엇보다도 〈새타령〉의 제의적 결합은 평양·부여 지역에서 벌이는 무속 제의에서 주로 확인되고 있어, 고구려 노래인 〈황조가〉와 지역적 전승의 친연성이 두드러진다. 또한 〈황조가〉가 함축하는 남녀의 정(情), 생(生)과 풍요의 지향, 봄의 서정 등은 〈새타령〉이 담지하는 특성이기도 하다. 그러므로 〈새타령〉과 무가의 결합 양상을 살핀다면 〈황조가〉와 제의의 상관성은 물론, 〈황조가〉와 같은 서정 민가가 제의적 성격을 띨 수 있었던 까닭도 풀어낼 수 있을 것이라 본다.

> ① 황금 같은 꾀꼴산이는 황금에 갑옷을 떨터 입고
> 이 산도 저 산도 다 넘나들고 양도 밭으로 날아든다
> 에에에야 에에에야 에에에어 얼싸 좋다
> 저 강에 저 버꾸기상상이넌 곷테 속닢을 다 저쳐놓고
> 새로 새 속닢 나라만 드네야 뽀꾹 뽀꾹 우니노라

---

212 김기형, 「〈새타령〉의 전승과 삽입가요로서의 수용 양상」, 『민족문화연구』 26, 고려대학교 민족문화연구원, 1993, 304쪽.

213 이노형, 「〈새타령〉 연구」, 『어문학』 72, 한국어문학회, 2001, 223쪽.

에에에야 에에에야 에에에어 얼싸 좋다[214]

② 황금 같은 저 꾀꼬리 황금 가보(갑옷)를 떨쳐 입고
개수영(양) 버들가지 녹수청산에 올나 앗어
꾀꼬리 노래로 울음 울면 오시랴오
은제 가면 언제 올까 아이고 아이고 설언 지고
아이고 아이고 원통하다 어찌 갈까 어찌 갈까[215]

①은 평양지역의 재수굿 중 〈서낭굿〉 대목의 〈서낭넋두리〉에 결합된 〈새타령〉이다. 제차가 〈서낭넋두리〉로 설정되어 있지만, 전체 사설은 청배 사설과 서낭신이 무(巫)의 입을 빌려 하는 공수가 뒤섞여 있다. 이 대목은 무(巫)와 고수(鼓手)가 합창하며 연행되는데, 노랫가락과 〈새타령〉이 결합하여 전체 사설이 확장된 양상을 보인다. 신연우에 따르면, 노랫가락은 오신(娛神)을 포함한 신의 청배에 신에게 인간의 소망을 기원하는 복합적인 의미 체계가 앞뒤로 결합한 구조라 한다.[216] 따라서 ①은 〈새타령〉이 제의 절차 가운데 청배와 기원에 해당하는 절차에 섞여 들어간 사례라 할 수 있다.

무가 사설의 의미와 굿거리의 특성을 함께 감안하면, 평양지역 〈서낭굿〉 무가 사설과 결합한 〈새타령〉은 봄으로 말미암아 시작되는 풍요로움, 삶의 풍요로움을 축원하는 인간과 이에 화답하는 서낭신의 만남을

214 鄭大福 구연(1973.06.17.~18.),「재수굿」,〈서낭굿〉 대목; 金泰坤,「平壤地域 巫歌 解說」,『韓國巫歌集(Ⅲ)』, 集文堂, 1978, 39쪽.
215 李於仁連 구연(1966.01.07.),「성주굿」,〈조상굿〉 대목; 金泰坤,「夫餘地域 巫歌 解說」,『韓國巫歌集(Ⅰ)』, 集文堂, 1971, 114쪽.
216 신연우,「시조(時調)와 서울 굿 노랫가락의 관계」,『동방학지』132, 연세대학교 국학연구원, 2005, 227쪽.

더욱 흥취있고 신명나게 돋워주는 기능과 의미를 지닌 노래가 된다. 동해안 별신굿에서도 종종 〈새타령〉이 무가 사설과 결합하는 경우가 있는데, ①과 유사한 기능과 효과를 자아내는 것으로 볼 수 있다. 다만 ①은 민요의 후렴구가 완전히 살아 있다는 면에서, 〈새타령〉이 온전한 무가 사설화를 이룬 양상이라 볼 수는 없다.

②는 부여지역의 성주굿 중 〈조상굿〉 대목이다. 조상굿은 본주의 조령(祖靈)들을 위한 굿거리이다. 〈새타령〉을 대표하는 공식구를 견인하고 있지만, 사설과 결합한 맥락이 ①과 뚜렷하게 대비된다. ②에서 〈새타령〉의 사설은 망자들의 한, 인간(자손)의 애상감을 증폭시키는 기제이다. 〈조상굿〉 무가 사설에 〈새타령〉 결합하는 양상이 흔한 것인지는 알 수 없으나, 굿을 집전한 이언련(李諺連)이 은산(恩山) 별신굿을 주관하는 만신이며,[217] 풍요 제의인 별신굿에서 더러 〈새타령〉을 무가 사설과 결합하는 경우가 있다는 점을 감안하면, 어느 정도 수긍할 수 있는 정황이다.

〈조상굿〉은 조상들의 한을 해원시키고 조상신들이 자손에게 제액과 기복을 약속하며 마치는 굿거리다. 이와 결합한 〈새타령〉은 조상신의 슬픔과 한의 격정이 정점에 달하도록 만드는 한편, 해원을 위한 전환점을 마련하는 기능을 하고 있다. 굿 진행이 원만한 결론에 도달하려면 필수적으로 선결되어야 하는 문제들을 해결하는 결정적인 단계에 〈새타령〉이 놓였다. 또한 ②는 〈새타령〉의 사설을 전용하여 희노애락과 같

---

217 이언련(이어린년)은 중고제(中高制)의 명창이었던 이동백(서천 비인도 출신)이 자신의 육촌오라버니라 밝힌 바 있다. 이동백은 특히 〈새타령〉의 가창에 유려한 솜씨를 뽐내던 명창이었다. 이언련이 〈조상굿〉에서 조상신과 꾀꼬리의 관계를 환기하는 대목에 이처럼 〈새타령〉을 견인할 수 있었던 까닭은 이와도 어느 정도 관련이 있을 것으로 보인다.

은 인간 정서를 굿의 목적에 맞도록 조정하고 있다는 점에서 주목된다. 이 같은 변주는 〈황조가〉의 제의적 서정성을 밝힐 수 있는 결정적인 실마리이다.

이노형은 〈새타령〉의 자유분방한 율격, 사설 구성의 비유기성, 내용 면과 주제면에서 나타나는 매우 다양한 정서 등이 보통 민요와는 다른 특성임을 지적한 바 있다.[218] 〈황조가〉 역시 자연물로부터 느껴지는 계절적 환희, 생의 역동성이 인간의 삶으로 전이되기를 갈구한 노래이다. 결핍의 상황, 아직 기원하는 바가 이루어지지 않은 상황을 꾀꼬리와 대비되는 인간의 처지, 이에 따른 정서로 전환시켜 제의 본연의 목적을 달성하기 위하여 부른 노래라 할 수 있다. 그러므로 〈황조가〉 또한 민요 〈새타령〉의 제의적 결합과 마찬가지로 당시 전승되던 민가(民歌)를 통하여, 노래에 담긴 정서를 계절제의에 부합하는 맥락으로 끌어와 제의 주체의 기원을 노래하는 제의가로 전환될 수 있었던 것이라 하겠다.

〈황조가〉는 10월 겨울에 벌인 계절제의 속에서 생(生)의 시간인 봄에 대한 기다림을 남녀의 사랑과 그리움으로 치환한 노래다. 계절에 따른 서정 인식은 우리나라 전역에 보편적 전승을 이루는 민요, 열두 달 노래의 인식 체계와도 유사하다. 김진희는 열두 달 민요에서 계절 전환을 인식하는 방식과 정서 표현이 밀접한 관련을 지니는 것으로 보았다. 특히 우리의 열두 달 노래는 반복적이고 순환적인 시간 구조 하에서 맹동(孟冬)이 위치한 상달(10월)을 계기로 정서 전개의 변화를 맞는데, 이 시기는 다른 계절 인식과 다르게 그리움과 걱정이 반복되는 결핍의 시간이자 부조화의 시간으로 의미화 되는 경향이 강하게 나타난다고 한다.

----

218 이노형, 「〈새타령〉 연구」, 223·228쪽.

반면 봄은 생동감과 대조되는 정서가 드러나는 경우가 대부분이라 한
다.[219] 이와 유사한 전통을 고려가요 〈동동(動動)〉에서도 찾을 수 있다.

[표2] 고려가요 〈동동〉의 4·10·11·12월령

4월령	10월령	11월령	12월령
四月 아니 니저 아으 오실셔 곳고리새여 므슴다 錄事니만 녯나를 닛고신뎌 아으 動動다리	十月애 아으 져미연 ᄇᆞ롯 다호라 것거 ᄇ리신 後에 디니실 흔 부니 업스샷다 아으 動動다리	十一月ㅅ 봉당 자리예 아으 汗衫 두퍼 누워 슬홀ᄉ라온뎌 고우닐 스싀옴 녈셔 아으 動動다리	十二月ㅅ 분디남ᄀ로 갓곤 아으 나ᄋᆞᆯ盤잇 져다호라 니믜 알픠 드러 얼이노니 소니 가재다 므ᄅᆞᆸ노이다 아으 動動다리

〈동동〉의 4월령은 〈황조가〉의 노랫말과 정서를 빼어 닮았다. 양자의
고독은 단순히 님의 부재에서 오는 것이 아니다. 계절과 시간의 순환적
질서에서 이탈된 절대 고독이다. 그러나 이 고독은 시간과 계절이 결국
순조롭게 흘러가듯이, 자신의 처지 또한 고독과 외로움이 존재치 않았
던 원만한 시절로 회귀되기를 소망되기를 바라며 발현된 정서이기도
하다. 따라서 4월령에는 고독과 외로움의 정서와 함께 자아의 원상 회
귀에 대한 욕구가 드러난다고 할 수 있는데,[220] 이것이 한(恨)의 표출과
맞물려 서정을 촉발하게 되는 것이라 볼 수 있다.
  〈동동〉의 10월령부터 12월령에 달하는 노랫말을 살피면 점차 다가오
는 새로운 시간에 대한 화자의 정서 변화를 살필 수 있다. 〈동동〉의 10
월령에서 화자는 기존의 단심(丹心)과 다르게 '지니실 한 분'이 없음을

---

219 김진희는 구비 채록된 열두 달 노래 21편을 상대로 이 같은 특성을 추출하였다.(김진
   희, 「열두 달 노래의 시간적 구조와 고려가요 〈動動〉」, 『한국시가연구』 40, 한국시가학
   회, 2016, 38쪽.)
220 許南春, 「動動과 禮樂思想」, 『古典詩歌와 歌樂의 傳統』, 104쪽.

애탄하기에 이른다. 11월령에는 이런 대상에 대한 기다림[待]이 증폭되어 있으며, 12월령에는 새로운 손이 젓가락을 '얼이'인다는 비유로 남녀의 성적 교합이 암시된다.[221]

신화에서는 기다림의 대상, 풍요와 생을 몰고 오는 신성 대상이 일정하게 정해졌기에, 어디까지나 순환적 시간과 순환적 삶의 재현과 재생으로 귀결되는 구조를 지닌다. 그러나 인간의 세계에서는 직전의 계절로부터 변화된 새로움을 받아들이고 다시금 생을 지향하는 방향으로 삶을 지속해야만 하는 법이다. 〈황조가〉의 전승서사에서 유리왕은 애타게 치희를 좇았지만 그녀는 떠나가야만 할 대상이었다. 응당 떠나야 할 대상을 보내면서도 그에 대한 고독과 외로움을 절절하게 노래하여, 봄을 맞이하기 직전의 결핍감과 소외감을 증폭시켰다. 〈동동〉의 진행 방식 또한 이와 같다.

> 花灼灼 범나븨 雙雙
> 柳靑靑 괴꼬리 雙雙
> 늘즘승 긜즘승 다 雙雙 ᄒ다마는
> 엇디 이 내 몸은 혼자 雙이 업ᄂᆞ니[222]

송강 정철이 기생 강아(江娥)를 그리며 읊었다는 위의 시조는 두말할 나위 없이 우리 민요에 형성 기반을 둔 것이다. 송강이 가졌던 우리말에 대한 특별한 관심은 작품 창작시에 민요의 내용과 형식을 차용하는 특성으로 드러나기도 하였다. 한시에 보이는 첩어(疊語) 형식을 취하

---

221 임재욱, 「11, 12월 노래에 나타난 〈동동(動動)〉 화자의 정서적 변화」, 『고전문학연구』 36, 한국고전문학회, 2009, 17쪽.

222 鄭澈, 『松星(75)』, 심재완 편저, 『역대시조전서(3282)』, 세종문화사, 1972.

는 듯하지만, 이는 민요에서도 나타나는 특질이다. 특히 대구적 구조나 영탄적 어조는 한시가 아닌 민요와 관련이 깊은 표현 방식이다.[223]

단형인 4구체에 꾀꼬리라는 자연물을 빌어 대구와 영탄적 어조로 남녀의 연애감정을 즉흥적으로 노래한 서정성은 〈황조가〉를 빼어 닮았다.[224] 이처럼 〈황조가〉의 서정성 표출 방식과 시상 전개는 민요의 전형에 다름아니며, 민요의 전통 인식과 맥이 닿는다.[225] 조동일은 전통 민요 가운데 세시 풍속과 통과 의례에서 불렸던 민요들을 의식요(儀式謠)라 지칭하며, 주로 이들 의식에서 민요가 불리는 이유를 다음의 두 가지로 파악하였다.

세시풍속의 의식이나 통과의례에 민요가 등장하는 것은 두 가지 각도에서 설명될 수 있는데, 노래가 의식에서 이루고자 하는 바를 실제로 실현할 수 있는 힘을 가졌다고 믿는 것이 그 이유 가운데 하나이다. 무당이 노래를 부르면서 굿을 하는 것도 노래의 주술적인 힘을 믿기 때문이다. …(중략)… 또 다른 이유는 노래가 의식에서 표현하고 싶은 감정을

---

223 신용대, 「양산 손석인(孫錫麟) 교수 정년 기념호: 송강(松江) 정철(鄭澈) 시조의 연구」, 『인문학지』 4, 충북대학교 인문학연구소, 1989, 31쪽.

224 김승찬은 〈황조가〉가 꾀꼬리라는 자연물을 빌어서 남녀 사이의 연애감정을 표현하되, 단형적이고 즉흥적으로 노래하였기 때문에 한 편의 순수한 고대 서정시가로 정의할 수 있다고 하였다.(金承璨, 『韓國上古文學硏究』, 20쪽.)

225 황병익 역시 이 같은 정철의 시조를 인용하여 〈황조가〉의 민요적 성격을 파악한 바 있다.(황병익, 「『삼국사기』 유리왕 條와 〈黃鳥歌〉의 의미 고찰」, 248~249쪽.) 하지만 〈황조가〉 관련 전승의 형성 기반을 유리왕의 정치적 입지와 관련하여 풀이하고 있어, 논의의 착안점이 본고와는 매우 다르다. 특히 〈황조가〉의 민요적 성격을 논함에 있어, 『日本書紀』의 豊玉田津姬와 皇孫의 일화를 인용하여 皇孫이 부른 갈매기와 관련한 노래("沖의 藻 갓에는 몰려와도 寢牀에는 오지 않는 건가 …(이하 생략)…")의 신화적 해석을 동반하지 않고 있어 의문이다. 豊玉田津姬가 다산성·풍요성을 상징하는 여신임을 감안할 때, 이 같은 노래 역시 풍요 제의와 관련하여 불렸을 가능성이 매우 크다.

나타내는 데 가장 효과적인 수단이기 때문인데, 오늘날 개화한 사람들
조차도 결혼식이나 회갑연에는 축가가 등장해야 어울린다고 생각하는
것이 그런 유풍이라고 할 수 있다.[226]

〈황조가〉의 등장은 이 같은 의식요가 출현하는 과정을 단서할 만한
사례다. 지금에 와서야 〈황조가〉에 깃든 서정을 개인적인 것이라 하지
만, 〈황조가〉에 극대화 된 서정, 즉 유리왕의 기다림과 외로움은 계절제
의의 연행에 필수적인 요소이기도 하다. 계절의 순환, 봄의 도래와 관
련된 신화는 죽음과 이별 같은 결핍의 상황을 대부분 전제한다.

계절의 주기성이 제의에 영향을 미치는, 어떤 의미에서는 제의를 이
끌어 내는 보다 중요한 다른 방식은 "표상(presentation)"이다. 이 표상은
지연되어 강화된 욕망과도 같다. 즉 능동적인 만족이 길이 막혀서, 한
쪽으로 흘러간 욕구이다. 그러므로 계절들의 주기성에 의존하고 있는
제의적 행동들 또한 필연적으로 지연된 행동들이다. 지연된 것, 기대되
는 것, 기다려지는 것은 더욱더 커다란 가치의 원천이 되는 것이다.[227]

한편 제의에서 남녀 간의 애정 문제와 그 애환을 노래한 서정 민요를
끌어 들인 사정에는 사회 통합을 위한 정치적 목적도 존재하였다. 이는
공동체의 기원 사항을 '왕'의 개별 책임으로 받아내야 하는 사정과도
잘 맞아들었기 때문으로 보인다. 〈황조가〉가 계절제의에서 불렸던 주술
적인 기원의 노래이면서도, 개별 주체의 서정을 담아내는 일이 가능했
던 이유는 이 같은 왕의 제의적 역할과도 적지 않은 관련이 있다.

노래를 부르며 일의 결과를 기대한다는 것은 오늘날의 관점에서 보

---

226 조동일, 『한국민요의 율격과 시가율격』, 144~145쪽.
227 J.해리슨, 오병남·김현희 공역, 『고대 예술과 제의』, 예전사, 1996, 58쪽.

면 일하는 사람들의 주관적인 희망, 개별적인 희망에 불과하지만 원래
는 일정한 주술적인 의의를 가졌으리라 추정할 수 있다. 그러나 주술적
인 사고 방식이 약화되면서 이런 노래들이 서정적인 것으로만 이해되
어 온 일단이 존재한다.[228] 〈황조가〉의 서정을 드러내는 지배적인 요소,
즉 결핍의 상황은 계절제의가 진행될 수 있는 근본 요건과 맞물려 있
다. 따라서 순수 서정의 노래일지라도 얼마든지 계절제의와 결부할 수
있는 보편성을 지님에는 의심의 여지가 없다.

자연의 생명력을 인간의 생명력에 연대시켜 남녀의 성적 결합을 직
접적으로 제의 연행에 끌어들인 유감 주술적 방식도 있고, 〈황조가〉 전
승과 같이 기다림과 고독의 정서를 대폭 강화시키는 유상 주술적 방식
도 존재한다. 기다림과 외로움의 원인은 항상 어떤 식으로는 남녀의 사
랑과 연관되기 마련이다.

〈황조가〉는 이러한 주술적·신화적 사유와 긴밀한 정서를 서사가 아
닌 노래로서 보다 효과적으로 전달할 수 있는 제의의 매개체였다. 따라
서 신성 존재가 원만한 계절제의의 연행을 위하여 불렀던 제의가로, 왕
의 개별 서정을 노래한 특별한 시가로 오랜 시간 서사와 함께 사람들의
기억 속에서 구비 전승될 수 있었던 것이라 하겠다.

4) 〈황조가〉 출현과 전승 의의

〈황조가〉는 기존 민간가요를 국가적 계절제의의 맥락으로 끌어들여
형성된 시가로 짐작된다. 꾀꼬리의 암수가 어우러져 존재하듯이 음양
의 조화로움이 나라 전체에 도래하기를 바라는 목적으로 계절제의에서

---

228 조동일, 『한국민요의 율격과 시가율격』, 65쪽.

불려졌던 것으로 보인다. 이런 점에서 1세기 전후에 고구려는 제의를 매개하여 민간의 요(謠)를 가(歌)로 전환하며, 공동체의 조화를 꾀하는 가악(歌樂)적 전통이 마련되어 있었을 것으로 추정할 수 있다. 이는 신라 최초의 가악인 유리왕대 〈도솔가〉의 출현과 비슷한 시기라는 점에서 주목을 요한다.

이러한 〈황조가〉의 형성 과정은 〈구지가〉와는 또 다른 국면을 보인다. 〈구지가〉가 〈구지가〉계 노래가 담지하였던 주술적 인식, 주술성에 기반하여 제의와 결합한 뒤 점차 시가로서의 형식을 갖추어 간 노래라면, 〈황조가〉는 다소 이질적이지만 요(謠)의 서정적 인식이 계절제의의 상징성과 들어맞는 데다, 제의로 견인된 민가(民歌)를 통하여 상하층의 통합이라는 정치적 목적을 이루려는 방편으로 마련된 시가이다. 그러므로 〈황조가〉가 담지하는 서정성은 작품 내적으로는 개인적 서정이되, 외적으로는 집단적 서정, 의존적 서정, 제의적 서정의 성격을 아울러 띤다고 하겠다.

〈황조가〉의 외로움은 객체, 즉 외부와의 동화를 지향하기에 발생하는 동화적 서정이다. 이러한 정서적 측면은 집단적 감성에 의지하는 요(謠)를 전환하여 제의가로 활용하면서 더욱 짙은 호소력을 싣는 동인으로 작용할 수 있었다. 『고려사』〈악지(樂志)〉에 고구려 노래로 실려 있는 〈연양연산부(延陽延山府)〉, 〈명주(溟洲)〉 역시,[229] 속어(俗語)로 불리던

---

229 "〈延陽[延山府]〉: 延陽有爲人所收用者以死自效比之於木曰 木之資火必有戕賊之
     禍 然深以收用爲幸雖至於灰燼所不辭也.〈溟洲〉: 世傳書生遊學至溟州見一良家女
     美姿色頗知書 生每以詩桃之女曰 婦人不妄從人待生擢第父母有命則事可諧矣 生
     卽歸京師習擧業 女家將納壻女平日臨池養魚魚聞警咳聲必來就食女食魚謂曰 吾
     養汝久宜知我意 將帛書投之有一大魚跳躍含書悠然而逝 生在京師一日爲父母具
     饌市魚而歸剝之得帛書驚異卽持帛書及父書徑詣女家壻已及門矣 生以書示女家遂

특정한 지방의 민요를 궁중악(宮中樂)으로 전환하거나 더욱 세련되게 다듬었던 노래로 추정되고 있다.[230] 〈황조가〉의 출현 이래 이러한 시가적 전통이 마련되었을 여지가 크다. 그러므로 〈황조가〉는 고구려의 가요 또는 가악적 전통을 생산한 대상으로서 또 다른 문학적 가치를 지닌다고 하겠다.

4. 〈헌화가〉·〈해가〉: 별제(別祭)에서 불린 제의가

〈헌화가〉·〈해가〉의 전승은 꽤 특이한 서사 구성을 갖추고 있다. 전승 시가와 전승서사가 결합된 향가의 일반적 틀처럼 보이나 실은 하나이면서 둘인, 둘이면서 하나인 복합 구성을 띤다. 이러한 짜임은 다른 고대시가 혹은 향가 전승에서 발견되지 않는다. 〈헌화가〉·〈해가〉의 전승 서사는 서사적 연쇄성, 시간적 연쇄성을 지니면서도 노래가 불린 시·공간이 다르다.

특히 〈해가〉는 고대시가 〈구지가〉의 전통을 전적으로 좇아 형성된 시가로, 기우(祈雨) 의식이 규모화·체계화 된 풍요 제의 체계로 편입되며 신성 존재의 출현을 바라는 제의가로 변모된 노래였다. 이에 단서하여 〈수로부인〉조의 전승서사를 제의의 연행상으로 추정할 수도 있겠다. 이어지는 논의에서 구체적인 역사적, 사회·문화적 단서들을 보태

歌此曲 父母異之日 此精誠所感非人力所能爲也 遣其塍而納生焉."(『고려사』제71, 「지(志)」25, 〈악(樂): 삼국속악(三國俗樂)〉조; 정인지 외, 『고려사』, 허성도, 북한사회과학원, 1998.) 원문은 한국의 지식콘텐츠 KRpia 누리집의 DB를 활용하였다.

230 조동일, 『한국문학통사(1)』, 138쪽; 宋芳松, 『韓國古代音樂史硏究』, 一志社, 1985, 182~183쪽.

어 이를 입증하고, 〈헌화가〉의 서정성과 〈해가〉의 주술성 이질적이면서
도 하나의 제의이자, 설화적 문맥과 얽힐 수 있었던 까닭을 해명하여
보기로 한다.

1) 기존 연구 검토와 문제 제기

〈헌화가〉·〈해가〉는 수록 기사 전편에 따른 전반적인 조명보다 삽화
나 화소 단위로, 전승서사와 전승시가를 분리하여 살핀 논의들이 다수
를 차지한다. 특히 〈헌화가〉의 전승서사를 조명한 논의들은 수많은 반
면, 〈해가〉에 대한 구명은 곁들이에 그쳤다고 할 수 있을 정도로 그 편
수가 적다.[231] 아마도 〈해가〉는 〈구지가〉를 좇아 형성된 시가란 사실이
분명하고, 상대적으로 〈헌화가〉는 시가의 서정성 때문에 〈해가〉에 비하
여 다양한 해석이 가능하기에 벌어진 정황이 아닌가 한다.

〈헌화가〉·〈해가〉의 개별 연구는 크게 작품의 형성 기반이나 전승시

---

[231] 이완형과 이동철은 이러한 문제와 결부하여 〈수로부인〉조의 전체 문맥에서 〈헌화가〉
만을 따로 떼어 고찰한 연구와 전체 문맥을 토대로 〈헌화가〉·〈해가〉의 실체를 구명하
는 연구들을 정리하여 제시한 바 있다. 연구자들이 이와 같이 선행 연구를 정리하여
제시한 것은 〈수로부인〉조를 둘러싼 연구의 양분화 문제를 지적코자 하였기 때문이
다.(이완형, 「水路夫人」條 歌謠 硏究」, 『한국언어문학』 32, 한국언어문학회, 1994;
이동철, 「수로부인 설화의 의미: 기우제의적 상황과 관련하여」, 『한민족문화연구』 18,
한민족문화학회, 2006, 224쪽.) 기왕에 이 문제를 거론하여 면밀히 정리한 연구가 있으
므로 본고에서 거듭 제시하지 않고 대표적 견해 몇몇을 언급하는 것으로 갈음한다.
적은 양이긴 하나 단독 논문으로 〈해가〉만을 따로 떼어 고찰한 연구들도 있다.(金蘭珠,
「굿노래로서의 〈龜旨歌〉와 〈海歌〉 小考: 건국신화와 그 후대적 변모에 대하여」, 『國文
學論集: 樹堂金錫夏先生古稀및黃浿江先生停年紀念號』 14, 檀國大學校 國語國文
學科, 1994; 한창훈, 「〈龜旨歌〉와 〈海歌〉의 呪(術)歌的 구조와 의미적 거리」, 『백록어
문』 10, 백록어문학회, 1994; 현승환, 「해가 배경설화의 기자의례적 성격」, 『한국언어
문학』 59, 한국언어문학회, 2006.)

가의 성격을 제의적·종교적·정치적 측면에서 구명한 논의들로 가를 수 있다. 여기에 〈헌화가〉를 순수한 서정시로 파악하는 견해를 덧붙이면 연구 성과가 집적되어 온 정황을 대강 파악할 수 있다. 두 향가 작품의 연구 성과들을 모두 제시하기에는 지면이 한정되어 있으며, 이 논의에서 두 작품만을 다루는 것이 아니기에 대표적인 성과들을 추려 정리하기로 한다.

〈헌화가〉·〈해가〉의 연구 가운데 가장 활발한 접근은 역시 제의와 관련하여 시가의 형성 기반과 성격을 재구한 논의이다. 하지만 제의의 목적과 양상을 매우 다양하게 추정하고 있으며 시가의 성격도 꽤나 다채롭게 파악되고 있다. 여기에는 〈헌화가〉·〈해가〉를 동일한 제의에서 형성된 시가로 지적하는 견해가 있는 반면, 한 작품만을 특정한 제의의 산물로 파악하는 논의도 있다. 해당 양상을 중심으로 견해들을 모아 제시하고, 종교적·정치적 관점에서 시가의 의의를 파악한 연구 견해들을 살피기로 한다.

우선 〈헌화가〉·〈해가〉를 제의에서 불린 노래로 규정하는 연구들은, 두 노래와 관련된 제의의 실상을 수로부인의 내림굿(신굿),[232] 망자(亡者)굿,[233] 음양의 조화를 도모해야 하는 기우제(祈雨祭) 혹은 풍요·다산·풍어·안전행로·안녕 등의 복합적 의미를 담은 제의,[234] 산신제(山神祭),[235]

232 허영순, 「수로설화에 나타난 가요의 신고찰」, 『국문학지』 2, 부산대학교, 1961; 芮昌海, 「〈獻花歌〉에 대한 한 試論」, 『韓國詩歌文學硏究: 白影 鄭炳昱先生 回甲紀念論叢(Ⅱ)』, 新丘文化社, 1983, 50쪽; 최용수, 「〈헌화가〉에 대하여」, 『한민족어문학』 25, 한민족어문학회, 1994; 장진호, 『신라향가의 연구』, 형설출판사, 1993, 81쪽.
233 서정범, 「미르(용)어를 통해 본 용궁사상」, 『수필문학』 60, 수필문학사, 1977.
234 김문태, 「〈헌화가〉·〈해가〉와 제의 문맥: 『삼국유사』 소재 시가 해석을 위한 방법적 시고」, 『성대문학』 28, 성균관대학교, 국어국문학과, 1992; 金蘭珠, 「굿노래로서의 〈龜旨歌〉와 〈海歌〉 小考: 건국신화와 그 후대적 변모에 대하여」; 강등학, 「수로부인설화

기자의례(祈子儀禮) 등으로 보았다.[236] 무속(재래) 신앙을 지향하는 수로부인과 순정공의 갈등이 담긴 것으로 파악한 견해도 존재한다.[237] 그런가 하면 별도로 〈해가〉만을 역신(疫神)을 물리치는 제의와 연계하여 문제를 해결하는 주술적 무가로 규정하는 견해도 있었다.[238]

종교적 관점의 접근은 〈헌화가〉만을 집중적으로 논의 대상으로 삼아 이루어졌다. 분류하자면 〈헌화가〉가 관음사상이나 화엄경(華嚴經)의 진수를 기저에 담은 불교적 성격의 노래라는 견해,[239] 불교와 재래 무속신앙의 자연스런 습합 과정을 담은 노래라는 견해,[240] 수로부인의 용모에 대한 세간의 항설을 주술담당자들이 포교와 종교적 영험을 퍼뜨리는 데 이용하면서 기능을 달리하여 불렸던 노래,[241] 수로부인이 수미산

와 수로신화의 배경제의 검토」, 『신라가요의 기반과 작품의 이해』, 보고사, 1998, 149~176쪽; 최선경, 「〈獻花歌〉에 대한 祭儀的 考察」, 『人文科學』 84, 연세대학교 인문과학연구소, 2002; 이동철, 「수로부인 설화의 의미: 기우제의적 상황과 관련하여, 『한민족문화연구』 18, 한민족문화학회, 2006; 채숙희, 「Etude comparative entre le mythe d'Orphée et le mythe de Sourobuin de la Corée」, 『한국프랑스학논집』 40, 한국프랑스학회, 2002; 하경숙, 「향가 〈헌화가〉에 나타난 祈願의 표출양상」, 『문화와융합』 37(2), 한국문화융합학회, 2015; 조동일, 『한국문학통사(1)』, 161~164쪽.

235 尹敬洙, 「헌화가의 제의적 성격」, 『鄕歌·麗謠의 現代性 研究』, 집문당, 1993, 93쪽.
236 현승환, 「헌화가 배경설화의 기자의례적 성격」, 『한국시가연구』 12, 한국시가학회, 2002; 구사회, 「〈헌화가〉의 '자포암호'와 성기신앙」, 『국제어문』 38, 국제어문학회, 2008.
237 芮昌海, 「〈獻花歌〉에 대한 한 試論」, 『韓國詩歌文學研究: 白影 鄭炳昱先生 回甲紀念論叢(Ⅱ)』.
238 이임수, 「〈구지가〉, 〈해가〉, 〈헌화가〉의 비교연구」, 『신라문화』 46, 동국대학교 신라문화연구소, 2015.
239 金雲學, 『新羅佛教文學研究』, 玄岩社, 1970, 243쪽; 신현숙, 「〈헌화가(獻花歌)〉의 불교적(佛教的) 고찰(考察)」, 『동악어문학』 19, 동악어문학회, 1984.
240 김사엽, 『향가의 문학적 연구』, 계명대학교 출판부, 1979, 40쪽.
241 이영태, 「수록경위를 중심으로 한 〈수로부인〉조와 〈헌화가〉의 이해」, 『국어국문학』

(須彌山)으로 여겨졌던 강릉 인근의 사찰·선문(禪門) 등을 약람(掠攬)한 과정에서 느꼈던 감화나 그 신앙공간에 얽힌 연기 설화를 부연·각색하며 전승된 노래라는 견해 등이 있다.[242]

이후 〈헌화가〉·〈해가〉에 대한 논의는 제의적 접근이 우선시 되고, 그를 역사학적으로 보완하려는 경향으로 이어졌다. 성덕왕대 또는 신라 중대 정치·사회에 대한 종합적 지식을 바탕으로 〈헌화가〉·〈해가〉의 형성 국면을 밝히려 한 논의들이 여기에 속한다. 이들 논의는 대개 순정공의 강릉 부임은 성덕왕대 역사 기록에 잦은 출현을 보이는 재이 발생과 해결을 위한 것이며, 이 사건과 맞물려 출현한 〈헌화가〉·〈해가〉가 제의의 굿거리에서 불렸던 노래라는 견해를 역사적·정치적인 범주에서 달리 해석하려 한 노력이라 할 수 있다.[243]

중앙세력을 대유하는 순정공과 수로부인이 지방호족세력을 포섭하는 과정에서 불린 통합의 노래로 규정한 견해,[244] 순정공의 강릉 부임을 성덕왕이 왕권 강화를 위한 대·내외적인 통치 전략으로 파악하고 두 노래는 지방민을 회유하고 호족세력이나 주변세력과의 갈등을 해결하는 과정을 형상화 한 것이라는 견해,[245] 강릉 부임은 성덕왕의 왕권 강화 정책의 일종으로 행해진 진 것이 맞으나, 두 노래는 지방문화에 남

126, 국어국문학회, 2000.

242 황병익, 「『三國遺事』 '水路夫人'條와 〈獻花歌〉의 意味 再論」, 『韓國詩歌硏究』 22, 한국시가학회, 2007.
243 조동일, 김문태, 강등학, 이동철 등의 견해가 있다. 이미 선행 연구 정리에서 언급한 바 있어 다시 정리하지 않는다.
244 신영명, 「〈헌화가〉의 민본주의적 성격」, 『어문논집』 37, 민족어문학회, 1998; 황병익, 「『三國遺事』 '水路夫人'條와 〈獻花歌〉의 意味 再論」.
245 金興三, 「新羅 聖德王의 王權强化政策과 祭儀를 통한 西河州地方 統治(上)」, 『江原史學』 13·14, 강원사학회, 1998.

은 고유 종교의 잔영을 조사한 과정을 형성화 하였다는 견해 등이 대표
적이다.[246]

또한 〈헌화가〉·〈해가〉는 제의와는 상관없이 단순히 지방세력과의
갈등과 포섭 과정만을 형상화 한 것이라는 견해,[247] 성덕왕대의 실존
인물 김순정을 해당 기사의 순정공으로 파악하고 이들 가계와 왕실의
정치적·인척 관계에 근거하여, 관련 전승서사를 경덕왕의 선비(先妃)였
던 삼모부인(三毛夫人)의 탄생설화로 보는 견해,[248] 당대 후사가 중시되
던 왕실의 상황에 빗대어 순정공과 수로부인이 삼모부인을 얻기 위하
여 지낸 기자 의례의 구술상관물로 보는 견해 등도 있다.[249]

그런가 하면 〈헌화가〉만을 조명한 연구 가운데 별도의 견해는 수로
부인의 아름다움에 반한 노옹(인간 또는 신)의 사랑 또는 욕망과 관련된
세속적 노래라는 견해,[250] 화랑가(花郞歌),[251] 묵시적·역리적·민속적 상

....

246 서철원, 「新羅中代 鄕歌에서 서정성과 정치성의 문제: 聖德王代 〈獻花歌〉·〈怨歌〉를
    중심으로」, 『어문논집』 53, 민족어문학회, 2006.
247 엄태웅, 「『三國遺事』「奇異」〈水路婦人〉의 서술 의도: 〈성덕왕〉과의 관련성을 전제로」,
    『국학연구총론』16, 택민국학연구원, 2015.
248 조태영, 「『三國遺事』「水路夫人 說話의 神話的 成層과 歷史的 實在」, 『고전문학연
    구』 16, 한국고전문학회, 1999.
249 현승환, 「헌화가 배경설화의 기자의례적 성격」;「해가 배경설화의 기자의례적 성격」;
    구사회, 「〈헌화가〉의 '자포암호'와 성기신앙」.
250 김동욱, 『한국가요의 연구』, 을유문화사, 1984, 31쪽; 성기옥, 「〈헌화가〉와 신라인의
    미의식」, 『한국고전시가작품론(1)』, 집문당, 1992, 69쪽; 김수경, 「남성성과 여성성의
    대립으로 본 헌화가」, 『이화어문논집』 17, 이화여자대학교 한국어문학연구소, 1999;
    이임수, 「〈구지가〉, 〈해가〉, 〈헌화가〉의 비교연구」. 이임수의 논문은 제목만을 보면 세
    노래의 상호 연계성에 착안한 듯하나, 정작 〈구지가〉와 〈해가〉의 실현상을 시대 변화에
    따라 변환된 것으로 보고, 〈헌화가〉는 다른 목적으로부터 발생한 노래가 변용하여 〈수
    로부인〉조로 정착하였다고 서술하였기에 셋을 관통하는 분석을 내놓았다고 여기기
    어렵다.

징이 통합된 노래로 파악하는 견해 등도 도출되었다.[252]

〈헌화가〉·〈해가〉의 개별 연구는 여전히 전승서사를 중심에 두고 그 배경론을 살피는 구명에 대한 비중이 높다. 또한 고대시가 각편의 연구 경향과 마찬가지로 실제 역사 현실로서 존재하는 제의의 속성과 실체를 구체적으로 재구하는 데까지 미치지 못하는 형편이다. 이에 〈헌화가〉·〈해가〉 역시 통일 신라의 사회·문화적 기반과 연계하여, 그 제의의 실상을 명확히 할 만한 해명이 필요한 실정이다. 〈헌화가〉·〈해가〉를 점철하는 전승시가와 전승서사의 이념적·양식적 상보성에 대한 해명 역시 요구된다.

2) 〈수로부인〉조의 제의성

〈헌화가〉·〈해가〉는 『삼국유사』「기이」편 〈수로부인(水路夫人)〉조에 실려 전한다. 〈수로부인〉조가 형성된 맥락은 동문헌 내 〈성덕왕(聖德王)〉조와 『삼국사기』의 성덕왕대 기록을 대조하는 것으로 추정할 수 있다. 먼저 세 기사를 비교·대조하여 〈수로부인〉조의 제의적 행간들을 밝혀내기로 한다. 〈수로부인〉조의 서사는 아래와 같다.

> 성덕왕 때에 순정공이 강릉 태수【지금의 명주(溟州)】로 부임하는 도중 바닷가에서 주선(晝饍)을 하고 있었는데 곁에 석봉(石峰)이 있어 병풍과 같이 바다를 둘렀다. 높이가 천장(千丈)이나 되고, 그 위에는 척촉화(躑躅花)가 만개하고 있었다. 공의 부인 수로가 보고 좌우에게 "누가

251 장덕순, 『국문학통론』, 신구문화사, 1985, 99쪽.
252 유경환, 「헌화가(獻花歌)의 원형적 상징성」, 『새국어교육』 63, 한국국어교육학회, 2002.

저 꽃을 꺾어오겠느냐?"하니, 종자(從者)들이 대답하되 "인적이 이르지 못하는 곳이라 하여 모두 할 수 없다."고 사양하였다. 곁에 한 늙은이가 암소를 끌고 지나다가 부인의 말을 듣고 꽃을 꺾어주며 노래를 지어 함께 바치었는데, 그 늙은이는 어떠한 사람인지 알 수 없었다. 그후 순행(順行) 둘째날에 또 임해정(臨海亭)이란 데서 점심을 먹던 차, 해룡이 홀연히 나타나 부인을 끌고 바다속으로 들어갔다. 공이 허둥지둥 발을 구르나 계책이 없었다. 또 한 노인이 있어 고하되 "옛날 말에 여러 입은 쇠도 녹인다 하니 이제 해중의 짐승인들 어찌 여러 입을 두려워하지 아니하랴, 경내(境內)의 백성을 모아서 노래를 지어 부르고 막대로 언덕을 치면 부인을 찾을 수 있으리라." 하였다. 공이 그 말대로 하였더니 용이 부인을 받들고 나와 도로 바치었다. 공이 부인에게 해중의 일을 물으니 부인이 말하되 "칠보궁전에 음식이 맛있고 향기롭고 깨끗하여 인간의 요리가 아니"라고 하였다. 부인의 옷에서는 일찍이 인간 세상에서 맡아 보지 못한 이향(異香)이 풍기었다. 원래 수로부인은 절세의 미용(美容)이라 매양 깊은 산과 큰 못을 지날 때마다 누차 신물에게 붙들림을 당하였던 것이다.[253] 여러 사람이 부르던 **해가(海歌)**의 노랫말은 "거북아 거북아, 수로를 돌려내라, 남의 아내 **뺏은** 죄 얼마나 큰가. 네가 거역하여 돌려

---

[253] "聖德王代, 純貞公赴江陵太守(今溟州), 行次海汀畫饍. 傍有石嶂, 如屛臨海, 高千丈, 上有躑躅花盛開. 公之夫人水路見之, 謂左右曰, 折花獻者其誰. 從者曰, 非人跡所到. 皆辭不能. 傍有老翁牽牸牛而過者, 聞夫人言, 折其花, 亦作歌詞獻之, 其翁不知何許人也. 便行二日程, 又有臨海亭, 畫饍次, 海龍忽攬夫人入海, 公顚倒躄地, 計無所出. 又有一老人告曰, 故人有言, 衆口鑠金, 今海中傍生, 何不畏衆口乎. 宜進界內民, 作歌唱之, 以杖打岸, 則可見夫人矣. 公從之, 龍奉夫人出海獻之. 公問夫人海中事, 曰, 七寶宮殿, 所饌甘滑香潔, 非人間煙火. 此夫人衣襲異香, 非世所聞. 水路姿容絕代, 每經過深山大澤, 屢被神物掠攬. 衆人唱海歌詞曰, 龜乎龜乎出水路, 掠人婦女罪何極. 汝若傍逆不出獻, 入網捕掠燔之喫. 老人獻花歌曰, 紫布岩乎邊希執音乎手母牛放敎遣, 吾肹不喻慚肹伊賜等, 花肹折叱可獻乎理音如."(『삼국유사』 권2, 「기이」 제2, 〈수로부인(水路夫人)〉조.) 〈헌화가〉의 해석은 김완진의 것을 따랐다.(김완진, 『향가해독법연구』, 서울대학교출판문화원, 2016, 70쪽.)

놓지 않으면, 그물로 잡아 구어먹으리(龜乎龜乎出水路, 掠人婦女罪何極. 汝若傍逆不出獻, 入網捕掠燔之喫)"라 하였고, 노인의 헌화가(獻花歌)에는 "자줏빛 바위가에, 잡고 있는 암소 놓게 하시고, 나를 아니 부끄러워하시면, 꽃을 꺾어 바치오리다(紫布岩乎邊, 希執音乎手母牛放教遣, 吾肹不喩 慚肹伊賜等, 花肹折叱可獻乎理音如)"라고 하였다.

「기이」편의 편집 체제로 볼 때, 〈수로부인〉조는 성덕왕의 위업을 보이는 조목이다. 따라서 그 분석 역시 〈성덕왕〉조와 결부하여 다루어져야 한다.[254] 실제로 「기이」편에 수록된 향가 관련 기사는 모두 7조목인데, 어떤 식으로든 시가 형성과 관련된 인물들이 왕과 밀착된 관계였다는 사실을 기사 표제와 기사 내 첨술로서 분명히 밝히고 있다. 〈효소왕 대 죽지랑(孝昭王代 竹旨郎)〉, 〈경덕왕·충담사·표훈대덕(景德王·忠談師·表訓大德)〉이 그 사례다.

〈성덕왕〉조는 다른 왕대의 기사와는 달리 성덕왕의 치세 기간 중 발생한 재이의 발생 기록만을 중점적으로 다루고 있으며,[255] 〈수로부인〉조는 성덕왕대의 기사이면서 〈성덕왕〉조와는 독립된 기사로 전하여 특별하다. 하지만 「기이」편에 편제된 기사들의 특성이나 향가 관련 기사

----

254 비교적 최근 조태영, 엄태웅이 「기이」편 전체, 예외적으로 기사 여럿이 배치된 문무왕대 등으로 비교 범주를 확대시킨 뒤 얻어낸 결과를 성덕왕대 기사들에 적용시켜, 〈수로부인〉조를 분석한 바 있다. 두 연구자는 각 국왕들의 위업과 역사적 정황을 표상할 만한 전승서사로 구성되어 있는데, 무열왕대와 성덕왕대의 예외적 구성도 결국 특정 왕의 위업을 함의하는 대표적 인물에게 신이성을 배분한 것이라 하였다. 이러한 편집 체제 하에서 〈수로부인〉조는 매우 유효한 방법론이라 생각한다.(조태영, 「『三國遺事』 水路夫人 說話의 神話的 成層과 歷史的 實在」, 『고전문학연구』16, 한국고전문학회, 1999; 엄태웅, 「『三國遺事』「紀異」篇 〈聖德王〉條의 서술 의도: 〈水路夫人〉條 의미 考究의 단초 마련을 전제로」.)

255 呂基鉉, 「〈獻花歌〉의 祭儀性」, 『新羅 音樂相과 詞腦歌』, 223~271쪽.

의 기술 방향 등을 감안한다면, 응당 〈수로부인〉조는 성덕왕대의 국가
적·사회적·정치적 상황과 밀접한 관련을 띤 기사라 할 수 있겠다.

『삼국유사』와 『삼국사기』의 〈성덕왕〉조 따르면, 성덕왕 재위 초에
극심한 재이(災異)가 발생하였던 것을 알 수 있다. 두 기록은 공통적으
로 재위 5년~6년 사이의 가뭄 정황을 진술하고 있는데, 큰 틀에서 상동
하지만 상이한 점도 발견된다. 이를 토대로 『삼국유사』〈성덕왕〉조 대
목의 특별함을 도출한 뒤, 〈수로부인〉조와도 견주기로 한다.

> **신룡 2년 병오(성덕왕 재위 5년, 706년)에** 흉년이 들어 백성들의 굶주
> 림이 심하였다. **이듬해 정미(성덕왕 6년, 707년)의 정월 초하루부터 7월**
> **30일까지** 백성들의 구제를 위하여 곡식을 나누어 주었는데, 한 사람에
> 하루 석 되로 하였다. 일을 마치고 셈하여 보니 모두 30만 5백 석에 이
> 르렀다. 왕이 태종대왕을 위하여 봉덕사(奉德寺)를 창건하고 인왕도량
> 을 일곱 날 동안 열었으며, (죄수들을) 크게 사면하였다. 이때부터 비로
> 소 시중(侍中)의 직을 두었다.【다른 문헌에서는 효성왕 때의 일이라고
> 도 한다.】[256]

> **(성덕왕 재위) 4년(705년) 5월** 여름에 날이 가물었다. 8월에 고령자에
> 게 주식(酒食)을 내렸다. 10월 겨울에 나라 동쪽 주군(州郡)에 기근이
> 있어 백성들이 많이 (거처를 잃고) 떠돌아 다니니, 사람을 보내 진휼케
> 하였다. **5년(706년) 정월** 나라에 기근이 있으므로 창름(倉廩)을 열어 구제
> **하였다.** 이 해 곡식이 성숙치 못하였다. **6년(707년) 정월** 봄에 굶어 죽는

---

[256] "神龍二年丙午歲禾不登, 人民飢甚. 丁未正月初一日至七月三十日, 救民給租, 一口
一日三升爲式, 終事而計, 三十萬五百碩也. 王爲太宗大王刱奉德寺, 設仁王道場七
日, 大赦. 始有侍中職 【一本系孝成王.】."(『삼국유사』 권2, 「기이」 제2, 〈성덕왕(聖德
王)〉조.)

사람이 많으므로 조를 개인에게 하루 석 되씩 7월까지 주었다. 2월에 죄수를 대사하고, 백성에게 오곡의 종자를 내리되 차등을 두었다.[257]

『삼국유사』와 『삼국사기』는 각각 기근의 실상을 성덕왕 재위 5~6년, 4~6년에 걸쳐 기술하고 있다. 기근이 일어난 것으로 두 기록에서 공통적으로 기술된 시기는 성덕왕 재위 5~6년이며, 이때에 백성들을 구제하기 위해서 한 사람당 석 되씩의 진휼곡을 분배하였다는 사실도 동일하게 기술되었다.

다만 『삼국유사』에는 구휼에 사용된 곡식 수량까지 매우 구체적으로 제시되어 있는데, 그만큼 극심했던 기근의 실상을 강조하는 첨술로 보인다. 특히 『삼국유사』에는 『삼국사기』와 달리 구휼 정책 외에 기근을 해결하기 위하여 성덕왕이 봉덕사 창건과 인왕도량을 실시하였다는 사실이 덧붙어 전한다. 기근을 해결하기 위하여 국가적 차원에서 벌였던 해결책들을 상세하게 기록한 것이겠다.

이에 비하여 『삼국사기』에는 단지 극심한 기근의 정황만이 기술되어 있다. 편찬자의 사관(史觀)에 따른 것일 수 있겠다. 이러한 차별성이 〈수로부인〉조의 특성을 유추할 수 있는 대목이라 여겨진다. 이에 『삼국유사』가 기술하고 있는 가뭄의 해결책인 봉덕사 창건과 인왕도량, 기근의 상관 관계가 무엇인지부터 살피려 한다.

「기이」편 〈성덕왕〉조에는 봉덕사가 무열왕을 추복(追福)하기 위하여 성덕왕이 창건하였다고 기술되어 있다. 하지만 동문헌 「탑상(塔像)」편

---

[257] "四年, 夏五月, 旱, 秋八月, 賜老人酒食. 冬十月, 國東州郡饑, 人多流亡, 發使賑恤. 五年, 春正月, 國內饑, 發倉廩賑之, …(중략)… 穀不登. 六年, 春正月, 民多饑死, 給粟人一日三升, 至七月, 二月, 大赦, 賜百姓五穀種子有差."(『삼국사기』권8,「신라본기」제8, 〈성덕왕〉조.)

〈황룡사종·분황사약사·봉덕사종(皇龍寺鐘·芬皇寺藥師·奉德寺鍾)〉조
에서 봉덕사는 효성왕이 성덕왕을 추복하기 위하여 조영한 것이라고
달리 기술되어 전한다.[258] 봉덕사의 건립 시기가『삼국유사』내에서 엇
갈리는 셈이다.

　그런데 〈성덕왕〉조에서 봉덕사를 성덕왕이 무열왕을 위하여 창건하
였다고 기술한 데는 나름의 의도가 있을 것이라 추정된다. 극심한 기근
의 문제를 '인왕도량 개최'와 같은 불교적 영험에 기대어 해결하고자
한 성덕왕의 행보를 강조하는 기술일 가능성이 크기 때문이다. 성덕왕
은 재위 초에 발생한 잦은 기근을 해결하기 위하여 수차례 국가적 구휼
활동을 벌였다. 이 행보는 재위 전반에 걸쳐 진휼(賑恤), 조세 감면, 순무
(巡撫), 사궁구휼(四窮救恤), 정전(丁田)의 지급 등의 다양한 정책으로 이
어진다. 백성들과의 연대를 두텁게 하고 지지세력을 넓히고자 한 왕권
강화책의 한 단면으로, 왕도정치의 전범이 유교적·현실적 해결책으로
귀결됨을 엿볼 수 있는 문맥이다.[259]

　실제로 성덕왕대는 각종 천재지이(天災地異)가 20년간 계속된 역사
상 보기 드문 수난기였다.[260] 성덕왕은 유불사상을 막론하고 민간의 토
착적 신앙까지 총동원 하여 문제를 해결하고 왕도(王道)를 실현하려 했
던 것으로 보인다. 성덕왕 재위 12년 전사서(典祀署)의 설치는 이런 측
면에서 국가의 제사권을 공고히 하기 위해 왕이 복속 지역의 민간 제
의에 거듭된 관심을 기울였다는 사실을 방증한다.[261] 물론 성덕왕대는

258　"安於奉德寺. 寺乃孝成王開元二十六年戊寅, 爲先考聖德大王奉福所創也."(『삼국
　　유사』권3,「탑상」제4, 〈황룡사종·분황사약사·봉덕사종〉조.)
259　金興三,「新羅 聖德王의 王權强化政策과 祭儀를 통한 西河州地方 統治(上)」,『江原
　　史學』13·14, 강원사학회, 1998, 114~115쪽.
260　李昊榮,「新羅 中代王室과 奉德寺」,『史學志』8, 단국대학교 사학과, 1974, 6쪽.

이전에 지속된 행정적·군사적 제도의 개편으로 제도권 상의 외형적 통치 체제를 어느 정도 완비할 수 있었지만, 이와 변방 지역 토착민들이 벌이던 산천 제사를 중앙으로 귀속·흡수시키는 것은 전혀 별개의 문제였다.

그래서 신문왕대에 완비된 통일신라의 행정 체제와 달리, 산천 제사 체계의 정비는 성덕왕으로 대를 이어 지속적으로 단행될 수밖에 없었다. 역사학계는 신라의 전사 체계가 삼국통일 후에 재편의 과정을 겪었을 것으로 보고 있다.[262] 따라서 전사서의 설치를 감행하게 된 성덕왕 재위 12년 이전까지, 변방 지역 토착민들은 민간 제의를 자신들의 제의적 규범에 따라 활발하게 전승하였으며, 토착 신앙에 대한 믿음 또한 비교적 공고하였을 것이라 추정할 수 있다.

통일신라기의 전사 체계 가운데 민간 제의는 중(中)·소사(小祀)와 관련이 깊다. 중사는 삼산(三山)을 제외한 오악(五嶽)과 더불어 사진(四鎭)·사해(四海)·사독(四瀆)에 대한 제사를, 소사는 산림천택(山林川澤)에 대한 제사를 포함한다. 중·소사 체계의 정비 과정에는 신라가 표방하던

---

261 김흥삼은 전사서가 왕실제사와 삼산오악 등 명산대천에 대한 국가적 제사를 다룬 기관이자 왕권강화라는 목적 하에 설치된 기관으로 보고 있다.(金興三, 「新羅 聖德王의 王權强化政策과 祭儀를 통한 西河州地方 統治(上)」, 119~120쪽.) 글쓴이 역시 이 같은 견해에 동의한다. 성덕왕의 전사서 설치는 변방 지역의 민간 제사권 장악과 국가 제사권을 공고히 하는 데 가장 큰 목적을 두었을 것으로 본다.

262 큰 틀에서 통일신라 이후로 그 의견을 모으는 데 무리가 없으나, 세부적으로는 신라 9주가 완비되고 『길흉오례』를 수용한 신문왕 이후부터 성덕왕 34년 이전으로 보는 입장과 선덕왕대 사직단이 정비되기까지 전체적인 정비가 일단락된 것으로 보는 입장이 있다.(金昌謙, 「新羅 中祀의 '四海'와 海洋信仰」, 『한국고대사연구』 47, 한국고대사학회, 2007, 181쪽; 채미하, 「신라시대 四海와 四瀆」, 『역사민속학』 26, 한국역사민속학회, 2008, 24쪽.) 이 중 신문왕 6년 『길흉오례』의 수용 이후로 신라의 전사 체계가 온전히 정비되었다는 것은 채미하의 견해이다.

'사방(四方)' 관념의 변화상이 반영되어 있다. 이 관념은 상대(上代) 왕들의 순수(巡狩)나 순행을 통한 망제로부터 연원하여,[263] 통일 직전 복속된 변방 지역들을 두루 포함하는 관념으로 확대되는 과정을 거쳐 정립된 것으로, 지방에서 독자적으로 행해지던 제사가 신라 중앙에 의해 국가 제사로 포섭되는 과정을 보여 주는 사례에 해당한다.[264]

그러므로 오악의 제사는 물론 소사에 편제된 산림천택에 대한 제사 역시 정치 세력의 편제와 밀접한 관련을 지닌다.[265] 즉 국경지대의 세력을 편제하기 위한 목적에서 민간의 산천 제사를 중·소사로 편입키는 과정을 거쳐 마련된 체제가 통일신라의 전사 체계인 것이다.

성덕왕은 기근으로 인하여 혼란한 지역 사회의 민심을 달래고, 중앙과 지역민의 결속을 다지는 일환으로 국가의 공인 종교인 불교 외에, 민간 제의를 통하여 사회적 통합을 이루고자 하였을 것으로 보인다. 하지만 『삼국유사』〈성덕왕〉조에서 기근의 해결책으로 제시된 것은 다분히 불교적·정책적인 것으로 한정된다. 이에 〈수로부인〉조는 성덕왕이 민간 제의의 전통에 기대어 기근을 해결하고자 한 업적과 해당 제의에서 영험을 발휘한 수로부인의 공헌이 설화화 된 기사일 여지가 크다.

---

263 『삼국사기』「신라본기」권 1,2의 기록에 따르면, 일성이사금은 5년 겨울 10월, 북쪽으로 순행하여 태백산에 제사를 지냈으며, 미추이사금은 3년 봄 2월, 동쪽으로 순행하여 바다를 보며 제사를 지냈다. 기림이사금은 3년 2월 비열홀에 순행하여, 나이 많은 사람과 빈곤한 사람들을 위문하고 곡식을 차등있게 하사함에 이어 3월에 우두주에 이르러 태백산에 망제(望祭)를 치렀다.

264 한영화,「신라의 지배 공간의 확장과 제의의 통합」,『역사와 담론』89, 2019, 13~17쪽.

265 이기백은 명산대천의 대·중·소사 편제는 제사집단으로 상징되는 정치세력의 편제와도 관련이 있으며, 경주평야를 둘러싸던 경주의 오악이 통일 뒤인 문무왕 말년 혹은 신문왕대에 국토의 사방과 중앙에 있는 산악들로 변화함을 지적한 바 있다.(이기백, 『신라정치사회사연구』, 일조각, 1974, 207쪽.)

〈수로부인〉조와 〈성덕왕〉조의 연관 관계를 통하여 주목해야 할 제의
는 통일신라의 제사 별제(別祭)다. '별제'는 수재(水災), 한재(旱災)의 발
생을 해결하기 위하여 비공식적·비주기적으로 치러졌던 제의다. 별제
는 신라의 전통적인 제사와 중국 제사 제도의 영향을 받은 것으로 이분
된다. 전통적인 제사에 근원을 둔 별제에는 사성문제(四城門祭), 사천상
제(四川上祭), 기우제(祈雨祭)가 있으며, 이는 농경 제의의 제장인 숲, 나
무, 계곡, 못 등에서 치러지는 제의였다.[266] 이처럼 '별제'는 신라의 전통
적인 신앙 체계에 바탕을 둔 것으로, 민간 제의와도 긴밀한 관련을 지
닌다.

수로부인 일행은 '별제'와 같은 성격의 제의를 강릉(하서주) 일대에서
여러 차례 벌였던 듯하다. 이때의 '별제'는 재이에 따른 변방 지역의
민심을 회유하려던 목적에서 마련되었을 가능성이 크며, 아직 완전히
통합되지 않은 민간 제사권을 국가 자장 하에 포섭하려는 정치적 의도
를 지녔던 것으로 보인다.

강릉을 포함한 하서주 일대는 본래 신라(사로국)의 영향권 안에 있었
던 지역이었다.[267] 하지만 고구려로 복속된 역사가 있어, 신라가 고구려

---

266 채미하, 『신라 국가제사와 왕권』, 282~288쪽 참조.
267 『삼국사기』〈파사이사금〉조의 23년, 25년 기록과 〈나물이사금〉조의 40년 기록을 통하
여 추정할 수 있는 사실이라 한다. 음즙벌국(포항), 우중국(울진)을 사로국이 정복한
내용이 기록되어 있다. 문헌사학계에서는 그 시기를 대체로 3세기 후반에서 4세기
즈음으로 추정하고 있으며, 〈나물이사금〉조의 내용을 토대로 4세기 말 이전에는 삼척
도 신라에 병합되었을 것으로 보고 있다. 또한 〈나물이사금〉조의 42년 기록을 살피면,
삼척과 북쪽 경계를 접하고 있던 강릉지역까지 신라가 진출한 것을 확인할 수 있다고
한다. 따라서 문헌들을 통하여 신라의 삼척·강릉지역 북진 진출을 점칠 수 있는 시기
는 4세기 말에 해당한다.(심현용, 「고고자료로 본 신라의 강릉지역 진출과 루트」, 『대
구사학』 94, 대구사학회, 2009, 6~9쪽.)

를 멸망시킨 이후에야 다시금 통일신라의 영토로 속하게 된 곳이기도
하다. 신라 왕실은 삼국통일 과정에서 뒤늦게 복속된 변방 지역들을 완
벽히 신라의 통치권으로 영역화 하기 위하여 지속적인 노력을 기울였
는데, 문무왕대 차득공(車得公)의 밀행(密行),[268] 신문왕대에 이루어진 구
주 체제의 정비, 하서변(河西邊, 또는 東邊)의 설치 등은 이에 따른 행정적
인 처사였으며,[269] 동시에 재이 상황에 국가가 나서 별제의 연행을 주관
하는 등의 노력도 기울였을 것으로 추정된다.

순정공이 부임한 강릉은 하서주(河西州) 일대의 치소(治所)였다. 그래
서 강릉태수의 중요한 임무 가운데 하나는 하서주 토착민들을 정치적
으로 회유하는 일이었다. 강릉태수의 정치적 위상도 성덕왕대에 여타
변방 주군(州郡)에 비하여 특별한 것이었는데, 이는 강릉이 성덕왕의 왕
업 승수(承守)와도 긴밀한 연관성을 갖기 때문이었다.[270] 이에 강릉 일대

----

268 "고구려를 벌한 후 그 나라 왕손이 귀화하였기에 진골의 직위를 주었다. 왕이 하루는
서제(庶弟) 거득공(車得公)을 불러 이르되 "네가 재상이 되어 백관을 고루 다스리고
사해를 태평케 하라."고 하였다. 공이 말하되 "폐하가 만일 소신으로 재상을 삼으실진
대 신이 국내를 밀행하여 민간의 요역의 노일(勞逸)과 조부(租賦)의 경중과 관리의
청탁(淸濁)을 본 후에야 직(職)에 나아가고자 하나이다." 하니 왕이 그 말을 좇았다.
공이 이에 치의(緇衣)를 입고 비파를 들고 거사의 모양을 해가지고 서울을 나와 아슬라
주(阿瑟羅州), 우수주(牛首州), 북원경(北原京)을 지나 무진주(武珍州)에 이르러 촌
락을 순행(巡行)하니 …(이하 생략)…"(『삼국유사』권2, 「기이」제2, 〈문호왕 법민〉조.)
269 『삼국사기』권40, 「잡지」제9, 〈직관(職官)(下)〉조 참조.
270 강릉은 성덕왕에게 남다른 의미를 갖는 지역이었다. 「탑상」편 〈臺山五萬眞身〉 조를
참고하자면 성덕왕은 재위 4년(705년) 을사년 3월 초4일에 오대산에 문무백관을 이끌
고 행차하여 진여원을 개창한 바 있다.(『삼국유사』권3, 「탑상」제4, 〈대산오만진신(臺
山五萬眞身)〉조 참고.) 또한 성덕왕은 즉위 이전까지 오대산(五臺山)에 은둔하였다.
그는 왕업을 계승한 직후, 이곳에 진여원을 설치하여 자신이 왕위를 승계할 수 있었던
것을 부처의 덕으로 돌려 신성화·전당화 한다. 그런가 하면 성덕왕은 가까운 주현(州
縣)으로부터 필요한 물품을 공급토록 하여 진여원의 운영을 유지하도록 원조할 것을
명하기도 한다. 강릉태수는 이 같은 왕명을 주관하는 자리로 성덕왕의 왕권 강화와

가 무열왕계의 영지이며, 김순정은 김인문(金仁問) 후손으로 성덕왕과 긴밀한 관계에 있어 강릉지역 태수로 부임하였을 것이라는 이주희의 견해는 매우 합리적인 추론이라 여겨진다.[271] 순정공은 친왕파적인 입장을 견지한 인물이기에 태수직에 제수될 수 있었고, 강릉은 성덕왕대에 특별한 장소로 부상한 까닭에 '별제'의 연행에서 빼놓을 수 없었던 장소였던 것이다.

상대적으로 수로부인은 존귀한 귀족 여성이자 제사권을 지닌 나랏무당과 같은 존재로서, 공식적 책무인 '별제'의 연행을 주관하고 또 제의 집전의 주체로 나서 가뭄 해결과 민심 회복에 기여한 존재였던 것으로 보인다.[272] 무엇보다 〈수로부인〉조의 기록에 〈헌화가〉·〈해가〉가 불렸다는 장소들은 신라 왕실 내에 있었던 제의 장소와 구체적인 관련이 있다.

이는 신라 왕실 내에 있었던 안압지(雁鴨池)와 임해전(臨海殿)의 존재로서 구체적으로 증명할 수 있다. 먼저 안압지는 문무왕 14년 궁내에 조성된 아주 특별한 경승(景勝)이다. 안압지의 풍경은 수로부인과 견우노옹의 만남이 이루어진 공간, 〈헌화가〉가 불렸던 공간과 매우 유사한 풍광을 지녔다. 『삼국사기』에 안압지 조영과 관련된 기사가 있는데, 문

유지를 위한 요직(要職)이었을 것으로 추정된다.
[271] 이주희, 「水路夫人의 신분」, 『영남학』 24, 경북대학교 영남문화연구원, 2013.
[272] 조동일, 최선경 등도 이와 같은 견해를 피력한 바 있다. 특히 최선경은 성덕왕이 자신이 당면한 국가적 문제—그것이 자연재해로 인한 것이든 정치, 사회적 문제이든—의 해결을 위해 수로부인과 순정공으로 하여금 제의를 행하게 하였을 것이라 추정하였다. 이 사건이 순정공이 강릉태수로 부임하던 중에 일어난 사건이고, 이로 보면 개인적 차원의 일이라기보다 왕정 보좌라는 공무 수행의 일환으로 제의가 행하여졌다고 이해하여야 할 일면이 있음을 본고와 동일하게 지적하였다.(최선경, 「獻花歌」에 대한 祭儀的 考察」, 『人文科學』 84, 연세대학교 인문학연구원, 2002, 38쪽.)

무왕이 "14년 2월 궁 안에 못을 파고 산을 만들어 화초를 심고 진금(珍禽)과 기수(奇獸)를 길렀다."는 간략한 내용이다.[273] 하지만 후대 기록인 『동사강목(東史綱目)』에 안압지의 풍광에 대한 구체적인 정보가 덧붙어 있다.

> 문무왕 14년(674년) 2월 왕이 궁내에 연못을 파고 산을 만들었다. 무산(巫山) 십이봉(十二峰)을 형상하였으며 꽃을 심고 진귀한 새를 길렀다. 그 서쪽은 곧 임해전(臨海殿)이다.【연못은 지금 안압지라고 하는데, 경주 천주사 북쪽에 있다.】[274]

〈수로부인〉조 전승서사에 보이는 임해(臨海), 천장 석장(千丈石嶂), 척촉화(躑躅花), 해정(海汀), 임해정(臨海亭)과 같은 공간은 무산 십이봉을 두른 바다로 비정된 안압지가 진귀한 꽃과 짐승들로 둘러 쌓인 모습, 안압지 안의 세 섬과 그 맞은 편에 위치했다는 임해전을 떠올릴 수밖에 없게 한다. 더불어 안압지의 서편에 위치한 건물은 임해전(臨海殿)이라 불렸다고 한다. 이로부터 안압지가 해(海)로 상정되는 장소였음을 알 수 있다.[275]

안압지와 임해전은 단순히 조경만을 위한 장소가 아니었다. 실제로 안압지와 임해전 터의 발굴 조사 과정에서 용왕신심(龍王辛審), 신심용

---

273 "十四年, 二月, 宮內穿池造山, 種花草, 養珍禽奇獸."(『삼국사기』 권7, 「신라본기」 제7, 〈문무왕(하)〉조.)

274 『東史綱目』 4(下), 갑술년 문무왕 14년(당 고종 상원(上元) 원년, 674). 자료 출처와 해석은 한국고전번역원 한국고전종합DB를 참조하였다.

275 사료(史料)에 따르면 임해전은 국왕이 신료들을 위하여 연회를 개최하는 장소였다고 전한다. 『삼국사기』 「신라본기」의 효소왕 6년(697), 혜공왕 5년(769), 헌안왕 4년(860), 헌강왕 7년(881), 경순왕 5년(931)의 기록에 보인다.

왕(辛審龍王)이라는 문구가 새겨진 토제 용기가 수습되어 주목 받은 바
있다. 따라서 두 공간은 삼산오악의 신들과 용신을 위하던 제장(祭場)이
자, 연회의 장소였다고 할 수 있다.

동시에 궁내에 조영된 원지와 정원들, 특히 안압지와 월지는 신라 전
역을 둘러싼 삼산(三山)·사해(四海)로 비정되었던 공간이었다. 그러므
로 이들 공간에는 중국이나 백제와는 다른 신라 특유의 전통 신앙이
반영되어 있다.[276] 이 시기 44관청의 계통별 등급 분류가 천하행정이

---

276 안압지는 내부에 세 개의 섬을 두기도 하였는데, 이기백은 이를 봉래(蓬萊)·방장(方
丈)·영주(瀛洲)를 의미하는 삼신산(三神山)의 상징이라 보았다.(李基白, 「望海亭과
臨海殿」, 『미술사학연구』 5(7), 한국미술사학회, 1976, 5쪽.) 또한 무산은 신녀(神女)가
산다고 관념되는 중국의 경승지이다. 이곳을 관장한다는 무산신녀는 천제의 막내딸인
요희(妖姬)로, 구름과 비 때로는 용으로 형상화 되는 신화 속 인물이다.(양회석, 「白族
說話〈望夫雲〉과 內地說話〈巫山神女〉 비교 연구」, 『중국인문과학』 37, 중국인문학
회, 2007.) 중국 진한대 이후 동양의 여러 왕조에서 왕실 원지(園池)를 조성할 때 기본
적으로 무산 12봉과 동해의 신선이 산다는 삼산, 그리고 동해를 상징하는 연못을 두었
다고 한다. 진시황제, 한무제를 이어 진한대의 역대 제왕들은 동해를 상징하는 원지와
내부에 삼신 선산을 배치한 정원을 궁궐 내에 조성하고 스스로 신선이 되고픈 욕망을
표출하였는데, 이러한 인식이 백제와 신라의 원지 조성에도 유사하게 활용되어 망해루
(望海樓)·망해정(望海亭)이나 안압지의 조영의 계기가 되었다.(김병곤, 「안압지의 월
지 개명에 대한 재고」, 『역사민속학』 43, 한국역사민속학회, 2013, 23쪽.) 그러나 중국
왕실의 이같은 사상적 기저가 고스란히 문무왕이 안압지를 조성하는 토대가 되었다고
보기는 어렵다. 삼산오악(三山五嶽), 해(海), 천택(川澤) 등을 신성시 하는 신앙은 신라
상대(上代)부터 자리한 전통신앙이다. 또한 안압지가 조성되기 직전 문무왕이 통치하
는 신라는 기근 등의 재이와 친당세력의 반란이 거듭되는 국가적 환란기였다. 이런
시기에 문무왕이 중국의 무산 십이봉이나 삼신산을 형상하는 원지와 정원을 꾸리고,
신선이 되고픈 욕망을 표출하였을리 만무하다. 안계복은 이를 두고 오히려 신라 13대
미추왕 원년에 궁동지(宮東池)에 용이 나타났다는 전거와 유리왕대에 이서국(伊西國)
이 침략해 오자 미추왕릉의 죽엽군이 이를 물리쳤다는 일화로 말미암아, 문무왕이
미추왕대의 궁동지를 재현하여 나라의 안위를 지키고자 한 것으로 보았는데,(안계복,
「안압지 경관조성의 배경원리에 관한 연구(1): 역사적 사실에 기초한 시대적 배경」,
『한국전통조경학회지』 17(4), 한국전통조경학회, 1999.) 오히려 이 주장이 타당하다

수도행정의 연장·확장이자 수도행정은 천하행정의 압축이라는 개념을 반영하여 제도화되었던 것처럼,[277] 궁궐 내에에 제의 대상에 따른 축소판을 두어 왕권 강화와 혈통 신성화의 구심점으로 활용하였던 것이라 할 수 있다. 이는 문무왕이 안압지의 조성에 이어 재위 19년 2월에 동궁을 창설한 것, 동궁에 용왕전(龍王典)·월지전(月池典)·월지악전(月池嶽典) 등의 부속시설들을 배치한 것과도 무관하지 않다.[278]

기존 논의에서는 지금까지 〈수로부인〉조를 제의의 기록으로 보면서도, 그 공간만은 속세의 범인이 다가갈 수 없는 신성한 공간이며 사실적 공간이 아닐 것이라는 추론이 거듭되어 왔다. 하지만 별제, 산천제, 망제(望祭), 기우제는 실재하는 공간을 제장 삼아 치러지는 제의다. 따라서 수로부인 일행이 참여한 제의 역시 실제 산천(山川), 바다, 천택(川澤)과 같은 환경을 제장으로 삼았던 것이라 이해해야 한다.

제의 공간이 마치 비현실적인 공간처럼 묘사된 것은 안압지, 임해전과 같이 실제 제의 장소가 신앙적 믿음을 토대로 신성성, 환상성을 부여받았기 때문이다. 그러므로 〈헌화가〉·〈해가〉가 불렸던 장소는 '별제'가 치러진 실제의 공간이며, 〈수로부인〉조의 서사는 제의 연행의 핵심적인 절차에서 수로부인이 내보인 신이(神異)를 중심으로 설화화 된 기록으로 보아야 알맞다.

여겨진다.

[277] 정덕기, 「신라 中代 중앙행정관청의 계통과 등급」, 『신라사학보』 44, 신라사학회, 2018.

[278] 안압지, 용왕전, 월지, 월지악전 등은 본래 임해전과 함께 왕과 연계된 장소였으나, 문무왕이 동궁을 창건한 이래 경덕왕대까지 지속적으로 이루어진 궁궐지구(宮闕地區)의 정비 과정에 따라, 태자의 왕위 안정과 계승권자의 위상을 확고히 다지려 한 왕가의 의도에 따라 점차 동궁 소속 기관으로 변화되었을 가능성이 있다.(김병곤, 「안압지의 월지 개명에 대한 재고」, 14쪽.)

　수로부인이 제의에 대한 공식적 책무를 맡은 나랏무당의 권위에 비
견되는 여성이었다는 추정에 타당성을 더할 수 있는 인물이 있다. 바로
『삼국유사』「탑상」편 〈백률사(栢栗寺)〉조에 보이는 용보부인(龍寶夫人)
이다. 용보부인은 대현아찬(大玄阿湌)의 아내이자 부례랑(夫禮郎)의 어머
니다. 기사에 따르면, 용보부인은 효소왕대에 국보인 현금(玄琴)과 신적
(神笛)이 없어지자 백률사에 남편과 함께 며칠 간 기도를 올려 이를 되찾
는데 공을 세웠다.[279] 이때의 용보는 신문왕이 동해룡에게서 얻은 죽(竹)
으로 만들었다는 만파식적을 위시한 보물로 왕실의 사해·용신 신앙과
밀접한 관련이 있는 국보를 지칭하는 이름이었을 가능성이 크다.

　국보의 소실은 곧 왕권의 신성성을 의심하는 일로 이어지거나, 국가
적 혼란을 야기하는 큰 문제로 이어질 수 있는 심각한 사건이었다. 이
위기를 용보부인은 남편인 대현아찬과 타개하여, 효소왕의 왕권 유지
에 기여하는 혁혁한 공을 세웠다. 효소왕은 이러한 업적으로 말미암아
용보부인을 사량부(沙梁部) 경정궁주(鏡井宮主)로 봉한다. 그녀에게 하사
된 궁주(宮主) 봉작은 왕녀(王女) 또는 왕의 처첩을 지칭하는 용어로써
단순 명예직이 아닌 당대 여성 귀족이 누릴 수 있는 최고 지위였다. 또

279　"時有瑞雲覆天尊庫. 王又震懼使檢之, 庫內失琴·笛二寶. 乃曰, 朕何不予, 昨失國仙,
　　又亡琴·笛. 乃囚司庫吏金貞高等五人. 四月募於國曰, 得琴·笛者, 賞之一歲租. 五月
　　十五日, 郎二親就栢栗寺大悲像前, 禋祈累夕, 忽香卓上得琴·笛二寶, 而郎·常二人
　　來到於像後. 二親顚喜, 問其所由來, 郎曰, 予自被掠, 爲彼國大都仇羅家之牧子, 放
　　牧於大烏羅尼野【一本作都仇家奴, 牧於大磨之野】, 忽有一僧, 容儀端正, 手携琴·笛
　　來慰曰, 憶桑梓乎. 予不覺跪于前日, 眷戀君親, 何論其極. 僧曰, 然則, 宜從我來 逐率
　　至海壖, 又與安常會. 乃批笛爲兩分, 與二人各乘一隻, 自乘其琴, 泛泛歸來, 俄然至
　　此矣. 於是, 具事馳聞, 王大驚使迎郎, 隨琴·笛入內, 施鑄金銀五器二副各重五十兩,
　　摩衲袈裟五領, 大絹三千疋, 田一萬頃納於寺, 用答慈庥焉, 大赦國內, 賜人爵三級,
　　復民租三年, 主寺僧移住奉聖, 封郎爲大角干(羅之冢宰爵名), 父大玄阿喰爲太大角
　　干, 母龍寶夫人爲沙梁部鏡井宮主."(『삼국유사』 권3, 「탑상」 제4, 〈백률사〉조.)

한 경정궁은 예사로운 궁이 아닌 신라왕실과 관련된 신성한 정(井)에 대한 관리와 제의를 주관하는 사량부의 외궁(外宮)으로 파악할 여지가 있다.[280]

용보부인의 명칭과 정(井)의 관계로부터 용과 고귀한 여성의 연계성, 용신 제의와의 상관성이 생겨난다. 효소왕은 여성이면서 믿을 수 있는 최측근을 통해 주요 정치 세력의 거점이었던 사량부에서 용신제와 같은 중요한 제의 전반을 담당케 하여,[281] 이들의 결집이 더욱 견고해질

[280] 사량부의 경정궁에 대한 사료나 연구는 전무한 실정이다. 다만 경(鏡)의 국어학적 논증과 관련하여, 신라시기 'ㅇ ㄹ'로 새겨졌을 가능성이 있으며, 이에 따라 경정(鏡井)은 알영정(閼英井)의 등가적 표기로써 경정궁이 알영정을 신격화 한 신궁이었음을 추론한 이정룡의 연구가 있다.(李正龍, 「鏡城의 鏡에 대한 언어적 인식」, 『지명학』 19, 한국지명학회, 2013, 140~142쪽.) 이는 용보부인의 직책과 지위를 추정하고 나아가 수로부인의 공식적 지위를 가늠하는데 있어 매우 소중한 견해다. 관련하여 신라 육촌 장신화(六寸長神話)와 문헌 자료를 통해 사량부 내에 알영정이나 알천 등 알영 시조전승을 받드는 제사가 이루어졌을 것으로 추정한 김두진의 연구 역시 주목할 필요가 있다.(金杜珍, 「신라 六村長神話의 모습과 그 의미」, 『新羅文化』 21, 동국대학교 신라문화연구소, 2003, 10쪽.) 다만 용보부인의 사량부에서 경정과 관련된 제의를 관리·주관하게 된 것은 알영과 관련된 신앙을 받드는 성격이라기보다, 문무왕 이후 새롭게 형성된 왕실 용신신앙을 강화하여 친왕권적인 기반을 마련하는데 목적을 둔 것으로 해석해야 할 여지가 있다.

[281] 정영란은 〈백률사〉조 기록을 단순한 분실사건이 아닌, 효소왕의 즉위와 함께 그동안 위축되었던 진골 귀족들이 불만이 이러한 사건들로 표출된 것으로 보고 있다. 아울러 효소왕이 매우 어린 나이에 왕위를 계승하였으므로 왕의 모후인 신목왕후의 지지세력이 왕권 유지에 결정적인 역할을 하였을 것으로 추정한다. 관련 인물은 신목왕후의 입궁 당시 언급되는 김개원(金愷元), 김삼광(金三光), 문영(文穎)이다. 김개원은 무열왕의 아들이며 문무왕대 중시를 역임한 인물이고, 삼광은 김유신의 아들로 모두 효소왕에게 있어서 내외종조부(內外從祖父)가 된다. 문영은 통일전쟁 기간에 크게 활약한 사람으로 김유신이 그의 목숨을 구해주었던 것으로 보아, 김유신과 밀접한 인물로 볼 수 있다고 한다. 이들이 소속하고 있는 부(部)는 사량부와 급량부로 나타나며, 모두 무열왕계와 직접적으로 연결된 사람으로 전제왕권을 성립시키는 데 크게 기여한 인물들이었다.(정영란, 「신라 효소왕대 왕권강화와 모량부 세력」, 한국교원대학교 석사학

수 있는 정권의 안정화 조치를 취한 것이다.

효소왕과 용보부인의 사례로 미루어, 성덕왕과 수로부인의 관계 역시 유추할 수 있다. 수로부인, 순정공을 왕실 측근으로 두었던 성덕왕은 효소왕에 이어 왕위에 등극한 인물이다. 신문왕 이후 역대 왕들이 지속적으로 왕권 강화에 힘써 왔다는 사실을 감안한다면 수로부인과 순정공, 성덕왕의 관계 또한 용보부인과 대현아찬, 효소왕의 관계와 별반 다르지 않았으리라 여겨진다.

따라서 수로부인은 왕실의 존귀한 여성으로서 용보부인의 전례(典例)처럼 무격으로서 민심을 회유하는 공식적 임무를 맡은 인물이라 할 수 있다. 수로부인이 신격이나 신물과 교섭하는 일이 잦았다는 부차적인 전승은 이런 사실에서 파생된 이인담(異人譚), 신이담(神異譚)이다. 수로부인의 절대적인 아름다움 역시 이인적 속성으로부터 파생된 결과이다.

결론짓자면 〈헌화가〉·〈해가〉는 성덕왕대의 극심한 가뭄 해결을 위하여 명주(溟洲), 즉 하서주(河西州) 일대의 산림천택(山林川澤)을 제장으로 삼은 '별제'에서 불려진 제의가(祭儀歌)라 할 수 있다. 비공식적·비주기적인 제의이자 민심을 회유하기 위한 목적이 있었던 만큼 신라의 전통 신앙을 승계한 민간 제의의 형식을 빌어 치렀을 가능성이 크다.

또한 〈수로부인〉조에 제시된 공간이나 사건 등을 참고하면, 〈헌화가〉는 산신(山神)을 대상으로 치러졌던 별제, 〈해가〉는 용신(龍神)을 대상으로 치러졌던 별제에서 불렸던 노래라 할 수 있다. 〈헌화가〉의 전승서사에 등장하는 바닷가는 산과 바다가 맞붙는 실제 제장의 지리적 환경을

위논문, 2014, 7~10쪽 요약.)

언급한 것이며, 〈해가〉는 천택(川澤)의 제장을 신앙적·제의적 사유에
맞도록 해안[岸], 임해(臨海)의 공간으로 비정한 것이다. 다음의 논의에
서 더욱 구체적인 근거들을 제시하여 이를 증명하기로 한다.

3) 〈헌화가〉·〈해가〉 전승의 형성 단서

지금까지 〈수로부인〉조가 실제 '별제'를 치렀던 정황이 나랏무당격
인 수로부인의 신이한 행적을 중심으로 재구성된 설화 문맥임을 밝혔
다. 이런 측면에서 〈헌화가〉·〈해가〉를 '꽃거리와 용거리로 이름 붙일만
한 제차에서 불린 노래'로 추정한 조동일의 견해는 매우 유의미하다.[282]
하지만 두 굿거리를 실제 민간 제의와 빗대어 그 실상을 명확히 하거나
두 시가가 출현하게 된 국면과 성격·기능 등에 따른 구체적인 천착이
시도되지는 않았다. 논의 핵심은 여기에 두기로 한다.

〈수로부인〉조는 〈헌화가〉·〈해가〉의 가창에 수반된 사건이 '강릉 태
수로 부임하던 중'에 일어난 것이라 기술하지만, 어디까지나 순정공과
수로부인을 중심으로 서사가 재편되며 강조된 문맥일 뿐이다. 게다가
〈헌화가〉·〈해가〉의 전승서사는 강원도 일대의 민간 제의의 모습과 유
사하다. 그러므로 실제 강원도 일대의 민간 제의 기록과 〈헌화가〉·〈해
가〉의 전승서사를 비교하여 〈수로부인〉조 전승서사에 담긴 '별제'의 정
황을 구체적으로 재구하여 보기로 한다. 또한 〈헌화가〉·〈해가〉의 속성
과 기능, 효용성을 신화·제의적, 역사적, 사회·문화적 단서들과 견주
어 도출하기로 한다.

---

282 조동일, 『한국문학통사(1)』, 161쪽.

양구(陽口)의 성황제(城隍祭)와 신화·제의 속 꽃의 주술성

성덕왕 재위기에 하서주 일대에서 벌였다는 민간 제의의 기록은 찾아보기 어렵다. 그러나 이능화의 『조선무속고(朝鮮巫俗考)』에 수록된 강원도 양구 지역 성황제의 연행상이 〈헌화가〉·〈해가〉의 전승서사와 매우 유사하다. 이로부터 수로부인 일행이 치른 '별제'의 실상을 재구할 수 있을 것으로 보인다.

양구의 동두보제(東頭洑祭)는 동제(洞祭), 즉 성황제인데 산신(山神)과 수신(水神)을 함께 모신다. 양구에서 기우제를 지내던 대표적인 장소로는 태백산맥의 고봉(高峯) 중 하나인 도솔산, 대암산(大巖山)의 용연(龍淵)이 있다. 성황제의 기반은 토착적·지역적 민간 신앙에 있다. 그래서 성황제는 지역마다 특색을 지니며, 제의로부터 민간 신앙이나 그 원형성을 찾아볼 단서들도 많다. 아래는 『조선무속고』에 수록된 『허백당집(虛白堂集)』의 기록인데, 이로부터 양구의 동두보제가 연행되었던 실상을 추정할 수 있다.

> 성현(成俔)의 『허백당집(虛白堂集)』 양구동헌(楊口東軒) 식방천(息方川) 역정조(驛程條) 영신곡(迎神曲)에는 "새벽에 젓대를 **화산(花山)**에서 부는데/ 단오날 성황신 집집에 내리누나/ 다투어 바람 타고 서로 전파하니/ 검은 머리태 구름 같이 모여드네/ **늙은 무당 변장하고 신어(神語) 내리며**/ 삽시간에 왔다갔다 동작도 빠르네/ 술 빚고 밥 지으며 평화롭게 오가며/ 으슥한 달밤 길거리를 쏘다니네/ **빨간 꽃처럼 아름다운 청춘 남녀**/ **우연히 서로 만나 다투어 희학(戲謔)하네**/ **신식(神食)으로 인한 음식 취하니 즐거워**/ 청조(靑鳥)의 오색 약속 필요치 않구나." 라고 실려 있으며 또 송신곡(送神曲)에서는 이같이 노래하였다. "푸르른 운림(雲林)엔 교목이 많은데/ 지량(芝梁)을 심어서 소옥(小屋)을 둘렀네 / 북소리는 고요한 골짜기를 울리고/ 청요(靑醪)와 **황독(黃犢)을 제물로 썼**

네/ 서로 다투어 백곡(百穀)을 비옵나니/ 음사(淫祀)는 해마다 성속(成俗)이 되는구나/ 3일을 즐겨도 오히려 부족하여/ 호문(豪門)을 향하여 식료(食料)를 염출(斂出)하네/ 쓸쓸한 바람 앞에 지전(紙錢)을 불태우니/ 깃발은 아득하여 잡을 수 없구나/ 거리에 꼬마들은 구경 위해 모여들며/ 송신(送神)의 대열은 송만(松巒)으로 돌아가네.[283]

성현(成俔)은 양구 성황제의 영신(迎神)과 송신(送神) 제차를 위와 같이 칠언시로 써 놓았다. 한 눈에 보아도 〈헌화가〉의 전승서사와 매우 유사할 뿐더러, 전승시가의 내용을 추정할 수 있는 제의 맥락이 도처에 존재한다는 것을 알 수 있다.

양구 성황제는 화산에서 젓대를 부는 것으로 시작된다. 이는 양구의 성황제가 산신제의 전통을 기반으로 형성된 제의임을 의미한다. 집집마다 성황신이 내린다는 대목은 제의의 뚜렷한 속성과 목적을 보여주는 대목이다. 동제에서 벌이는 거리제의 모습을 확인할 수 있기 때문이다. 실제로 강원도 일대에 전승되는 성황제는 이처럼 산신제, 성황제, 거리제가 복합된 양상을 보이는 경우가 많은데, 산신제와 성황제가 복합되어 있을 경우 산신을 성황보다 높은 신격으로 여긴다고 한다.[284]

---

283 李能和, 李在崑 옮김, 『조선무속고』, 동문선, 2002, 274~275쪽.
284 강원 산간 지역의 동제는 마을에 따라서 산신만 섬기는 경우, 산신과 성황을 모시는 경우, 성황과 거리제를 함께 모시는 경우, 거리제만 모시는 경우, 산신, 성황, 거리제를 모두 지내는 경우가 있다고 한다. 성황제만 섬기는 곳에서는 성황제를 산신제와 같은 것으로 인식하며, 산신제와 성황제를 둘다 지내는 지역에서는 성황제를 벌일 때, 산신당을 중심으로 먼저 제의를 바친 다음 성황제의를 지낸다고 한다. 성황제와 결부된 산신제의는 인문지리학적으로 높은 산이 있는 곳에 산신당을 마련하여 치러지며, 이때의 산신은 성황보다 높은 신격으로 모셔지는 동시에, 하늘을 상징하는 것으로도 여겨진다고 한다. 산신제와 성황제를 치르는 목적은 마을의 안녕과 풍요를 위한 것으로 동일하다.(강명혜, 「강원 산간 지역의 동제(洞祭) 양상 및 특성: 산신제, 성황제, 거리제

현재까지 전승되어 온 민간 제의들은 대개 나라굿(國巫) → 고을굿(고
을巫) → 마을굿(村落巫) → 집굿(당고)로 변화되는 과정을 겪었으나, 변
모 이전 단계의 특성 또한 간직하고 있는 것으로 여겨지는데, 양구 지
역의 성황제에서 모셔지는 강원도 산간 지역 마을들이 산신을 지고신
으로 모셨던 신앙적 전통이라 할 수 있다.

양구 성황제의 화산(花山)은 안압지의 무산 십이봉와 꽃, 〈헌화가〉 전
승서사의 천길 석장과 척촉화에 비견되는 장소이다. 화산(花山)은 실제
지명일 수도 있으나 산신 또는 성황신(城隍神)이 좌정하여 있는 공간,
혹은 한 마을·지역의 뒷산 정도를 의미할 수도 있다. 화산이 신격이
좌정한 신성한 공간을 의미한다면, 이 같은 공간에 피어 있는 꽃은 응
당 산신의 신력(神力)과 신의(神意)가 응축된 신물(神物)로 파악하는 것
이 옳다.

따라서 〈헌화가〉의 노랫말에 등장하는 자줏빛은 신격의 신성함, 혹
은 척촉화의 신성성과 신비로움을 표현하는 상징성을 표현한 문맥으로
추정된다. 바위에 이 같은 신성함이 감도는 원인은 해당 자연물, 즉 자
줏빛 바위가 산신의 주재권(主宰圈) 안에 있는 사물이기 때문이다.[285]
〈헌화가〉가 가창된 장소가 바다를 두른 석봉(石峰)이었다는 점에서, 자
줏빛 바위는 제의 공간을 대유하는 표현일 가능성이 있다. 이와 유사한

를 중심으로」, 『사회과학연구』 56, 강원대학교 사회과학연구원, 2017.)

285 최근 〈헌화가〉 관련 연구에서 〈헌화가〉에 등장하는 "자줏빛 바위"에 대한 다양한 견해
들이 제시되었다. 그러나 자색 혹은 붉은 색은 건국신화 내지 전설 등에서 군왕이나
시조, 현자가 나타날 상서로운 기운을 상징한다. 『駕洛記贊』에 기록되었다고 전하는
오가야의 신화에서는 자영(紫纓), 수로왕은 자승(紫繩), 박혁거세는 자란(紫卵), 김알
지는 자운(紫雲) 등으로 출현을 알렸다. 〈탐라국 건국신화〉의 삼여신은 자니(紫泥)
즉, 자줏빛 진흙으로 봉한 목함에 실려 제주에 도래하였다고 전한다.

분석을 제시한 이혜화는 "소는 신에게 바치는 제의의 제물, 자줏빛 바위를 제단(祭壇)으로 암소를 제물(祭物)"로 해석하였는데, 양구 동두보제의 연행상과 일치하므로 수긍할 만한 견해이다.[286]

견우노옹의 정체는 지역 일대의 산신굿 또는 고을굿을 집전하는 지역 무당으로 보인다.[287] 양구 성황제를 참고한다면, 강원도 일대에서 산신에게 "황독(黃犢)"을 제물로 바치는 제의 규범이 존재하였단 사실을 알 수 있다. 이런 면에서 "암소를 끈 노인"은 지역 무당이 산신의 모습으로 분(扮)한 것이거나, 제물을 바치는 무당의 모습이 설화적 문맥으로 바뀌며 형상화 되었을 여지가 크다.

"늙은 무당 변장하고 신어(神語)를 내리며"라는 대목 역시 견우노옹의 정체를 해명하는 실마리이다. 〈헌화가〉의 전승서사에 따르면, 수로부인과 동행한 이들 중 누구도 척촉화가 핀 곳에 접근할 수 없었으며, 오직 홀연히 나타난 노인만이 천길 석장에 접근하여 꽃을 꺾어 바쳤다고 하였다. 〈헌화가〉의 화산은 토착민이 모시는 신이 좌정한 신성 공간이자 제의의 공간이므로 범인(凡人)이 근접할 수 없었던 것임에 자명하다. 이에 반하여 견우노옹은 이런 신성 공간에 범접할 수 있는 대상이자, 이러한 공간을 넘나들 수 있는 존재였다.

---

286 李惠和, 「龍사상의 한국문학적 수용 양상」, 고려대학교 박사학위논문, 1998, 92쪽.
287 노인의 정체와 관련한 견해들이 연구마다 분분하였으나 무격은 얼마든지 제의에서 다양한 신격의 모습으로 분한다는 사실을 지적한 조동일의 견해가 이와 들어맞는다. 조동일도 노인의 정체를 두고 지나친 풀이를 할 것이 아니라 굿에 등장한 가공의 인물로 보는 편이 적절하다는 견해를 피력한 바 있다. 더하여 〈헌화가〉를 부른 노인은 자연의 풍요를 관장하는 신격이어서 꽃을 꺾어 고난을 해결할 수 있었던 것이라 하였다. 나아가 꽃거리의 연행 과정을 지방에서 섬기는 신의 도움으로 수로부인이 민심을 수습하게 되는 과정을 굿으로 보여준 것으로 이해하고 있다.(조동일, 『한국문학통사(1)』, 161~162쪽.).

수로부인은 나랏무당의 권위를 갖는 존귀한 여인이었지만, 꽃이 핀 장소에 직접 닿지 못하였다. 이것은 중앙에서 파견된 무격으로서 자신의 능력을 지역민에게 온전히 인정받지 못했던 사정을 암시하는 것이라 본다. 나랏무당의 지위를 가졌음에도 지역 무당을 빌어 그 일대 산신(山神)에게 제의를 바쳤다는 점에서 그러하다. 하지만 산신이 감응한 꽃을 건네받는 존재가 수로부인이라는 사실은 그녀 역시 신의 대리자로서 신물과 감응할 수 있는 무격이었음을 뜻한다. 수로부인에게 있어 꽃은 산신이 내어주는 기근 해결과 민심 회복의 표징이자, 중앙에서 파견된 무격의 정성스런 제의 봉행에 대한 화답이라 할 수 있다.

〈헌화가〉의 전승서사에서 견우노옹(무격)이 수로부인에게 꽃을 바치는 장면을 마치 구애의 한 장면처럼 묘사한 것은, 민간에서 벌이는 제의 절차에 "청춘남녀가 우연히 서로 만나 다투어 희학(戲謔)하는" 의식이 덧붙어 있었기 때문으로 보인다. 봄에 치러지는 계절제의에서 유감주술적 행위의 일종으로 청춘 남녀가 꽃을 따고 꽃을 주고받는 일은 흔하였는데, 이 과정에서 다른 마을의 남녀가 서로 마주보고 대치하여 즉흥시를 읊어 노래로 경쟁하는 습속이 자리하고 있었다고 한다.[288] 성현의 칠언시에 보이는 "빨간 꽃처럼 아름다운 남녀가 서로 만나 다투어 희학하네"라는 구절은 양구 성황제에 실제 청춘남녀의 꽃따기 의식이 존재하였을 가능성을 시사한다.

달리 〈헌화가〉의 로망스(Romance)적 특성은 나랏무당인 수로부인과 지역무당인 견우노옹의 제의적 관계, 신분적 관계를 중심으로 파악해 볼 수도 있다. 지역 무당이 고귀한 신분이자 나랏무당인 수로부인에게

---

[288] 마르셀 그라네, 신하령·김태완 옮김, 『중국의 고대 축제와 가요』, 212~214쪽 참조.

산신이 감응한 꽃을 바치는 행위는 '희학(戲謔)'이 아니라, 국가와 지역, 중심과 변방, 지배층과 피지배층, 국가 제의와 민간 신앙의 조화로운 결연을 추구하고자 하는 제의적 행위이기 때문이다.

다만 지역 무당이 〈헌화가〉처럼 즉흥적이며 서정성이 짙은 노래를 제의 과정 중에 부를 수 있었던 것은 이 같은 꽃따기 의식, 즉흥시의 전통이 제의적 관습으로 존재하고 있었기 때문일 여지가 크다. 더불어 경상도·동해안 지역 무가들이 노랫말과 결합하며 사설이 확장되고 제의적 축보다 오락적 축이 강화되는 정황과도 관련이 있지 않을까 한다.[289]

그러므로 〈헌화가〉를 '지역무당에게 신이 강림하여 전하는 공수'로 보기는 어려울 듯하다.[290] 〈헌화가〉의 노랫말은 매우 공손한 언술로 이루어져 있다. 이에 오히려 신으로 변장한 지역 무당이 제의를 시작하기에 앞서, 수로부인 또는 제의의 신격(神格)에게 전하던 교술 무가의 한 대목이 각색된 것으로 파악하는 편이 알맞아 보인다.

〈헌화가〉를 지역 무당이 제의를 시작하기 앞서 부른 교술 무가라 한다면, 창자(唱者)인 견우노옹은 제의를 원만한 결말로 이끌기 위한 두 가지 전제를 수로부인에게 노래로서 전달하는 것으로 볼 수 있다.

첫째 전제는 "자줏빛 바위 가에 잡고 있는 암소 놓게 하시고"인데, 이 대목은 제물을 진설(陳設)함으로서 제의 연행의 시작을 알리는 행간이다. 지역무당으로서 나랏무당의 권위를 가진 수로부인에게 제의가 시작될 수 있도록 허락에 달라는 언급일 수 있고, 신에게 자신이 집전

---

289 이희주, 「바리공주 무가의 텍스트 구성원리 연구」, 동아대학교 석사학위논문, 1999, 8쪽.

290 이는 최선경이 〈헌화가〉의 성격과 기능으로 제시한 견해이다.(최선경, 「〈獻花歌〉에 대한 祭儀的 考察」.)

하는 제의 연행이 원만한 시작을 이룰 수 있도록 허락하여 달라는 언급일 수도 있다.

둘째 전제는 "나를 아니 부끄러워 하시면"이다. 지역 무당이 나랏무당의 권위를 가진 수로부인에게 자신을 신의 대리자로 인정하고 극진히 대하여 달라는 공손의 표현이자, 신격에게 자신이 집전하는 제의가 원만한 결말에 이르도록 해달라는 무격의 요청으로 해석될 여지가 있다. 이런 전제 조건이 마련되어야만 마지막 대목인 "꽃을 꺾어 바치오리다"가 성립될 수 있다.

산신을 위한 별제 연행의 핵심은 수로부인이 꽃을 얻는 과정이었다. 제의가 온전하게, 성공적으로 치러진 결과물이 수로부인이 꽃을 얻은 행위라 할 수 있다. 꽃은 앞서 분석한 대로 산신의 신성성과 신력이 응축된 신물인 바, 단순한 구애의 산물이 아니다. 제의를 통한 산신의 감응에 기대어 기근을 해결하고 풍요가 도래한다는 주술적 효험만이 아니라, 산신의 신의(神意)를 가시적으로 보여주는 징표이자, 수로부인이 주관·참여하는 제의에 대한 지역민의 호응과 믿음을 담보할 수 있는 신성한 제의적 산물이다.

꽃이 신계와 현세를 넘나들며 주술적인 힘을 발휘한다거나 신과 인간을 매개한다는 사유는 여러 신화와 제의에서 공통적으로 발견되는 특성이다. 신화적·제의적 산물인 꽃은 애니미즘적 사고, 즉 고대의 물활론적 사유가 집약적으로 형상화 된 대상이다. 특히 자연순환과 생명의 섭리를 주재하여 인세를 좌우할 수 있는 신격의 권능이 응축된 자연물이 바로 제의에서 소용되는 꽃이다.

이때의 주화(呪花)는 소유의 대상이 달라져도 그 힘을 오롯이 발휘할 수 있는 존재이다. 신화에서는 특정 신격이 꽃을 차지하면 꽃에 응축된 권능 또한 이동한다.[291] 꽃을 차지하는 경쟁의 과정이 어떻든 종국에 꽃을 차지한 신격이 인세를 선점하며, 꽃에 응축된 신력을 발휘할 수 있다. 창세신화나 제주도 일반신본풀이 등에 나타나는 "꽃 피우고 차지하기 경쟁"이 가장 대표적인 예이다.[292] 이와 마찬가지로 신계의 꽃이 현세로 넘어오거나 인간이 신의 꽃을 손에 넣어도 인간 한계의 영역(삶과 죽음, 희노애락 등)을 좌우하는 주술적 효험이 발휘된다. 이는 제주도 무속에 관념되는 서천꽃밭의 주화(呪花)나 바리데기가 아버지를 살렸다는 꽃, 남장을 한 누이가 특별한 꽃을 기르는 집의 사위가 되어 죽은 남동생을 살렸다는 설화 등에서 확인할 수 있는 양상이다.

실제 제의에서도 꽃은 신계에서 현세로, 또는 현세에서 신계로 거취를 옮기며 제의 목적을 달성하는데 직접적으로 기여한다. 강릉단오굿이나 동해안오구굿에서 벌이는 꽃노래굿,[293] 경상북도의 한장군 놀

---

291 김헌선은 해당 신화소가 생명의 원리와 주술적 권능을 핵심으로 삼는 이야기라 하였으며, 김선자는 창세신화에서 나타나는 꽃을 매개로한 신격이 경쟁담에서 꽃이 생명의 상징이라기보다 인간세상을 차지할 수 있는 권력과 힘의 상징으로 파악하고 있다.(김헌선, 「彌勒과 釋迦의 對決」 神話素의 世界的 分布와 變異; 김선자, 「창세신화, 미륵의 귀환을 꿈꾸다: 중국신화에 나타난 석가와 미륵 경쟁 모티프를 중심으로」, 심재관 외, 『석가와 미륵의 경쟁담』, 씨아이알, 2013, 126쪽.)

292 창세신화를 비롯하여 '꽃 피우고 차지하기 경쟁'은 신화에서 꽃은 인세를 차지하는 신만이 소유할 수 있는 일종의 권위를 상징한다. 이 삽화의 전승 범주는 전세계적이다. 한반도 이외 동아시아, 중앙아시아에 이르기까지 널리 전승되는 보편적 화소라 하겠다. 꽃 피우고 차지하기 경쟁은 창세신화의 인세차지경쟁 차원에서만 논의되어 왔으나, 실제로 해당 삽화는 다양한 창세신은 물론, 치세신이나 산육신, 일정한 지역의 산신(山神) 또는 신사(神社)에 좌정한 신에 이르기까지 매우 다양한 편이다.

293 동해안별신굿이나 강릉단오굿에서 〈꽃노래굿〉은 〈뱃노래굿〉, 〈등노래굿〉과 함께 송신 제차에서 기복과 축원을 드리는 제차이다. 〈꽃노래굿〉의 도입부분은 주무(主巫)가 〈화초가〉를 부르면 나머지 무녀들은 원을 그리며 자유롭게 춤을 추며 연행된다. "화초가 임자없이. 오늘날에 임자 만났네.", "삼당 골맥이 서황님네요, 3년 동안에 꽃을 꺾어 편안하소서."등이 사설로 시작과 끝을 맺는 것이 일반적이다.(전성희, 「동해안별신굿에서 노래굿춤의 양식과 노래굿의 의미」, 『비교민속학』 55, 비교민속학회, 2014,

이,[294] 제주도의 불도맞이 등에서 이러한 사유를 확인할 수 있다.[295] 제주도 불도맞이의 꽃질침 제차에서 심방은 신계와 현세를 오가며 생불꽃을 따와 생명의 잉태를 기원한다.

이처럼 무속 제의에서는 창세신, 무조신, 인격신, 산육신 등의 내력과 깊은 관련을 가진 주화들은 신화를 근거로 실제 제장(祭場)에 현현한다. 그리고 신앙민들은 신계로부터 현세에 도달한 꽃이 풍요, 액막이, 잉태, 치병 등에 효험이 있다고 믿어 왔다. 이는 꽃이 발휘하는 영력이 곧 신의 영험과 일치한다는 신앙적 사유라 할 수 있다. 또한 현세로부터 신계로 보내는 꽃은 인간의 기원을 신에게 전달하는 매개체가 된다. 특히 제의에서는 신과 인간의 소통이 꽃을 매개로 실현되는 현상이 더

412~415쪽.) 반면 오구굿에서 꽃노래굿은 죽은 망자의 극락왕생을 위하여 연행된다. 극락왕생을 위해 세상의 모든 꽃을 꺾어 시왕전에 바치는 의례라 할 수 있다. 오구굿에 활용되는 지화와 꽃노래에서 나열되는 꽃들은 깊은 상관성을 가지고 있으며, 특히 지화는 제장에서 신의 좌정처가 된다는 사실로 미루어 장식 이상의 의미를 갖는다.(심상교,「한국무속의 신격연구: 동해안오구굿을 중심으로」,『한국무속학』 40, 한국무속학회, 2020, 25쪽.)

294 경산북도 경산에서 전승되는 민속연희나, 본래 해당 지역 단오굿의 핵심 제차인 여원무(女圓舞)에서 비롯된 것이다. 한장군은 신라 혹은 고려 때 사람으로 누이와 함께 화관을 쓴 여자로 가장하여 춤을 추며 왜적을 무찌르는 공을 세웠는데 이것이 단오굿 여원무의 시초이다. 여원무에서 사용된 꽃을 여원화라 부르며, 단오제를 지내기 전까지 제의에 참여하는 사람들은 꽃 근처에 접근하지 않았다가 파장에 이르러 이 꽃송이를 따서 품에 안고 집으로 가져가 고이 모신다. 이 꽃을 집에 두면 풍년, 제액, 치병 등의 효험이 있다고 믿는다.(金宅圭,『韓國農耕歲時의 硏究: 農耕儀禮의 文化人類學的 考察』, 嶺南大學校出版部, 1991, 265~272쪽.).

295 불도맞이는 산신(産神)을 맞이하여 어린 아이와 관련한 다양한 사항을 기원하는 제의이다. 아이의 출생과 양육, 죽음까지 전과정을 담당한다. 불도맞이를 연행하는 경우, '꽃질'을 친다. 꽃질을 치는 제차를〈꽃질침〉이라 하는데, 심방이 '생불꽃'을 산신(産神)의 관장처인 서천꽃밭으로부터 몰래 가져와 본주에게 전하고 이 꽃으로 점사를 보는 극적(劇的) 의례의 성격을 띤다.(강정식,『제주굿의 이해의 길잡이』, 민속원, 2015, 125~126쪽.)

욱 두드러지게 나타난다.

그러므로 수로부인 일행과 지역민이 벌인 '별제'는 지역 산신의 권능과 위엄을 상징하는 신이한 주화(呪花)가 신계에서 인세로, 신에게서 나랏무당인 수로부인으로 옮겨지는 제의였을 가능성이 크다. 수로부인이 단번에 척촉화에 매료된다는 설정은 꽃의 단순한 생물학적 특질이라기보다 성스러운 신의 매개물로써 발현되는 신성함의 다른 표현이자, 이같은 꽃을 제의를 통하여 얻어야만 가뭄으로 인한 기근을 해결할 수 있다는 신앙적 믿음의 표출이다. 수로부인은 산신을 위하여 벌이는 '별제'의 핵심 절차인 '꽃거리'를 통하여, 일대 토착민들에게 산신의 감응이 나랏무당에게 닿아 극심한 기근이 해결될 것이라는 믿음을 심어줄 수 있었던 것이다.

통일 신라의 용신 신앙과 명주(溟洲)의 대령산신제(大嶺山神祭)

앞서 〈해가〉의 전승서사에 등장하는 공간인 임해정(臨海亭)이 신앙적·제의적 측면에서 바다를 비정하는 의미가 있음을 신라 왕실 내의 임해전(臨海殿)의 존재와 견주어 살폈다. 또한 임해전은 통일 신라의 왕실에서 용신 제의가 집전되는 장소이자, 연회의 공간이었음을 들었다. 이와 관련하여 〈해가〉가 불렸던 제의의 실상과 성격이 어떤 것이었는가를 추정하여 보기로 한다.

〈헌화가〉·〈해가〉가 가창된 사건들은 하루 간격을 두고 일어났다. 사건이 일어난 공간 또한 다른데, 이는 '별제'로 위하는 신적 존재와 관련 제장이 달랐음을 의미하는 문맥으로 보인다. 〈헌화가〉가 불렸던 제의가 산신을 위하여 산림(山林) 위주의 공간에서 집전된 제의였다면, 〈해가〉가 불렸던 제의는 신라의 왕실 신앙과 긴밀한 관계에 놓인 용신을 내세워 천택(川澤)을 중심으로 한 공간에서 벌인 제의였을 여지가 크다.

동일한 공간에서 순차적으로 굿거리가 진행되었다고 이해할 수도 있으며, 다른 지역으로 이동하여 '별제'가 치러진 지역이 달랐다고 이해할 수도 있다. 하지만 가뭄으로 인한 기근의 해결을 목적으로 한 제의라는 점에서 두 제의를 분리하여 해석할 필요는 없어 보인다. 극심한 국가 전역의 가뭄 해소를 위하여 벌였던 '별제'였던 만큼 이에 효험이 있다고 숭앙된 신격들의 제의가 동시에 치러졌을 여지도 크다.

통일 신라에 들어 용신 신앙은 민간 제의보다 국가적 차원에서 벌일 수 있는 것으로 간주되었을 가능성이 크다. 이는 통일 신라기의 사해(四海) 관념으로 미루어 추정할 수 있다. 용신 신앙과 밀접하게 연관된 신라의 공식 제사는 사해(四海), 천택(川澤), 사독(四瀆)의 제장에서 벌이던 것이었는데, 문무왕 이후 천(川)·택(澤)·독(瀆)을 모두 용신이 기거할 수 있는 해(海)와 같은 공간으로 인식하는 신앙적 사유가 확산되며 이러한 양상이 두드러진 것이라 추정된다.

전사 체계에 입각할 때, 통일 신라의 사해에 대한 신앙적·방위적 관념은 유독 삼산오악에 깃든 그것들과는 달랐다. 사해에 주입된 사방 관념은 통일 신라기의 국토의 확장과 관련하여 전역을 대상으로 한 정방향이 아니라, 왕경을 중심으로 한 영토 의식에 방점이 있었다.[296] 이처럼 사해 관념이 왕경 중심 체제를 유지할 수 있었던 것은 신라 특유의 해신 신앙, 즉 용신 신앙이 여타의 신앙과는 달리 왕권, 왕실의 수호와 직결되어 있었기 때문이다.

용신은 통일 신라 전후로 문무왕을 위시한 역대 무열왕계 왕과 태자를 표상하는 강력한 신앙적 기제였다. 또한 문무왕 집권 이래 왕실 특

---

296 金昌謙, 「新羅 中祀의 '四海'와 海洋信仰」, 183~184쪽.

유의 수호 신앙으로 존숭되기에 이른다. 문무왕은 사후에 통일신라를 수호하는 호국룡이 되겠다는 유언을 남겼고, 그의 장례는 동해 중의 큰 바위 위에서 치러졌다. 신문왕은 부왕의 족적(足跡)을 기리기 위하여 동해변에 감은사(感恩寺)를 세워 그 일대에서 국보(國寶) 만파식적을 얻었다. 효성왕의 유골 역시 동해에 뿌려졌다고 한다.[297]

성덕왕 역시 왕실 수호의 신앙적 대상으로서 용신을 매우 중요한 존재로 여겼던 듯하다. 성덕왕대에 나라에 큰 가뭄이 들자 용명악거사(龍鳴嶽居士) 이효(理曉)를 불러 임천사(林泉寺) 못 위에서 국가 차원의 기우제를 지냈다는 기록이 그 근거이다.[298] 이효는 하서주의 인물이기도 하였는데, 이런 점에서 순정공과 수로부인이 용신을 대상으로 한 '별제'를 동일 지역에서 벌였던 까닭 또한 유추할 수 있다.

〈해가〉의 전승서사는 용신을 위하여 벌인 '별제'의 연행상이 수로부인의 신이함을 강조하는 방향으로 설화화 된 것이라 할 수 있다. 수로부인은 왕실 제의와 긴밀한 연관성을 지닌 인물로 용보 부인처럼 용신과 긴밀하게 응감할 수 있는 제의적 권위를 지닌 인물이었다. 따라서 용이 수로부인을 납치하였다는 대목은 기존 견해에서 주로 지적되었듯이 수로부인이 나랏무당으로서 용신과 응감하였음을 의미하는 제의적 문맥이라 여겨진다. 수로부인이 척촉화를 얻는 데에는 지역무당의 개입이 필수적이었지만, 해룡의 교섭에는 별도의 매개가 필요하지 않았던 까닭도 이러한 신앙적 특성을 반영한다.

---

297 "王薨, 謚曰孝成, 以遺命燒柩於法流寺南, 散骨東海."(『삼국사기』 권9, 「신라본기」 제9, 〈효성왕(孝成王)조〉.)

298 "十四年, 六月, 大旱, 王召河西州龍鳴嶽居士理曉, 祈雨於林泉寺池上, 卽雨浹旬."(『삼국사기』 권8, 「신라본기」 제8, 〈성덕왕〉조.)

더불어 〈해가〉의 제의적 맥락에는 기우 제의를 주재하였던 무격을 신과 인간, 신계와 현세를 잇는 매개자로 인식하였던 신앙적 사유가 담겨 있다. 〈해가〉가 〈구지가〉의 전통을 좇아 형성된 제의가(祭儀歌)라는 점, 신군(神君) 수로(首露)와 무격 수로(水路)를 같은 구음으로 인식한다는 점에서 그러하다.

〈구지가〉는 〈구지가〉계 노래에 근간을 두어, '가창 + 행위'로 짜여진 기우 주술 의식이 규모화·체계화 된 제의로 편입되었다가 건국이라는 사정에 맞추어 시조(始祖)의 출현담으로 변용된 시가다. 따라서 '수로(首露)'라는 이름에는 '기우 제의' 주관자(rain maker)의 위상이 신군으로 옮겨 가면서, '인세의 질서를 최초로 바로잡을 신성 존재'이자 '기우와 같은 천후의 조절이 가능한 존재'임을 동시에 뜻하는 신앙적·제의적 인식이 담겨 있다.

한편 '수로(水路)'에는 '기우 제의'의 주관자가 신과 응감할 수 있는 인간 통로[路]로서 '말라버린 인세의 물길을 용신과의 감응으로서 바로잡을 수 있는 존재'를 의미하는 신앙적·제의적 인식이 깔려 있다. 시대적 흐름에 따라 제·정이 분리되며 왕은 신군이 아닌 군주(君主)로서 정치적 역할이 강조되었고 제의를 주관하는 역할은 별도의 사제자가 맡게 되었던 시류가 이 같은 동음이의어인 '수로'에 담겨 있다고 하겠다.

수로부인이 용신에게 납치되어 용궁에 머물렀다가 인세(人世)로 돌아오는 과정은 기우 제의를 주관하는 무격 수로가 직접 용신과 감응하여 인세의 물길을 회복하는 과정이었다. 따라서 '수로(水路)'는 '(현실) 문제 상황(가뭄) → 문제 해결(기우)', '인간 물길의 은폐' → '인간 물길의 회귀', '인세 물길의 폐쇄(가뭄)' → '인세 물길의 복구(기우)'라는 제의의 단계적 실상이 간략하게 함축되어 있는 명칭이기도 하다.

그렇다면 가락국, 김해 일대의 지역을 주무대로 전승되었을 것으로 보이는 〈구지가〉 계통의 제의가가 어떻게 통일 신라기의 성덕왕대까지 잔존할 수 있었을까. 더구나 수로부인 일행이 하서주 일대의 지역민들과 벌인 제의는 그 일대의 실제 산림천택(山林川澤)을 제장으로 삼았던 것이기에, 그 간극이 실로 크다고 할 수밖에 없다. 이를 해명할 수 있는 단서는 명주(溟洲)에서 벌였던 산신제의 전통에 있다. 관련 자료로 허균의 『성소부부고(惺所覆瓿藁)』에 기술된 〈대령산신찬병서(大嶺山神贊並書)〉를 제시한다.

> 허균의 『성소부부고(惺所覆瓿藁)』 대령산신(大嶺山神) 찬병서(贊並書)에 이르기를, 해의 계묘년 여름에 내가 명주에 있었는데 그 당시 주인(州人)들은 5월 길일에 **대령신(大嶺神)을 맞이한다는 것이었다.** 내가 수리(首吏)에게 물었더니 대답하기를, 이 신은 신라장군 김유신이라고 했다. 김유신이 어려서 명주에 유학하였는데 산신이 검술을 가르쳤고, 그가 소지한 칼은 주남(州南) 선지사(禪智寺)에서 만들었는데 90일 만에 그 칼이 완성되어 빛이 달빛을 능가하였다고 한다. 김유신은 그 칼을 차고 고구려를 평정하였으며, 죽은 뒤 이 산의 영신(嶺神)이 되었다고 한다. 이 신이 지금까지 영이(靈異)하기 때문에 그 고을 사람들이 신봉하여 해마다 **5월 초 길일에 번개(幡蓋)와 향화(香花)를 갖추어 가지고 대영(大嶺)으로 가서 그 신을 맞이하여 부사(府司)에 모신 다음, 온갖 잡희(雜戲)를 베풀어 신을 즐겁게 해주었다 한다. 신이 즐거우면 길상이 깃들어 풍년이 든다하고, 신이 노하면 반드시 풍수(風水)의 천재지변이 내린다고 했다. 내가 이상히 여기어 그 광경을 보았는데 주인(州人) 부로(父老)들이 모두 모여서 구가(謳謌)하며 서로 경하(慶賀)하고 춤을 추었다.**[299]

---

299 李能和, 李在崑 옮김, 『조선무속고』, 273~274쪽. 한국콘텐츠진흥원의 누리집에서 〈대령산신찬병서〉의 원문 이미지를 확인할 수 있었다. 이와 『조선무속고』의 기록과 대조

대령산은 지금의 대관령(大關嶺)이다. 기록에 근거하면 조선 후기에 이미 명주 지역에서 대관령 산신을 김유신으로 여기는 신앙이 존재하였음을 알 수 있다. 그러나 김유신에게 검술을 가르쳤다는 산신이 본래 숭앙되던 신격이며, 김유신이 대령산신이라는 믿음은 지방 습속이 변하며 생겨난 전승일 따름이다. 강릉 지역과 무열왕계 귀족의 상관성, 김유신이 흥무대왕(興武大王)으로 추존된 사실 등을 볼 때 김유신에 대한 통일 신라인들의 인식도 신앙의 변이와 무관하지 않을 것이다.

허균은 대령산신제를 연행할 때 신맞이 제차에서 온갖 잡희(雜戲)로서 오신(娛神)한다고 하였다. 그는 대령산신을 즐겁게 하면 길상이 깃들어 풍년이 들고 그렇지 않으면 재이가 닥친다는 속신(俗信)을 특별히 여기고 있다. 또한 대령산신제의 맞이·놀이 과정을 직접 구경하면서 특기할 만한 것으로 "고을의 부로(父老)들이 모두 모여 구가(謳歌)하며 서로 경하하고 춤을 추는" 광경을 꼽았다.

이는 명주 일대의 제의에서 무격이 아닌 민간인들이 집단 가창의 형태로 신성 존재를 '맞이'하는 전통이 있었다는 것을 시사한다. 그리고 구가(謳歌)하는 '맞이'로서 모셔지는 신격이 '풍요', '풍수'와 같은 기후를 주재하는 힘을 발휘한다는 측면에서 〈구지가〉, 〈해가〉에 도드라지는 주술적·제의적 성격과도 맥을 함께한다. 추정하건대 이는 〈구지가〉계 노래에 에 투영되어 있는 주술적 전통이 완전히 제의화 된 사정을 짐작할 수 있는 동시에, 적어도 동일한 가창 방식에 기인한 제의가가 '맞이'의 기능을 발휘해 온 정황을 시사하는 것으로 보인다.

결국 〈해가〉는 민간 제의의 전통을 빌어 가뭄과 기근을 해소할 수

한 뒤 본글에 인용하였다.

있는 기우(祈雨)를 용신에게 빌었던 '별제'에서 불린 제의가라 할 수 있
다. 명주 지역의 산신제에서는 '맞이굿'의 일부로서 〈구지가〉의 가창 방
식과 동일한 구가(謳歌)의 전통이 남아 있었다. 〈해가〉가 '별제'에서 불
려질 수 있었던 이유는 이와 관련이 깊다.

구가(謳歌)의 전통은 지역 백성들 다수의 직접적인 참여를 이끌어 이
반된 민심을 수습하고 상하층의 조화를 꾀하는데 매우 적합한 방식이
었다. 그러므로 〈구지가〉 계열의 고대시가, 즉 제의가는 구가(謳歌)의
전통을 토대로 제의와 결합하여, 제의참여자들의 통합을 도모하려는
정치적·사회적 의도와 함께 오랜 시간동안 소실되지 않고 다시금 〈해
가〉로서 그 모습을 드러낼 수 있었던 것이라 하겠다.

4) 〈헌화가〉·〈해가〉 출현과 전승 의의

〈헌화가〉·〈해가〉는 시가의 속성만을 따지면 동질성을 논하는데 어
려움이 따른다. 하지만 결국 양자 모두 자연계·인간계의 어긋난 섭리
를 순조롭게 되돌리고 통합에 도달하고자 하는 기축(祈祝)의 노래라는
점에서 같은 성질을 띤다. 노래의 창자가 개인 또는 집단이라는 차이가
있을 뿐이다.

〈헌화가〉는 제의와의 직접적인 관련선 상에서 마련된 노래다. 양구
성황제의 기록으로 미루어 볼 때, 〈헌화가〉는 산신제의에서 벌이던 젊
은 남녀의 꽃 주고 받기, 즉흥시 읊기 의식에서 주로 불리던 서정 민요
의 성격을 띤 노래가 지역 무당을 통해, 수로부인과 관련된 제의가이자
교술 무가로서 달리 마련되었던 것일 가능성이 크다. 이는 민간의 요
(謠)가 제의가로 전환되는 국면을 보였던 〈황조가〉의 형성 과정과 유사
하다. 하지만 〈헌화가〉는 민간 무격이 제의 집전의 주체로서 제의의 정
황을 반영하여 어느 정도 자유롭게 무가 사설을 꾸려갈 수 있었을 즈음

에 마련될 수 있었던 시가로 추정된다.

〈해가〉역시 마찬가지이다. 제의의 실상에 알맞도록 노랫말의 구성을 달리하는 변화가 〈해가〉의 가창 상황에서도 일어났던 것이라 여겨진다. 〈구지가〉와는 달리 〈해가〉에서는 가창과 직결되는 특정 사건, '순정공과 수로부인의 관계', '해룡의 수로부인 납치' 등은 "수로부인을 내놓아라 [出水路]", "남의 아내 빼앗은 죄 얼마나 큰가[掠人婦女罪何極]"와 같은 노랫말로 재맥락화 되어 있었다. 이는 〈해가〉가 〈구지가〉를 마련한 전통에 기인하되, 노랫말을 실제 제의 맥락(context)에 맞도록 사설화시킨 것과 다름이 없다. 제의 맥락을 시가의 노랫말로 견인하면서 자연스레 2음보격은 4음보격으로, 2행은 4행으로 확장되는 변화도 일었다.

이 같은 〈헌화가〉·〈해가〉의 형성 국면은 요(謠) 혹은 기존의 제의가를 문화적·시대적·상황적 변화에 알맞도록 전용하는 방식에서 비롯된 것으로 보인다. 또한 민요와 기존 제의가를 활용하면서도 다소 자유롭게 노랫말을 재맥락화 할 수 있었던 정황을 볼 때, 서정 민요와 주술 가요가 제의와 지속적인 관계를 맺으며 '의식 또는 제의에서 불린 노래'에서 '제의를 부른 노래'로 점차 변모하는 방향, 시가 형성과 운용이 점차 컨텍스트를 지향하는 방향으로 변모하여 간 한 흐름을 파악하게 한다.

〈헌화가〉는 서정적 민간 가요가 공동체의 제의가로 전환되어 불렸으며, 독창(獨唱)으로 불렸다는 점에서 〈황조가〉와 동일하게 개인적 서정, 집단적 서정, 의존적 서정, 제의적 서정의 성격을 띤 시가라 할 수 있다. 더불어 〈헌화가〉의 서정은 수로부인 또는 신앙에 기반한 객체와의 동화를 지향한다는 점에서 〈황조가〉와 같은 유형인 동화적 서정을 지향하고 있다.

하지만 〈헌화가〉에서는 '자줏빛 바위', '암소를 잡은 손', '수로부인에게 바치는 꽃' 등의 구절에서 제의 연행의 실상을 비교적 수월하게 추정할 수 있는 반면, 〈황조가〉에서는 노랫말에서 제의와 관련된 실상을 재구할 수 있는 단서가 매우 미미하다. 따라서 〈헌화가〉는 〈황조가〉보다 뚜렷한 제의성을 지닌 시가라 할 수 있다.

〈해가〉는 구(龜), 약(若), 불(不), 번(燔), 끽(喫)에 해당하는 〈구지가〉의 노랫말을 그대로 승계함으로서 주술성을 기반으로 한 시가가 형식면, 언술면에서 공식구적 운용을 이루고 있음을 명확히 보여주는 사례이다. 또한 8세기 중반까지도 주술적인 시가를 제의에서 노래함으로써 공적 주술이 공동체가 처한 문제를 해결할 수 있다는 사유가 꽤 오랜 시간동안 지속되었다는 사실을 증명하는 단서이기도 하다. 그러나 〈해가〉는 〈구지가〉에 비하여 분명한 제의적 맥락이 노랫말로 드러난다는 점에서 주술적 인식보다 제의적 인식이, 주술성보다 제의성이 강한 시가라 할 수 있다.

하지만 〈헌화가〉·〈해가〉의 출현과 전승 의의는 고대시가와의 차별성보다 동질성에서 더욱 소중한 의의를 지닌다. 〈헌화가〉·〈해가〉는 〈구지가〉나 〈황조가〉가 마련되었던 정황과 마찬가지로 가악(歌樂)이 우주 질서의 조화로운 순환, 상하층의 통합 등을 도모하여 우주적·인간적 질서를 도모할 수 있다는 사유를 기반으로 형성된 시가다.

이에 〈헌화가〉·〈해가〉의 출현은 고대시가의 형성에 관여하여 온 주술적·제의적·서정적 인식의 결합과 상호 작용을 바탕으로 이루어진 것이라 할 수 있다. 〈헌화가〉·〈해가〉의 존재는 고대시가의 형성 방식이 일종의 작법으로서 갈래종을 넘어 8세기 중반에 출현한 향가의 형성에 지속적인 영향을 끼쳐 왔다는 사실을 방증하는 사례로서 소중한 의의를 지닌다.

5. 〈도솔가〉: 일월제치제의(日月除治祭儀)에서 불린 중세 주술·제의가

〈도솔가〉는 노랫말이 담지하는 언술 방식을 볼 때, 주술성의 범주에서 벗어날 수 없는 시가다. 이에 주술 실현의 결정적 매개물인 꽃의 속성을 〈도솔가〉의 복합적 성격에 기반하여 재고할 여지가 있다. 『삼국유사』에 기록된 〈도솔가〉 전승과 관련하여 개별 기술자의 의도가 문면에 투영된 바는 없는지 면밀히 살피는 일도 필요하다. 기존 논의 성과를 보완할 수 있는 논지들이 더해진다면, 〈도솔가〉 전승의 형성 기반과 국면에 대한 보다 종합적인 검토가 가능할 것이라 여겨진다.

그동안 〈도솔가〉를 주술적·제의적 측면에서 다룬 논의의 흐름은 주술적 전통, 선풍적 사고관, 불교적 이념 등이 복합적으로 시가에 담겨져 있다는 결론으로 가닿았다. 그러나 〈도솔가〉의 출현과 관련된 제의에 대한 실상을 구체적으로 톺아 본 경우는 드문 편이다. 대개의 논의는 '이일병현(二日並現)'의 상징성을 신화적·역사적 측면에 대입하여 분석하거나, 월명사의 신분과 산화가(散花歌)의 존재에 단서하여 불교적 측면에서 전승서사와 전승시가의 특성을 살핀 것들이다.

따라서 이 논의에서는 주술적·제의적 인식이 투영된 〈도솔가〉 전승이 여러 사상적·이념적·역사적 속성들을 복합적으로 띨 수밖에 없었던 원인을 신화·제의적, 역사적, 사회·문화적 국면들과 연계하여 풀어가 보기로 한다. 이러한 접근으로서 〈도솔가〉 전승의 형성 국면을 보다 계기적으로 이해할 수 있으리라 기대한다.

1) 기존 연구 검토와 문제 제기

전승서사가 내포한 신화적·제의적 상징성에 대한 해석을 중요시 한 연구들은 〈도솔가〉 창작의 직접적인 계기인 '이일병현(二日竝現)'의 실체를 구명하는 것을 관건으로 삼았다. 이는 무수한 신화적 상징이나 재이(災異)와 연관된 고대인들의 사고관을 총체적으로 고찰해야 하는 방대한 작업이다. 상대적으로 〈도솔가〉 관련 논의에서 전승시가에 대한 논의가 차지하는 비중은 적은 편이다.

이일병현의 의미와 상징성, 그 실체를 분석하는데 초점을 두었던 논의들은 신화·제의적 문맥과 역사 사실 가운데, 어느 쪽이 더욱 정합한 견해인가를 밝히는 일을 중요하게 여겼다. 이러한 견해 차는 〈월명사 도솔가〉조의 문면이 '신화의 역사화'인 것인지 '역사의 신화화'인 것인지를 구명하는 논쟁으로 이어지다가, 종국에는 이일병현의 신화적 상징성과 역사적 상징성을 연계하여 살피는 방향으로 조정되어 왔다.

대표적인 논의로는 〈월명사 도솔가〉조를 다분히 신화적·제의적 문면으로 이해하고, 이일병현을 더위나 가뭄과 관련한 자연재해를 상징하는 것으로 파악한 견해,[300] 당시의 천체현상을 관측한 기록들을 토대로 오로라나 혜성 또는 해무리 등으로 이일병현이 실제 천문현상을 가리킨 것이란 견해,[301] 이일병현은 신화적 상징 문맥이 현실 역사적 상징

---

300 현용준은 〈월명사 도솔가〉조의 문면이 개벽신화 내지 사양신화를 근거로 하여 일괴를 없애는 원고적·신화적 사실을 재현함으로써 혹서기(酷暑期)인 4월을 맞이하여 우주질서를 갱신하는 국가적 하계계절제의를 지낸 기록으로 보았다. 〈도솔가〉는 이 제의에서 불린 노래로 청신가(請神歌)의 성격을 띠며, 본래 전통적 의례 형식[巫儀]으로 해오던 것을 경덕왕 대에 이르러 불교의식의 형태로 개변시켜 월명사에 의해 거행된 것으로 구명하였다.(玄容駿,「月明師 兜率歌 背景說話考」,『巫俗神話와 文獻神話』, 集文堂, 1992, 424~448쪽.) 서대석 역시 이일병현과 일월조정의 삽화는 창세신화의 핵심 화소임을 들어, 자연의 재이를 조절하려던 의도가 〈월명사 도솔가〉조의 전승서사에 반영되어 있는 것으로 파악하였다.(서대석,「창세 시조신화의 의미와 변이」,『구비문학』4, 한국정신문화연구원, 1980.)

301 서영교는 이일병현을 핼리혜성의 출현으로(서영교,『핼리혜성과 신라의 왕위쟁탈전』,

문맥으로 전환되어 왕권을 둘러싼 왕당파와 반왕당파의 대립이나 기존
왕권 존속의 위협을 의미한다는 견해 등이 있었다.[302]

　한편 전승시가의 성격을 분석하거나 노랫말을 해석하는데 중점을 두
었던 논의들은 〈도솔가〉의 주술성, 서정성, 종교적 속성을 규정하는 작
업을 주요 논쟁 거리로 삼았다. 노랫말 전반의 어학적 해석뿐만 아니
라, '도솔'의 의미를 유리왕대 〈도솔가〉의 존재와 연계하여 여러 방면으
로 다양하게 재구하는 시도로서 〈도솔가〉의 형성 국면을 밝히려 힘쓴
성과들이라 하겠다.

　기존 논의에서는 〈도솔가〉를 주술성을 띤 노래로 파악하는 견해와

굴항아리, 2010.), 윤경수는 가뭄이 일었을 때 하늘이 벌겋게 물드는 오로라 현상으로,
(尹敬洙, 『鄕歌·麗謠의 現代性 硏究』) 황병익은 환일(幻日), 해무리 현상으로 파악하
였다.(黃柄翊, 「『三國遺事』 '二日竝現'과 「兜率歌」의 의미 고찰」, 『어문연구』 30, 한
국어문교육연구회, 2002; 「산화(散花)·직심(直心)·좌주(座主)의 개념과 〈도솔가(兜
率歌)〉 관련설화의 의미 고찰」, 『韓國古詩歌文化硏究』 35, 한국시가문화학회, 2015.)
그러나 변괴 해결을 위한 제의의 구체적인 목적에 대한 견해는 모두 다르다. 서영교는
정치적 혼란기 속에서 재이마저 발생하여 민간을 안심시키고 지배체제를 공고히 하려
는 목적에서 치른 제의, 윤경수는 가뭄·혹한을 해결하기 위한 제의, 황병익은 해무리
의 현상을 소거하여 민심을 안정시키려는 제의에서 불린 노래가 〈도솔가〉란 견해를
제시하였다.

302 최철, 『향가의 문학적 연구』, 새문사, 1983; 林基中, 「呪力觀念의 類型的 硏究」, 『新羅
歌謠와 技術物의 硏究』, 二友出版社, 1981; 이도흠, 「新羅 鄕歌의 文化記號學的 硏
究: 華嚴思想을 바탕으로」, 한양대학교 박사학위논문, 1993; 김문태, 「〈兜率歌〉(儒理
王代·景德王代)와 敍事文脈」, 『『三國遺事』의 詩歌와 敍事文脈 硏究』; 金學成, 「花
郞關係 鄕歌의 意味와 機能」, 『慕山學報』 9, 慕山學術硏究所, 1997; 양희철, 『삼국유
사 향가연구』, 태학사, 1997; 엄국현, 「도솔가 연구」, 『한민족문화』 43, 부산대 한국민
족문화연구소, 2012; 허남춘, 「혜성가·도솔가의 일원론적 세계관과 민심의 조화」, 『황
조가에서 청산별곡 너머』; 조현설, 「두 개의 태양, 한 송이의 꽃: 월명사 일월조정서사
의 의미망」, 『민족문학사연구』 54, 민족문학사연구소, 2014; 조동일, 『한국문학통사(1)』;
정진희, 「왕권 의례요(儀禮謠) 〈도솔가〉의 맥락과 의미」, 『한국시가문화연구』 42, 한
국시가문화학회, 2018.

불교적 찬가(讚歌)라는 견해가 팽팽히 맞서 왔다.[303] 주술성과 관련한 논의들은 무속, 즉 샤머니즘과 관련된 주술성을 〈도솔가〉가 담지하고 있으며 이러한 속성이 〈구지가〉의 전통에 직접적으로 맥이 닿아 있다는 견해,[304] 단적으로 무속성을 띤다기보다는 양재초복(禳災招福)을 바라는 속신관(俗神觀)과 혼합한 잡밀(雜密)의 불교적 주사라는 견해로 나뉘어, 〈도솔가〉의 복합적 성격을 구명하는데 진일보한 성과를 도출하여 왔다.[305] 유리왕대 〈도솔가〉와 월명사의 〈도솔가〉를 연계하여 두 노래는 왕권의 위기를 타개하고 민속환강을 기원하기 위하여 마련된 악장(樂章)적 성격을 띠고 있음을 밝힌 논의들도 같은 범주로 포함된다.[306]

이후 〈도솔가〉의 노랫말과 전승서사 문면을 두루 고찰하여 이 같은 주술성을 둘 또는 셋이 혼효된 복합적인 성격으로 파악하는 견해들이 주류를 이루었다. 낭불쌍융(郎佛雙融)으로 화랑사상과 불교가 융합하는 과정에서 창작된 것으로 불교적 색채가 우세한 노래라는 견해,[307] 환기법·명령법의 실현으로 보아 불교 전래 이전의 주술적·토속신앙적 색채가 더 우세하며 이에 불교적 요소가 결합되어 창작된 노래라는 견해,[308] 불교적 주사의 성격은 어느 정도 존재하지만, 신라의 고유신앙이자 건국 초기에 국가신앙체제로 숭앙되었던 산악숭배 사상과 화랑사상

---

303 김동욱, 『국문학사』; 金雲學, 『新羅佛敎文學研究』; 황병익, 「산화(散花)·직심(直心)·좌주(座主)의 개념과 〈도솔가(兜率歌)〉 관련설화의 의미 고찰」.

304 金烈圭, 『鄕歌의 語文學的 研究』, 서강대학교 인문과학연구소, 1972.

305 金承璨, 『新羅鄕歌研究』; 이도흠, 「新羅 鄕歌의 文化記號學的 研究: 華嚴思想을 바탕으로」.

306 최선경, 「〈兜率歌〉의 祭儀的 性格」, 『연민학지』 9, 연민학회, 2001.

307 金種雨, 『鄕歌文學研究』, 二友出版社, 1980.

308 玄容駿, 「月明師 兜率歌 背景說話考」, 『巫俗神話와 文獻神話』; 김문태, 「〈兜率歌〉(儒理王代·景德王代)와 敍事文脈」, 『三國遺事』의 詩歌와 敍事文脈 研究』.

이 결합한 선적(仙的)신앙을 짙게 담지한 선풍적 주술이란 견해,[309] 멀게
는 무속문화에 기반을 둔 것이지만 가깝게는 산화공덕으로 표상되는
불교 문화의 토양 위에서 발화된 기원의 형식을 갖춘 노래라는 견해,[310]
종국에는 불교와 무교, 화랑도 더 나아가 도교와 유교가 총체적으로 융
합되어 조화를 이룬 노래라는 다양한 견해가 제시되었다. [311]

　선행 연구 제반의 사정이 이러하니, 다시금 전승시가와 전승서사의
유기적인 결합상을 시대 이념적 맥락, 역사적·정치적 맥락에서 총체적
으로 정리하는 후속 작업이 시도되어야 할 시점이 아닌가 한다. 아울러
『삼국유사』에 기록된 〈도솔가〉 전승과 관련하여 개별 기술자의 의도가
문면에 투영된 바는 없는지 면밀히 살피는 일도 필요하리라 본다. 특히
어디까지나 〈도솔가〉는 전승시가의 노랫말로 말미암아 제의로 상정할
수 있는 특별한 의례에서 불린 노래이기에, 이 같은 제의의 실체를 면
밀히 구명하는 작업이 요구된다.

2) 〈월명사 도솔가〉조의 제의성

　〈도솔가〉는 『삼국유사』 「감통(感通)」편 〈월명사 도솔가(月明師 兜率
歌)〉조에 기술되어 전한다. 〈도솔가〉 전승에서 전승서사의 제의성은 「감
통」편의 기사와 「기이」편의 〈경덕왕·충담사·표훈대덕(景德王·忠談
師·表訓大德)〉조의 〈안민가〉 전승과 견주어 파악할 수 있다. 우선 〈도솔
가〉 전승서사에서 불교적인 특성이 우세하게 나타나는 정황은 『삼국유
사』 편찬자의 인식과 이에 따른 기술 태도가 상당한 영향을 미친 것임

---

309 許南春, 「古典詩歌의 呪術性과 祭儀性」, 『古典詩歌와 歌樂의 傳統』.
310 조현설, 「두 개의 태양, 한 송이의 꽃: 월명사 일월조정서사의 의미망」.
311 최선경, 「〈兜率歌〉의 祭儀的 性格」.

을 보이고, 이런 부분들을 제외하여 〈월명사 도솔가〉조의 이면에 담겨 있는 제의의 실상은 과연 무엇인지 살피기로 한다. 〈월명사 도솔가〉조에서 〈도솔가〉의 창작 경위와 관련된 내용을 제시하는 것으로 논의를 시작한다.

경덕왕 19년 경자 4월 삭에 두 해가 함께 나타나 10일이 지나도 사라지지 않았다. 일관(日官)이 아뢰기를 "인연이 있는 중을 청하여 산화공덕(散花功德)을 행하면 물리칠 수 있을 것입니다."라고 하였다. 이에 조원전(朝元殿)에 단을 깨끗이 만들고 왕의 가마는 청양루(靑陽樓)에 행차하여 인연이 있는 중을 기다렸다. 이때에 월명사(月明師)가 밭두둑의 남쪽 길을 가고 있으니 왕이 사람을 보내 그를 불러오게 하여 단을 열고 계문(啓文)을 짓게 하였다. 월명사가 아뢰었다. "신승은 단지 국선의 무리에만 속하여 향가(鄕歌)만 풀 뿐이고 범성(梵聲)은 익숙하지 않습니다." 왕이 "이미 인연 있는 중으로 뽑혔으니 비록 향가를 쓰더라도 좋다."라고 하였다. **월명사가 이에 도솔가(兜率歌)를 지어서 읊었다. 그 가사는 이러하다. "오늘 이에 산화(散花) 불러, 솟아나게 한 꽃아 너는, 곧은 마음의 명(命)에 부리워져, 미륵좌주를 뫼셔 나립하라.(今日此矣散花唱良巴/寶白乎隱花良汝隱/直等隱心音矣命叱使以惡只/彌勒座主陪立羅良)"** 풀이하면 이렇다. "용루(龍樓)에서 오른 산화가를 불러 청운(靑雲)에 한 조각 꽃을 뿌려 보낸 은근·정궁한 곧은 마음이 시킴이니 멀리 도솔천의 부처님을 맞이하라."【지금 세상에서 이를 산화가(散花歌)라고 부르는데 잘못이다. 마땅히 도솔가라 해야 한다. 따로 산화가가 있으니 글이 번잡하여 싣지 않는다.】 조금 있으니 해의 괴변이 사라졌다. 왕이 가상히 여겨 좋은 차 1봉과 수정 염주 108개를 하사하였다. 문득 한 동자가 있어 외양이 곱고 깨끗하였는데 무릎을 꿇고 차와 염주를 받들고 전각의 서쪽 작은 문으로 나갔다. 월명사는 내궁(內宮)의 사자라고 하였고 왕은 월명사의 시종이라고 하니 곧 서로 알아보니 모두 아니었다. 왕이 매우 이상하게 여겨 사람으로 하여금 그를 쫓아가게 하니 동자는 내원(內院)의 탑 안으로 들어가 사라졌고 차와 염주는 남쪽 벽 벽화의 미륵보살상 앞에 있었다. 월명사의 지극한 덕과 지극한 정성이 이와 같이 감동시킬 수 있는 것을 알게 되었다. 조정과 민간에서 이 일을 모르는 자가 없었다. 왕이 더욱 그를 공경하여 다시 명주 100필을 주어서 정성을 나타내었다.[312]

기록에 따르면 〈도솔가〉는 경덕왕 재위기에 이일병현(二日竝現)의 문제 상황으로 말미암아 지어진 노래다. "산화공덕을 짓는다."는 표현의 의미가 곧 〈도솔가〉의 가창이 제의의 연행상에서 이루어진 일임을 뜻한다. 〈도솔가〉는 불교 제의와 이분하여 다룰 수 없는 시가라는 사실이 확인되는 대목이다.

그런데 『삼국유사』의 기술자는 해당 전승을 「기이」편의 〈경덕왕·충담사·표훈대덕〉조가 아닌 「감통」편의 〈월명사 도솔가〉조에 배치하였다. 〈월명사 도솔가〉조에는 〈도솔가〉 전승만이 수록된 것이 아니다. 〈월명사 도솔가〉조에는 〈제망매가〉 전승과 월명리 지명 전설 전승 등이 〈도솔가〉 전승과 함께 결합되어 있다. 그러면서도 기사 제목은 〈월명사

---

312 "景德王十九年庚子四月朔, 二日並現, 挾旬不滅. 日官奏請緣僧, 作散花功德則可禳. 於是, 潔壇於朝元殿, 駕幸青陽樓, 望緣僧. 時有月明師, 行于阡陌時之南路, 王使召之, 命開壇作啓. 明奏云, 臣僧但屬於國仙之徒, 只解鄕歌, 不閑聲梵. 王曰, 旣卜緣僧, 雖用鄕歌可也. 明乃作兜率歌賦之, 其詞曰, "今日此矣散花唱良巴, 寶白乎隱花良汝隱, 直等隱心音矣命叱使以惡只, 彌勒座主陪立羅良." 解曰, "龍樓此日散花歌, 挑送靑雲一片花, 殷重直心之所使, 遠邀兜率大僊家." 今俗謂此爲散花歌, 誤矣, 宜云兜率歌. 別有散花歌, 文多不載. 旣而日怪卽滅, 王嘉之, 賜品茶一襲, 水精念珠百八箇. 忽有一童子, 儀形鮮潔, 跪奉茶珠, 從殿西小門而出. 明謂是內宮之使, 王謂師之從者, 及玄徵於俱非. 王甚異之, 使人追之, 童入內院塔中而隱, 茶珠在南壁畫慈氏像前. 知明之至德至誠, 能昭假于至聖也如此. 朝野莫不聞知, 王益敬之, 更贐絹一百疋, 以表鴻誠."(『삼국유사』 권5, 「감통」 제7, 〈월명사 도솔가〉조.)

도솔가〉조라 하였다. 「기이」편 경덕왕 기사에서는 경덕왕대의 주요 인
물명을 모두 열거하여 제목에 드러나게 한 반면, 〈월명사 도솔가〉의 경
우는 〈제망매가〉를 기사 제목에 내세우지 않고 오로지 〈도솔가〉만을
내세웠다. 마치 〈제망매가〉 전승이나 월명리 지명 설화가 〈도솔가〉 전
승에 부술(附述)된 듯한 느낌마저 든다. 기술자의 서술 체계와 관련한
편찬 의도가 이 지점에 숨어 있다.[313]

　　월명사가 또 일찍이 망매(亡妹)를 위하여 제를 올리고 향가를 지어
　제사할 새, 홀연히 광풍이 일어 지전(紙錢)을 날려 서쪽으로 향해 없어졌
　다. …(중략)… 월명사는 항상 사천왕사에 있어 피리를 잘 불었다. 일찍이
　달 밝은 밤에 피리를 불며 문앞 큰길을 지나니 달이 가기를 멈추었다.
　이로 인하여 그 길을 월명리(月明里)라 하였다. …(중략)… 신라사람이
　향가를 숭상한 자가 많았으니 대개 시송(詩頌)과 같은 류이다. 그러므로
　왕왕 능히 천지귀신(天地鬼神)을 감동시킴이 한두 번이 아니었다.[314]

....

313　김문태는 〈월명사 도솔가〉조에 있어서 〈제망매가〉 관련 전승은 향가인 〈도솔가〉로써
　　일괴(日怪)를 없앤 월명사가 이전에도 향가로써 영험을 보인 적이 있다는 방증으로서
　　부기(附記)한 것이므로 〈도솔가〉와는 직접적인 연관성이 없음을 지적하고, 이를 전승
　　서사 관련 분석에서 제외하고 있다.(김문태, 「〈兜率歌〉(儒理王代·景德王代)와 敍事
　　文脈」, 『『三國遺事』의 詩歌와 敍事文脈 研究』, 118쪽.) 그러나 〈제망매가〉 관련 전승
　　은 기술자의 서술 의도를 분명히 파악할 수 있는 단서이자, 〈경덕왕·충담사·표훈대
　　덕〉조에 담긴 기술자의 의도와 〈월명사 도솔가〉조의 그것을 비견할 수 있는 중요한
　　구성에 다름이 없다. 〈제망매가〉 관련 전승에 이어, 후술된 월명리 지명 전설 역시
　　일월조정과 관련하여 월명사의 영웅적 면모를 짐작하게 하는 기술임을 감안할 때,
　　이 같은 전제는 재고되어야 한다.
314　"明又嘗爲亡妹營齋, 作鄕歌祭之, 忽有驚颷吹紙錢, 飛擧向西而沒 …(중략)… 明常居
　　四天王寺, 善吹笛. 嘗月夜吹過門前大路, 月馭爲之停輪. 因名其路曰月明里. …(중
　　략)… 羅人尙鄕歌者尙矣. 盖詩頌之類歟. 故往往能感動天地鬼神者非一."(『삼국유
　　사』 권5, 「감통」 제7, 〈월명사 도솔가〉조.)

서술자는 월명사가 〈도솔가〉를 지어 불러 이일병현을 해결하였다는 결정적인 문맥보다 〈도솔가〉의 한역 해시(解詩)를 우선하여 기술한다. 이어 〈산화가〉와 〈도솔가〉의 차이에 대한 견해까지 덧붙였다. 그런 뒤에야 "조금 후에 해의 괴변이 사라졌다."라는 〈도솔가〉 전승의 핵심 서사가 이어진다. 더불어 천지귀신이 감동하는 향가의 효용성을 가시적으로 보였던 월명사의 이적을 모두 열거한 뒤, 이를 향가를 숭상하는 신라사람 전반의 특성까지 확대하며 기술을 마쳤다.

만약 기술자가 〈도솔가〉 전승을 국가적 차원, 경덕왕 자장 하의 이인(異人)의 이적담 정도로 여겼다면, 〈월명사 도솔가〉조의 내용은 「기이」편 〈경덕왕·충담사·표훈대덕〉에 포함되었어야 마땅하다. 하지만 기술자는 〈도솔가〉 관련 전승이 국왕이 처한 문제, 국가적 차원의 문제임을 충분히 견지하고 있었음에도 어디까지나 월명사의 입지전(立志傳)을 구성하기 위한 대목으로 활용하고 있다. 이처럼 월명사의 이적(異蹟)을 절대적으로 부각시키는 배치는 기술자 혹은 서술·편집자의 의도적인 처사였다. 이 같은 의도들이 〈월명사 도솔가〉조의 기사 구성과 서술 편제에 대대적으로 반영되어 있다.

이는 기술자가 월명사의 이적을 불교와 관련지어 이해하려는 의도에서 비롯된 것이다. 월명사가 사천왕사(四天王寺)에 거주한다는 사실을 〈도솔가〉 전승과 연계하여 기술하면서, 신라 최대의 성전사원과 이일병현의 변괴를 물리친 월명사의 이적의 상관 관계를 자연스럽게 이어놓았다. 뒤이어 〈제망매가〉 전승을 기술하여 기사의 절반 이상을 불교적 성격의 이야기들로 꿰었다. 향가의 천지감동론과 신라 사람들이 향가를 숭상하였다는 진술로 기사가 마무리되지만, 마지막에 배치된 기술자의 찬(贊)이 지향하는 핵심인 도솔(兜率)은 불교의 '도솔천(兜率天)'을 뜻하며 이로부터 〈도솔가〉에 담긴 '도솔'의 뜻을 이해하고자 하였다.

그러므로 〈월명사 도솔가〉조는 월명사의 신이를 불교적 신이로, 향가의 천지감동론을 다시금 월명사의 이적 안에서 이해할 수 있도록 완성된 한 편의 기사다. 이처럼 〈월명사 도솔가〉조의 편제와 기사 구성에 숨겨진 기술자의 의도는 〈도솔가〉 전승에서 전통 제의 또는 민간 신앙과 관련된 단서를 발견하는 것이 불가능한 일처럼 보이게끔 한다.

하지만 충담사가 지었다는 〈안민가〉 전승이 수록된 「기이」편의 〈경덕왕· 충담사· 표훈대덕〉조와 〈도솔가〉 전승을 견주면 개략하지만 제의와 관련된 실마리를 찾을 수 있다. 아래에 〈월명사 도솔가〉조의 관련 대목을 먼저 제시하여 서사 속 공간들의 제의적 성격을 논하고, 뒤이어 〈안민가〉의 전승서사에 보이는 공간들의 동일한 제의적 속성과 이에 따른 〈도솔가〉의 속성을 구체적으로 살피기로 한다.

〈도솔가〉의 전승서사에 보이는 조원전(朝元殿), 청양루(靑陽樓), 용루(龍樓)와 〈안민가〉에 나타난 귀정문(歸正門), 누상(樓上)은 전반적으로 제의적 의미를 함의하는 용어들이다. 기존 논의 가운데 〈도솔가〉 전승서사에 나타난 시· 공간의 제의적 속성을 구체적으로 구명하는 작업이 최선경에 의하여 진행된 바 있다.

최선경은 '조원(朝元)'이 '시단(始旦)', '원단(元旦)', '원조(元朝)', '정조(正朝)'와 같은 말로 새해의 첫날인 '설'을 뜻하면서 나이를 나타내는 살[歲], 달을 시작하는 '삭(朔)', 날을 시작하는 '단오(端午)'를 지칭하는 의미로도 두루 사용되었음을 감안하여,[315] 조원전을 시간이 아닌 시간적

---

315 이는 최선경(2001)이 천소영의 견해를 인용한 것이다. 단오(端午)의 의미와 관련하여 더욱 구체적인 해명을 덧붙일 필요가 있어, 다시금 천소영의 견해를 구체적으로 제시한다. 연구자에 따르면, 지명에서 상(上), 고(高), 봉(峰)을 뜻하는 술이(述尒), 수니(首泥)와 단오의 고유어인 수릿날의 수리, 독수리, 참수리, 솔개 등에 딸린 새이름 수리, 그리고 소도(蘇塗) 등의 어사는 모두 상통(相通)하는 동어원(同語源개)을 갖는 단어라

상징성이 부여된 특별한 장소를 의미하는 장소, 즉 '새로운 시작', '새로운 출발'이 이루어지는 장소로 보고 있다.

더불어 동(東)의 방향과 관련된 고어(古語)가 새로움 또는 새벽의 의미로 파생되기도 한다는 점, 실제로 『삼국사기』에 진덕왕이 조원전에서 봄 정월 초하루에 백관의 신년하례를 받은 사건을 기점으로 신라왕실의 신년하례 전통이 마련되었다는 점을 들어, 조원전이 갖는 장소적 상징성을 구체화 하였다.

조원전 외에도 청양루의 청양(靑陽)은 봄을 의미하며, 봄은 '처음 시작되는 시간'을 의미하고 방향상으로는 동쪽을 상징한다는 점, 용루에서 도출되는 용(龍)은 사신도에서 동쪽에 위치한 동물인 동시에, 전통적으로 자연을 새롭게 하는 봄을 상징하여 왔다는 해석 또한 제시하였다.[316]

유사한 성격이 공간에 부여된 사례를 〈안민가〉의 전승서사에서도 찾을 수 있다. 경덕왕과 충담사의 만남 이전에 제시되는 공간인 귀정문(歸正門)과 누상(樓上)이다. 귀정문의 경우 동일한 공간이 『삼국유사』의 차득공(車得公) 일화에도 전하므로 이와 다시 견주어, 이들 일화에 나타난 공간들의 제의적 상징성과 〈도솔가〉 출현의 상관성을 따져 보

고 한다. 의미면에서 수리계 단어들은 공간적인 영역과 신령(神靈)을 지칭하는 뜻이 강한 반면, 설계의 단거들은 신(新), 시(始), 효(曉), 초(初)와 같이 시간적인 의미와 원(元), 시(始)의 뜻으로 차이를 두며 각기 전화(轉化), 확대를 이루었다고 한다. 또한 음상의 기사(記寫)면에서 볼때, 수리계 단어들은 음차(音借)가 술이(述尒), 수(首), 술(戌), 의(衣), 소(所), 소(蘇), 훈차(訓借)가 차(車) 등으로 수/소의 어형이고, 설계 단어들은 음차가 사(斯), 사(沙), 사(思), 훈차가 신(新), 시(始), 원(元), 금(金) 등으로 서/사계통인 점에서 구별된다고 한다. 따라서 이들의 관계는 정확히 말하여 동일한 어원에서 시작하여 차자 유음이의어(類音異義語)의 관계를 이룬 것으로 보아야 함을 지적한 바 있다.(천소영, 「설(元旦)系 語辭에 대하여」, 『어문논집』 26, 고려대학교 국어국문학 연구회, 1986, 362~364쪽.)

316 최선경, 「〈兜率歌〉의 祭儀的 性格」, 2001.

기로 한다.

　　왕이 어국(御國)한 지 24년에 오악 삼산의 신들이 간혹 현신하여 전
정(殿庭)에서 왕을 모시더니, 3월 3일에 왕이 귀정문(歸正門) 누상(樓
上)에 납시어 좌우에게 묻되 "누가 능히 도중(途中)에서 한 영복승(榮服
僧)을 데려올 수 있겠느냐?" 하였다. 이때 마침 위의(威儀)가 깨끗한 한
대덕(大德)이 있어 길에서 배회(徘徊)하고 있었다. 좌우(左右)가 보고
데리고 와서 보이니, 왕이 가로되 "내가 말하는 영승(榮僧)이 아니라."
하고 도로 보냈다. 다시 한 중이 납의(衲衣)를 입고 앵통(櫻筒)을 지고
남쪽에서 오는지라, 왕이 기뻐하여 누상으로 영접하고 그의 통 속을 보
니 다구(茶具)가 담겨 있었다. "네가 누구냐?"고 물으니, "충담(忠談)."이
라고 대답하였다. 왕이 "어디서 오느냐?"고 물으니, 가로되 "내가 매양
중 셋과 중구일(重九日)에는 차를 다려서 남산(南山) 삼화령(三花嶺)의
미륵세존에게 드리는데, 오늘도 드리고 오는 길입니다." 하였다. 왕이
"나에게도 차 한 그릇을 주겠느냐?" 하니 중이 차를 다려 드리었다. 차
의 맛이 이상(異常)하고 그릇 속에서 이향(異香)이 풍기었다. 왕이 가로
되 "내가 들으니 그대의 기파랑(耆婆郎)을 찬미(讚美)한 사뇌가가 그 뜻
이 매우 높다 하니 과연 그러하냐?" 대답하되 "그러합니다." "그러면 나
를 위하여 안민가(安民歌)를 지으라." 하였다. 충담이 곧 명을 받들어
노래를 지어 바치니 왕이 아름답게 여겨 왕사(王師)에 봉하려 하였으나
충담이 재배(再拜)하고 굳이 사양하며 받지 아니하였다.[317]

---

[317] "王御國二十四年, 五岳·三山神等, 時或現侍於殿庭. 三月三日, 王御歸正門樓上, 謂
左右曰, 誰能途中得一員榮服僧來. 於是, 適有一大德, 威儀鮮潔, 徜徉而行, 左右望
而引見之. 王曰, 非吾所謂榮僧也. 退之. 更有一僧, 被衲衣負櫻筒(一作荷簣), 從南
而來, 王喜見之, 邀致樓上. 視其筒中, 盛茶具已. 曰, 汝爲誰耶. 僧曰, 忠談. 曰, 何所
歸來. 僧曰, 僧每重三重九之日, 烹茶饗南山三花嶺彌勒世尊, 今玆旣獻而還矣. 王
曰, 寡人亦一甌茶有分乎. 僧乃煎茶獻之, 茶之氣味異常, 甌中異香郁烈. 王曰, 朕嘗
聞師讚耆婆郎詞腦歌, 其意甚高, 是其果乎. 對曰, 然. 王曰, 然則, 爲朕作理安民歌,

"왕이 어국(御國)한 지 24년에 오악삼산(五嶽三山)의 신들이 간혹 현신(現身)하여 전정(殿庭)에서 왕을 모셨다."는 대목은 많은 연구자들의 지적처럼 경덕왕대 정치적 상황의 혼란을 암시하는 은유적 상징이다. 이는 무열왕계 혈통의 존립 위기를 암시한다. 또한 '귀정문'의 귀정(歸正)은 문면 그대로 그릇되었던 일이나 이치가 바른 곳으로 돌아온다는 의미를 지닌다. 이 귀정문은 『삼국유사』〈문호왕 법민〉조에 차득공의 일화에서도 보이는데, 내용은 다음과 같다.

> 왕이 하루는 서제(庶弟) 차득공을 불러 이르되 "네가 재상(宰相)이 되어 백관을 고루 다스리고 사해를 태평케 하라."고 하였다. 공이 말하되 "폐하가 만일 소신으로 재상을 삼으실진대 신이 국내를 밀행하여 민간의 요역의 노일(勞逸)과 조부(租賦)의 경중(輕重)과 관리의 청탁을 본 후에야 직에 나아가고자 하나이다." 하니 왕이 그 말을 좇았다. 공이 이에 치의(緇衣)를 입고 비파를 들고 거사(居士)의 모양을 해가지고 …(중략)… 촌락을 순행하니 주리(州吏) 안길(安吉)이 보고 이인인 줄 알고 자기 집으로 맞이하여 극진히 대접하고 …(중략)… 그 이튿날 일찌기 거사가 떠날 때에 말하기를 "나는 서울 사람인데 나의 집은 황룡·황성의 두 절[二寺] 중간에 있고 나의 이름은 단오(端午)【속에 단오를 차의(車衣)라 한다.】니 주인이 만일 서울에 오거든 나의 집을 찾아 주면 좋겠다." 하고 드디어 서울로 돌아와서 재상이 되었다. …(중략)… 안길이 상수(上守)할 차례가 되어 서울에 올라왔다. 두 절 사이에 있는 단오거사(端午居士)의 집을 물으니, 아는 이가 없었다. 안길이 오랫동안 길가에 서있던바 한 노옹이 지나다가 그의 말을 듣고 한참 서서 생각하다가 가로되 "두 절 사이에 있는 집은 대궐이고 단오(차의)는 곧 차득령공(車得

僧應時奉勅歌呈之. 王佳之, 封王師焉, 僧再拜固辭不受."(『삼국유사』 권2, 「기이」 제2, 〈경덕왕·충담사·표훈대덕(景德王 忠談師 表訓大德)〉조.)

슈公)인데, 공이 외군(外郡)에 밀행하였을 때 그대와 인연과 약속이 있
었느냐?" 하니 안길이 그 사실을 말하였다. 노인이 가로되 그대가 궁성
서쪽 귀정문(歸正門)에 가서 궁녀의 출입자(出入者)를 기다려 고하라
하였다. …(이하 생략)….[318]

문무왕이 차득공에게 제안한 재상의 본분은 백관을 고루 다스리고
천하를 태평하게 만드는 것이었다. 〈안민가〉의 가창 목적도 이와 같다.
따라서 충담사와 차득공의 소임이 다르지 않다는 것을 알 수 있다. 거
득공은 자신의 정체를 숨기고 안길에게 스스로의 이름을 '단오'라 말한
다. 그리고 안길이 왕경에 이르러 차득공을 찾고자 하지만 알 길이 없
어 애태우자, 홀연히 한 노옹이 나타나 궁성 서쪽의 귀정문에 이르면
'단오거사'인 차득공을 만날 수 있을 것이라 알려 준다. 재상으로서 왕
을 제대로 보필하여 안민(安民)에 이르도록 하는 책무를 지닌 거득공이
자신을 '단오'라 지칭한 점, 신이한 존재로 보이는 노옹이 이 같은 거득
공을 귀정문에서 만날 수 있다고 단언한 점 등을 단순한 이야기거리로
만 받아들이기는 어려울 듯하다.

---

[318] "王一日召庶弟車得公曰, 汝爲冢宰, 均理百官, 平章四海. 公曰, 陛下若以小臣爲宰,
則臣願潛行國內, 示民間徭役之勞逸·租賦之輕重·官吏之淸濁, 然後就職. 王聽之.
公著緇衣·把琵琶爲居士形, 出京師, 經由阿瑟羅州(今溟州)·牛首州(今春州)·北原
京(今忠州), 至於武珍州(今海陽), 巡行里閈, 州吏安吉見是異人, 邀致其家, 盡情供
億. 至夜安吉喚妻妾三人曰, 今玆侍宿客居士者, 終身偕老. 二妻曰, 寧不並居, 何以
於人同宿. 其一妻曰, 公若許終身並居, 則承命矣. 從之. 詰旦居士欲辭行時曰, 僕京
師人也. 吾家在皇龍·皇聖二寺之間, 吾名端午也. (俗謂端午爲車衣.) 主人若到京
師, 尋訪吾家幸矣. 遂行到京師, 居冢宰. 國之制, 每以外州之吏一人上守京中諸曹,
注, 今之其人也. 安吉當次上守至京師, 問兩寺之間端午居士之家, 人莫知者. 安吉久
立道左, 有一老翁經過, 聞其言, 良久佇思曰, 二寺之間一家, 殆大內也, 端午者, 乃車得
令公也. 潛行外郡時, 殆汝有緣契乎. 安吉陳其實, 老人曰, 汝去宮城之西歸正門, 待
宮女出入者告之."(『삼국유사』 권2, 「기이」 제2, 〈문호왕법민(文虎王法敏)〉조.)

〈안민가〉의 전승서사에서 경덕왕은 귀정문의 누상(樓上)에 올라 영복
승을 기다리다 충담사를 만났다. 〈문호왕 법민〉조의 '단오(차의)-귀정
문'과 〈안민가〉의 '누상-귀정문'은 매우 이질적인 듯하지만, 고어(古語)
발생의 근원적 측면에서는 동질성을 띤다. 단오의 고유어인 '수리'는
상(上), 고(高), 봉(峰), 정(頂), 공(空)과 같이 공간적인 영역을 지칭하는
뜻이 강하며, 점차 신(神) 또는 영(靈)의 뜻으로 확대되었다고 한다. 그
러면서도 수리는 '조원'의 확장된 의미인 '설'의 동음이의어의 성격 또
한 갖는다.[319]

또한 충담사는 매번 중구일(重九日)을 맞아 삼화령(三花嶺)의 미륵세
존에게 차를 공양하는데, "오늘도 그리하였다."고 자신의 행적을 경덕
왕에게 밝힌다. '꽃', '미륵'이라는 용례가 〈도솔가〉의 노랫말과 직결되
어 있음을 확인할 수 있는 대목이다. 중구일은 음력 9월 9일을 의미하
나 〈안민가〉의 전승서사는 문면의 가장 앞에 경덕왕의 귀정문 행차를
3월 3일로 제시한다. 시기면에서 동일한 기록 안에 불일치가 일어났다.
음력 9월 9일인 중구일은 중국의 중양절과 관련되어 있는 풍속이다.

중양(重陽)은 말 그대로 양(陽)과 양(陽)이 겹치는 날을 의미한다. 중구
일은 중삼일과 같이 한대(漢代)로부터 내려온 오랜 전통으로 중국의 중
요한 명절 중 하나였다. 학자에 따라서 음력 9월 9일에 임금과 신하가
모여 연례적 잔치를 벌이는 왕실 풍속이 신라시기부터 존재하였을 것

---

319 천소영, 「설(元旦)系 語辭에 대하여」, 363쪽. 이와 유사한 견해로 김승곤은 우리말의
수리는 'si(雄神)'와 'ra(居處)'의 합성어로 옛날부터 산이름으로 많이 쓰이고 있는 바
이는 고대인들이 산 또는 하늘에 남신(男神)이 살고 있다는 믿음에서 기인한 현상으로
파악하고 있다.(김승곤, 「일본어와의 비교」, 『한국어의 기원』, 건국대학교 출판부,
1985, 205쪽.) 거득공이 왜 자신의 거처와 관련하여 이 같은 신앙적 상징성이 농후한
수수께끼를 낸 것인지 조금 더 구체적으로 살펴 볼 여지가 존재한다.

이라는 추정을 내리지만, 고려시대 이전의 기록인『삼국유사』또는『삼
국사기』에서는 〈안민가〉의 전승서사에 한하여 언급될 따름이다. 그러
므로 음력 9월 9일이라는 시기 설정은 고려시기에 이르러 덧붙여진 전
승이거나 기록 정착기에 가미되었을 윤색일 가능성이 크다.[320]

경덕왕과 충담사가 만난 시기를 3월 3일로 한정하면 조원전, 귀정문
등에 함의된 시·공간의 제의적 상징성을 구체화 할 수 있는 단서가 마
련된다. 바로 3월 3일이 계욕일에 해당한다는 사실이다. 계욕일은 왕성
한 생식력을 상징하는 음력 3월의 첫 뱀날에 풍요를 기원하는 동시에
액을 물리치는 민간 제의의 날이다. 가야와 신라의 건국신화에서 신성
존재의 출현과 관련하여 재차 강조되었던 고대국가의 공식적 제의 연
행일이 바로 계욕일이었다. 이로부터 〈안민가〉가 역시 전통 신앙적·제
의적 사유가 창작의 구실이 된다는 것을 알 수 있다.

그러므로 〈월명사 도솔가〉조에 언급되는 공간들과 〈안민가〉 전승서
사의 공간들이 함의하는 상징성을 제의적 측면에서 동일하게 분석할
수 있다. 또한 이 같은 전통 제의적 사유가 〈안민가〉의 창작으로 이어진
것은 혼란스러운 정치적 상황과 왕권의 위기에 따른 것이다. 이와 〈도
솔가〉의 창작 계기가 된 이일병현이라는 특수한 상황에 빗대면, 〈도솔
가〉는 어디까지나 경덕왕의 정치적 위기 상황에서 신앙적·제의적 자장
에 기대어 마련되었던 시가라는 사실을 보다 명백하게 도출할 수 있다.

---

[320] 중구일에 왕이 연회를 베풀고 제사를 지냈다는 기록은『고려사(高麗史)』의 기록에
다수 보인다고 한다. 또한 중구일에 불상에 공양을 하였다는 사례는 충담사의 차 공양
이 거의 유일한 것이라 한다. 이에 오정숙은 이런 정황을 충담사가 행한 중구일의
차 공양을 불교가 오래 전부터 행해져 오던 민간신앙의 형태를 포섭한 것으로 이해하
고 있다.(오정숙,「慶州 南山 長倉谷 出土 彌勒三尊像 硏究」, 영남대학교 석사학위논
문, 2015, 57~63쪽.)

3) 〈도솔가〉 전승의 형성 단서

〈월명사 도솔가〉조는 기술자의 의도에 따라 월명사의 입지전이자, 불교적 영험담의 성격이 강조된 측면이 있다. 하지만 〈경덕왕·충담사·표훈대덕〉조의 〈안민가〉 전승과의 비교를 통하여, 다분히 신라의 전통적 일월 신앙 또는 산악 숭배 신앙, 불교 사상이 복합적으로 얽혀 있는 시가였음을 확인할 수 있었다. 또한 〈도솔가〉 전승의 '이일병현'은 혼란스러운 정치적 상황과 왕권의 위기를 상징적으로 나타낸 문맥이었다.

이어 진행할 논의에서는 이러한 유추를 명확하게 입증할 수 있는 제의적·신화적, 역사적 단서들을 하나씩 살피는 과정으로 삼고자 한다. 이를 통하여 전통 제의의 본질적 신성성이 유상적 선험으로서 왕권과 관련한 정치적 문제로 전환될 수 있었던 사정과 함께 〈도솔가〉의 형성 국면을 재구하여, 전승시가의 속성과 전승 의의를 해명할 수 있는 단초를 마련하기로 한다.

덧붙여 〈도솔가〉가 전통적 신앙관과 제의적 사유를 기반으로 하면서도 불교 이념과 결합할 수 있었던 이유, 유리왕대 〈도솔가〉와 형성 기반을 함께 다룰 수밖에 없는 이유 등을 단계적으로 해명하여 본다.

신라의 일월제(日月祭)와 이일병현(二日並現)

〈월명사 도솔가〉조는 경덕왕 재위 당시 정치적 위기를 타개하는 일월제치제의의 존재를 우회적으로 시사한다.[321] 이런 일월제치제의는 원상으로의 회귀, 만물의 재생을 기원하는 풍요·계절제의의 전통에 기반을 두고 있을 것으로 보인다. 관련하여 주목되는 신라의 제사는 삼산(三

---

321 김헌선, 『한국의 창세신화: 巫歌로 보는 우리의 신화』, 207쪽.

山)의 제사와 일월제(日月祭)다.

신라는 나력(奈歷), 골화(骨火), 혈례(穴禮) 등의 삼산(三山)을 대사(大祀)
로 지정하여 주기적인 제의를 올렸다. 허남춘은 나력을 '나 + ㄹ = 날
(日)', 골화를 '벼 + ㄹ'의 의미를 지닌 것이며 삼산은 태양, 달 등 천체
를 상징하는 것이며, 특히 나력은 신라 시조의 탄생지인 나을(奈乙)과
동일한 뜻을 지녀 하늘[天] 혹은 해[日]와 관련한 신앙을 가졌을 것으로
파악하고 있다.[322]

한편 일월제는 해와 달에 대한 제사로 별제(別祭)에 속하는 비정기적
인 제의였다. 『삼국사기』〈제사(祭祀)〉조에 따르면 신라의 일월제는 문
열림(文熱林)이라는 장소에서 연행되었다. 때에 따라 일월제를 왕이 직
접 주재한 것으로 보기도 하는데,[323] 조원전에서 원일(元日)에 행하는 하
정례와 같이 행해진 것으로 추정된다. 이는 『수서(隋書)』의 기록에서 보
인다. 두 기록을 아래에 제시한다.

> 사천상제(四川上祭)는 첫번째는 견수(犬首)에서, 두번째는 문열림(文
> 熱林)에서, 세번째는 청연(靑淵)에서, 네번째는 박수(樸樹)에서 지냈다.
> 문열림에서는 일월제(日月祭)를 하고, 영묘사(靈廟寺) 남쪽에서는 오성
> 제(五星祭)를 하고, 혜수(惠樹)에서는 기우제를 하였다. …(중략)… 위의
> 제사들은 혹은 별도로, 혹은 수재와 한재가 생기면 지냈다.[324]

322　허남춘, 「한일고대신화의 산악숭배」, 『제주도 본풀이와 주변 신화』, 322·328~329쪽.
323　최근영, 「한국고대의 일월신앙에 대한 고찰」, 『최영희선생화갑기념한국사학논총』, 탐
　　　구당, 1987, 9쪽.
324　"四川上祭, 一犬首, 二文熱林, 三靑淵, 四樸樹, 文熱林行日月祭, 靈廟寺南行五星
　　　祭, 惠樹行祈雨祭 …(중략)… 上件或因別制, 或因水旱而行之者也."(『삼국사기』권
　　　32, 「잡지」제1, 〈제사〉조.)

매년 정월(正月) 원단(元旦)에 서로 하례(賀禮)하는데, 왕은 연회를
베풀어 뭇 관원의 노고를 치하한다. 이 날에는 일월신(日月神)에게 절을
한다.[325]

『삼국사기』는 일월제를 별제로 분류하고 있다. 상대적으로 『수서』
에는 일월제가 하정례와 함께 치러지는 신년 의례라 하였다. 기록에 따
르면 이때 일월신에게 절을 한다고 하였는데, 그 주체는 왕 또는 왕과
신료들일 가능성이 높다. 『북사(北史)』, 『구당서(舊唐書)』 등에도 유사한
기록이 존재하는데 내용은 아래와 같다.

매달 초하룻날 서로 축하하며 왕이 연회를 베풀고 뭇 관원들의 노고
를 치하한다. 이날에 일월신에게 임금이 절한다.[326]

중원일(重元日)에 서로 축하하며 연회를 벌인다. 매번 그 날에 일월신
에게 절한다.[327]

하정례는 세시 의례이면서도 임금과 신하의 상하관계를 재확인 하는
의식이다. 임금의 권위를 높이고 왕권을 강화하는 기능을 직접적이고
현실적으로 정례화 한 의례가 바로 하정례라 할 수 있다. 신라가 하정

---

325 "每正月旦相賀, 王設宴會, 班賚群官. 其日拜日月神."(『수서』 권81, 「열전(列傳): 동
이(東夷)」 제46, 〈신라(新羅)〉조; 채미하, 『신라 국가제사와 왕권』, 297쪽 각주 131번
재인용.)

326 "每月旦相賀, 王設宴會, 班賚群官. 其日拜日月神主."(『북사』, 권94, 「열전」 제82, 〈신
라〉조; 채미하, 『신라 국가제사와 왕권』, 297쪽 각주 131번 재인용.)

327 "重元日 相慶賀燕饗 每以其日拜日月神."(『구당서』 권199(上), 「열전: 동이」 제149
(上), 〈신라〉조; 『신라 국가제사와 왕권』, 297쪽 각주 131번 재인용.)

례 의식을 진덕왕 5년 즈음 당(唐)으로부터 받아들인 것으로 추정된다. 하정례의 수용의 배경은 당시 백제의 대야성 침공에 따른 당과의 연합, 김춘추에 의한 당나라의 문물 수용 등과 밀접한 관련이 있다고 한다. 또한 하정례는 중국의 의례이나 원일에 일월에 절하는 제의적 전통을 찾아볼 수 없다는 점에서, 하정례와 비견할 만한 신라의 전통 세시제의 일 것으로 짐작하고 있다.[328]

그러므로 일월제는 본래 산악 신앙에 의거하여 생겨난 농경의 풍요를 기원하는 계절제의, 시조를 숭배하는 태양 숭배 제의로서의 국가 제의의 성격을 아울러 갖추었던 제의로 추정할 수 있다. 점차 역법의 수용과 함께 계절의 전환을 우주 순환의 주기로 여겼던 사유는 일년의 처음과 끝을 중시하는 사유로 변모하였겠고 이후 오묘제와 전사 체계가 통일신라기를 전후하여 정립되면서 일월제는 대사(大祀)에서 소사(小祀)로, 계절제의에서 왕권(王權)의 권위를 표방하는 세시제의로, 종국에는 하정례와 같은 중국 제도의 수용으로 인하여 별제(別祭)로까지 변모하는 과정을 겪었던 듯하다.

특히 고대의 왕은 시간을 주재하는 힘이 있다고 사유되었기 때문에, 일월제가 갖는 계절제의 혹은 세시제의의 전통과 왕권 의례가 긴밀히 결합할 수 있었던 것으로 보인다. 이런 측면에서 신라의 전통 신앙에서 해[日]는 왕, 왕권을 상징하는 신앙적 대상으로 여겨졌을 여지가 충분하다.

본래 일월제는 풍요를 기원하며 자연의 질서, 사회적 질서, 계층의 질서를 원만한 조화로 이르게 하는 제의이자 국가적·왕권적 위상을 확

---

[328] 김영준, 「신라 일월제(日月祭)의 양상과 변화」, 『한국학연구』 52, 인하대학교 한국학 연구소, 2019, 316쪽.

인하는 제의였다고 할 수 있다. 그래서 일월제는 일월재생제의와 일월
제치제의 양자 모두로 소용되었을 여지가 크다. 『삼국사기』, 『수서』,
『북서』, 『구당서』의 기록은 하정례와 일월제를 치렀던 시기를 각각
"매정월(每正月)", "매월단(每月旦)", "중원일(重元日)"로 기술하고 있다.

경덕왕이 월명사를 만난 시기, 그러니까 '이일병현'이 출현한 시기는
4월 삭(朔)일에 해당한다.[329] 이는 곧 "매월단(每月旦)"에 해당하는 시기
라 할 수 있다. 또한 경덕왕과 충담사의 만남은 봄이 시작되는 절기인
중삼일(重三日)에 이루어졌다. 월명사가 〈도솔가〉를 지어불렀던 정황,
충담사가 〈안민가〉를 지어불렀던 정황은 모두 신라 고유의 시간 관념
과 자연 현상에 대한 신앙적 인식이 근간을 이루는 제의, 계절제의 또
는 세시제의의 전통에 기반하는 셈이다.

이 같은 관점을 견지하면 〈도솔가〉의 전승서사에 나타난 '이일병현'
과 구비서사시(신화) 속 '이일병현' 삽화, 그리고 자연 그 자체의 재이인
'이일병현'과 왕권의 존립을 좌우하는 정치적 위기를 자연스럽게 이을
수 있는 연결고리가 생겨난다.

구비서사시(신화) 속에서 '일월조정'은 우주·자연 현상과 인간 삶의
관계를 염두에 둔 것이다. 가뭄, 혹은 혹한(酷寒) 등을 겪고 그것을 극복한
인간사의 형상화라 달리 말할 수 있다. 이는 계절제의의 전통, 원시·고
대로 이어진 신앙적 전통이다. 이 같은 '일월조정' 화소가 왕권 숭배
사상과 얽히면 해는 절대 존재인 왕을 상징하는 것으로 여겨졌으며 둘

---

329 현용준 역시 동일한 견해를 피력한 바 있다. 정월 혹은 4월 '삭(朔)'은 '시작', '새로움'이
   란 새로운 계절로의 이행, 새로운 우주 질서가 재생하는 날, 나아가 국가질서체계의
   갱신과 유관하며 제의와 밀접한 관련이 있을 것이라 하였다.(玄容駿, 「月明師 兜率歌
   背景說話考」, 『巫俗神話와 文獻神話』, 439~440쪽.)

또는 여럿의 태양은 왕위를 위협할 수 있는, 혹은 왕위를 위협하는 존재들을 상징하는 것으로 여겨졌다.

소사(小祀)로 편입된 일월제는 사천상제(四川上祭) 가운데 하나로 문열림(文熱林)에서 치러졌다고 하였다. "문열림(文熱林)"이라는 명칭에서 혹서(酷暑)와의 상관성을 도출할 수 있다. 사천상제에 속한 나머지 제의들이 연행된 제장(祭場)의 명칭이 각각 "견수(犬首)", "청연(靑淵)", "박수(樸樹)"임을 볼 때 해당 제의는 기우제로서 극심한 가뭄, 더위를 제치하는 기우제의 일종으로 산림천택(山林川澤)을 제장으로 삼아 치러진 것임을 알 수 있다.

이러한 인식은 일월제가 전사(典祀) 편제 상 위상이 격하되었음에도 여전히 계절제의의 전통, 산악 숭배 신앙의 전통을 가지고 있었음을 우회적으로 시사한다. 그러므로 일월제를 계절제의로 치렀던 신라 왕실의 전통이 종국에는 별제(別祭)로 남아 소사(小祀)로 편입되며 한재를 소거하는 비정기적인 제의로 연행되었던 것처럼, 일월제를 왕권 제의이자 신년 제의로서 치렀던 전통 역시 왕권에 위기가 닥칠 때마다 비정기적으로 연행되었을 가능성이 높다.

『삼국사기』에는 경덕왕을 이어 왕위에 등극한 혜공왕의 기사에 동일한 이일병현 사건이 일어났다는 사실이 기록되어 전한다.[330] 『삼국유사』의 혜공왕 관련 기사는 수많은 재이(災異)의 연속으로 꾸려져 있다. 〈경덕왕·충담사·표훈대덕〉조의 결말 또한 혜공왕의 비극적인 결말을 암시하고 있으므로 이는 경덕왕에서 혜공왕에 걸쳐 왕권의 위기가 지속된 정황을 의미하는 것과 다름이 없다.

---

[330] "二年, 春正月, 二日並出, 大赦, 二月, 王親祀神宮."(『삼국사기』 권9, 「신라본기」 제9, 〈혜공왕(惠恭王)〉조.)

또한 경덕왕 재위기에 이일병현 사건이 일어난 일시는 4월 1일이며, 혜공왕 재위기에는 정월 봄이라 기록되어 있다. 따라서 세시제의로 일월제를 치렀던 시기에 상응되며, 곧 이 같은 제의적 상징성이 〈도솔가〉의 '이일병현'을 단순한 자연 재이가 아닌, 역사·정치적 자장 안에서 왕권의 문제를 상징적으로 드러내고 있음을 단적으로 보여주는 것이라 할 수 있다.

하지만 조현설의 지적처럼 〈도솔가〉의 노랫말에 드러난 꽃의 주술은 화살의 주술과 문화적 기반이 다르다.[331] 〈구지가〉와 유사한 주술적 언사를 꽃이라는 매개를 통하여 실현하고 있으나 이에 완전히 합치하지 않는다. 구비서사시에서는 이일병현의 문제를 영웅으로 표상되는 존재가 활쏘기를 통하여 해결하는데, 월명사는 〈도솔가〉라는 시가를 지어 노래하는 행위만으로 이 같은 재이를 소거시킨다.

〈도솔가〉의 노랫말과 전승서사의 '이일병현'을 연계할 수 있는 단서는 미륵과 꽃에 있다. 이는 신라 특유의 산악 숭배 신앙과 관련된 산신, 용신, 미륵(彌勒), 화랑(花郞), 꽃 간의 연관 관계에서 비롯된 매우 복합적인 신앙적·제의적 사유들이 얽힌 것이다. 우선 〈도솔가〉의 미륵은 작열하는 두 태양의 변괴를 해결할 수 있는 신격이며, 왕권을 수호하는

---

331 그러나 본고는 〈도솔가〉에 내재된 주술의 실체를 샤머니즘이 아닌 멀게는 애니미즘, 가깝게는 신라 초기의 산악 숭배 신앙을 승계한 선풍적 주술로 이해하고자 한다는 점에서 조현설의 견해와 차이가 있다. 조현설은 〈도솔가〉에서 시도된 꽃의 주술은 창세신화의 미륵과 꽃의 관계에서 알 수 있듯이 멀게는 무속문화에 기반을 둔 것이지만 가깝게는 산화공덕이라는 불교 문화의 토양 위에서 발화된 기원의 형식이라 하였다. (조현설, 「두 개의 태양, 한 송이의 꽃: 월명사 일월조정서사의 의미망」, 137쪽.) 반면 김헌선은 제주도 지역의 '일월조정' 신화소와 〈월명사 도솔가〉조의 일월제치의례는 다소 거리가 있음을 지적한 바 있다.(김헌선, 『한국의 창세신화: 巫歌로 보는 우리의 신화』, 208쪽.)

신격이라는 점에서 산신 그리고 용신과 밀접한 관련을 지닌다.

신모가 오랫동안 이 산에 웅거하여 나라를 진호(鎭護)하니 영이(靈
異)가 매우 많았다. 나라가 선 이래로 항상 삼사(三祀)의 하나로 하였고
그 차서(次序)가 군망(群望)의 위에 있었다. …(중략)… (사소(娑蘇)가)
처음에 진한(辰韓)에 와서 성자(聖子)를 낳아 동국(東國)의 첫 임금이
되었으니, 대개 혁거세(赫居世)와 알영(閼英)의 이성(二聖)이 나온 바이
다. 그러므로 계룡(鷄龍)·계림(鷄林)·백마(白馬) 등으로 일컬으니 계
(鷄)는 서쪽에 속하는 까닭이다.[332]

남해거서간(南解居西干)은 또한 차차웅(次次雄)이라고도 한다. 이것
은 존장(尊長)을 칭하는 말인데, 오직 이 왕만을 일컫는다. 부(父)는 혁
거세(赫居世)요 모(母)는 알영부인(閼英夫人)이요 비(妃)는 운제부인(雲
帝夫人)【혹은 운제부인(雲梯夫人)이라고도 하니, 지금 영일현(迎日縣)
서쪽에 운제산성모(雲梯山聖母)가 있는데 가뭄에 빌면 응함이 있다.】이
었다.[333]

(유신)낭(朗)이 기뻐하며 친히 백석(白石)을 데리고 밤에 길을 떠났다.
바야흐로 고개 위에서 쉬고 있는데 두 여자가 낭을 따라 왔다. 골화천
(骨火川)에 이르러 유숙하는데 또 한 여자가 홀연히 나타나 이르렀다.
낭이 세 여자와 즐겁게 이야기하고 있노라니 세 여자가 맛있는 과일을

---

332 "神母久據玆山, 鎭祐邦國, 靈異甚多. 有國已來, 常爲三祀之一, 秩在群望之上. …(중
략)… 其始到辰韓也, 生聖子爲東國始君, 盖赫居·閼英二聖之所自也. 故稱雞龍·雞
林·白馬等, 雞屬西故也."(『삼국유사』 권5,「감통」 제7,〈선도성모수희불사(仙桃聖母
隨喜佛事)〉조.)

333 "南解居西干, 亦云次次雄, 是尊長之稱, 唯此王稱之. 父赫居世, 母閼英夫人, 妃雲帝
夫人【一作雲梯, 今迎日縣西有雲梯山聖母, 祈旱有應】."(『삼국유사』 권1,「기이」 제1,
〈제2대 남해왕(第二南解王)〉조.)

낭에게 대접하였다. 낭이 그것을 받아먹으면서 마음을 서로 허락하고 즐겁게 담소하면서 자신의 상황을 이야기하였다. 여인들이 말하기를 "공이 말씀하신 바는 이미 들어서 잘 알겠사오나, 원컨대 공이 백석을 떼어놓고 우리와 함께 수풀 속으로 들어가시면 그때 사실을 다시 말하겠습니다." 하였다. 이에 그들과 함께 들어가니 낭자들이 문득 신으로 변하여 말하였다. "우리들은 나림(奈林), 혈례(穴禮), 골화(骨火) 등 세 곳의 호국신인데, 지금 적국의 사람이 낭을 유인하여 데리고 가는 데도 공은 알지 못하고 따라가고 있으므로 우리는 그것을 말리려 이곳에 온 것입니다."라고 말을 마치고서 사라졌다. 공이 이 말을 듣고 놀라 엎어져 두 번 절하고 나왔다.[334]

신라 건국 초기에 산신은 여성신으로 또한 신라 왕실의 고귀한 여성인 왕비와 동일한 존재로 인식되었다. 이 같은 신앙적 전통은 지리산 선도성모(仙桃聖母)를 혁거세왕의 모계로 사유하였던 산악 숭배 신앙에 기반한 것으로 추정된다.[335] 하지만 성모(聖母)와 신모(神母)라는 호칭은 불교나 도교가 본격적으로 받아들여지던 중세화의 시기에 변모한 명칭이며, 애초에는 창조신격이 산신으로 바뀌고 성모라 불리며 건국주의 어머니 역할로 머문 신화적 인식의 변화에 기반하여 형성된 것이다.[336]

---

334 "郎喜, 親率白石夜出行, 方憩於峴上, 有二女隨郎而行. 至骨火川留宿, 又有一女忽然而至, 公與三娘子喜話之時, 娘等以美菓餽之, 郎受而啗之, 心諾相許, 乃說其情. 娘等告云, 公之所言已聞命矣, 願公謝白石而共入林中, 更陳情實. 乃與具入, 娘等便現神形曰, 我等奈林·穴禮·骨火等三所護國之神, 今敵國之人誘郎引之, 郎不知而進途, 我欲留郎而至此矣. 言訖而隱, 公聞之驚仆, 再拜而出."(『삼국유사』 권1, 「기이」 제1, 〈김유신(金庾信)〉조.)

335 "盖鄕言也. 或作弗矩內王, 言光明理世也. 說者云, 是西述聖母之所誕也. 故中華人讚仙桃聖母, 有娠賢肇邦之語."(『삼국유사』 권1, 「기이」 제1, 〈신라시조 혁거세왕〉조.)

336 허남춘, 『설문대할망과 제주신화』, 민속원, 2017, 30~31쪽.

신라에서 여산신은 호국신(護國神)이기도 하였다. 신모가 나라를 수호하였다는 〈선도성모수희불사(仙桃聖母隨喜佛事)〉조의 기록과 삼산의 여신들로 인하여 위기 상황에서 목숨을 구할 수 있었다는 〈김유신(金庾信)〉조의 기록이 단서이다. 이러한 신앙적 전통은 남해왕의 왕비였던 운제부인을 운제산 성모로 여기는 전승, 그리고 운제산 여산신이 한발(旱魃)을 제어하는 신력이 있다는 믿음으로 이어졌다.

용신의 신격 특성 또한 여산신과 같다. 알영은 계룡(鷄龍)의 옆구리에서 낳았다고도 전하는데, 『삼국유사』의 편찬자는 계룡을 곧 여산신과 다름없는 존재로 여기고 있다. 알영과 용신 신앙의 상관 관계로부터 초창기 신라의 전통 신앙에서 산신과 함께 용신의 위상 또한 막강한 것이었음을 짐작할 수 있는 대목이다. 하지만 용신은 점차 자연신보다 인격신을 더욱 상위로 인식하였던 신앙 체계의 변모로 인하여, 여산신의 그늘에 가려진 신격이 되었을 것으로 짐작된다.

그러나 통일신라를 전후하여 용신은 다시 그 위상을 회복한다. 용신은 문무왕의 현신이자 신라의 호국신으로, 그리고 사해(四海)와 천택(川澤), 독(瀆)을 대상으로 하는 제의 혹은 기우제의 신격으로서 산신과 유사한 기능을 지닌 신앙 대상으로 숭앙되었다.

〈도솔가〉에서 미륵은 작열하는 두 개의 태양을 원상 회귀할 수 있는 존재다. 따라서 물의 상징성을 지니는 신격인 용신과 가장 직결되는 대상이다. 또한 해시(解詩)에 보이는 용루(龍樓)의 존재 또한 미륵과 용신과의 상관성을 짐작케 한다. 이에 대한 견해는 조동일이 미륵을 용을 뜻하는 '마리'와 동일시 되는 신앙 대상으로 파악한 것에 들어맞는다.[337]

---

337 조동일, 『한국문학통사(1)』, 172쪽.

더불어 미륵은 다양한 상징성을 가진 존재이기에 산신의 속성을 담지한 존재로 파악할 수 있다. 이는 여산신과 화랑, 그리고 꽃으로 이어지는 또 다른 해석의 맥락을 제공한다. 『삼국유사』〈미륵선화·미시랑·진자사(彌勒仙花·未尸郎·眞慈師)〉조에 다음과 같은 기록이 보인다.

> 왕은 천성이 온아하여 크게 신선(神仙)을 숭상해서 낭자(娘子)의 아름다운 자를 가리어 원화(原花)를 삼았다. …(중략)… 어느날 밤에 한 중이 꿈에 나와 이르길, "네가 웅천(熊川)의 수원사(水源寺)에 가면 미륵선화를 만날 수 있으리라."하였다. …(중략)… 진자(眞慈)가 그 말대로 산하(山下)에 가니 산신령(山神靈)이 노인으로 변하여 나와 맞아 이르되 "여기 와서 무엇을 하려느냐?"하니 진자(眞慈)가 대답하되, "미륵선화를 뵙고 싶습니다."하였다. …(중략)… 지금 국인(國人)이 신선(神仙)을 불러 미륵선화(彌勒仙花)라 하고 무릇 매개(媒介)하는 사람을 미시(未尸)라고 하니 모두 진자(眞慈)의 유풍(遺風)이다.[338]

대개 신선(神仙)과 산신(山神)은 동일한 존재로 여겨진다. 진흥왕은 신선을 숭상하여 여성 가운데 아름다운 자를 가리어 원화를 삼았다고 하였다. 이는 산신, 여성, 꽃의 신앙적 상징성이 원화제를 마련하는 기저가 되고 있음을 시사한다. 주지하다시피 원화는 화랑의 전신(轉身)이다. 사학계에서는 원화를 제관(祭官)으로서 국가 제의에 긴밀히 관여한 여성이자 종교성을 띤 집단으로 보며, 원화제의 종교적 성격이 화랑제로

---

[338] "又天性風味, 多尙神仙, 擇人家娘子美艶者, 捧爲原花 至今國人稱神仙曰彌勒仙花. …(중략)… 一夕夢有僧謂曰, 汝往熊川, 得見彌勒仙花也. …(중략)… 慈從之, 至於山下, 山靈變老人出迎曰, 到此奚爲. 答曰, 願見彌勒仙花爾 …(중략)… 凡有媒係於人者曰未尸, 皆慈氏之遺風也."(『삼국유사』 권3, 「탑상」 제4, 〈미륵선화 미시랑 진자사(彌勒仙花 未尸郎 眞慈師)〉조.)

계승되었다고 파악하기도 한다.[339]

진자에게 미륵선화의 존재를 알려준 대상은 산신령이다. 이런 정황은 고대 신라의 전통적 제의 장소가 불교적 성지로 전환되는 과정이자, 불교와 신라 전통 신앙의 결합을 보여주는 사례다. 실제로 미륵은『미륵하생경(彌勒下生經)』에 따라 산정(山頂)과 밀접한 관련을 지닌다.[340]

진자의 설화에서 산신령이 진자에게 미륵선화의 존재를 알려주는 하위 신격과 같은 존재로 나타나는 것 또한 이런 사정을 반영한다. 산신을 봉안한 산신각(山神閣)이 각 사찰마다 건립되어 있는 사정, 한국 불교의 특별한 상단(上壇)·중단(中壇)·하단(下壇)의 분단법과 사찰 내 산신각, 칠성각(七星閣)의 위치 등도 불교가 산신에 대한 재래 신앙을 수용하며 토착화, 대중화 할 수 있었던 사정을 보여주는 단서들이다.[341]

이는 비단 산신만의 문제가 아니었다. 용신 신앙 또한 재래 신앙을 끌어들이는 전략으로 대중화에 성공한 불교에 귀속되기에 이른다. 진자의 꿈에 나온 중은 미륵선화를 만날 수 있는 곳을 웅천(熊川)의 수원사(水源寺)라 하였는데, 이 장소들은 본디 전통적 수신 신앙과 관련한 장소일 가능성이 크다. 천택(川澤)은 예로부터 용신이 기거한다고 사유

---

339 고현아, 「신라 원화제 시행의 배경과 성격」, 『역사와 현실』 67, 한국역사연구회, 2008, 103쪽.

340 오정숙, 「慶州 南山 長倉谷 出土 彌勒三尊像 研究」, 68쪽.

341 불교 사찰에 산신각을 언제부터 세워왔는지는 명확하지 않다. 그러나 이런 양상은 불교의 대중화사업과 무관하지 않고 민간결사를 동원하여 교화 작업이 활발히 진행된 시기를 소급하다보면, 원효(元曉)에 이르게 되지 않을까 한다. 척판암(擲板庵) 설화, 천성산(千聖山) 내원사(內院寺)의 연기설화와 원효암(元曉巖) 설화 등은 신라의 토착적 산신신앙과 불교의 관계가 처음에 꽤 대립각을 세웠을 것이란 추정을 가능하게 한다. 하지만 이후 불교가 토착 신앙을 자신들의 자장으로 끌어들이는 전략으로 전환하면서 대중화에 성공할 수 있었을 것으로 보인다.

하였던 곳이지만 불교는 신라의 못, 개울에서 제사와 긴밀한 관계를 유지하고 있는 장소마다 사찰을 세우고 존속하게 하였다.[342] 영묘사(靈妙寺), 황룡사(黃龍寺), 분황사(芬皇寺) 등은 모두 이와 같이 마련된 곳이다. 영묘사가 세워졌던 옥문지(玉門池)라는 못이 있었으며,[343] 황룡사와 분황사는 각각 용궁 남쪽과 용궁 북쪽에 세워졌다고 전한다.[344]

또한 귀부(龜趺)의 존재도 용신 신앙과 불교의 습합 정황을 보여주는 단서이다. 원효의 업적을 기리는 고산사(高山寺) 서당화상비(誓幢和尙碑)의 귀부의 존재가 대표적이다. 귀부의 거북은 용과 동일한 존재이다. 원시의 창세신화에서 보편적으로 거북과 용은 대지를 창조한 신격, 우주순환의 섭리 그 자체로 여겨진다. 거북이 대지나 산을 떠받들고 있다거나 거대한 용이 세상의 시간과 계절을 주재한다고 여겼던 믿음은 종국에 거북과 용이 기우를 주재하는 신격으로 섬겨지는 신앙 체계를 마련하기에 이른다.

〈도솔가〉의 미륵은 마리, ㅁ르, 마루, 뫼 등의 고유어와 밀접한 관련이 있다. 용신, 산신, 불교의 미륵이라는 구체적인 신격으로 파악할 수도 있지만 결국 역사적·시대적·신앙적 변화상을 감안하여 아우르는 정리는, 〈도솔가〉의 노랫말을 볼 때, '미륵'이 위치는 이일병현(二日竝現)의 문제를 해결할 수 있는 상신(上神)의 자리라는 것이다.

〈도솔가〉의 꽃은 이 같은 상신을 매개할 수 있는 주술의 대상이다. 〈구지가〉와 같은 주술적 인식이 시가 형성의 근저임은 꽃을 문제 해결의 매개물로 상정하는 방식, 매개물에게 문제 해결이 이루어지도록 호

342 채미하, 『신라 국가제사와 왕권』, 291~292쪽.
343 『삼국유사』 권1, 「기이」 제1, 〈선덕왕지기삼사(善德王知幾三事)〉조 참조.
344 『삼국유사』 권3, 「흥법」 제3, 〈아도기라(阿道基羅)〉조 참조.

칭, 명령·요구하는 〈도솔가〉의 방식에서 알 수 있다.[345] 꽃은 생명과 풍요를 주재하는 권능을 지닌 산신, 용신의 신력이 응축된 자연물이다.

우리 신화적·설화적 사유체계 안에서 꽃은 고유한 생명을 가지고 인간과 무관하게 피고 지지만, 문화적·신앙적 상징을 가진 원형으로 재창조 되면서 인간을 재생하는 요소로 인간의 피, 살, 숨 등을 살리는 구실을 하거나, 적대자를 퇴치하는데 소용되기도 하고, 어떤 경우는 꽃과 물이 함께 작용하면서 이와 같은 기능을 수행하여 왔다.[346] 이는 이 일병현의 문제에 개입하는 〈도솔가〉 속 꽃의 상징성에 그대로 들어 맞는다.

꽃은 신라의 정치적·사회적 측면에서 원화(源花)와 화랑(花郎)을 상징하기도 한다. 화랑의 풍류도(風流道), 선도(仙道)는 본래 산신과 용신을 숭배하던 신라의 전통 신앙을 기반으로 형성된 것인데, 이후 이 같은 화랑사상에 불교가 융합하며 화랑을 미륵의 화신으로 여기는 전승이 생겨나기도 하였다.

화랑은 국가적·사회적 위난과 부조화를 해결하고자 가악(歌樂)을 매개로 하여 수련하고 제사하고, 국정을 보좌하던 제의적·정치적집단이었다.[347] 따라서 경덕왕대에 이르러 일월제는 일월제치제의로서 왕권의 위기를 해결하는 정치적 성격을 띠고 있었으며, 〈도솔가〉의 꽃은 이러한 문제를 제의적·정치적으로 해결할 수 있는 화랑 집단의 은유·상징일 가능성이 크다.[348] 같은 맥락에서 〈혜성가(彗星歌)〉의 노랫말 가운데

345 허남춘, 「혜성가·도솔가의 일원론적 세계관과 민심의 조화」, 『황조가에서 청산별곡 너머』, 62쪽.
346 김헌선·변진섭, 「구비문학에 나타난 꽃 원형: 이야기와 본풀이를 예증삼아」, 『구비문학연구』 28, 2009.
347 허남춘, 「鄕歌와 歌樂」, 『古典詩歌와 歌樂의 傳統』, 67쪽.

'삼화(三花)'는 '세 송이의 꽃'이자 곧 '세 명의 화랑'이라는 의미로 소급
된다는 사실을 견줄 수 있다.[349] 충담사가 삼화령(三花嶺)에서 미륵에게
차공양을 하였다는 전승, 삼화령과 미륵의 설화 전승은 본래 화랑 집단
이 향유하던 차문화 전통과 선풍 사상이 불교적 윤색으로 뒤바뀐 것일
가능성이 농후하다.[350]

....

348 관련하여 허남춘은 〈도솔가〉를 정치적인 측면에서 무열계에 대항하는 내물계의 위협
을 경덕왕이 월명사를 위시한 화랑세력의 도움으로 극복하고자 한 시가로 파악한 바
있다. 논의에 따르면, 미륵은 삼국통일 이전부터 무열계 왕권을 떠받드는 세력이었으
며, 미륵의 분신으로 여겨졌기에 〈도솔가〉의 미륵과 동일한 대상이며, "미륵좌주를
모셔 나립하라"라는 대목은 내물계에게 화랑세력을 받들고 아래에 늘어서라는 함의를
담은 것으로 분석하였다.(허남춘,「혜성가·도솔가의 일원론적 세계관과 민심의 조화」,
『황조가에서 청산별곡 너머』, 64쪽.) 하지만 〈도솔가〉에서 "미륵좌주를 모셔 나립하
는" 존재는 꽃이며, 미륵은 상신성을 지닌 존재로 문제를 해결할 수 있는 신성 존재를
의미하는 자리임을 감안하고, 또한 〈도솔가〉가 불교적 속성이 우세한 시가임을 고려한
다면 '꽃'은 화랑을 상징하며 "미륵좌주를 모셔 나립하라"는 것은 구세(救世)를 실현하
는 미륵의 가피(加被)가 미칠 수 있도록 화랑세력에게 사상적·정치적 결집을 요구·
선언하는 의미를 지녔다고 보는 편이 알맞지 않은가 한다.

349 김은령은『삼국유사』의 시가와 찬(讚)에 나타나는 '꽃[花]' 관련 기록을 모두 추려내어,
불교적 속성을 띠고 있는 각편에서 1차적 상징으로서 불교(弗·法·僧)와 동일시되는
꽃과 2차적 상징으로 불교(弗·法·僧)와 동일시되는 꽃으로 유형화 하였다. 1차적 상
징의 꽃들은 '불법'을 표상하며 '불(佛)'로 거듭나는 '꽃'으로서의 상징성을 지니며,
2차적 상징의 꽃들은 '불교' 그 자체, '불법', '화엄세계 또는 화엄사상', '포교', '밀교(순
밀)와 본법(현교)', '불법의 신이성' 등 전법(傳法)의 전형을 띠고, 1차적 상징과 2차적
상징은 꽃은 불찬(佛讚)을 바탕에 두고 상징의 방식에 따라 층위를 형성하고 있는
것으로 보았다.(김은령,「삼국유사』의 시가와 향가: 찬시와 향가 속 '꽃'의 양상을 통해
본 상징과 층위」,『한국불교사연구』13, 한국불교사연구소, 2018.) 이로 미루어 짐작할
때, 〈도솔가〉의 꽃 역시 단순한 자연물이자, 제의의 소용물이 아닌 일정한 '상징성'을
띠고 있을 가능성이 크다.

350 박정진은 서기 8세기 무렵 신라의 무상선사와 김지장 보살이 입당하기 전에 이미 신라
의 차문화는 상류사회에 보편화되었지만, 차공양 의식은 화랑 집단을 중심으로 삼국통
일을 전후하여 유행하였고, 통일 이후에도 삼화령에서 충담사가 미륵세존에게 차를
공양하는 헌다의식으로 이어질 수 있었던 것으로 보았다. 이 같은 차생활은 불교가

그러므로 〈도솔가〉는 정치적 측면에서 군신의 결집을 다지던 일월제의 전통 하에, 구세(救世)를 실현하는 미륵의 가피(加被)가 미쳐 정치적 위난을 극복할 수 있도록 화랑세력에게 사상적·정치적 결집을 요구·선언하는 의미를 지닌 노래라 할 수 있다. 〈도솔가〉의 전승서사에서 이일병현을 소거하는데 사양(射陽) 행위가 수반되지 않은 것은 어디까지나 신격의 신성함에 기대어 일월제, 구체적으로는 일월제치제의로서 변괴를 소거할 수 있다는 믿음을 강력하게 보여준다.

더불어 〈도솔가〉의 꽃이 '이일병현'의 문제를 해결할 수 있는 주술적·제의적 매개물로 등장하는 것은 불교와의 관련성보다, 신라의 전통 자연 신앙관에 기댄 주술적·제의적 사고관이 근본을 이루는 것으로 보아야 한다. 꽃을 흩뿌리는 행위는 불교의 산화공덕과도 유사한 것이지만 무속 제의에서도 신을 송축(頌祝)하기 위하여 빈번히 실현되는 제의 행위이다. 〈월명사 도솔가〉조에서 〈도솔가〉 전승을 제외한 후술 기록들, 기술자의 첨술을 제외한 온전한 〈도솔가〉 전승서사의 시·공간적 제의성에 주목한다면, 충분히 이 같은 추정을 내릴 수 있다.

〈도솔가〉에는 본래 시가의 창작을 통하여 공동체의 문제, 국가적·사회적 문제를 실현할 수 있다는 사유, 그 기반을 계절적·시간적 순환에 따른 계절제의, 세시제의의 자장 안에서 노래로서 기구하던 주술적·제의적 사유가 깃들어 있다.

이는 〈구지가〉 이래 고대시가가 형성되어 온 전통과 맥을 나란히 한

융성하면서 더욱 발전하였지만, 그 이전에 이미 풍류정신을 바탕으로 하는 차도와 차례의 형식이 갖추어 졌음을 알 수 있으며, 풍류도의 차정신이 불교로 이어진 것임을 지적한 바 있다.(「박정진의 차맥(21) 한국차 신화학 다시쓰기: ⑨화랑의 차, 한국 차 문화의 원형」, 세계일보, 2011-09-26〈www.segye.com/newsView〉.)

다. 그러므로 이 같은 주술적·제의적 전통을 다시금 국가적·정치적 측면의 효용성을 지닌 가악(歌樂)의 전통과 결합시키고, 이를 실제 정치적·사회적 문제를 해결하는 데에 가닿게 한 사유적 연계와 전환의 국면에 〈도솔가〉 전승의 형성 기반이 있다고 하겠다.

유리왕대 〈도솔가〉와 화랑계 향가

월명사가 창작한 향가 〈도솔가〉와 같은 명칭의 가악(歌樂)이 신라 초기에 존재하였다. 신라 유리왕(儒理王) 재위 5년(기원 28년)에 마련된 〈도솔가〉다. 유리왕은 혁거세, 남해(南解)의 뒤를 이어 신라의 제3대 통치자가 된다. 혁거세는 건국신화의 주인공이고 남해는 차차웅(次次雄)이라 하여 무당의 권능으로 나라를 다스렸는데, 유리왕은 다만 연장자를 뜻한다는 이사금(尼師今)이기만 하였다.

유리왕은 시조묘를 관장하는 임무를 누이에게 맡겨 제(祭)·정(政)의 분리를 도모하였으며 육부(六部)의 명칭을 고쳐 행정조직을 정비하는 노력을 기울였다. 이는 유리왕이 신화적 질서나 무당으로서의 권능이 아닌 더욱 합리적인 통치 방식을 마련하고자 한 노력의 일환으로 이해된다.[351] 유리왕대 〈도솔가〉의 출현은 이 같은 유리왕의 통치 사상과 긴밀한 연관을 띠는 것으로 보인다.

노랫말이 전하지 않아 실체 파악에 어려움이 따르지만, 유리왕대에 마련된 가악으로서의 〈도솔가〉는 악장(樂章)의 성격을 띠는 것으로 파악하는 견해가 일반적이다.[352] 월명사가 창작한 향가 〈도솔가〉 역시 이

---

351 조동일, 『한국문학통사(1)』, 143쪽.
352 이명구의 견해가 대표적이다. 이명구는 유리왕대 도솔가를 '일정한 격식을 갖춘 음악에 맞추어 부르는 노래, 곧 악장(樂章)의 시초(始初)'로 파악한 바 있다.(李明九, 「도솔

일병현으로 상징되는 국가적·왕권적 위기를 타개한 노래라는 점에서
일견 악장의 성격을 띤다. 두 〈도솔가〉가 각기 출현한 시기적 간극이
상당함에도 악장적 기능과 목적을 갖추고 공통적으로 '도솔가'라 불렸
던 점에서, 〈도솔가〉는 〈도솔가〉계 시가라는 유형으로 오랫동안 가악적
전통을 이어왔으리라 짐작된다.[353]

　　6세기 이전까지 신라음악 문화는 상고사회로부터 전승된 여러 지방
의 향토음악으로 구성되었을 가능성이 크다. 『삼국사기』에 전하는 〈회
악(會樂)〉과 〈신열악(辛熱樂)〉 또한 신라의 향토 음악에 대한 기록으로
파악되고 있다.[354] 〈회악〉은 〈회소곡(會蘇曲)〉과 동일한 기반을 지닌 악
곡이며[355] 〈신열악〉은 사내(思內), 시뇌(詩腦), 사뇌(詞腦)처럼 "싀늬"의
음차로서 동토(東土) 또는 고유의 향악으로 파악될 여지가 있는 바,[356]
신라 초기에는 민간의 요(謠)를 계절제의 혹은 국가 제의에서 쓰이는
가(歌)로 전환하여 가악을 마련하는 전통이 있었음을 알 수 있다.

　　하지만 상대적으로 유리왕대 〈도솔가〉는 〈회악〉, 〈신열악〉과 마찬가
지로 제의와 관련이 있되, 주술적 인식을 기반으로 한 노래였을 것이라
는 견해가 지속적으로 제시되면서 제의성과 주술성, 그리고 종국에는

　　가의 역사적 성격」, 『논문집』 22, 성균관대학교, 1976.)

353　『삼국사기』 〈유리이사금(儒理尼師今)〉조의 5년 11월 기사로 미루어 유리왕대 도솔가
　　가 민속환강을 목적으로 마련된 노래라는 사실은 선학들의 연구에서 꾸준히 지적되어
　　온 바다. 월명사의 〈도솔가〉 역시 나라의 안정과 국태민안을 목적으로 창작된 시가이
　　므로 사실 상 큰 틀에서 두 〈도솔가〉의 효용성은 상통한다고 할 수 있다. 〈도솔가〉를
　　일정한 갈래, 특수한 가곡(歌曲)의 명칭으로 본 견해는 최남선의 논의가 대표적이다.
　　(崔南善, 「論說·論文(Ⅰ)」, 『六堂崔南善全集(9)』, 현암사, 1974, 455~468쪽.)

354　宋芳松, 『韓國古代音樂史研究』, 195쪽.

355　梁柱東, 『朝鮮古歌研究』, 19쪽.

356　梁柱東, 『朝鮮古歌研究』, 33~49쪽.

서정성을 지닌 노래로까지 파악되며 그 성격을 둘러싼 논란이 지속되어 왔다.[357]

앞서 고대시가 세 편의 형성 국면을 살피고 이를 단순한 각편 출현에 그친 정황이 아닌 당시 서정적 양식을 마련하는 작법이자, 체계로서 파악한 바 있다. 그 가운데 〈황조가〉는 기존의 서정 민요를 국가 제의의 자장으로 끌어들여 사회적 통합을 도모하려는 의도에서 형성된 것이었고, 〈구지가〉 역시 기존의 주술요를 신화·제의의 영역으로 끌어들여 기존 집단의 신앙적·제의적 자기장을 새로운 권력 집단의 자장으로 포섭함으로서 사회적 통합을 도모하고자 한 의도에서 마련된 것이었다. 따라서 이 같은 방식이 국가적 제사와 관련한 가악을 형성하는 작법이자 체계로서 나름의 계열을 형성하여 간 것이었다면, 유리왕대 〈도솔가〉 역시 기존의 가요를 운용하던 작법을 따라 마련된 가악으로 추정할 수 있지 않을까 한다.

유리왕대 〈도솔가〉는 가악 또는 가무의 하위범주를 거느리는 가무악(歌舞樂)이되,[358] 적어도 노랫말은 주술성이 일정 정도 담지된 짧은 형식

---

357 정형용은 〈도솔가〉를 신령이나 액귀에 대한 송축사 또는 주원가의 서사문학적인 것이 민속환강을 노래한 것으로 발전한 것이라 보았으며,(鄭亨容, 「국문학사」, 신흥문화사, 1948, 10~11쪽.) 김사엽은 종교적 의식의 축사(祝詞)로 천우신조(天佑神助)를 기원한 것이라 하였다.(金思燁, 『改稿 國文學史』, 149쪽.) 양주동은 상고의 종교적 의식의 축사와 근고의 서정요의 중간 형식으로 보았고,(梁柱東, 『朝鮮古歌硏究』, 14~17쪽.) 조윤제는 주력적(呪力的) 노래로 혹은 종교적 성가(聖歌) 내지 신요(神謠)로 파악하고 있다.(趙潤濟, 『國文學史』, 14~15쪽.) 이어 장덕순은 종교적인 주술에서 완전히 탈피하여 개인생활의 안정과 평안을 기리는 서정적 민요의 성격이 다분히 곁들어 있는 향가에 가까운 노래로 규정하고 있다.(장덕순, 『국문학통론』, 81~82쪽.) 이후의 견해들은 이 같은 견해를 바탕으로 유리왕대 〈도솔가〉의 악장(樂章)적 성격을 부각한 것들이므로 이하 생략한다.

358 허남춘, 「鄕歌와 歌樂」, 『古典詩歌와 歌樂의 傳統』, 54쪽.

의 시가일 가능성이 높을 것이라 본다. 유리왕 재위기는 기원 후 1세기
경이다. 비슷한 시기에 〈황조가〉, 〈구지가〉와 같은 제의 의식과 밀접한
서정시가와 주술시가가 존재하였음을 감안하고, 〈구지가〉와 같이 연맹
부족 단계의 주술적 제의가를 다시 국가적 제의 혹은 신화를 마련하는
일부로서 운용한 사례가 존재하며, 신라가 비교적 늦게 중세화의 길목
에 접어든 덕분에 자신들의 전통을 여타 고대국가에 비하여 오래도록
고수할 수 있었다는 사실을 염두에 둘 필요가 있다.

  신라 건국 초기에 궁정에서 국가 제의와 밀접한 관련을 갖는 존재들
은 바로 화랑의 초창기격 집단인 선도다. 화랑을 풍월주(風月主) 혹은
'선(仙)'이라 부르는 정황,[359] 신라로부터 고려로 이어진 팔관회(八關會)
에서 〈산대희(山臺戱)〉의 가무백희를 담당한 집단이 '사선악부(四仙樂
部)' 곧 신라 화랑[仙] 계통의 사람들이었던 정황,[360] 화랑이 담당하던
음악을 '신열악', '사내악(思內樂)', '사선악(四仙樂)', '신방곡(神房曲)'으로
부르기도 하는 정황으로 말미암아 이 같은 실상을 추정할 수 있다.[361]

359 黃浿江 · 尹元植, 『韓國古代歌謠』, 96쪽.
360 손태도에 따르면 신라의 팔관회는 고려로 이어졌으며, 팔관회 때에 이루어진 〈산대희〉
     의 가무백희를 담당한 집단은 '사선악부' 곧 신라 화랑 계통의 사람들이었다고 한다.
     사선은 영랑(永郎), 술랑(術郎), 남랑(南郎), 안상(安祥) 등 신라 시대에 산수간을 노닐
     며 풍류를 즐긴 대표적인 화랑들로서, 이후 사선악부는 이들 사선 계통에서 나온 가무
     백희를 담당하고 있던 부서였을 가능성을 지적하고 있다.(손태도, 「광대, 자유로운 예
     술을 위한 길에 서서」, 국사편찬위원회, 『천민 예인의 삶과 예술의 제적』, 두산동아,
     2007, 149쪽.)
361 이익은 『성호사설』 〈국조악장〉조에서 만중삭 삼대엽조를 심방곡이라 이르고, 처용지
     희에서 신방곡(神方曲)을 연주하였다고 언급하고 있다.(이혜구, 「시나위와 사뇌에 관
     한 소고」, 『한국음악연구』, 민속원, 1996, 246쪽.) 시나위를 신방곡이라고도 하는데,
     이러한 신방곡 또는 심방곡이 '오느리' 무가(巫歌)에 기원을 두고 있을 것으로 추정하
     는 연구들이 지속적으로 발표된 바 있다.(이보형, 「韓國無意識의 音樂」, 『한국무속의
     종합적 고찰』, 고려대학교 민족문화연구소, 1982; 조규익, 「초창기 歌曲唱詞의 장르적

그렇기 때문에 화랑은 신라의 토착신앙(산악신앙, 산신숭배, 제천의식, 무속신앙)의 전통을 계승, 집행한 집단을 아울러 지칭하는 의미를 지니기도 한다.[362]

화랑의 원류인 선도(仙徒)들이 오악삼산의 토속신을 받는 신앙을 기반 삼아 '선풍(仙風)'이라는 독자적인 사상적·신앙적 이념을 정립한 이래, 화랑 집단은 신라 초기 사회·정치·문화 전반에서 활약하였던 지배층으로 자리매김하였다. 이들이 섬기는 선풍 사상 역시 국가 신앙 체계와 밀접한 연관을 갖게 된다. 하지만 신라 중대 이후 전제왕권이 강화되며 서서히 쇠퇴하고, 그 자리를 불교에 내어주게 되었다.[363]

경덕왕대는 왕권 강화를 위하여 유교를 통치 이념으로 받아들이고 전적으로 관제(官制) 전반을 개혁하던 시기였다. 하지만 제의적 측면에서 여전히 신라 고유의 전통 신앙이 존속하고 있었으며, 이로부터 향가의 감통(感通) 기능을 숭앙하였고 그 힘을 전적으로 숭앙하는 전통 또한 맥을 이을 수 있었던 것으로 보인다.

향가는 서정적 인식을 기반으로 하는 동시에 제의적 인식 또는 제의와 무관할 수 없는 작품들이 많다. 그래서 주술적 인식 또한 그 기층에 남아 있을 수밖에 없다. 앞서 언급한 대로 사뇌가 창작의 주된 전문 집단으로 꼽히는 화랑은 신라 초기부터 국가 제의와 밀접한 관련을 맺고

위상에 대하여: 〈북전〉과 〈심방곡〉을 중심으로」, 『국어국문학』 112, 국어국문학회, 1994; 김기형, 「〈오ᄂᆞ리〉 유형의 기원과 전승 양상」, 『한국민속학』 30, 한국민속학회, 1998; 신연우, 「時調와 서울 굿 노랫가락의 관계」, 2005; 강경호, 「〈오ᄂᆞ리〉 노래의 무가적 전통과 「심방곡」과의 관련 양상」, 『영주어문』 17, 제주대학교 영주어문학회, 2009.)

362 이재호, 「〈화랑세기〉의 사료적 가치」, 『정신문화연구』 36, 한국정신문화연구원, 1989, 112쪽.

363 許南春, 「古典詩歌의 呪術性과 祭儀性」, 「古典詩歌와 歌樂의 傳統」, 197쪽.

있었다.[364] 따라서 제의가의 가장 초기 단계, 즉 주술적 인식이 농후하게 깃든 제의가와 친숙할 수밖에 없었으며, 이후 이 같은 주술적 제의가를 사회적·문화적 상황이나 시내 이념에 따라 제의의 맥락에 알맞도록 운용할 수 있는 전문적인 창작자로 거듭나며 전통 제의 혹은 불교 제의와 밀접한 관련이 있는 사뇌가의 주된 창작자가 되었을 여지가 크다.[365]

특히나 낭승(郎僧) 또는 화랑 집단의 향가 창작은 국가 안정과 직결된 효용적 가치를 동일하게 지니고 있었다. 〈도솔가〉는 물론 〈안민가〉와 〈찬기파랑가〉, 〈모죽지랑가〉 모두가 이 같은 효용성을 지닌다. 〈안민가〉와 〈찬기파랑가〉의 성격이 다른 것처럼 여겨질 수 있으나, 실상 양자의 기능과 효용성은 동일하다.

사상적 기저를 떠나 〈안민가〉가 국가 안정과 직결된 효용적 가치를 지녔음은 반론의 여지가 없다. 〈찬기파랑가〉는 충담사가 뜻이 높은 향

---

364 이와 관련하여 최근 살풀이의 기원적 의미를 '도솔'의 의미와 화랑과 화랭이의 연관성을 중심으로 재고한 정혜원의 견해가 주목된다. 정혜원은 〈도솔가〉를 화랑의 사뇌가 형식으로 보고 현재 화랭이 재인집단의 시나위 형식의 살풀이로 전개되어 온 것으로 보았다. 이에 살풀이 가무악의 담당계층이 화랑으로 소급될 수 있으며, 본래 〈도솔가〉는 신라시대 화랑계층이 국행 천신제의에서 올리던 제사가악으로 후에 도솔풀이 무가, 도솔풀이 시나위 음악, 도솔풀이 춤으로 전승되며 판소리, 산조, 살풀이춤의 모태가 되었을 것으로 추정하였다.(정혜원, 「살풀이의 기원적 의미 재고: 화랑과 화랭이의 연관성을 중심으로」, 『선도문화』 28, 국제뇌교육종합대학원대학교 국학연구원, 2020.)

365 허남춘은 김승찬이 향가의 주술성을 고유신앙에 바탕을 둔 주사(呪詞), 불교신앙에 바탕을 둔 주사로 구분한 것을 다시 세분화 하여, 무적(巫的) 신앙의 무속적인 주사, 선적(仙的) 신앙을 기반으로 한 선풍적 주사, 불교 신앙을 기반으로 한 잡밀적 주사로 나누었다. 무속적인 주사는 신석기시대에서부터 청동기시대 초기까지, 선풍적 주술은 청동기시대에서 철기시대로 이행되는 시기, 즉 고대국가가 형성되던 시기의, 잡밀적 주술은 불교가 토착화 되는 고대에서 중세로의 이행기에 존속한 것으로 시대적 이념과 신앙 체계 변천에 따른 주술성의 시대 구분을 시도한 바 있다.(許南春, 「古典詩歌의 呪術性과 祭儀性」, 「古典詩歌와 歌樂의 傳統」, 193·200쪽.).

가를 지은 적이 있고 또한 경덕왕을 대하던 시점에서도 그러한 향가를
지을 수 있다는 방증으로 부기된 것이므로 〈안민가〉와는 직접적인 관
련이 없다고 볼 수도 있겠다.[366] 그러나 당시 기파랑이 경덕왕대 구원의
인물상, 즉 국가적 혼란을 타개할 이상적 유형의 인물이며 충담사가 그
의 인물 형상을 통해 화랑정신의 복고와 사회 통합을 실현하려 했다는
견해나,[367] 전통적 제의에 밝은 충담사와 같은 화랑 세력을 통해 국가적
위난을 극복코자 하였다는 견해 등을 볼 때,[368] 충담사와 기파랑의 상징
성과 〈안민가〉, 〈찬기파랑가〉의 효용성은 왕권 유지의 문제와 불가분의
관계에 있다.

　〈모죽지랑가〉 역시 마찬가지이다. 이를 단적으로 파악할 수 있는 서
술이 기사에 덧붙어 있다. "죽지가 자라서 출사하여 유신공과 더불어
부수(副帥)가 되어, 삼한을 통일하고 진덕(眞德)·태종(太宗)·문무(文武)·
신문(神文)의 사대(四代)에 걸쳐 대신(大臣)이 되어 나라를 안정케 하였
다."는 대목이다.[369] 이는 죽지랑과 같은 인물의 결백한 삶이 신라사회
의 구심점이 되고 삼국통일의 원동력이 되었음을 강조하는 서술 방식
이다.[370] 세간에서 죽지랑은 미륵의 화신으로 여겨질 정도로 높이 숭앙
되었다고 하니,[371] 「기이」편 편제에서 빼놓을 수 없는 인물이었을 것이
다. 득오(得烏)가 노래를 창작하게 된 계기는 개인적 고마움과 추도의

366 김문태, 「〈安民歌〉와 敍事文脈」, 『三國遺事』의 詩歌와 敍事文脈 研究』, 144쪽.
367 신영명, 「〈찬기파랑가〉의 상징체계와 경덕왕대 정치사」, 『국제어문』 43, 국제어문학
　　회, 2008.
368 許南春, 「화랑도의 風流와 鄕歌」, 「古典詩歌와 歌樂의 傳統』, 40~42쪽.
369 "壯而出仕, 與庚信公爲副帥, 統三韓, 眞德·太宗·文武·神文 四代爲冢宰, 安定厥
　　邦."(『삼국유사』 권2, 「기이」 제2, 〈효소왕대 죽지랑(孝昭王代 竹旨郞)〉조.)
370 허남춘, 「고전시가 교육의 방향과 과제」, 『황조가에서 청산별곡 너머』, 225쪽.
371 조동일, 『한국문학통사(1)』, 167쪽.

마음이었겠으나, 적어도 〈효성왕대 죽지랑〉조에서 관련 전승은 공공선
(公共善)의 범주에서 그 효용적 가치가 우선시된다고 보아야 한다.

그러므로 무열왕계 왕들의 통치 시기에 수록된 노래인 〈모죽지랑
가〉, 〈안민가〉, 〈찬기파랑〉가는 관련 인물의 업적이나, 가창 행위 자체
가 국가적·정치적 효용성 안에서 풀이될 여지가 농후하다.[372] 〈혜성가〉
의 주술성, 〈모죽지랑가〉 등에 활용된 원형 상징물들의 주술성 또한 같
은 맥락과 다름이 없다. 이런 측면에서 낭승과 화랑 집단에 의하여 창
작된 사뇌가류의 서정성은, 적어도 초반에 그 노랫말은 다분히 서정적
이되 그 효용성과 기능은 국가적 위난과 관련하여 왕권을 보좌하는 화
랑들의 결속을 다지는 것이었거나, 집단의 시대적 정체성과 관련한 집
단적 정서에 기반하고 있을 가능성이 크다.

동궤의 맥락에서 월명사의 〈도솔가〉는 유리왕대 〈도솔가〉가 지닌 악
장의 성격을 십분 견지한 왕권 강화와 사회 안정에 관한 노래가 될 것
이고, 무엇보다 신라 건국 초기의 전통 신앙 체계였던 산림천택(山林山
川) 숭배에 근거한 신앙적 요소가 담겨 있었을 것으로 보인다. 이런 흐
름 안에서 전통 제의에 기반하여 우선 이른 〈도솔가〉계 시가가 갖춰졌
을 것이며, 이후 유리왕대에 가악(歌樂)의 효시가 되는 〈도솔가〉의 전통
으로 이어져 월명사 〈도솔가〉에까지 영향을 끼쳤던 것으로 추정된다.
이는 월명사 〈도솔가〉의 전승서사가 다분히 신라 초기의 일월 숭배, 산
악 숭배 사상을 근저로 한 일월제의 전통을 담지하고 있는 것으로 미루
어 짐작할 수 있는 것이기도 하다.

월명사 〈도솔가〉는 이 같은 전통을 이어, 토속적·선풍적·불교적(잡

---

372 허남춘은 〈모죽지랑가〉, 〈찬기파랑가〉, 〈안민가〉를 '화랑계 사뇌가'로 분류한 바 있다.
    (허남춘, 「고전시가 교육의 방향과 과제」, 『황조가에서 청산별곡 너머』, 225~227쪽.)

밀적) 주술을 겸비한 향가를 일월제치제의와 관련하여 창작할 수 있었
다. 〈도솔가〉의 불교적 속성은 월명사의 신분적 특수성과 경덕왕대의
시대적·정치적 상황은 물론, 신라 고유의 전통 신앙과 불교의 신앙적·
문화적 교섭, 중세 불교의 토착화 과정과도 긴밀히 맞물려 있는 것이라
하겠다.

4) 〈도솔가〉 출현과 전승 의의

〈도솔가〉의 창작은 8세기 중·후반, 즉 중세 시기에 이루어졌다. 역사
학계의 견해 가운데 고대와 중세의 분기점을 7세기로 파악하는 논의가
있었다. 신라에서 불교의 대중화가 이루어져 '중세적 불교의 면모'를
띠게 되는 변화가 일어난 시기 역시 7세기에 해당한다.[373] 이를 〈도솔
가〉의 출현 정황에 빗대면 시사하는 바가 적지 않다.

〈도솔가〉는 8세기의 끝자락 즈음에 위치하여, 이 시기까지도 시가사

---

[373] 이는 국가의 기원과 형성 문제를 매개로 고대의 상한이 소급하는 연구 경향 속에서
주목된 논의라 한다. 7세기는 동아시아의 국제전으로 인하여 성립된 신라와 발해의
남북국론으로, 즉 신라의 백제 통합과 당의 고구려 점령 실패를 전략적 관점에서 재검
토함으로써 남북국이 성립하는 배경으로 이해하는 입장을 취한다. 이러한 남북국시대
의 신라를 중세사회로 파악하는 관점이라 하겠다. 7세기에 신라는 중앙집권적 골품귀
족관료체제 아래에서 종래 대토지와 노예소유자이던 고대 귀족이 왕권 중심의 관직체
계에 예속됨으로써 한국 중세의 전형적인 귀족 관료로 전환되었으며, 중대에 수용된
유학의 충과 효는 당시 중앙집권화와 가(家)의 분화에 상응하는 지배윤리로서 기능하
게 되었다고 한다. 또한 사회·경제적으로는 문무관료전(文武官僚田)과 같은 토지분
급제가 시행되었으며, 기왕에 인식적 수취의 대상이었던 농민은 국가로부터 토지의
소유를 인정받는 대신에 조(租)·용(庸)·조(調)와 군역을 분담하는 존재로 바뀌었다고
한다. 이러한 사회변동에 부응하여 사상계에서는 종파 불교가 성립되었고, 불교의 대
중화가 이루어짐으로써 중세적 불교의 면모를 띠게 되는 변화가 일었을 것으로 추정되
고 있다.(金瑛河, 「古代의 개념과 발달단계론」, 『한국고대사연구』 46, 한국고대사학
회, 2007, 19~20쪽.)

에서 고대에서 중세로의 이행기가 지속되었음을 증명할 수 있는 존재
이다.[374] 〈도솔가〉 전승의 형성 국면을 재구할 때 주술적 인식과 함께
제의의 존재를 간과할 수 없는 것은 이 때문이다.

6~7세기에 출현한 〈혜성가〉와 〈도솔가〉는 동일한 세계관을 공유하
며, 동일하게 8세기에 출현한 〈원가(怨歌)〉는 주술적 인식을 벗어나서
시가의 효용성을 해명하기 어렵다. 다만 〈원가〉는 본격적인 중세로 들
어서는 길목이었던 만큼 공동체·집단의 문제에 긴밀히 관여하여 온 주
술적 인식을 기반으로 한 시가를 개인 차원으로 가져와 노래할 수 있게
된 것이라 하겠다.

〈도솔가〉에는 여러 신앙 체계가 얽혀 있다. 기존 논의들이 지적한 바
에 더하여 〈도솔가〉는 선풍적·불교적(잡밀적) 주술 뿐 아니라, 신라 고
유의 자연 숭배 사상과 연관을 갖는 무속적(토속적) 주술과도 관련이 깊
은 시가라 할 수 있다. 이 같은 무속적(토속적) 주술과의 관계는 유리왕
대 〈도솔가〉의 존재와 가악(歌樂)의 시원(始原), 화랑 집단과 국가 제의
와의 상관성 속에서 도출할 수 있는 것이었다.

역사적으로 정치적·문화적 범주에서 이미 7세기에 전대의 것을 중
세의 것으로 새롭게 바꾸는 변화, 토착화에 성공하며 중세 이념으로 입
지를 견고히 한 불교의 변화가 있었던 정황에 비하여, 시가 문학은 8세
기 중·후반까지도 주술적·제의적 인식, 고대의 전통예악적 인식에 기

---

374 허남춘은 8세기를 즈음하여 불교와 유교의 보편문화가 전통문화를 압도하기 시작하였
    을 것으로 추정하였다. 또한 3세기에서 8세기에 이르는 유교와 불교의 수용 과정은
    고대국가의 정립단계를 확고히 진전시키는 방향과, 고대국가의 체제를 서서히 변화시
    키고 해체시키는 방향으로 양면적인 변로를 초래하게 되었음을 강조하였다. 이 같은
    관점을 견지하여 3세기~8세기를 고대에서 중세로의 이행기로 설정하고 시가사적 변모
    상을 해명한 바 있다.(허남춘, 「鄕歌와 歌樂」, 『古典詩歌와 歌樂의 傳統』, 52~53쪽.)

반한 전통을 잇고 있었던 것이다.

〈도솔가〉가 지닌 가(歌)로서의 힘은 신라 일월제의 전통과 유리왕대 〈도솔가〉가 대변하는 가악의 결합으로 공고해진 것이라 할 수 있다. 일월제는 계절제의에서 세시제의로 변모하여 왔다. 일월제의 계절제의적 전통은 '두 개의 해'가 뜬 상황, 작열(灼熱)하는 메마른 자연적 기후를 조절하는 별제로서 신라의 전사(典祀) 편제로 남았다. 세시제의적 전통은 군신(君臣)의 질서를 확인하고 왕의 권위를 바로세우는 하정례(賀正禮)의 기록에서 살필 수 있었다. 이 같은 하정례 의식으로부터 도출되는 일월제의 상징성으로 말미암아 일월은 왕과 왕권을 표징하는 대유물로, '이일병현'은 왕권의 존속에 닥친 심각한 위기를 비유하는 정황으로 재맥락화 되었던 것이 〈도솔가〉의 출현 국면이라 하겠다.

〈도솔가〉는 이 같은 일월제의 전통 속에서 특정한 노랫말을 '노래부르는' 것으로서 어그러진 질서를 바로잡을 수 있다는 고대시가의 전통을 좇고 있다는 점에서 소중하다. 고대시가는 제의에서 불리며 때로 상층과 하층의 조화를 도모하는 역할을 맡아 왔다. 전승공동체들은 고대시가의 노랫말에 신과 인간을 감흥시키는 '힘'이 있다고 여겼다. 〈구지가〉, 〈황조가〉는 모두 이 같은 사유에서 형성된 시가들이다. 물론 〈도솔가〉와 〈황조가〉는 노랫말이 담지하는 주술·제의·서정의 비중과 출현 기반이 다르다. 하지만 주술가요 또는 민간가요로부터 전통예악을 마련하는 두 흐름이 있었다는 사실을 방증하는 존재들이다.

〈도솔가〉는 고대시가에 담지되었던 사유, 즉 '노랫말'과 '노래부르는 행위'가 가진 주술적인 힘을 향가의 감동론, 그리고 전통예악적 특질로서 결합하여 보여준다. 따라서 〈도솔가〉는 전통예악과 향가의 감동론이 형성될 수 있었던 근간이 고대시가로부터 이어져 온 시가적 전통임을 입증하는 결정적인 단서다. 또한 시가사 내에서 고대에서 중세로의

이행기를 연장할 수 있는 존재이므로 그에 따른 출현과 전승의 의의를
지닌다고 하겠다.

고대시가 양식 전승의 시가사적 함의

3장에서는 2장에서 얻어진 결과를 활용하여, 주술·제의·서정적 인식의 지속과 변모상이 시가 양식으로서 체계화되는 정황을 살핀다. 그런 뒤에 이를 고대시가에서 향가로 이어진 시가적 전통으로 상정하여, 그 문예적(文藝的)·미학적 의의를 부여하기로 한다.

고대시가와 향가의 출현에 관여한 주술적·제의적·서정적 인식은 전승시가의 기능과 효용성을 결정하는 양식적 측면에서 일정한 체계를 구성하는 기제가 되었을 가능성이 크다. 고대시가와 향가 각편에서 전승서사와 전승시가에 구현된 이념적 사유는 다분히 신앙 체계와 관련하여 주술적·제의적·서정적 인식의 상호 작용으로 나타나고 있었다. 이 같은 주술적·제의적·서정적 인식의 교섭 양상은 고대시가와 향가에 있어 곧 세계관의 표상과 다름이 없다. 이에 주술·제의·서정은 형식적·이념적 측면에서 특정 양식을 이루는 요소이자, 전승시가의 기능과 효용성을 결정하는 기제와 다를 바 없다.

주술·제의·서정의 길항 작용으로 성립된 고대시가와 향가의 양식 체계는 형식적 측면과 이념적 측면으로 나누어 살핀다. 형식 체계는 시적 언술 방식과 시적 주체의 인식 지향에 따른 지속과 변화상에 주목하여 기술한다. 이때 시적 언술 방식은 주사(呪詞)적 언술방식, 기원(祈願)적 언술방식, 독백적 언술 방식으로 구분한다. 이념 체계는 특정한 시대상 혹은 신앙 체계가 투영된 전승서사와 전승시가가 우주와 인간, 집단과 개인의 문제를 해결하는 맥락에 주목한다. 덧붙여 이에 관여하는 제의와 가악의 효용성을 계기적으로 살피는 것으로 한다.

고대시가와 향가는 음악과 공존하되 본질적으로 '노랫말'이라는 기호와 이에 투영된 인식 체계, 달리 세계관이라 지칭할 수 있는 이념성을 형상화 한다. 고대시가와 향가가 시가(詩歌)의 속성을 여실히 드러내는 존재란 사실을 알 수 있다. 시가에서 형상화 된 이념을 가장 잘 파악할 수 있는 요소는 바로 '발화(發火)', 즉 언술(言述, utterance) 방식이다. 달리 이는 시적 진술이라 할 수 있는데 언술 표현이나 어법의 문제와 직결된다. 시(詩)에서 언술 방식은 객체를 인식하는 시적 주체의 지향점을 분명히 드러내는 표지다. 그러므로 고대시가와 향가에서 언술 방식과 그에 따른 시적 주체의 태도(지향 세계)의 상관성을 살피면, 인식적·이념적 양식으로서 체계화 되어 온 시가적 전통을 확인할 수 있다.

언술 방식과 관련된 시적 주체의 태도(인식 지향)는 주술적·제의적·서정적 인식의 발현에 긴밀한 연관을 갖는 객체(외부 세계 혹은 대상)와 주체(내면 세계, 집단 또는 개인(혹은 자아), 이러한 인식의 표출인 행위와 정서로 나누어 살피기로 한다. 해당 과정에서 무엇보다 중요한 것은 시대적 추이에 따라 다채롭게 변하는 이념 체계가 시가 양식 안에서 어떻게 조우하는 것인지 살피는 일이다. 이에 시가 각편에 축적되어 있는 시대적·문화적 이념들이 어떻게 존재하며, 전승시가의 기능과 효용성을 어떤 방식으로 담보하고 있는지 상세히 고찰하여 보기로 한다.

　　문예적 의의·시가사적 의의는 고대시가에서 향가로 이어지는 양식
적·이념적 특질로부터 구현되는 미의식을 주술적·제의적·서정적 인
식의 작동 양상과 관련하여 밝히는 것으로 한다. 이때 미(美)는 삶의 전
체와 관련한 경험에 직결된 광의의 미(the aesthetic)로 규정한다.[1]
　　미적 범주는 막스 데소이어(Max Dessoir)에 의하여 고안된 이래 선학
들이 우리 문학의 미학적 구도를 구명하는데 활용하여 온 4분법 체계
를 기본으로 삼되,[2] 고대시가와 향가의 형성에 관여한 인식 체계와 미

1　金學成, 『韓國古典詩歌의 硏究』, 26쪽.
2　국문학에서 미적 범주를 살핀 연구들은 정병욱, 김열규, 김동욱, 장덕순, 조동일, 김학성
　의 논의가 있다. 그 가운데 고대시가와 향가 전반에 연쇄적으로 걸친 미의식의 작동
　원리를 살피기에 알맞은 모형과 이론은 조동일, 김학성의 논의이다. 조동일은 숭고(崇
　高)·우아(優雅)·비장(悲壯)·골계(滑稽)의 4분 체계에 따라, 모든 문학작품은 '있어야
　할 것'을 '있는 것'과 관련시켜 나타내거나 '있는 것'을 '있어야 할 것'과 관련시켜 나타내
　는 것으로 보았다. 또한 이 같은 미적 기본 범주는 한 가지 혹은 둘의 결합으로 이루어지
　는데 비장과 숭고, 숭고와 우아, 우아와 골계는 두 범주의 의의를 그대로 살리면서 이루
　어지는 결합·공존의 관계를 갖는다. 반면 비장과 우아, 숭고와 골계는 '있어야 할 것'과
　'있는 것'의 융협과 상반을 각기 이루어 이중의 반대로서 두 범주의 의미를 그대로 살리
　지 않고 이루어진 결합·공존의 관계로 상정될 수 있음을 들었다.(조동일, 『한국문학
　이해의 길잡이』, 집문당, 1996, 95~105쪽.) 김학성은 고대시가 각편과 향가 각편을 숭고
　미·우아미·비장미·희극미의 미적 4분 체계 안에 배치하여 구도화 하였다. 고대시가의
　미의식은 숭고미와 비극미의 두 가지 유형으로 집약되며, 양자는 고대시가 형성기의
　시대적 핵심미이자 미적 정신인 주술적·신화적 숭고의 전적인 수용과 파탄의 작용상이
　라 하였다. 반면 향가의 미의식은 숭고·우아·비장·희극의 4분면에 두루 분포하는데
　이때의 숭고는 심층구조와 표층구조에도 다 같이 당대의 시대정신을 바탕으로 한 숭고
　를 구현하는 경우(주술적 숭고와 불교적 숭고), 우아는 당대의 핵심미인 숭고를 심층구
　조에 깔고 우아를 표층의식으로 구현하는 경우(민요계 향가), 비극은 숭고를 표층구조
　로 깔면서 아울러 비극미를 표층구조로 드러내는 경우(비극이 숭고를 융화하거나 조절
　하는 상대적인 경우), 희극은 숭고를 심층구조에 깔고 희극미를 표층의식으로 구현하는
　경우에 해당하는 것으로 보았다(선불교(禪佛敎)계 향가와 같이 새로운 시대정신을 바
　탕으로 전논리에 속박되지 않고 오히려 질곡을 파괴하여 자연스러움과 자유를 추구하
　는 경우라 한다.(金學成, 『韓國古典詩歌의 硏究』, 54~107쪽.)

의식이 연속되는 것임을 보다 선명하게 입증할 수 있는 준거를 마련하여 살핀다. 미적 범주 체계를 살피기 위하여, 기존에 선학들이 제시한 숭고미(崇高美), 우아미(優雅美), 비극미(悲劇美), 골계미(滑稽美)로 두고,[3] 이를 4분면으로 배치한 기존 구도([그림1])를 새롭게 꾸려 고대시가·향가의 미의식 작동 체계를 살필 수 있는 구도([그림2])를 마련한다.

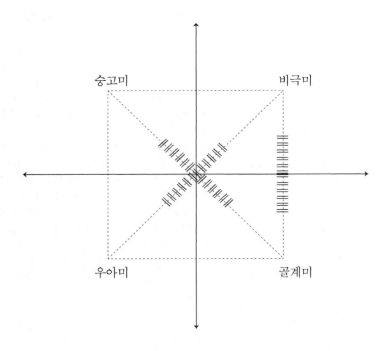

[그림1] 문학적 미의식의 기본 범주 체계

---

3 [그림1]은 조동일의 미적 기본 범주 구분에 따른 구도이다. 모형 구도는 『한국문학 이해의 길잡이』에 실린 도식을 참고하였다.(조동일, 『한국문학 이해의 길잡이』, 102쪽.)

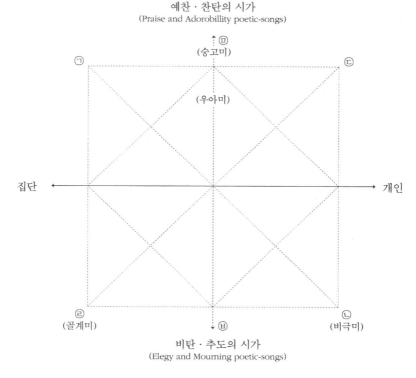

[그림2] 고대시가·향가의 미의식 작동 구도(모형)

　　새로운 구도에서는 주술적·제의적·서정적 인식의 발현 주체인 집
단과 개인을 한 축으로 상정하고, 주술적·제의적·서정적 인식의 최종
교섭 결과이자 시가의 속성인 '예찬과 찬탄' 그리고 '비탄과 추도'라는
정서를 다른 한 축의 양단에 놓는 것으로 한다. 우아미는 요(謠)와 가
(歌)의 관계와 고대시가의 출현 당시 시대적 인식을 고려하여 숭고미의
자장 안에 놓는다. 구체적인 논의는 ㉠과 ㉡, ㉢과 ㉣, ㉤과 ㉥의 선

위에 고대시가 전편과 향가 14수를 구면으로 배치하는 것으로 갈음한
다. 이 같은 이론적 모형을 활용하여 각편의 형성 과정과 형성의 역사
적 국면, 각편 간의 연쇄 관계, 미의식 구현 양상과 주술적·제의적·서
정적 인식의 역학 관계 등을 상세히 살필 수 있을 것이다.

　최종적으로 이 모든 논의는 고대시가가 우리 시가사에서 다채로운
시가 양식의 체계와 미학적 패러다임이 생산될 수 있도록 한 근원이자,
시학적 전통을 마련한 원류라는 사실을 증명하는 것으로 정리하기로
한다.

1. 고대시가 전승과 시가 양식의 체계화

　지금까지 〈구지가〉, 〈공무도하가〉, 〈황조가〉, 〈헌화가〉·〈해가〉, 〈도솔
가〉에 이르는 시가 여섯 편의 형성 국면을 살핀 결과, 고대시가와 향가
는 주술과 제의로 표상되는 시대적 변화와 긴밀히 관계하며 출현한 갈
래임을 알 수 있었다.

　〈구지가〉, 〈해가〉, 〈도솔가〉와 같이 주술적·제의적 인식을 토대로 일
정한 항상성을 띤 언술 방법이 주술 또는 제의의 목적을 달성하는데
기여할 경우, 이를 시대적 이념과 현실 상황에 맞게 전환·조정하여 활
용하는 공통점이 있었다. 〈황조가〉, 〈헌화가〉처럼 서정적 인식을 짙게
내포한 민간가요에 출현 기반을 둔 시가들 역시 이러한 과정을 겪은
것으로 짐작된다.

　상대적으로 〈공무도하가〉처럼 주술적·제의적 인식 체계가 공동체의
존속과 관련하여 위기를 맞거나 파탄의 정황을 이룰 경우에는 기존의
인식 체계에 대한 반향으로 시선을 새롭게 하는 환기적 전환이 이루어

지며, 서정적 인식이 새롭게 표출되고 있었다.

그렇다면 이 같은 인식 체계의 지속과 변모 상이 실제 각편의 언술 방식으로 어떻게 구상(具象)되고 있는가를 살핀 뒤, 지금까지 다룬 개별 작품들의 속성을 시가의 양식 체계로서 상정할 수 있을 것인가를 논의 하기로 한다.

1) 형식적 측면: 언술 방식과 인식 지향의 지속과 변화

고대시가에서 향가로 이어지는 가장 뚜렷한 형식적 측면의 항상성은 주사(呪詞)적 언술 표현의 승계이다. 가장 단순한 제의의 절차가 생성되기 이전 원시·고대적 주사가 있었다고 한다.[4] 김승찬은 구석기 시대의 주술 중심의 일원론적 세계관이 신석기 시대에 이르러 신과 정령, 내세에 대한 신앙의 이원론적 세계관이 발생하자 이때부터 제의와 연계되어 환기적(喚起的) 주사와 기소적(祈訴的) 찬가로 이분되어 발전하게 된 것으로 보았다.[5] 이 같은 구도는 주술적·제의적 인식의 교섭 관계 그리고 제의가 서서히 기존의 공적 주술과 관련된 작은 규모의 의례들을 자신의 자장으로 끌어들였던 시대 흐름 안에서 형성된 것이라 할 수 있다.

원초적 형태의 주사는 꽤 엄격한 것이어서 위협적인 명령, 제압, 칭명(稱名)의 어법을 언술 방식으로 사용하여 왔다. 반면 지고한 신격에 대한 찬송적·기원적 어법은 주사와 같은 엄격성을 지니지는 않았으나, 신격에 대한 외경심이 커지고 제의가 더욱 격식화됨에 따라 양식화되

---

4 허남춘, 「고려 처용가와 무가의 주술성 비교」, 『황조가에서 청산별곡 너머』, 90쪽.
5 金學成, 「詩歌의 발상과 전개」, 『韓國文學硏究入門』, 지식산업사, 2010, 335쪽.

고 장식적인 문학적 구성을 띠게 되었다.

　이 경우 찬송적 어법은 대개 칭찬, 환호, 칭명, 추수(追隨), 감탄의 언술 방식으로, 기원적 어법은 청원, 탄원, 기구(祈求), 고백의 어법을 사용하게 되었다.[6] 관련하여 현용준은 가장 단순한 제의는 신의 호칭과 기원사(祈願詞)의 언어적 표현으로 구성되어 있을 것으로 추정하고 있다.[7]

　언술 방식 면에서 이러한 지속과 변화를 잘 보여주는 시가 작품은 〈구지가〉, 〈해가〉, 〈도솔가〉이다. 〈헌화가〉는 전승시가 자체의 주술성은 미약하나 어디까지나 시적 주체의 정서가 확연히 드러나지 않는다는 점, 주술시가의 대표적인 언술 방식인 가정 어법이 드러난다는 점에서 견주어 살펴 보기로 한다. 반면 〈공무도하가〉, 〈황조가〉는 전승시가 자체가 서정성을 명백히 드러내는 노랫말로 구성되어 있으므로, 서정성을 촉발시키는 언술 방식과 시적 주체의 지향이 어떤 것인가를 해명하는 것에 초점을 두기로 한다.

　먼저 〈구지가〉는 청동기 시대로부터 철기시대 초입에 발생한 주술시가로 원시 기우 주술요인 〈구지가〉계 노래로 근원이 소급되는 시가이다. 본래 체계화·규모화 된 제의와 결합한 이래 신 또는 신군의 출현을 바라는 주술적 기원의 노래가 되었다. 이 과정에서 주술과 제의, 명령·위협이라는 이질적인 요소가 전승시가와 전승서사로 나뉘어 존재하며, 아직 노랫말이 전승서사가 담지한 역사적 사건이나 제의 연행상을 온전하게 반영하는 단계로까지 나아가지 못했다. 그래서 〈구지가〉는 〈구지가〉계 노래가 제의와 밀접한 관련을 지니며 형성되 시가지만, 제의적 인식보다는 주술적 인식의 비중이 여전히 짙은 시가라 판단

6　金學成, 「詩歌의 발상과 전개」, 『韓國文學研究入門』, 337쪽.
7　玄容駿, 『巫俗神話와 文獻神話』, 409쪽.

할 수 있다.

이 점에 주의하여 〈구지가〉의 언술 방식에 따른 표현과 이에 관여하는 시적 주체의 인식 지향을 객체와 주체 행위와 정서로 나누어 살피기로 한다.

[표3] 〈구지가〉의 언술 표현과 시적 주체의 인식 지향

표현	인식 지향	원문	해석
호칭	객체	龜何龜何	거북아 거북아
명령·강제	객체 행위	首其現也	머리를 내어라
가정	객체 행위	若不現也	내놓지 않으면
명령·위협	주체 행위	燔灼而喫也	구워 먹으리

"거북아 거북아"는 주술 언사의 실현태와 관련하여 주술을 매개할 일정한 대상이 언술되는 자리다. 호칭·호명의 언술 표현으로 나타나며, 신격을 대신하여 기원을 매개할 수 있는 보조령격 혹은 매개물을 칭명하는 위치가 가장 첫 도입부에 제시되는 것이 〈구지가〉계 계열 시가가 〈구지가〉로, 원시 주술요를 기반으로 제의와 관계하며 가(歌)를 출현시켜 왔던 주술시가의 특성이다.

다음으로 이어지는 구절인 "머리를 내어라"는 시적 주체가 객체(주술의 매개물)에게 특정한 행위를 명령·강제한다. 이때 시적 주체는 개인이 아닌 집단이다. 또한 시적 주체의 관심은 객체에서 객체의 구체적인 행위로 표현된다. 이 구절은 시적 주체가 주술을 통하여 얻고자 하는 것, 이를 위하여 주술의 매개물이 직접적으로 취해야 하는 행위의 변화상을 언술하는 자리다. 〈구지가〉계 시가가 〈구지가〉가 될 수 있었던 가장 극적인 변화가 일어난 대목이며, '머리'를 통한 의미의 전환 혹은 언술의 전환이 일어난 자리로 추정된다.

"내놓지 않으면"이라는 구절은 주술이 실현되지 않을 시의 상황을 가정 어법으로 표현하는 자리다. 명령·요구가 위협 행위로 이어질 상황을 가정 어법으로 표현한 것이라 할 수 있다. 시적 주체의 관심은 주술의 매개물이 취하는 행위에 있다. 집단이 주술 또는 제의를 통하여 성취하고자 하는 상황과는 정반대에 놓인 객체의 행위를 제시한다는 점에서 특별하다.

마지막 대목인 "구워먹으리"는 주술을 실현하는 막강한 시적 주체(집단)의 기제가 무엇인지를 보여주는 대목이다. 가정된 상황이 지속될 경우 시적 주체가 취하는 행위를 위협 표현으로 제시하는 부분이라 할 수 있다. 이때 언술은 기존까지 객체 행위를 중심으로 진행되던 것과 달리, 주체 행위를 제시하는 변화가 일어난다. 하지만 어디까지나 이 같은 주체 행위는 객체 행위와 관련하여 수반되는 것이라는 점에서, 〈구지가〉의 주술은 시적 주체의 일관된 관심이 외부(주술적 매개물)을 지향하고 있음을 보여 준다.

그러므로 〈구지가〉와 같이 집단, 공동체적·사회적 문제의 해결을 위하여 불렸던 주술시가는 매개물을 향한 일정한 행위와 그에 대한 상황을 늘어 놓으면서, 이를 시적 주체의 언술로서 강제·명령·위협한다는 특성을 갖는다. 이는 주술시가가 시적 주체보다 객체, 즉 주술의 매개물에 온전히 초점이 맞추어진 외부 지향적 소통 구조를 지향한다는 것을 뜻한다. 또한 제의에서 불린 노래이면서도, 주술의 실현을 이루어 줄 신격이 직접적으로 언급되지 않는다는 특성이 있다.

〈해가〉는 〈구지가〉의 율격, 양식 체계, 언술 방식 전반을 확장하여 마련된 주술시가다. 〈해가〉는 용신을 대상으로 가뭄의 해소를 위한 별제(기우 제의)에서 불린 시가이지만, '거북'이라는 주술적 매개물을 내세워 공동체가 처한 문제를 해결하려 한다는 점에서, 〈구지가〉의 주사(呪詞)

형식을 그대로 좇고 있다. 이는 〈해가〉가 〈구지가〉의 언술 방식인 '호명
- 명령·강제 - 가정 - 명령·위협'의 순서를 그대로 따른다는 것으로
입증이 가능하다. 따라서 〈해가〉 역시 주술적 인식이 제의적 인식보다
앞서는 시가라 규정할 수 있다.

[표4] 〈해가〉의 언술 표현과 시적 주체의 인식 지향

표현	인식 지향	원문	해석
호칭	객체	龜乎龜乎	거북아 거북아
명령	객체 행위	出水路	수로를 돌려내라
진술	객체 행위	掠人婦女罪何極	남의 아내 뺏은 죄 얼마나 큰가
가정	객체 행위	汝若悖逆不出獻	거역하여 돌려내지 않으면
명령·위협	주체 행위	入網捕掠燔之喫	그물로 잡아 구워 먹으리

하지만 〈해가〉에서는 〈구지가〉의 언술 방식, 양식 체계를 전면적으
로 받아들이되, 제의 상황을 짐작할 수 있는 대목을 노랫말에 삽입하
는 독자적인 전환이 이루어졌다. '머리'를 '수로'라는 언술로 전환하여
원형 상징성이 농후한 노랫말 대신 '수로'라는 인물을 직접적으로 언
급하는 변화가 일었다. 주사 언술의 시대적 변화를 감지할 수 있는 대
목이다.

특히 "수로를 돌려내라", "남의 아내 뺏은 죄 얼마나 큰가"에 해당하
는 구절은 주술의 매개물이 아닌 제의의 신격인 용신(龍神)을 향하여
직접적으로 던지는 언술이라는 점에서, 〈구지가〉가 승계한 〈구지가〉계
계열의 시가와는 다른 방향성을 보인다. 이는 용신이 기우를 주재할 수
있는 신성한 신격으로 집단에게 숭앙되긴 하였지만, 지고신(至高神)적
존재는 아니었기에 가능할 수 있었던 표현이라 짐작된다. 이런 면에서
〈해가〉에서 보이는 주술적 언술 방식은 주술 대상이자 객체인 거북을

매개로 취하는 원시·고대의 주사 방식과 직접적인 기원 대상인 용신을 향한 주술적 언사가 결합한 형태라 할 수 있다.

또한 "수로를 돌려내라", "남의 아내 뺏은 죄 얼마나 큰가"는 〈구지가〉의 관련 대목과 마찬가지로 객체의 행위를 제시하고 있지만, 문제의 해결과 관련된 제의적 정황이 객체 행위로서 제시된다는 점에서 특별하다. 즉 모의적으로 연행되는 제의의 절차, 즉 '수로부인의 납치(은폐) → 집단 가창에 의한 수로부인의 구출(재생·회복)' 과정이 "수로를 돌려내라", "남의 아내 빼앗은 죄 얼마나 큰가"라는 객체 행위로 바뀌어 제시된 것이라 할 수 있다. 이는 제의 절차에 따른 상황적 진술을 주술시가의 언술 방식으로 전환시킨 것인데, 주술이 제의로 견인되었던 시대적·인식적 변화와 함께 발생한 특성일 가능성이 크다.

또한 "그물로 잡아 구워 먹으리"라는 대목은 기존 주술시가의 언술 방식을 최대한 승계한 흔적이지만, 이것이 실제 제의의 대상 신격이자 동시에 주술의 직접적인 대상인 용신을 향한 발화는 아니다. 〈해가〉에서 주술 실현의 매개물은 '거북'이라는 존재로 호명되고 있으며, 용신은 노랫말에 직접적으로 드러나지 않고 있다는 점에서 그러하다.

따라서 〈해가〉에서 실현되는 명령·위협은 용신을 향한 것이 아니라, 주술의 매개물로 상정된 '거북'에 대한 위협으로 해석할 여지가 있다. 조심스러운 추정이나 제의의 신격이자, 신라의 왕실 신앙과 긴밀한 관계에 있는 용신의 신성함 때문에 직접적인 위협을 가하는 행위까지 나아가지 못한 것이 아닌가 한다.

정리하자면 〈해가〉는 기존의 주술시가를 운용하되, 그 노랫말이 제의 상황과 긴밀히 연결되는 쪽으로 점차 변모하는 정황을 보여주는 시가라 할 수 있다. 〈구지가〉와는 달리 제의와 직접적으로 관련되는 신격의 행위가 제시되어 있다는 점, 신격의 행위가 곧 제의의 상황적·절차적 진술과 다름이 없다는 점에서 〈구지가〉와는 다른 특성을 갖는다. 하지만 〈구지가〉와 마찬가지로 주술적 인식, 주술적 언사 방식에 입각하여 형성된 시가이기에, 시적 주체(집단)의 관심 역시 객체 또는 객체의 행위에 집중되며 외부 세계를 지향한다는 동질성을 지닌다.

그러므로 전대의 주술시가를 전적으로 견인하였다지만, 〈해가〉에는 집단이 처한 현실적 문제, 현실 상황을 제의의 과정으로 대치하여 주술시가의 노랫말로 전환시킨 특별함이 존재한다. 제의의 구체적인 연행상이 반영되어 있는 방향으로, 달리 전승서사와 전승시가가 더욱 긴밀한 연관을 맺는 쪽으로 주술시가의 재맥락화, 일종의 서사시화가 일어난 주술시가가 바로 〈해가〉이다.

〈도솔가〉 역시 주술시가의 형식적 특성, 언술 방식을 승계한 시가다. 꽃을 매개로 '미륵좌주'의 힘을 빌어 국가적 위난, 왕권의 위기를 타개하려 한다는 점이 그러하다.[8] 이는 〈도솔가〉의 언술 방식 가운데 호칭, 명령·요구의 방식이 실현되고 있는 것으로 입증할 수 있다.

주술의 매개물이 '꽃'으로 설정된 것은 〈구지가〉, 〈해가〉의 '거북'과는 다른 정황인데, 신라 특유의 전통적 자연 숭배 신앙과 경덕왕이 화랑(花郞) 세력과 결합하여 위난을 극복하고자 한 정치적 현실이 노랫말로 반영되었기 때문이다. 곧 〈도솔가〉의 주술적 매개물인 꽃은 '신격의 매개물' → '화랑 집단'이라는 의미적 전환을 이루고 있는데, 이는 자연

---

8 박노준은 꽃을 미륵좌주의 하수인(下手人)이자 중개자로서의 소임을 맡은 대상으로 파악한 바 있다.(박노준, 『신라가요의 연구』, 열화당, 1982, 171쪽.) 이에 대하여 허남춘도 〈도솔가〉에서 위협의 대상은 꽃이고, 기원의 대상은 미륵이므로 〈구지가〉와 같이 신의 출현을 기원하며 '거북을 위협하는 언어형식과 동일하고, 거북이 신의 매개자이듯이 꽃도 신의 매개자로 해석될 수 있다는 견해를 피력한 바 있다.(許南春, 「古典詩歌의 呪術性과 祭儀性」, 『古典詩歌와 歌樂의 傳統』, 201쪽.)

섭리에 따른 문제, 사회적 통합의 문제와 관련된 공적 주술의 노래가
정치적 문제를 해결하는 방법으로 더욱 뚜렷한 전환을 이루고 있음을
보여주는 단서다.

[표5] 〈도솔가〉의 언술 표현과 시적 주체의 인식 지향

표현	인식 지향	원문	해석
진술	주체 행위	今日此矣散花唱良	오늘 이에 산화(散花) 불러
진술·호명	주체 행위·객체	巴寶白乎隱花良汝隱	솟아나게 한 꽃아 너는
명령·강제	객체 행위	直等隱心音矣命叱使以惡只	곧은 마음의 명(命)에 부리워져
명령·강제	객체 행위	彌勒座主陪立羅良	미륵좌주를 뫼셔 나립하라

〈도솔가〉는 〈구지가〉, 〈해가〉와는 다소 다른 언술 방식으로서 주술을
실현하는 시가다. 이 점이 무적(巫的) 주술과 선풍(仙風)적 주술 그리고
불교의 잡밀적 주술의 차이라 할 수 있다.[9] 〈구지가〉, 〈해가〉가 주술적
매개물이 집단의 명령·요구에 반하는 가시적·형태적 행위를 가정 표
현으로 제시하고 있다면, 〈도솔가〉는 이 대목을 "곧은 마음의 명(命)에
부리워져"라는 이념적인 행위, 추상적 행위로서 명령·강제한다는 점
에서 다르다.

9 허남춘은 〈도솔가〉는 원시·고대의 신앙적 사유에 기반한 주술, 선풍(仙風)적 주술, 불
   교가 토착화 되는 시기의 잡밀적(雜密的) 주술이 모두 복합되어 나타난다는 점에서
   〈구지가〉와 다른 주술적 양상을 띤다고 하였다.(許南春, 「古典詩歌의 呪術性과 祭儀性」,
   『古典詩歌와 歌樂의 傳統』, 193쪽.) 김학성 역시 〈도솔가〉의 주술은 매개물에게 논리적
   ·설득적으로 명령·강제하며, 직설적으로 진술하지 않고 상징·은유를 통한 간접적 언
   술방식을 택한다는 점에서 무적 주술과 질적으로 다른 주술적 전통에 기반하고 있음을
   피력한 바 있다.(김학성, 「향가에 나타난 화랑집단의 문화의미권적 상징」, 『성균어문연
   구』 30, 성균관대학교 국어국문학과, 1995, 21쪽.)

〈도솔가〉는 시적 주체가 처한 문제를 '제의'를 통하여 해결할 수 있다는 강한 믿음이 투영된 시가다. 〈도솔가〉의 첫 대목인 "오늘 이에 산화(散花) 불러"는 시적 주체의 행위인 동시에 제의의 직접적인 실현상이기도 하다. 〈도솔가〉에서 주술적 매개물을 호명하는 일은 제의 행위 그리고 제의를 실현하는 시적 주체의 행위를 제시한 이후에나 이루어진다. 〈구지가〉와 〈해가〉가 첫 대목부터 주술적 매개물을 호명하는 것으로 언술을 시작하는 것과 매우 다른 양상이라 할 수 있다.

〈구지가〉와 〈해가〉는 어디까지나 주술의 위력에 힘입어 집단이 이 같은 주술시가를 노래하는 것만으로 문제가 해결될 수 있다는 주술적 인식이 기반으로 삼지만, 〈도솔가〉는 이 같은 주술시가의 힘이 어디까지나 제의를 통하여 완성될 수 있다는 인식을 분명하게 드러낸다는 것에 큰 차이가 있다.

〈도솔가〉에는 제의와 관련된 시적 주체의 행위가 주술적 매개물의 행위만큼이나 중요한 요소라는 인식이 담겨 있다. 〈해가〉는 객체(용신) 행위로서 이 같은 제의적 정황을 제시하는 반면 〈도솔가〉에는 이것이 주체 행위로 달리 전환되어 나타난다.

〈도솔가〉에서 주술적 매개물인 '꽃'은 이 같은 시적 주체의 행위, 제의의 실현으로 인하여 주술성을 부여받게 된 제의적 상관물이다. 〈도솔가〉에 보이는 '미륵좌주', '뫼셔라'라는 언술 역시 제의적 인식이 주술적 인식보다 앞서 있음을 증명하는 단서이다. 〈구지가〉, 〈해가〉와는 달리 문제를 해결할 신격의 존재가 노랫말에 직접적으로 제시되어 있으며, 신격에 대한 시적 주체의 극진한 숭앙의 태도가 경어(敬語)로서 표현된 것이라 하겠다.

종합하자면 〈도솔가〉는 주술적 인식보다 제의적 인식의 비중이 큰 시가라 할 수 있다. 이 같은 제의적 인식은 주술, 제의와 관련된 객체의 행위보다 주체의 행위를 중시한다는 점에서 기존의 주술시가와는 다른 특성을 갖는다. 이는 주술·제의의 시대에서 신화·제의의 시대로, 다시 종교·제의의 시대로 변모하는 시대적 흐름과 일치한다.

더불어 이 같은 지속과 변모의 흐름을 〈구지가〉, 〈해가〉, 〈도솔가〉가 명확히 반영하고 있다는 점을 주목할 만하다. 이러한 맥락을 십분 반영하자면, 〈구지가〉는 주술적 인식이 제의적 인식보다 강한 시가, 〈헌화가〉는 주술적 인식이 제의적 인식보다 강하지만 〈구지가〉에 비하여 어느 정도 제의적 인식을 담지하고 있는 시가, 〈도솔가〉는 제의적 인식이 주술적 인식보다 앞서 있는 시가로 규정할 수 있기 때문이다.

한편 "오늘 이에 산화(散花) 불러"와 "솟아나게 한 꽃아 너는" 간에 일어난 변화들 ― 음보의 율격적 휴지(休止)와 시어 도치, 4구체 향가임에도 꽤 다채로운 음수율의 변용이 일고 있는 정황 ― 은 무엇보다 〈도솔가〉의 창작에 '전문성'이 가미되어 있음을 방증한다. 그러므로 〈도솔가〉는 집단 전체가 구가(謳歌)함으로써 주술의 효력이 발휘된다는 기존의 주술적 인식에서, 제의를 집전할 수 있는 전문 종교인 혹은 사제자만이 이 같은 주술적 효력을 행사할 수 있다는 인식, 곧 주술시가와 관련한 주술 실현 주체의 변화상을 보여주는 시가라 할 수 있다.

〈헌화가〉는 시가 내에서 발현되는 주술적 속성이 매우 미미하다. 이는 제의 절차 중에서도 민간이 참여하는 축전과 같은 의식에서 불리던 노래를 무격이 제의의 정황에 맞추어 새롭게 재맥락화 하였기에 벌어진 사정으로 보인다. 그렇기에 〈헌화가〉에는 주술적 인식보다 서정적 인식이 도드라질 수밖에 없다. 다만 〈헌화가〉의 서정적 인식은 어디까지나 제의 상황에서 벌어지는 수로부인과 지역 무당 간의 관계, 달리 말하면 제의 정황과 관련하여 촉발된 것이라 이해해야 한다. 이에 〈헌화가〉는 시적 주체의 개인 정서가 분명히 드러나 있는 시가이지

만, 일종의 교술적 제의가 혹은 교술적 무가로 파악하여야 할 필요가
있다.

[표6] 〈헌화가〉의 언술 표현과 시적 주체의 인식 지향

표현	인식 지향	원문	해석
진술	객체(배경)	紫布岩乎邊希	자줏빛 바위 가에
청원·요구	주체 행위	執音乎手母牛放教遣	잡고 있는 암소 놓게 하시고
가정·청원	주체 정서 객체 정서	吾肹不喩慚肹伊賜等	나를 아니 부끄러워하시면
청원	주체 행위	花肹折叱可獻乎理音如	꽃을 꺾어 바치오리다

〈헌화가〉에는 〈구지가〉, 〈해가〉, 〈도솔가〉에서 보이지 않았던 '청원·
요구'의 언술 방식이 보인다. 〈헌화가〉가 어디까지나 제의에서 불렸던
시가임을 감안하면, 이 같은 청원·요구의 언술 방식을 달리 기원이라
하여도 좋을 것이다. 〈헌화가〉의 언술 방식 가운데 주술시가와 동일한
것은 '가정 어법'이다. 하지만 〈구지가〉, 〈해가〉, 〈도솔가〉의 가정 어법
은 주술적 매개물의 객체 행위와 관련되어 있는 반면, 〈헌화가〉의 가정
어법은 객체 정서와 관련되어 있다는 점에서 행위 → 정서로의 전환이
주술성 → 서정성으로 전환되는 조건임을 확인할 수 있다.
　〈헌화가〉와 동시에 불렸던 〈해가〉에서는 제의적 정황, 즉 전승서사를
시가의 노랫말로 끌어들여 기존의 주술시가가 제의화 하는 과정을 비
교적 자세히 살필 수 있었다. 하지만 〈헌화가〉는 매우 다른 양상을 띤
다. 〈헌화가〉에서 제의와 관련된 꽃의 주술성은 전승서사와의 관계로
말미암아 추정해야 할 정도로 그 본질을 알기 어렵다.
　하지만 앞서 〈헌화가〉 전승이 고을굿과 매우 유사한 진행상을 보이
기에, 관련 전승서사는 민간 제의의 형식으로 별제를 치렀던 정황이 무

격인 수로부인의 신이담처럼 전승되어 온 것임을 논의한 바 있다. 또한 〈헌화가〉는 제의를 집전하는 지역무당인 견우노옹과 제의에 관여하는 나랏무당인 수로부인의 관계가 일종의 제의적 정황으로서, 다시금 노랫말의 구성에까지 영향을 끼쳤다는 사실을 지적한 바 있다. 이런 정황을 감안하여 〈헌화가〉의 언술 방식이나 시적 주체의 인식에 따른 관심 대상을 분석해야 할 것이다.

〈헌화가〉의 꽃은 제의의 대상인 산신이 감응한 신물로 주술적 매개물의 속성을 띠지만, 수로부인이 견우노옹이 집전하는 제의를 통하여 얻어야만 하는 제의의 성공적 상관물이다. 꽃은 외부인인 수로부인에 대한 산신의 긍정적 화답이며, 제의를 통하여 가뭄이 해결될 수 있다는 신의(神意)의 표징이다. 문제는 이 같은 꽃이 수로부인의 신이함만으로 얻을 수 있는 것이 아니라는 점이다.

그래서 〈헌화가〉에는 제의를 집전하는 지역무당의 주체 행위가 중점적으로 드러나 있다. 이는 기존의 주술시가가 주술적 매개물인 객체 행위에 주목하던 것과 다르다. 〈헌화가〉에 등장하는 '나'는 견우노옹이며 곧 제의를 집전하는 지역무당이다. 꽃이 산신의 신성성을 담보로 가뭄을 해결하는 주술적 매개물이긴 하지만, 제의를 통하여 수로부인에게 전달할 수 있는 무격이 없다면 꽃은 얻을 수 없는 존재나 마찬가지다. 그러므로 〈헌화가〉에서 문제 해결을 위한 매개물의 역할을 하는 것은 바로 신과 인간의 중재자인 노옹이라 할 수 있다.

이처럼 신에 감응할 수 있는 대상이 '자연물 → 무격(인간)', '주술적 매개물 → 나'로 대체되며 서정성이 표출될 수 있는 조건이 마련되었던 것이라 볼 수 있다. 기존의 주술시가가 '집단 - 주술적 매개물 - 신성 존재'의 구조를 갖추었다면, 〈헌화가〉는 제의가로서 '수로부인(개인) - 무격(개인) - 신성 존재'라는 구조를 갖추면서 어느 쪽으로든 '나'와 '님'

을 상정할 수 있는 구도를 갖추어 가며 서정성의 발현에 기여한 것으로 보인다.

〈헌화가〉의 언술은 주술시가와 달리 제의라는 의식을 매개로 기원 주체가 소원하는 바를 신격에게 직접적으로 전달하는 기구(祈求)·요청·호소의 언술 방식과 매우 유사하다. 기원적 언술은 지극한 고백(告白)과 청원의 표현으로 제의를 통하여 원하는 바를 제시하게 되므로 서정성, 서정적 인식과 밀접한 관련을 띠게 될 가능성이 높다. 하지만 〈헌화가〉에서 '나를 부끄러워하지 말아 달라'는 주체의 정서는 어디까지나 "나를 부끄러워하지 않으신다면"이라는 객체를 지향하는 표현으로 전환되어 있다. 따라서 해당 대목은 완전한 개인적 서정을 표출한 것이라 보기 어렵다.

〈헌화가〉의 '자줏빛 바위'는 제의를 벌이는 공간에 대한 진술이다. 또한 '암소', '암소를 잡은 견우노옹' 역시 제의 행위와 긴밀한 관련을 갖는다는 점에서, 다분히 제의적 인식을 기반으로 하는 시가라 할 수 있다. 이는 〈도솔가〉에서 보이는 "오늘 이에 산화(山花) 불러"라는 대목과는 전연 결이 다르다. 제의 정황과 관련된 주체 행위를 직접적으로 제시하기보다, '자줏빛 바위'라는 제의 공간에 대한 진술과 "잡고 있는 암소 놓게 하시고"라며 주체의 행위를 우회적으로 언급하는 방식을 택했다. 이 때문에 해당 구절은 산천 제의와 관련된 정황이면서도 풍경과 장면을 제시하여 서정적 정취를 불러일으키는 일종의 '전경화(前景化, foregrounding) 효과'를 띠게 되었다.

이러한 측면에서 〈헌화가〉는 제의와 관련된 정황을 제의 주체인 '무격'이 직접적으로 발화한 일종의 '교술 무가'로서 제의적 인식이 짙은 시가라 할 수 있다. 제의의 진행상이 시가의 노랫말로 전환되고 있는 사정은 〈해가〉, 〈도솔가〉의 변모 정황과 일치하지만, '무격'이 시적 주체로서 제의의 상황과 요구하는 바를 보다 자유롭게 언술한다는 점에서 다르다.

결국 〈헌화가〉는 주술적 인식보다는 제의적 인식이 우선하는 시가이며, 기원 대상(신격)과 주술적 매개물의 단선적인 관계보다 기원 대상(신격)과 기원 주체의 관계가 강조되는 시가라 규정할 수 있다. 〈헌화가〉에는 원초적인 주술시가에 비하여 제의의 정황과 관련 행위, 그리고 기원 주체의 행위와 정서가 더욱 도드라지게 나타난다. 이 같은 변화 요소는 제의를 매개로 한 주술시가, 고대시가로부터 이어져 온 주술적 항상성보다 제의가로서 제의적 서정을 발현시키는 촉매가 되었을 것으로 보인다. 또한 '무격'이 어느 정도 자유롭게 제의 정황과 관련하여 노랫말을 전환할 수 있을 정도의 분위기 또는 시대적 정황 역시 〈헌화가〉가 형성될 수 있었던 기반이 되었으리라 짐작된다.

그러므로 〈헌화가〉는 주술적·제의적 매개물보다 무(巫)라는 존재를 신과 기원자의 매개자로 치환시키는 변화, 그리고 명령·위협의 주술적 언술 방식이 아닌 청원·기원의 언술 방식으로의 전환이 일어난 시가라 할 수 있다. 〈구지가〉와 〈해가〉가 군중의 입을 통하여 기원을 실현할 수 있다는 주사의 전통을 계승한 것이라면, 〈헌화가〉는 〈도솔가〉와 같이 전문적인 가창·창작 집단에 의한 제의와 기원으로 원하는 바를 얻을 수 있다는 인식 전환, 그로 인한 기원 방식의 변화가 수반된 시가라 하겠다.

이 같은 〈헌화가〉의 변화상은 〈풍요〉와 〈제망매가〉 사이의 변화, 즉 제의 행위를 매개로 한 집단 서정이 개인 서정으로 변화하는 양상 중간즈음에 자리한다. 〈도솔가〉, 〈헌화가〉로 이어지는 주술적 인식, 제의적 인식에 대한 변화가 고대시가로부터 향가의 형성과 지속적으로 관여하는 흐름 안에서 이렇듯 집단 기원이 개인 기원으로, 집단 서정이 개인 서정으로 치환되는 변화가 일어났을 것으로 보인다.

한편 〈구지가〉, 〈해가〉, 〈도솔가〉, 〈헌화가〉와 다르게 〈공무도하가〉와 〈황조가〉는 주술시가의 언술 방식과 형식 구조에서 완전히 일탈된 대상들로, 주술시가와 전혀 다른 서정적 인식을 기반으로 하는 시가들이다. 또한 〈공무도하가〉와 〈황조가〉 간에도 서정성의 발현 방식이 다르다. 이에 〈공무도하가〉와 〈황조가〉에 표출되는 비탄·체념의 개인적 서정이 일정 정도 제의와 관련된다 하여도, 달리 살펴야 한다.

〈공무도하가〉는 시가 가창의 주체가 주술·제의에 대한 믿음이 무너지는 충격과 좌절의 경험을 겪은 뒤, 신과 자연에 전적으로 의지하여온 인식 체계의 반작용으로서 서정을 표출해 낸 시가다. 시적 주체는 이러한 인식을 개인 서정에 입각한 비탄과 체념의 언술로서 드러내고 있다. 이는 〈공무도하가〉의 시적 주체가 보이는 비탄과 체념이라는 정서 자체가 주술·제의의 시대를 표방하는 외부 세계에 대한 불신과 부정으로부터 발현된다는 점에서, 〈황조가〉가 보이는 서정성과는 방향성이 완전히 다르다.

[표7] 〈공무도하가〉의 언술 표현과 시적 주체의 인식 지향

표현	인식 지향	원문	해석
기원·호소 (진술·대화)	객체 행위·주체 정서	公無渡河	님아 물을 건너지 마오
진술(독백)	객체 행위	公竟渡河	임은 그예 물을 건너셨네
진술(독백)	객체 행위	墮河而死	물에 쓸려 돌아가시니
비탄·체념(독백)	주체 정서	當奈公何	가신 님을 어이할꼬

언술 표현과 시적 주체의 인식 간의 관계를 살필 때, 〈공무도하가〉는 시적 주체가 객체를 대상으로 기원·호소하는 바가 완전한 실패를 이룸

으로써 시적 주체의 정서, 개인적 서정이 드러나는 노래라 할 수 있다. 〈공무도하가〉에서 시적 주체의 관심은 전반적으로 객체 행위, 즉 외부에 맞추어져 있다. 〈공무도하가〉의 첫 대목인 "님아 물을 건너지 마오"는 임을 향한 기원와 호소의 언술이다. 백수광부의 실제 제의 행위를 언급하고 있다는 점에서 상황적 진술인 동시에, '님이 물을 건너지 않기를 바라는' 시적 주체의 정서가 동시에 나타나는 대목이라 할 수 있다. 이후 시적 주체의 정서는 드러나지 않고 "임은 그예 물을 건너셨네", "물에 쓸려 돌아가시니"라는 객체 행위에 따른 상황적 진술이 줄곧 이어진다.

〈공무도하가〉의 첫 대목에 제시된 시적 주체의 기원과 호소는 이 같은 상황적 진술로 말미암아 완전한 파탄을 이룬다. 이때 시적 주체의 기원과 호소는 다시는 돌이킬 수 없는 상황에 놓이게 된다. 마지막 대목에서는 "가신 님을 어이할꼬"라는 참담한 독백으로 객체 행위에 따른 비극적 결말에 대한 정서를 드러내고 있다.

〈공무도하가〉에 보이는 기원·호소의 파탄 원인은 전적으로 외부에 있다. 따라서 시적 주체의 정서, 달리 기원·호소의 파탄으로 발생하는 시적 주체의 비탄·애환은 외부 세계 혹은 외부 현실을 부정하며 일어난 것이라 할 수 있다. 더 이상 외부 세계를 지향할 수 없는 시점에서 시적 주체는 자아의 내면 의식을 지향하는 것으로 자신의 정서를 표출하고 있는 것이다.

따라서 〈공무도하가〉의 서정적 인식은 외부의 특별한 사건에 기인한 '개인적 서정'이자 '단절(斷絶)적 서정'이라 할 수 있다. 곧 〈공무도하가〉에서 드러나는 비탄과 체념의 서정성은 외부 세계와의 불연속적, 단절적 인식에 근거한 처절한 자아의 분투와 이에 대한 증상의 흔적인 것이다. 그러나 이와 같은 서정적 인식은 어디까지나 외부와 관련되어 발생한 것이자, 주술적·제의적 인식에 기반하고 있는 것이므로 '의존적 서정성'을 띤다.

〈공무도하가〉에서 보이는 '단절적 서정', '의존적 서정'의 발현은 외부 세계 달리 주술적·제의적 인식에 대한 비동화의 표지라는 점에서, 성기옥의 지적처럼 한국의 서정시가 집단적이며 제의적인 노래에서 개인적 서정가요로 전개되는 형성사적 가치를 지닌다.[10] 이에 〈공무도하가〉는 우리 시가사에서 '순수 서정'이 촉발된 최초의 작품으로 특별한 가치를 지닌다.

반면 〈황조가〉의 경우 주술적·제의적 인식, 즉 이 같은 신앙적 행위에 임하는 언술 주체의 믿음은 유효하다. 단 신화적·제의적 시대의 위기에 당면한 정황으로 인하여, 주술적 언사나 제의적 언사에 기대지 않고 집단적 감성에 기대어 시적 주체의 간절함을 토로하는 방식을 택하였다.

[표8] 〈황조가〉의 언술 표현과 시적 주체의 인식 지향

표현	인식 지향	원문	해석
호칭·진술(독백)	객체	翩翩黃鳥	펄펄 나는 저 꾀꼬리
진술(독백)	객체 행위(주체 정서)	雌雄相依	암수 서로 정답구나
독백	주체 정서	念我之獨	외로울사 이 내 몸은
독백	주체 행위	誰其與歸	누구와 함께 돌아가리

〈황조가〉가 계절제의의 한 절차에서 불린 노래임을 감안하여 각 대목의 언술 방식과 이에 따른 시적 주체의 지향 인식을 살핀다면, 첫 대

---

10 成基玉, 「公無渡河歌 研究: 韓國 敍情詩의 發生問題와 관련하여」, 4쪽.

목인 "펄펄 나는 저 꾀꼬리"는 시적 주체가 제의를 통하여 얻고자 하는 목적을 이미 달성한 외부 대상(객체)를 언급한 것이라 할 수 있다. 이때 꾀꼬리는 제의와의 관련성으로 말미암아 〈구지가〉, 〈해가〉, 〈도솔가〉에 보이는 주술적 매개물의 속성을 일견 담지하게 된다. 하지만 주술적 매개물이 아니라 시적 주체가 제의를 통하여 추구하고자 하는 정황에 놓인 대상이라는 점에서 다소 다른 속성을 지닌다.

"암수 서로 정답구나"의 대목 역시 제의와 관련하여 직접적인 기원의 내용이라기보다 간적접이며 비유적인 표현으로 시적 주체의 기원을 우회적으로 드러낸다는 점에서 주술시가와 다르다. 하지만 주술시가가 첫 머리에 대상— 주술을 통하여 이루고자 하는 정황을 제시하는 전개 방식과 〈황조가〉의 대상— 제의를 통하여 이루고자 하는 정황이 상당히 유사하다는 것을 부인할 수는 없어 보인다.

"외로울사 이 내 몸은", "누구와 함께 돌아가리"라는 대목은 만약 주술시가라면 가정 어법 또는 위협·명령·강제 등의 언술 방식이 주술적 매개물의 행위로서 제시되어야 할 부분에 해당한다. 하지만 〈황조가〉에서는 '내 몸', '나'라는 시적 주체의 행위가 강조되어 있으며, 시적 주체의 '외로움'이라는 정서가 뚜렷하게 제시되어 있다는 점에서 주술시가는 물론 〈헌화가〉와도 다른 양상을 보인다.

민긍기는 이 두 대목을 제의를 시행하는 주체가 원하는 바를 신에게 아뢰는 절차로, 자신의 처한 상황을 아뢰고 다음으로 상황을 해결할 방법을 신에게 묻는 것으로 마무리하는 전형적인 축원(祝願)의 형식으로 보았는데,[11] 이렇게 본다면 서정 민가가 제의에서 기원을 위한 노래로

11 민긍기, 『원시가요와 몇 가지 향가의 생성적 의미에 관한 연구』, 73쪽.

불리기 알맞게 조절하는 전용이 〈황조가〉에서도 일어났던 것이라 해석할 수 있다.

〈황조가〉는 독백적 언술로 이루어진 서정시가다. 독백적 진술은 스스로가 시적 대상이 되어 반성하고 기원하는 형태인데, 이는 철저히 자아에 대한 자각으로부터 발현된다.[12] 이처럼 시적 주체의 자각이 노랫말을 이루는 지배적인 요소임에도, 〈공무도하가〉와는 달리 시적 자아는 꾀꼬리와의 상황적·처지적 합일을 추구하며 외부 세계를 자아와의 갈등 요소로 두지 않는다. 이에 〈황조가〉의 서정성은 '동화적 서정', '의존적 서정'이라 규정할 수 있다.

따라서 시가에 등장하는 꾀꼬리는 외부 세계와 자아의 빈틈을 메우고, 자아가 외부 세계의 질서에 편입할 수 있도록 간섭하는 기원의 매개물이라 할 수 있다. 이 같은 〈황조가〉의 동화관은 애니미즘과 토테미즘적 사고에 기인한다[13]

또한 〈황조가〉의 출현은 제의적·신화적 시대의 위기 상황에서 주술, 제의에 대한 믿음을 유지하려는 유리왕의 노력을 통하여 이루어진 것이라 할 수 있다. 그래서 민간의 요(謠)를 차용함으로써 우회적으로 주술적·제의적 인식을 드러내는 전환이 〈황조가〉를 통하여 일어날 수 있었다. 이는 기존 민요가 담지한 서정적 인식을 제의 신격을 향한 간절한 기구(祈求)의 표현으로 전환하여 마련한 것이며, 제의에 참여하는 주체들의 공감과 동류 의식을 이끌어 내려는 의도에서 비롯되었다.

---

12 홍문표, 『시적 언술의 원리』, 창조문학사, 2018, 21쪽.
13 조동일은 인간과 자연의 동질성에 관한 신뢰는 주술에서만 보이는 것이 아니고 애니미즘이나 토테미즘 역시 이런 각도에서 해석될 수 있다고 보았다.(趙東一, 『韓國小說의 理論』, 知識産業社, 1977, 141쪽.)

이처럼 〈황조가〉와 〈공무도하가〉의 언술 방식, 시적 주체의 인식 지향에 따른 시적 전개는 제의적·역사적 근거들로 추론한 각 시가의 형성 국면과 일치하고 있다. 형성 근원을 서정 민요에 두되 계절제의에서 불렸던 〈황조가〉는 여전히 시적 주체가 외부 세계를 지향하는 동화적 서정을, 주술·제의(신화) 시대의 파탄상으로 말미암아 그에 따른 비극을 제의에서 노래한 것으로 파악한 〈공무도하가〉는 백수광부로 표상되는 객체 또는 외부 세계에 대한 시적 주체의 단절에 따른 단절적 서정이라는 상이한 방향성을 지닌 것을 확인할 수 있었다.

〈황조가〉는 '개인적 서정', '의존적 서정'이라는 점에서 〈공무도하가〉와 동일한 성격을 지니지만, 주체의 인식 지향은 어디까지나 외부를 좇는 다는 점에서 '동화적 서정'으로 점철되어 있다. 〈황조가〉는 '문제를 해결 하기 위한' 한 방식으로 제의에서 공동체의 화합을 위하여 마련된 시가이므로 개인과 집단을 아우르는 '복합적 서정', '공리적 서정'을 띤다는 점도 〈공무도하가〉와의 확연한 차이라 하겠다. 이러한 형식적 양식 특성, 언술 방식의 특성은 그대로 〈황조가〉와 〈공무도하가〉의 형성 국면에 들어 맞는다. 요(謠)로서 가(歌)를 마련하는데, 작동하는 창자의 인식 체계가 시가의 효용성을 완전히 역전시키는 결정적인 계기로 작용하였기 때문이다.

한편 주술시가에서 구현되는 서정적 인식, 서정성의 형식적 발현 양상은 〈구지가〉를 기점으로 〈해가〉, 〈도솔가〉, 〈헌화가〉로 이어지는 언술 방식의 지속과 변화 안에서 도출할 수 있었다. 주술적 언사는 점차 제의의 정황을 언급하는 쪽으로 변화하며 종국에는 일방적인 명령·위협 어법에서 기원·청원의 기원 어법으로 바뀌어 간 정황이 있었다. 또한 주술적 매개물은 점차 제의의 상관물로, 자연물에서 기원 주체로 전환되며 주술성 → 주술성·제의성 → 제의성·서정성 → 종교성·서정성의 변화를 유도하게 된 것으로 보인다.

고대시가에서 향가로 이어지는 형식적 측면의 지속과 변모상은 오늘날 굿거리 체계 혹은 무가 사설 체계의 확장 양상과 매우 유사하다. 단순한 제의의 언어적 표현이 신의 좌정 경위, 능력, 제법(祭法) 해설 등의 요소들과 연결되며 초기 신화가 형성되었다는 현용준의 견해,[14] 원시종합예술 형태의 제천 행사에서 불리던 노래들이 신에게 인간 사회의 소망을 기원하는 축원(祝願)이며 그 언어 형태가 오늘날 무가의 축원과 유사하리라는 추정을 내놓았던 서대석의 견해 등에서 근거를 얻을 수 있다.[15]

특히 무당이 굿을 마련하게 된 계기를 신에게 진솔히 고하는 '연유'의 대목을 주목할 만하다. 이때 무당은 개인 혹은 공동체 사정을 절절하게 읊으며 축원으로 나아가게 되는데, 이런 과정이 고대시가나 향가에서 제의적 서정성이 발현되는 정황과 맞아 떨어진다. 또한 굿의 연행에서 필요에 따라 참가자들의 정서를 고조시키기 위하여, 민요 등을 끌어들여 신을 즐겁게 하거나 제의 참가자들과의 일체감을 형성하는 기제로 활용하는 정황은 〈황조가〉의 출현 과정과 매우 유사하다. 〈공무도하가〉는 이 같은 방향성에 부합하지 않는데, 이는 주술·제의를 매개로 한 집단의 유대나 결속이 깨어진 시대적 상황과 인식 체계의 전향에 기인하는 것이었다.

고대시가 각편과 향가에서 보이는 언술 방식은 시적 주체의 인식 지향에 따른 변화, 즉 주술에서 제의로, 주술적 매개물에서 제의 연행의 주체로, 신성한 외부와의 합일과 동화를 갈구하는 집단 주체에서 외부

---

14 玄容駿, 『巫俗神話와 文獻神話』, 409쪽.
15 서대석, 『무가문학의 세계』, 15쪽.

와의 동화 또는 단절을 표방하는 내면적 자아로 전환을 이루고 있다. 이는 '주술성 → 주술성·제의성 → 제의성·서정성 → 종교성·서정성' 이라는 변화·전환의 국면과 '의존적 서정 → 단절적 서정', '집단 서정 ↔ 개인 서정'의 상호 보완적 존속, '공리적 서정 → 순수 서정', '동화 적 서정 → 단절적 서정'으로 시가의 서정성을 구현하여 온 시가사적 흐름과 일치한다. 따라서 고대시가와 향가 작품에서 읽어낼 수 있는 주술·제의·서정의 관계 양상은 시가 형성의 국면을 여실히 반영하는 형식적 표지이자, 시가 양식의 형식 체계를 규정하여 일종의 원리라 할 수 있다.

2) 이념적 측면: 제의와 가악(歌樂)을 통한 문화적 조응

고대시가로부터 향가로 이어지는 주술적·제의적·서정적 인식의 지속과 변화 단계를 고찰하는 또 다른 방법은, 각 작품들의 전승서사와 전승시가에 분포하는 시대적 이념들을 분석하고 이들을 다시금 통시적·계기적으로 조명하는 것이다. 이제까지 분석한 여섯 편의 시가는 주술적·제의적 인식 또는 주술, 제의의 자장 안에서 벗어나 출현할 수 없는 것들이었다. 이는 시가 일군의 형성 또는 정착 과정이 당시 향유 층의 생활 양식과 행동 원리를 규정하는 사유 체계로부터 벗어나 이해 될 수 없음을 의미하기도 한다. 생활 양식은 곧 생활 원리로 귀결된다. 이것은 각 시가들이 형성될 당시, 그 시대가 추구하고 있던 이념적 사고관과 밀접한 관계를 맺는다.

고대시가와 향가의 전승시가와 전승서사에 실제 역사와 뒤섞인 주술적·제의적·신화적 코드가 다량으로 숨어 있는 것은 이 때문이다. 지금에 와서야 주술적·제의적·신화적 코드, 주술적·제의적·신화적 인식이라 말하지만, 이는 곧 원시, 고대, 중세인들의 정신적·사유적 근저인 신앙 체계이자 삶의 작동 원리 그 자체였다.

이 글에서 살핀 여섯 편의 고대시가와 향가의 효용성은 개인의 문제보다 공동체의 범주에서 사회문화사·정치사적인 문제로 귀결되고 있었다. 또한 후대인들은 각 시가 작품과 얽혀 전하는 이야기를 역사와 다름없는 것으로 여겼다. 고대시가와 향가의 형성과 전승, 또한 '전승서사와 전승시가의 양식적 결합'은 구비 전통으로 역사를 기억하고 재생하는 일종의 방법론이었다. 이런 측면에서 고대시가와 향가가 취하는 '전승서사와 전승시가의 결합' 양식은 고대시가와 향가의 전승이 계기적으로 이루어질 수 있도록 한 시적·미학적 형식이자 이념적 형식이라 할 수 있다.[16]

고대시가와 향가는 아주 긴 시간 동안 이 양식적 결합을 자신들의 전승 형태로 유지하면서 축적된 거대한 역사들을 각각의 시대 정황과 이념에 맞도록 다듬어 전승되어 왔다. 시가 자체로 이 같은 변화를 담아내기 힘들 경우에는 서술 자체가 곧 역사인 전승서사를 통하여 이런 사정을 반영하려 애썼다.

그런데 이 같은 변화에는 나름의 체계, 즉 '자기 변형' 프로세스가 존재한다.[17] 이 '자기 변형' 프로세스가 가능할 수 있도록 중간 다리 역

---

16 최진원은 이념(理念)의 개념을 다음과 같이 정리한 바 있다. (1) 미적원리를 이념이라 부른다. (2) 이념은 내면 형식[範疇]를 내포하는 데, 이것을 이념 형식이라 부른다. 이념 형식의 구체적 현상을 미적 특질(美的內容)이라 부른다.(崔珍源, 『韓國古典詩歌의 形象性』, 163쪽.)

17 나카자와 신이치는 신화가 언제까지고 변형을 계속 했던 이유를 기억에 따른 '상연'이란 전승 방식과 서사적 배경에 해당하는 환경이 변화하면, 본래 현실을 표현하는 동시에 현실이 해결할 수 없는 모순을 사고 속에서 해결하는 쪽으로 현실에 맞추어서 변해가야만 했기 때문이라 하였다. 그리고 동일한 사회 안에서도 전승하는 사람들의 관심이

할을 하였던 것이 바로 제의(祭儀)와 가악(歌樂)이었다. 이를 살피기 위하여 각 시가 작품에 축적되어 있는 시대적·문화적 이념들의 투영, 결합 양상을 분석하여 보기로 한다. 또한 각 시가 작품들이 일종의 가악(歌樂)으로서 제의(祭儀)와 관련하여 어떤 역할을 수행하고 있는가를 함께 검토하기로 한다.

〈구지가〉의 모태였던 〈구지가〉계 노래는 구석기 시대의 주사로부터, 신과 정령 그리고 내세에 대한 사유가 발전하기 시작한 신석기 시대와 청동시 시대 사이의 어느 즈음에 위치한 것이었다.[18] 〈구지가〉 전승은 〈구지가〉계 노래가 이질적인 갈래인 신화와 결합하였다는 점, 가야국 멸망 이후에도 지속적으로 김해 김씨의 시조 신화로써 향유되었으며, 실제 그 후손들과 지역민들이 관련 제의를 봉양하였다는 점 등으로 미루어,[19] 꽤 오랜 시간 견고한 전승을 이루어 온 정황이 존재한다. 이 과정에서 원시의 산물인 주술적 인식은 전승시가에 남았고, 신화적·제의적 인식을 비롯한 시대적 이념이나 이에 뒤따른 전승공동체의 의도 등은 전승서사에 투영되며 이념적·시간적 간극을 절충할 수 있었다.

〈공무도하가〉는 주술·제의적 인식과 그 파탄상에 따른 인식의 반향이 동시에 존속하는 작품이다. 백수광부라는 인물에 투영된 신화적 속

이야기의 어디에 초점을 두고 있는가에 따라 자기 변형을 지속하게 된다고 하였다. 이런 과정을 '자기변형'의 프로세스란 용어로 정의하고 있다.(나카자와 신이치, 김옥희 역, 『신화, 인류 최고의 철학』, 동아시아, 2017, 114쪽.)

18 김학성, 「詩歌의 발상과 전개」, 『韓國文學硏究入門』, 335쪽 참조.

19 김태식의 논의에 따르면 고려 문종 이후 조선 태조에 이르는 기간을 제외하고 수로왕릉과 허황후능은 김해 김씨 세력 혹은 지역 토착민, 지역 관료에 의하여 끊임없이 보수·재건된 정황이 기록을 통하여 파악된다고 하였다.(김태식, 「金海 首露王陵과 許王后陵의 補修過程 檢討」, 『한국사론』 42, 서울대학교 국사학과, 1999.)

성, 백수광부의 행위에서 도출되는 제의적 속성은 주술적·제의적 세계
관, 곧 연속적 세계관과 관련이 있다.[20] 〈공무도하가〉 전승의 형성 연대
로 추정되는 시기는 청동기 전기 문화 단계에서 철기 문화 시대로 돌입
하는 시점에 놓여 있었다.[21] 이런 점에서 〈공무도하가〉는 시대의 전환
상과 대립상이라는 시대적 흐름이 한 편의 전승서사와 전승시가에 응
축된 것이라 파악할 수도 있다.

〈황조가〉에서 유리왕이 암수가 정다운 꾀꼬리를 보고 그와 같이 될
수 없음을 한탄하였다는 서정적 인식은 계절제의와 밀접한 관련이 있
었다. 이는 애정의 문제를 자연의 이법(理法)에 빗댄 것이다. 평범한 인
간의 일상적 삶, 서정적 인식을 제의적 인식으로 전환시킬 수 있었던
까닭은 '결핍', '원상으로의 회귀'와 같은 기원적 요소들이 〈황조가〉에
서 서정을 불러일으키는 대상이었기 때문이다. 또한 물아일체를 기원
하는 인식, 자연과 교감하는 동물의 속성을 통하여 자신도 그와 같은
자연의 혜택을 바라는 인식 체계, 주술적 유상이 바로 〈황조가〉의 서정
을 촉발시킨 가장 본질적인 원형이라 할 수 있다. 그러므로 〈황조가〉의
전승시가 역시 주술적·제의적·서정적 인식, 원시에서 고대로 이어지
는 시대적 이념을 긴밀히 응축하고 있다고 하겠다.

〈황조가〉의 전승서사는 원시·고대의 제의적·신화적 사유를 풍부하
게 담아 전승시가의 제의적 속성을 채우는 상호 보완의 관계를 이룬다.
건국 이전 부족 체제, 연맹 체제에서 숭앙하던 새 토템의 흔적을 건국
이라는 새 시대의 흐름에 맞추어 알맞게 재편한 것에서 신앙적·이념적
지속과 변환상을 엿볼 수 있다.

---

20 成基玉, 「公無渡河歌 研究: 韓國 敍情詩의 發生問題와 관련하여」, 61쪽.
21 成基玉, 「公無渡河歌 研究: 韓國 敍情詩의 發生問題와 관련하여」, 63쪽.

더불어 〈황조가〉는 제의적·신화적 질서가 위기에 처한 시점에서 유리왕이 제의를 통한 민간의 동류 의식을 십분 끌어내기 위하여, 활용한 민간의 서정 민요다. 〈공무도하가〉는 이 같은 사정이 대립적인 세계관의 공존으로 드러났으나, 유리왕의 시대는 이 같은 방식이 주술·제의의 시대를 유지하는데 나름 요긴한 쓸모가 있었다. 유리왕의 이같은 선택은 〈황조가〉 전승이 후대에 왕의 사랑과 비극적 결말이라는 세간의 흥미로운 이야기거리로서 전승을 거듭할 수 있는 좋은 구실이 되었다.

〈헌화가〉에서 찾을 수 있는 주술적 인식, 원시적 이념 체계는 응당 꽃과 관련이 있다. 수로부인은 산신의 꽃을 통하여 응축된 생명과 풍요, 조화로움을 주재하는 신의 능력이 인세에 미쳐 기근이 해결되고, 이로부터 민간과 중앙을 화합으로 이끌 수 있기를 바랐다. 〈헌화가〉의 꽃에 부여된 풍요·생명의 상징성은 신석기 시대로부터 발아한 신앙적 사유이자, 신라 초기의 전통적 자연 숭배 사상이다. 이는 대지의 자연적 변화를 존중하고 신성화 하였던 사유 체계라 할 수 있다.

〈헌화가〉가 8세기 중반에 출현한 시가임에도 그 전승에서 원시로부터 싹튼 주술적·제의적·신화적 사유 체계가 담지되어 있는 것은 관련 제의가 민간의 전통에 기반한 것이기 때문이다. 상층 제의와 민간 제의가 분화된 이후 왕실 중심의 국가적 제의는 율령에 따라 제도화 되었지만, 민간 제의는 제도의 이전의 전통을 이어 받아 질서 유지보다 생산 기원을 더욱 중요한 구실로 삼게 되었는데,[22] 〈헌화가〉의 전승서사는 이 같은 제의의 성격을 뚜렷하게 보여 준다.

---

22 조동일, 『한국문학통사(1)』, 135쪽.

이는 〈구지가〉를 승계하면서도 신라 왕실의 용신 사상, 민간 제의의 실상을 전반적으로 담고 있는 〈해가〉에서도 동일하게 적용하여 볼 수 있다. 〈해가〉의 형성에 영향을 미친 주술적 인식, 원시의 이념 체계는 〈구지가〉의 그것과 다르지 않기에 다시 언급하지 않는다. 하지만 〈해가〉는 주술적 인식에 기반하되 제의의 정황을 노랫말로 전환하는 재맥락화를 통하여, 당시의 제의적 인식과 시대 이념을 충실히 반영하고 있다.

〈도솔가〉 역시 삼산오악, 해·달·별을 숭배하던 원시·고대적 자연 숭배 신앙에서, 해당 신앙 체계가 국가의 통치 체제로 자리잡았던 맥락에 형성 기원을 두었다. 이후 신라의 독자적인 정치 기반이었던 화랑과의 관련선 상에서 이 같은 신앙 체계가 선풍(仙風) 사상으로 자리매김하고, 이어 중세의 불교 사상과 혼효하기까지의 전반적인 신앙 체계의 변천이 〈도솔가〉 전승, 곧 전승서사와 전승시가에 충실히 담겨져 있다.

〈구지가〉, 〈공무도하가〉, 〈황조가〉, 〈헌화가〉·〈해가〉, 〈도솔가〉는 공동체가 처한 특정 문제를 해결하기 위하여 마련된 노래다. 또한 제의에서 불리거나, 제의를 노래하였을 여지가 큰 작품들이다. 그러니 어떤 식으로는 제의에서 소용된 가악(歌樂)이라 할 수 있다. 제의와 관련하여 고대시가와 향가가 갖는 음악성은 원시종합예술에서 이어져 온 문학적 전통이자, 시대적 이데올로기의 변화에 따른 정(正)-반(反)의 흐름을 합(合)으로 나아가게 만든 결정적인 요소라 할 수 있다.

물론 고대시가와 향가의 음악성을 선율과 박자 따위와 같은, 이를테면 악보라는 가시적 체계로 일괄하여 설명하긴 어렵다. 하지만 고대시가와 향가의 형식적·이념적 양식은 결국 제의와 악이라는 관계 안에서 전승·보존될 수 있는 것이었다.

넓은 범주에서 음악성은 마음에서 일어나는 울림, 다시 말하면 수용
적 차원의 문제와 감동이라는 현상을 포함한다. 이는 곧 소리로부터 기
인하는 감동이다. 그러므로 이와 같은 특성을 측면으로 다룰 수도 있으
며, 노랫말에 담긴 사유들은 각각의 시대 이념을 가악(歌樂)이라는 형식
에 담아 투영하기에 이념적 성질을 띠는 것이라 파악할 수도 있다. 이
렇게 되면 가창(歌唱)의 차원에 놓인 고대시가의 음악성을 운율론과 리
듬론에 한정하지 않고 보다 넓어진 지평에서 논의할 수 있게 된다. 이
같은 고대시가와 향가의 이념성을 가장 잘 드러낼 수 있는 개념이 바로
예악(禮樂)이다.

흔히 우리의 예악은 중국의 것을 받아들이며 이념화·제도화 하였
고 이후 중세의 필수적인 지배질서로 자리매김 하였을 것이라 한다.
그러나 이민홍, 여기현, 허남춘 등은 우리 고유의 전통예악과 가악관
의 존재를 인정할 것을 역설하고 있어 주목을 요한다.[23] 한 예로 『삼국
사기』의 〈제사지(祭祀志)〉와 〈악지(樂志)〉는 우리 고유의 예(禮)와 악(樂)
의 관계를 유추할 수 있는 좋은 본보기가 되어 준다.[24] 제의는 곧 예
(禮)와 같고,[25] 제의에서 쓰인 가악(歌樂)은 그대로 악(樂)의 관념에 상응

---

23 이민홍은 민족예악(악무)란 개념으로 지나예악(支那禮樂), 즉 중국예악과 변별되는 한
    민족의 예악 개념을 이야기한 바 있다.(이민홍, 『한국 민족예악과 시가문학』, 成均館大
    學校 大東文化硏究所, 2002, 13쪽.) 여기현 역시 7세기 이전의 신라악은 순수한 그들의
    고유 음악사상에 의하여 만들어진 것이라 하였으며,(여기현, 「三國史記 樂志의 性格(1)」,
    『반교어문연구』 5, 반교어문학회, 1994, 34쪽.), 허남춘은 신라악은 모두 통일 이전에
    만들어졌고 중국의 영향을 받지 않았거나, 설사 받았다 하더라도 미미한 정도에 그쳤을
    것이므로 우리 고유의 예악사상의 근저 또는 징조가 이미 고대음악의 전통 속에서 마련
    되었을 것이라 하였다.(許南春, 「鄕歌와 歌樂」, 『古典詩歌와 歌樂의 傳統』, 55쪽.)
24 許南春, 「鄕歌와 歌樂」, 『古典詩歌와 歌樂의 傳統』, 55쪽.
25 『說文解字』에서 보이는 禮의 조합이 이를 잘 보여준다. "禮"는 시행하는 것이다. 신을
    섬겨 복이 따르도록 하는 것을 이른다. 示를 따르고 豊을 따른다."비록 한자의 조어

한다.

제의와 구비서사시(신화)의 실제 연행에서 성과 속, 신과 인간, 개인과 집단 간의 '동떨어진 것', '다른 것'을 '함께', '교제할 수 있도록', '같아지도록' 만들어 주는 윤활제 역할을 하는 요소가 바로 가악(歌樂)이었다. 예악의 본질도 이와 같다. 정(政)과 형(刑)을 내세우긴 하지만, 어디까지나 보조 수단으로 구사하고 중심은 예와 악에 두어 이상사회를 만들고자 하였다. 예를 통하여 상하의 질서를 구축하고 악으로는 계층 간의 위화감을 해소하여 통합을 좇았다.[26] '동떨진 것', '다른 것'은 예가, '함께', '교제할 수 있도록', '같아지도록' 만드는 것은 악이 추구하는 신념이다.

제의와 가(歌), 예악은 이런 면에서 이질적인 대상의 거리감을 밀고 당기는 길항작용에 의한 의사소통 과정이라 할 수 있다. 시대가 흘러 사회가 복잡해지고 민심이 흩어지자 예(禮)가 악(樂)을 우선하게 되었던 사정도 있었지만, 고대로 올라갈수록 예와 악을 동등하게 혹은 악이 우위에 있고 악을 더욱 중요시 하였던 사유가 존재한다.[27]

고대시가와 향가는 이 같은 가악(歌樂)이 본래 '노랫말'의 전통, '시가적' 전통을 포함하여 왔음을 명백히 보여주는 개체들이다. 악은 노래[歌]·춤[舞]·연주[奏]의 결합 형태이고 다시 가악(歌樂)과 가무(歌舞)와 무악(舞樂)으로 나뉜다.[28] 가악의 범주에서 점차 악을 중시하게 되어 가(歌)에 비하여 악은 궁중악과 같은 견고한 영역을 마련하여 간 것으로

구성에 대한 설명일지라도 우리의 고유 제의에서 마련된 禮의 속성 또한 이와 다르지 않으리라 본다.(『說文解字』, 「禮條」: "禮履也. 所以事神致福也. 從示從豊.")

26 許南春, 「鄕歌와 歌樂」, 『古典詩歌와 歌樂의 傳統』, 55쪽.

27 이민홍, 『한국 민족예악과 시가문학』, 21쪽.

28 許南春, 「鄕歌와 歌樂」, 『古典詩歌와 歌樂의 傳統』, 54쪽.

보이지만, 더 이전으로 거슬러가게 되면 〈회악(會樂)〉, 〈신열악(辛熱樂)〉
등과 함께 가를 중시한 〈도령가(徒領歌)〉, 〈도솔가〉와 같은 것들이 존재
하였음을 알 수 있다.

신라 가악의 효시인 〈도솔가〉의 출현과 비슷한 시기에 모습을 드러
내는 〈회소곡(會蘇曲)〉의 존재는 가(歌) 혹은 요(謠)와 같은 '노래부르는
것'에 '전통예악'의 특성이 깃들어 있었음을 보여주는 좋은 예이다. 조
동일은 〈회소곡〉의 형성 국면을 두고 "길쌈을 위한 행사를 나라에서
조직한 것은 통치자가 백성과 함께 힘쓰자 하면서 생산력 증대를 꾀하
고자 했기 때문에 민간의 길쌈 노래를 그때의 가악으로 삼았던 것"이라
하였는데,[29] 이는 "회소(會蘇) 회소"라는 짧은 소리에 연원을 두었던 민
간 가요, 혹은 일종의 구비시가가 예악적 기능을 발휘할 수 있었다는
사실을 시사한다.

이런 면에서 〈도솔가〉, 〈회소곡〉 이전의 〈구지가〉와 〈황조가〉, 신라
통일 이후 무열왕계 집권 시기에 형성된 〈헌화가〉·〈해가〉, 〈도솔가〉
또한 전통예악적 자질을 지닌 대상들로 파악할 수 있는 여지가 생겨
난다.[30]

〈구지가〉는 신라의 가요가 아니다. 그러나 기존에 전승되던 〈구지가〉
계 노래, 민간 해신 제의에서 불리던 청배무가를 편입하여 국가 시조의
내력, 즉 건국신화를 구성하였다는 점에서 전통예악적 특질을 찾을 수
있다. 이 같은 승계와 전용의 목적은 무엇보다 지배층과 피지배층의 사

---

29 조동일, 『한국문학통사(1)』, 145쪽.
30 허남춘은 신라 통일 이전에는 신라 고유의 예악이 있었지만 내물계 이후의 신라후기로
    들어서면서 중국의 사상과 제도로 완전한 전환을 이룬 흔적이 역력히 보인다는 점을
    예악 사상의 변모상으로 지적한 바 있다.(許南春, 「鄕歌와 歌樂」, 『古典詩歌와 歌樂의
    傳統』, 52쪽.)

회 통합에 있다. 가야국의 지배층은 피지배층의 집합 의식을 끌어내는
데 요긴한 주술요를 건국주의 출생담으로 끌어들였을 뿐만 아니라, 입
을 한데 모아 노래하게 하였다.

〈구지가〉는 이질적인 두 집단 간의 신념 체계와 제의가 보다 수월하
게 통합을 지향하며 자리잡을 수 있는 역할을 하였다. 이는 피지배층
의 거부감을 최소화 하고 건국주를 위시한 역대 군왕들에 대한 신성
성을 효과적으로 인식시키는 방법이자, 제의를 위하여 한 공간에 모인
주체들에게 일체감을 심어 줄 수 있는 가장 효율적인 방안이었다.

더불어 같은 노래를 가창하고 이에 수반된 같은 동작을 반복하면서
제의 참여자의 움직임과 정서를 제어·공유하며 공동의 관심사에 집중
할 수 있는 상호 연결고리를 극대화 하였다. 조화로움을 추구하는 악의
기본 속성은 물론 예(禮)와 아주 유사한 사상적 기반이 이 시기에 가(歌)
를 매개하여 이루어지고 있음을 방증한다.

〈공무도하가〉는 주술·제의 시대의 파탄상을 개인적 서정으로 전환
시키는 방식이 다름 아닌 가(歌)와 주(奏)였다는 점에서 소중하다. 충격
과 좌절의 경험, 그 반작용으로 서정을 표출하는 발로가 가(歌)였으며,
그러한 충격을 완충할 수 있는 이완적 기능을 가(歌)가 지녔다는 점에
서 주목할 만하다.

〈황조가〉는 민간의 가요를 끌어들여 제의의 노래로 불렀다는 점에서
전통예악적 특질을 띤다. 무엇보다 〈황조가〉는 주술적·제의적·신화적
세계관의 붕괴나 혹은 그 자장 안에서 벌어질 수 있는 공동체의 갈등을
노래를 통하여 융화하고 있다는 점에서 예악적 속성을 지닌다. 〈황조
가〉를 통하여 제왕 역시 한 인간으로서 사랑과 외로움 같은 보편 정서
를 느끼고 노래할 수 있는 대상이 될 수 있다는 사실을 강조하여, 이
같은 정치적 위기에서 벗어나려 하였다.[31]

따라서 〈황조가〉의 제의 결합은 지배층과 피지배층의 정서적 합류를
이끌어 내려는 목적 하에 이루어진 것이라 할 수 있다. 이는 제의와 더
불어 가(歌)가 단순한 공간적·정서적 공유를 넘어, 피지배층이 왕으로
표상되는 지배층과의 거리를 좁히고 동일시 할 수 있는 매개로 작용하
고 있음을 명확히 보여주는 사례다.

민요를 개작하고 기능을 바꾸어 놓는 것은 예악을 처음 제정할 때부
터 하던 사업인데,[32] 이처럼 요(謠)를 제의의 가악(歌樂)으로 활용하여
예악과 유사한 장치로 활용하는 방식이 이미 고구려의 경우 유리왕대
에 실현되어 있었다는 사실을 〈황조가〉의 존재가 알려 준다.

〈헌화가〉는 지배층이 민간과의 화합 도모를 목적으로 민간의 민요
혹은 가요를 끌어들이며 형성·전승된 시가다. 지배층에 해당하는 나랏
무당(수로부인)이 직접 민간 제의의 적극적인 참여자가 되었다는 점, 지
배층이 민간의 신격을 숭앙하는 태도를 보여주었다는 점에서 예로 상
정되는 경계를 허물고 통일과 조화를 추구한 정황이 보인다. 국가 제의
의 집전은 오로지 왕과 지배층의 전유물이었지만, 민간 제의를 공식적
으로 국가적 차원에서 주관할 수 있도록 인정한 이색적인 조치였다. 오
랫동안 지속된 기근으로 민심이 황폐화 된 사정이 있어, 더욱 적극적인
방식으로 화합을 실현할 대안을 모색한 것이 이 같은 결과를 낳았다.

---

31 조동일은 신화시대의 특성인 자아와 세계의 동질적인 관계가 인간과 자연의 것만이
아니라 인간과 인간 사이의 것이기도 함을 강조한 바 있다. 이 시대에는 인간과 자연의
대결이 인간과 인간의 대결과 밀접한 관련을 지니며, 자연과 인간과의 대결이 동질성에
입각하여 해결되듯이 왕과의 대결도 일반 백성과 왕의 동질성에 입각하여 해결하는
방식으로 동일하게 나타나고 있다는 사실을 풍요 도래에 실패한 주술적 왕의 교체라는
정황에 빗대어 설명하였다.(趙東一, 『韓國小說의 理論』, 143쪽.)
32 조동일, 『한국문학통사(1)』, 140쪽.

지배층과 피지배층이 제의를 통하여 교류하고 소통하는데 요긴한 역할
을 한 것이 제의에서 불린 노래, 곧 〈헌화가〉였다.

〈해가〉는 〈헌화가〉와 함께 민간의 방식으로 치러진 제의에서 중앙세
력에 대한 피지배층의 소속감·일체감을 더욱 고양시키는 역할을 하였
다. 〈해가〉의 가창은 국가의 문제, 공동체의 문제 해결에 민간인들의
직접적인 참여를 유도하여, 백성들이 이런 문제 해결의 주체가 될 수
있다는 믿음을 불어 넣었다. 민간의 용신 신앙과 왕실의 용신 신앙이
비록 상이한 차이가 있었을지라도 최대한 민간이 이해하기 쉽고, 수긍
할 수 있는 그들의 신념·신앙 체계에 접근하여 국가적 신앙의 자장을
넓혔다. 제의에 참여하는 사람들이 상징과 기호를 설사 다른 방식으로
해석한다 할지라도, 〈해가〉를 함께 노래부르고 원상 회귀를 기원하며
신의 응감을 바랐다는 사실만으로도 화합을 도모할 수 있었다.

이처럼 고대시가와 향가는 '가(歌)'로서 제의와 관련하여, 자연의 질
서를 원만히 순행토록 하는 기능을 발휘하는 동시에 갈등 상황에 놓인
인간 관계를 제자리로 돌리는 힘을 지니고 있었다. 적어도 〈헌화가〉·
〈해가〉의 출현기를 전후한 시대까지도 제의와 가악(歌樂)은 국가적 질
서와 위엄, 상층과 하층의 구별을 뚜렷이 하기 위하여 존재하는 것이
아니었다.

때로는 하층과 상층이 공현존(空現存)할 수 있는 자리가 제의였고, 그
안에서 가(歌)를 노래하는 것은 공동의 신념을 추구하고 같이 노래하며
정서적 유대를 쌓는 동락(同樂)의 과정이었다. 이런 시대에는 신과 인간
이 동락하는 자리에서 인간과 인간도 경계를 허물어 동락할 수 있었다.
신인동락(神人同樂)의 세계가 곧 인인동락(人人同樂)의 자리였고, 이를
통하여 우주만물과 인세도 화합과 조화의 기운을 얻어 평화롭게 질서
적인 순환을 이루리라 여겼다.

바로 이런 특성이 유리왕대 〈도솔가〉를 출현케 한 전신(前身)이자, 전통예악의 본질이다. 고대시가로부터 이어져 온 시가의 예악적 속성은 굿판의 구비시가와도 매우 닮아 있다. 굿판의 오신(娛神) 단계에 이르면 신과 인간의 경계도, 무(巫)와 일반인의 경계도 허물어진다. 무가, 민요, 불가(佛歌)의 경계도 흐려지기 마련이었다.

고대시가로부터 향가로 이어져 온 이 같은 가(歌)의 전통예악적 특성을 유리왕대 〈도솔가〉로부터 이어 온 작품이 월명사의 〈도솔가〉다. 〈도솔가〉는 전통예악 사상과 중국의 예악 사상, 거기에 불교적 예악 사상까지 모두 결합된 양상을 보인다. 고대국가가 체제를 지속적으로 정비하기 시작한 이후 중세에 들어서까지 재앙을 물리치고 우주적 질서를 모색하는 데에 전통적·유가적·불교적 종교가 모두 동원되었는데, 이때 가(歌) 또는 가악(歌樂) 역시 정치적 질서와 체제를 정비함에 있어 우선되었다. 이와 같은 흐름 안에서 출현할 수 있었던 시가가 월명사의 〈도솔가〉였다.[33]

그러나 시간이 흐르며 재이의 해결, 정치적 위기의 극복, 공동체의 조화를 목적으로 삼는 제의 연행이 만이 관여하는 특수한 전유물이 되면서, 이 같은 시가의 전통예악적 특질은 약화될 수밖에 없었다. 이 과정은 아마도 전통예악의 성립 가운데 예(禮)의 질서가 자리잡는 변모, 왕의 주술사로서의 구실을 더이상 하게 되지 않고 정치적·제도적 실권자로서 변모하여 간 시대상과 밀접한 관련이 있을 것으로 예상된다.

이 글에서 살핀 여섯 편의 시가의 형성에 관여한 주술적·제의적·서정적 인식의 교섭 양상은 제의와 가악(歌樂)를 매개로 나름의 질서를

---

33 許南春,「鄉歌와 歌樂」,『古典詩歌와 歌樂의 傳統』, 60쪽 참조.

구축하며 유지, 변화되어 온 공동체의 문화사적·문학사적 산물이라 할
수 있다.

시가는 형성의 초기 국면부터 자연계의 순환과 인간 사회의 삼라만
상이 분절적이지 않다는 일원론적 사고, 천지조화·사회질서·우주적
리듬을 바르게 실현하려는 목적에서 늘 불려 왔다. 이러한 믿음이 깨어
지는 순간에도 그 충격과 좌절을 완충할 수 있도록 존재한 것이 바로
지금에 전하는 고대시가 그리고 향가들이었다. 고대시가는 '노래하는
것'이 '이야기하는 것'과 달리 우주와 인간, 집단과 개인을 분별하지 않
고 하나로 인식하도록 만들 수 있다는 믿음과 전통 하에서 형성된 것이
고,[34] 이런 전통이 향가를 출현케 하는 명백한 양식적 체계, 인식적 체
계로 작용하였던 것이겠다. 향가의 감동론 역시 이 같은 인식을 기반으
로 마련된 것이다.

이런 점에서 고대시가는 우리 시가사에서 제의(祭儀)를 매개로 가악
(歌樂)의 전통이 마련될 수 있게 한 존재이자, 주술적·제의적·서정적
인식의 작용에 근거한 시가 형성의 양식적 전통이 향가로까지 이어질
수 있게 한 소중한 존재들이다. 특히 월명사 〈도솔가〉와 〈해가〉의 존재
는 이를 여실히 증명하고 있다.

그렇기에 고대시가를 갈래종으로만, 곧 향가의 출현 이전에 전승이
단절되어 버린 부식물처럼 여기는 시선은 바뀌어야 한다. 고대시가의
형성에 관여하는 주술적·제의적·서정적 인식은 하나의 이념 체계이
자 형식 체계로서 향가의 형성까지 견인하여 왔기 때문이다. 이처럼

---

34 조동일은 '노래한다'의 주어는 작품외적 자아이면서 동시에 작품내적 자아인 반면, '이
  야기한다'의 주어는 작품외적 자아로 한정되어 있다고 하였다.(趙東一, 『韓國小說의
  理論』, 97쪽.)

고대시가는 우리 시가사에 있어 최초의 시가적 전통을 생산한 시가
문학의 본령이자, 역동적 생명력을 지니는 문화적·이념적 실재 그 자
체였다.

2. 고대시가 전승의 미학적 패러다임: 이질적 요소들의 길항

지금까지 고대시가와 향가의 출현에 관여한 주술적·제의적·서정적
인식의 작용이 형식적 측면과 이념적 측면에서 지속과 변화를 이루며
일정한 양식적 체계를 구현하는 양상을 살폈다. 그 결과 주술적·제의
적·서정적 인식의 작동에 기반하여 시가의 양식 체계가 갖추어지는
국면에서 무엇보다 제의가 긴요한 구실을 하였다는 사실을 밝힐 수 있
었다.

고대시가와 향가의 형성 국면에서 주술적·제의적·서정적 인식은
시대적 이념을 투영하여 이들의 양식을 형식적, 이념적으로 구현하는
기제였다. 주술적·제의적·서정적 인식은 시대적·이념적 변화에 따라
서로 길항하며 관계하여 왔는데, 이때 관여하는 요건들은 다시금 세분
화 하면 집단과 개인, 주술·제의·서정, 신앙(신념)과 역사, 우주와 인간
이라는 이질적이지만 상보적인 것들이었다.

따라서 이 부문에서는 앞서 주요 논의 대상이었던 여섯 편의 시가
형성에 관여하여 온 이질적 요건들의 총체적인 교섭 양상을 살피기로
한다. 그런 뒤에 작품들을 중심으로 미적 특질을 발현하는 요건들 가운
데 가장 대표적이라 할 만한 것을 산출하고, 이를 미적 특질을 발현하
는 모형적 구도로 설계하기로 한다. 이 같은 모형적 구도의 타당성은
고대시가와 4·8·10체 향가들을 구도 안에서 함께 배치하는 것으로

입증한다.

고대시가와 함께 8세기 중·후반까지 출현한 향가의 형성에 관여하는 주술적·제의적·서정적 인식은 시대적 이념을 반영하며, 집단과 개인, 주술 혹은 제의와 서정, 신앙(신념)과 역사, 우주와 인간이라는 이질적 요소들의 조응과 대체로서 미적 특질을 일정하게 구현하여 왔다. 이 같은 미적 특질은 시가 형성에 관여한 특정 인식에 기반한다는 점에서, 주술적·제의적·시대적 인식의 구현은 인식의 주체인 집단 혹은 개인이라는 다른 틀에서 나뉘어 살필 수 있다.

더불어 집단 혹은 개인이라는 인식 주체가 작품을 통하여 표출하는 정서는, 달리 인식 주체가 세계(외부)를 대하는 태도와 밀접하게 연관되며, 크게 예찬·찬탄적 태도와 비탄·추도의 태도로 나눌 수 있다. 대략의 결과를 예찬·찬탄의 시가, 추도·비탄의 시가 그리고 집단과 개인이라는 주체 요소로 다시금 4분할 하고, 고대시가를 포함한 『삼국유사』 전승 향가 14수를 구면에 배치하면 비교적 뚜렷한 연쇄 관계를 설정할 수 있다. 이를 아래와 같은 모형 구도, 즉 미의식 구현 체계로서 정리하기로 한다. 그 결과가 다음 쪽의 [그림3]이다.

[그림3]의 구면(球面)에서 각편이 배치된 점선 위의 짧은 두 직선(ⅠⅠ)은 '단절'과 '분리'를 의미한다. 이를 제외한 각 영역은 집단과 개인, 숭고와 비극, 숭고과 골계, 숭고·우아·비극이 길항 작용을 하며 서로 결합·공존·길항하는 상호 보완적인 관계를 지닌다. 동시에 기본적인 지속·변모의 흐름틀은 'ㄱ ↔ ㄴ', 'ㅁ ↔ ㅂ', 'ㄷ ↔ ㄹ'이다. 이 같은 방향성이 시대적 이념, 곧 주술적·제의적·서정적 인식의 발현 주체인 집단 또는 개인과 관계를 맺으며, 다중적인 결합으로 예찬·찬탄, 비탄·추도의 미의식과 관계하는 다양한 시가 양식을 산출하고 있다. 이를 명확히 하여 두고 각편의 위치에 따른 미의식 구현의 관계를 각 작

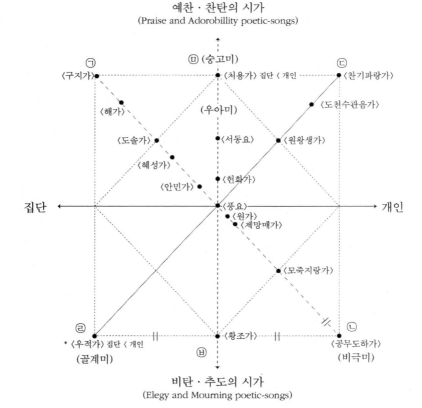

[그림3] 고대시가·향가의 미의식 구현 체계

품들을 대상으로 풀어 보기로 한다.

숭고미의 범주에서 주술적 인식·제의적 인식은 '〈구지가〉 → 〈안민가〉'로 지속·변모하며 '집단'의 문제에 관여한다. '지속'은 '있어야 할 것을 있는 것'으로 혹은 '있는 것을 있어야 할 것'으로 대체하는 결정적인 역할을 하여 온 공적 주술의 효용성을 전제로 한다. 이러한 인식을 기반으로 '가(歌)'라는 양식을 기존 노래를 전환하여 마련하거나, 새로운 노래를 마련하여 간 흐름이 '〈구지가〉 → 〈안민가〉'로 이어지는 시가 형성의 한 방식, 곧 '공동체의 문제를 해결하는 시가'의 기반을 마련하는 작법이었다. 이 범주에 배치된 시가 작품에는 우주적 질서와 사회적 질서를 대등하게 인식하는 일원론적 세계관이 투영되어 있으며, 외부 세계에 대한 절대적인 예찬과 찬탄의 태도가 견지된다는 특성이 존재한다.

숭고미의 범주에서 '〈구지가〉 → 〈안민가〉'로 가닿는 인식 체계의 변화는 곧 시대 이념의 변화로 직결된다. 이념적 양식으로서 본디 주술이 가지고 있던 힘을 제의 또는 통치 체제와 관련하여 긴밀히 전환시켜 간 흐름이라 할 수 있다. 〈구지가〉는 구간 집단과 수로 집단의 융합을, 〈해가〉는 중앙 세력인 수로부인 집단과 변방 세력인 강릉 지역민의 융합을, 〈도솔가〉는 정치적 갈등에 놓인 두 집단과 민심의 융합을, 〈혜성가(彗星歌)〉는 왜적의 침입이라는 위기 상황에 따른 왕실과 백성의 단합된 힘을 발휘하기 위하여 마련된 시가들이다.[35] 우주·자연의 문제를 해결하던 주술 가요를 공동체의 문제를 해결하는 시가로서 전환시켰던 〈구지가〉의 형성 작법은, 공적 주술에서 제의로 다시금 제의와 분리된 정치적 영역으로, 시가 양식의 효용적 범주를 다채롭게 하는 것에 기여하고 있다.

이때 주목할 작품은 〈도솔가〉와 〈안민가〉다. 〈도솔가〉는 유리왕대 〈도솔가〉의 전통을 좇아 마련된 것이므로 〈혜성가〉보다 앞으로 배치할

---

35 허남춘은 혜성가를 노래-중간 매개(민심의 조화)-문제 해결이라는 맥락 구조를 지닌 것으로 파악한 바 있다.(허남춘, 「혜성가·도솔가의 일원론적 세계관과 민심의 조화」, 『황조가에서 청산별곡 너머』, 58쪽.)

수 있기에 그와 같이 설계하였다. 〈도솔가〉는 주술적·제의적 인식이 역사적·정치적 문제로 전환되는 지점에 있어 소중하다. 또한 안민가는 이 같은 주술적 인식·제의적 인식이 역사적·정치적 맥락과 완전히 결합한 작품이기에 특별한 가치가 있다. 〈안민가〉의 노랫말에서 주술적 인식의 흔적을 찾을 수 없되, 효용성은 그와 다름이 없다는 사실이 이를 방증한다.

다음으로 숭고미의 범주에서 '개인'의 문제에 관여하는 것은 주술적·제의적 인식에서 비롯된 종교적 인식이다. 이는 '〈원왕생가(願往生歌)〉 → 〈찬기파랑가〉'로 이어지는 흐름으로 정리할 수 있다. 〈원왕생가〉와 〈도천수관음가(禱千手大悲歌)〉는 종교적 이념을 담은 노래이자 시가 가창을 통하여 문제 상황을 해결할 수 있다는 기원과 믿음이 바탕을 이루고 있는 작품이다. 반면 〈찬기파랑가〉는 이상향적 특정 인물에 대한 예찬·찬탄을 드러낸 작품이면서, 기파랑이 화랑 집단의 결속을 도모하고 자긍심을 고취시키는 인물이었다는 점에서 정치적·집단적 효용성을 아울러 띤다. 그러므로 '집단'과 '개인'이라는 주체 인식만 달리할 뿐, 궁극적인 시가 작품들의 효용성은 '〈구지가〉 → 〈안민가〉'로 이어지는 그것과 다르지 않다.

다만 〈찬기파랑가〉는 이 같은 예찬·찬탄의 대상이 신성 존재가 아닌, 화랑 집단의 숭고함을 표상할 수 있는 '기파랑(耆婆郞)'이라는 인물로 전환되어 특별하다. 하지만 〈찬기파랑가〉의 궁극적인 효용성은 공동체적인 문제 상황으로 거듭 귀결되기에,[36] 예찬·찬탄의 노래를 '집

---

36 기파랑은 경덕왕대 국가적 혼란을 타개할 이상적 유형의 인물이며 충담사가 그의 인물 형상을 통해 화랑정신의 복고와 사회 통합을 실현하려 하였다. 또한 〈찬기파랑가〉의 작자인 충담사는 낭승으로서 국가적 위난을 극복하는 전통적 제의에 밝았던 인물이다.

단'의 영역에서 '집단'과 긴밀한 관계를 맺는 '개인'으로 대치시킬 수 있을 만한 능력을 지닌 창작자, 즉 충담사와 같은 전문적인 시가 창작 집단의 활약이 엿보이는 작품이라 할 수 있다. 〈찬기파랑가〉에서 보이는 고도의 문학적 형상화 역시 이 같은 전문적인 창작 집단의 관여로 얻을 수 있었던 효과다.

〈원왕생가〉, 〈도천수관음가〉는 개인이 창작한 노래이지만, 〈찬기파랑가〉처럼 전문성을 지닌 작자의 작품은 아닌 듯하다. 〈원왕생가〉는 다분히 불교적 기원을 담고 있는 예찬·찬탄의 노래임에도, '달'을 매개로 시적 주체의 기원을 드러낸다는 점에서 주술시가와 상당히 유사한 특성을 지닌다. 달리 〈원왕생가〉가 주술시가의 구조를 확장한 형태를 취했다고 보아도 좋을 듯하다. 인간의 의지로서 해결할 수 없는 불가항력적인 죽음과 삶의 문제를 왕생(往生)을 바라는 개인의 간절한 종교적 소망으로 표현하였다는 점에서 〈공무도하가〉와 대척점에 놓인 시가라 할 수 있다.

〈도천수관음가〉는 〈원왕생가〉에 비하여 '서정성'보다 '제의 행위'와 '종교성'이 두드러진다. 〈도천수관음가〉의 노랫말은 다분히 개안(開眼)이라는 자신의 소망을 직접적으로 신에게 기구(祈求)·호소하는 기원적 어법으로 이루어졌다는 점에서, 주술적 인식에서 제의적 인식으로 전환되며 점차 시가의 노랫말이 제의의 정황과 긴밀히 관계되는 방향으로 변화된 흐름을 띤다.

찬기파랑가 역시 노랫말을 구성하는 개개의 자연물이 주술적 속성을 담지하는 것으로 볼 때, '〈원왕생가〉 → 〈찬기파랑가〉'로 이어져 온 '개

(許南春, 「화랑도의 風流와 鄕歌」, 『古典詩歌와 歌樂의 傳統』, 40~42쪽.)

인'적 범주의 숭고미 역시 '〈구지가〉 → 〈안민가〉'의 영역과 긴밀한 연관을 맺는 것이라 할 수 있다. 앞서 〈구지가〉와 같은 주술시가가 〈해가〉로 변화하여 온 맥락, 즉 제의의 정황과 관련된 노랫말을 삽입한다거나, 명령·위협의 언술에서 기원과 호소의 언술로 점차 변화하였던 맥락을 감안한다면, 〈원왕생가〉보다 〈도천수관음가〉가 조금 더 후대적 인식, 즉 제의적·종교적 인식을 담고 있다는 것을 알 수 있다. 이렇듯 주술적 인식을 기반으로 한 기존 시가들은 '문제 해결'이라는 효용성을 지니고 있었기에, 점차 시대적·이념적 필요와 요구에 따라 '집단 → 개인', '주술 → 제의 → 종교 → 이상적 유형의 인물'로 변화하였던 것으로 보인다.

〈서동요〉, 〈헌화가〉, 〈풍요〉 그리고 〈황조가〉는 민요의 우아미를 바탕으로 숭고미를 구현한다. 그런데 이들의 효용성은 '집단과 개인'의 문제에 동시에 관여하며, 숭고와 우아의 영역 또는 예찬·찬탄과 비탄을 아우르는 복합적 속성을 지닌다. 따라서 ⓜ~ⓗ으로 이어지는 선상에 위치한 개체들은 '개인적 서정'이자 '집단적 서정'인 동시에, 제의적 인식 혹은 종교적 인식, 역사적·정치적 인식으로 귀결되는 '의존적 서정', '복합적 서정'의 특성을 지닌다.

이처럼 숭고미의 영역에서 고대시가와 향가에 동일하게 발견되는 서정적 인식은 '집단 ↔ 개인'의 결합을 견인하거나 주술적·제의적·서정적 인식을 결합하는 가장 기본적인 시가 작법이었을 것으로 추정된다.

〈서동요〉는 동요를 차용하여 무왕이라는 신성 존재의 내력담을 구성하는 요소로 활용하였다는 점에서, 집단과 개인을 아우른다. 다만 이때의 개인은 어디까지나 권위 있는 존재이자, 신화적 속성을 지닌 인물이라 할 수 있다. 이런 측면에서 〈서동요〉는 예찬적 속성을 갖는 시가라 파악할 수 있다.

〈서동요〉의 형성 국면은 〈구지가〉와 매우 유사하다. '아이들'이란 '집단'의 순수함을 빌어, 그들이 노래하는 대로 현실에서 사건이 벌어지게 만드는 주술적 속성을 띤다는 점에서 그러하다. 또한 〈구지가〉와 마찬가지로 〈서동요〉 역시 노래가 지닌 '집단적', '주술적 속성'을 신성 존재 혹은 권위적 존재의 내력담으로 결합시키고 있다.

따라서 〈서동요〉는 〈구지가〉를 포함하여 예찬·찬탄의 영역에 놓인 시가들과는 형성 국면이 다르지만, 주술적 인식과 매우 긴밀한 연관을 지니고 있는 집단의 노래이자, 집단 서정을 담고 있는 시가라 할 수 있다. 특히 〈서동요〉가 현전하는 가장 이른 시기의 4구체 향가라는 점에서, 작품이 주술적 인식이나 시대적 이념을 투영할 수밖에 없었던 사정도 추정할 수 있다.

〈헌화가〉는 일차적으로 가뭄 해소를 위한 제의에서 불린 노래다. 언뜻 보자면 공동체적인 효용성만을 띠는 듯 하지만, 수로부인이라는 신이한 존재 개인을 예찬·찬탄하는 태도를 취한다는 점에서 집단과 개인을 아우른다. 또한 본디 제의의 절차 가운데 민간 남녀가 참여하는 축전 의식에서 불린 민요적 성격이 짙은 노래가 견우노옹이라는 무격에 의하여, 제의가로 전환되어 불렸다는 점에서 서정적 인식과 제의적 인식을 모두 내포한다. 특히 〈헌화가〉는 〈찬기파랑가〉와 마찬가지로 전문성을 띤 사제자가 '집단'의 결속을 위하여, 기존 노래를 '집단'과 긴밀한 관계를 맺는 '개인'과 관련한 노래로 전환시키는 극적인 시도가 이루어졌던 작품이기에 특별하다.

〈풍요〉는 고된 삶에서 오는 개인의 서러움을 표출하면서도 이를 종교적 차원의 것으로 승화시키려 한다는 점에서 비탄과 예찬·찬탄의 속성을 공유한다. 또한 집단적으로 이루어진 종교 행위가 왕권을 강화하는 정치적인 행위로서 읽힐 수 있다는 측면에서 복합적 속성을 갖는다.

집단으로 노래불렸으나 이 같은 집단 정서는 창자(唱者)의 개인 서정과
도 다르지 않았다. 따라서 〈풍요〉는 집단과 개인, 예찬·찬탄과 비탄을
모두 아우르는 매우 특별한 시가임을 알 수 있다. 양지(良志)라는 승려
가 〈풍요〉의 작자일 수 있다는 추정도 이러한 특성과 연관하여 다시금
살펴 볼 문제 거리다.

　〈황조가〉는 〈서동요〉, 〈헌화가〉가 지니는 단선적인 예찬·찬탄의 태
도와는 달리 〈풍요〉가 갖는 속성, 즉 예탄·찬탄과 비탄이 공존하는 특
성을 지닌다는 점에서 주목된다. 무엇보다 〈풍요〉의 노랫말에는 개인
의 비탄과 신격에 대한 예찬·찬탄의 태도가 뚜렷하게 드러나지만, 상
대적으로 〈황조가〉의 노랫말에는 개인의 비탄만이 존재하며 예찬·찬
탄의 태도는 전승서사가 내포하는 제의성을 감안하여야만 이해가 가능
하다는 점에서 다르다. 이는 이른 시기의 향가인 〈서동요〉가 주술적 인
식을 내포하는 것과 마찬가지로, 〈황조가〉가 요(謠)를 가(歌)로서 전환
하는 방식으로 마련된 가장 이른 시기의 시가라는 점을 감안하여야 풀
어낼 수 있는 문제로 보인다.

　애초에 요(謠)를 가(歌)로서 전환하는 방식은 〈황조가〉와 마찬가지로
최대한 기존의 서정 민요가 갖는 속성을 활용하는 것에서 출발하여, 점
차 〈풍요〉와 같이 종교적·제의적 정황을 덧붙이는 방식으로 변모하는
과정을 거쳤을 여지가 크다. 노랫말의 구조 상 〈풍요〉가 전반부는 비탄
이라는 서정, 후반부는 예찬·찬탄이라는 종교적 서정을 띠는 것으로
명확하게 구분된다는 사실로 미루어 짐작할 수 있다. 이는 〈제망매가〉
또한 마찬가지다. 다만 〈풍요〉와 같이 요(謠)의 집단 서정에 근거하여
점차 제의적 서정과 개인 서정을 노래하게 된 시가들은 〈제망매가〉가
견지하는 전문적 창작 집단에 의한 종교적 서정시가가 아니라는 점에
서 그 영역을 달리한다고 하겠다.

한편 비극미의 범주에서 주술적·제의적·서정적 인식은 점차 '집단 → 개인'으로 변화하며, 외부 세계와 분리·단절된 개인의 문제와 관련하여 비탄·추도라는 정서를 발현하는 특성을 지닌다. 그러나 시가의 효용성만은 단절·분리에서 오는 개인적 차원의 충격과 좌절을 완화하기 위한 일종의 '문제의 해결'을 지향하려 한다는 점에서, 주술적·제의적 인식을 기반으로 한 시가들과 다를 것이 없다.

〈원가(怨歌)〉는 효성왕을 향한 신충(信忠)의 정치적 소외감을 비탄으로 노래한 작품이다. 〈제망매가(祭亡妹歌)〉, 〈모죽지랑가〉, 〈공무도하가〉는 시적 주체와 관련된 특정 인물의 죽음에 따른 인간의 본질적인 단절을 추도하는 작품에 속한다. 따라서 '〈원가〉 → 〈공무도하가〉'에 이르는 시가 작품들은 '개인적 서정'을 공통적으로 띠고 있다.

그런데 〈원가〉는 전승서사를 감안할 때 어디까지나 주술적 인식을 기반으로 한 시가다. 〈제망매가〉는 제의적 인식을 기반으로 한 시가, 〈모죽지랑가〉는 정치적·역사적 인식을 기반으로 한 시가, 〈공무도하가〉는 주술적·제의적 인식의 파탄을 기반으로 출현한 시가라는 점에서 각각 그 특성이 다르다. 〈모죽지랑가〉가 〈원가〉나 〈제망매가〉보다 일찍 출현한 시가임에도 도면 상에서 뒤로 배치한 이유는 이처럼 〈원가〉와 〈제망매가〉는 다분히 주술적·제의적 인식을 보이는 데 반하여, 〈모죽지랑가〉는 정치적·역사적 인식을 기반으로 하기 때문이다. 〈원가〉, 〈제망매가〉, 〈모죽지랑가〉는 비탄을 노래하면서도 숭고미의 영역에 관여하는 주술적·제의적 인식 그리고 종국에 이것이 변모한 역사적·정치적 인식을 개인의 범주에서 노래하기에 '의존적 서정', '복합적 서정'의 속성을 갖는다.

이는 주술적·제의적 인식과의 단절을 선언한 〈공무도하가〉 역시 마찬가지이다. 〈공무도하가〉의 개인적 서정은 어디까지나 주술적·제의적 인식을 기반으로 출현할 수 있었던 것이다. 특히 비극미의 영역에 위치한 시가에서 주목할 작품은 〈제망매가〉인데, 이 노래는 〈풍요〉와 마찬가지로 전반부에 개인적 비탄을 비중 있게 드러내다가 하반부에 들어 종교적 서정을 압축한 두 단락을 덧붙이는 방식으로 '비탄·추도 → 예찬·찬탄'의 전환을 극적으로 드러냈다.

이 영역에 위치한 시가들은 '전문성'과 '이념성'을 아우를 수 있는 인물에게서 창작되었다. 〈원가〉는 신충이라는 관료, 〈제망매가〉와 〈모죽지랑가〉는 낭승 혹은 화랑, 〈공무도하가〉는 백수광부의 처라는 무격에 의하여 불리거나 창작되었다는 공통적인 특성을 지닌다. 결국 전대의 시가 양식과 분명히 대별되는 속성의 시가들은 이 시기에 '전문성'을 띤 무격, 낭승, 화랑, 승려 등에 의하여 창출되었다는 것을 알 수 있다.

마지막으로 특수한 두 대상을 살필 차례이다. 바로 골계미의 범주에 있는 〈우적가(遇賊歌)〉와 숭고미의 범주에 있는 〈처용가(處容歌)〉다. 두 시가에서 주술적·제의적·서정적 인식의 교섭 양상과 비중, 집단과 개인적 인식의 발현 비중을 따지기는 매우 난해하다. 이 같은 〈우적가〉와 〈처용가〉의 특별한 속성은 신라 말기에 해당하는 가장 늦은 시기에 출현한 향가라는 사실로서 이해하여야 할 듯하다.

다만 〈우적가〉는 영재(永才)라는 승려 개인의 자각적·골계적 인식이 종교적 인식을 바탕으로 발현되는 것이라는 점에서, 집단과 개인의 문제로 모두 귀결되지만 개인적 주체로서의 자아 인식이 더 큰 비중으로 나타난다. 그러므로 숭고미와 골계미를 아울러 지니면서도 집단보다는 개인의 비중이 더 크게 작용하는 시가라 할 수 있다.[37] 이는 기존 향가

---

37 조동일은 〈우적가〉를 흔하지 않은 '골계적 향가'로 파악하고 있다. 영재는 다분히 자각적인 불교적 입장에 위치한 골계적 인물로, 자아라는 관념과 신앙 관념까지 포함한

들이 제의적 자장·정치적·집단적 자장 안에서 특정 개인의 신이함이나 그 업적을 기리는 것에 반하여, 영재라는 승려 자체의 독보적인 입지를 드러낸다는 점에서, 시가의 형성에 관여하는 요소들이 또 다른 복합과 굴절을 이루는 새로운 국면을 마련하기에 특별하다.

〈처용가〉 역시 마찬가지다. 〈처용가〉는 '역신(疫神)을 구축(驅逐)하는 주술적 속성에 기반한 시가'다. 전승서사에서는 아내를 범한 역신을 용서할 정도의 관용을 지닌 처용(處容)의 독보적인 행위를 강조하며, 이 같은 처용의 행위에서 파생된 주술의 효력을 집단이 믿고 따랐다는 전승이 첨술되어 있다. 〈처용가〉가 주술적·제의적 인식에 기반한 집단의 문제와도 긴밀한 연관을 맺는다는 사실이 확인되는 지점이다.

동시에 〈처용가〉의 노랫말에서 느껴지는 '비탄의 정서'는 처용의 '체념'을 통하여 극적으로 '숭고미'의 영역으로 치환되어 버린다. 불가항력적인 문제를 부정하거나 외부와 단절하는 방식으로 극복하지 않고 그저 감내하겠다는 처용의 인식은 일종의 우아미로까지 귀결될 수 있다.

이상 고대시가를 포함한 향가 14수의 미적 특질과 그에 관여하는 주술적·제의적·서정적 인식의 교섭 양상을 집단과 개인, 예찬·찬탄과 비탄·추도의 준거로 구분하여 살폈다. 각 작품마다 특별한 지점들을 더욱 구체적으로 살피는 것도 의미가 있겠지만, 해당 논의는 어디까지나 고대시가와 향가의 형성에 지속적으로 관여하는 주술적·제의적·서정적 인식의 교섭 양상과 이로부터 마련되는 시가 양식 체계의 연쇄성을 밝히는 것에 목적이 있었다. 따라서 이에 집중하기로 한다.

모든 표상을 구현하는 위치에 놓여 있는 대상으로 보았다. 이에 〈우적가〉를 숭고와 함께 골계를 아울러 산출하는 향가로 규정하고 있다.(조동일, 『한국문학 이해의 길잡이』, 131~132쪽.)

고대시가 세 편이 형성되는 과정을 원리화 시키면 다음과 같이 정리
할 수 있다.

(1) 〈구지가〉
: 전논리, 전시대의 시대 이념과 신앙 체계를 담지한 예찬·찬탄의
노래를 당시대의 이념에 맞도록 재맥락화 하여, 공적·집단적 범
주의 문제 해결을 위한 방편으로 시가를 마련하는 경우

(2) 〈황조가〉
: 기존의 집단적 정서에 기반하는 비탄(혹은 발랄한 정감)의 노래
를 재맥락화 하여, 공적·집단적 범주와 개인의 범주에 걸쳐 있는
문제 해결을 위한 방편으로 시가를 마련하는 경우

(3) 〈공무도하가〉
: 외부 세계·집단적 외연에서 벌어진 불가항력적인 문제에서 기
인한 개인의 좌절과 비탄을 해결하기 위한 방편으로 시가를 마련
하는 경우

(1)은 〈구지가〉로부터 〈해가〉, 〈도솔가〉, 〈혜성가〉, 〈안민가〉의 형성
에 기여한 작법이다. 종국에 주술과 제의의 효용성이 집단적 범주가 아
닌 개인적 범주로까지 확장되는 시대적 변화가 일어나자, 〈원왕생가〉,
〈도천수관음가〉, 〈찬기파랑가〉와 같은 시가가 형성될 수 있는 기층이
되었다. 이는 다소 이질적인 특성을 지닌 비탄적 시가 〈원가〉, 동요의
속성에 주술성을 가미하여 무왕의 특별한 신이를 노래한 〈서동요〉의
효용성과도 무관하지 않다.

(2)는 〈황조가〉로부터 〈풍요〉의 형성으로 뚜렷하게 이어지는 작법이
다. 이는 원시 민요에 내재되어 있던 서정적 인식이 주술적·제의적 인

식, 종교적 인식, 역사적 인식과 결합하며 시가의 형성으로 이어진다는
점에서 (1)과 상호 보완적인 관계에 놓인다. 애초에 원시 서정 민요는
단순히 비탄만을 노래한 것이 아닌, 자연과 관계하는 주체의 발랄한 정
서를 표현할 것들도 존재하고 있었으리라는 가정 하에 (2)는 〈헌화가〉,
〈서동요〉의 형성 작법과도 맥을 함께한다.

(3)은 〈공무도하가〉로부터 〈원가〉, 〈제망매가〉, 〈모죽지랑가〉가 마련
될 수 있는 기반이 되었던 원리다. 다만 〈원가〉, 〈제맹매가〉, 〈모죽지랑
가〉에 투영된 인식 체계는 (1)로부터 파생된 것을 기층으로 하고 있어
(3)의 작법으로부터 표출되는 비탄·추도의 개인적 서정을 이상적인 이
념으로 형상화 하는 거듭된 굴절을 보인다. 이는 세 작품에서 찾을 수
있는 창작자의 전문성, 창작자의 사회적 위치와 관련되었을 가능성이
높다.

그러므로 (1), (2), (3)에 해당하는 고대시가 형성 작법은 다채로운 향
가 작품들의 출현과 전승을 가능하게 한 양식 체계이자 시가 형성의
원리라 할 수 있다. 또한 (1), (2), (3)에 관여한 주술·제의·서정, 개인과
집단, 예찬·찬탄과 비탄·추도의 정서는 지속적으로 우리 시가 작품의
출현에 관여하며 숭고미와 비극미에서 우아미, 골계미를 갖추는 방식
으로 점차 확장·분화를 이룰 수 있게 한 미학적 패러다임이라 하겠다.

(1), (2), (3)의 대표적인 결과물이자, 우리 시가사의 가장 앞선 시기에
놓인 작품들인 〈구지가〉, 〈황조가〉, 〈공무도하가〉는 기원 1세기를 전후
한 시기 상이한 한반도의 부족이 각자의 시가 양식으로 마련되었던 개
체들이다. 그러나 신라라는 한 국가에서 동일한 원리에 입각하여 시가
작품들이 마련되는 국면 또한 (1), (2), (3)으로 귀속된다. 결국 고대 각
국의 시가 양식 또한 (1), (2), (3)의 동일한 자장에서 마련되어 갔을 것
이며, 이러한 작법이 곧 우리 시가사에 있어 서정적 양식을 마련하여

온 전통이자 원리, 총체적인 구도임을 짐작할 수 있다.

더불어 〈구지가〉, 〈황조가〉, 〈공무도하가〉의 형성에 관여하는 이질적 요소들의 공존, 즉 주술·제의·서정, 서로 다른 시대 이념 또는 신앙 체계 간의 길항과 공존, 집단과 개인의 길항과 공존, 이념과 현실 문제의 길항과 공존, 우주와 인간의 길항과 공존은 전시대의 자장을 바탕으로 새로운 갈래를 마련하여 온 시학적 체계라 할 수 있다. 이에 고대시가는 '시가사'라는 문학적 역사를 마련한 시가 전통의 창출 근원이자 시가의 원류로서 명확한 위상을 지닌 존재라 하겠다.

3. 맺음말

현전하는 고대시가는 단 세 편에 그치지만 시가사의 영역에서 이들의 위상은 단순치 않다. 고대시가에서 향가로 이어진 이 같은 문학 의식이 지금의 시가사가 존재하는 자양분이 되었다고 해도 과언이 아니다. 고대시가는 시가사의 최전선에 위치하여 일정한 시학적 전통과 서정시가 출현의 한 패러다임을 생산한 선구적 갈래로서 충분한 가치를 지닌다. 이들은 주술적·제의적·서정적 인식으로 대변되는 당시대의 이념과 철학적 사유를 대변하는 동시에, 시대 이념의 변화에 유동적으로 대처하며 시가 작품의 효용성이 늘 이와 긴요하게 닿을 수 있게 한 패러다임을 생산해 낸 근원이다.

그런데 지금까지 시가사에서 서정시가의 역사는 사뇌가가 시조로 대체되고, 서정시인 시조와 교술시인 가사가 공존하여 온 국면만이 주목되어 왔다. 물론 향가의 서정성은 '4구체 → 10구체'로 나아갈수록, 보다 전문적인 창작 집단에 의하여 세련되게 가다듬어지면서 보다 뚜렷하게 표출되기 시작하였다. 하지만 그와 같은 서정성의 기반은 주술성·제의성과 밀접한 관련이 있었기에 가능한 것이었고, 이는 고대시가 형성기로부터 마련된 (1), (2), (3)과 같은 원리 체계 없이는 불가능한 것이나 다름 없었다. 이처럼 고대시가 일군은 문학사의 계기적 순환상을 짚어낼 수 있게 하는 소중한 지침이기도 하다.

고대시가의 계기적 흐름을 파악하는 작업에서도 각편의 개별적 속성에 입각하여 갈래종 안에서 단선적인 흐름만을 조명하여 온 경황이 존재하여 왔다. 고대시가 연구에서 전승서사와 전승시가를 분별하여 다루어 왔던 정황, 전승시가를 전승서사에 부속된 고착물로 여겨온 정황, 고대시가의 주술적·제의적·서정적 인식을 공존할 수 없는 것으로 비정하여 온 정황, 문학성과 역사성 가운데 어느 한쪽에 치중하여 비약적인 추론을 거듭하거나 문학적 가치에 대한 언급이 상대적으로 소홀하였던 정황, 기록문학의 영역에 한정하여 전승 양상이나 수록 경위를 파악하는 정황 등이 모두 이와 무관하지 않다.

문학의 관습은 역사보다 훨씬 더 강한 힘을 지녔다. 고대시가를 구시대적인 산물로, 미비한 자료와 적은 각편 수로 말미암아 더 이상 새삼스레 논의할 수 없는 것으로 취급하는 이 논의와 더불어, "전통은 역사적인 현상이고, 전통론은 문학사 연구에서 다루어야 할 핵심적인 과제이다. 오늘날 문학 연구에서 자료가 아무리 강조된다 하더라도, 전통의 문제를 깊이 의식하지 않고 이루어지는 문학사 서술은 일종의 직무유기라 하지 않을 수 없다."는 조동일의 견해를 덧붙이고자 한다.[38]

고대시가 일군은 명백히 시가사의 맨 처음에 위치하여, 향가의 형성

---

38 조동일, 『한국민요의 율격과 시가율격』, 20쪽.

과 전승의 지속기까지 인식 체계, 양식 체계, 시가적 전통으로서 영향
력을 끊임없이 행사한 갈래였다. 시가사에서 새로운 갈래의 태동은 시
대적 이념에 따라 차별화 된 문학 형식과 기능을 모색하는 과정에서
형성된 것이지만, 어디까지나 전대 또는 그 이전 문학의 자장을 토대로
이루어져 왔다.

특히나 고대시가와 향가의 형성에 관여한 주술적·제의적·서정적
인식의 작동 양상은 특정 문체나 갈래라는 잣대로 제한되지 않는다. 산
문과 운문, 서사와 서정, 주술·제의·서정, 입말과 글말, 구비와 기록,
집단과 개인, 상층과 하층을 넘나드는 이중·삼중의 전환과 굴절, 계승
과 비약의 총체적인 상호 작용으로 나타난다. 이런 측면에서 고대시가
는 다시금 우리 시가사 연구에서 충분한 관심과 논의의 대상이 되어야
하며, 고대시가의 존재론적 의의나 그 위상은 문체론이나 갈래론을 벗
어난 양식론적 접근을 통하여 천착되고 미학론적 차원의 구명으로 폭
넓게 이어져야 한다.

전자는 성기옥에 의하여 시론(試論)으로서 제안되고 큰 틀에서 구조
화 된 이래 확장된 논의로 나아가지 못하는 실정이며,[39] 후자는 김학성,
조동일 이후 진일보된 논의로 나아가지 못하는 측면이 있다.[40] 이는 이
글이 고대시가와 향가, 전승서사와 전승시가, 주술적·제의적·서정적
인식의 상호 관련성에 주목하려 한 이유이기도 하다. 하지만 인식과 이
념 그리고 양식이라는 다소 형이상학적인 범주에서 고대시가와 향가
전편에 입각한 논의를 이어가다 보니, 다소 선언적 진술로 흘러간 측면
이 있다. 또한 논리적 비약의 문제에서도 자유로울 수 없었다. 차후 더

---

39 成基玉, 「국문학 이해의 방향과 과제」;「上古詩歌」, 『한국문학개론』, 7~53쪽.
40 金學成, 『韓國古典詩歌의 研究』, 7~297쪽; 조동일, 『한국문학 이해의 길잡이』, 93~173쪽.

욱 촘촘한 논리적 얼개로서 이와 같은 단점이 보완되어야만 할 것이다.

이 논의는 일정한 한계를 지닌다. 향가 14수를 미학적 특질의 범주에서만 다루었다는 점에서 그러하다. 각각의 전승서사와 전승시가를 면밀히 분석하고 이와 관계하는 주술적·제의적·서정적 인식 혹은 종교적 인식 간의 상관관계, 또한 전승시가의 형식적·이념적 양식 특성을 면밀하게 분석하는 일이 필요하다.

또한 전승서사와 전승시가가 온전하지 않은 고대시가, 향가는 물론 〈벽귀사(辟鬼詞)〉, 〈진화재사(鎭火災詞)〉 등의 고대의 주가(呪歌), 〈양산가(陽山歌)〉, 〈해론가(奚論歌)〉 등의 만가(輓歌), 한문 문학의 영역에서 주술적·제의적·서정적 인식이 발견되는 고대의 명문(銘文) 등을 두루 살피지 못한 것 역시 자성(自省)해야 할 일이다.

서정성의 유형을 구체적으로 나누었음에도 이 글에서 단 한번도 언급되지 못한 '독립적 서정', '개성적 서정'의 형성과 출현 양상을 확인하지 못한 점도 차후의 논의에서 책임져야 할 몫이다. 이는 고려가요와의 상관성이나 시조 등과의 구체적인 관계 양상으로 대폭 확대하여야만 얻을 수 있는 귀중한 값이기에, 후속 과제로 남긴다.

이 글의 한계로 지적된 문제와 관련 논의는 매우 방대한 자료들을 토대로 시가 전반에 대한 다각적이고 범갈래적인 분석을 요구하는 일이다. 이에 충분한 시간을 두고 살펴야 할 중요한 과제라는 사실을 잘 안다. 하지만 근 10여 년간 끊겨 있던 고대시가 연구를 다시금 논의의 장으로 이끌었다는 점은 이 글이 갖는 분명한 의의이다. 이번 논의를 기점으로 고대시가 연구들이 이어질 수 있기를 바란다.

다행히도 최근 고대시가와 향가의 개별 작품 논의에서 전승시가와 전승서사를 따로 또 같이, 유기적이면서도 독자적인 대상으로 파악하려는 움직임이 일고 있다. 또한 갈래 구분을 벗어난 개방적 접근, 상호 텍스트적 접근의 분석들이 고전문학 연구의 주된 관심사로 부상하고 있다. 이 같은 학문적 분위기에 힘입어 고대시가 연구 역시 더욱 활발히 개진되길, 고대시가가 시가사에서 더 이상 도태의 대상이 아닌, 우리 시가 문학의 본령이자 역동적 생명력을 지닌 문화적·이념적 실재로 인정받을 수 있기를 간절히 바란다.

제 2 부

향가의 형성·전승과
밀교의 상관성

　시대적·이념적 변화에 따라 우리 시가 작품의 형성·전승에 영향을 끼쳐 온 주술성·제의성은 불교의 전래라는 큰 사건과 조우하며 급격한 변화를 마주하게 된다. 이에 2부에서는 〈헌화가〉·〈해가〉, 〈도솔가〉, 향가·고려가요〈처용가〉와 밀교 신앙과의 연관성을 다룬다. 밀교와 관련된 경전들과 다라니, 관련 제의 등에 단서하여 이러한 변주의 맥락을 깊게 탐구하여 보았다.

　그렇기에 각 작품들의 형성·전승 기제를 주술·제의·서정이라는 양식적 속성과 민속학적·역사학적 근거들에 단서하여 밝혔던 1부의 논의와 다소 모순되는 논의들이 이루어졌다. 1부가 전통 신앙, 민간 신앙을 반영한 실제 제의상에 초점을 두고 각 작품들의 형성·전승 기제를 살핀 것이라면, 2부는 온전히 불교론적 관점에서 밀교 신앙과 연관된 제요소들을 작품의 전승서사와 전승시가로부터 찾아낸 것이기 때문이다.

　그러나 글쓴이는 이러한 작업이 상충되는 것만은 아니라 생각한다. 고대시가와 향가 작품을 바라보는 시선은 다양하고 풍부해질 필요가 있거니와, 이 같은 사상적·이념적 배경론에 관한 논의들을 종합하여 살펴야만 우리 시가사 형성에 연속적으로 관여한 패러다임을 읽어낼 수 있을 것이라 여긴다. 2부에 속한 글들은 그러한 면에서 글쓴이의 기존 논의를 확장하는 성격을 띤다는 것을 우선 짚어 둔다.

4장

『금광명최승왕경』 신앙과 〈헌화가〉·〈해가〉

1. 들머리에

이 글은『삼국유사』「기이」편 성덕왕 기사들의 서술·편제 의도를 단서로 삼아, 〈수로부인〉조의 속성을 새롭게 논의하고자 마련되었다. 「기이」편 서술·편집자는 성덕왕의 업적 가운데 불교적 국왕관·정치관과 가장 합치하는 내용을 기사 내용으로 선정·취집하였으며, 〈수로부인〉조 역시 이 같은 사유의 일환으로 기술되었던 기사임을 논한다. 더불어 〈헌화가〉·〈해가〉를 포함한 〈수로부인〉조 서사가 전통 신앙과『금광명최승왕경』신앙이 혼효되어 형성된 전승, 곧 신불습합(神佛習合)의 산물일 가능성을 입증하여 본다. 주요 분석 대상은 「기이」편 〈성덕왕〉조·〈수로부인〉조·〈효성왕〉조의 내용이다.

물론 그간 〈수로부인〉조와 불교의 관련성을 구명한 연구들이 없었던 것은 아니다. 이 연구들은 해당 전승이 전통 신앙과 더불어 불교라는 사상적 기반과 무관하지 않음을 일깨운 소중한 성과들이다.[1] 하지만 대개 화엄 사상, 관음 사상을 중심으로 노옹(老翁), 해룡(海龍)의 정체나 서사의 내용을 분석하거나 서사 공간(강릉)과 신라 불교 성지(오대산 등) 간의 연관성을 근거로 전승의 원상을 고찰하려는 시도였으며, 서술·편집자의 의도나 「기이」편의 서술·편제 체계, 불교와 신라 전통 신앙의 습합 여부 등과 연계한 천착은 아니었다. 주요 서사 외에 시가의 노랫말과 관련한 분석도 거의 이루어진 바 없다.

더구나 「기이」편 제2권에서 서술·편집자가 성덕왕 기사로 취집·선정하였던 내용은 〈성덕왕〉조, 〈수로부인〉조만이 아니다. 그 일부는 〈효성왕〉조로 잘못 편차되어 있다. 이러한 정황은 〈수로부인〉조의 서술·편제 의도를 재구하는데 중요한 시사점을 제공한다. 〈수로부인〉조를 단독으로 다루었던 수많은 연구 성과들,[2] 더하여 「기이」편 서술 체계 하에서 〈수로부인〉조와 〈성덕왕〉조를 연계·조명한 연구 성과들이 있지만,[3] 해당 오류에 천착한 논의는 찾아 보기 어렵다.

많은 연구자들의 지적대로 『삼국유사』의 체계나 교정면에서 적지

---

1 金雲學, 『新羅佛敎文學硏究』, 玄岩社, 1970, 243쪽; 辛珚淑, 「〈헌화가(獻花歌)〉의 불교적(佛敎的) 고찰(考察)」, 동국대학교 석사학위논문, 1983; 한경란, 「〈수로부인〉에 나타난 관세음보살 모티프 양상」, 『한국시가연구』 40, 한국시가학회, 2016.

2 〈수로부인〉조나 〈헌화가〉·〈해가〉 연구 성과는 주지하다시피 상당한 양이 집적되어 있다. 이에 기존 견해들을 전부 제시하기에는 무리가 따른다. 대신에 그간 연구 성과를 체계적으로 정리한 논문들을 소개하는 것으로 갈음한다.(林治均, 「水路 夫人 說話 小考」, 『관악어문연구』 12, 서울대학교 국어국문학과, 1987; 申鉉圭, 「「水路夫人」條 '水路'의 正體와 祭儀性 硏究」, 『어문론집』 32, 중앙어문학회, 2004; 엄태웅, 「『三國遺事』「紀異」〈水路婦人〉의 서술 의도: 〈성덕왕〉과의 관련성을 전제로」, 『국학연구총론』 16, 택민국학연구원, 2015 등.) 이 글에서는 논의 전개를 위하여 필히 짚고 넘어가야 할 성과들만을 추려 관련 부문에서 언급하거나 각주로 제시하는 방식을 택하기로 한다.

3 조태영, 「『三國遺事』 水路夫人 說話의 神話的 成層과 歷史的 實在」, 『고전문학연구』 16, 한국고전문학회, 1999; 현승환, 「해가 배경설화의 기자의례적 성격」, 『韓國言語文學』 59, 한국언어문학회, 2006; 엄태웅, 「『三國遺事』「紀異」〈水路婦人〉의 서술 의도: 〈성덕왕〉과의 관련성을 전제로」 등.

않은 오류들을 발견할 수 있다. 하지만 성덕왕 기사 내용이나 편제 간
에 보이는 오류들을 단순히 서술·편집자의 역량 문제로 치부하기에는
무언가 석연치 않은 정황들이 많다.[4] 둘 이상의 조목에서 편제 얼개가
연달아 어그러진 경우를 성덕왕 기사 외에는 쉽사리 찾아 볼 수 없다는
점,[5] 〈성덕왕〉조와 〈효성왕〉조가 '왕의 실제 행보, 역사 사건'이라는 동
궤의 성질을 띰에도 분리되어 있는 점, 그 사이를 비집고 '신이담, 비현
실적 사건'인 〈수로부인〉조가 배치되어 있는 점 등이 그것이다.

특히나 〈수로부인〉조는 「기이」편의 보편적인 서술·편제 방식에서
다소 벗어난 기사이다. 왕이 아닌 특정 인물을 조목명으로 내세웠고,
조목 내용은 성덕왕대에 벌어진 일이라는 것 외에 딱히 왕의 행보와는
직접적인 연관이 없다. 게다가 〈성덕왕〉조와 분리된 채 독립 편차되어
있기까지 하다.[6] 하지만 〈수로부인〉조는 명백하게 「기이」편 성덕왕 기
사에 속한다.

〈수로부인〉조와 〈성덕왕〉조의 상관 관계에 천착한 연구들은 역사 사

---

4 남동신은 해당 오류를 일연(一然)이나 무극(無極)이 아닌 학문적 역량이 떨어지는 제3
   의 인물이 「기이」편의 최종적인 편찬에 개입하며 발생한 일로 판단한 바 있다. 작업
   시간이나 작업자의 역량이 충분히 확보되지 않은 채 서둘러 조판이 진행된 결과라는
   주장이다.(남동신, 「『삼국유사(三國遺事)』의 성립사 연구: 기이(紀異)를 중심으로」, 『한
   국사상사학』 61, 2019, 한국사상학회, 222쪽.)

5 더구나 효성왕 기사로 선정·기술되었어야 할 내용은 〈효성왕〉조가 아닌 〈경덕왕·충담
   사·표훈대덕〉조에 배치되어 있다. 「기이」편에서 성덕왕, 효성왕, 경덕왕 관련 조목은
   차례로 배치되어 있는데, 이들 조목 전반에 걸쳐 편제 오류가 빚어졌다.

6 이완형은 〈수로부인〉조의 독립 배치에 대하여 일연이 참고한 문헌을 그대로 인용하였
   을 가능성, 기술상의 오류로 〈성덕왕〉조에서 분리 기술하였을 가능성, 〈수로부인〉조
   자체에 독자적인 의미를 부여하였을 가능성 등을 제시한 바 있다.(이완형, 「"水路夫人"
   條 歌謠 研究」, 『한국언어문학』 32, 한국언어문학회, 1994.) 하지만 간략한 고찰에 그치
   고 있으며, 뒤이어 배치된 〈효성왕〉조 기술 내용의 오류까지 감안하여 판단된 견해는
   아니다.

실이나 서술 체계 등을 근거로 양자의 연관성을 찾으려 하였다. 한 예로 두 기사가 기근 해결에 따른 성덕왕의 업적을 동일하게 내세우되, 〈성덕왕〉조는 역사 사실이며 〈수로부인〉조는 역사 사실을 보완하는 신이적 사실이라는 견해를 들 수 있다.

하지만 내용면에서 두 조목은 엄연히 다른 속성을 띠는 것처럼 분석되어 온 경향이 있다. 〈성덕왕〉조의 경우 단락별로 내용을 가름하여 특정한 의미를 부여하고자 애썼다. 〈성덕왕〉조의 구휼 관련 단락은 유교적·현실적 정책을 시행한 치적, 봉덕사 창건과 인왕도량 개최 관련 단락은 불교적 정책을 시행한 치적, 〈수로부인〉조는 민간 신앙에 기반한 종교적 정책을 시행하였던 치적이라는 구분이 대표적이다.

하지만 서술·편집자의 존재를 고려할 때 가장 당위성을 띠는 전제는 '「기이」편을 포함한 『삼국유사』의 편·조목이 전적으로 불교적 사유와 무관할 수 없다.'는 주장이라 여겨진다. 기왕에 「기이」편 신이(神異)의 속성을 다른 관점에서 살펴야 한다는 견해,[7] 「기이」편의 서술·편제 의도가 '불교적 국왕관'을 지향한다는 견해가 제시된 바 있다.[8] 따라서 두

---

7 이강엽은 「기이」편에 수록된 각 시조들의 '신화적 신이'가 대대적으로 부각되어 온 탓에 「기이」편만이 신이와 긴밀한 관련이 있는 것처럼 다루어졌으나 『삼국유사』의 여타 편목에서도 신이 기사가 태반임을 지적한 바 있다. 즉 신이함으로만 말하자면 「기이」편이 다른 편보다 딱히 더하지 않다는 것이다.(이강엽, 「『三國遺事』, 「紀異」篇의 敍述原理」, 『열상고전연구』 26, 열상고전연구회, 2007, 483~484쪽.)
8 박미선은 기존의 연구들이 「기이」라는 편명과 신이에만 주목해 온 정황을 들어, 주요 찬자인 일연이 승려이고 『삼국유사』의 아홉 편목 중 「왕력」편과 「기이」편을 제외한 「흥법」편 이하 일곱 편목이 불교 관련 내용이므로, 역사서의 성격을 띤 「기이」편에도 '불교적 사유'에 기반한 역사인식·역사관이 담겨 있다고 판단하였다. 다만 「기이」편과 관련한 불교적 사유는 그 서술 경향을 감안할 때, 불교의 국왕관과 밀접한 관련이 있으며, 이는 최씨 무신정권에 대해 비판적·부정적 입장을 취하였던 주요 찬자 일연이 왕이나 왕실에 대해서 긍정적인 입장을 견지한 정황으로 말미암아 왕실의 중요성을 강조하

논의를 토대로 「기이」편 성덕왕 기사에 투영된 서술·편집자의 불교적
사유를 확인하고, 이와 〈수로부인〉조의 서술·편제 목적이나 기사 속성
을 연계하여 보다 일관되게 구명하는 작업이 필요하다.

불교적 관점에서 〈수로부인〉조 전승의 실체를 해명하더라도 서술·
편집자의 의도를 준거로 「기이」편의 서술·편제 체계, 성덕왕 기사로
취집·선정된 내용들과 오류 간의 상관성, 서사와 시가 등을 점철하는
분석틀이 있어야만 한다. 『삼국유사』의 내용이 사실 문맥과 허구 문맥
으로 뒤섞여 있다는 점도 간과할 수 없다. 해당 정황들을 문제시 한 해
명에 논의의 장을 대폭 할애하려 한다.

이 같은 모색은 불교론적 접근, 문학적 접근, 편집비평적 접근, 역사
학적 접근, 민속학적 접근 등을 종합적으로 요구한다. 때문에 논의 전
개가 다소 번거롭고 복잡할 수밖에 없다. 그러나 집적된 성과들을 토대
로 보다 확장된 성과를 얻고자 한다면 반드시 이루어져야 할 작업이다.
이로부터 성덕왕 기사로서 기술·편제된 〈수로부인〉조의 속성과 의미,
전승의 원상 등을 가늠할 수 있는 유효한 방법론과 유의미한 결과들을
얻을 수 있으리라 기대한다.

는 방향에서 삼국의 시조를 비롯한 왕들의 신이한 기록을 담은 「기이」편을 첫 편목으로
삼았던 것이라 하였다. 더불어 일연은 불교적 국왕관을 기반으로 왕권신수설에 가까운
국왕관을 바탕으로 왕 중심의 신이적 사건들을 유연하게 역사로서 다룰 수 있었으며,
이는 왕의 지위와 권력·권위의 확립을 내세우는 동시에 한편으로 불교에서 강조하는
정법에 의한 통치, 즉 국왕이 스스로 정법을 지키고 이를 백성들에게 베풀어야 함을
역설하는 것이 「기이」편의 저술 목적이라는 견해를 밝힌 바 있다.(박미선, 「一然의 國王
觀:『三國遺事』 「紀異」편을 중심으로」, 『韓國史學史學報』 33, 한국사학사학회, 2016.)

2. 성덕왕 기사의 서술·편제 목적

〈성덕왕〉조·〈효성왕〉조는 『삼국유사』 「기이」편에 기술되어 전한다. 그 내용은 신이(神異)가 아닌 성덕왕의 실제 행보이다. 이러한 '역사 사실'이 어째서 「기이」편에 선정·기술되었는지 의문을 품지 않을 수 없다. 그런데 불교적 사유, 그 중에서 불교적 국왕관·정치관과 연계하면 해당 내용들이 결국 왕이 발현시킨 불교적 신이와 다름없다는 사실을 확인할 수 있다.

불교의 국왕관·정치관에서 다스림의 근본은 '정법(正法)을 수호하는 치국'으로 대변된다. 정법은 무엇과도 견줄 수 없는 가장 높은 가치를 지닌 진리를 뜻한다. 그래서 정법을 구현하려는 의지, 그 의지의 실천상인 실제 행보는 왕이 정치로서 실현해야 할 최상의 선(善)과 같다. 『불설장아함경(佛說長阿含經)』, 『인왕경(仁王經)』, 『금광명최승왕경(金光明最勝王經)』 등의 제 경전에서는 왕의 주요 역할을 선업(善業)의 적선, 정법 수행, 정법에 의거한 민생 안정이라 설한다. 더불어 왕이 정법을 구현하려면 구체적으로 가장 중요한 관심사가 '백성들의 안락하고 윤택한 삶', '국토 수호'에 있어야 함을 강조한다.[9] 결국 '민생 안정', '국토 수호'는

---

9   『대승대집지장십륜경(大乘大集地藏十輪經)』에서 특히 이 같은 사유가 직접적으로 나타난다. 해당 경전의 「십륜품(十輪品)」에는 처음 왕위에 올라 정법과 선행을 행하기 위한 임무가 다음의 세 가지로 제시되어 있다. 군대를 잘 양성하여 적의 항복을 받을 것, 가옥과 토지를 잘 경영하여 인민들이 안락한 생활을 할 수 있도록 할 것, 공·상업을 장려하여 백성들이 갖가지 물자와 재보의 쾌락을 누릴 수 있도록 할 것이다.(홍정식, 「불교의 정치관」, 東國大學校佛敎文化硏究所 編, 『佛敎의 國家·政治思想硏究』, 1973, 77쪽; 조현걸, 「불교의 정법치국의 이념과 신라정치체제에서의 수용: 신라의 삼국 통일 이전 시가를 중심으로」, 『대학정치학회보』 16(3), 2009, 5~8쪽; 박미선, 「一然의 國王觀: 『三國遺事』 「紀異」편을 중심으로」, 79~80쪽.)

왕이 정법을 수호하기 위하여 정치로서 이룩해야 할 궁극적인 목표이 자, 달리 불교에서 왕의 잘잘못을 판단하는 절대적인 기준이라 할 수 있다.

들머리에서 언급한 대로 기존 연구들은 〈성덕왕〉조의 구휼 관련 단 락을 주로 유교 사상에 입각한 위민 정치와 왕도 정치의 일환이며, 이 러한 성덕왕의 치적을 서술·편집자가 높이 산 것이라 이해하거나 현실 적 정책을 시행한 성덕왕의 치적으로 판단하여 왔다.[10] 그러나 사실 상 '민생 안정'과 '국토 수호'를 가장 주요 덕목으로 내세우는 불교의 국왕 관은 유교의 제왕관과 서로 배치되지 않다는 점에 기사 분석을 위한 중요한 시사점이 있다.

사실 『삼국유사』의 서술·편집자 문제는 제대로 해명될 수 없는 난 제 가운데 하나다. 하지만 일연(一然) 외에도 무극(無極)과 같은 다른 서 술·편집자가 편찬에 개입하였다는 견해가 꾸준히 있었고, 이들이 모두 승려라는 사실 또한 『삼국유사』 전편의 속성을 해명하는 중요한 단서 가 되어 왔다. 그러므로 『삼국유사』 「흥법」편을 막론하고 「기이」편에

---

10 김흥삼은 성덕왕은 재위 초기에 발생한 잦은 기근 때문에 수차례 대대적인 구휼 활동을 벌였는데, 이 행보는 재위 전반에 걸쳐 진휼(賑恤), 조세 감면, 순무(巡撫), 사궁구휼(四 窮救恤), 정전(丁田)의 지급으로 이어졌기 때문에 이는 백성들과의 연대를 두텁게 하고 지지세력을 넓히고자 한 왕권 강화책의 한 단면으로, 왕도정치의 전범이 유교적·현실 적 해결책으로 귀결됨을 엿볼 수 있는 문맥이라 하였다.(金興三, 「新羅 聖德王의 王權 强化政策과 祭儀를 통한 西河州地方 統治(上)」, 『江原史學』 13·14, 강원사학회, 1998, 114~115쪽.) 윤재운 역시 김흥삼의 견해를 인용하여, 조세 감면을 위시한 구휼 관련 활동은 토지와 인민을 묶어 놓음으로써 윤리규범의 안정된 실현을 지향하는 유가적 이상사회가의 표방이자, 성덕왕의 유가적 위민 의식과 관련 정책이란 견해에 동의하고 있다.(윤재운, 「신라 성덕왕·효성왕대의 정치와 사회: 『三國遺事』 聖德王·水路夫人 ·孝成王條를 중심으로」, 『신라문화제학술논문집: 신라 中代 神異의 역사』, 동국대학 교 신라문화연구소, 2018, 214쪽.)

서 불교의 정치론에 입각한 불교적 국왕관, 즉 정법치국을 수호하는 왕의 역할과 임무를 강조하는 일관성이 도출된다는 견해는 꽤 당위성을 갖는다.

〈성덕왕〉조와 〈효성왕〉조는 어떤 기사보다도 '백성들의 안락하고 윤택한 삶'과 '국토 수호'를 위한 성덕왕의 치적을 압축하여 기술하고 있다. 〈성덕왕〉조는 나라 안에 발생한 극심한 기근을 해결하려는 행보로 '민생 안정'을 위한 성덕왕의 대내적 노력을 기술한다. 〈효성왕〉조에 잘못 편차되어 있는 내용은 외세를 방비하고 외교 관계 정립에 힘쓴 성덕왕의 행보이니, '국토 수호'를 위한 대외적 노력에 해당한다. 이처럼 두 기사는 분리되어 있지만 불교적 국왕관과 정법치국이라는 교리 하에 상호 유기적인 관계를 형성하고 있다. 두 기사는 〈수로부인〉조와 다르게 성덕왕의 실제 행보를 기록한다는 점에서 동궤의 성질을 지닌다.

그렇다면 서술 · 편집자는 왜 하필 해당 사건들을 성덕왕과 관련한 정법치국의 행보로서 다루려 하였는지, 과연 서술 · 편집자의 불교적 이념 하에서 두 기사의 내용과 「기이」편의 핵심인 '제왕적 신이'가 어떤 연관 관계에 놓여 있는지 해명이 필요하다. 구체적인 고찰을 위하여 아래에 〈성덕왕〉조, 〈효성왕〉조 전문을 제시한다.[11]

① 신룡 2년 병오에 흉년이 들어 백성들의 굶주림이 심하였다. ② 이듬해 정미의 정월 초하루부터 7월 30일까지 백성들의 구제를 위하여 곡식을 나누어 주었는데, 한 사람에 하루 석 되로 하였다. 일을 마치고 셈하여 보니 모두 30만 5백 석에 이르렀다. ③ 왕이 태종대왕을 위하여

---

11 〈성덕왕〉조뿐 아니라 〈효성왕〉조도 성덕왕대 기사라는 사실을 고려하여, 양자를 분리하지 않고 하나의 기사로서 취급하기 위하여 두 조목의 사건을 일련되게 ①~⑤ 따위로 구분하였다.

봉덕사(奉德寺)를 창건하고 인왕도량을 일곱 날 동안 열었으며, (죄수들을) 크게 사면하였다. 이때부터 비로소 시중(侍中)의 직을 두었다. 【다른 문헌에서는 효성왕 때의 일이라고도 한다.】[12]

④ 개원 10년 임술 10월에 처음으로 관문(關門)을 모화군(毛火郡)에 쌓았다. 지금의 모화촌(毛火村)으로 경주 동남경에 속하니 일본을 막는 장새(障塞)이다. 주위는 6792보 5척이고 동원된 인부는 39,262인으로 각간 원진(元眞)이 지휘하였다. ⑤ 개원 21년 개유에 당인이 북적(北狄)을 치려 하여 신라에 청병할 때에 사신 604인이 왔다가 환국하였다.[13]

①, ②, ③은 기근 정황과 관련한 기록이다. ①에 보이는 신룡 2년은 성덕왕 재위 5년(706년), ②와 ③은 성덕왕 재위 6년(707년)에 발생한 사건이다. ④와 ⑤에 보이는 개원(開元)은 당 현종의 연호이고, 이를 다시 환산하면 ④는 성덕왕 재위 21년(722년), ⑤는 성덕왕 재위 32년(733년)에 발생한 사건을 선정·기술한 것에 해당한다. 앞서 언급하였듯이 〈성덕왕〉조와 〈효성왕〉조 모두가 성덕왕 기사로서 선정·기술되었다는 사실을 확인할 수 있다.

①~⑤의 이면에는 기술 사건 전반을 성덕왕의 정법치국에 따른 행보이자, 이상적인 국왕의 표본으로 인식하는 서술·편집자의 긍정적인 시선이 투영되어 있다. 『삼국사기』 「신라본기」 〈성덕왕〉조에 기술된

---

12 "神龍二年丙午歲禾不登, 人民飢甚. 丁未正月初一日至七月三十日, 救民給租, 一口一日三升爲式, 終事而計, 三十萬五百碩也. 王爲太宗大王剏奉德寺, 設仁王道場七日, 大赦. 始有侍中職.(一本系孝成王.)"(『삼국유사』 권2, 「기이」 제1, 〈성덕왕(聖德王)〉조.)

13 "開元十年壬戌十月, 始築關門於毛火郡. 今毛火村, 屬慶州東南境, 乃防日本塞垣也, 周廻六千七百九十二步五尺, 役徒三萬九千二百六十二人, 掌員元眞角干. 開元二十一年癸酉, 唐人欲征北狄, 請兵新羅, 客使六百四人來還國."(『삼국유사』 권2, 「기이」 제2, 〈효성왕(孝成王)〉조.)

동 사건과 기술 내용을 비교하면,[14] 이 같은 서술·편집자의 의도를 한
층 뚜렷하게 확인할 수 있다. 『삼국사기』 역시 『삼국유사』의 저술 당시
여러 차례 참고되었던 사서(史書)인데, 동 사건을 다룬 기록 간에 면면
히 상이한 서술들이 발견되므로 양자의 비교는 각 문헌의 서술·편제
의도를 살피는 대표적인 방법론으로 활용되어 왔다.

성덕왕 기사 역시 『삼국유사』와 『삼국사기』에 기술된 내용이 서로
같은 듯 하면서도 다르다. 이에 둘을 대조·비교하여 「기이」편의 성덕
왕 기사의 서술·편제 의도를 밝힐 유용한 단서들을 얻고, 그에 투영되
어 있는 서술·편집자의 의도를 구체적으로 살피기로 한다. 「기이」편
〈성덕왕〉조, 〈효성왕〉조와 「신라본기」〈성덕왕〉조를 짝지어 다음 장의
[표1]에 제시한다.

[표1]에서 「기이」편 성덕왕 기사 ①~③은 「신라본기」〈성덕왕〉조와
확연히 다른 서술 태도를 견지하고 있다. 「신라본기」〈성덕왕〉조는 기
근 정황과 해결책을 병렬하여 제시하는 서술 방식을 취하고 있지만,
①~③은 그보다 기근 정황을 강조하며 성덕왕의 업적을 부각시키려는
방향으로 서술되었다. ①은 「신라본기」의 기록과 다르게 구휼 여부는
기록하지 않으면서 기근 정황만이 제시되어 있다. ②는 구휼이라는 기
근 해결책을 기근 정황과 함께 제시하는 동시에, 구휼에 소비된 곡식

---

14 『삼국유사』와 『삼국사기』의 관련 기사를 평면적으로 대비시킬 수 있는 경우는 많지
않다. 하지만 「기이」편에 수록된 59항목 중 찬자(撰者)가 자신의 찬(讚)을 붙인 곳은
하나 뿐인데 비하여 『삼국사기』의 사론(史論)을 그대로 인용한 대목이 〈남해왕(南解
王)〉조, 〈김부대왕(金傅大王)〉조, 〈후백제 견훤(後百濟 甄萱)〉조 등 세 곳이다.(金相鉉,
「『三國遺事』에 나타난 一然의 佛敎史觀」, 『韓國史硏究』 20, 한국사연구회, 1978, 28
쪽.) 이는 『삼국유사』 「기이」편을 저술할 때, 기사 내용의 취집과 선정에 있어 『삼국사기』
의 내용들을 간과하지 않았다는 결정적인 단서다.

[표1] 성덕왕대 기사 관련 『삼국유사』, 『삼국사기』 기록 대조

구분	「기이」편 〈성덕왕〉조·〈효성왕〉조	「신라본기」 〈성덕왕〉조
①	신룡 2년(성덕왕 5년, 706년) 병오에 흉년이 들어 백성들의 굶주림이 심하였다.	성덕왕 5년 정월 봄에 나라에 기근이 들어 창름을 열어 진휼하였다.
②	이듬해(성덕왕 6년, 707년) 정미의 정월 초하루부터 7월 30일까지 백성들의 구제를 위하여 곡식을 나누어 주었는데, 한 사람에게 하루 석되로 하였다. 일을 마치고 셈하여 보니 모두 30만 5백 석에 이르렀다.	성덕왕 6년 정월 봄에 굶어 죽는 사람이 많아 조(粟)를 매인(每人)에 1일 3되 씩 7월까지 주었다.
③	왕이 태종 대왕을 위하여 봉덕사를 창건하고 인왕도량을 일곱 날 동안 열었으며, (죄수들을) 크게 사면하였다. 이때부터 비로소 시중의 직을 두었다. 【다른 문헌에서는 효성왕 때의 일이라고도 한다.】	성덕왕 6년 2월에 죄수를 대사(大赦)하고 백성에게 오곡의 종자를 내리되 차등을 두었다.
④	개원 10년(성덕왕 21년, 722년)임술 10월에 처음으로 관문을 모화군에 쌓았다. 지금의 모화촌으로 경주 동남경에 속하니 일본을 막는 장새이다. 주위는 6792보 5척이고 동원된 인부는 39,262인으로 각간 원진이 지휘하였다.	성덕왕 21년 10월에 모벌군성(毛伐郡城) 월성군(月城郡) 외동면(外東面)을 쌓아 일본군의 침입로를 방비하였다.
⑤	개원 21년(성덕왕 32년, 733년) 개유에 당인이 북적(北狄)을 치려 하여 신라에 청병할 때에 사신 604인이 왔다가 환국하였다.	성덕왕 32년 7월에 당(唐)의 현종(玄宗)이 발해(渤海), 말갈(靺鞨)이 바다를 건너 등주(登州)로 쳐들어오자 대복원외경(太僕員外) 김사란(金思蘭)을 (신라로) 귀국토록 하여, 왕에게 개부의동삼사 영해군사(開府儀同三司寧海軍使)의 직을 더 제수하고 군사를 일으켜 말갈의 남쪽 도읍을 치게 하였다. 마침 대설이 1장 이상이나 와서 쌓이고 산길이 험하여 절반이 넘는 병사가 죽고 아무 공 없이 돌아왔다. 김사란은 본래 왕족으로 앞서 당에 들어가 조회하였는데, 공손하고 예의가 있어 머물러 숙위하게 되었다가 이때에 다른 나라에 가는 사신의 임무를 맡게 되었던 것이다.

수량을 상세히 기술하는 수고로움이 더해졌다. 당시의 국가적 구휼 활동이 얼마나 대대적인 것이었는지, 아울러 기근이 얼마나 극심한 것인지를 동시에 보여주고자 한 의도로 판단된다. 그리고 ③은 극심한 기근 정황을 해결하기 위한 성덕왕의 행보를 불교적 업적을 응집하여 놓은 대목이다.

[표1]에서 ①~③ 가운데 서술·편집자가 가장 중요하게 여겼던 대목은 ③이다. ③은 서술·편집자가 정법 수호에 따른 성덕왕의 이상적 행보로서 특별히 강조하고자 한 대목이다. 물론 ②에 기술된 구휼 활동 역시 불교적 국왕관과 연계하여 성덕왕의 이상적인 행보 가운데 하나로 기술한 것이지만,[15] ③의 내용이 「신라본기」에 발견되지 않는다는 점, ③이 기근의 심각성을 점차적으로 강조한 ①, ②의 뒤에 배치되어 있다는 점, ③의 뒤에 성덕왕대의 또 다른 신이로서 〈수로부인〉조가 배치되어 있다는 점 등을 고려한다면, 성덕왕의 실제 행보에 따른 서술·편집자의 주된 관심은 아무래도 ③에 쏠려 있음을 짐작할 수 있다.

---

15 신정훈에 따르면 불교적 사유에 입각한 왕의 주도적 구휼의 관계는 범망경(梵網經)으로부터 그 사상적 기반을 찾을 수 있다고 한다. 범망경은 국왕에게 보살계(菩薩戒)를 줄 때 강설되었던 경전으로 국왕이 보살로서의 자비심으로 일체중생을 구호토록 하여 권력의 전횡을 삼갈 것을 교시(敎示)하고 있는데, 특히 10중계(10重戒) 가운데 재물을 베푸는 데 인식하지 말 것을 강조하고 있어 이와 왕의 구휼 활동이 일정한 관계가 있다고 보았다. 또한 경덕왕 외에 왕이 보살계를 받았다는 기록을 찾을 수 없으나, 진평왕이 원광에게서 계를 받았으며, 원광은 대승경전의 강설을 중요하게 여겼기에 신라 중고기의 국왕들은 보살계를 받았을 것으로 추정하고 있다.(신정훈, 「新羅 善德王代의 구휼이 가진 의미」, 『국학연구총론』 21, 택민국학연구원, 2018, 370~374쪽.) 범망경은 화엄경(華嚴經)의 결경(結經)으로 알려져 있는데, 「탑상」편 〈대산오만진신〉조에 따르면 성덕왕은 왕업 승수 이후 오대산(五臺山)에 진여원(眞如院)을 창설하고 화엄경을 전사토록 하는가 하면, 화엄사(華嚴社)를 조직하여 화엄사상을 존숭하였고, 자신이 왕업을 승수할 수 있었던 이유가 부처의 가피와 무관하지 않다고 여겼다. 따라서 성덕왕의 구휼에는 유교적 기반만이 아니라, 이 같은 불교적 기반이 자리잡고 있었을 가능성이 얼마든지 존재한다.

①~③은 서술·편집자가 기근의 극심함을 강조하는 동시에 기근을 해결하기 위한 성덕왕의 실제 행보를 강조하고자 마련한 대목이기도 하다. 「기이」편에는 〈성덕왕〉조와 마찬가지로 재이 정황을 기술한 〈조설〉조가 편제되어 전한다. 〈조설〉조에는 애장왕, 헌덕왕, 문성왕 재위기에 일어난 변괴(變怪)가 한 데 묶어 기술되어 있다.[16] 그런데 서술·편집자는 〈조설〉조에서 재이 정황만을 기술하였을 뿐, 재이 해결을 위한 왕들의 실제 행보와 노력은 기록하지 않았다. ①~③까지의 기술, 곧 〈성덕왕〉조의 특별함이 기근 해결에 따른 성덕왕의 실제 행보에 있다는 것을 거듭 알아차릴 수 있는 정황이다. 여기에는 성덕왕 5~6년에 발생한 기근 해결을 위한 왕의 행보가 여느 사실보다 '제왕적 신이'를 단적으로 보여주는 사례이며, 성덕왕이 정법 치국에 힘썼던 이상적인 불교적 국왕임을 드러내는데 적합하다는 판단이 전제되어 있다.

결국 서술·편집자는 구휼 활동을 위시하여 봉덕사 창건, 인왕도량 개최가 성덕왕이 정법에 의거하여 기근을 극복하고 '백성들의 안락하고 윤택한 삶'을 이끌 수 있었던 결정적인 업적이며, 이러한 행보로서 태평성세를 구가하는 제왕적 신이를 발현할 수 있었다는 사실을 강조하고 있다.[17]

---

16 "第四十哀莊王, 末年戊子, 八月十五日有雪. 第四十一憲德王, 元和十三年戊戌, 三月十四日大雪.(一本作丙寅, 誤矣. 元和盡十五, 無丙寅.) 第四十六文聖王, 己未五月十九日大雪, 八月一日天地晦暗."(『삼국유사』권2, 「기이」제2 〈조설(早雪)〉조.)

17 윤재운은 〈효성왕〉조의 기록이 시기 상으로 분명히 성덕왕대의 일임에도 불구하고 주변국과의 관계를 보여주는 내용이 〈성덕왕〉조에서 발견되지 않기에 해당 기사를 유교와 불교정책을 통한 위민정책을 시행한 성덕왕의 업적을 내세운 것이며, 성덕왕대 기사 전반은 위민을 통한 왕권강화로 보는 것이 타당하다는 견해를 내놓았다.(윤재운, 「신라 성덕왕·효성왕대의 정치와 사회 :『三國遺事』聖德王·水路夫人·孝成王條를 중심으로」, 217쪽.) 하지만 본문에 기술하였다시피 성덕왕 기사 내용의 선정은 거시적인 틀에

「기이」편에서 서술·편집자가 주목한 '제왕적 신이'가 어떤 것인지는 서문(序文)에 잘 나타난다. 「기이」편 서문에는 제왕의 신이함이 "필히 여느 사람과 달리 능히 세상의 큰 변고를 이기고 제왕의 지위를 잡고 대업을 성취하는(必有以異於人者, 然後能乘大變, 握大器, 成大業也.)."데 있음을 강조한다.

기실 성덕왕대는 각종 천재지이(天災地異)가 20년간 지속되는 참담한 수난기였다.[18] 그 가운데 가장 빈번하게 발생한 재이는 단연 가뭄으로 인한 기근이었다. 특히 성덕왕 5~6년에 발생한 기근은 대대적인 구휼 사업을 벌이는 동시에 여타의 해결책을 궁구해야 할 정도로 상황이 심각하였다. 「신라본기」에 성덕왕 4년 기사로 두 차례의 기근 관련 기사가 실려 있는 정황으로 미루어, 성덕왕 5~6년에는 설상가상으로 백성들의 생활이 더욱 피폐하였을 것이라 짐작된다.[19] 때문에 서술·편집자

서 불교적 국왕관에 입각한 성덕왕의 업적을 기술한 것이며, 이와 유교적 제왕관에 배치되지 않는다. 성덕왕대 기사는 봉덕사 창건, 인왕도량 개최 등과 관련하여 불교적 사유 하에 이상적인 정치를 시행한 성덕왕의 업적을 강조하는 방향이며, 〈효성왕〉조 역시 '국토수호'를 통한 위민, 그리고 왕권 강화와 관련한 내용과 다름없다. 때문에 두 기사는 기술 내용의 성격이 서로 다른 분야를 다루고 있지만, 결국 기술 목적면에서 동일하다. 두 기사는 분리하여 판단할 수 없고 함께 살펴야만 기술 의도가 온전히 파악되는 것이다. 한편 조태웅은 (3)의 기술 목적이 성덕왕이 얼마나 불법을 봉숭(奉崇)한 인왕(仁王)이며 그 봉덕(奉德)이 혁혁한가를 강조하는 것에 있다고 보았는데,(조태영, 「『三國遺事』水路夫人 說話의 神話的 成層과 歷史的 實在」, 10~11쪽.) 단순히 (3)만이 아니라 (1)~(3) 전반에 걸쳐 이 같은 의도가 내재되어 있으며, 여기에는 극심한 기근을 극복하고 왕권의 지위와 권위를 확립한 성덕왕의 업적을 신이이자 이상적인 불교적 국왕의 표본으로 강조하려는 의도가 투영되어 있다.

18 李昊榮, 「新羅 中代王室과 奉德寺」, 『史學志』 8, 단국대학교 사학과, 1974, 6쪽.
19 「신라본기」〈성덕왕〉조 기록에 의하면, 성덕왕 4년 5월에 가뭄이 들어 8월에 고령자에게 주식(酒食)을 내리고, 9월에 살생을 금하라 하교한 기록이 보인다. 동년 10월에 나라 동쪽 주군(州郡)에 기근이 있어 많은 유민이 발생하므로 사람을 보내 진휼하였다는 기록도 존재한다. 더불어 13년 여름에 가뭄이 들고 유행병이 돈 기록, 14년 6월과 15년

는 성덕왕 재위기에 발생한 어떤 재이보다 성덕왕 5~6년의 기근은 큰 변고[大變], 자체로 인식하였던 듯하다.

[표1]의 ③에서 성덕왕이 무열왕을 위하여 봉덕사를 창건하였다는 사실을 내세워 효성왕 관련 전승을 전운(傳云)의 형태로 첨술한 정황도 이 같은 사정을 짐작할 수 있는 주요 단서이다. 봉덕사 창건 시기에 대한 기록은 현재 『삼국유사』 외에 전하지 않는다. 그런데 봉덕사 창건 내력은 『삼국유사』에서조차 기사 간 정보가 상충되어 있다. 「기이」편 〈성덕왕〉조에는 성덕왕이 무열왕을 추복할 목적으로 봉덕사를 창건하였다고 기술한 반면, 「탑상」편 〈황룡사종(皇龍寺鐘)·분황사약사(芬皇寺藥師)·봉덕사종(奉德寺鐘)〉조에서는 봉덕사가 효성왕이 성덕왕을 위하여 창건한 것이라 하였다.[20]

봉덕사는 효성왕이 개원 26년 무인에 아버지 성덕대왕의 복을 빌기 위하여 세웠다. 그러므로 종명(鐘銘)에는 '성덕대왕신종지명(聖德大王

6월에 가뭄이 들어 하서주(河西州)의 용명악거사(龍鳴嶽居士) 이효(理曉)를 불러 기우제를 지내고 죄인을 사한 기록, 19년에 7월에 황충(蝗蟲)이 곡식을 해한 기록 등이 있다.

20 이에 대한 역사학자들의 견해가 분분하다. 홍사준은 종명문 등의 기록을 두루 맞대어 효성왕 2년(738)에 봉덕사가 창건되었다고 보는 것이 타당하다고 하였으며 이기백은 성덕대왕신종의 존재가 봉덕사와 성덕왕의 관계를 단적으로 입증한다고 보았다.(李基白, 『新羅思想史硏究』, 一潮閣, 1986, 53쪽 각주 4번 참고.) 양쪽 견해를 중재하여 봉덕사가 성덕왕대에 창건되고 이어 효성왕대에 중창된 사실이 각각 기록되어 전승의 혼란을 초래하였다는 주장도 있다.(李英愛, 「新羅中代王權과 奉德寺, 聖德大王神鐘」, 경희대학교 석사학위논문, 2001.) 한편 박남수는 봉덕사 창건과 관련하여 서로 다른 기록이 전하지만 〈황복사비〉 비편에 '□德太宗寺', '伊湌臣金順□', '奈麻新金季□'등의 명칭이 등장하므로 봉덕사의 본래 이름이 '奉德太宗寺'이며, 봉덕사는 태종을 모셨던 원찰(願刹)로 「기이」편 〈성덕왕〉조의 기사에 기술된 봉덕사 창건 시기가 옳은 것으로 판단하고 있다.(박남수, 「진전사원(眞殿寺院)의 기원과 신라(新羅) 성전사원(成典寺院)의 성격」, 『한국사상사학』 41, 한국사상학회, 2012, 89~91쪽.)

神鐘之銘’이라 하였다.【성덕대왕은 경덕의 아버지로 전광대왕(典光大王)이니, 종은 본래 경덕대왕이 아버지를 위하여 시사(施捨)한 금(金)이었으므로 성덕종(聖德鐘)이라 한다.】[21]

「탑상」편과 다르게 「기이」편이 봉덕사 창건을 성덕왕의 주요 치적으로 기술하고 있는 사정은, 「기이」편 제2권에서 '삼국통일' 또는 '태평성대'를 이해하는 방식, 성덕왕을 불교적 국왕관에 기반하여 이상적인 군주로 평가하려는 서술·편집자의 인식에서 비롯된 것이다.[22] 삼국통일을 전후한 「기이」편 기사에서는 불교적 국왕관에 기반하여 왕의 덕행과 신이를 사찰 건립, 용의 출현과 같은 가시적인 결과로서 내보이려

---

21 "寺乃孝成王開元二十六年戊寅, 爲先考聖德大王奉福所創也. 故鍾銘曰聖德大王神鍾之銘. 聖德乃景德之考典光大王也. 鍾本景德爲先考所施之金, 故称云聖德鍾尒." (『삼국유사』 권3, 「탑상」 제4, 〈황룡사종·분황사약사·봉덕사종〉조.)

22 관련하여 〈성덕왕〉조, 〈효성왕〉조, 〈경덕왕〉조에 걸쳐 발생한 오류의 발생 원인을 조심스레 추정할 수 있다. 본래 서술·편집자가 효성왕대 조목에 기술 내용하려던 내용은 봉덕사 창건과 도덕경의 전래를 주된 내용으로 한 어떤 자료군이었으나 봉덕사 창건과 관련한 정보가 성덕왕의 이력과 배치되는 정보임을 감지하고, 이를 성덕왕의 업적으로 일로 간주하여 〈성덕왕〉조에 "다른 문헌에서는 효성왕 때의 일이라고도 한다."는 전언을 달고 〈효성왕〉조의 관련 부분을 삭제하면서 벌어진 일일 가능성이다. 실제 「기이」편에서 효성왕대의 기록은 표제와 〈경덕왕〉조에 포함된 단 아홉 글자, 곧 열 두 글자에 그친다. 그러니 사실 상 「기이」편에서 효성왕대의 기록은 존재하지 않는다고 보아도 무방할 정도이다. 경덕왕대 기사에 끼어든 효성왕의 이력은 효성왕대 기사로 선정되었던 봉덕사 창건 등의 내력을 〈성덕왕〉조에 녹여 기술하면서 미처 삭제하지 못한 대목이 밀려나 그대로 조판되어 편차 상의 오류로 남은 듯하다. 실제로 「기이」편 고판본인 니산본과 파른본의 〈성덕왕〉조 기록에는 특별하게도 "三十萬五百碩也"와 연이은 문장 "王爲太宗大王刱奉德寺" 사이에 일정한 공백이 있다. 「기이」편의 인쇄 조판에서 이처럼 공백을 둔 경우는 노랫말의 각 구절을 제시하는 경우, 지명 외의 고유 명사들을 열거한 경우, 서술과 관련된 다른 문헌이나 선학의 견해를 인용하는 경우, "又"로 시작되는 첨술의 경우에 주로 발견될 뿐이다. 이 오류는 〈수로부인〉조가 〈성덕왕〉조와 〈효성왕〉조 사이에 끼어든 정황과도 상당한 연관이 있는 듯하다.

는 움직임이 일관되게 보인다. 이 같은 기사들은 서술·편집자가 제왕
적 신이나 '태평성대'를 판단하는 주요한 기준 가운데 하나였다.[23] 문무
왕대 사천왕사 창건과 명랑(明朗)의 신이담, 신문왕대 감은사 창건과 만
파식적 일화, 문무왕 기사 이래 빈번히 등장하는 호국룡 관련 일화 등
은 모두 이러한 목적 하에 선정·기술되었던 기사라 할 수 있다.

특히 문무왕 기사, 신문왕 기사, 효소왕 기사는 삼국통일을 전후한
가까운 시기에 신라의 국·내외 정황을 보여주는 조목들이다. 이들은
「기이」편 내에서 순차적으로 배치되어 있을 뿐더러, 그 내용에는 성전
사원이자 칠처가람지(七處伽藍址)에 속하는 사찰 건립 일화가 일관되게
기술되어 있다.[24] 〈문호왕 법민〉조의 사천왕사(四天王寺), 〈만파식적〉조
의 감은사(感恩寺) 일화가 대표적이다. 해당 사찰 창건 일화는 각 조목
에서 적지 않은 분량을 차지한다.

사천왕사는 대외적·군사적인 측면, 즉 '국토 수호'와 관련이 깊은 사
찰이다.[25] 감은사 역시 문무왕이 왜병을 진압하려는 목적에서 중창을
시작한 이래, 아들인 신문왕이 부왕의 뜻을 이어 완공하였다고 전한다.

----

23 박미선도 「기이」편에서 삼국통일을 전후 하여 태평성세를 사찰 건립과 왕의 덕을 찬양
하는 용의 출현이라는 불교적 요소로 설명하고 있음을 지적한 바 있다(박미선, 「一然의
國王觀:『三國遺事』「紀異」편을 중심으로」, 82~83쪽.).

24 다만 「기이」편 제2권의 초입부에 배치된 기사들 중 효소왕대 조목은 성전사원과 관련한
기사 대신 죽지랑의 일화를 중심으로 짜여 있다. 하지만 〈만파식적〉조의 마지막 대목에
효소왕대에 일어났던 부례랑(혹은 실례랑)의 생환(生還)과 관련한 신이담이 첨술되어
있으며, 이는 「탑상」편 〈백률사〉조에서 절의 주지를 봉성사(奉聖寺)로 옮기게 하였다는
기사와 다시금 연계되고 있다. 봉성사 역시 신라의 성전사원이자 칠처가람지에 속하는
사찰이다. 다만 백률사는 성전사원이나 칠처가람지에 속하는 사찰이 아니었기에 「기이」
편에서 대대적으로 다루지 않았을 것으로 추정된다.

25 채상식, 「신라통일기의 성전사원의 구조와 기능」, 『역사와 경계』 8, 부산경남사학회,
1984, 89쪽.

문무왕은 삼국통일로서 제왕적 신이를 내보였으며, 부왕의 숙원인 성전사원을 완공한 신문왕의 신이는 만파식적(萬波息笛)을 얻는 행보로서 실현되었다. 신문왕은 "적병을 물리치고 병을 낫게 하고, 가뭄에는 비를 내리게 하며, 비가 올 때는 개도록 만들고 바람을 가라앉히고 물결도 평정하는" 신이함을 발휘하는 보물이었던 만파식적을 감은사에서 얻었다.[26] 신문왕이 감은사에서 만파식적을 얻을 수 있었던 것은 '민생 안정', '국토 수호', '선대왕의 추복'이라는 복합적인 목적을 지향하는 성전사원의 성격과 무관하지 않다. 관련 기사에서 성왕(聖王), 천은(天恩)과 같은 단어가 가감없이 사용될 수 있었던 정황 역시 서술·편집자가 성전사원의 창건을 불교적 국왕관을 준수한 왕들의 이상적 행보로 여겼다는 사실을 뒷받침한다.

성전사원에 대한 서술·편집자의 관심은 달리 왕의 주체적·실천적 행보에 대한 관심이라 할 수 있다. 「기이」편의 서술·편집자는 성전사원 중창에 따른 역대왕들의 행보를 정법치국에 의한 '주체적·실천적 덕행'이자, 하늘의 지지와 수호를 얻을 수 있었던 주요 치적으로서 주목하고 있다. 성전사원을 중창하는 가장 표면적인 목적은 선왕들의 추복에 있었지만, 정치적 차원에서 성전사원의 역할은 단선적이지만은 않았다. 성전사원은 통일 신라기에 성행한 호국불 사상을 지탱하는 기반이었으며, 신라 중대 왕권이 새롭게 추구한 불교적 국가의례의 장이기도 하였고,[27] 특히 왕권 강화와 유지에도 혁혁한 기여를 하였다. 무엇

---

26 "寺中記云, 文武王欲鎭倭兵, 故始創此寺, 未畢而崩, 爲海龍. 其子神文立, 開耀二年 畢排. 金堂砌下東向開一穴, 乃龍之入寺旋繞之備. 蓋遺詔之葬骨處, 名大王岩, 寺名 感恩寺, 後見龍現形處, 名利見臺. …(중략)… 駕還, 以其竹作笛, 藏於月城天尊庫. 吹 此笛則兵退病愈, 旱雨雨晴, 風定波平, 號萬波息笛, 稱爲國寶."(『삼국유사』 권2, 「기 이」 제2. 〈만파식적〉조.)

보다 성전사원의 창건 주체는 왕실이었다. 이는 성전사원 중창이 어떤 행보보다 왕의 주도적·주체적인 역할을 비중 있게 요구하는 사건이었음을 의미한다.

따라서 서술·편집자에게 성전사원은 '백성들의 안락하고 윤택한 삶'과 '국토 수호'를 중시하는 정법치국의 대표적 상징물이었으며, 성전사원 중창은 이를 준수한 왕의 실제 행보를 표방할 수 있는 더없이 알맞은 치적이었다.

서술·편집자는 성전사원 중창을 제왕적 신이를 발현할 수 있었던 전제항이자 정법치국을 수호한 역대왕의 행보로 여겼고, 삼국통일을 전후 한 「기이」편 기사 내용으로서 어떤 사건보다 중요시 하였다. 따라서 성전사원 중창 일화는 삼국통일을 전후한 「기이」편 기사들을 관통할 수 있는 일종의 서술 체계가 되고 있다. 여기에 역대왕들의 군사적 행보 역시 특별한 치적으로 곁들여 선정·기술하였다. 해당 체계를 통하여 선별된 역대왕들이 얼마나 정법치국을 준수하여 올바른 자취를 남긴 이들이며, 이러한 행적이 국가적 측면에서 어떤 위대한 결과를 낳았는가를 짚어냈다.

〈성덕왕〉조와 〈효성왕〉조는 해당 체계를 그대로 좇는다. 이에 서술·편집자의 이 같은 관심이 유독 압축·투영된 기사라고 할 수 있다. 성덕왕이 중창하였다는 봉덕사도 사천왕사, 감은사와 같은 성전사원이자 칠처가람지에 속하는 사찰이다. 인왕도량과 관련된 대목 역시 왕의 불교적 행보에 따른 올바른 정법치국의 결과물로서 함께 기술될 수 있었던 것일 따름이다. 결론적으로 서술·편집자가 「탑상」편과 다르게 「기

27 尹善泰,「新羅 中代의 成典寺院과 國家儀禮: 大·中·小祀의 祭場과 관련하여」,「신라문화제학술발표논문집」 23, 동국대학교 신라문화연구소, 2002, 105~117쪽.

이」편에서 봉덕사 창건을 성덕왕의 치적으로 내세웠던 것은, 성전사원 창건을 이상적인 왕들의 행보로서 삼국통일 전후 기사에서 일관되게 엮으려던 의도 하에 빚어진 결과라 할 수 있다.

[표1]의 ③에 보이는 시중(侍中) 관련 기술도 서술·편집자의 불교적 관심이 자료적·사상적 기반이 되어 선정될 수 있었던 것으로 보인다.[28] 봉덕사의 수몰 시기가 조선시대임을 감안한다면, 서술·편집자가 성덕대왕신종 외에 별도의 명문 등을 참고하여 보태었을 가능성을 배제할 수 없다. 실제로 성전사원 관련 자료들은 관제(官制)에 따른 정보들을 필수적으로 포함한다. 성덕대왕신종 명문의 '별기(別記)'가 대표적인 예이다. 별기는 인명과 관직명의 나열로 이루어져 있다. 해당 부문은 신라 하대 성전사원의 창건과 운영 정황뿐 아니라, 관제 전반을 추정할 수 있는 결정적인 단서이다. 또한 개원 7년(성덕왕 19, 720)년에 마련된 것으로 추정되는 경주 감산사(甘山寺) 석조아미타여래입상(石造阿彌陀如來立像)에는 중아찬(重阿湌) 김지전(金志全)이 '집사 시랑(集事 侍郎)'을 역임하였다는 문구가 존재한다. 이 대목은 성덕왕대에 이미 시랑과 전대 등이 병용되고 있었다는 정황을 알려주는 동시에, '중시'와 '시중'도 당시 병용되었을 가능성을 시사하고 있다.[29]

그러므로 [표1]에서 ③의 시중직 관련 대목 역시 서술·편집자의 성전사원에 대한 관심, 성덕왕의 불교적 덕행에 따른 관심에서 비롯되어

---

28 『삼국사기』「직관」지와 「신라본기」〈경덕왕〉조에는 경덕왕 6년(747년) 집사부의 소속 관직명에 대대적인 변화가 있었다는 사실이 전한다. 기사에 따르면 이때 중시가 시중으로 개칭되었으며 전대등도 시랑으로 변경되어 불렸다. 이 때문에 〈성덕왕〉조에 기술된 시중 관련 정보는 줄곧 그 신뢰성을 의심받아 왔다.

29 박수정, 「新羅 執事省의 성격과 위상에 대한 再論」, 『신라사학보』 40, 신라사학회, 2017, 201쪽.

선정·기술되었던 것이라 판단할 여지가 있다. 물론 왕권의 권위나 지위의 확립에 대한 서술·편집자의 관심 역시 해당 대목을 선정·기술하였던 이유 가운데 하나일 것이다.[30] 하지만 여타 파생적인 문제들은 차치하고, 그 자료적 기반을 불교적 국왕관이나 성덕왕의 불교적 업적에 대한 서술·편집자의 관심으로 귀결하면, 성덕왕 기사 전반이 지향하는 사상적 토대를 일관되게 설명할 수 있는 틀이 마련되기에, 여기에 해명의 우위를 두고자 한다.

한편 [표1]의 ④는 「신라본기」와 다르게 군성의 축조가 각간 원진의 지휘로 이루어졌다는 사실과, 모벌군성의 규모와 축조에 동원된 역도(役徒)의 수를 구체적으로 제시하여 놓은 대목이다. 모벌군성 축조 또한 실제로는 국왕 중심의 지배체제를 구축하고 왕권을 강화하려는 정치적 의도와 관련이 깊지만,[31] 서술·편집자의 일관된 의도를 감안하면,

---

30 엄태웅도 〈성덕왕〉조에 보이는 시중 관련 기술을 『삼국유사』 편찬자의 오류로만 치부해서는 안 된다고 하였다. 시중은 집사부의 장관으로 전제왕권의 강화와 깊은 관련이 있기에, 편찬자는 〈성덕왕〉조에서 성덕왕이 시중이라는 직책을 설치했다고 언급함으로서 성덕왕이 국가의 기강을 확립하고 지방의 토착 세력을 제어하기 위해 노력하였다는 업적을 부각하려 한 의도로 판단하였다.(엄태웅, 「三國遺事 紀異 篇〈聖德王〉條의 서술의도: 〈水路夫人〉條 의미 考究의 단초 마련을 전제로」, 24쪽.) 상대적으로 본고는 시중 관련 서술을 서술·편집자의 의도와 관련하여 전제왕권 강화와 직결하지 않고, 양자의 관계를 성전사원의 창건과 정법 수호라는 불교적 국왕관의 강조와 더불어 해석하려 한다는 점에서 이와 다소 다른 방향성을 띤다.
31 야마다 후미토는 모벌군성과 관련한 기사에는 해당 축조가 일본의 침입로를 막기 위하여 이루어진 것이라 기술되어 있지만, 당시 일본의 상황을 보면 신라를 침략하려던 움직임은 전혀 보이지 않는데다 애초에 신라를 침략할 수 있는 상황도 아니었다는 사실을 강조하였다. 따라서 모벌군성의 축조 목적은 축성 사업을 추진하기 위한 명분에 불과하였으며, 사실 왕권 강화책의 일환으로 추진된 것임을 주장하였다.(야마다 후미토, 「新羅 聖德王代 毛伐郡城 築造의 背景과 目的」, 『大丘史學』 134, 대구사학회, 2019, 133~168쪽.)

역시나 성덕왕이 국토 수호에 남다른 관심을 쏟아 정법 수호에 힘썼음을 부각하는 기사로 선정·기술되었음을 추정할 수 있는 단서로 볼 수 있다.

이는 신라 최고 관위(官位)에게 축조를 감독하게 하였을 뿐더러 군성의 규모가 실로 상당하였다는 사실을 특기(特技)함으로서, 일본의 침입에 방비하여 국토 수호에 대대적인 노력을 기울였던 성덕왕의 행보를 이상적인 업적으로 강조하려 한 것과 다름이 아니다. 성덕왕 20년 하슬라도(何瑟羅道)에 장정 2,000명을 징발하여 장성(長城)을 쌓았다는 기사라든가, 성덕왕 30년 일본군의 침략을 대파한 사실을 굳이 기사 내용으로 선정하지 않은 이유도 관련하여 짐작할 수 있다.[32] 곧 서술·편집자는 성덕왕이 정법치국에 온 힘을 다하였기 때문에 하늘의 수호·지지를 얻어 신이를 보일 수 있었으며, 후대에 태평성세를 구가한 왕으로 평가될 수 있었음을 여타 대목과 마찬가지로 ④를 통하여 드러내고 있는 것이다.

특히 [표1]의 ⑤는 성덕왕에 대한 서술·편집자의 평가가 얼마나 긍정적인 것인가를 단적으로 보여주는 부문이다. ⑤에는 김사란(金思蘭)을 포함한 604인이 성덕왕을 찾아 협조를 청한 사실은 부각된 반면, 이 같은 행보가 야기한 참담한 결과에 따른 서술이 없다. 동 사건을 기록한 「신라본기」에는 "절반이 넘는 병사가 죽고 아무 공 없이 돌아왔다."는 정황이 분명히 기술되어 있지만, 「기이」편은 이를 다루지 않았다. 불교 경전에서는 이처럼 수많은 병사의 죽음을 포함한 전쟁의 실패를 정법치국의 파행(跛行)이자 비법(非法)에 의지한 결과로 기술한다.[33]

---

32 "二十年, 秋七月, 徵何瑟羅道丁夫二千, 築長城於北境. 夏四月, 日本國兵船三百艘, 越海襲我東邊, 王命將出兵, 大破之."(『삼국사기』 권8, 「신라본기」 제8 〈성덕왕〉조.)

따라서 성덕왕의 실제 치적으로서 이상적인 불교적 국왕의 모습을 강조하고자 했던 「기이」편 서술·편집자의 목적과 이 같은 실상은 매우 이질적인 것이었으며, 이러한 불합치가 굳이 관련 사실을 선정·기술하지 않는 편을 택하는 결과로 이어졌을 것으로 보인다. 기근의 극심함을 강조하면서도 직전 시기의 유민(遊民) 발생과 같은 부정적인 결과를 기사 내용으로 선정·첨술하지 않는 정황도 같은 맥락에서 이해할 수 있다.

이처럼 〈성덕왕〉조, 〈효성왕〉조는 각각 불교적 국왕관에서 강조하는 '민생 안정', '국토 수호'를 대표하는 업적을 내세운 기사이다. 두 기사에는 성덕왕을 불교적 국왕관에 합치하는 이상적인 군주로서 긍정적으

------

33 박미선은 「기이」편 기사와 관련하여 헌강왕대 각종 신들의 출현하여 국망을 경고한 것이 왕의 향락과 관련한 비법과 다름없고, 비법은 곧 불교적 국왕관에서 구현해야 할 정법에 반하는 것으로 망국으로 이어진다는 불교적 국왕관을『금광명최승왕경』제8권의「왕법정론품(王法正論品)」과 관련하여 역설한 바 있다.(박미선,「一然의 國王觀: 『三國遺事』「紀異」편을 중심으로」, 84쪽.) 주지하다시피 금광명경(金光明經)은 경문을 읽고 수행하면 여러 불보살과 선신(善神)의 가호를 받을 수 있다는 호국삼부경(護國三部經)이다. 실제로「왕법정론품」에는 "정법으로 인해 임금이 되어 정법을 행치 아니하고 정법을 버린다면, 마치 코끼리가 연못을 밟듯 나라 사람이 모두 흩어지며, 오곡과 여러 가지 꽃과 과일 열매가 모두 실답지 않고 흉년이 들어 굶주림을 당하며, 비법이 나라 안에 만연하여 왕이 고통과 재앙을 받고, 외적이 쳐들어 와 백성들이 환란 속에서 고통받는다.(由正法得王, 而不行其法, 國人皆破散, 如象踏蓮池. 惡風起無恒, 暴雨非時下, 妖星多變怪, 日月蝕無光. 五穀衆花果, 果實皆不成, 國土遭飢饉, 由王捨正法. 若王捨正法, 以惡法化人, 諸天處本宮, 見已生憂惱. … 諸天皆忿恨, 由彼懷忿故, 其國當敗亡. 以非法敎人, 流行於國內, 鬪諍多奸僞, 疾疫生衆苦. 天主不護念, 餘天咸捨棄, 國土當滅亡, 王身受苦厄. 他方怨賊來, 國人遭喪亂..)"는 사실이 명시되어 있다.(『금광명최승왕경』제8권, 〈왕법정론품(王法正論品)〉.)『금광명최승왕경』의 해석은 동국대학교 한글대장경 DB로 편찬된 장용서의 번역을 중심으로 삼되, 국립박물관의 e-국보 누리집〈www.emuseum.jp〉에서 부분 일람을 제공하는 원문 정보 및 2011년 南京: 福智之聲 出版社에서 펴낸『금광명최승왕경』의 PDF 원문(김헌선 제공)과 대조하여 될 수 있는 대로 글쓴이가 보완·수정하였다. 이하 동일 문헌의 출처와 해석 인용 방식은 같다.

로 평가하려는 의도가 내재되어 있다. 서술·편집자는 두 기사의 내용을 기반으로 정토(淨土)와 불국(佛國)은 왕의 실천적 행보, 즉 정법치국으로서 완성될 수 있다는 자신의 믿음을 내보이고 있다.

이에 두 기사는 기술·편제 상의 오류로 분리되어 있지만 상호 유기적인 대상으로 다루어질 필요가 있다. 특히 〈성덕왕〉조는 성덕왕 5~6년에 발생한 극심한 기근 해결책 가운데 어떤 행보보다 봉덕사 창건, 인왕도량 개최라는 불교적 치적을 부각하는 기사이다.[34] 그러니 〈성덕왕〉조와 〈효성왕〉조 사이에 편차된 〈수로부인〉조의 서술·편제 목적이나 의미, 실상 역시 이 같은 준거를 덧대어 새롭게 해명되어야 한다.

어디까지나 〈수로부인〉조는 「기이」편 전체의 서술 체계 상, 성덕왕의 치적에 따른 하위 기사로서 존재한다는 사실을 간과해서는 안 될 것이다. 이에 대한 고찰은 다음 장에서 상세히 이어간다.

---

[34] 관련하여 엄태웅은 성덕왕이 태종대왕을 위하여 봉덕사를 창건했다는 사실이 〈성덕왕〉조에서 언급된 것은 서술·편집자가 태종대왕을 경외하는 성덕왕의 면모를 훌륭한 업적으로 인정한 것이며, 인왕도량에 대한 기술은 주변국과의 잦은 마찰을 해결하기 위하여 종교적 노력을 기울이고 백성들을 위무한 성덕왕의 면모를 훌륭한 업적으로 인정했다는 것을 의미한다는 견해를 주장한 바 있다.(엄태웅, 「『三國遺事』「紀異」〈水路婦人〉의 서술 의도: 〈성덕왕〉과의 관련성을 전제로」, 8쪽; 「三國遺事 紀異 篇 〈聖德王〉條의 서술의도: 〈水路夫人〉條 의미 考究의 단초 마련을 전제로」, 12~23쪽.) 하지만 성덕왕이 봉덕사 창건을 통하여 문무왕을 추복하다는 사실을 서술·편집자가 특기한 까닭은 다른 틀에서 불교적 국왕관(정법치국)에 기반하여 태평성대를 구가하려 노력한 역대왕들의 업적을 내세우기 위함에 있었다. 그 가운데 성전사원 창간은 중요한 성덕왕의 행보였기에, 봉덕사 창건을 성덕왕의 업적으로 강조하였다는 또 다른 분석을 더할 수 있다.

3. 『금광명최승왕경』 신앙과 수로부인 전승

〈성덕왕〉조와 〈효성왕〉조는 정법치국에 합치하는 성덕왕의 실제 행보를 긍정적인 시각에서 기술하려 한 기사다. 해당 내용은 서술·편집자가 불교적 국왕관에 기반하여 이상적인 제왕의 행보를 강조하려 한 결과물이며, 나름 일관된 틀을 지향한 서술·편집자의 설계 하에 선정·기술되었던 것이라 할 수 있다.

따라서 〈수로부인〉조 역시 동일한 의도에 의하여 선정·편제된 기사로 취급되어야만 한다. 주지하다시피 〈수로부인〉조는 〈성덕왕〉조와 〈효성왕〉조 사이에 배치되어 있다. 동시에 〈수로부인〉조는 서술·편집자가 〈성덕왕〉조에서 가장 강조한 대목인 봉덕사 창건, 인왕도량 개최에 대한 기술 뒤에 놓여 있는 기사이기도 하다.

이런 정황으로부터 두 가지 전제를 도출할 수 있다. 〈수로부인〉조 역시 성덕왕대의 극심한 기근 정황이나 이에 따른 해결책과 긴밀한 관련이 있을 것이란 점, 하지만 어디까지나 봉덕사 창건이나 인왕도량 개최와 같이 불교적 업적과 관계된 성덕왕의 실제 행보와 매우 긴밀한 관계에 있을 것이란 점이다.

여태까지 성덕왕 관련 기사 내용 중 봉덕사 창건과 인왕도량 개최 대목만을 불교적 사유와 연계하여 해명하는 경향이 있었다. 봉덕사 창건, 인왕도량 개최와 수로부인 전승의 연관성을 섣불리 추단할 수 없어 이들 간의 연관성을 해명하는데 어려움이 따랐다. 〈수로부인〉조가 신라의 고유 신앙, 전통 신앙적 요소들로 이루어져 있으며 이를 기반으로 기근 해결을 위하여 벌였던 제의적 실상이 설화화 된 것이란 추정은 다수인 반면, 해당 전승이 불교 신앙 또는 불교 의례와 일정한 관련을 맺고 있으리란 추정이 한정적일 수밖에 없었던 이유도 여기에 있다. 특히 국가적 재이를 해결하기 위한 호국품도량은 대개 고승(高僧)을 청하여 경전을 강설하는 절차로 구성되어 있기에, 수로부인의 신이담과는 성격 자체가 표면적으로는 매우 상이한 것처럼 여겨질 수밖에 없었다.

그런데 〈수로부인〉조의 선정·기술 의도가 성덕왕의 실제 행보, 그것도 불교적 행보와 얽혀 제시되었을 것이란 가정을 바탕으로 성덕왕의 내력을 살피기 시작하면, 꽤 흥미로운 사실이 드러난다. 바로 『금광명최승왕경(金光明最勝王經)』을 수용한 성덕왕의 행보이다.

현재 『금광명경』의 한역본은 세 가지가 전하는데,[35] 그 중 하나가 성덕왕 3년(703년)에 김사양(金思讓)이 헌상(獻上)한 『금광명최승왕경』이다.[36] 성덕왕대에 헌상된 『금광명최승왕경』은 702년에 편찬된 당나라 의정(義淨)이 한역한 10권본으로 추정된다.[37] 의정이 경전 번역을 완료한 이듬 해에 처음으로 『금광명최승왕경』이 신라로 수용되었던 것이

---

[35] 현재 『금광명경』의 3가지 한역본인 담무참(曇無讖) 번역 『금광명경』 4권, 보귀(寶貴) 번역 『합부금광명경』 제8권, 당나라 의정(義淨) 번역 『금광명최승왕경』 전 10권이 『고려대장경(高麗大藏經)』에 수록되어 전한다.

[36] "三月, 入唐金思讓廻, 獻最勝王經."(『삼국사기』 권 8, 「신라본기」 제8, 〈성덕왕〉조.)

[37] 이는 김상현의 견해이다.(金相鉉, 「輯逸金光明經疏－金光明最勝王經玄樞 所引 元曉疏의 輯編」, 『東洋學』 24. 동국대학교 사학과, 1994, 259~284쪽.) 『금광명최승왕경』 의정본은 『금광명경』의 최종 교정본이기도 하다. 그는 703년 인도에서 가져온 새로운 산스크리트어본을 참조하여 한역을 시도하였는데, 「금승다라니품(金勝陀羅尼品)」, 「여의보주다라니품(如意寶珠陀羅尼品)」을 추가했고, 「사천왕품(四天王品)」과 길상천녀의 독립품인 「공덕천품(功揑天品)」은 각각 2품, 「찬불품(讚佛品)」을 다시 4품으로 나누어 10권 31품으로 재구성했다. 명칭 또한 『금광명최승왕경(金光明最勝王經, Suvaṇaprabhāsottamarājasūtra)』으로 새롭게 명명했다.(藤谷厚生, 「金光明経 の教学史的展開について」, 『四天王寺国際仏教大学紀要 大学院』 4, 四天王寺国際仏教大学, 2005, 1~28쪽.(http://www.shitennoji.ac.jp/ibu/images/toshokan/kiyo2004w-01fujitani.pdf).)

라 하겠다. 그러나 「기이」편의 서술·편집자는 이런 사실을 〈성덕왕〉조
를 포함한 성덕왕 기사 어느 곳에도 싣지 않았다. 이는 『금광명최승왕
경』의 수용·전파 시기 때문일 여지가 크다. 주지하다시피 〈성덕왕〉조
의 주요 사건은 성덕왕 5~6년에 발생한 일이다. 응당 성덕왕 3년의 일
인 『금광명최승왕경』의 헌상을 애둘러 다루기에는 무리가 따를 수밖
에 없었다.

그럼에도 서술·편집자는 『금광명최승왕경』의 수용이 성덕왕대에
이루어졌다는 사실을 기술하기 위하여 꽤 고심하였던 듯하다. 『금광명
최승왕경』은 서술·편집자가 특히 강조하고자 한 불교적 국왕관과도
밀접한 관계에 놓인 경전이다. 『금광명최승왕경』에는 『금광명경』의
정수로 알려져 있는 「사천왕품(四天王品)」은 물론 정법에 의한 통치를
강조한 「왕법정론품(王法正論品)」이 독립품으로 편제되어 전한다. 이에
『금광명최승왕경』의 수용 사실은 불교적 국왕관을 제왕의 덕목과 결
부하여 중시하였던 서술·편집자의 관심을 끌 수밖에 없었을 것으로 보
인다.

특히나 『금광명경』은 고려조에서 기근과 관련된 특별한 효험을 지
닌 경전으로 숭앙되었기에, 서술·편집자는 〈성덕왕〉조의 주요 기사 내
용과 관련하여 해당 사건을 어떤 식으로든 특기하였던 듯하다. 우선 고
려조의 기록을 토대로 『금광명경』 신앙과 금광명도량의 실체를 간략
하게나마 재구하여 보기로 한다.

『금광명경』을 중심으로 설행된 금광명도량은 고려조에서 주로 기우
(祈雨)도량으로 설행되었다. 금광명도량 개최 기록은 『고려사(高麗史)』
에서 십여 회 정도 발견된다.[38] 이 가운데 금광명도량의 설행 목적이
명확하게 도출되는 기사들을 추려 제시한다.

- 선종 을축 2년(1085년) 5월 갑인일에 7일간에 걸쳐 건덕전(乾德殿)에서 금강명경도량을 배설하고 비를 빌었다.[39]
- 정종 7년(1041년) 5월에 가뭄이 들었으므로 경오일 문덕전((文德殿)에서 금강명경을 외우는 도량을 열고 비를 빌었더니 을해일에 비가 내렸다.[40]
- 명종 10년(1144년) 3월 계축일에 서북방에 붉은 기체가 나타났는데 불빛과 같았으며 내전(內殿)에 대불정독경(大佛頂讀經)을 베풀고 대안사(大安寺)에 금광명경법석을 베풀어 액막이를 하였다.[41]

선종은 금강명경도량(금광명경도량)을 설치하여 기우나 풍요를 빌었고, 정종 역시 가뭄으로 인한 재이를 해결하기 위하여 금강경명(금광명경)을 외우는 도량을 열었다. 명종 재위 10년에는 붉은 기체가 나타나 금광명경법석으로 액막이를 하였는데, 이 붉은 기체는 곧 화기(火氣)로 여겨졌다. 때문에 화(火)의 성질을 극(克)·쇠(衰)할 수 있는 방편으로 수기(水氣)를 담보하는 금광명도량이 설행되었다.

더욱 확실한 정황은 『동문선(東文選)』에 실린 김부식(金富軾)의 「금광명경도량소(金光明經道場疏)」에서 살필 수 있다.

---

38 『고려사』에는 금광명경의 오기(誤記)로서 금강명경(金剛明經), 금강명(金剛明) 등이 보이며, 관련하여 금강명경 도량의 이칭으로서 금광명도량, 금경도량(金經道場), 금광명경법석(金光明經法席)과 같은 표기가 발견된다고 한다.(조승미, 『금광명경』의 여신들과 한국불교에서의 그 신앙문화」, 『불교학연구』39, 불교학연구회, 2014, 310쪽 각주 39번 참조.) 이 글에서 『금광명최승왕경』의 천녀·여신 신앙과 관련한 정보와 견해는 조승미의 것을 필자가 보완하고 〈수로부인〉조와 연계·확장한 것이다.
39 『고려사』권10, 세가 제10 선종 조.(『고려사』해석본은 KRPIA(www.krpia.co.kr)에 수록된 허성도 역주본(북한사회과학원, 1998)을 인용하였다. 이하 동일 문헌의 인용처는 같다.
40 『고려사』권6, 「세가」제6, 〈정종〉조.
41 『고려사』권53, 「지」제7, 〈오행(1): 화(火)〉조.

　　생각하옵건대, 보잘것 없는 이 몸이 욕되게 왕위에 임하여 지혜는 만
물에 고루 미칠 만큼 넉넉하지 못하며, 밝음은 사방을 통촉할 만큼 유능
하지 못합니다. 편안히 다스리고 싶은 생각은 간절하나 그 방법을 알지
못하며, 몸소 민정을 듣고 사리 판단하기를 부지런히 하건만 일에 유익
함이 없으므로, 기강은 서지 않고 풍속은 날로 퇴폐합니다. 벼슬하는 사
람은 직분을 잘 지킴이 없이 타성에 젖어 탐욕·부정하기까지 하며, 백
성들은 생업에 편안하지 못하므로 곤궁 유리하여서 모두들 원망하고 한
탄하는 소리만 들립니다. 한 기운이 화합을 상함에 감응되어 <u>사시의 기
후가 순조롭지 못해 가을과 겨울에 항상 따뜻하고, 봄과 여름을 당하면
도리어 춥습니다.</u> 천문은 운행을 그르치고 산의 돌[山石]은 무너져 굴러
내리니, 노사(魯史《춘추(春秋)》)에 쓰인 재앙이나 홍범(洪範)에서 말한
재앙의 징조라는 것이 한번쯤 나타나는 것도 오히려 의심할 만한 것인
데, 거듭 거듭 일어나니 두렵습니다. <u>하물며 금년 봄에는 비가 조금 오
고는 5개월이 지나도록 항상 볕만 쬐입니다.</u> …(중략)… 백성들의 목숨
이 슬프게도 쓰러져 구학(溝壑)을 반드시 다 메울 것입니다. 임금과 신
하가 착하지 못한 인연으로, 국가가 다난함에 이르렀으니, 마땅히 부처
님의 지극한 어지심에 의탁하여 우리 사람들 사이에 한결같은 근심을
구제받아야 하겠습니다. 비전(秘殿)을 청소하고 공손히 법연(法筵)을
열어서 옥같이 순수하고 맑은 부처님의 상(像)에 예배하며, 황금 같은
부처님 말씀의 오묘한 이치를 강연합니다. 재(宰)·추(樞) 양부(兩府)와
문무 백관을 거느리고 온 몸을 다하여 예를 올리며, 여러 사람이 근심하
고 탄식하는 기도를 표하오니, 지혜로우신 밝음으로 정성스러운 충심
(衷心)을 굽어살피실 줄 압니다. 엎드려 원하옵건대 자비하신 마음으로
불쌍히 여기소서. <u>신의 조화를 빌어서 가뭄이 사라져 메마른 붉은 땅이
되는 재난이 없게 하시고, 우사(雨師)를 고무시켜 하늘로부터 비 내림이
고루 흡족하게 하소서. 모든 재앙은 소멸되고 유리한 것은 모두 발흥하
여 백성들은 부(富)하고 수(壽)하는 길로 돌아가고, 나라에는 풍부한 수
확물의 축적이 있게 하소서.</u>⁴²

이처럼 『금광명경』은 고려조에서 국가적 재이 가운데 가뭄과 기근에 특히 효험이 있는 것으로 여겨졌다. 금광명도량이 설행된 장소는 대부분 궁궐 내부였지만 때에 따라 사찰에서도 열렸다. 하지만 종교 행사보다는 국가적 의례로서의 의미가 보다 컸다.[43] 그런데 『금광명경』이 가뭄에 효험이 있는 호국품이란 인식은 신라에도 동일하게 존재하였던 것으로 보인다.

> 경덕왕(景德王) 천보(天寶) 12년 계사(癸巳) 여름에 심한 가뭄이 들어, (대현(大賢)을) 내전(內殿)으로 불러 금광경(金光經)을 강(講)하여 감우(甘雨)를 빌게 하였다.[44]

경덕왕은 심한 가뭄이 들자 왕이 승려 대현을 청하여 금광경도량(금광명경도량)을 벌였다. 삼국통일 이후 신라에도 고려와 마찬가지로 금광명경이 기우에 효험이 있다는 사유가 왕실을 중심으로 형성되었던 것을 확인할 수 있다. 다만 이 같은 신앙적 사유는 여타 호국도량과 마찬가지로 신라보다 고려에서 더욱 성행하였던 것이라 하겠다.

성덕왕의 『금광명최승왕경』 수용 사실과 금광명도량이 기우도량으로서 효험이 있다고 인식되었던 신라·고려조의 시류는 「기이」편의 서술·편집자에게 막대한 영향을 미쳤다. 그 증거가 바로 〈수로부인〉조이다. 〈수로부인〉조는 성덕왕이 『금광명최승왕경』을 수용·전파하는 업

---

42 『동문선(東文選)』 110권, 소(疏) 〈금광명경도량소〉.(번역본은 한국고전종합DB(db.itkc.or.kr)에서 인용하였다.)

43 조승미, 「『금광명경』의 여신들과 한국불교에서의 그 신앙문화」, 301~302쪽.

44 "景德王天寶十二年癸巳, 夏大旱, 詔入內殿, 講金光經, 以祈甘霔."(『삼국유사』 권4, 「의해」 제5, 〈현유가해화엄(賢瑜珈 海華嚴)〉조).

적을 이룩하였으며, 해당 신앙에 근거하여 성덕왕대에 기근, 가뭄이 해
소되고 태평성세를 이룰 수 있었다는 사유를 특별한 신이담으로서 강
조하는 기사이기 때문이다.

앞서 성덕왕대에 수용된『금광명최승왕경』이 당나라 의정의 한역본
임을 밝혔다. 그런데 의정본『금광명최승왕경』은 여타『금광명경』과
다른 특성을 지니고 있다. 변재천녀(辨才天女), 길상천녀(吉祥天女), 견뢰
지신(堅牢地神) 등 여신에 관한 독립품이 존재하고, 해당 분량이 남성신
의 품에 비하여 두 배 정도 월등히 많다.[45] 즉『금광명최승왕경』은 여타
『금광명경』과 달리 여신 신앙이 강조된 경전인 것이다. 특히나『금광
명최승왕경』에서 변재천녀, 길상천녀, 견뢰지신은 기근, 가뭄을 해소하
고 대지의 풍요를 이끄는 천녀·여신들이라는 사실이 중요하다. 〈수로
부인〉조의 불교적 속성, 〈수로부인〉조 서사와『금광명최승왕경』신앙
의 연관성은 바로 이로부터 생겨난다.

〈수로부인〉조는 〈헌화가〉 전승과 〈해가〉 전승이 결합한 서사이다.
〈헌화가〉 전승은 정체 모를 견우노옹이 천길 석장에 핀 척촉화를 수로
부인에게 건네며 〈헌화가〉를 불렀다는 기사이고, 〈해가〉 전승은 수로부
인이 신물(神物)들도 탐하는 아름다움을 지녔기 때문에 해룡에게 납치
되었으나 뭇 사람들이 〈구지가〉를 부름으로써 다시 구출할 수 있었다
는 내용으로 이루어져 있다.[46] 언뜻 보면 전승 자체는 불교적이라기보

---

45 조승미, 「『금광명경』의 여신들과 한국불교에서의 그 신앙문화」, 302쪽 참조.
46 "聖德王代, 純貞公赴江陵太守(今溟州), 行次海汀晝饍. 傍有石嶂, 如屏臨海, 高千丈,
上有躑躅花盛開. 公之夫人水路見之, 謂左右日, 折花獻者其誰. 從者日, 非人跡所到.
皆辭不能. 傍有老翁牽牸牛而過者, 聞夫人言, 折其花, 亦作歌詞獻之, 其翁不知何許
人也. 便行二日程, 又有臨海亭, 晝饍次, 海龍忽攬夫人入海, 公顚倒躄地, 計無所出.
又有一老人告日, 故人有言, 衆口鑠金, 今海中傍生, 何不畏衆口乎. 宜進界內民, 作歌

다 단순 신이 혹은 전통 신앙과 관련이 깊은 듯 보인다. 하지만『금광명
최승왕경』에 기술된 천녀·여신 신앙의 내용에 입각하여 〈수로부인〉조
를 다시 바라보면, 양자를 연결하는 수많은 신앙적 사유들을 발견할 수
있다.

　『금광명최승왕경』의 천녀신앙은 변재천녀(辯才天女) 신앙으로 대표
된다.「대변재천녀품」에 따르면 천녀는 도합 7천의 수인데, 이들의 우
두머리가 변재천녀이다.[47] 여타의『금광명경』에서 변재천녀는 대개 말
을 잘하게 하는 능력과 기억을 잘하는 지혜를 부여하여 경전 수호를
약속하는 신격으로 설정된다. 말 그대로 본디 변재천녀는 변재(辯才)의
여신이지만『금광명최승왕경』에서 해당 신격은 병고의 해결, 여러 기
술과 재보, 수명연장, 복덕증장, 전쟁 승리와 같은 복합적 신능을 발휘
한다. 특히나『금광명최승왕경』의 변재천 신앙은 일반적인 변재천녀의
직능에 모신적 요소까지 더해져 있는데,[48] 이러한 변재천녀 신앙이 당
시 신라·고려조의 민간에도 깊숙이 자리하였던 듯하다.

　『삼국유사』「피은(避隱)」편의 〈낭지승운보현수(朗智乘雲普賢樹)〉조, 〈연
회도명문수점(緣會逃名文殊岾)〉조에서 실상의 단서를 얻을 수 있다. 두
기사에 따르면 변재천은 영취산(靈鷲山) 산신(山神)이며, 인세에 노파(老
婆)의 모습으로 현현(顯現)한다고 전한다.[49] 변재천녀가 여산신으로서

唱之, 以杖打岸, 則可見夫人矣. 公從之, 龍奉夫人出海獻之. 公問夫人海中事, 曰, 七
寶宮殿, 所饌甘滑香潔, 非人間煙火. 此夫人衣襲異香, 非世所聞. 水路姿容絕代, 每經
過深山大澤, 屢被神物掠攬."(『삼국유사』권2,「기이」제2, 〈수로부인〉조.)

47 "모든 천녀 중에 범행이 제일 뛰어나서 말하는 것 마치 세간의 임금과 같네. 임금 있는
곳의 연꽃과 같고 강가의 다리나 나루터의 뗏목과 같네.(於諸女中最梵行, 出言猶如世
間主, 於王住處如蓮華, 若在河津喻橋栿..)"(『금광명최승왕경』제7권,「대변재천녀품
(大辯才天女品)①」.)

48 조승미,「『금광명경』의 여신들과 한국불교에서의 그 신앙문화」, 303~304쪽 요약.

인세에 모습을 드러낸다는 신앙적 사유의 기반은 천녀는 산 속 바위 깊고 험한 데 혹은 굴속이나 강가, 큰 나무 숲 속에 의탁하여 몸을 숨기고 지내는 존재인데,[50] 그 중에서도 변재천녀는 인세의 산정(山頂) 속에 머무른다는 경전 내용에 기반한다.[51] 다음은『금광명최승왕경』「대변재천녀품」의 한 대목이다. 여기에는 변재천녀의 여산신적·모신적 속성이 직접적으로 제시되어 있다.

　　"세존이시여, 만일 비구[苾蒭], 비구니[苾蒭尼], 우바새[鄔波索迦], 우바이[鄔波斯迦]로서 이 미묘한 경전의 왕을 받아 지니거나 읽고 외우거나 베껴 쓰고 유포하여 설한 대로 행한다면, 그가 성읍·취락·광야·산림에 있든지, 비구 비구니가 머무는 절에 있든지 간에 저는 이 사람을 위하여 모든 권속을 거느리고 하늘의 풍악을 잡히면서 그 사람을 찾아

49　『삼국유사』권5,「피은」편 제8, 〈낭지승운보현수〉조에는 별도의 전운으로 영취산의 주인, 즉 산주(山主)가 변재천녀라 기술한 대목이 있다. 동편 〈연회도명문수점〉조에는 영취산과 관련하여 영취사(靈鷲寺) 용장전(龍藏殿)에 고승 연회가 은거하였는데, 원성왕이 국사(國師)로 봉하려 하자 이를 피하여 거처를 옮기다 밭을 가는 노인으로 현현한 문수대성을 만나지만 이를 알지 못하고 지나친다. 이후 시냇가에서 한 노파(老婆)가 그 노인이 문수대성임을 연회에게 알려주며 돌아가 만나기를 권한다. 이후 노인으로 현현한 문수대성에게 연회가 시냇가 노파의 존재를 묻자, 문수대성은 노파가 변재천녀라 답하였다는 일화로 전한다.

50　"혹은 산 속 바위 깊고 험한 데 혹은 굴속이나 강가에 머물고 또는 큰 나무 숲 속에 있으니 천녀는 대개 이런 데 의지해 있네. 산과 숲에 떠도는 무리들까지도 천녀에게 늘 공양 올리네.(或在山巖深險處, 或居坎窟及河邊, 或在大樹諸叢林, 天女多依此中住. 假使山林野人輩, 亦常供養於天女.)"(『금광명최승왕경』제7권,「대변재천녀품(大辯才天女品)①」.)

51　"높은 산머리 훌륭한 데 의지하여 띠로 이은 집 만들어 그 속에 살며 보드라운 풀 엮어 옷을 해 입고 언제나 한 발은 들고 있다네.(依高山頂勝住處, 葺茅爲室在中居, 恒結軟草以爲衣, 在處常翹於一足.)"(『금광명최승왕경』제7권,「대변재천녀품(大辯才天女品)①」.)

가서 옹호(擁護)하겠습니다. …(중략)… 길상을 성취하여 마음이 편하고
총명과 부끄러움 알아 이름 높도다. 어머니 되어 세간에 나서 용맹하게
끊임없이 정진(精進)을 하네. …(중략)… 산과 숲에 떠도는 무리들까지
도 천녀에게 늘 공양 올리네. 공작의 깃으로 깃발 만들어 언제나 이 세
상을 보호한다네. …(중략)… 방편으로 소몰이꾼 환희녀(歡喜女) 되어
하늘신과 싸워서 늘 승리를 하네. 오랫동안 세간에 편히 머물러 부드럽
기도 하고 포악하기도 하네. 큰 바라문의 네 가지 베다[明法]와 환화(幻
化)와 주문을 모두 통달해 천선(天仙) 중에서 자재함을 얻어 씨앗이나
대지로도 능히 변하네."

『금광경최승왕경』 제7권 「대변재천녀품①」⁵²

변재천녀는 『금광명최승왕경』을 독송하는 이, 『금광명최승왕경』을
믿음으로 받드는 이가 있다면 광야, 산림과 같은 아무리 험한 곳일지라
도 모든 권속을 거느리고 찾아가 그를 옹호하는 신이다. 변재천녀가 신
라와 고려에서 여산신으로 인식되었던 정황은 그녀가 '능히 씨앗과 대
지로 변할 수 있다'는 경전 내용과 합치한다. 변채천녀가 노파로 현현
한다고 여겼던 사유 역시 천녀의 자연신적 특성, 변재천녀의 모신적 특
성과 결부된다. 신라와 고려에서 여산신은 '노(老)', '모(母)', '할미'와 같
은 용어와 더불어 지칭되었는데,⁵³ 변재천녀가 여산신으로서 인세에 노

52 "世尊！若有苾芻, 苾芻尼, 鄔波索迦, 鄔波斯迦, 受持讀誦, 書寫流布是妙經王, 如說
行者, 若在城邑聚落, 曠野山林, 僧尼住處, 我爲是人將諸眷屬作天伎樂, 來詣其所而
爲擁護. … 吉祥成就心安隱, 聰明慚愧有名聞, 爲母能生於世間, 勇猛常行大精進. …
假使山林野人輩, … 亦常供養於天女, 以孔雀羽作幡旗, 於一切時常護世. … 權現牧牛
歡喜女, 與天戰時常得勝, 能久安住於世間, 亦常和忍及暴惡, 大婆羅門四明法, 幻化
呪等悉皆通；於天仙中得自在."
53 신라·고려에서 여산신적·대지모신적 속성을 지닌 신격들은 대개 성모(聖母), 신모(神母),
노구(老軀), 노고(老姑), 마고(麻姑), 할미 등으로 한역된다. 허남춘은 성모와 신모라는

파로 현현한다고 인식한 사유는 이로부터 비롯된 것으로 보인다.

적어도『금광명최승왕경』에 근거한다면 변재천녀가 '소몰이꾼 환희
녀'가 되어 세상을 보호하고 하늘신과 싸워서 이긴다는 속성에 부합하
는 〈수로부인〉조의 등장인물은 두말할 나위 없이 견우노옹(牽牛老翁)이
다. 변재천녀 신앙이나 신라 특유의 여산신 신앙의 존재를 감안한다면,
견우노옹은 본래 남성격이 아닌 '노파(老婆)', '노구(老軀)'와 같은 여성
격이었을 가능성이 매우 크다. 시대적·이념적 변화에 따라 여성격에서
남성격으로 전승이 뒤바뀌게 된 사정들은 당대에 빈번히 일어났던 변
이이다.[54]

성별 문제는 차치하고서라도, 변재천녀와 견우노옹은 하늘의 변괴(變
怪)를 해결하고자 인세에 모습을 드러낸 산신(山神)적 속성을 동일하게
부여할 수 있는 존재들이다. 견우노옹만이 능히 천길 석장의 꽃을 꺾을
수 있었다는 설정 역시 변재천녀가 씨앗과 대지를 자체를 표상하는 모
신이자 여산신이라는 신앙적 사유와 대응된다. 〈성덕왕〉조 내용과 변
재천녀의 신격적 속성을 감안한다면, 응당 하늘의 변괴는 기근·가뭄이
된다.

〈수로부인〉조가 기근·가뭄의 해결과 관련하여『금광명최승왕경』에
의거한 천녀·여신 신앙으로 점철된 서사라는 사실은 변재천외에, 다른

호칭은 불교나 도교가 본격적으로 받아들여지던 중세화의 시기에 이루어진 것이며,
노고는 한문과 중세문화가 유입되었던 초창기에 이 같은 여신들의 명칭을 한역하며
이루어진 변이로 파악한 바 있다.(허남춘,『설문대할망과 제주신화』, 민속원, 2017, 135쪽.)
54 이에 대한 상세한 고찰은 최광식이 진행한 바 있다. 그는 노구와 노옹 관련 문헌 기사
전반을 검토하여 노구에서 노옹으로의 변화는 사상적 전환 과정과 다름이 아니며, 이러
한 변모는 정복전쟁이 새로이 시작된 진흥왕대로부터 원화제(源花制)에서 화랑제(花郞
制)로 바뀌는 시기와 맞물려 발생한 뒤, 꾸준히 지속되었던 것으로 이해하고 있다.(최광
식,『한국고대의 토착신앙과 불교』, 고려대학교출판부, 2007, 302~328쪽.)

천녀·여신 신앙과의 관계에서 더욱 확연히 드러난다. 『금광명최승왕경』
에는 변재천녀 만큼이나 특별한 천녀·여신이 존재한다. 길상천녀(吉祥
天女)와 견뢰지신(堅牢地神)이라 불리는 여신이다. 두 여신은 변재천녀와
마찬가지로 지신(地神)적 속성을 지닌 신격이다. 이들의 신격적 내력과
특성은 각각의 독립품인 〈대길상천녀품(大吉祥天女品)〉과 〈대길상천녀
증장재물품(大吉祥天女增長財物品)〉, 〈견뢰지신품(堅牢地神品)〉에 기술되
어 있다.

> "세존이시여, 저는 만일 비구[苾芻], 비구니[苾芻尼], 우바새[鄔波索
> 迦], 우바이[鄔波斯迦]가 이 금광명최승왕경을 받아 지녀 독송하고 남
> 을 위하여 해설해 주는 것을 본다면, 저는 마땅히 마음을 다해 이들 법
> 사를 공경하고 공양하겠사오니, 말하자면 음식, 의복, 침구[臥具], 의약
> 과 그 외에 온갖 생필품을 전부 채워 조금도 모자람이 없게 하겠습니다.
> …(중략)… 또한 그들이 무량의 백천억 겁 동안 하늘과 사람의 몸을 받
> 아 온갖 훌륭한 즐거움을 받으며, 풍년이 들게 하고 굶주림을 영원히
> 없애서 온갖 중생이 안락함을 늘 누리도록 하겠습니다. …(중략)… 게송
> 으로 말합니다. …(중략)… 능히 땅 맛이 항상 더 늘어나도록 모든 하늘
> 이 때에 맞게 비를 내리며, 모든 하늘 무리와 동산 숲과 곡식과 과일의
> 신 기쁘게 하여, 숲과 나무와 열매가 모두 영글고, 모[苗]가 잘 자라며
> 진귀한 재물을 구하면 그 원을 채우고, 그 마음에 염(念)한 것을 따르게
> 되리라."
>
> 『금광명최승왕경』 제8권, 「대길상천녀품」[55]

---

[55] "世尊！我若見有苾芻, 苾芻尼, 鄔波索迦, 鄔波斯迦, 受持讀誦, 爲人解說是『金光明
最勝王經』者, 我當專心恭敬供養此等法師, 所謂飮食, 衣服, 臥具, 醫藥, 及餘一切所
須資具, 皆令圓滿無有乏少. … 復於無量百千億劫, 當受人天種種勝樂, 常得豐稔, 永
除飢饉, 一切有情恒受安樂, … 而說頌曰. … 能令地味常增長, 諸天降雨隨時節, 令諸
天衆咸歡悅, 及以園林穀果神. 叢林果樹竝滋榮, 所有苗稼咸成就, 欲求珍財皆滿願,

"세존이시여, 만일 현세에서나 미래세에서나 어떤 성읍·취락·왕궁·
다락집·아란아(阿蘭若) 또는 산·못·빈 숲속이거나 간에 이 금광명최
승왕경이 유포되는 곳이 있으면, 세존이시여, 저는 마땅히 그 곳에 가서
공양하고 공경하고 보호하면서 유통시키겠습니다. …(중략)… 제 자신이
벌써 이런 이익을 얻었으므로 또한 대지의 깊이를 16만 8천 유선나에서
금강륜(金剛輪)의 둘레에까지 이르도록 하고, 그 땅 맛이 모조리 늘게
하고 나아가 사해(四海)의 온갖 토지에 이르기까지 비옥하게 하고, 밭이
랑이 기름지기가 보통 때의 곱절이나 더 되게 하겠습니다. 또 다시 이
남섬부주 가운데의 강·못·늪에 있는 모든 나무·약초·숲과 갖가지 꽃
·열매·뿌리·줄기·가지·잎사귀와 모든 어린 싹들의 형상이 사랑스러
워 여러 사람들이 즐겨 보고, 빛과 향기를 갖추어서 모두가 받아 쓰게
하겠습니다."

『금광명최승왕경』 제8권, 「견뢰지신품」[56]

『금광명최승왕경』에서 길상천녀와 견뢰지신은 모두 천후(天候)를 조
화롭게 하여 토지를 비옥하게 하고 풍요를 가져다 주는 여신이다. 두
여신은 대지를 비옥하게 만들고 모든 초목(草木)을 무성하게 하며, 곡식
과 과실을 영글게 하는 신능을 지닌 것으로 사유되었다. 이런 면에서
두 여신은 불교의 지모신(地母神)격으로 변재천녀와 유사한 속성을 지
닌 존재들이며, 극심한 기근 해결을 위하여 마땅히 숭앙해야 하는 신격
들이다.

隨所念者遂其心."

[56] "世尊！是『金光明最勝王經』, 若現在世, 若未來世, 若在城邑聚落, 王宮樓觀, 及阿蘭
若, 山澤空林, 有此經王流布之處, 世尊！我當往詣其所, 供養恭敬擁護流通. … 自身
旣得如是利益, 亦令大地深十六萬八千踰繕那, 至金剛輪際, 令其地味悉皆增益, 乃至
四海所有土地, 亦使肥濃田疇沃壤倍勝常日. 亦復令此贍部洲中江河池沼, 所有諸樹
藥草叢林, 種種花果根莖枝葉及諸苗稼, 形相可愛, 衆所樂觀, 色香具足, 皆堪受用."

그런데 두 여신은 변재천녀와 다르게 신라 · 고려조에서 여산신으로
인식되었다는 전승을 찾아볼 수 없다.[57] 다만 변재천녀가 인세에 머물
며 씨앗과 대지로 변할 수 있는 신격인 반면, 두 여신은 인세에 머문다
는 특정성이 없으며 씨앗을 움틔우고 대지를 비옥하게 만드는 존재라
는 점에서, 변재천녀, 길상천녀와 견뢰지신 간에 일종의 상하 관계를
상정할 수 있다.

변재천녀 신앙은 견우노옹과 수로부인 일화에 스미어 있었다. 한편
으로 길상천녀, 견뢰지신 신앙은 수로부인이 꽃을 얻은 이후의 행보,
해룡에게 납치된 이후의 행보와 밀접한 관련이 있다. 수로부인은 하필
이면 천길석장에 핀 척촉화를 소유하고자 하였다. 이에 변재천녀에 비
견되는 존재인 견우노옹이 신이하게 나타나 꽃을 구해다 수로부인에게
건넸다. 왜 하필 수로부인은 범인(凡人)이 접근할 수조차 없는 곳에 핀
꽃을 필요로 하였는가. 관련하여 주목되는 것은 길상천녀를 위한 공양
의례이다.

"만일 어떤 사람이 지성스러운 마음으로 이 금광명최승왕경을 읽고
외우며, 또한 날마다 여러 가지 훌륭한 향을 피우고, 여러 가지 미묘한
꽃[妙花]으로 저를 위하여 저 유리금산보화광조길상공덕해여래(琉璃金
山寶花光照吉祥功德海如來) · 응공[應] · 정등각(正等覺)께 공양 올리고,
다시 매일 세 때에 저의 이름을 불러 생각하며, 따로 향이나 꽃, 모든

---

[57] 『금광명최승왕경』은 변재천녀를 우두머리로 한 7천녀와 길상천녀를 우두머리로 한 권
속들의 존재를 각각 분리하여 기술한다. 이에 두 신격은 '천녀'라 불리면서도 다소 신격
적 특성이 상이한 존재로 설정되어 있다고 보는 것이 옳다. 견뢰지신은 신격의 명칭에서
금방 알아차릴 수 있듯이 '천녀'에 속하는 존재가 아니다. 실제로 이들 가운데 대지신(大
地神)으로서의 신능과 권위를 지닌 대상은 견뢰지신이지만, 어떤 이유에서인지 신라 ·
고려조에 관련 신앙은 천녀 신앙에 비하여 지속적으로 숭앙되지 못했던 듯하다.

<u>맛있는 음식으로 저에게 공양하면서</u>, 이 묘한 경전의 왕을 늘 듣고 지니면 이러한 복을 받을 것입니다."

『금광명최승왕경』 제8권, 「대길상천녀품」[58]

길상천녀는 달리 길상천(吉祥天), 공덕천(功德天)으로 불리는 여신이다. 『금광명최승왕경』에서 길상천녀는 자신을 위한 공양 의례에 날마다 여러 향을 피우고, 여러 가지 '미묘한 꽃'을 자신을 위해 바칠 것을 강조한다. 또한 『대길상천녀증장재물품』에서 길상천녀는 "나모유리금산보화광조길상공덕해여래(南謨琉璃金山寶花光照吉祥功德海如來)"라 구송하며 자신을 위한 제물을 진설하라 말한다.[59] '미묘한 꽃'에 대응할 만한 '금산보화(金山寶花)'의 존재가 나타나 있어, 〈수로부인〉조의 신밀한 꽃인 '척촉화'와의 관련성이 더욱 도드라진다. 고려조에서 금광명경도량은 여러 품 가운데 길상천녀에 대한 독립품, 즉 공덕천품, 공덕천참법에 의거한 의례를 가장 핵심으로 삼았고 한다. 이에 길상천녀(공덕천)는 금광명경도량에서 숭앙되었던 여느 신격 중에서도 가장 상위의 여신이라 할 수 있다.[60]

---

58 "若復有人至心讀誦是『金光明最勝王經』, 亦當日日燒衆名香及諸妙花, 爲我供養彼琉璃金山寶花光照吉祥功德海如來, 應, 正等覺, 復當每日於三時中稱念我名, 別以香花及諸美食供養於我, 亦常聽受此妙經王, 得如是福."

59 "'나모유리금산보화광조길상공덕해여래(南謨琉璃金山寶花光照吉祥功德海如來) 하면서 모든 향, 꽃과 갖가지 맛깔스런 음식을 가져다가 간절한 마음으로 받들어 올리며, 또한 향, 꽃과 모든 음식을 저의 상(像)에도 공양하고 다시 음식을 나머지 방위[方]에 흩어서 모든 신들에게 보시하여야 합니다.(南謨琉璃金山寶花光照吉祥功德海如來!, 持諸香花及以種種甘美飲食, 至心奉獻, 亦以香花及諸飮食供養我像, 復持飮食, 散擲餘方, 施諸神等.)"(『금광명최승왕경』 제8권, 『대길상천녀증장재물품』.)

60 조승미는 고려시대 금광명경도량은 중국의 천태(天台) 지의(智顗) 지의가 마련한 금광명참법에 상당 부분 의지한 정황이 발견되므로 금광명경도량의 기원과 특성을 금광명

실제로 『금광명최승왕경』에는 천녀·여신에게 바치는 공양 제물 가운데 맛있는 음식, 향, 꽃 등이 부각되어 있어, 〈수로부인〉조 서사와 관련하여 주목을 요한다.[61] 물론 대개의 불경에서 신을 위한 공양 제물로 꽃과 향이 등장하는 것이 사실이다. 하지만 『금광명최승왕경』을 포함한 『금광명경』이 가뭄과 기근을 해결할 수 있는 특별한 호국품으로 사유되었던 정황, 〈수로부인〉조가 「기이」편에서도 드문 여성을 주체로 내세운 신이담이라는 정황, 『금광명최승왕경』의 천녀·여신 신앙과 〈수로부인〉조 간에 잇단 관련성을 발견할 수 있는 정황 등이 〈수로부인〉조가 어떤 신앙이나 불교 경전보다 『금광명최승왕경』과 긴밀한 상관성을 지니고 있음을 말해 준다.

참법과 관련 의례로부터 추정한 바 있다. 연구에 따르면 금광명참법 의례에서는 도량장엄법으로 불상의 왼쪽에 공덕천, 그리고 오른쪽에 사천왕, 대변천을 안치하는데, 불상의 오른쪽 자리는 "도량이 넓으면 안치한다고" 되어 있는 반면, 공덕천좌는 필수로 언급되는 정황으로 미루어 어떤 신격보다도 공덕천과 공덕천 신앙을 핵심으로 치러졌음을 알 수 있다고 하였다.(조승미, 「『금광명경』의 여신들과 한국불교에서의 그 신앙문화」, 310~312쪽.)

61 『금광명최승왕경』에는 천녀·여신의 가장 상위 존재인 변재천녀, 길상천녀, 견뢰지신을 모시는 의례의 특별한 공양법, 단장(壇場)법이 자세히 거론되고 있다. 변재천녀의 의례는 향기로운 약 서른두 가지 맛을 취하여 목욕 재계 하고, 안은(安隱)한 장소에서 암소의 똥[瞿摩]을 발라 단을 만들고 그 위에 갖가지 꽃을 뿌린 제단(祭壇)을 마련하는 것으로 시작되며, 길상천녀의 의례는 날마다 여러 가지 훌륭한 향을 피우고 여러 가지 미묘한 꽃으로 공양하여, 모든 맛있는 음식으로서 공양한다. 변재천녀와 동일하게 구마를 땅에 바르는 의식으로서 제장(祭場)을 마련한다. 견뢰지신에 대한 의례 역시 두 여신과 동일하게 향을 사르고 꽃을 흩으며 음식으로 공양을 올려야 한다고 되어 있다. 이는 세 여신을 공양하는 의례 과정에서 동일하게 나타나는 진설(陳設) 과정이며, 차이를 보이는 부분들도 존재한다. 물론 사천왕의 공양 의례에서도 이 같은 부분이 공통되게 나타난다. 하지만 수로부인이 여성이란 점을 감안하고 여타 수로부인조 서사와 신앙 간의 관련성을 따질 때, 사천왕 신앙보다 수로부인 전승과 직접적으로 연관성을 지니는 쪽은 천녀·여신 신앙이라 할 수 있다.

한편 〈수로부인〉조 서사의 '칠보궁전'은 길상천녀, 견뢰지신 신앙과 직결된다. 〈수로부인〉조는 순정공이 해룡에게 붙잡혔다 돌아온 수로부인에게 해중(海中)의 일을 묻자, 그녀는 자신은 칠보궁전에서 맛있는 음식을 먹었으며, 그것이 향기롭고 깨끗하여 인간의 요리가 아닌 듯 하다고 전했음을 특기(特記)하고 있다. 여기에 칠보궁전에 다녀온 수로부인의 옷에서는 인세의 것이 아닌 이향(異香)이 풍겼다는 기술이 덧붙어 있다.

지금까지 칠보궁전에 대한 많은 견해가 있었지만, 대개 여러 불경(佛經)에서 심심치 않게 등장하는 용궁(龍宮)이나 칠보궁전에 대한 기술에 근거한 해석일 따름이었다. 이는 불교 경전 제반에 걸쳐 있는 용궁과 칠보궁전 관련 대목을 〈수로부인〉조로 견인한 분석들인 탓에, 특정 신격이나 신앙적 사유를 근거로 한 직접적인 해명이라 볼 수 없다.

하지만 『금광명최승왕경』에서 칠보궁전의 존재는 길상천녀, 견뢰지신의 내력 자체와 연관되어 있다.

> "세존이시여, 북방 비실라말나천(薜室羅末拏天)에 유재(有財)라고 하는 왕성(王城)의 멀지 않은 곳에 <u>묘화복광(妙華福光)이라는 동산이 있습니다. 그 가운데 훌륭한 궁전이 있사온데, 일곱 가지 보배로 되어 있습니다.</u> 세존이시여, 저는 항상 거기에 살고 있습니다. 만일 어떤 사람이 5곡이 날로 늘고 많아져 창고에 차서 넘기를 구하고자 하면, 반드시 공경하고 믿는 마음을 내서 방 하나를 깨끗이 치워놓고 구마(瞿摩)를 땅에 바르고 …(중략)… <u>모든 향, 꽃과 갖가지 맛깔스런 음식을 가져다가 간절한 마음으로 받들어 올리며, 또한 향, 꽃과 모든 음식을 저의 상(像)에도 공양하고</u> 다시 음식을 나머지 방위[方]에 흩어서 모든 신들에게 보시하여야 합니다."
>
> 『금광명최승왕경』 제8권, 「대길상천녀증장재물품」[62]

부처님께서 견뢰지신에게 말씀하셨다. "…(중략)… 어떤 중생이 이 경
전의 왕에 공양하고자 하여 집을 장엄하거나 하나의 일산을 펴거나 하
나의 비단 깃발이라도 내건다면 이 인연으로 말미암아 여섯 천상에 마
음대로 태어나 칠보로 꾸민 묘한 궁전을 뜻대로 이용할 것이다. 거기에
는 각각 자연히 7천의 천녀가 있어 함께 서로 즐기고 낮이나 밤이나 가
히 생각할 수 없는 지극한 즐거움을 누리리라." …(중략)… 그리고 신통
이나 장수의 묘한 약과 모든 병을 낫게 하는 것과 원수를 항복 받고,
모든 다른 주장을 제어하려면 …(중략)… 사리가 있는 불상 앞이나, 혹은
사리가 있는 불탑이 있는 곳에서는 향을 사르고 꽃을 흩으며 음식으로
공양 올려야 합니다.⁶³

『금광명최승왕경』 제8권, 「견뢰지신품」

『금광명최승왕경』에서 칠보궁전은 길상천녀, 견뢰지신과 직접적으
로 응감할 수 있는 장소로, 인고(忍苦)가 없는 환희의 공간으로 상정된
다. 「대길상천녀증장재물품」에 따르면 길상천녀는 칠보궁전에 머무르
는 신격이다. 「견뢰지신품」에서 부처는 아주 사소한 것으로 견뢰지신
을 공양하기만 하여도 그 인연으로 인간이 칠보 궁전을 뜻대로 이용할
것이며, 그곳에 머무는 7천녀와 함께 서로 즐기는 지극한 즐거움을 누
리게 될 것임을 법문(法問)에서 약속한다.

---

62 "世尊! 北方薜室羅末拏天王城名有財, 去城不遠, 有園名曰妙華福光, 中有勝殿, 七寶
所成. 世尊! 我常住彼. 若復有人欲求五穀日日增多, 倉庫盈溢者, 應當發起敬信之心,
淨治一室, 瞿摩塗地, … 持諸香花及以種種甘美飲食, 至心奉獻, 亦以香花及諸飲食供
養我像, 復持飲食, 散擲餘方, 施諸神等."

63 "世尊告堅牢地神曰. … 若有衆生爲欲供養是經王故, 莊嚴宅宇, 乃至張一傘蓋, 懸一
繒幡, 由是因緣, 六天之上, 如念受生, 七寶妙宮, 隨意受用, 各各自然有七千天女, 共
相娛樂, 日夜常受不可思議殊勝之樂. … 及求神通, 長年妙藥并療衆病, 降伏怨敵, 制
諸異論. … 於有舍利尊像之前, 或有舍利制底之所, 燒香散花, 飲食供養."

더불어『금광명최승왕경』의 천녀는 모든 용, 신, 약차(藥叉)들의 우두
머리 신격이다. 경전에서는 모든 천녀가 모이는 곳에는 항상 이들 무리
가 몰려 들어 받들며, 이들은 천녀가 모습을 보이면 조복(調伏)하는 존
재임을 분명하게 나타내고 있다.[64] 이러한 신앙적 사유는 〈해가〉 전승
과 직결된다. 홀연히 나타난 해룡은 수로부인을 끌고 바다속으로 향했
다. 그리고 이 과정이 있었기에 수로부인은 길상천녀와 견뢰지신이 머
문다는 칠보궁전에서 지극한 환희를 체험할 수 있었다. 신계에 들어선
수로부인을 인세로 돌리는 데에 가장 결정적인 역할을 한 인물 역시
노인이었다. 그 역시 견우노옹에 견줄 만한 신이한 존재로서, 사실 상
해룡을 조복시키거나 마음대로 부릴 수 있는 이 같은 천녀의 속성이
거듭 투영된 존재라 할 수 있다.

이때 해룡은 불법을 수호하는 용신(龍神)이자,[65] 천녀·여신에 귀속된
하위신이며, 어디까지나 수로부인을 비호(庇護)하는 존재이다. 해룡의
행위 역시 '약탈(掠奪)'이나 '납치'가 아닌 신앙적 응감에 해당한다. 해룡
의 출현은 세 여신을 숭앙했던 수로부인이 일으켰던 이적이며, 기근 해
결을 위하여 천녀·여신과 응감하려 했던 수로부인의 성공적인 행보이

---

64 "모든 천녀가 모이는 곳에는 큰 바다 조수처럼 어김없이 찾아와 모든 용, 신, 약차 무리
   속에서 항상 우리머리 되어 잘 조복하네(諸天女等集會時, 如大海潮必來應, 於諸龍神
   藥叉衆, 咸爲上首能調伏.)"(『금광명최승왕경』 제7권, 「대변재천녀품①」.)
65 김영수도 〈해가〉 전승서사에 나타난 해룡의 존재를 불법의 수호신으로 분석한 바 있다.
   하지만 해룡에 의한 수로의 피랍상황은 무속집단과 해룡의 집단간의 교섭 현상을 의미
   한다고 하였으며, 이는 무속과 불교가 습합 내지 공존하는 양상을 보여주는 것이라
   하였는데,(金榮洙, 「鄕歌와 山川祭儀의 相關性 考察: 獻花歌와 海歌를 중심으로」,『한
   문학논집』 19, 근역한문학회, 2001, 273쪽.) 이는 『금광명최승왕경』에 근거한 해석이
   아니며, 〈해가〉 전승서사 자체를 집단 간의 갈등으로 이해하고 있어, 〈수로부인〉조의
   전승 배경을『금광명최승왕경』을 기반으로 한 천녀·여신 신앙과 신라 고유의 용신 신
   앙과 여산신 신앙의 습합으로 파악하는 본고의 논지와 그 방향이 상이하다.

자, 『금광명최승왕경』의 천녀·여신들의 시혜가 발현된 더 없이 긍정적
인 결과라 할 수 있다.

　관련하여 『금광명최승왕경』에는 경전을 수호함으로서 인세에 나타
나는 환희와 이적 가운데 하나를 다음과 같은 현상으로 제시하고 있다.

　　　"이 남섬부주(南贍浮洲)의 한량없는 모든 용녀(龍女)가 마음에 큰 기
　　쁨 내어 모두 다 못 속에 들어간다."
　　　　　『금광명최승왕경』 제9권, 「제천약차호지품(諸天藥叉護持品)」[66]

　남섬부주는 불교에서 인간만이 산다는 남쪽의 땅을 의미한다. 속세
와 유사한 뜻을 지닌 장소가 남섬부주라 할 수 있다. 용녀는 불경에서
보통 여인의 몸으로 성불을 이룬 존재를 지칭할 때 주로 사용되는 말이
다. 용녀 신앙의 근거는 법화경(法華經)의 용녀성불(龍女成佛) 설화에 있
다. 해당 설화에 따르면 용녀는 사갈라용왕(沙竭羅龍王)의 딸로서 문수
보살의 가르침을 받아 남자로 변신한 뒤 8세에 성불한 존재이다. 즉 용
녀는 여성이면서도 불법을 수호하여 부처로 성불한 인물이라 하겠다.
　불교에는 여인오장(女人五障)설에 근거하여 여성을 왕생하기 어려운
존재로 부정하는 독특한 사유관이 존재하는데, 예외적으로 용사(龍蛇)
신앙과 여성이 얽혀 있을 경우, 비록 여성의 몸일지라도 성불이 가능하
다는 신앙적 인식을 보여주는 사례가 바로 용녀성불 신앙이다.[67]
　『금광명최승왕경』은 이 같은 용녀성불 신앙을 기반으로 삼되, 해당

---

66 "於此贍部洲, 無量諸龍女, 心生大歡喜, 皆共入池中."
67 감영희, 「고전문학 중의 여성과 불교: 『今昔物語集』의 용사(龍蛇)와 용녀성불(龍女成
　佛)을 중심으로」, 『일어일문학』 27, 대한일어일문학회, 2005.

경전에서 특별히 강조된 천녀·여신 신앙을 용사 신앙의 우위로 두었
다. 때문에 기존의 신앙적 인식과 달리 천녀·여신 신앙에 감응한 수로
부인의 내력을 성불의 한 형태로서 적극 내세울 수 있었다. 이러한『금
광명최승왕경』특유의 신앙적 사유가 투영된 결과물이 바로 〈수로부
인〉조이다.

　그러므로『금광명최승왕경』의 내용과 신앙에 근거한다면, 〈수로부
인〉조는 수로부인이 '소몰이꾼으로 현현한 산신(山神)' 변재천녀를 만
나 '진귀한 꽃'을 얻은 뒤, '길상천녀와 견뢰지신이 머무는 칠보궁전'에
가 두 여신과 7천녀를 현신(現身)하는 특별한 신앙적 체험으로 짜여진
서사라 할 수 있다.

　『금광명최승왕경』신앙에 기반하면 수로부인은 변재천녀와 용신의
비호를 받아 칠보궁전에 다다를 수 있었던 존재이자, 용녀로서 경전의
법을 수호하여 세상에 기쁨을 전한 성스러운 인물이다. 이 같은 설정은
수로부인이 변재천녀, 길상천녀, 견뢰지신 등과 같은 지고의 여신들과
응감(應感)할 수 있는 특별한 존재이며, 관련 신격들의 위호를 받는 대
상으로 세간에 사유되었던 인물임을 우회적으로 드러내는 장치이다.

　『금광명최승왕경』에서는 천녀·여신들의 아름다움을 찬탄(讚嘆)하는
대목을 빈번하게 찾아볼 수 있다. 이때 천녀들의 외양은 주로 미인(美
人)에 비유되는데, 그들의 아름다움이 인간과 다른 신성한 것이란 인식
이 함께 곁들여진다.[68] 특히 길상천녀는 여러 천녀, 여신들 중에서도 매

---

68 "예쁘고 미운 얼굴 동시에 갖추고 눈매는 보는 이를 두렵게 하나 끝없이 훌륭한 행실
　세상에서 뛰어나 믿고 따르는 이는 모두 받드네 …(중략)… 얼굴은 마치 보름달 같아
　들은 것 많아 의지가 되고 …(중략)… 모든 어머니 중에 가장 훌륭하여 세 가지 세간에서
　모두 공양하여 용모와 위의(威儀) 모두 다 즐겨 본다네. 갖가지 묘한 공덕으로 몸 꾸미니
　눈은 길고 넓어 푸른 연잎과 같고 복과 지혜 빛나고 명성 가득하니 값을 매길 수 없는

우 빼어난 아름다움을 소유한 신격으로 사유된다.[69]

따라서 수로부인의 '자용절대(姿容絶代)'는 그 사유적 기반이 어디에 있던 간에 변재천녀, 길상천녀를 위시한 여러 천녀들의 신성한 아름다움에 근거한 표현이자, 다분히 이들과 응감할 수 있었던 수로부인의 특별함을 묘사한 구절로서 이해될 수 있다. 수로부인이 매양 깊은 산(山)과 큰 못을 지날 때마다 누차 신물에게 붙들림을 당하였다는 대목도 그녀가 천녀·여신과 응감하였던 특별한 인물이라는 사유의 자장 안에 놓여 있다.

수로부인 전승과 『금광명최승왕경』 신앙의 관련성은 수로(水路)라는 이름의 의미와 능력을 경전의 내용과 관련하여 기근, 가뭄의 문제로써 해명할 수 있다는 사실로도 입증된다. 『금광명최승왕경』의 「장자자유수품(長者子流水品)」에는 유수(流水)라는 인물이 등장한다. 유수는 지수장자(持水長者)의 아들로 여러 중생의 병고(病苦)를 치료하여 편안한 기쁨을 누리게 하는 공덕을 행한 인물이다. 해당 품에서는 유수의 이름과 관련된 일화 하나가 소개된다. 야생(野生)이라 불리는 큰 못이 다 말라 1만의 고기떼가 죽음 직전에 이르자 대비심을 보여 물길을 트고, 떡과

마니 구슬과 같네.(好醜容儀皆具有, 眼目能令見者怖, 無量勝行超世間, 歸信之人咸攝受. … 面貌猶如盛滿月, 具足多聞作依處 … 敬禮敬禮世間尊, 於諸母中最爲勝, 三種世間咸供養, 面貌容儀人樂觀. 種種妙德以嚴身, 目如脩廣靑蓮葉, 福智光明名稱滿, 譬如無價末尼珠.)"(『금광명최승왕경』 제7권, 「대변재천녀품(大辯才天女品)①」.)

69 길상천녀, 길상천, 공덕천은 모두 인도의 전통여신인 락슈미(Lakshmi)의 한역명이다. 이 여신은 바다에 핀 연꽃 위에서 한 손에 연꽃을 든 모습으로 태어났으며, 이때 신과 악마가 락슈미를 차지하려고 싸움을 벌였다는 신화를 전승하는 여신이다. 조승미에 따르면 길상천 또는 공덕천은 일찍부터 여러 불교 문헌에 등장하였는데, 대체로 그 내용은 아름다운 여인에 길상천녀를 비유하는 내용이라 한다.(조승미, 「『금광명경』의 여신들과 한국불교에서의 그 신앙문화」, 300쪽 참조.).

밥을 못에 풀어 배불리 먹게 한 유수의 보시담이다. 이 일화에서 유수의 대비심을 지켜 본 수신(樹神)은 그에게 유수라는 이름이 지닌 의미를 다음과 같이 전한다.

"장하도다. 선남자야, 너는 참뜻이 있어 유수라고 이름하였으니, 이 고기들을 불쌍히 여겨 물을 대어 주도록 하라. <u>두 가지 인연이 있어 이름이 유수이니, 하나는 물을 능히 흐르게 하고, 둘은 물을 능히 주는 것이다.</u> 너는 반드시 이름대로 처신해야 하리라."

『금광명최승왕경』 제9권, 「장자자유수품」[70]

물의 생명력, 정화력, 치유력 등을 인간의 몸으로 인세에 닿게 할 수 있었던 유수의 능력은 수로부인의 행적에 비견된다. '물을 능히 흐르게 하고, 물을 능히 주게 한다'는 의미인 유수(流水)는 인간임에도 말라가는 물길을 다시 끌어 와 만물의 생명을 회복시키고 새로운 삶을 부여한다. 달리 말하면 '인간 물길'로서 뭇 생명을 살렸던 유수의 특별함이 그의 이름을 통하여 제시되어 있는 셈이다. 유수가 치병(治病)에 신통력을 발휘할 수 있었던 이유도 물을 주재할 수 있었던 그의 능력에서 파생된 것으로 보인다.

수로부인 역시 기근과 관련하여 수로(水路), 즉 '인간 물길'로서 '말라가던 인세의 물길을 천녀, 여신과의 감응으로 회복시킬 수 있는 유일한 존재'이자 '신과 교감할 수 있는 인간 통로'이다. 곧 유수와 수로는 동일하게 인간이면서도 물을 통하여 신이함을 발현할 수 있는 능력을 지닌

---

[70] "卽便隨去, 見有大池, 名曰野生, 其水將盡, 於此池中多有衆魚. 流水見已, 生大悲心. 時有樹神示現半身, 作如是語. "善哉! 善哉! 善男子! 汝有實義名流水者, 可愍此魚, 應與其水. 有二因緣, 名爲流水, 一能流水, 二能與水, 汝今應當隨名而作.""

대상들이며, 그 특별한 능력으로 인세를 풍요롭게 하는 존재라는 동질
성을 띤다. 무엇보다『금광명최승왕경』에서 유수의 아내와 아들들의
이름이 수견장(水肩藏), 수만(水滿), 수장(水藏)으로 나타나는데, 이와 수
로(水路)의 명명 방식이 매우 유사하다.[71]

이 같은 정황으로 미루어, 〈수로부인〉조 서사는『금광명최승왕경』의
천녀·여신 신앙과 견주면 결국 수로부인이 변재천녀, 길상천녀(공덕천),
견뢰지신과 응감하여 인세를 풍요롭게 하는 신이를 발현하였던 불교적
영험담이자 신이담이라 이해할 수 있다.

그런데 이 전승은 많은 연구자들의 지적대로 제의적 실상에 전거(典
據)하여 형성되었을 가능성이 적지 않다. 수로부인이 실존 인물로서 특
별한 능력을 발휘하였던 제의적 주체이자, 특정 신격에 응감할 수 있었
던 화신(化身)으로서 세간에 유명세를 떨쳤던 존재일 가능성이 크기 때
문이다. 이는 신라 특유의 여성 숭배 신앙, 이와 관계된 신라 왕실 혹은
귀족 여성, 관련된 의례를 담당하였을 것으로 추정되는 관부(官府)와 여
관(女官), 변재천녀 신앙 간의 연관 관계를 근거로 가늠할 수 있다.

신라의 여성 숭배 신앙은 여산신 신앙을 중심으로 용신 신앙이 결합
되어 있는 양상을 보인다. 지리산 선도성모(仙桃聖母)와 알영(閼英)을 위
시하여, 남해왕의 왕비이자 운제산성모(雲悌山聖母)로 기록되어 있는 운
제부인(雲梯夫人)의 기록을 토대로 대강의 실체를 짐작할 수 있다.

우선「감통」편 〈선도성모수희불사(仙桃聖母隨喜佛事)〉조에 근거하면,

---

71 "선녀천아, 그 때 장자의 아들에게는 아내가 있었는데 이름이 수견장(水肩藏)이었다.
그에게 두 아들이 있었으니, 하나는 이름이 수만(水滿)이고 둘째는 이름이 수장(水藏)
이었다.(時長者子妻名水肩藏, 有其二子, 一名水滿, 二名水藏.)"(『금광명최승왕경』제
9권, 「장자자유수품」.)

서술·편집자는 선도성모를 혁거세와 알영의 어머니[母]이자 지신(地神)
인 동시에 호국신(護國神)으로 여기고 있다.[72] 이 인식은 비단 서술·편
집자만의 독창적인 것이 아니라 신라·고려조에 꽤 오랜 시간동안 자리
잡아 온 신앙적 사유로 보인다. 그런가 하면 알영은 계룡(鷄龍)의 옆구
리에서 태어났다거나 용의 배를 갈라 얻은 동녀(童女)라는 특별한 탄생
담을 전승하는 시조모이다.[73] 「기이」편 〈남해왕〉조에는 남해왕의 왕비
였던 운제부인이 운제산 성모와 동일한 존재이며, 여산신으로서 한발
(旱魃)을 제어하는 신력이 있어 세간에 숭앙되었다고 전한다.[74]

이로 볼 때 신라의 지모신 신앙은 여산신 신앙, 용신 신앙의 토대 위
에 왕실 최고 여성들의 존재와 얽혀 일종의 여성 숭배 신앙으로 발전하
며 신앙적 자장을 정치적·전통문화적 범주로 확장하여 온 것이라 할
수 있다.

이와 함께 조명되어야 할 존재들이 있다. 남해왕의 누이이자 여사제
장이었던 아로(阿老)를 필두로 한 신라 왕실의 'ar'계 여성들 또는 '아니
(阿尼)'로 불리던 여성들이다. 'ar'계 여성은 알영(閼英, 박혁거세의 부인이자
신라의 시조모), 아로(阿老·阿孝, 탈해왕의 부인지나 남해왕의 딸), 아류(阿留, 실
성마립간의 부인), 아로(阿老, 눌지마립간의 부인이자 자비마립간의 모후)로 대표
된다. 주지하다시피 'ar'계 여성들은 신라 왕실 최고의 존귀한 신분인

---

72 "神母久據玆山, 鎭祐邦國, 靈異甚多. … 其始到辰韓也, 生聖子爲東國始君, 盖赫居
  ·閼英二聖之所自也."(『삼국유사』 권5, 「감통」 제7, 〈선도성모수희불사〉조.)
73 "是也. 乃至鷄龍現瑞産閼英, 又焉知非西述聖母之所現耶) …是日, 沙梁里閼英井(一
  作娥利英井)邊, 有鷄龍現而左脇誕生童女(一云龍現死, 而剖其腹得之), 姿容殊麗, 然
  而脣似雞觜, 將浴於月城北川, 其觜撥落, 因名其川曰撥川."(『삼국유사』 권1, 「기이」
  제1, 〈신라시조 혁거세왕〉조.
74 "一作雲梯, 今迎日縣西有雲梯山聖母, 祈旱有應."(『삼국유사』 권1, 「기이」 제1, 남해
  왕 조.)

왕비 혹은 그와 대등한 여성 귀족으로 구성되어 있다. 이들은 남해왕의 누이인 아로의 여사제직 승계 이래, 점차 신라의 여성 숭배 신앙(여산신 신앙)과 관련한 특별한 의례를 주관하는 왕실 최고 신분의 여성들이었다.[75] 이들이 집전하였던 제의는 주로 기우와 풍요 같은 생산력 관련 의례였을 것으로 파악된다.[76]

'아니'로 지칭되었던 여성들의 신분과 지위도 'ar'계 여성들과 다르지 않다. 『삼국유사』에 의하면 진덕여왕의 모후와 남해왕의 맏딸이자 탈해왕의 비(妃)가 아니부인(阿尼夫人)으로 통칭된다.[77] 탈해왕비의 호칭도 아로, 아효, 아니 등으로 혼기(混記)되어 있어 특별하다. 그런데 '아니'라는 이들의 명칭과 긴밀하게 연계되는 신라의 특별한 관부가 있다. 바로 내성(內省)에 소속으로 모(母)라고 불리는 여성 6인이 소속되어 있던 아니전(阿尼典)이다.[78] 이 아니전은 변재천녀 신앙과도 긴밀한 연관 관계를 지닌다. 그 근거는 「피은」편 〈연회도명문수점〉조에서 확인할 수 있다.

> 시냇가에서 한 노파를 만났는데 …(중략)… 사(師)가 노인에게 감동한 곳을 문수점(文殊岾)이라 하고 여인을 만나 본 곳을 아니점(阿尼岾)이라 하였다.[79]

75 金宅圭, 『韓國農耕歲時의 硏究: 農耕儀禮의 文化人類學的 考察』, 嶺南大學校出版部, 1991, 121~125쪽.

76 이동윤, 「新羅 上代 왕실의 재생산 인식과 女性의 즉위 배경」, 『한국민족문화』 74, 부산대학교 한국민족문화연구소, 2020, 170쪽.

77 『삼국유사』 권1, 「기이」 제1, 〈탈해왕〉조; 『삼국유사』 권1, 「왕력」 제1.

78 "阿尼典, 母六人."(『삼국사기』 권39, 「잡지」 제8, 〈직관(중)〉.)

79 "溪邊遇一嫗 … 師之感老叟處, 因名文殊岾, 見女處曰阿尼岾."(『삼국유사』 권5, 「피은」 제8, 〈연회도명문수점〉조.)

연희는 노파로 변한 변재천녀를 만난 장소를 '아니점'이라 명명한다. 변재천녀를 만난 장소가 시냇가란 사실에서 여산신 신앙뿐 아니라, 예로부터 천택(川澤)에 용이 기거한다고 사유하였던 신라 용신 신앙과의 관련성도 짐작할 수 있다.

이처럼 지모신으로 대유되는 여산신의 계보를 잇는 존귀한 왕실의 여성들의 호칭에 'ar'계 혹은 '아니'라는 명칭이 부여된다는 사실, 이와 관련되는 의례를 집전한 것으로 보이는 관부이 이름이 아니전이라는 사실, 또한 변재천녀와 관련된 일화를 전승하는 장소가 '아니점'이라는 이름의 지명 유래를 전승하는 정황 등은 〈수로부인〉조 전승의 실체를 조명하는데 시사하는 바가 적지 않다.

이는 신라 고유의 여성 숭배 신앙과 관련된 신앙들, 즉 여산신 신앙과 용신 신앙이 결국 신불습합(神佛習合)의 과정을 겪었다는 사실을 방증하기 때문이다. 이 과정에서 본래 신앙적 사유와 관련 의례에도 적지 않은 변화 역시 일었을 것으로 추정된다.

최근 아니(阿尼)가 기존 왕실 최고의 여성들 혹은 귀족들로 여사제자직을 승계한 존재들과는 다른 직임을 지닌 여성이라는 견해가 제기된 바 있다. 연구에 따르면 아니는 신라 중기 이후 성격이 변화하였을 가능성이 있다고 한다. 명문과 문헌 기록을 살피면, 당대의 아니는 법사(法師)와 같이 불법에 밝고 중생을 수행으로 이끌며 대중에게 포교를 전문적으로 설파했던 일정한 직임(職任)을 지닌 여성으로, 신라 왕실 혹은 귀족에 속하는 여성출가자 혹은 재가신도를 지칭하는 뜻하는 일반 명사라는 것이다.[80]

---

80 신선혜, 「신라 '阿尼'의 의미와 위상」, 『韓國史學報』 73, 고려사학회, 2018.

이러한 제반 사정을 종합하면 'ar'계 여성들과 아니의 신분적 간극, 수로부인의 정체, 〈수로부인〉조에 보이는 고유 신앙과 불교 신앙 간의 습합 경위, 수로부인 전승이 세간에 널리 알려져 「기이」편에 수록될 수 있었던 까닭 등을 해명할 수 있다.

우선 수로부인은 'ar'계 여성을 포함한 '아니'로 지칭되었던 신라 왕실과 귀족의 지위를 잇는 여성사제자로 보인다.[81] 수로라는 명칭에 보이는 음상인 'ro'는 신라에서 여산신, 지모신을 지칭하는 '할미'의 한역인 '로(老)', 혹은 아로와도 연계된다. 더불어 수로부인은 전승에서 천녀·여신과 응감할 수 있는 특별한 존재이자, 길상천녀를 위시한 천녀·여신의 화신(化身)처럼 사유되고 있었다.

관련하여 수로부인과 순정공은 무열왕계 진골귀족으로 순정공은 실제 상재(上宰)를 역임한 김순정(金順貞)이며, 수로부인은 김순정의 아내로서 경덕왕의 첫 왕비인 삼모부인(三毛夫人)의 모후라는 선행 연구가 설득력을 얻은 바 있다.[82] 아니부인(阿尼夫人)으로 불렸던 진덕여왕의 모후처럼 수로부인 역시 역대 왕비의 모후였다는 점에서 상관성이 도출된다. 또한 문헌에서 아로와 아니로 거듭 표기된 탈해왕비의 예는 양자가 점차 동일 존재처럼 사유되어 간 사정을 보여주는 사례일 가능성이 높다.

---

81 수로부인의 정체에 대한 논의는 다음과 같이 구분된다. 1) 무병(巫病)을 앓고 있는 무당이라는 주장, 2) 보통 사람이 아니라 샤먼이라는 주장 3) 영남 이북 지방에 주로 분포되어 있는 강신무라는 주장, 4) 굿을 하는 무녀라는 주장, 5) 고귀한 신분을 지닌 귀족이라는 주장, 6) 신라의 절세미인이라는 주장, 7) 기자(祈子)의례를 하는 여성이라는 주장, 8) 대모신이라는 주장이다.(申鉉圭, 「「水路夫人」條 '水路'의 正體와 祭儀性 硏究」, 139~144쪽.)

82 현승환, 「해가 배경설화의 기자의례적 성격」, 321~326쪽; 이주희, 「水路夫人의 신분」, 『영남학』 24, 경북대학교 영남문화연구원, 2013.

이에 그녀의 신분과 지위를 단순히 신라 왕실의 귀족 여성이자 재가
신도로서 불법을 숭앙하고 민간 포교를 담당한 아니로 한정할 수 없어
보인다. 이런 면에서 수로부인 일화는 '아로 → 아니'로, '제의주체자
→ 신앙포교자'로서 서서히 전환되었던 어느 시기에 발생한 제의적 실
상을 전승의 원천으로 삼고 있을 가능성이 크다.

다만 〈수로부인〉조 전승이 신라에 이어 고려조까지 이어질 수 있었
던 사정은 아니전에 소속된 관직 여성인 모[母]와 더불어 아니로 불렸
던 신라 왕실 혹은 귀족 부인들의 공이 컸던 듯하다. 이들은 수로부인
을 둘러싼 영험담을 지속적으로 대중들에게 설파하여, 『금광명최승왕
경』의 천녀·여신 신앙을 민중들에게 널리 전파하고 해당 전승이 활발
히 알려지도록 한 결정적인 주체였을 것으로 보인다. 이 과정에서 〈수
로부인〉조 전승이 점차 불교의 변문(變文)과 같이 변화되었을 가능성
또한 배제할 수 없다.

수로부인이 여성사제자 혹은 주체가 되었던 제의가 과연 『금광명최
승왕경』을 중심으로 한 불교적 공양 의례였는가에 대한 문제만은 섣
불리 단언할 수 없다. 본래 수로부인이 벌였던 제의는 불교적 성격이
강한 의례이기보다 신라 고유의 산천 제의와 유사한 성격을 지닌 것이
었는데, 이후 아니들에 의하여 『금광명최승왕경』 신앙을 중심으로 불
교적 색채가 우세하도록 변형되었을 가능성이 존재한다. 더욱이 『금광
명최승왕경』이 수용·전파된 첫 시기가 성덕왕대임을 감안하면, 『금광
명최승왕경』의 천녀·여신 신앙을 중심으로 한 의례가 특별한 호국 도
량으로서 구색을 갖추기까지 꽤 오랜 시간이 소요될 수밖에 없었을 것
이다.

관련하여 〈성덕왕〉조에서 특별히 강조되었던 봉덕사가 성전사원으
로서 동쪽 주현(州縣)의 명산대천 의례와 관련된 중·소사의 제장일 가

능성이 제시된 바 있어 주목을 요한다.[83] 해당 주장에 따르면 봉덕사는
통일 신라의 동쪽 주현의 길목이니 순정공이 강릉 태수로 나서기 위해
서 반드시 거쳐야 했던 장소가 된다. 〈수로부인〉조에는 모든 사건의 발
단이 "부임 도중[行次]"에 일어났음을 명시하는 대목 또한 발견된다. 그
러므로 수로부인 전승을 둘러싼 제의적 실상은 본디 기근 해결을 위하
여 수로부인을 제의적 주체로 삼아 봉덕사에서 치러졌던 중·소사격 산
천제의였을 가능성이 한편으로 존재하는 것이다.[84]

　판단하기 어려운 문제이나 기왕에 〈수로부인〉조가 신라 고유의 산천
제의나 민간 의례에 기반하다고 있다는 선학들의 연구 결과가 집적되
어 있으며, 어디까지나 신불습합의 가장 졸가리에는 토착 신앙이 존재
한다는 사실을 앞세우고자 한다. 이에 〈수로부인〉조의 원상은 순정공
을 포함한 수로부인 일행이 봉덕사와 같은 특정 제의 장소에서 하서주

83　윤선태는 봉덕사의 위치를 명확히 밝힐 수 없지만 북천의 범람으로 봉덕사가 침수되었
　　을 당시인 1460년에 봉덕사종을 영묘사에 옮겼는데, 이 때 현장에 있던 김시습은 시로써
　　그 감회를 술(述)하는 과정에서 해당 사찰의 위치를 동천방(東川傍)이라 언급한 정황으
　　로 미루어, 봉덕사의 위치가 신라 왕경의 동쪽 곧 분황사 동쪽에서 명활산성 사이 동천
　　가였을 것으로 추정한 바 있다. 본래 동쪽에는 성전사원인 황복사가 있었으나, 황복사는
　　애장왕 6년 이전에 제일 먼저 철폐된 성전사원이므로, 이를 근거로 황복사의 역할이
　　봉덕사의 건설로 약화되었고, 신문왕 4년에 출범한 성전사원과 이를 보완한 성덕왕대의
　　상전사원은 사천왕사(남), 봉성사(북), 영묘사(서), 황복사(동) → 봉덕사(동)으로 왕경에
　　서 사방으로 나가는 관도(官道)에 놓여 있었음을 구체적으로 입증하고 있다. 따라서
　　중대의 신라인들은 사방에서 왕경으로 드나드는 입구에서 반드시 성전사원과 처음으로
　　만나게 되었고, 이들 성전사원에서는 지방의 명산대천 의례와 관련된 중·소사의 제의
　　가 집전되었을 것으로 파악하고 있다.(尹善泰, 「新羅 中代의 成典寺院과 國家儀禮:
　　大·中·小祀의 祭場과 관련하여」, 83~120쪽.)
84　현승환은 〈수로부인〉조에 수로부인이 순정공과 같이 강릉으로 가는 도중에 있었던 사
　　건임을 특기했던 이유가 어디까지나 '사실성'을 강조하고 '진실성'을 부여하는 전설의
　　작법에 의거하는 것으로 보았다.(현승환, 「헌화가 배경설화의 기자의례적 성격」, 『한국
　　시가연구』 12, 한국시가학회, 2002, 40~41쪽.)

(강릉) 지방의 명산대천을 대상으로 제의를 벌였던 사실의 설화적 형상
화였으나, 이후 아니 등의 포교 세력에 의하여 점차 불교적 색채를 띠
는 방향으로 변모하였다고 파악하는 것이 타당할 듯하다.

〈수로부인〉조 연구는 전승의 원상을 재구하기 어려운 탓에 아직 명
확하게 해명되지 못한 많은 문제 거리들을 안고 있다. 하지만 〈수로부
인〉조가『금광명최승왕경』의 천녀·여신 신앙과 밀접한 관련이 있으
며, 더구나 성덕왕의 불교적 치적 가운데 하나가『금광명최승왕경』의
수용·전파라는 사실을 통하여, 서술·편집자가 〈수로부인〉조를 성덕왕
기사로 선정·기술한 목적만은 기존 논의에서 확장하여 해명할 수 있을
듯하다.

큰 틀에서 〈수로부인〉조는『금광명최승왕경』의 수용·전파라는 성덕
왕의 불교적 업적을 강조하는 기사이다. 그러니 〈수로부인〉조는 불교
에서 강조하는 정법치국을 이룩한 성덕왕의 제왕적 신이 하에 발현될
수 있었던 신이담으로서 수록된 기사라 할 수 있다. 〈수로부인〉조가『금
광명최승왕경』의 천녀·여신 신앙담으로 점철된 신이담이면서도「의
해」,「신주」,「피은」 등의 다른 편목에 서술·편제되지 않았던 정황 역
시, 해당 기사가 왕의 행보와 업적을 강조하는 신이담으로서 선정·기
술되었다는 사실을 방증한다.

더불어『금광명최승왕경』의 수용·전파는 〈성덕왕〉조에 기술된 성덕
왕 5~6년보다 앞선 시기에 있었던 사실임에도, 〈수로부인〉조가 〈성덕
왕〉조 뒤로 배치된 까닭 또한 〈수로부인〉조가 어디까지나 성덕왕의 제
왕적 신이가 수반한 하위의 신이라는 인식의 반영이다. 〈수로부인〉조가
독립 배치된 정황은 해당 기사가 성덕왕 5~6년의 기근 정황과는 별도의
행보일 수 있다는 서술·편집자의 인식, 〈수로부인〉조가 성덕왕의 실제
행보로서의 불교적 치적이 아니라 이를 우회적으로 시사하는 다른 성

질의 기사라는 서술·편집자의 판단 하에 이루어진 결과로 보인다.

동시에 작은 틀에서 서술·편집자는 〈수로부인〉조를 선정·편제하여 기근이나 가뭄에 특별한 효험이 있다고 믿어졌던 『금광명최승왕경』 신앙을 강조하기 위하여 마련된 것이기도 하다. 이는 금광명도량을 기우 도량으로서 설행하고 『금광명경』이 가뭄, 기근 등에 특별한 효험이 있다 믿었던 신라·고려조의 시류에서 비롯된 것이다. 이 같은 서술·편집 자의 인식으로 말미암아 수로부인 전승은 봉덕사 창건, 인왕도량 개최 와 같은 성덕왕의 기근 해결책과 관련하여 선정·기술될 수 있었다.

이처럼 수로부인 이야기는 봉덕사와 같은 특별한 제의 장소에서 신 라 고유의 여성 숭배 신앙에 산천제의를 벌였던 실상이 전승의 가장 원천적인 근간이었으나, 후대에 아니전에 소속된 모[母]와 아니들에 의 하여 불교적 포교 활동에 활용되면서, 『금광명최승왕경』의 천녀·여신 신앙을 뚜렷하게 반영하는 쪽으로 점차 변모되었을 가능성이 크다. 〈헌 화가〉·〈해가〉의 노랫말에서도 이 같은 특성이 도출되고 있어 흥미롭 다. 이는 다음 장에서 살피기로 한다.

4. 『금광명최승왕경』 신앙과 〈헌화가〉·〈해가〉

〈수로부인〉조에는 특별한 두 노래, 〈헌화가〉·〈해가〉가 수록되어 있 다. 그동안 주로 〈헌화가〉는 민요계 향가로, 〈해가〉는 〈구지가(龜旨歌)〉 와 관련한 주술적 제의가 혹은 주술적 성격을 띤 동요 등으로 대개 일 괄된 속성을 부여받아 왔다.

그런데 두 노래는 『금광명최승왕경』의 천녀·여신품 가운데 길상천 녀와 견뢰지신의 주찬법(呪讚法), 즉 진언과도 긴밀한 연관성이 있는 듯하다. 흔히 불교에서 진언은 주문(呪文)으로 이해된다. 불경에는 각 신격에 따른 독립된 주문들이 있는데, 개별 신격들을 찬탄하는 어구이자, 신격을 청(請)하여 있는 소원하는 바를 직접적으로 이룰 수 있는 위력을 지닌 문구이다. 이 같은 진언으로서 제 경전의 신앙 자체가 대유되는 경우가 많으니, 결국 진언은 경전을 중심으로 삼는 불전(佛典) 신앙의 요체(要諦)라 할 수 있다.

『금광명최승왕경』의 두 여신 길상천녀, 견뢰지신의 진언의 한역에 사용된 실담(悉曇) 문자들이나 발원 어법 등이 〈헌화가〉·〈해가〉의 노랫말과 어느 정도 관련이 있어 보인다. 먼저 길상천녀를 청하는 진언(眞言)과 〈헌화가〉의 노랫말을 함께 제시하여 살핀다.

> "모든 향, 꽃과 갖가지 맛깔스런 음식을 가져다가 간절한 마음으로 받들어 올리며, 또한 향, 꽃과 모든 음식을 저의 상(像)에도 공양하고 다시 음식을 나머지 방위[方]에 흩어서 모든 신들에게 보시하여야 합니다. 진실한 말로 대길상천을 청하여 구하는 바 소원을 발원하되 '말하는 것이 거짓이 아니라면 제가 청하는 것이 헛되지 않게 하소서'라고 하면, 그때 길상천녀는 이 일을 알고 나서, 곧 불쌍히 여기는 마음을 내어 그 집 안의 재물, 곡식이 늘어나게 해줍니다. 주문으로 저를 불러 청하려거든 반드시 먼저 부처님과 보살의 이름을 부르고 한마음으로 경례해야 합니다. …(중략)… 이러한 부처님과 보살에게 경례하고 나서 다음에는 반드시 주문을 외워서 저 대길상천녀를 청하여야 합니다. 이 주문의 힘으로 말미암아 구하는 일이 모두 성취됩니다." 곧 주문을 말하였다.
>
> **나모시리마하데비 다냐타 바리보르나자례 사만다**
> 南謨室唎莫訶天女 怛姪他 鉢唎脯㗚拏折囇 三曼頞
>
> …(중략)… "세존이시여, 만일 어떤 사람이 이런 신주(神呪)를 외워서

저를 청해 부를 때에는 저는 청함을 듣고 나서, 곧 그곳에 가 원하는 것을 성취하게 하겠습니다."

『금광명최승왕경』 제8권, 「대길상천녀증장재물품」[85]

[표2] 〈헌화가〉 원문과 해석[86]

원문	해석
紫布岩乎邊希	자줏빛 바위 가에
執音乎手母牛放教遣	잡고 있는 암소 놓게 하시고
吾肹不喩慚肹伊賜等	나를 아니 부끄러워하시면
花肹折叱可獻乎理音如	꽃을 꺾어 바치오리다

길상천녀를 청하는 진언 혹은 주문 가운데 "나자레(拏折囉)"는 '(붙)잡다[拏]', '꺾다[折]'와 같은 실담 문자로 한역되어 있다. 이는 〈헌화가〉의 노랫말 가운데 '(암소를) 붙잡은 손', '(꽃을) 꺾어'와 같은 대목과 대응된다. 더하여 진언 외에 길상천녀를 청하는 발원 화법은 "말하는 것이 거짓이 아니라면 제가 청하는 것이 헛되지 않게 하소서."라는 어구인데, 이와 〈헌화가〉의 마지막 두 대목 "나를 아니 부끄러워하시면, 꽃을 꺾어 바치오리다."라는 문장 구성도 유사하다. 관련하여 「대길상천녀증장재물품」에서는 길상천녀의 공양 의례 준비가 다음과 같이 이루어져

---

85 "持諸香花及以種種甘美飮食, 至心奉獻, 亦以香花及諸飮食供養我像, 復持飮食, 散擲餘方, 施諸神等. 實言邀請大吉祥天, 發所求願. '若如所言是不虛者, 於我所請, 勿令空爾.', 于時吉祥天女, 知是事已, 便生愍念, 令其宅中財穀增長. 卽當誦呪請召於我, 先稱佛名及菩薩名字, 一心敬禮. … 敬禮如是佛菩薩已, 次當誦呪請召我大吉祥天女. 由此呪力, 所求之事皆得成就."卽說呪曰, 南謨室唎莫訶天女 怛姪他 鉢唎脯囉拏折囉 三曼䫌. …"世尊! 若人誦持如是神呪請召我時, 我聞請已, 卽至其所, 令願得遂."

86 〈헌화가〉 해석은 김완진의 것을 따랐다.(김완진, 『향가해독법연구』, 서울대학교출판문화원, 2016, 70쪽.)

야 한다고 설법한다.

> "깨끗하게 방 하나를 치워놓거나, 혹은 고요한 아란야처(阿蘭若處)에
> 서 구마(瞿摩: 암소의 똥)로 단(壇)을 만들고 전단향을 피워서 공양을
> 올리고 한 군데 좋은 자리를 만들어 두고, 깃발과 일산으로 장엄하고,
> 모든 훌륭한 꽃을 단 안에 벌여 놓고, 그리고 반드시 지극한 마음으로
> 앞의 주문을 외워서 제가 이르기를 바라고 원해야 합니다. 그러면 제가
> 그 때 곧 이 사람을 염려하여 지키고 관찰하려고 그 방에 들어와 자리에
> 앉아 그 공양을 받을 것입니다."
>
> 『금광명최승왕경』 제8권, 「대길상천녀증장재물품」[87]

〈헌화가〉의 앞 두 구절은 본디 산신제의와 관련된 의례의 절차나 제
물 따위가 나열된 구절이었거나 이와 잘 들어맞을 수 있는 민요였는데,
『금광명최승왕경』 신앙이 덧입혀지며 해당 노랫말이 길상천녀를 위시
한 천녀 · 여신들의 공양 의례와 연관된 구절처럼 변모한 것인 듯하다.
기존 연구 가운데 자줏빛 바위는 제단(祭壇)이며, 암소를 산신에게 바치
는 제물로 해석한 견해들은 역시나 〈헌화가〉의 제의가적 속성을 동일
하게 언급하는 바,[88] 그 같은 사유 위에 『금광명최승왕경』의 천녀 · 여신
신앙이 교묘히 덧입혀졌을 여지는 얼마든지 존재한다.

특히 〈헌화가〉의 첫 구절에 놓여 있는 '포(布)'는 변재천녀의 공양 의

---

87 "淨治一室, 或在空閑阿蘭若處, 瞿摩爲壇, 燒栴檀香, 而爲供養. 置一勝座, 幡蓋莊嚴,
以諸名花布列壇內, 應當至心誦持前呪, 悕望我至. 我於爾時卽便護念觀察是人, 來入
其室, 就座而坐, 受其供養."

88 李惠和, 「龍사상의 한국문학적 수용 양상」, 고려대학교 박사학위논문, 1998, 92쪽; 金榮
洙, 「귀지가(龜旨歌)의 신해석」, 273~275쪽; 현승환, 「헌화가 배경설화의 기자의례적
성격」, 6~12쪽.

례일인 귀수별의 직성날[布灑星日]과 해당 신격이 마련한 의례인 세욕
법(洗浴法)과도 연결된다. 또한 견뢰지신을 초청하여 벌이는 공양 의례
의 날인 '상순 8일에 포쇄성(布灑星)이 합치는 시기'를 의미하므로 양자
의 습합을 수월하게 만들었던 요건이었을 것으로 추정된다.[89] 천녀·여
신의 공양 의례와 관련하여 암소의 똥으로 제단이나 제장을 진설해야
하며, 꽃과 맛있는 음식, 향으로서 이들 신격을 청해야만 한다는 경전
의 내용 역시 이를 뒷받침하는 근거이다.

그러므로 〈수로부인〉조 전승이 세간에 널리 알려진 것은 아니(阿尼)
들의 포교 활동과 관련되었을 가능성이 크다는 것을 감안하면, 〈헌화
가〉는 세간에 잘 알려진 민요 혹은 기우·풍요 의례와 관련하여 불렸던
토착적 제의가 가운데 〈수로부인〉조의 서사에 잘 들어맞는 노래를 택
하여 양자를 엮었거나,[90] 본래 전통 가요의 가사에 진언 일부를 얹어

---

89 "모두 똑같이 분량을 나누어 귀수별의 직성날[布灑星日]에 모여 방아에 찧어 체로 쳐서, 그 향 가루를 가지고 반드시 이 주문으로써 외우기를 108번을 채우라." 주문을 말하였다.(皆等分以布灑星日, 一處擣篩, 取其香末, 當以此呪呪一百八遍. 呪曰.)"(『금광명최승왕경』 제7권, 「대변재천녀품」.), "세존이시여, 저에게 심주(心呪)가 있는데 …(중략)… 향을 사르고 꽃을 흩으며 음식으로 공양 올려야 합니다. 그리고 상순 8일에 포쇄성(布灑星)이 합치는 날에 이 초청하는 주문을 외워야 합니다".("世尊! 我有心呪, … 燒香散花, 飲食供養. 於白月八日布灑星合, 即可誦此請召之呪."(『금광명최승왕경』 제8권, 「견뢰지신품」.)

90 〈헌화가〉를 포함한 견우노옹과 수로부인의 일화에 보이는 꽃 바치기 혹은 꽃 꺾기 행위는 일종의 봄의 계절제의에서 주로 있었던 민속 연희의 과정이었을 가능성이 있다. 이미 청춘 남녀가 꽃을 주고 받으며 서로 대치하여 즉흥시를 읊는 경쟁이 고대 축제의 습속임을 밝힌 마르셀 그라네의 견해가 있으며,(마르셀 그라네, 신하령·김태완 역, 『중국 고대의 축제와 가요』 살림, 2005, 212~214쪽.) 이창식은 삼척지방의 〈꽃문둥이요〉, 강릉지방 민요 〈山遊歌〉, 강릉단오제의 〈꽃굿노래〉 등을 통하여 〈헌화가〉를 민요적·제의적 속성을 띤 노래로 파악하고 있다.(李昌植, 「〈水路夫人〉 說話의 現場論的 硏究」, 『동악어문학』 25, 동악어문학회, 1990, 219~221쪽 요약.) 또한 순정공이 부임해 간 강릉(또는 하서수) 일대의 양구(陽口) 지방의 성황제(城隍祭)에도 실제 이 같은 꽃따기 의식

다시금 향찰화 한 일종의 포교가(布敎歌)로서 화청(和請) 혹은 불교 민요에 가까운 성격의 노래로 거듭났을 것이란 가능성을 타진할 수 있다.[91]

이 같은 추정은 견뢰지신의 진언과 〈해가〉의 대응 양상에서 보다 뚜렷하게 관찰된다. 주지하다시피 〈해가〉는 〈구지가〉를 모본(模本)으로 삼아 재운용하며 만들어진 노래이다. 그런데 〈구지가〉와 달리 〈해가〉에만 나타나는 노랫말들이 견뢰지신의 심주(心呪)와 연관성이 있어 주목된다.

"세존이시여, 저에게 심주(心呪)가 있는데 인간과 천상을 능히 이롭게 하며 일체를 안락하게 합니다. 어떤 남자나 여자나 모든 사부대중이 저의 진신(眞身)을 친히 보고자 하면 반드시 간절한 마음으로 이 다라니를 지녀야 합니다 …(중략)… 혹은 사리가 있는 불상 앞이나, 혹은 사리가 있는 불탑이 있는 곳에서는 향을 사르고 꽃을 흩으며 음식으로 공양 올려야 합니다. 그리고 상순 8일에 포쇄성(布灑星)이 합치는 날에 이 초청하는 주문을 외워야 합니다."

다냐타지리지리 주로주로 구로구로 구주구주 도주도주 바하 바하 바샤 바샤 사바하
怛姪他只哩只哩 主嚕主嚕 句嚕句嚕 拘柱拘柱 覩柱覩柱 縛訶上 縛

이 존재하였을 가능성이 『허백당집(虛白堂集)』의 기록을 근거 삼아 이 책의 1부에서 제시한 바 있다.

91 조평환은 향가의 경우 〈헌화가〉를 제외한 대부분의 작품이 불교사상과 긴밀히 연관되어 있을 뿐만 아니라 제작 가창 당시 불교 포교의 일익을 담당했던 것으로 볼 수 있다고 하였는데,(曺平煥, 「鄕歌와 變文의 比較硏究」, 『동아시아고대학』16, 동아시아고대학회, 2007, 225~226쪽.) 『금광명최승왕경』의 천녀 · 여신 신앙과 〈수로부인〉 서사의 상관성, 아니전과의 관계, 길상천녀를 공양하는 주찬법과 〈헌화가〉의 노랫말의 지니는 상관성 등을 고려하면, 이 같은 견해에 〈헌화가〉 역시 포함될 수 있을 것이라 판단된다.

訶 伐捨伐捨 娑婆訶

『금광명최승왕경』 제8권, 「견뢰지신품」[92]

[표3] 〈구지가〉·〈해가〉의 원문과 해석

〈구지가〉		〈해가〉	
원문	해석	원문	해석
龜何龜何	거북아 거북아	龜乎龜乎	거북아 거북아
首其現也	머리를 내어라	出水路	수로를 돌려내라
-		掠人婦女罪何極	남의 아내 뺏은 죄 얼마나 큰가
若不現也	내놓지 않으면	汝若悖逆不出獻	거역하여 돌려내지 않으면
燔灼而喫也	구워 먹으리	入網捕掠燔之喫	그물로 잡아 구워 먹으리

〈구지가〉와 〈해가〉의 노랫말 가운데 차이가 가장 도드라지는 대목은
하(何)와 호(乎)의 대치, "남에 아내 뺏은 죄 얼마나 큰가(掠人婦女罪何
極)"라는 대목의 삽입, "그물로 잡아(入網捕掠)" 등이다. 이 가운데 '구하
구하(龜何龜何) → 구호구호(龜乎龜乎)'는 견뢰지신 진언의 '구로구로(句
嚕句嚕)'와 매우 유사한 음차이다. 또한 견뢰지신 진언의 한역에 사용된
실담 문자 가운데 '잡다, 잡히다, 체포하다[拘]', '묶다, (포승)결박하다
[縛]', '꾸짖다, 야단하다[訶]', '벌하다[伐]'와 같은 것이 일련적으로 배치
된 사정을 간과할 수 없다. 해당 구절이나 문자들은 〈구지가〉와 차별된
〈해가〉의 노랫말과 일정한 의미적 대응 관계를 이루기 때문이다.

---

92 "世尊! 我有心呪, 能利人天, 安樂一切, 若有男子女人及諸四衆, 欲得親見我眞身者,
應當至心持此陁羅尼. … 於有舍利尊像之前, 或有舍利制底之所, 燒香散花, 飮食供
養. 於白月八日布灑星合, 卽可誦此請召之呪. 怛姪他只哩只哩 主嚕主嚕 句嚕句嚕
拘柱拘柱 睹柱睹柱 縛訶上 縛訶 伐捨伐捨 莎訶."

〈구지가〉는 주지하다시피 오래 전부터 원하는 바를 이루는 주술적 성격의 노래로 해신 제의와 같은 특정한 기우 · 풍요 의례의 제의가로 운용되었을 가능성이 줄곧 제기되어 왔다.[93] 그러므로 〈해가〉 역시 〈헌화가〉와 유사한 방식으로 널리 알려진 전통적 기우 · 풍요 제의가 위에 『금광명최승왕경』의 견뢰지신을 청하는 주술적 진언을 교묘히 녹여 놓은 형태로 포교를 위하여 고안된 노래였을 것으로 보인다. 결국 〈해가〉는 결핍되거나 원하는 대상을 얻는 전통적 주술 노래와 동일한 목적에서 특정 신격을 청하는 주문(呪文), 그리고 수로부인 신이담이 얽혀, 신계(神界)와 응감한 수로부인을 인세로 회귀토록 하는 특별한 노래로 기능을 달리하고 있는 셈이다.

앞서 〈수로부인〉조 서사는 『금광명최승왕경』의 천녀 · 여신 신앙을 중심으로 한 신이담이자 영험담의 성격을 강하게 지니고 있었다. 따라서 〈헌화가〉 · 〈해가〉 역시 이 같은 서사적 특성을 투영하는 노래로서 서사와 결합하였다고 보는 것이 합리적인 추정이라 생각한다.

그렇기에 서사와 노래 간에 발생하는 다소 이질적인 속성들, 예를 들면 견우노옹이 변재천녀의 위상에 부합하는 산신격임에도 〈헌화가〉에

---

93 다음의 연구들은 〈구지가〉의 속성을 토착적 신앙에 기반한 풍요 제의, 해신 제의, 고대 국가의 봉선제의(封禪祭儀) 등으로 파악하고 있다. 金永峯, 「〈駕洛國記〉의 분석과 〈龜旨歌〉의 해석」, 『淵民學志』 5, 연민학회, 1997; 김영수, 「귀지가(龜旨歌)의 신해석」, 『東洋學』 28, 단국대학교 동양학연구소, 1998 ; 이영태, 「〈龜旨歌〉의 수록경위와 해석의 문제」, 『한국학연구』 10, 인하대학교 한국학연구소, 1999; 박상란, 『신라와 가야의 건국신화』, 한국학술정보(주), 2005; 오태권, 「〈龜旨歌〉 敍事의 封祭機能 硏究」, 『列上古典硏究』 26, 열상고전연구회, 2007; 남재우, 「駕洛國의 建國神話와 祭儀」, 『역사와 경계』 67, 경남사학회, 2008; 조용호, 「豊饒祈願 노래로서의 〈龜旨歌〉 연구」, 『서강인문논총』 27, 서강대학교 인문학연구소, 2010; 이현정, 「고대가요 〈구지가(龜旨歌)〉 삽입의 기능과 효용성: 서사로 편입된 주술요의 운용과 의미」, 『한국시가연구』 48, 한국시가학회, 2019 등.

서 겸사(謙辭)적 표현이 나타났던 정황이나, 해룡의 존재가 불법을 수호하는 용신임에도 그와 같은 존재를 협박하고 꾸짖는 형태가 될 수밖에 없었던 정황들도 다른 측면에서 조명하여 볼 필요가 있다.[94] 아마도 이는 아니를 중심으로 한 세력들이 『금광명최승왕경』 신앙을 포교하기 위하여, 기존의 전승 가요의 맥락을 최대한 수용하면서도 〈수로부인〉조의 서사를 헤치지 않는 수준에서, 단순한 방식으로 진언과 관련된 핵심 구절이나 문구만을 노래에 곁들였기에 발생했던 문제가 아닌가 한다.

이처럼 〈헌화가〉·〈해가〉가 『금광명최승왕경』 신앙의 포교를 위하여 마련되었을 가능성을 조심스럽게 제시할 수 있는 까닭은, 〈수로부인〉조가 『금광명최승왕경』의 천녀·여신 신앙으로 점철된 서사이며, 〈헌화가〉·〈해가〉의 노랫말이 길상천녀와 견뢰지신의 진언과 어느 정도 상관 관계를 지닌다는 텍스트적 단서 외에도, 그 당시 불교가 민중이 잘 알고 있는 이야기나 노래에 교리를 녹이는 방식의 포교 활동을 지속적·보편적으로 행하여 왔던 전략과도 들어맞기 때문이다.

원효 이래 신라에서는 민간 불교를 표방하며, 일반 민중들과의 친밀함을 기반으로 한 포교가 적극적으로 이루어졌다. 서사 문학적 측면에

---

94 "남의 아내 뺏은 죄 얼마나 큰가"라는 대목은 불교의 윤리적 측면과 연계하여 해석할 여지가 있다. 기존에 해당 부문에 따른 '약탈'의 문제를 기술자의 인식 태도를 표출한 것으로 파악한 박일용의 견해가 있다.(박일용, 「〈수로부인〉의 상징체계와 〈헌화가〉〈해가〉의 의미」, 『고전문학과 교육』 31, 한국고전문학교육학회, 2016, 157~162쪽 참조.) 하지만 불교적 이념관에 따른 윤리성의 문제가 아닌 부부 관계, 지방 지배 질세에 대한 상징체계의 전환 과정으로 판단하고 있어 필자의 견해와는 차이를 보인다. 덧붙여 〈해가〉의 명령·협박 언사는 용신이 어디까지나 천녀·여신의 하위 신격으로 여겨졌던 신앙적 사유와도 얽혀 무난하게 받아들여질 수 있었던 것이며, 〈헌화가〉의 겸사 표현 역시 견우노옹에 비견되는 변재천녀가 길상천녀의 하위 신격으로 여겨졌던 정황과 맞물려 수긍될 수 있었던 것일 가능성이 있다.

서 불교는 교리를 윤색하고 풀이하기 위하여 기존의 설화를 적극 이용
하였다. 이러한 방식은 경전에 근거를 둔 본래의 전승을 일반 신도들이
흥미를 가지도록 우리 나름대로 개작하는 방식이라 할 수 있다.[95] 실제
로 현전하는 불교 민요 가운데 개방형 사설을 지닌 일부의 노래들은
종교적 기능만 갖는 것이 아니다. 포교에서 오는 유희적 기능, 민간의
례의 주도에서 오는 속신적 기능, 의례의 뒷풀이에서 오는 오락적 기능
등이 복합적으로 얽혀 있다.[96] 〈헌화가〉·〈해가〉가 포교를 위하여 재구
성된 노래임을 점쳐 볼 수 있는 단서라 하겠다.

그러므로 〈헌화가〉·〈해가〉는 『금광명최승왕경』의 천녀·여신 신앙
과 관련하여 일종의 화청(和請)화 되었던 노래로서 특정 시기 동안 불려
졌을 가능성이 있다. 이 같은 가요의 운용 역시 신라 왕실 여성 혹은
귀족 여성으로서 불교의 대중화에 힘썼던 아니들과 아니전에 소속되어
있던 모들의 주관으로 이루어졌을 가능성이 높다. 민중에게 낯설게 느
껴질 수 있는 불교 특유의 진언을 민중이 잘 아는 전통 가요의 유희적
기능, 신앙적 기능과 잘 습합시켜 실제의 삶 속에서 향유할 수 있도록
하여, 관련 신앙이 세간에 매우 빠르고도 넓게 파급력을 갖추어 갈 수
있었음은 당연한 이치이다.

이 과정에서 수로부인을 둘러싼 신이한 이야기 그리고 〈헌화가〉·〈해
가〉 역시 보다 넓은 향유층, 향유 범주를 지니게 되었으며, 자연스레
고려조까지 전승을 이어갈 수 있었던 것으로 보인다. 덕택에 「기이」편
의 서술·편집자는 성덕왕대 극심한 기근 해결과 관련하여, 『금광명최
승왕경』을 수용·전파한 성덕왕의 업적을 토대로 그 불교적 신이담이

---

95 조동일, 『한국문학통사(3)』, 지식산업사, 2016, 109쪽.

96 李昌植, 「佛敎民謠의 存在樣相」, 『동국어문학』 5, 동국어문학회, 1993, 188쪽.

자 영험담으로 세간에 전승되었던 수로부인 이야기와 두 노래를 성덕왕 기사로서 선정·기술할 수 있었던 것이라 하겠다.

5. 맺음말

지금까지 「기이」편 성덕왕 기사들이 서술·편집자의 불교적 이념관을 바탕으로 선정·기술된 기사이며, 특히 〈수로부인〉조 역시 이 같은 불교적 속성을 농후하게 지닌 기사라는 논의를 전개하였다. 해당 논의는 「기이」편 성덕왕 기사의 서술·편제 목적을 고찰하기 위해서는 〈성덕왕〉조, 〈수로부인〉조뿐 아니라, 〈효성왕〉조의 내용까지 포함하여 전반적으로 다루어져야 한다는 문제 의식과 그밖에 성덕왕 기사 전반에서 발견되는 서술·편제 상의 오류 또한 간과할 수 없는 단서일 것이란 전제에서 출발하였다. 이 같은 전제들을 고려하되, 「기이」편 조목들이 불교의 정치관, 즉 정법치국의 수호와 왕의 실천적 행보라는 특별한 국왕관을 강조하려는 목적에서 편찬되었음을 주지하여, 우선 성덕왕의 치적과 관련된 기사 내용과 불교적 사유의 상관 관계를 밝혔다.

그 결과 〈성덕왕〉조와 〈효성왕〉조는 '민생 안정'과 '국토 수호'를 강조하는 불교적 국왕관 입각하여, 성전사원과 호국 불교, 태평성세에 대한 관심이라는 일관된 서술 체계 하에, 성덕왕이 주체적·이상적인 군주였음을 강조하려는 목적에서 취집·기술되었던 기사로 파악할 수 있음을 확인하였다.

또한 〈수로부인〉조는 『금광명최승왕경』을 수용·전파한 성덕왕의 불교적 업적을 강조하고, 신라·고려조에 가뭄·기근에 효험이 있다고 믿어진 『금광명경』 신앙을 바탕으로 관련 의례의 영험함과 신이를 내보

이려는 목적 하에 선정 · 기술되었던 기사임을 확인하였다. 특히 〈수로
부인〉조의 서사는『금광명최승왕경』속 특별한 지모신격 여신들인 변
재천녀, 길상천녀, 견뢰지신 신앙을 필두로, 가뭄 · 기근 해결과 관련된
경전의 신앙적 사유로 점철되어 있었다. 〈수로부인〉조 서사 가운데 견
우노옹과 해룡의 출현, 척촉화의 의미, 수로부인의 해중 체험과 칠보궁
전과의 관계, 수로(水路)라는 명칭 등과 기근 · 가뭄 해결과의 상관성을
『금광명최승왕경』의 천녀 · 여신 신앙을 포함한 신앙적 사유를 기반으
로 해명할 수도 있었다.

　관련하여 수로부인의 정체는 여성의 생산력 숭배와 관련한 특별한
중 · 소사격 산천제의의 집전자로 파악하였다. 이는 신라 고유의 여성
숭배 신앙과 관련된 여산신 신앙과 용신 신앙, 'ar'계 여성과 아니의 존
재, 아니전이란 관부의 성격, 변재천녀 신앙과 전통적 여성 숭배 신앙
의 습합 등의 정황을 고려하여 내려진 결론이었다.

　더불어 〈수로부인〉조 서사는 기근 · 가뭄 해결을 위한 산천제의를 봉
덕사와 같은 특정 장소에서 벌였던 제의적 실상을 기반으로 우선 형성
되었던 것인데, 신라 중기 이후 신라 왕실 또는 귀족 여성으로서 민간
에 불교 포교를 담당하였던 아니(阿尼)들에 의하여, 해당 전승 위에『금
광명최승왕경』의 천녀 · 여신 신앙이 덧입혀진 채 세간에 널리 전파되
었던 포교담으로 변모하였을 것으로 보았다.

　이러한 특성은 〈헌화가〉 · 〈해가〉의 노랫말과 길상천녀 · 견뢰지신 진
언 사이에서 일견 도출되고 있었다. 그러므로 〈헌화가〉 · 〈해가〉는『금
광명최승왕경』의 천녀 · 여신 신앙을 중심으로 포교를 위하여 전통 민
요 혹은 기근 · 가뭄 해결을 위한 전통 제의가를 운용하는 방식으로 재
구성되고, 향찰화 된 노래일 것이란 가능성을 타진하여 보았다.

　이 글의 소소한 성과는 아마도 서두에서 제시하였던 대로 〈수로부

인)조를 포함한 「기이」편 성덕왕 기사의 서술·편제 목적을 일관되게 불교적 관점에서 해명한 것이 아닌가 한다. 또한 『금광명최승왕경』의 천녀·여신 신앙을 중심으로 〈수로부인〉조의 서사와 시가를 아울러 해명할 수 있는 논의 기반을 마련하였다는 점에서도 나름의 의의를 찾을 수 있을 듯하다. 기존 연구 성과를 확장시켜 〈수로부인〉조를 새롭게 바라 볼 수 있는 또 다른 관점을 제시한 것도 의미가 있다.

비록 〈헌화가〉·〈해가〉와 『금광명최승왕경』 진언의 상관 관계는 피상적인 추정에 가까운 논의로 그쳤지만, 이러한 시도가 〈헌화가〉·〈해가〉 관련 연구를 다시금 새로운 방향에서 진척시키는 자그마한 시론(試論)이 될 수 있음에 의미를 두고자 한다. 이 문제는 앞으로 진언집이나 동시대 변문(變文), 실담 문자의 한역 양상, 실담 문자와 향찰 간의 표기론적·의미론적 상관성, 향가와 불교 민요의 관계 등과 관련하여 더욱 상세히 고찰되어야 할 것으로 보인다. 이 같은 고찰을 통하여 『금광명최승왕경』 속 진언과 결합된 〈헌화가〉·〈해가〉의 실체를 재구할 수 있는 많은 실마리들이 도출되리라 기대한다.

한편 〈수로부인〉조와 『금광명최승왕경』 신앙 간의 관계나, 이들 간에 보이는 신불습합의 문제, 수로부인 전승의 형성 경위 등은 신라의 삼국통일을 전후하여 더욱 강성한 신라 밀교(密敎)와 관련하여 확장·해명될 필요가 있다. 실제로 『금광명경』은 신수대장경 분류에서는 밀교부가 아닌 경집부에 속하지만 일반적으로 밀교적 요소가 있는 혹은 초기 밀교적 성격의 경전으로 평가되고 있으며,[97] 이 같은 밀교에 대한 관심은 삼국통일 이후 「기이」편 성전사원 기사와 관련하여 지속적으

----

97 조승미, 「『금광명경』의 여신들과 한국불교에서의 그 신앙문화」, 301쪽 각주 16번 인용.

로 나타난다. 하지만 상세한 논의를 위해서는 〈수로부인〉조 외에 『삼국유사』에 실린 다수의 기사들을 살펴야 한다. 이에 다음 과제로 남긴다.

더하여 『금광명경최승왕경』이 처음 수용된 성덕왕대를 기점으로 경덕왕대에 이르끼까지 해당 신앙이 금광명도량으로서 의례적으로 유지되었다는 사실에 더욱 주목해야 할 것으로 보인다. 월명사 〈도솔가〉 전승과 『금광명경최승왕경』 신앙 역시 밀접한 상호 관련성을 지닌 것으로 파악되기 때문이다. 해당 논의는 추후 별도 원고로서 상세히 해명하고자 한다.

이 글의 한계는 선행 연구 성과에 의존한 부분들이 많고, 이를 보완하는 수준에 그쳤다는 점에 있다. 집적된 연구 성과들이 너무도 방대하여 논의와 직접 연관되는 연구들만을 추려 제시한 탓에, 상세한 해명이 이루어지지 못한 부분들이 많다. 선행 연구와 상반된 논의가 요구되는 경우도 있었고, 역사학적 근거가 뒷받침되어야 할 부분들도 많아 다소 번잡한 논의를 진행하는 과오를 범했다. 『금광명최승왕경』이나 금광명도량에 대한 정보를 제공하는데 많은 지면을 할애한 점도 문제이다. 자세한 논의가 진행되어야 할 부분이 축약되거나, 오히려 간결하게 다루었어야 할 논의가 장황하게 이어진 곳도 있다. 단선적인 추단으로 성긴 논의를 진행한 부분도 많다. 자성할 일이다.

그렇지만 이는 어디까지나 〈수로부인〉조와 『금광명최승왕경』 간에 영향 관계가 있음을 제기한 첫 논의이자, 본격적인 고찰을 위한 기초 작업이었기에 발생한 문제이다. 부끄럽지만 너그러운 양해를 구한다. 이 논의를 기점으로 체계적이고 심도 있는 후속 연구들이 이어질 수 있기를 바란다.

5장

다라니인단법과 향가 〈도솔가〉

1. 들머리에

향가 〈도솔가〉 연구는 이미 방대한 양이 집적되었다. 그러니 지금은 그간의 성과들을 되짚어 고착화 된 시선, 미처 해결하지 못한 의문, 논거를 보완할 만한 영역 등은 없는지 끊임없이 살펴야 할 때다. 이러한 변곡선 상에서 이 글은 향가 〈도솔가〉를 둘러싼 숱한 논의 가운데 노랫말과 전승서사의 제의성(祭儀性)과 자질을 불교론적 관점, 특히 밀교 사상과 "다라니인단법(陀羅尼印壇法)"이라는 의례에 근거하여 톺아 본다.

향가 〈도솔가〉 전승의 제의적·사상적 배경에 대한 논의는 주로 전통 신앙 또는 신화론적인 관점에서 이루어졌다. 물론 이 문제를 불교론적 관점에서 천착한 사례가 없는 것은 아니다. 하지만 대개 화엄 사상, 아미타(정토) 사상, 미륵 사상 등을 대입한 연구들로 특정 교리와 사상에 근거한 형이상학적 논의가 대다수를 차지한다. 밀교를 언급하더라도 향가 〈도솔가〉 전승과 신인종 혹은 잡밀(雜密)과의 연관성 정도를 추정하는 정도에 그쳐 있다.[1] 따라서 향가 〈도솔가〉 전승과 밀교의 관련 정도를 구체적으로 살펴 본 논의가 드물며, 사실 상 시가 창작의 문제적 기반, 제의적 실상, 의례의 전모 등을 밀교의 경전, 교의, 의례 관련 영역에서 두루 짚어 낸 경우는 전무한 편이라 할 수 있다.

그러므로 이 글에서는 향가 〈도솔가〉 전승의 해석에 밀교라는 일관된 잣대를 부여하고 노랫말과 전승서사, 시대적·사회적 배경의 해석으로까지 연계·확장하여 살피고자 한다. 해당 작업은 그간 향가 〈도솔

---

1 양희철은 〈도솔가〉 전승을 만다라(Mandara) 의식과 연관하여 해명하면서도 이일병현에 대한 해석은 단순한 천체적인 사실이 아니라 인간사, 즉 왕권에 도전할 세력의 출현을 상징하는 불상(不祥)의 징후로 볼 수 있다며 이에 대한 불교적 해석만은 건너 띠고 있다.(陽熙喆, 「月明師의 〈兜率歌〉와 그 關聯說話 硏究」, 『인문과학논집』 8, 청주대학교 한국문화연구소, 1989, 65쪽.) 이는 화엄사상을 기반으로 해당 전승의 사상 기반을 분석하려 한 이도흠 역시 마찬가지다.(李都欽, 「도솔가와 화엄사상」, 『韓國學論執(동아시아문화연구)』 14, 한양대학교 동아시아문화연구소, 1988, 97~105쪽.) 정진원은 〈도솔가〉 전승을 밀교 의식의 단(壇, 만다라)를 세우고 산화공덕 의식을 베푸는 제의의 일단면을 기록한 것으로 파악하고 있어, 본고에서 다루는 주된 방향과 큰 틀이 일치한다. 하지만 이를 경전에 근거하여 구체적으로 밝히기보다 향가 해독에 중점을 두고 있으며, 이일병현 역시 양희철의 견해와 다르지 않은 입장을 취하였다.(정진원, 「月明師의 〈兜率歌〉 해독에 대하여」, 『口訣硏究』 20, 구결학회, 2008, 235·241쪽.) 최정선은 미륵 사상에 입각하여 〈도솔가〉 전승을 분석하였는데, 미륵이라는 신명(神名)이 고대 태양신인 미트라(Mitra)에 연원을 둔 것이므로 해는 왕과 미륵을 동시에 상징한다고 주장하였다. 이에 이일(二日)은 경덕왕과 후에 혜공왕이 될 어린 세자를 비유하며, 이일병현이란 변괴는 혜공왕 시해와 연관된 무열왕계의 위기를 상징하는 것이라 보았다.(최정선, 「도솔가에 나타난 미륵신앙」, 『불교학연구』 19, 불교학연구회, 2008, 155~159쪽.) 염중섭은 불교론적 관점에서 해당 전승을 살피고 있으나 이일병현에 대해서는 불교우주론 구조에서 원칙적으로 존재할 수 없는 것이며, 이런 측면에서 중국신화의 영향을 받은 것이라 주장하였다.(염중섭, 「「月明師兜率歌」 속 〈祭亡妹歌〉의 배경과 내포 의미 검토」, 『동아시아불교문화』 41, 2020, 253쪽.) 그밖에 정토사상, 미륵사상 등에 입각한 다채로운 논의들이 있었다. 이는 다음 괄호 안에 제시한다.(황병익, 「산화(散花)·직심(直心)·좌주(座主)의 개념과 〈도솔가(兜率歌)〉 관련설화의 의미 고찰」, 『韓國古詩歌文化硏究』 35, 한국시가문화학회, 2015; 김기종, 「〈도솔가〉, 불국토의 선언」, 『한국시가연구』, 38, 2015.)

가〉 연구에서 가장 큰 쟁점 중 하나였던 "이일병현 해괴제"에 대한 제
의적 근거와 의미, 노랫말에 나타난 주술적 매개물인 꽃과 실제 제의와
의 연관성 등을 재고하는 일이기도 하다. 이 일련의 논의들은 향가 〈도
솔가〉의 사상적·제의적 성격과 자질은 물론, 그 특별함을 새롭게 조명
하는 계기가 되어 줄 것이다.

2. 이일병현(二日並現) 해괴제(解怪祭)의 밀교적 특성

"이일병현"은 『삼국유사』「감통」편 〈월명사 도솔가〉조에 기록된 재
이(災異)다. 문맥에 따르자면 이 사건은 "두 개의 해가 나란히 나타난"
경덕왕 재위 19년(760년, 庚子) 4월 삭일(朔日)의 변괴를 말한다. 경덕왕
은 일관(日官)의 말에 따라 궐내에 단(壇)을 마련하여 의례를 벌이는 것
으로 사태를 수습하고자 하였는데, 같은 변괴가 혜공왕 재위 2년 정월
에 있었다는 기록이 『삼국사기』에도 전한다.[2]

두 기록에 단서하여, "이일병현"이란 변괴의 실체를 해명하려는 많
은 시도가 있었다. 하지만 지금까지 이 변괴가 천문 현상에 대한 지시

---

2 "二年, 春正月, 二日並出, 大赦."(『삼국사기』 권9,「신라본기」제9, 〈혜공왕〉조.) 연관하
   여 문성왕 7년 12월에 "해가 세 개 나타났다.(七年冬十二月一日.)"는『삼국사기』의 기
   록도 참고할 만하다. 다수의 해가 병출(並出)하는 재이는 동아시아권의 여러 신화에서
   확인할 수 있는 신화소이기도 하며, 『금광명경』, 『인왕경』에서는 속세에서 발생하는
   난(難)이다. 이와 『금광명경』의 연관성은 본문에서 본격적으로 다룰 예정이므로 『인왕
   경』의 사례만을 주석에 제시하여 둔다.("云何爲難日月失度時節返逆或赤日出黑日出
   二三四五日出或日蝕無光或日輪一重二三四五重輪現當變怪時讀說此經爲一難
   也".)(『불설인왕반야바라밀경(佛說仁王般若波羅蜜經)』(下), 〈호국품(護國品)〉.)『금
   광명경』와『인왕경』은 호국경전으로 신라의 호국 불교, 왕실 불교와도 깊은 연관을
   맺고 있다.

적 표현인지,[3] 전통 신앙에 근거하여 정기적 계절제의를 벌였던 특정 절기나 기후에 대한 상징적 표현인지,[4] 당시에 벌어진 정치적·종교적 갈등을 우회적으로 빗댄 상징적 표현인지,[5] 명확하게 가릴 만한 전거(典據)들은 정작 제시되지 않았다.

3　서영교, 윤경수, 황병익은 각각 이일병현을 핼리혜성의 출현, 오로라 현상, 환일(幻日) 현상을 달리 표현한 것으로 이해하고 있다.(서영교, 『핼리혜성과 신라의 왕위쟁탈전』, 굴항아리, 2010; 尹敬洙, 『鄕歌·麗謠의 現代性 硏究』, 집문당, 1993; 黃柄翊, 『三國遺事』 '二日竝現'과 〈兜率歌〉의 의미 고찰」, 『어문연구』 30, 한국어문교육연구회, 2002.) 반면 이민홍은 그 시기 혜성의 출몰이 있었는데 이것이 후세에 과장되며 전설적 색채가 가미된 표현으로 이해하였다.(이민홍, 「신라악무에서 향가의 위상과 〈도솔가〉의 악장적 성격」, 『민족무용』 5, 세계민족무용연구소, 2004, 29쪽.)

4　현용준은 이일병현이 흑서기를 의미하며, 〈도솔가〉 전승에서 보이는 불교적 제의는 4월을 맞이하여 개벽신화, 사양신화의 일월제치 화소를 근거로 흑서를 없애고자 하는 국가적 하계 계절제의의 성격을 띤다고 보았다.(玄容駿, 「月明師 兜率歌 背景說話考」, 『巫俗神話와 文獻神話』, 集文堂, 1992.)

5　이는 이일병현을 구명 거리로 삼은 대다수의 연구들이 취하여 온 입장이다. 본디 이일병현은 자연 현상에 대한 신화적 상징이었는데 이것이 인문 현상, 즉 현실·역사적 상징 문맥으로 전환되며 경덕왕대에 왕권을 둘러싼 왕당파와 반왕당파의 대립이나 기존 왕권 존속의 위협을 뜻한다고 파악하는 견해에 해당한다. 대표적인 연구 성과는 다음 괄호 안의 것 등이 있다.(최철, 『향가의 문학적 연구』, 새문사, 1983; 林基中, 「呪力觀念의 類型的 硏究」, 『新羅歌謠와 技術物의 硏究』, 二友出版社, 1981; 이도흠, 「新羅 鄕歌의 文化記號學的 硏究: 華嚴思想을 바탕으로」, 한양대학교 박사학위논문, 1993; 金學成, 「花郎關係 鄕歌의 意味와 機能」, 『慕山學報』 9, 慕山學術硏究所, 1997; 양희철, 『삼국유사 향가연구』, 태학사, 1997; 허남춘, 「혜성가·도솔가의 일원론적 세계관과 민심의 조화」, 『황조가에서 청산별곡 너머』, 보고사, 2010; 조현설, 「두 개의 태양, 한 송이의 꽃: 월명사 일월조정서사의 의미망」, 『민족문학사연구』 54, 민족문학사연구소, 2014; 조동일, 『한국문학통사(1)』, 지식산업사, 2016; 정진희, 「왕권 의례요(儀禮謠) 〈도솔가〉의 맥락과 의미」, 『한국시가문화연구』 42, 한국시가문화학회, 2018.) 한편 김문태는 이를 교종과 선종의 갈등으로 파악하기도 하였으며,(김문태, 「〈兜率歌〉(儒理王代·景德王代)와 敍事文脈」, 『三國遺事』의 詩歌와 敍事文脈 硏究』, 太學社, 1995;) 엄국현은 이일병현의 상징적 의미를 무격신앙과 불교의 사상적 대립으로 바라보기도 하였다.(엄국현, 「도솔가 연구」, 『한국민족문화』 43, 부산대 한국민족문화연구소, 2012.)

"이일병현"이라는 변괴를 상징·해석하는 사상적 기반이 이미 전통 신앙 안에 있었다 하더라도, 전승 문면에 의지하자면 향가 〈도솔가〉는 산화공덕(散花功德) 의례에서 불렸던 노래다. 또한 경덕왕이 "인연 있는 승려"를 청하여 "이일병현을 소거"하려 했다는 문맥은 재이를 해결하고자 벌인 일종의 "해괴제(解怪祭)"가 다분히 불교적 속성을 띤다는 사실은 부인할 수 없게 한다. 그러나 이일병현을 둘러싼 제문제는 불교론적 차원에서 보다 온전하게 해명되어야 옳다. 무엇보다 특정 신앙에 입각하여 벌인 의례는 특정 교리에 근거한 신앙 체계의 실현태이자 제도화 된 규범이라는 것을 간과해서는 안 된다.

불교 경전 가운데 "두 개의 해가 나란히 나타나는" 변괴와 그 교의적 해석은 『금광명경(金光明經)』의 「사천왕품(四天王品)」, 『금광명최승왕경(金光明最勝王經)』의 「사천왕호국품(四天王護國品)」에 보인다. 이들 경전에서 "이일병현"은 "양일병현(兩日竝現)"이라는 용어로 달리 기술된다. 특히 『금광명최승왕경』의 전신(前身)인 『금광명경』은 명랑(明朗)이 신인종(神印宗)이라는 밀교 계통의 종파를 창시하고 금광사(金光寺), 사천왕사(四天王寺)를 건립하는데 결정적인 역할을 하였다고 추정되는 경전이다.[6] 관련 연구자들은 『금광명경』을 초기 밀교와 중기 밀교의 성격을 모두 갖춘 경전이라 평가한다.[7] 따라서 두 경전과 밀교와의 관련성은

---

6 『금광명경』은 『관정경(灌頂經)』과 함께 명랑과 신인종의 밀교 사상에 핵심이 된 경전이다. 이는 『금광명경』에 보이는 사방불(四方佛) 신앙과 명랑이 호국을 위하여 펼쳤다는 문두루비법(文豆婁秘法) 간의 상관성, 명랑이 자신의 집터에 세웠다는 금광사(金光寺)의 유래 등에 근거한다.(김연민, 「新羅 密敎思想史 연구의 성과와 과제」, 『탐라문화』 64, 제주대학교 탐라문화연구원, 2020, 14~16쪽 참조.)

7 김연민은 초기 밀교와 중기 밀교의 질적인 차이는 교학의 체계화에 있지만 양자를 분절적으로 이해하는 것은 옳지 않다고 보았다. 초기 밀교는 분리되어 있었던 밀교의 각 요소들이 점차 체계화되는 과정을 밟으면서 그 목적 역시 현세이익의 추구에서 점차

매우 뚜렷한 편이라 할 수 있다.[8] "이일병현"이 수록된 부문의 관련 내
용 역시 동일하다.[9] 아래에 해당 대목을 제시한다.

"세존이시여, 만일 어떤 임금이 그 나라에서 비록 이 경이 있지만 유

<hr />

성불로 전환되어 갔는데 7세기에 이르러서는 중기 밀교의 특징 일부를 겸하게 되어,
초기 밀교의 발전을 토대로 중기 밀교가 성립되었다고 보는 것이 합리적임을 밝혔다.
또한 신라에서 밀교가 확실한 존재감을 드러낸 시기도 이러한 변화상과 맞물린다고
한다.(김연민,「新羅 密敎思想史 연구의 성과와 과제」, 9쪽.) 이 같은 7세기 신라 밀교의
특성으로 미루어 홍윤식은『금광명경』의 밀교적 요소들의 성격이 거의 중기 밀교의
성격을 겸하는 것으로 이해한 바 있다.(洪潤植,「三國遺事와 密敎」,『동국사학』14,
동국역사문화연구소, 1980, 85쪽.)

8 『금광명경』은『인왕경(仁王經)』,『법화경(法華經)』과 함께 신라와 고려에서 호국을 위
하여 열렸던 수많은 도량법회(度量法會)의 전거가 되었던 호국 경전이다. 대정신수대
장경(大正新脩大藏經)의 분류에서『금광명경』은 경집부(經集部)에 속하는 경전이다.
동시에『금광명경』은 명랑(明朗)을 개조(改組)로 한 신라 초기 밀교, 곧 신인종(神印宗)
이 성립할 수 있었던 핵심 경전 가운데 하나다. 그러니『금광명경』은 유식(唯識) 사상과
더불어 밀교적 요소가 짙은 경전이라 할 수 있다. 심효섭은 본디 인도에서『금광명경』은
밀교부에 소속된 경전이었는데 이것이 통일전후 신라에서 활동한 유가 승려들의 왕성
한 교학 활동을 통하여 경집부 계통으로 정착되었을 가능성을 제기한다. 통일전후 신라
의 대표적인 유가 승려들이『금광명경』과『금광명최승왕경』에 대한 주석 활동을 펼쳤
던 반면 다른 계통의 학승들에게서는 이런 양상을 찾아볼 수 없다는 점에서 유식적
요소와 밀교적 요소를 아우르는『금광명경』의 특성, 초기밀교와 유가 유식 간의 밀접한
상관성을 추정할 수 있다고 보았다.(沈曉燮,「新羅 四天王信仰의 受容과 展開」,『東國
史學』30, 동국역사문화연구소, 1996, 130~131쪽.)

9 『금광명최승왕경(金光明最勝王經)』은『금광명경』의 다른 한역본으로 성덕왕 3년
(703) 3월에 김사양(金思讓)이 헌사한 것으로 알려져 있다.『금광명최승왕경』의「사천
왕호국품」은 의정(義淨)이 기존 한역본『금광명경』의「사천왕품」을「사천왕관찰인천
품」과「사천왕호국품」으로 나누며 새로이 붙인 이름이다. 따라서 기존『금광명경』과
달리『금광명최승왕경』의 사천왕 관련 독자품은 둘인 셈이다.『금광명경』과『금광명최
승왕경』의 원문과 해석은 불교학술원의 불교기록문화유산 아카이브(https://kabc.
dongguk.edu)와 동국대학교 한글대장경 DB(https://abc.dongguk.edu/ebti/)에서 제공
하는 자료를 근간으로 하였다.

포하지 않고, 마음으로 버려 두고, 설법 듣기를 기꺼워하지 않고, 또한 공양하지 않고 소중히 여기지 않고 찬탄하지 않으며, 경을 지닌 사부대 중을 보고서도 존중하지 않고 공양하지 않고 결국 저희들과 나머지 권속 한량없는 모든 천중이 이 심오하고 미묘한 법을 듣지 못하게 하고, 감로의 맛을 등지고 바른 법을 유포하지 않고 위엄의 빛과 세력도 없게 하고, 악도의 중생들만 늘리고, 인간, 천상의 중생들을 줄게 해서 생사의 큰 강물에 떨어뜨려 열반의 길을 어긋나게 한다면, 세존이시여, 저희들 사천왕과 모든 권속과 야차들이 이러한 일을 보고 그 나라를 버리고 보호할 마음이 없어집니다. 비단 저희들만이 이 임금을 버릴 뿐만 아니라 또한 한량없는 국토를 수호하는 모든 큰 선신(善神)도 모조리 버리고 떠나갑니다. 떠나가고 보면, 그 나라에는 반드시 갖가지 재화가 있어 나라의 지위[國威]를 잃어버립니다. 온갖 백성은 모두 착한 마음은 없고 오직 번뇌만 있으며 죽이고 성내어 싸우며, 서로 아첨하고 참소하여 무고한 짓만 만들며, 질병이 유행하고 혜성이 자주 나타나며, **두 개의 해가 한꺼번에 뜨고[兩日竝現]** 일식 월식 언제나 있으며, 검고 흰 무지개가 상서롭지 않은 징조를 나타내고, 별이 떨어지고 땅이 움직이며, 우물 안에서 소리가 나오고 모진 비와 나쁜 바람이 시절을 유지하지 않으며, 흉년이 늘 들어 싹이나 열매가 되지 않고, 다른 나라의 원수 도둑이 자주 침범하고 약탈해서, 국내의 백성들이 온갖 고통을 받고 어디에도 편안히 머물 곳이 없게 됩니다.[10]

---

10 "爾時, 四天王俱共合掌白佛言:"世尊!若有人王於其國土, 雖有此經, 未常流布, 心生捨離, 不樂聽聞, 亦不供養尊重讚歎, 見四部衆持經之人, 亦復不能尊重供養, 遂令我等及餘眷屬無量諸天, 不得聞此甚深妙法, 背甘露味, 失正法流, 無有威光及以勢力, 增長惡趣, 損減人天, 墜生死河, 乖涅槃路. 世尊!我等四王幷諸眷屬及藥叉等, 見如斯事, 捨其國土, 無擁護心. 非但我等捨棄是王, 亦有無量守護國土諸大善神悉皆捨去. 旣捨離已, 其國當有種種災禍, 喪失國位, 一切人衆皆無善心, 惟有繫縛, 殺害瞋諍, 互相讒諂, 枉及無辜, 疾疫流行, 彗星數出, 兩日竝現, 博蝕無恒, 黑白二虹表不祥相, 星流地動, 井內發聲, 暴雨惡風不依時節, 常遭飢饉, 苗實不成, 多有他方怨賊侵掠, 國內人民受諸苦惱, 土地無有可樂

　　『금광명경』의 교의에 입각하자면, 이일병현은 "왕의 비법(非法)이 초래한 불국토의 파행"으로 인하여 발생한 변괴다. "정법(正法)을 제대로 수호하지 못한 왕의 과오" 때문에 "불·보살을 비롯한 국토수호신들이 나라에 부재하여 발발한 재화(災禍)"인 셈이다. 또한 경전에서는 이일병현 외에도 일식과 월식, 혜성의 출현, 가뭄과 흉작, 역병의 창궐, 국내·외의 정치적·군사적 혼란 등 온갖 국가적 재이를 야기하는 원인이 왕에게 있다고 설(說)한다. 이러한 측면에서 『금광명경』의 사유는 정법호지(政法護持)라는 불교의 국왕관을 대변하며, 유교적 제왕관과도 상통한다.

　　『금광명경』은 통일 신라에서 왕실 불교는 물론 국왕 자체와도 불가분의 관계를 맺었던 것으로 추정된다.[11] 해당 경전을 특별하게 존숭한 신라 밀교만의 독자성은 이로부터 발생한다.[12] 『금광명경』 속 사천왕은 "정법(正法)을 행하는 국왕의 수호 신격"이라는 뚜렷한 직능을 발휘

之處."(『금광명최승왕경』 제6권, 제12「사천왕호국품」.)

11　"세존이시여, 저희들 사천왕과 28부 야차대장과 아울러 한량없는 백천 야차와 함께 세상 사람의 눈보다 훨씬 더 깨끗한 하늘 눈으로써 이 남섬부주[俗世]를 관찰하여 옹호하겠습니다. 세존이시여, 이 인연으로써 저희들 모든 왕의 이름과 세상을 위호하는 이[護世者]라고 합니다.("世尊！我等四王與二十八部藥叉大將, 并與無量百千藥叉, 以淨天眼過於世人, 觀察擁護此瞻部洲, 世尊！以此因緣, 我等諸王, 名護世者.")(『금광명최승왕경』 제5권, 제11「사천왕관찰인철품(四天王觀察人天品)」.) 『금광명경(금광명최승왕경)』은 처음으로 사천왕을 설(設)하였던 『장아함경(長阿含經)』과는 달리 사천왕 신앙이 독자품으로 마련되었던 경전이며, 독자품인 「사천왕품」에서 비로소 사천왕의 호국적 성향이 본격적으로 강조되기 시작하였다. 더하여 문무왕대에 창건된 사천왕사(四天王寺)와 신라 중대 8세기 중엽에 조상(造像)된 여러 사천왕상(四天王像)의 존재는 통일신라의 호국불교신앙이 사천왕을 중심으로 형성되었다는 사실을 결정적으로 시사하는 단서다.(沈曉燮,「新羅 四天王信仰의 受容과 展開」, 116·127쪽.)

12　조원영,「신라 중대 신인종의 성립과 그 미술」,『역사와경계』 40·41, 부산경남사학회, 2001, 10쪽.

한다. 이는『금광명경』이 신라 왕실을 수호하는 호국품 가운데 하나일
수 있었던 이유이기도 하였다.

사천왕의 직능이 대폭 강조된『금광명경』은 사천왕사, 신인종, 문두
루비법(文豆婁秘法)과 긴밀하게 연관되며, 통일 신라를 전후하여 더욱
뚜렷하게 밀교적 자장 안에서 교의적·의례적으로 소용되었다. 문무왕
재위 19년(679)에 법사 명랑(明朗)이 사천왕사를 창건한 이래, 신인종은
신라 초기 밀교의 핵심 종파로 부상하게 된다. 문두루 비법은 이러한
신인종의 핵심 의식으로, "채색 비단으로 절을 짓고 풀로 오방신상(五方
神像)을 만들고 유가명승(瑜伽名僧) 12명이 명랑을 우두머리로 하여" 벌
이는 도량법단회(道場法壇會)인데, 작단법(作壇法)으로 만든 제단을 갖추
고 진언(眞言 또는 다라니)을 외운 뒤, 인(印)을 맺는 밀교적 제차로 구성
된다는 특성을 지닌다.[13]

이전까지 문두루비법은『관정경(灌頂經)』,『관불삼매해경(觀佛三昧海
經)』등에 전거를 둔 의례로 추정되었지만, 비교적 최근에는 명랑이 주
도한 문두루법회가 사천왕의 역할을 부각시켰던 점, 당의 수군을 물리
칠 때 유가명승 12인과 함께 문두루비법을 지었던 점 등을 본다면, 오
히려 명랑의 신인종에는『관정경』뿐만 아니라 다른 경전의 여러 사상
적 요소가 혼효되어 있으며, 사천왕의 호국에 대한 서원과 그들의 위신
력을 강조한『금광명경』의 영향을 더욱 강하게 작용하는 것으로 평가
된다.

---

13 "朗曰, 以彩帛假搆宜矣. 乃以彩帛營寺, 草搆五方神像, 以瑜珈明僧十二員, 明朗爲上
首, 作文豆婁秘密之法"(『삼국유사』권2, 「기이」제2, 〈문호왕법민(文虎王法敏)〉조);
"是爲五方神王名字, 若後末世四輩弟, 危厄之日, 取上五方神王名字及其眷屬, 寫著
員木之上, 名爲文頭婁法"(『灌頂經』제7권, 「佛說灌頂伏魔封印大神咒經」.)

이처럼 『금광명경』은 명실공히 통일신라 전후에 신라 왕실이 호국
불교의 일환으로 밀교를 받아들여 공인화 한 흐름과 불가분의 관계를
이루는 경전이었다. 『금광명경』에 수록된 여타 독자품들도 신라와 고
려 왕실에서 벌이는 호국도량의 전거가 되었는데, 그 중 가장 주목되는
것이 금광명도량(金光明道場)이다. 금광명도량은 신라조·고려조에서 특
히 가뭄 해소, 즉 기우(祈雨)에 효험이 있는 의례로 숭앙되었다. 해가
둘이어서 문제가 된 이일병현과 『금광명경』에 전거한 기우 의례 사이
에 나름의 상관성이 엿보인다.

실제로 경덕왕은 화엄 사상만이 아니라, 사방불(四方佛) 신앙을 표방
하는 『금광명경』을 위시한 밀교 사상을 꽤 존숭하였던 것으로 추정된
다.[14] 경덕왕이 당나라 대종(代宗, 762~779)에게 선물하기 위하여 만들

---

14 이는 경덕왕이 기존 왕실의 전통에 이어, 여전히 밀교 사상을 수용하고 존숭하였다는
  사실을 뒷받침할 수 있는 단서이기도 하다. 중기 밀교는 초기 밀교와 달리 비로자나불이
  단일한 주존으로 확립된 단계이며, 법신불(法身佛)인 비로자나불이 확고한 중존으로
  자리 잡음으로써 밀교의 일관된 세계관이 정립된 시기로 평가된다. 체계적인 만다라
  역시 이 같은 비로자나불과 제불보살의 세계를 그린 것이다. 중기 밀교의 사상은 순밀
  (純密)이라 불리는 『대일경(大日經)』과 『금강정경(金剛頂經)』으로 대표된다. 경덕왕
  대에 법사 진표(眞表)가 『대일경』 제7권의 「공양차제비법(供養次第秘法)」을 금산수
  (金山藪)의 법사 순제(順濟)에게 전해받았다는 기록이 『삼국유사』에 전한다. 많은 연구
  자들은 이 시기에 진표가 신라에 『대일경』을 전래하였던 것으로 파악하고 있다. 더불어
  『금강정경』 등의 밀교 경전을 다수 한역한 금강지(金剛智)와 8세기 중후반 밀교의 최전
  성기를 이룩한 불공(不空)의 제자인 혜초(蕙草)는 『천발만수경(千鉢曼殊經)』을 남겼
  는데, 이 경전 역시 초기 밀교에서 중기 밀교로 이행하는 과도기적 성격의 교리를 담고
  있는 것으로 평가된다. 관련하여 경덕왕 13년(754)에 발원한 〈대방광불화엄경변상도(大
  方廣佛華嚴經變相圖)〉에는 사자좌에 앉은 비로자나불의 모습을 확인할 수 있는데, 이
  역시 『금강정경』의 영향 하에 이루어졌을 가능성이 농후하다고 한다.(김연민, 「新羅
  密敎思想史 연구의 성과와 과제」, 8~30쪽.) 따라서 경덕왕대는 중기 밀교 경전이 전래
  되고 그 사상 역시 점차 전파되었던 시기인 동시에, 초기 밀교와 중기 밀교, 순밀과
  잡밀 사상이 혼재되어 존숭되는 양상이 두드러졌을 것으로 짐작된다.

었다는 만불산(萬佛山),[15] 경덕왕과 사방불의 인연으로 세워졌다는 굴불사(掘佛寺)가 그 단서인데, 이들은 모두 『금광명경』과 깊게 연관되어 있다.[16]

무엇보다도 『금광명경』은 "양일병현"이라는 재이가 수록된 경전이자, 신라의 사천왕 신앙·사천왕사 건립의 사상적 기반을 제공한 경전이었다. 주지하다시피 사천왕사는 명랑의 신인종, 사천왕 신앙을 받드는 신라 초기 밀교의 독특함이 압축된 성전사원(成典寺院)이었으며, 월명사는 이러한 사천왕사에 상거(常居)하는 주력(呪力)에 능한 낭승(郎僧)이었다. 이러한 상관 관계만으로도 월명사가 국가적 해괴제를 주관할 만한 "인연 있는 승려"로 선택된 까닭과 〈도솔가〉의 주술성을 신라 밀교의 자장 안에서 살펴야 할 당위성이 생겨난다.[17]

---

15 굴불사는 경덕왕이 백률사(栢栗寺)에 행차하였을 때 산 아래서 염불하는 소리가 들려 그곳을 파 보니 사방불이 새겨져 있는 큰 바위가 나오므로 그 자리에 세운 사찰이다. 만불산은 불교를 숭상하는 당나라 대종을 위하여 경덕왕이 선물하였다고 전하는 가산(假山)의 형태를 띤 불교 공예품이다. 만불산의 중심에 활동하는 만불(萬佛)의 상(像)을 배치하였기에 이와 같이 이름하였다고 전한다.(『삼국유사』 권3, 「탑상」 제4, 〈사불산·굴불산·만불산(四佛山·掘佛山·萬佛産)〉조.)

16 『금광명경』은 『관불삼매해경』과 함께 사방불 신앙의 전거를 담고 있는 초기 밀교 경전으로 알려져 있다. 또한 홍윤식에 따르면 만불산의 배치와 구성은 밀교의 만다라 중에서도 『금광명경』 수량품에 근거한 만다라일 가능성이 큰 것으로 추정된다고 한다.(洪潤植, 「三國遺事와 密敎」, 76쪽.)

17 기존 〈도솔가〉 연구에서도 〈도솔가〉에 투영된 주술성에 대하여 밀교와의 연관성이 언급된 바 있다. 허남춘은 〈도솔가〉는 원시·고대의 신앙적 사유에 기반한 주술, 선풍(仙風)적 주술, 불교가 토착화 되는 시기의 잡밀적(雜密的) 주술이 모두 복합되어 있는 것으로 이해하였다.(許南春, 「古典詩歌의 呪術性과 祭儀性」, 『古典詩歌와 歌樂의 傳統』, 月印, 1999, 193쪽.) 하지만 이에 대한 구체적인 고찰이 병행되었던 것은 아니다. 한편 『삼국유사』 「신주」편 〈명랑신인(明朗神印)〉조에 따르면, 김유신 등과 함께 신인종 계통의 사찰인 원원사(遠願寺)를 창건한 안혜(安惠)·낭융(朗融)의 제자인 광학(廣學)·대연등(大緣等)이 명랑의 계통을 이어 고려 태조가 대업을 이룰 수 있도록 불양진압(祓禳鎭

경덕왕 역시 『금광명경』의 힘을 빌어 가뭄을 해결하려 하였다. 이는 신라에서 벌인 호국도량 가운데 『금강명경』에 전거를 둔 유일한 사례다. 경덕왕과 『금광명경』, 경덕왕과 밀교 간의 시기적·사상적 특별함을 증명할 중요한 사실인 셈인데, 그 기록이 『삼국유사』 「의해(義解)」편 〈현유가해화엄(賢瑜珈海華嚴)〉조에 전한다.

경덕왕 천보(天寶) 12년(753, 癸巳) **여름에 크게 가뭄이 들어** 조서를 내려 대현을 궁궐로 들어오게 하여 『**금광경(金光經)』을 강론하여서 단비가 내리기를 기도하게 하였다.** 어느 날 재(齋)를 올리는데 바리를 늘어놓고 잠시 있었으나 정수(淨水)를 바치는 것이 늦어지자 감리(監吏)가 그것을 꾸짖었다. 공양하는 사람이 말하였다. "궁궐의 우물이 말라서 먼 곳에서 길어 왔기 때문에 늦어졌습니다." 대현이 그 말을 듣고 말하였다. "어찌 일찍 말하지 않았는가?" 낮에 강론할 때에 이르러 향로를 들고 말없이 있으니, 잠깐 동안 **우물의 물이 솟아 나와 그 높이가 7장(丈)** 가량이 되어 찰당(刹幢)과 더불어 같게 되었는데, 궁 전체가 놀랐고 그로 인하여 그 우물을 **금광정(金光井)이라 이름하였다.** …(중략)… 다음해 **갑오년 여름에 왕이 또 대덕 법해(法海)를 황룡사(黃龍寺)**에 청해 『화엄경(華嚴經)』을 강론하게 하고, 가마를 타고 행차하여 향을 피우고 조용히 일러 말하였다. "**지난 여름에 대현법사가 『금광경』을 강론하여 우물의 물이 7장이나 솟아나왔다.** 당신의 법도(法道)는 어떠한가?" 법해가 대답하여 말하기를 "그것은 특히 조그만 일이니 어찌 칭찬하기 족하겠습니까. 바로 창해(滄海)를 기울여서 동악을 잠기게 하고 경사(京師)를 떠내려가게 하는 것도 또한 어려운 바가 아닙니다"라고 하였다. 왕은 그것을

壓)하는 법을 지었다고 전한다.(『삼국유사』권5, 「신주」제6, 〈명랑신인〉조.) 그러므로 명랑의 신인종을 기점으로 신라 밀교의 주도 세력은 화랑 집단과 밀접한 관계를 맺고 있었으며, 이러한 측면에서 낭승 집단과도 깊게 연관되어 있었을 것으로 짐작된다.

믿지 않고 농담으로 여겼을 뿐이다. 오시(午時)에 강론을 하는데 향로를 끌어놓고 고요히 있으니, 잠깐 사이에 궁중에서 갑자기 우는 소리가 나고, 궁리(宮吏)가 달려와서 보고하였다. "동쪽 연못이 이미 넘쳐서 내전(內殿) 50여 칸이 떠내려갔습니다." 왕이 망연자실하니, 법해가 웃으며 말하기를 "동해가 기울고자 하여 수맥(水脈)이 먼저 넘친 것뿐입니다." 라고 하였다. 왕이 자기도 모르게 일어나 절을 하였다.[18]

경덕왕은 여름에 발생한 가뭄을 해소하고자 연달아 『금광명경』과 『화엄경』에 근거한 기우 도량을 벌였다. 이때 대현과 법해를 청하여 강론 방식으로 치러진 도량은 신라 왕실 불교의 기존 형태와 다를 바가 없었다. 하지만 이일병현을 해결하고자 벌였던 해괴제는 이와 완전히 다른 양상을 보여 흥미롭다.

경덕왕 19년 경자 4월 삭에 두 해가 함께 나타나 10일이 지나도 사라지지 않았다. 일관(日官)이 아뢰기를 "인연이 있는 중을 청하여 산화공덕(散花功德)을 지으면 물리칠 수 있을 것입니다."라고 하였다. 이에 조원전(朝元殿)에 단(壇)을 깨끗이 만들고 왕의 가마는 청양루(靑陽樓)에 행차하여 인연이 있는 중을 기다렸다. 이때에 월명사(月明師)가 밭두둑의 남쪽 길을 가고 있으니 왕이 사람을 보내 그를 불러오게 하여 단을

---

18 "景德王天寶十二年癸巳, 夏大旱, 詔入內殿, 講金光經, 以祈甘霍. 一日齋次, 展鉢良久, 而淨水獻遲. 監吏詰之, 供者曰宮井枯涸, 汲遠故遲爾, 賢聞之曰何不早云. 及晝講時, 捧爐默然, 斯須井水湧出, 高七丈許, 與刹幢齊, 闔宮驚駭. 因名其井曰金光井. … (중략)… 明年甲午夏, 王又請大德法海於皇龍寺, 講華嚴經. 駕幸行香, 從容謂曰, 前夏大賢法師講金光經, 井水湧七丈. 此公法道如何. 海曰, 特爲細事, 何足稱乎 直使傾滄海, 襄東岳, 流京師, 亦非所難. 王未之信, 謂戲言爾. 至午講, 引爐沉寂, 須臾內禁忽有哭泣聲, 宮吏走報日東池已溢, 漂流內殿五十餘間. 王罔然自失, 海笑謂之曰, 東海欲傾, 水脉先漲爾. 王不覺興拜."(『삼국사기』 권4, 「의해」 제5, 〈현유가해화엄〉조.) 해당 기사의 〈금광경〉은 〈금강경〉이 아닌 〈금광명경〉의 오기(誤記)로 이해된다.

여는 계문(啓文)을 짓게 하였다. 월명사가 아뢰었다. "신승은 단지 국선
의 무리에만 속하여 향가(鄕歌)만 풀 뿐이고 성범(聲梵)은 익숙하지 않
습니다." 왕이 "이미 인연 있는 중으로 뽑혔으니 비록 향가를 쓰더라도
좋다"라고 하였다. 월명사가 이에 도솔가(兜率歌)를 지어서 읊었다. …
(중략)… 조금 있으니 해의 괴변이 사라졌다. …(중략)… 월명사는 항상
사천왕사에 살았는데 피리를 잘 불었다. 일찍이 달밤에 문 앞 큰 길을
불면서 지나가면 달이 그를 위해 가는 것을 멈추었다. 그로 인해 그 길
을 월명리라고 불렀다. 월명사는 또한 이로써 이름이 났다.[19]

해는 신라 왕실에서 전통적으로 국왕을 상징한다.[20] 응당 이일병현은
자못 심각한 의미가 부여된 재이로, 왕권의 안정화를 위하여 시급하게
해결되어야 할 문제였다. 『삼국사기』〈경덕왕〉조를 살피면 이일병현이
발생한 경덕왕 재위 19년 4월에 시중 염상(廉相)이 이찬(伊湌) 김옹(金邕)

---

19 "景德王十九年庚子四月朔, 二日並現, 挾旬不滅. 日官奏請緣僧, 作散花功德則可禳.
於是, 潔壇於朝元殿, 駕幸靑陽樓, 望緣僧. 時有月明師, 行于阡陌時之南路, 王使召
之, 命開壇作啓. 明奏云, 臣僧但屬於國仙之徒, 只解鄕歌, 不閑聲梵. 王曰, 旣卜緣僧,
雖用鄕歌可也. 明乃作兜率歌賦之, …(중략)… 旣而日怪卽滅. …(중략)… 明常居四天
王寺, 善吹笛. 嘗月夜吹過門前大路, 月駏爲之停輪. 因名其路曰月明里, 師亦以是著
名."(『삼국유사』 권5, 「감통」 제7, 〈월명사 도솔가〉조.)
20 신라의 태양숭배사상은 〈박혁거세 신화〉를 위사하여 도처에서 확인할 수 있다. 신라는
나력(奈歷), 골화(骨火), 혈례(穴禮) 등의 삼산(三山)을 대사(大祀)로 지정하여 주기적인
제의를 올렸는데, 허남춘은 나력을 '나+ㄹ = 날(日)', 골화를 ' 벼+ㄹ'의 의미를 지닌
것이며 이로 볼 때 삼산은 태양, 달 등 천체를 상징하는 것인데, 특히 나력은 신라 시조의
탄생지인 나을(奈乙)과 동일한 뜻을 지녀 하늘[天] 혹은 해[日]와 관련한 신앙을 가졌을
것으로 파악하고 있다.(허남춘, 「한일고대신화의 산악숭배」, 『제주도 본풀이와 주변 신화』,
보고사, 2011, 322·328·329쪽.) 또한 신라에서는 중국과는 다르게 원일(元日)에 하정례
를 치를 때 일월제를 병행하였는데,(김영준, 「신라 일월제(日月祭)의 양상과 변화」, 『한국
학연구』 52, 인하대학교 한국학연구소, 2019, 316쪽.) 이것 역시 신라의 전통 신앙에서
비롯된 일월숭배사상과 왕권, 그리고 제의 간의 상관 관계를 잘 보여주는 예다.

으로 새롭게 교체되었던 사실이 있는데,[21] 변괴가 일어난 같은 시기에 문제 해결을 위하여 관직 교체뿐만 아니라 제의까지 동시에 벌인 사정을 파악할 수 있다.[22] 하지만 『금광명경』에 보이는 "양일병현"에 대한 교리적 해석은 재이의 발생 원인을 해명할 수 있는 정도에 그칠 뿐이다. 향가 〈도솔가〉의 전승에 담긴 해괴제의 형식적 전거는 담겨 있지 않다.

이일병현 해괴제의 형식적 전범(典範)은 『금광명경』과 함께 초기 밀교를 대표하는 단법(壇法)을 총망라한 경전인 『다라니집경(多羅尼集經)』에서 찾을 수 있다. 『다라니집경』에는 단순한 다라니 공양법뿐만 아니라 인계(印契)와 단을 갖추고 벌이는 다라니인단법에 대한 수많은 규범이 정리되어 전한다. 이에 『다라니집경』은 밀교 의례와 체계, 그리고 제도화 된 규범을 망라한 경전이라 할 수 있다.

다라니인단법은 이름 그대로 밀교에서 밀단법(密壇法)과 가지기도(加持祈禱)를 결합하는 방식의 공양법을 말한다.[23] 다라니인단법을 펼치기

---

21 "十九年, 夏四月, 侍中廉相退, 伊湌金邕爲侍中."(『삼국사기』 권9, 「신라본기」 제9, 〈경덕왕〉조.)

22 재이가 발생한 같은 해에 법회 도량을 제외한 불사가 관직 교체와 함께 이루어진 사례는 경덕왕 4년(745), 경덕왕 13년(754), 경덕왕 18년(759), 경덕왕 23년(764), 경덕왕 24년(765)의 기록에서 찾을 수 있다. 하지만 모두 불사가 이루어진 정확한 시기를 특정할 수 없거나 재이 발생 시기와는 다소 거리를 두고 행해졌다는 사실을 확인할 수 있다.

23 밀단법은 단(壇)을 갖추어 불보살에게 예배하는 밀교 의례인데, 이때 단은 범어 만다라(Mandara)의 한역이며 달리 단장(壇場), 윤원구족(輪圓具足)이라고도 불린다. 특히 밀교에서 단은 단적으로 사기(邪氣)를 막는 신성한 구역을 의미하기보다 제불보살 등의 성중(聖衆)이 모이는 장소로 이해된다. 밀단 의례는 으레 이 같은 단을 마련한 뒤 가지기도법을 행하는 수순으로 진행되는데, 단에는 불상 또는 불보살의 도상 등을 안치하고 이에 공물이나 공양구를 바치게 된다. 가지 기도란 만다라 외에 인계(印契)와 진언(다라니)로 실현되는 기도법을 말한다. 가지란 가피(加被)와 섭지(攝持)를 합하여 이르는 말이며, 불보살이 불가사의한 힘을 가지고 중생을 보호하는 것, 밀교에서는 부처의 절대

위한 필수 요소인 단법(壇法)은 중기 밀교의 특징 가운데 하나로 이해되
어 왔다. 하지만 초기 밀교 경전인『금광명경』과『다라니집경』에도 풍
부한 단법 공양의 규범들이 담겨 있다.[24] 이 같은 밀교 사상과 의례는
통일 신라를 전후하여 약 8세기까지 계승되며 신라만의 고유한 독자성
을 드러내는 방향으로 체계화 되었던 것으로 보인다. 이는『금광명경』
과『다라니집경』을 교의(敎義)의 중심에 두었던 명랑과 혜통의 활동과
도 무관하지 않다.[25]

적인 자비가 신앙하는 사람의 마음에 전달되어 스스로 부처의 자비와 신심이 감응하는
것이라 한다.(정진원, 「月明師의 〈兜率歌〉 해독에 대하여」, 240쪽.)『다라니집경』에서
는 다라니인법을 "총지삼매신주법인단(摠持三昧神呪法印壇)"으로, "다라니도회도량"
을 "대도량법단회(大道場法壇會)"등으로 달리 부르기도 한다.

24 『금광명경』과『다라니집경』이 초기 밀교 경전이면서도 중기 밀교와도 밀접한 관련을
갖는 경전으로 평가되는 이유 중 하나가 바로 다양한 다라니와 작단법(作壇法)을 확인
할 수 있기 때문이다. 단『다라니집경』에 기술된 의례 들은 다라니와 작단법의 결합
외에 인계(印契)가 더해진 사례들이 더욱 체계화 되어 있다는 점에서『금광명경』과
다소 그 결이 다르다.

25 삼국 통일을 전후한 시기에 명랑과 혜통(惠通)을 주축으로 한 초기 밀교가 활발하게
전파·보급되었던 것은 주지의 사실이다. 문두루비법, 사천왕 신앙의 존승 등으로 미루
어 볼 때 명랑의 신인종은『관정경』,『금광명경』등에 전거하여 성립된 것이며, 다라니
신앙으로 응축되는 혜통의 총지종은 그의 별칭이 존승(尊僧)이자 그가『불정존승다라
니경(佛頂尊勝陀羅尼經)』의 권위자였다는 점으로 미루어『불정존승다라니경』,『다라
니집경』에 사상적 전거가 있다. 명랑과 혜통이 각각 신인종·총지총(摠持宗)의 개조인
탓에 그간 두 종파로 분별되어 온 양자의 차이를 밝히는 연구들이 주를 이루지만, 이들
이 전한 밀교는『관정경』,『금광명경』,『불정존승다라니경』,『다라니집경』등의 초기
밀교 경전에 근거한다는 점에서 동궤를 이룬다.(장미란, 「신라 오대산신앙체계의 변용
배경과 의미」,『동아시아불교문화』44권, 동아시아불교문화학회, 2020, 174쪽 참조.)
다만 김연민에 따르면, 신인종이 호국 신앙을 견지하며 중앙왕실과 견고한 관계를 맺어
왔다면, 혜통과 그의 후예들은 밀교를 지방과 기층민으로 확산시키는데 기여하였다는
차이가 있다고 한다. 혜통이 전수받은 사상이『불정존승다라니경』인지『다라니집경』
인지는 연구자 간에 견해 차이가 있으나 혜통이 당나라 공주의 병환을 치병할 당시
소두(小豆)를 이용한 작단법은『다라니집경』에 전거가 있으며, 해당 경전은 '즉신성불

향가 〈도솔가〉 전승과 다라니인단법은 꽤 유사한 지점이 많다.『다라니집경』에 의하면 "다라니인단법"은 대개 단을 만든 뒤 제불보살 혹은 특정 불보살을 소청(召請)하기 위한 인계를 맺고 진언(眞言)을 구송하는 의례다. 이는 경덕왕이 조원전에 단(壇)을 마련한 뒤에 월명사를 청하여 그에게 계문(啓文)을 짓게 하는 일련의 수순과 동일하다.

따라서 양자를 견주자면, 경덕왕대에 치러진 이일병현 해괴제는 "초·중기 신라 밀교 교의를 두루 아우른 다라니인단법"에 기반한 의례이며, 향가 〈도솔가〉는 이 의례에서 월명사에 의하여 구성되었던 특별한 신주(神呪)로 이해할 수 있다. 월명사는 "범성(梵聲)에 익숙지 못하여 오직 향가만을 지을 수 있다(只解鄕歌不閑聲梵)."고 하였는데, 여기서 "범성"은 본디 다라니인단법과 같은 작단 의례에서 구송(口誦)된 진언 또는 다라니를 의미하는 것이라 짐작된다. 향가 〈도솔가〉가 취하는 특별한 주술적 언사[26]가 산화공덕 의례라는 불교의 자장 안에서 허용될 수 있었던 이유도, 노래가 불린 의례가 밀교적·주술적 성격이 짙은 다라니인단법이었기에 가능한 일이라고 본다.

이 해괴제는 "이일병현의 해결"이라는 표면적인 목적, 정법을 수호

─────────

(卽身成佛)'이 나타난 중기 밀교와 매우 가까운 초기 밀교 경전이자 그 가운데 가장 교학의 발전이 두드러진 경전으로 이해되고 있다. 특히 김연민은 혜통에게 밀교 사상을 전수한 스승을『다라니집경』을 한역한 아지구다(阿地瞿多)로 추정하여, 혜통의 밀법과 『다라니집경』간의 상관성이 더욱 견고한 것으로 이해하고 있다.(김연민,「惠通의 活動과 密敎思想」,『신라사학보』31, 신라사학회, 2014, 120~121쪽.)

26 김학성은〈도솔가〉의 주술은 매개물에게 논리적·설득적으로 명령·강제하며, 직설적으로 진술하지 않고 상징·은유를 통한 간접적 언술방식을 택한다는 점에서 무적 주술과 질적으로 다른 주술적 전통에 기반하고 있음을 피력한 바 있다.(김학성,「향가에 나타난 화랑집단의 문화의미권적 상징」,『성균어문연구』30, 성균관대학교 국어국문학과, 1995, 21쪽.)

하지 못한 왕의 과오를 바로잡고 미륵을 위시한 제불보살을 다시금 청하여 "불국토로의 원상회복을 도모"한다는 이면적인 목적을 동시에 지닌 의례였다. 관련하여 『다라니집경』의 「불설제불다라니도회도량인품」에는 다음과 같은 내용이 전한다.[27]

> 만일 어떤 사문(沙門)이나 바라문(婆羅門)이나 선남자나 선여인 등이 비밀법장의 요결(要決)을 청하여 성취하고자 하고 **모든 국왕이 오롯한 마음을 내어 모든 죄를 참회하여 멸하고자 하며**, 즐겨 도대도량단법사(都大道場壇法事)를 보고 듣기를 원한다면, 모두 모름지기 다음과 같이 하여야 한다. 봄이 오는 석 달과 가을이 오는 석달과 겨울이 오는 석달, 이것이 상월(上月)이니, 그 가운데 봄은 삼월 초하루부터 시작하고, 만일 가을이면 구월 초하루부터 시작하며, 겨울이면 십이월 초하루부터 시작하여야 한다. 이와 같이 가장 좋은 상일에 작법(作法)하되, 모두 상순(上旬)에서 시작하여 칠일 낮 칠일 밤 동안 법사를 다 마쳐야 한다.[28]

비밀법장의 요결, 즉 밀교적 수법(修法)을 행하여 제불보살들을 청하는 일은 승려와 범인(凡人)의 밀법(密法) 수행에 중요할 뿐만 아니라, 한 나라의 왕이 저지른 모든 죄를 참회하여 없앨 수 있는 공양법이다. 『금광명경』의 「사천왕품」이 "왕이 비법을 좇아 발생한 변괴"로 이일병현의 발생 원인을 제시하였다면, 『다라니집경』은 다라니인법으로서 그와

---

27 「불설제불다라니도회도량인품」은 부처가 제불보살의 주문을 합쳐 일괄적으로 공양할 수 있는 단을 설치하는 법에 대하여 설한 경이라는 의미를 지닌다. 해당 독자품에는 이에 대한 복잡한 절차들이 세세하게 나열되어 있다.(동국대역경원, 『불설다라니집경 외(佛說陀羅尼集經 外): 한글대장경 257 밀교부 11』, 2013, 31쪽.)

28 동국대역경원, 『불설다라니집경 외(佛說陀羅尼集經 外): 한글대장경 257 밀교부 11』, 375~376쪽.

같은 잘못을 해결할 의례적 전거를 담고 있는 셈이다.

주지하다시피 신라는 불교를 주체적으로 받아들인 뒤, 기층 신앙과 조화를 도모하는 변용을 가하여 그들만의 독특한 불교관을 창출하였다. 경덕왕대에 벌인 이일병현 해괴제 역시 단법 의례의 전거와 규범을 지나치게 벗어나지 않는 선에서, 당대의 사정과 전통 신앙이 최대한 반영된 형태의 의례였을 여지가 크다.[29] 관련 전승에 보이는 "조원전", "청양루", "천맥의 남쪽 길" 등의 공간들이 전통 신앙과 불교 신앙뿐만 아니라 밀교를 중심으로 다양한 불교 신앙들을 아우르는 상징적 의미를 띤다는 사실도,[30] 이 같은 차원에서 이해되어야 할 거리다.

[29] 이것은 신라가 독자적인 사방불·오방불 신앙을 마련하고 그에 준하여 의례 역시 변용하였던 사실에서 잘 드러난다. 신라의 방위불(方位佛) 신앙은 전통 신앙 위에 밀교적 색채가 가미된 신라만의 독자적인 신앙 형태이며, 이러한 체제는 기존 전통 신앙에서 비롯된 삼산 오악 신앙에 기원을 두고 불교의 사방불 신앙, 오방불 신앙과 영향을 주고받으며 성립되었다. 신라의 방위불 신앙은 인도·중국 불교와는 다르게 비로자나불을 중심으로 하는 사방불의 구조는 같되 그 내용에 차이가 있으며, 오대산(五臺山) 오만진신(五萬眞身)의 사례를 볼 때 불(佛)보다는 보살(菩薩)들의 존숭에 방점을 두고 있는 데다, 오방색에 해당하는 색채 또한 중국 밀교가 중앙·동·서·남·북에 대응하여 백·청·황·적·연(녹색)을 내세우는 반면, 신라의 경우 동방의 색인 청만 같고 나머지 구성은 달리하는 점 등에 근거한다.(장미란, 「신라 오대산신앙체계의 변용배경과 의미」, 162~180쪽 참조.)

[30] "조원전(朝元殿)"은 신라 왕들이 신하들과 더불어 신년의식인 하정례(賀正禮)를 치렀던 장소다. 『수서(隋書)』의 〈신라〉조 기록에 따르면, "每正月旦相賀, 王設宴會, 班賚群官. 其日拜日月神."이라하여,(『수서』 권81, 「열전(列傳): 동이(東夷)」 제46, 〈신라(新羅)〉조.) 조원전이 일월신 또는 일월신에 대한 제의와 밀접한 관련이 있었다는 사실이 확인된다. 하정례는 진덕왕 5년 즈음 당(唐)으로부터 받아들인 것이지만, 이 당시 당의 하정례에는 일월신을 위하는 전통이 존재하지 않았다. 따라서 조원전에 단을 마련하여 이일병현 해괴제를 지냈던 사정은 신라 특유의 일월신 신앙에 근거한 발상이라 할 수 있다. "청양루"는 방위에 따른 신앙적 의미들이 복합되어 있다. 불교의 오방신 신앙에 따르면 청색은 동쪽을 의미한다. 또한 신라의 독자적인 오방신 신앙에서 동쪽은 『금광명경』에 전거하여 아촉불이 수호하는 방위로 사유되어 왔다. 동쪽은 계절적으로는 봄

그런가 하면, 위에 제시한 『다라니집경』의 내용과 향가 〈도솔가〉 전
승의 이일병현 해괴제 간에 나름의 연결 고리도 발견된다. 위에 제시된
다라니인단법은 계절의 분기점이 되는 첫 달의 첫날에 단을 마련하여
단법을 완성한 뒤, 적어도 그달 상순 내에 본격적으로 시작되어야 하는
의례다. 향가 〈도솔가〉 전승에서는 여름이 시작되는 4월 삭일에 변괴가
있었으며 이것이 열흘 동안 계속되자 해괴제를 벌였다고 하였다. 양자
간에는 약 하루 정도의 간극밖에 존재하지 않는다.

『다라니집경』에서 설하는 의례의 전거와 이일병현 해괴제의 실상이
온전히 일치하지 않는 까닭을 명확하게 해명하기란 불가능하다. 다만
왕실 주도로 단을 마련한 뒤에야 월명사를 청하였을 정도로 규범에 근
거한 때를 놓쳐, 변괴의 해결이 시급해진 사정이 설화적 문맥으로 형상
화 된 것일 여지가 크다. 한편으로 당시 "신라화 된 불교(밀교)"의 의례
적 규범이 달랐던 것일 수도 있었다는 추정 역시 가능하다.

향가 〈도솔가〉의 탄생은 이 같은 사상적·종교적 자장 안에서 이루어
졌던 것이라 할 수 있다. 그간의 연구에서 향가 〈도솔가〉가 전통적 주
가(呪歌), 불교적 찬가, 악장(樂章)적 성격의 〈도솔가〉계 향가 등으로 파

[春]과 대응하며 태양이 부상하는 방위이기도 하다. 사신도 상에서 동쪽은 청룡이 수호
하는 방위이므로 〈도솔가〉의 해시(解詩)에 등장하는 용루(龍樓)와의 연관성도 일견 점
칠 수 있다. 실제로 신라 왕궁의 동쪽 구역이 사천왕사와 가까웠으며, 신라의 산신 신앙
과 미륵불 신앙의 요체 가운데 하나였던 낭산(狼山)의 일대와도 맞물려 있었던 것으로
추정되는 데다, 최근 연구에서 월명사가 등장하였던 천맥의 남로가 신라 왕궁의 동쪽에
위치한 월성에서 조망되었던 곳이며, 그 시야는 주변에 남북으로 뻗은 낭산에 의하여
차폐되었을 것이라는 견해가 제기되어,(이정민·미조구치아키노리, 「신라사천왕사건
축(新羅四天王寺建築)의 설계기술(設計技術) 고찰(考察)」, 『文化財』 53(3), 국립문화
재연구소, 2020, 93~94쪽.) 〈도솔가〉 전승에 등장한 의례적 공간들을 신라의 전통 신앙
과 불교의 결합이나 밀교 신앙과 미륵 신앙의 접점을 재구하여 볼 구실을 제공하여
준다.

악되며 다양한 사장적 배경과 연관될 수 있었던 까닭도, 이일병현 해괴
제가 왕권과 불국토를 수호하는 차원에서 이루어진 밀교 의례였기 때
문이라 짐작된다.

결국 이일병현 해괴제가 주술적 성격이 강한 밀교 의례에 준하여 벌
여졌던 까닭은 문무왕대를 시작으로, 『금광명경』을 비롯한 제경전에
담긴 밀교 사상을 견인하여 굵직한 국가적 재이들을 해결하여 온 통일
신라기의 왕실의 전통,[31] 경덕왕 재위 당시 승려들이 자신의 주력(呪力)
을 앞세워 유명세를 떨쳤던 시류,[32] 그리고 이에 대한 경덕왕의 믿음이
더하여져 빚어진 결과라 하겠다.[33]

---

[31] 문무왕대에 이루어진 명랑의 문두루비법과 사천왕사의 창건, 신문왕대에 활발한 활동
을 펼치며 효소왕대에 이르러 국사로 임명되었던 혜통과 다라니 신앙의 상관성, 성덕왕
대에 전래된 『금광명최승왕경』과 이와 밀접한 관련이 있는 〈수로부인〉 전승의 밀교적
제의성,(이현정, 「수로부인(水路夫人) 전승과 〈헌화가〉·〈해가〉 재해석: 성덕왕 기사의
서술·편제 목적과 『금광명최승왕경(金光明最勝王經)』 신앙을 근거로」, 『국제어문』
제87집, 국제어문학회, 2020.) 등은 경덕왕대에 이르러서도 여전히 단법 의례에 준한
밀교의 영향력이 호국이나 기층민의 민심을 다스리는데 유효하였으리란 추정이 합리적
인 것임을 뒷받침한다.

[32] 기존 연구에서 경덕왕은 재위 17년(758) 법사 표훈(表訓)과의 만남을 기점으로 중고기
왕실에서 주로 이루어졌던 수계·강설 등의 방식보다 특정 승려가 지녔던 신실한 신앙
심과 신이한 능력에 의지하여 왕권의 존립과 직결된 문제들을 해결하려는 변화를 보인
다는 지적이 있었지만, 앞서 제시한 대현과 법해의 일화에 근거하자면 이러한 경덕왕의
변모는 표훈과 교류하며 단적으로 이루어졌다고 보기 어렵다. 경덕왕과 교류를 하였던
다수의 승려들이 이 같은 특성을 보인다. 경덕왕 11년(752)년 진표는 왕궁으로가 왕에게
보살계를 수계한다. 진표는 유식 사상과 미륵불 사상을 강하게 존숭하던 법상종(法相
宗)에 속하였지만, 동시에 『점찰경(占察經)』에 전거를 둔 불교식 점술법(점찰법)을 널
리 시행하였던 승려이자, 『대일경』을 당대에 전래한 승려다. 그런가 하면 대현과 법회는
각각 『금광명경』, 『화엄경』을 강론하여 가뭄을 해결하고자 마련한 도량법회에서 막강
한 주력을 선보였다. 그밖에 화엄종을 대표하는 표훈(表訓)이 천제(天帝)와 응신하여
경덕왕의 후사 문제를 해결하였다는 일화, 경덕왕이 그 인품과 덕행을 크게 사 국사(國
師)로 추봉하였으나 홀연히 자취를 감췄다는 영여(迎如)의 존재 등이 그 예다.

　주술적 성격을 강하게 띤 신라 밀교와 관련 의례는 여전히 경덕왕 재위기에 왕실의 사상적 · 제의적 기저로서 나름 공고한 지위를 지키고 있었다. 다만 밀교에서 모든 다라니 혹은 주문은 소의 경전의 힘을 빌어 위력을 갖는 것이지만, 향가는 이런 대상이 아니었다. 하지만 경덕왕은 향가의 제의적 효험을 인정하고 이를 짓겠다는 월명사의 요청을 받아들인다. 월명사의 신통력을 전적으로 신임한 경덕왕의 처사일 수도 있겠지만, 그보다는 시대적으로 향가가 점차 불교적 주제 의식을 담은 주술적인 종교가로 자리매김 하였던 사정, 신라 고유의 전통 신앙과 불교의 신앙적 · 문화적 교섭, 다양한 불교 종파 간의 혼용과 토착화 과정에서 전통 신앙의 중요성과 효용성이 다시금 부각되었던 사정과 긴밀하게 맞물려 있다고 보는 편이 합당할 것이다.

　경덕왕 재위기에 등장한 향가 — 〈제망매가(祭亡妹歌)〉, 〈안민가(安民歌)〉, 〈도천수대비가(禱千手大悲歌)〉, 〈찬기파랑가(讚耆婆郎歌)〉 등 — 들의 출현과 이들 작품의 사상적 복합성을 감안하여도 그러하거니와, 당대를 향가의 전성기라 평가할 수 있는 기제 역시 이 같은 시류가 견인한 양상이라 하겠다.

3. 〈도솔가〉 노랫말의 밀교론적 해석

　앞서 향가 〈도솔가〉의 창작 계기가 된 이일병현과 그 발생 원인, 이것의 해결을 위한 의례의 전거가 『금광명경』, 『다라니집경』에 있음을

33 　전보영, 「경덕왕과 승려의 교류양상과 그 의미」, 『사학연구』 112, 한국사학회, 2013, 46~66쪽 참고.

밝혔다. 이로부터 국가적 차원에서 경덕왕이 벌인 이일병현 해괴제를 다라니인단법에 준하여 벌였던 밀교 의식으로 규정할 수 있었다. 다라니인단법의 형식적·제의적 규범에 근거하면, 월명사는 밀교 의례를 집전하는 주사(呪師)³⁴인 셈이고, 그가 지었다는 〈도솔가〉는 불국토로의 회귀를 견인하는 청정가(清淨歌)이자 미륵보살의 현현을 담보하는 청신가(請神歌)라 할 수 있다.

실제로 향가 〈도솔가〉는 전통적 주술 가요에서 보이는 언사가 구사되었다는 점에서 특별하다. 이는 밀교의 진언에서 찾아볼 수 없는 특성이기도 하다. 그러나 노래의 내용면에서 철저하게 주술적 밀교 의례와의 상관성이 드러난다. 불국토를 얻기 위한 보살행(菩薩行)과 관련한 교의, 미륵불 신앙 등을 두루 담고 있기에 그러하다.³⁵ 이는 월명사의 신분적 특수성이 빚어낸 향가 〈도솔가〉만의 특성이겠고 자신이 범성[聲梵]에 익숙지 않다고 말하였던 겸손한 태도와 달리, 오히려 월명사가 밀교를 비롯한 다양한 불교 교리에 밝았던 뛰어난 낭승이었음을 시사하기도 한다. 관련하여 향가 〈도솔가〉의 노랫말을 구체적으로 살피기로 한다.³⁶

---

34 "주사(呪師)"는 밀교에서 인계를 결(結)하고 진언을 송하며 가지기도(加持祈禱)를 행하는 법사(法師)를 일컫는 용어다. 일반적으로 진언을 지녀 법을 행하는 밀교의 수지자(修持者)로서 달리 법주사(法呪師), 주금사(呪禁師)라 부른다.

35 이러한 측면에서 월명사가 밀교 의례를 설행하는 방법에 무지한 국선지도의 사제이며, 이일병현 해괴제에서 꽃을 매개로 한 〈도솔가〉를 부름으로서 의례 형식의 비(非) 불교적 전환이 국왕에 허락 하에 자연스레 이루어졌다는 정진희의 견해는 다소 재고의 여지가 있다.(정진희, 「왕권 의례요(儀禮謠) 〈도솔가〉의 맥락과 의미」, 149쪽.) 뒤이어 논술하겠지만 다라니인단법에 준하여 의례를 벌이는 과정에서 산화불곡을 연주하고 꽃을 매개하여 인을 맺어 좌주인 신격을 청하는 제 과정이 〈도솔가〉의 맥락과 매우 긴밀하게 연관되어 있어, 〈도솔가〉에 의하여 의례 전반이 단적으로 비불교적인 형식을 띠게 되었다고 단언하기 어렵기 때문이다.

[표1] 향가 〈도솔가〉 원문과 해석

원문	해석
今日此矣散花唱良	오늘 이에 산화(散花)를 불러
巴寶白乎隱花良汝隱	뿌리온 꽃아 너는
直等隱心音矣命叱使以惡只	곧은 마음의 명(命)을 부리옵기에
彌勒座主陪立羅良	미륵좌주를 모셔라

경덕왕은 이일병현을 소거하기 위하여 조원전에 단(壇)을 마련하고 월명사를 청한다. 그리고 그에게 계문(啓文)을 지을 것을 요청한다. 이는 연승으로 발탁된 월명사에게 경덕왕이 "수법(修法)하여 의례를 집전하라 명하였다[命開壇作啓]."는 말과 같다. 월명사는 의례에 쓰일 범성을 향가로 대신하겠다고 청하였고, 왕의 승낙을 받아 향가 〈도솔가〉를 지어 불렀다.

월명사는 향가 〈도솔가〉를 지은 것을 두고 첫 행에 보이는 바와 같이 "오늘 이에 산화(노래)를 부른다."고 하였다. 그런데 이 행의 진의(眞意)는 향가 〈도솔가〉가 "산화공덕 의례에서 불린 노래"라기보다 "산화공덕을 짓는(행하는) 노래"라는 데에 있다. 이는 일관이 경덕왕에게 변괴를 해결하기 위하여 "산화공덕을 지어야[作散花功德]"한다고 아뢰었던 맥락과 결이 같다.

산화공덕을 짓는 일과 〈도솔가〉의 창작, 이일병현 해괴제 간의 상관관계 역시 『다라니집경』에서 찾을 수 있다. 보통 산화공덕은 의례 자체를 뜻하기도 하지만, 『다라니집경』에서는 지극한 불심으로부터 얻을 수 있는 "결과적인 공덕"을 일컫는 말로도 쓰인다.

36 〈도솔가〉의 해독은 양주동의 것을 따랐다.(梁柱東, 『古歌研究』, 一潮閣, 1997, 879쪽.)

첫 번째는 스스로 선한 마음[善心]을 내는 것이고, 두 번째는 다른 사람에게 선한 마음을 내게 하는 것이고, 세 번째는 모든 천(天)이 환희하는 것이고, 네 번째는 자기 몸이 단정하게 되고, 육근(六根)을 구족하여 손상되는 일이 없는 것이고, 다섯 번째는 죽어서 태어나는 곳이 보배땅[寶地]로 변하는 것이고, 여섯 번째는 세세생생토록 중국에 태어나고 귀한 가문[貴姓]에 태어나 부처님을 뵙고 법을 듣게 되는 것이니, 변지(邊地)나 천한 신분으로 태어나지 않는다. 일곱 번째는 전륜왕(轉輪王)이 되어 사천하의 왕이 되는 것이고, 여덟 번째는 세세생생 항상 남자의 몸으로 태어나는 것이고, 아홉 번째는 아미타부처님 국토의 칠보연꽃 위에 태어나 결가부좌(結跏趺坐)하고 아비발치(阿鞞跋致)를 이루는 것이고, 열 번째는 야녹다라삼먁삼보리(阿耨多羅三藐三菩提)를 이루어 칠보사자좌 위에 앉아 대관명을 내어 아미타부처님과 다름없이 똑같이 되는 것이다. 이를 열 가지 산화공덕이라 한다.[37]

『다라니집경』에 제시된 열 가지 산화공덕 중, 일곱 번째 공덕은 전륜성왕(轉輪聖王)이 되어 사천하를 다스리는 일이다. 전륜성왕은 미륵불의 원력과 같이 불국토를 다스리며 국토와 중생을 청정토록 보호한다는 이상적 제왕이다. 또한 전륜성왕은 미륵불 신앙을 설하는 대다수의 경전에서 미륵의 탄생 또는 출현에 앞서 이미 완성된 불국토를 다스리는, 말 그대로 성왕(聖王)이기도 하다. 그렇기에 향가 〈도솔가〉의 네 번째 구절에서 보이는 "미륵좌주"는 결국 경덕왕이 전륜성왕과 같은 존재임이 전제되어야만 속세에 강림할 수 있는 존재라 할 수 있다.

『금광명경』에서 이일병현은 왕의 비법으로 제불보살과 선신들이 불

---

37 동국대역경원, 『불설다라니집경 외(佛說陀羅尼集經 外): 한글대장경 257 밀교부 11』, 58쪽.

국토를 떠나며 벌어지는 변괴로 규정되었다. 따라서 경덕왕에게 산화공덕을 짓는 일은 제불보살과 선신들이 위호하는 청정한 불국토를 회복하는 일이자, 변괴를 없애고 정법을 수호하는 이상적 제왕인 전륜성왕의 위의를 얻을 수 있는 처사였다고 하겠다. 향가 〈도솔가〉는 의례에서 이 같은 목적을 달성하기 위하여 불린 "산화공덕가"였던 것이다.

못 사람들이 향가 〈도솔가〉를 달리 마련되어 있는 〈산화가〉라 뭉뚱그려 부를 만큼 두 노래는 목적과 기능이 같았으리라 짐작된다. 하지만 일연은 기사에서 두 노래를 명확하게 가름한다.[38] 이는 산화공덕 의례에서 소용되는 범성, 즉 의례적 규범에서 일반적으로 쓰여 온 〈산화가〉와 향가 〈도솔가〉를 견줄 때, 후자만이 띤 특성을 의식한 의도적인 첨술이라 여겨진다. 〈월명사 도솔가〉조가 고승들의 입지전을 기록한 「의해」편, 「신주」편의 기사들과 결이 같은 듯하면서도 다른 까닭 역시 여기에 있다. 일연은 진언이나 다라니가 아닌 향가가 그와 같은 힘을 발휘하였다는 사실에 더욱 방점을 두었기에, 이러한 서술·편제를 택한 것이라 할 수 있다.

한편 향가 〈도솔가〉에 등장하는 꽃은 "주술적 명령에 응하는 대리자" 또는 "주술적 매개물"로 이해된다. 기존 연구들은 향가 〈도솔가〉에 등장하는 꽃의 주술적·사회적·정치적 상징성에 대하여 다양한 견해를 내놓은 바 있다. 하지만 꽃을 매개로 벌이는 주술적 의례의 제차(祭次)나 그에 입각한 해명은 구체적으로 이루어진 바 없다.[39] 그런데 이일병 그

---

38 "今俗謂此爲散花歌誤矣. 宜云兜率歌. 別有散花歌, 文多不載. 旣而日怪即滅."
39 지금까지 〈도솔가〉를 불교론적 관점에서 다룬 연구들은 꽃을 단적으로 "산화공덕 의례에서 뿌려지는 공양물" 또는 단법 의례에서 불보살을 안치하는 "연화좌대(蓮華坐臺)의 상징적 표현" 등으로 일괄되게 파악하였던 경향이 있다. 하지만 어느 쪽도 〈도솔가〉의 노랫말에서 드러나는 꽃과 주문(다라니)의 연결고리를 명확하게 해결하기 어려워 그

현 해괴제가 다라니인단법에 준하여 벌였던 밀교 의례라는 전제를 받아들이면, 향가 〈도솔가〉에서 이러한 난제를 풀어낼 실마리가 생겨난다. 아래와 같이 『다라니집경』에 소개된 여러 수법 가운데 꽃을 매개로 주술이 맺어지는 사례가 다수 등장하기 때문이다.

　① 다시 화인(花印)을 맺어 온갖 꽃을 받들고 전의 향법(香法)과 같이 주문을 일곱 번 외운 다음 전처럼 뿌려 공양한다. 이를 다라니삼매화공양(陀羅尼三昧花供養)이라 한다. 다음에 왼손에 금강저를 잡고 오른손에 염주를 쥐고 공경하고 높이 받들면서 입 밖에 내어 말한다. '반야바라밀다법의 항하사 같은 만덕(萬德)을 지금 모든 부처님으로부터 받겠습니다.'**40**

　② 또 행하는 법이 있다. 온갖 꽃을 불상(佛像) 위에 뿌린 연후에 그 꽃을 거두어 깨끗한 곳에 두었다가 비가 계속 올 때에 이전에 거두어 두었던 꽃을 취하여 꽃에 한 번씩 주문을 외워 하나씩 불 속에 던진다.

───────────

원리를 설명하는데까지 나아가지 못한 실정이다. 관련하여 황병익은 〈도솔가〉의 진언적 성격을 언급하며 호국 경전에서 제시한 공양을 철저하게 따른 작품으로 평가한 바 있다. 그런데 밀교 사상이나 밀교 의식과 〈도솔가〉의 상관성을 완전히 분리하여, 꽃이 주물(呪物)의 의미보다는 향(香)·등(燈)·차(茶)·과(果) 등과 같은 공양물의 의미에서 벗어나지 않는다고 보았다.(황병익, 「산화(散花)·직심(直心)·좌주(座主)의 개념과 〈도솔가(兜率歌)〉 관련설화의 의미 고찰」.) 그러나 연구자가 제시한 경전들은 제각기 다른 불교 사상에 입각한 교리들이여서 일관성을 견인하기 어렵다. 본고는 오히려 이와 반대로 〈도솔가〉가 『금광명경』, 『다라니집경』의 밀교 교의를 바탕으로 다라니인단법에 준한 밀교 의례라는 환경이 기반이 되어 창작될 수 있었던 제의적 주가이며, 이와 월명사의 신분적 특수성, 경덕왕 재위기의 시대적 특수성이 맞물려 더욱 고도의 비유적 형상화를 이룰 수 있었다는 입장이다. 특히 화인(花印), 좌주의 개념은 밀교 의례의 명징한 부분이므로 〈도솔가〉와 반드시 연계하여 이해되어야 한다.

40　동국대역경원, 『불설다라니집경 외(佛說陀羅尼集經 外): 한글대장경 257 밀교부 11』, 10쪽.

428 제2부_ 향가의 형성·전승과 밀교의 상관성

이와 같이 일천여덟 번이나 일만 번을 채우면 그 비가 곧 그친다.[41]

③ 또 만일 도량에 들어가 꽃과 향과 만(鬘)을 공양하고자 할 때에는 먼저 이 주문으로 꽃에 일곱 번 주문을 외워 상(像) 위에 뿌린 다음 다시 이 주문으로써 향에 일곱 번 주문을 외워 존상(尊像)에 바르고 또 이 주문으로써 만에 일곱 번 주문을 외워 존상을 엄식하여야 합니다.[42]

④ 그리고 곧 좌인(座印)을 맺어 앞에 안치한 다음 왼손으로 염주를 잡고 오른손에는 꽃을 잡고 일곱 번 주문을 외운 후에 관세음 위에 뿌립니다. 이와 같이 꽃 한 송이마다 각각 일곱 번씩 주문을 외워 그 일백여덟 송이를 다 끝내면 곧 관세음보살을 보게 됩니다.[43]

⑤ 다음에 두 개의 은쟁반을 취하여 하나에는 향수를 담고 하나에는 꽃을 담은 다음에 그 쟁반 안의 꽃을 가져다 쟁반 속에 있는 향수 안에 놓아 잠기게 합니다. 다음에 그 꽃을 조금 집어 자기 손바닥 안에 놓고 곧 신인(身印)을 맺고 먼저 단의 중심인 십일면관세음을 청하며 일곱 번 주문을 외웁니다.[44]

⑥ 이어 아사리는 다시 한번 두루 검교하고 나서는 곧 도량으로 들어가 단의 서쪽 문에 무릎을 꿇고 앉아서 손으로 향로를 들고 다시 공양하

---

41 동국대역경원, 『불설다라니집경 외(佛說(陀羅尼集經 外): 한글대장경 257 밀교부 11』, 24쪽.
42 동국대역경원, 『불설다라니집경 외(佛說(陀羅尼集經 外): 한글대장경 257 밀교부 11』, 116쪽.
43 동국대역경원, 『불설다라니집경 외(佛說(陀羅尼集經 外): 한글대장경 257 밀교부 11』, 115쪽.
44 동국대역경원, 『불설다라니집경 외(佛說(陀羅尼集經 外): 한글대장경 257 밀교부 11』, 110쪽.

기를 아뢴다. 곧 한번 찬탄하는 소리를 내고 이 소리가 그치면, 문 밖에서 모든 음악을 일시에 연주한다. **(산화불곡(散花佛曲)을 연주하되, 곡이 끝나면 곧 그친다.)** 이어 아사리는 쟁반 안에 있는 꽃을 집어 향수(香水) 속에 넣어서 조금 젖게 한 다음 곧 이 꽃을 자기 손바닥 안에 넣고 청불인(請佛引)을 맺어 먼저 내원 중심의 좌주(座主)를 청하고 주문을 일곱 번 외우며 왔다갔다 한다. 그 작법은 앞에서 말한 것과 같다. 이와 같이 하여서 청하여 오면, 곧 화좌인(華座引)을 맺고 주문을 일곱 번 외우기를 역시 앞에서 말한 것과 같이 하여 자리에 안치한 다음 곧 그 손바닥 안에 있던 꽃을 놓는다.[45]

①~④는 꽃을 흐트러 뿌리는 행위와 다라니가 결합한 사례다. 이는 밀교에서 흔히 "산화"라 일컫는 의례 절차로 꽃을 던지거나 뿌리면서 행하는 주술적 행위라 할 수 있다. 각자 대상과 목적이 다양한 듯 하지만, 결국 동일하게 단법 의례를 벌일 때 제불보살이나 특정 불보살의 응감을 통하여 원하는 목적을 이루는 한 방식이 꽃을 매개한 주술이었음을 보여주는 예들이다.

특히 ④는 한 송이의 꽃마다 주문을 외우길 백팔 번 반복하는 행위로 관세음보살을 현현시킨다는 점에서, 향가 〈도솔가〉의 꽃이 미륵불의 현현을 담보하는 특별한 주술적 매개물로 나타나는 정황과 동궤를 이룬다. ②의 경우도 주목할 만하다. 불상에 산화하였던 온갖 꽃들을 잘 거두었다가, 기후가 고르지 못할 때 꽃을 주술적 매개물로 활용하여 다라니를 구송하는 방식으로 원상회복을 도모한다는 점에서, 주술적 매개물인 꽃을 통하여 이일병현을 해결하려는 주술가인 향가 〈도솔가〉와

---

45 동국대역경원, 『불설다라니집경 외(佛說(陀羅尼集經 外): 한글대장경 257 밀교부 11』, 390쪽.

비슷한 속성을 띤다.

⑤~⑥은 다라니인단법에 준하여 벌이는 밀교 의례에서 신격을 청하기 위하여 인을 맺거나 다라니를 구송할 때, 직접적인 수단이 되는 주술적 매개물로서의 꽃이 등장하는 사례다. 향가 〈도솔가〉의 노랫말이 창자인 월명사가 꽃에게 직접 명령을 강제하여 미륵좌주를 청하도록 한다는 점에서 주술적 상징성과 기능이 동일하다. 무엇보다도 ⑥은 "산화불곡"이라는 범패(梵唄)를 연주한 뒤에, 꽃을 매개로 신을 청하는 인계를 맺고 주문(다라니)를 구송하는 수순으로 의례가 치러지고 있어, 향가 〈도솔가〉와의 상관성이 두드러진다.

그러므로 〈도솔가〉의 꽃은 단적으로 산화의 행위로 바치는 공양물이나 연화좌대의 상징적 표현이라기보다 실제로 다라니인단법에 준하여 벌이는 밀교 의례의 한 법요(法要)에서 청신(請神)을 위하여 쓰인 주술적 매개물로 풀이하는 편이 합당하다. 월명사는 다라니인단법에 준한 밀교 의식에서 이처럼 꽃을 매개로 한 주술이 청불(請佛)의 주력이 있음을 인지하고 있었으며, 해당 의례의 규범을 해치지 않는 면에서 향가 〈도솔가〉를 창작하였던 것이라 할 수 있다.

한편 향가 〈도솔가〉에 쓰인 "곧은 마음", "미륵좌주"의 불교적 의미 또한 『유마힐소설경(維摩詰所說經)』, 『다라니집경』 등에서 확인할 수 있다.[46] 『유마힐소설경』의 "곧은 마음"은 "청정한 불국토"를 담보하는 중요한 조건이며, 『다라니집경』에 따르면 좌주는 법단(法壇)에 청하는 불

---

46 『유마힐소설경』은 달리 『유마경(維摩經)』이라고도 불리는 대승불교의 경전이다. 이와 밀교부에 속하는 『다라니집경』의 상관성은 밀교가 대승불교에서 뻗어 나온 한 가지이며, 밀교를 대표하는 만다라, 단법 의례, 다라니 등은 대승불교의 교리가 상징화 된 수행과 실천적인 행법(의례)로서 의의를 지닌다는 것에 있다.

보살을 뜻한다.

　　그 때 장자의 아들 보적은 이 게송을 모두 읊고 부처님께 아뢰었다.
"세존이시여, 우리들 5백 명 장자의 아들은 모두가 이미 아뇩다라삼먁
삼보리(阿耨多羅三藐三菩提)를 구하는 마음을 일으켜 불국토의 청정을
듣고자 바라고 있습니다. 오직 원하옵건대 세존이시여, 여러 보살이 정
토(淨土)를 이루기 위한 수행에 대해 설하여 주십시오. …(중략)… 보적
이여! 보살은 이와 같아야 한다. 첫째 곧은 마음[直心]을 따르면, 이는
곧 바른 수행을 일으키게 된다. 둘째 바른 수행을 따르면, 이는 곧 깊은
마음을 얻게 된다. 셋째 깊은 마음을 따르면, 이는 곧 뜻을 조복시킬 수
있다. 넷째 조복시킨 뜻을 따르면, 이는 곧 설법해진대로 수행할 수 있
다. 다섯째 설법해진대로 수행을 따르면, 이는 곧 회향하는 것이 가능하
다. 여섯째 회향을 따르게 되면, 이는 곧 방편이 있게 된다. 일곱째 방편
을 따르게 되면, 이는 곧 중생을 성취하게 된다. 여덟째 중생을 성취함
을 따르면, 이는 곧 불국토를 청정하게 할 수 있다. 아홉째 불국토를 청
정하는 것을 따르게 되면, 이는 곧 설법을 청정하게 할 수 있다. 열째
설법의 청정함을 따르면, 이는 곧 지혜가 청정해진다. 열한째 지혜의 청
정함을 따르면, 이는 곧 마음이 청정해진다. 열둘째 마음의 청정함을 따
르면, 이는 곧 일체의 공덕이 청정해진다. 이런 까닭에 보적이여! 만약
보살이 청정한 불국토를 얻고자 하거든, 반드시 그 마음을 청정하게 해
야 하고, 그 마음의 청정함을 따르기 때문에, 즉시 불국토가 청정해지는
것이다.[47]

----

47 "爾時長者子寶積說此偈已, 白佛言 :"世尊 ! 是五百長者子, 皆已發阿耨多羅三藐
　三菩提心, 願聞得佛國土淸淨, 唯願世尊說諸菩薩淨土之行 !"…(중략)… 如是, 寶
　積 ! 菩薩 隨其直心, 則能發行, 隨其發行, 則得深心, 隨其深心, 則意調伏, 隨意調
　伏, 則如說行, 隨如說行, 則能迴向, 隨其迴向, 則有方便, 隨其方便, 則成就衆生,
　隨成就衆生, 則佛土淨, 隨佛土淨, 則說法淨, 隨說法淨, 則智慧淨, 隨智慧淨, 則
　其心淨 ; 隨其心淨, 則一切功德淨, 是故寶積 ! 若菩薩欲得淨土, 當淨其心, 隨其心

『유마힐소설경』의 내용과 앞서 언급한 이일병현 해괴제의 밀교적 특성에 입각하면, 직심의 보다 원론적인 의미는 "청정한 불국토를 얻을 수 있는 최선의 행"이다. 향가 〈도솔가〉 전승의 기본 문맥을 따져보자면 결국 직심의 일차적인 주체는 월명사 자신이며, 이차적인 주체는 경덕왕이라는 결론에 다다르게 된다.

이미 왕의 과오로 인하여 제불보살을 비롯한 모든 선신들이 떠난 상황에서 "곧은 마음"에 의거하여 변괴를 해소하고, 청정한 불국토로의 회귀를 가능케 하는 주역은 월명사이고, 해당 의례가 "변괴의 해결"이라는 결과로 이어짐에 따라 경덕왕 역시 전륜성왕으로서의 지위를 다시금 획득하여, 정법호지를 구현할 수 있었던 것이다. 월명사는 이러한 작심의 일차적 증명자이자, 주력 실현의 주체자로서 꽃에게 "너"라는 생명력을 부여하고 있다. 이 같은 주술적 사고는 물활론적 사유와 불가분의 것이 아니다.

향가 〈도솔가〉의 노랫말에 등장하는 "미륵좌주"에 대한 해석 역시 많은 견해들이 제기되어 왔다. 하지만 "미륵좌주"는 의례적 자장을 떠나 이해하기 어려운 존재다. 그런데 『다라니집경』에서 "좌주"라는 용어가 다라니인단법과 밀접한 관련이 있어 주목을 요한다.

> 제수라시(帝殊羅施)를 <u>좌주(座主)</u>로 하여 중심에 대연화좌(大蓮花座)를 편다. 좌주는 바로 석가여래정상(釋迦如來頂上)에 있는 화불(化佛)로서 불정불(佛頂佛)이라고 부른다. <u>만일 불정을 좌주로 삼지 않으면, 마음 속으로 생각하는 모든 부처님과 보살로 바꾸어도 된다. 그 좌주를 제외하고 그 밖의 모든 부처님과 보살들은 모두 본위(本位)에서 공양을</u>

淨, 則佛土淨."(『유마힐소설경: 불가사의해탈(不可思議解脫)』 상권(上卷).)

받는다. 스스로 모든 부처님과 반야(般若)와 십일면(十一面) 등의 보살과 서로 바꾸지 않는다면 불정 이외의 나머지는 도회법단(都會法壇)의 좌주가 될 수 없다. 그리고 그 밖의 병을 치료할 때의 모든 수단(水壇) 등과 하룻밤 동안 참회하는 단에서는 그 응하는 대로 해당되는 부(部)의 부처님과 보살 등을 좌주로 삼아 공양하면 모든 것이 다 좋게 된다. 만일 모든 부처님을 청하여 좌주로 삼을 때에는 그 해당되는 부(部)에 따라 각각 본주(本呪)를 백여덟 번 송하고 단에 들어가 좌주위(座主位)의 자리에 놓아라.[48]

좌주는 밀교의 단법 의례에서 주사가 법단(法壇)에 청하는 불보살을 뜻하는 용어다. 즉 법단의 주인이자 주사가 원하는 바를 이루기 위하여 단으로 청해 들인 제불보살이 바로 좌주인 것이다. 그렇다면 향가 〈도솔가〉에서 주술적 매개물인 꽃이 모셔오는 "미륵좌주"는 월명사에 의하여 단법 의례에서 특정된 법단의 주인이라 할 수 있다.

"미륵좌주"의 특별함은 월명사가 변괴 해결을 위하여 단의 주신(主神)으로 특정한 "미륵"에 있다. 위의 내용에 근거하면, 단법도량을 행할 때 모든 제불보살은 저마다의 본위에 좌정한다. 그리고 그 중심 본위에 대연화좌를 편다고 하였다. 이때 대연화좌의 주인은 불정불인 석가여래가 되는 것이 예사이지만, 이것이 불문율은 아니라고 하였다. 만약 주사가 마음 속으로 생각하는, 달리 "특정하는" 불보살이 있다면 도회법단 대연화좌의 좌주를 "바꾸어도 좋다."는 의례적 규범이 부연된 사정에 주목하여 본다.

미륵의 현현은 곧 미륵의 하생(下生)을 뜻하며, 그에 앞서 청정한 불

---

48 동국대역경원, 『불설다라니집경 외(佛說陀羅尼集經 外): 한글대장경 257 밀교부 11』, 384쪽.

국토의 이상 세계가 이미 실현되었다는 전제와 작금이 전륜성왕이 다스리는 이상적인 사회와 다름 없다는 상징성을 지니게 된다.[49] 그래서 미륵은 어떠한 불보살이나 선신들보다 의례의 본질적인 목적인 "청정한 불국토", "안정화 된 왕권과 사회"를 뚜렷하게 증명할 수 있는 대상이었다. 월명사는 의례에서 미륵을 좌주로 특정하여 청하는 것이, 불교적 교의 차원에서 경덕왕을 전륜성왕으로 의미화 하는 동시에, 청정한 불국토로의 회복이라는 강한 상징력을 지닌다는 사실을 명확하게 인식하고 있었던 것이다.

월명사가 〈도솔가〉에서 미륵을 좌주로서 특정한 또 다른 이유는 다수의 연구자들이 기존에 언급한 바와 같이, 그가 화랑 집단에 몸담았던 신분적 배경과 연관되어 있기도 하다. 국선(國仙)이라 불렸던 화랑의 우두머리가 미륵과 동일시 되었으며, 대개 화랑들이 섬기는 미륵 신앙은 신라의 전통 신앙이자 선도들이 제의의 맥을 이어갔던 산신 신앙과도 불가분의 관계였다. 일연이 해시(解詩)에서 미륵좌주를 대선가(大僊家)로 환치할 수 있었던 까닭도 같은 맥락이라 볼 수 있다. 이에 "미륵좌주"는 미륵 사상과 밀교 사상, 다라니인단법이라는 밀교 제의, 낭불융합의 성격을 복합적으로 띤 용어라 할 수 있다.

4. 맺음말

이 글에서는 밀교 사상과 다라니인단법이라는 밀교 의례를 통하여, 향가 〈도솔가〉 전승의 의미와 성격에 대한 새로운 해석을 시도하여 보

---

49 김기종, 「〈도솔가〉, 불국토의 선언」, 240~241쪽.

았다.『금광명경』,『다라니집경』 등의 밀교적 성격이 농후한 경전에 근거할 때, 월명사가 향가 〈도솔가〉를 창작하는데 직접적인 구실을 한 것은 밀교적 성격의 특정 교리에 근거한 신앙 체계와 이것의 실현태인 "주술적 밀교 의례(다라니인단법)"이며, 향가 〈도솔가〉는 이 의례 규범의 자장 안에서 사상적·제의적 영향을 일정하게 투영·함의하고 있는 특별한 노래로 재조명 되어야 한다.

하지만 이 글의 주요 논지들은 논증의 측면에서 아직 걸음마 단계에 머물러 있다. 향가 〈도솔가〉 전승과 밀교 사상, 그 의례의 관련성을 확인한 시론에 해당하기에, 정합한 논지 전개가 이루어지지 못한 부분들이 많다. 그럼에도 밀교와 향가 〈도솔가〉의 관련성을 구체적으로 톺아본 첫 시도였다는 점에 나름의 의의를 부여하고자 한다.

일연은 향가 〈도솔가〉와 창작자인 월명사의 특별함을 깊이 이해하고 있었다. 월명사의 이적(異蹟)을 절대적으로 부각시키고 이를 불교와 관련지어 이해하려는 의도가 기사 구성이나 곳곳의 맥락에 분명하게 내재되어 있다. 그러니 〈월명사 도솔가〉조가 「기이」편이 아닌 「감통」편에 편제될 수 있었던 것이다. 편목 구분이 다르다는 것은 편제 의도면에서도, 향가 창작자와 향가를 보는 시선에도 편제·서술자의 관점에 따른 엄연한 차이가 있었다는 사실을 의미한다. 앞으로 이와 같은 논의역시 밀교와 관련된『삼국유사』속 다른 기사들과 견주어 구체적으로 해명되어야 할 것이다.

향가 〈도솔가〉는 창작 시기를 풍미하였던 사상들의 복합적인 층위와 월명사의 특별한 사상적·문학적 소양으로부터 빚어진 결과물이다. 향가 〈도솔가〉의 특별함은 바로 이 지점에 있다. 따라서 그간의 연구들을 기반으로 원론적인 검토는 물론 새로운 시도들이 더욱 체계적·복합적으로 이루어져야 할 시점이라 여겨진다. 특히 그 틀은 시가와 서사, 전승의 형성 시기와 기사로서의 편제 시기, 편찬자의 의도, 기록 문맥과 사상적·시대적 배경 등을 꿸 수 있는 것이어야만 하겠다. 향가 〈도솔가〉를 바라보는 보다 다채로운 해명들이 필요한 지금이다.

6장

밀교의 치병 신앙과
향가·고려가요 〈처용가〉 전승

1. 들머리에

이 글에서는 향가 〈처용가〉, 고려가요 〈처용가〉의 형성과 전승에 영향을 끼쳤으리라 추정되는 신앙적·사상적 연원의 일단을 불교론적 관점에서 살피고자 한다. 『삼국유사』 〈처용랑 망해사(處容郎望海寺)〉조에 기술된 처용의 내력과 두 〈처용가〉의 노랫말을 실제 밀교 경전과 관련 의례에 근거하여, 〈처용가〉의 특성을 보다 체계적으로 해명하는 일이 논의의 골자다.

〈처용랑 망해사(處容郎望海寺)〉조의 복잡한 서사적 짜임, 향가 〈처용가〉와 고려가요 〈처용가〉의 노랫말과 표현 기법, 그 전승 범주와 환경 등의 같고 다름을 감안한다면, 두 〈처용가〉의 형성과 전승에 영향을 끼쳐온 신앙적·사상적 기저가 결코 단선적이지 않다는 사실을 알 수 있다.

〈처용가〉의 기원과 속성에 대한 논의는 이미 수백 편에 달한다. 그 가운데 설득력을 얻었던 주요 견해들은 토속(민간) 신앙에 근거한 논증들이었다. 하지만 〈처용가〉 전승의 신앙적·사상적 연원을 정합하게 고찰하려면, 처용의 정체와 그가 보이는 복합적 층위의 신성성을 해명할 만한 보다 일괄된 틀이 필요한 실정이다.

『삼국유사』〈처용랑 망해사〉조의 문맥에 의지하자면 처용은 동해 용왕의 아들이다. 헌강왕이 동해 용의 조화를 잠재우고자 사찰 창건을 명하니, 이에 대한 화답으로 얻게 된 신인(神人)이 바로 처용이었다. 헌강왕은 처용을 인세에 머무르게 하고자 미녀를 아내로 삼게 하는데, 그것이 되려 역신이 처용의 아내를 침범하는 구실이 되었다.

하지만 처용은 향가 〈처용가〉를 지어 불러 불가피하게 맞닥뜨려야 했던 역신을 굴복시켰다. 이 사건을 계기로 그는 세간에서 벽사신(辟邪神)이자 문신(門神)으로 숭앙된다. 이러한 처용의 내력은 민속 신앙·불교 신앙적 접근을 막론하고 그의 정체를 용신(龍神), 구역신(驅疫神), 벽사신(辟邪神), 문신(門神)적 속성을 띤 존재로 다양하게 조명하는 근거가 되었다.

우선 '동해 용왕의 아들'이라는 처용의 혈연적 계보는 그의 정체나 신성성을 용신(龍神)과의 상관선 상에서 해명하는 실마리가 되었다. 처용이 용신을 몸주로 모시거나 용신제를 주관하는 무격(巫覡)[1]이라거나, 호국룡(護國龍)의 화신 혹은 용신(龍神)[2] 등으로 파악하여 온 견해가 대

---

1 민속학적 측면에서 처용을 용신을 몸주로 모시는 무격, 혹은 관련 의례의 사제자격으로 파악한 견해는 김동욱, 김승찬, 서대석 등으로 대표된다.(김동욱, 「처용가 연구」, 『한국가요의 연구』, 을유문화사, 1984, 153쪽; 김승찬, 「처용가」, 『신라향가론』, 부산대학교 출판부, 1999, 300쪽; 서대석, 「처용가의 무속적 고찰」, 『한국학논집』 2, 계명대학교, 1975.)

2 대표적인 연구 성과들만을 간단하게 추리면 다음과 같다.(황패강, 「처용가고」, 『국어국문학』 26, 국어국문학회, 1963; 「향가(鄕歌) 연구시론 1: 처용가 연구(處容歌 研究)의 사적 반성과 일시고」, 『고전문학연구』 2, 한국고전문학회, 1974; 김유미, 「처용전승의

표적이다. 그런가 하면 향가 〈처용가〉, 고려가요 〈처용가〉의 주술적 성
격과 효험에 고찰의 방점을 두었던 연구자들은 처용의 정체를 구역신
(혹은 치병신)으로,³ 향가 〈처용가〉 전승에 근거하여 처용 문배(門排)의 주
술적 기능과 효험 등에 초점을 둔 연구자들은 그를 문신(벽사신)으로 파
악하고 있다.⁴ 그밖에 처용의 신격 직능을 신앙 층위의 변모 양상으로
파악하려는 논의⁵, 처용의 정체와 속성을 특정한 신격·인종(人種)과 관
련하여 구체적으로 논증하려 한 시도도 있었다.⁶

집적된 논의들은 대개 처용의 복합적인 신격 특성을 굳이 구분치 않
고 다루거나, 특정 직능을 집중적으로 고찰하여 온 편이다. 따라서 보
완적인 측면에서 다채로운 처용의 신격 속성을 하나의 신앙·사상적 맥

전개양상과 의미 연구」, 부산대학교 박사학위논문, 1998.)

3 서대석, 「처용가의 무속적 고찰」,; 김열규, 「처용가전승시고」, 『한국민속과 문학연구』,
   일조각, 1985; 황병익, 「역신(疫神)의 정체와 신라 〈처용가〉의 의미 고찰」, 『정신문화연
   구』 34(2), 한국학중앙연구원, 2011; 정진희, 「구요의 라후신앙으로 풀어본 신라 처용:
   처용을 바라보는 또 하나의 시선」, 『동국사학』 67, 동국대학교 동국역사문화연구소,
   2019.
4 이능화, 〈수문신〉, 『조선무속고』, (주)창비, 2013, 353~358쪽; 손진태, 「처용랑 전설고」,
   『신생』 18, 신생사, 1930; 나경수, 「문신기원신화로서 처용설화와 처용가의 기능확장」,
   김명자 외, 『한국의 가정신앙: 역사, 민속, 인접민속(상)』, 민속원, 2005; 전기웅, 「헌강왕
   대의 정치사회와 '처용랑망해사'조 설화」, 『신라문화』 26, 동국대학교 WISE 캠퍼스 신
   라문화연구소, 2005; 김수민, 「『삼국유사』 처용설화와 중국 門神文化의 영향」, 『신라사
   학보』 50, 신라사학회, 2020.
5 서대석, 「처용가의 무속적 고찰」; 윤영옥, 『신라가요의 연구』, 형설출판사, 1980, 130쪽.
   이러한 관점은 〈처용랑 망해사〉조의 형성과 전승이 시대적 변이에 따라 다양한 모티프
   가 복합되며 이루어진 것이라는 기존 견해와도 일견 맥락을 함께한다.
6 김학주, 「종규의 변화발전과 처용」, 『아세아연구』 8(9), 고려대 아세아문제연구소,
   1965; 이용범, 「처용설화의 일고찰－당대(唐代) 이슬람상인과 신라」, 『한만(韓滿)교류
   사 연구』, 동화출판사, 1989; 정진희, 「구요의 라후신앙으로 풀어본 신라 처용: 처용을
   바라보는 또 하나의 시선」.

락에서 구명하는 작업 역시 요구된다.

더구나 기존 연구들은 〈처용가〉가 형성·전승되어 온 흐름 속에, 불교 신앙이 그다지 영향력을 끼치지 않았을 것이란 입장을 취하여 왔다. 불교적 경험을 내세우려 한 승려 일연의 서술·편제 의도를 제거한 나머지가 처용 서사의 본질이라는 견해,[7] 〈처용랑 망해사〉조는 불교 신앙적인 면모보다 토속 신앙을 우위로 삼아 기술된 것이라는 견해,[8] 처용이 국가와 불법을 수호하는 동해용의 아들이라는 출자 그리고 망해사 건립의 계기가 된 것을 제외하면 불교와 큰 연관이 없다는 견해 등이 그러하다.[9]

물론 한편으로는 불교론적 관점에서 〈처용가〉 전승에 얽힌 사상적 연원을 해명하려 한 논의들도 있었다. 하지만 처용의 속성을 호국룡과 관련하여 해명하거나, 역신에게 관용을 보인 처용의 자세를 보살행(菩薩行)으로 보아, 〈처용가〉를 불교적 교화의 내용을 담은 노래로 파악하는 정도에 그쳐 있다.[10]

기존 논의들이 집대성한 유의미한 성과를 모르는 것이 아니다. 하지만 다양한 처용 신격의 직능과 속성, 층위들을 특정 신앙과 연계하여 보다 정합하게 파악한 사례는 좀처럼 찾아 보기 어려워 아쉽다. 용신, 구역신(치병신), 문신(벽사신) 또는 호국신(護國神), 민간 수호신을 아우르는 처용의 다채로운 신격 직능을 신앙적·사상적 측면에서 뭉뚱그렸다

---

7 현용준, 「처용설화고」, 『무속신화와 문헌신화』, 집문당, 1992.

8 박유미, 「서사구조로 본 〈처용랑망해사〉의 성격」, 『한민족어문학』 59, 한민족어문학회, 2011.

9 김수민, 『『삼국유사』 처용설화와 중국 門神文化의 영향』, 112쪽.

10 황패강, 「처용가고」, 『국어국문학』 26, 국어국문학회, 1963; 조영주, 「신라 〈처용가〉와 고려 〈처용가〉의 내용과 기능의 차이」, 『온지논총』 40, 온지학회, 2014, 128쪽.

거나 아예 가름하고 말았다는 지적은 여전히 어떠한 분석론도 넘어서지 못한 한계로 남아 있다. 특정 신앙·사상과 향가 〈처용가〉, 고려가요 〈처용가〉의 노랫말의 연관성을 제기하는 논의 역시 미진한 상태이므로 어느 정도 보완되어야 한다.

이에 이 글에서는 불교론적 관점에서 밀교 경전들 ─『관정소룡대신주경(灌頂召龍大神呪經)』,『불설안택신주경(佛說安宅神呪經)』,『공작왕주경(孔雀王呪經)』─ 과 그 관련 의례, 사료(史料) 등에 근거하여, 향가 〈처용가〉와 고려가요 〈처용가〉의 형성·전승이 민간(토속) 신앙만큼이나 밀교의 치병 신앙과도 적지 않은 관련성을 띤다는 사실을 밝혀 보고자 한다.

처용 신격이 용신·구역신·문신(벽사신)이라는 복합적인 속성을 지니게 된 것은 밀교 신앙적 범주에서 전혀 이질적인 것이 아니다. 이로부터 헌강왕과 처용의 관계, 역신과 처용의 관계, 처용 신앙이 궁중 연례(宴禮) 또는 나례(儺禮) 등의 국가적 의례로 편입될 수 있었던 가능성, 신라 〈처용가〉와 고려가요 〈처용가〉의 같고 다름을 풀어낼 특별한 단서들이 발견되기 때문이다.

그간 밀교 신앙과 관련하여 처용 신앙, 〈처용가〉의 형성·전승 기반을 구명하는 논의가 이루어지지 않았던 만큼, 이러한 접근은 신라 〈처용가〉와 고려가요 〈처용가〉 연구 성과의 지평을 넓히는 시론으로서 의미가 있을 것이다.

2. 『관정소룡대신주경』과 〈처용가〉 전승

처용이 발휘하였던 신성성은 그가 '동해 용의 아들'이라는 혈연적 계보에서 비롯된다. 〈처용랑 망해사〉조에 따르면, 처용은 민간에서 문신(門神)이자 벽사신으로 숭앙되기 전 이미 헌강왕에게 급간(級干)이라는 관직을 제수(除授) 받는다. 같은 기사에서 망국을 예언하고자 왕 앞에 등장하여 춤을 추었던 지신(地神) 역시 "지백(地伯) 급간(級干)"이라 불리었다고 하였다.[11] 이는 처용 역시 용자(龍子)로서 지신과 유사한 격(格)을 갖춘 신성 존재로 인식되었다는 사유를 뒷받침한다.

　처용이 역신을 감복시키고 물러나게 하였다는 향가 〈처용가〉의 전승 서사는 표면적으로 그가 보였던 관용의 자세와 향가의 특별한 힘을 강조한다. 하지만 처용의 출자 내력이 기사 서두에 특기(特記)된 이상, 그가 이미 '용자(龍子)'로서 구역신(치병신), 벽사신, 문신으로서 숭앙될 수 있었던 신성성을 담보하게 된다는 사실만은 부인할 수 없다.

　무속(토속) 신앙과 관련 의례에서는 용신(龍神)이 역병을 제압하는 신격으로 그 직능이 특정되는 경우를 찾기 어렵다. 하지만 흥미롭게도 밀교의 치병 신앙에서 용신은 역신을 구축할 수 있는 강력한 신성 존재로 존숭된다. 처용의 출자 내력과 신격 직능을 이러한 교의에 대입하자면, 동해 용의 아들로서 신성성을 담보 받은 존재인 처용이 역신을 물리쳤다는 인과 관계 역시 이질적이지 않다.[12]

---

11 "又同禮殿宴時, 地神出舞, 名地伯級干."(〈처용랑 망해사(處容郎 望海寺)〉, 「기이(紀異)」第二, 『삼국유사(三國遺事)』.)
12 물론 용신 신앙은 민간신앙, 불교, 도교 등에서 광범위하게 활용되며, 용신의 직능 또한 호국, 수호, 기우, 축귀, 풍요 등으로 매우 다채롭게 분화되어 있다. 하지만 밀교의 치병 신앙에서 용신은 나라와 집안에 창궐하는 역병의 기운과 삿된 귀기들을 축출하는 신성 존재로 특정되며, 이와 관련된 의례가 고려조·조선조에서 국가적인 차원에서 연행되었다. 또한 그 전거가 되는 불전(佛典)은 물론 다라니 등도 실제 두 〈처용가〉의 노랫말과 상당한 유사성을 띤다. 이 지점이 여러 신앙 유형 가운데서도 밀교의 치병 신앙과 〈처용가〉 전승의 상관성을 특기할 만한 구분점이라 여겨진다.

　　역신을 제압하는 용신에 관한 밀교의 치병 신앙은 『관정경(灌頂經)』
의 교의와 관련 의례에서 뚜렷하게 확인된다. 『관정경』의 제9권 『불설
관정소오방용왕섭역독신주상품경(佛說灌頂召五方龍王攝疫毒神呪上品經)』
이 그 대상이다. 해당 소경은 부처가 역병[疫毒]을 다스리는 오방(五方)
의 제용왕(諸龍王)들과 그들을 청하는 진언[陀羅尼, 神呪]을 설하는 내용
을 담는다. 향가 〈처용가〉 전승과 관련하여 살펴 볼 경전의 주요 대목
을 아래에 제시한다.

　　부처님께서 설법을 하시고 마치시려 할 때 아난이 자리에서 일어나
의복을 단정히 하고 부처님 발에 머리 숙이고 무릎 꿇고 합장하여 부처
님께 말씀드렸다. "유야리국(維耶離國)에 전염병을 일으키는 독한 기운
이 맹렬하여 마치 불길이 세게 타오르는 듯합니다. 병에 중독된 사람은
두통과 오한과 열이 나고 온 마디가 떨어져 나가려 하며, 소생되는 사람
은 매우 적고 죽은 사람이 무수히 많습니다. 세존이시여, 대자비로 불쌍
히 여기시는 마음을 모든 중생에게 베풀어 주십시오. 원하옵건대 구호
하시어 그치게 해주시고, 고난을 만나지 않게 해주시며, 병이 나아 열이
내리도록 해주십시오. 그리고 다시 그들을 위하여 설법하시어 도에 이
르도록 하여 주십시오." (……) "내가 이제, 먼저 저 모든 인연을 말한
후에, 오방(五方)의 모든 큰 용왕을 불러 명령하여 말하기를 '모든 작은
독룡들로 하여금 사람을 해치지 못하게 하라. 각기 독을 거두어 그 처소
로 돌아가며 죄 주고 복 주는 일을 하지 못하게 하라. 악독한 것을 거두
어 취하여 다시는 해를 끼치지 못하게 함으로써 모든 사람들로 하여금
병의 시달림을 여의게 하고 다시는 액난이 없게 하며 생사를 건너 열반
도를 얻게 하라'고 하였다." 부처님께서 아난에게 말씀하셨다. (……)
"너는 반드시 잘 듣고 잘 받아라. 동방에는 청룡신왕(青龍神王)이 있다.
그 상수(上首)는 이름을 아수하(阿修訶)라고 한다. 마흔아홉 명의 용왕
이 동쪽의 70만억 작은 용들을 맡아 다스린다. 산정잡매(山精雜魅)의

독으로 인한 병과 액난이 있을 때는 모두 반드시 그 이름들을 불러라.
그러면 병자의 몸을 보호하여 독을 가진 작은 용들로 하여금 병자를 해
치지 못하게 하며, 몸 안에 있는 모든 독이 자연히 소멸되게 하여 열이
내리고 병이 나아 본래대로 회복되게 한다." (……) 부처님께서 아난에
게 말씀하셨다. "이들이 바로 불러 달라고 청한 용왕의 이름들이다. 이
와 같이 내가 모든 방향에 있는 큰 용왕 등과 산정매귀들에게 명하여
오색의 독한 기운을 구름과 안개처럼 뿌려 만백성을 잔인하게 해치고
침릉(侵陵)하는 모든 작은 용들을 다스리게 하였다. 내가 명령 내리기를
마치자 용왕들이 가르침을 받았고, 매귀들도 역시 그러하여, 곧 작은 용
들을 다스려 사람들을 잔인하게 해치지 못하게 하였다. 용왕들이 나의
교명(敎命)을 받아 환희하며 받들어 행하였다."[13]

경전에서는 나라 안에 역병을 퍼뜨리는 대상이 독룡(毒龍)과 산정잡
매(山精雜魅)라고 하였다.[14] 역병은 이들이 만들어 내는 '오색의 독한 기
운'이 '구름과 안개'처럼 뿌려져 창궐하는 발생한다는 신앙적 사유가
특별하다. 그리고 오방(五方)에 거처하는 용왕들과 무리가 이 액난(厄難)
을 제압할 존격으로 특정된다는 것이 해당 교의의 핵심이다. 경전에는
오방 용왕을 차례로 위하는 관정진언이 전하는데, 이는 역병을 소재하

---

13 백시리밀다라 한역, 최윤옥 역, 『불설관정경』 제9권, 『불설관정소오방용왕섭역독신주
   상품경(佛說灌頂召五方龍王攝疫毒神呪上品經)』. 경전의 번역은 동국대학교 불교학
   술원 아카이브(https://kabc.dongguk.edu/)에서 제공하는 자료를 인용하였다.
14 세간의 전염병이 특히 산정잡매의 독에서 발생하는 것이란 경전의 교리와 관련하여
   주목되는 기존 논의는 둘이다. 신라 〈처용가〉에 등장하는 역신의 존재를 제주도 무속에
   서 섬기는 영감(도깨비) 신격에 견준 현용준의 견해,(현용준, 『무속신화와 문헌신화』,
   400~402쪽.) 나자마자 죽어 돌림병, 귀신, 도깨비가 되었다는 고대 중국의 황제 전욱(顓
   項)의 세 아들과 연관하여 〈처용가〉 전승에 등장하는 역신의 속성과 유래를 살핀 황병익
   의 견해(황병익, 「역신(疫神)의 정체와 신라 〈처용가〉의 의미 고찰」, 129~130쪽.)이다.

기 위해서 오방의 용왕들과 그 무리의 이름을 동(東)-남(南)-서(西)-북
(北)-중앙(中央)의 차례로 읊는 형식을 취한다. 이러한 까닭으로 『불설
관정소오방용왕섭역독신주상품경』은 달리 『관정소룡대신주경(灌頂召
龍大神呪經)』이라 불리기도 한다.[15]

『관정경』이 적어도 6~7세기를 전후하여 신라에 수용·전파되었다는
점,[16] 신라 사회 전반에 『관정경』 신앙 중 치병 신앙에 대한 교의는 물
론 다라니를 위시한 연관 주술의 파급력이 매우 강력하였다는 점,[17] 통

----

15 이하의 기술에서는 〈불설관정소오방용왕섭역독신주상품경〉을 『관정소룡대신주경』으
로 갈음하여 쓴다.

16 『관정경』은 동진시대 원제 때 백시리밀다라에 의하여 한역된 것으로 알려져 있다. 『대
관정신주경』, 『대관정경』이라고도 불리며, 12소경으로 이루어져 있다. 초기 밀교에서
부터 중시된 경전으로 교의와 관련하여 다라니가 중요하게 부각된 것이 특징이다. 역사
학계에서는 『관정경』이 적어도 7세기를 전후한 신라 중고기에 토착 종교와의 갈등과
융합을 거쳐 폭넓게 수용되었을 것으로 추정하고 있다. 기존 연구에 따르면, 신라와
『관정경』의 관계는 명랑법사의 문두루비법으로 대표된다. 문두루비법은 신라의 호국
혹은 진호불교라는 개념을 확고하게 정립하는 데 큰 영향을 끼쳤으며, 이런 측면에서
『관정경』은 비록 『호국삼부경』의 범주에는 속하지 않지만, 호국적 이미지가 강한 경전
으로 인식되어 적어도 6세기 진흥왕대에 승려와 사신의 교류를 통하여 전파·수용되었
을 것이라 한다. 또한 『관정경』의 각 소경은 수많은 신들의 외호 속에서 신들을 예경하
면서 선업을 쌓을 때 얻는 양질의 삶과 죽음에 관한 종합적인 신불구복신앙을 담고
있어, 신라 중고기 이후 왕실, 귀족층뿐만 아니라 사회 전반에 폭넓게 받아들여졌다.(이
경란, 「6세기 신라 『관정경』 전래에 대한 고찰」, 『신라문화』 55, 동국대학교 신라문화연
구소, 2020, 77~79쪽.) 더불어 옥나영은 7세기 신라에서 활동한 밀본이 선덕왕과 김양도
의 치병을 위하여 독송하였다는 『약사경』이 『관정경』의 소경 중 하나인 〈관정발제과죄
생사득도경〉일 것이라 추정한 바 있다. 연구자는 이 사건을 계기로 신라 왕실과 귀족
사이에서 『관정경』에 대한 인식이 더욱 높아졌을 것이며, 이러한 인식이 명랑법사가
『관정경』을 소의 경전으로 삼아 활약할 수 있는 배경이 되었다고 주장하였다.(옥나영,
「『관정경』과 7세기 신라 밀교」, 『역사와 현실』 63, 한국역사연구회, 2007), 259~265쪽.)

17 김연민은 7세기 후반 활동한 혜통의 주술과 밀교의 홍포가 겨냥하였던 대상은 기층민들
이었으며, 혜통 때 이르러 밀교의 바람이 크게 떨쳐졌다는 『삼국유사』의 평가는 당대에
신라 사회 전반으로 밀교가 확산되었던 정황을 시사한다고 하였다. 더불어 삼국통일

일 신라기에 더욱 융성하였던 호국룡(護國龍)·호법룡(護法龍) 신앙은 토
착 신앙과 불교가 습합되며 보다 견고한 체계를 갖추게 되었다는 점
등으로 미룰 때, 『관정경』의 소경인 『관정소룡대신주경』의 교의나 관
련 밀교 신앙이 신라 사회에서 치병 신앙이자 용신 신앙으로서 기존
신앙과 연계되었을 가능성은 적지 않아 보인다.

특히 신라 불교에서 나름 독자적인 신앙 체계를 갖추게 된 특정 사상
들은 고려와 조선으로 이어지면서 신앙적·의례적인 전형을 이루거나,
달리 변모하면서 새로운 신앙과 관련 의례를 마련하는 촉매제 역할을
해 왔다. 그런데 고려조에서 나라에 역병이 창궐하였을 때, 『관정소룡
대신주경』에 전거하여 용신을 치제하는 소재도량, 즉《소룡도량(召龍道
場)》을 국가적 차원에서 벌였던 정황이 『동국이상국집』에서 확인되어
주목을 요한다.

참된 구제는 가장 묘하여 불도가 흥하고 부처님이 착한 것을 유지하
도록 보호하여 주시나니 착한 마음 사촉하면 사람으로 보존되고 사람이
아니라도 기쁨을 맛보나니 진실로 정성스레 받들기만 한다면 은혜의 사
랑으로 역병을 씻어내게 되나이다.
돌아보면 시대의 명령이 화목을 손상하고 백성들이 살아가면서 역병
에 걸린 다음 그 모습을 잃게 되니 아무리 지키려한들 감히 진휼할 마음
을 너그러이 가질 수 있겠나이까? 하늘이 벌을 내려도 오히려 그것을
피해 숨어서 재앙을 물리치는 제사를 지내 액막이를 꾀하거늘 마땅히
불경을 베풀어 부처님의 공덕을 빌게 되나니 법석에 향로를 차려놓고

이후 신라에서는 기층민에 대한 중요성을 지배층이 인식하기 시작하였고, 그와 함께
불교 대중화 역시 진전되며 밀교의 확산과 대중화가 급진되었다고 보았다.(김연민, 「혜
통의 활동과 밀교사상」, 『신라사학보』 31, 신라사학회, 2014, 95~144쪽.)

용왕님의 신통한 영험을 빌어마지 않나이다. 엎드려 바라건대 진정한 풍속이 온 천지에 모두 함께 더해지게 하시옵고 즐기고 편안하려 한다면 음양의 방해를 영영 끊어버리시어 번거롭거나 한가하려 한다면 모두가 어질고도 장수하는 방법을 택하게 하여주시옵소서.

〈동림사에서 <u>역병을 물리치는 기도를 드리고 용왕님을 부르는 도량문</u>〉¹⁸

알리나이다.

석가여래(釋迦如來)께서 질병에 간섭하심은 병에 따라 약을 주시기 위함이요, 임금이 백성 위한 정사를 어질게 하는 것은 마치 성황님께 정성을 바치듯 하는 것이나이다. 진실로 부처님을 존대하여 받들어 모신다면 신령님도 보호의 손길을 이어주실 것이나이다. <u>생각건대 엷은 덕에 의거하여 무거운 역병을 없애려 한다면</u> 그것은 늘 백성을 위하여 마음을 쓰게 되는 것이니 그러자면 한 가지 병도 없이 할 수 없고 연사는 흉년들어 백성들이 구렁텅이에 빠질가 두려워하게 될 것이며, 더위가 심하여 찌는 듯 하여도 오히려 주문왕의 부채질을 바라게 될 것입니다. 하물며 또다시 질병에 걸리게 되면 잠시라도 보고만 있을 수 있겠나이까. 부처님의 자비심에 의탁하여 잘 구원해 주시기를 빌어 진정으로 염불함이 제일 좋은 방책으로 생각하여 부처님 계신 곳에 함께 기뻐하려 하나이다. 엎드려 바라건대 커다란 화기를 떨치시어 마을과 가정들에 잠긴 근심을 쓸어버리고 순하(純煆)에 독실하시어 가정과 나라의 안녕을 이룩하게 하여주옵소서.

〈역병을 막으려 용왕을 부르는 도량문〉¹⁹

---

18 "眞乘最妙. 佛與佛以護持. 善囑猶存. 人非人而歡喜. 苟勤熏奉. 尋沐恩慈. 顧時令之傷和. 亘民居而被疫. 后非衆罔與守. 敢寬矜恤之心. 天作孼猶可違. 竊計禬禳之要. 宜投法寶. 用丐梵麻. 陳覺席於舊廬. 演靈文於虮藏. 伏願眞風所作. 環宇同加. 將樂將安. 永絶陰陽之寇. 旣繁旣庶. 咸躋仁壽之郷."(〈東林寺行疫病祈禳召龍道場文〉,「佛道疏」, 『東國李相國全集』 卷第 三十九.)

이처럼 『관정소룡대신주경』, 고려조 《소룡도량》의 존재와 효험에
근거하였을 때, 동해 용(용신)의 혈통을 잇는 처용이 역신을 구축(驅逐)
하였다는 맥락은 밀교의 치병 신앙에서 숭앙하였던 용신의 직능과 긴
밀한 연관성이 있는 듯 보인다. 이러한 신앙·사상적 관점을 견지하면
〈처용랑 망해사〉조에서 처용 관련 대목을 새롭게 해석할 수 있다.

> 제49대 헌강대왕(憲康大王) 때는 경사(京師)에서 해내(海內)에 이르
> 기까지 집과 담장이 연이어져 있었으며, 초가집은 하나도 없었다. 풍악
> 과 노래 소리가 길에 끊이지 않았고, 바람과 비는 철마다 순조로웠다.
> 이때에 대왕이 개운포(開雲浦)【학성(鶴城)의 서남쪽에 있으며, 지금의
> 울주(蔚州)】에 나가 놀다가 바야흐로 돌아가려 했다. 낮에 물가에서 쉬
> 는데 갑자기 구름과 안개가 자욱해져 길을 잃게 되었다. 왕은 괴이하게
> 여겨 좌우에게 물으니 일관(日官)이 아뢰기를, "이것은 동해 용의 조화
> 이오니 마땅히 좋은 일을 행하시어 이를 풀어야 될 것입니다."라고 하였
> 다. 이에 유사(有司)에게 칙명을 내려 용을 위해 그 근처에 절을 세우도
> 록 했다. 왕령이 내려지자 구름이 개이고 안개가 흩어졌다. 이로 말미암
> 아 개운포라고 이름하였다. 동해의 용은 기뻐하여 이에 일곱 아들을 거
> 느리고 왕 앞에 나타나 왕의 덕을 찬양하여 춤을 추며 풍악을 연주하였
> 다. 그 중 한 아들이 왕의 수레를 따라 서울로 들어와 정사를 도왔는데
> 이름은 처용(處容)이라 했다.
> 　왕이 아름다운 여인을 처용에게 아내로 주어 그의 생각을 잡아두려
> 했으며 또한 급간의 벼슬을 내렸다. 그 처가 매우 아름다워 역신이 그녀

---

19 "云云. 如來攝疫之門. 應病投藥. 仁主恤人之政. 若已納隍. 苟尊閣以奉行. 卽靈承於
護蔭. 念循涼薄. 叩襲重艱. 常以百姓而爲心. 庶無一物之失所. 年其饑嗛. 猶恐鄒民
之轉溝. 暑或敵蒸. 尙期周后之扇暍. 況復有罹於疾病. 可能忍視於須臾無託等慈. 仰
祈善救. 俾暢眞詮之最勝. 庶令靈府以同歡. 伏願扇以大和. 掃里閭之沈頓. 篤于純嘏.
致家國之."(〈疾疫祈禳召龍道場文〉,「佛道疏」,『東國李相國全集』卷第 三十九.)

를 흠모해 사람으로 변하여 밤에 그 집에 가서 몰래 함께 잤다. 처용이 밖에서 집에 돌아와 잠자리에 두 사람이 있는 것을 보고, 이에 노래를 부르고 춤을 추며 물러났다. …중략… 이때에 역신이 형체를 드러내어 [처용] 앞에 무릎을 꿇고 말하기를, "제가 공의 아내를 탐내어 지금 그녀를 범했습니다. 공이 이를 보고도 노여움을 나타내지 않으니 감동하여 아름답게 여기는 바입니다. 맹세코 지금 이후로는 공의 형용(形容)을 그린 것만 보아도 그 문에 들어가지 않겠습니다"라고 하였다. 이로 인해 나라 사람들(國人)이 처용의 형상을 문에 붙여서 사귀를 물리치고 경사를 맞아들이게 되었다. 왕이 서울에 돌아오자 영취산(靈鷲山) 동쪽 기슭의 경치 좋은 곳에 절을 세우고 이름을 망해사(望海寺)라고 했다. 또한 신방사(新房寺)라고도 이름하였으니 곧 용을 위해 세운 것이다.[20]

 '개운포', '신방사'의 유래에 대한 서사이자 처용의 출자 내력, 처용과 헌강왕의 만남을 다룬 서사 단락에 『관정소룡대신주경』의 교의와 신앙을 대입하자면, 이 부분은 "헌강왕이 울주 지역에 행차하였을 때, 상서롭지 않은 기운(역병의 조짐)이 발생하자, 동해 용왕을 비롯한 그 무리에게 일종의 불사(佛事)를 행한 의례적 사실"의 설화화로 해석할 수 있다.

 헌강왕이 "낮에 물가에서 쉬는데 갑자기 구름과 안개가 자욱해져 길

---

20 "第四十九憲康大王之代, 自京師至扵海內比屋連墻, 無一草屋. 笙歌不絕道路, 風雨調扵四時. 扵是大王遊開雲浦 在鶴城西南, 今蔚州.王将還駕. 晝校勘歇扵汀过, 忽雲霧冥曀迷失道路. 怪問左右, 日官奏云, "此東海龍所變也, 冝行勝事以解之." 扵是勑有司為龍刱佛寺近境. 施令已出雲開霧散. 因名開雲浦. 東海龍喜乃率七子現扵駕前, 讚德獻舞奏樂. 其一子隨駕入京輔佐王政, 名曰處容. 王以美女妻之欲留其意, 又賜級干職. 其妻甚美, 疫神欽慕之變無校勘人, 夜至其家竊與之宿. 處容自外至其家見寢有二人, 乃唱歌作舞而退. …… 因此國人門帖處容之形, 以僻校勘邪進慶. 王旣還, 乃卜靈鷲山東麓勝地, 置寺曰望海寺. 亦名新房寺, 乃為龍而置也."(〈處容郎 望海寺〉,「紀異」第二,『三國遺事』券二.)

을 잃었다.”는 문맥은『관정소룡대신주경』에서 설하는 ‘역병의 조짐’과
직결된다. 경전에 따르면 역병은 독룡과 산정잡매가 만들어 내는 ‘오색
의 독한 기운’이 ‘구름과 안개’처럼 뿌려져 발생하는데, 유사한 인식이
당대에도 존재하여 헌강왕 무리가 불사의 힘으로 불길한 징조를 소거
하였던 내력이 〈처용랑 망해사〉조의 앞 대목과 같이 설화화 되었던 것
이라 짐작된다. 고려조와 조선조까지도 ‘안개’, ‘독한 기운’은 ‘장역(瘴
疫)’이라 불렸던 풍토병의 발생 원인으로 통념화 되어 있었다.

> 경오일에 누른 안개가 4일간이나 4면에 자욱하고 서울에 유행병이
> 많이 발생하였으므로 왕이 의원을 보내 이를 치료케 하였다.[21]

> 장역은 영남(嶺南)에서는 봄과 가을에 사람들이 산람장무(山嵐瘴霧)
> 의 독기(毒氣)에 감하여 온학(溫瘧)이나 한열병(寒熱病)이 생기는데, 이
> 는 독기가 입과 코를 통하여 들어온 것이다.[22]

‘장역(瘴疫)’이라는 병명(病名)에서 알 수 있듯이, ‘장(瘴)’은 이른 바 장
기(瘴氣), 즉 ‘축축하고 더운 땅에서 생기는 독한 기운’을 의미한다.[23] 동

---

21 “庚午 黃霧四塞凡四日京城多患瘴疫王分遣醫療之.”(『高麗史』卷4,「세가」4, 현종 무
    오 9년(1018) 4월).

22 “瘴疫, 嶺南春秋時月, 人感山嵐瘴霧毒氣, 發爲瘟瘧寒熱, 此毒氣從口鼻入內也.”(『동
    의보감(東醫寶鑑)』,「잡병편(雜病篇)」권7, 〈장역〉.)

23 이경록은 이규보, 정포 등의 시문(詩文)에서 쓰인 “장(瘴)”의 용례를 살피면, 현종 재위
    기 이후 고려조에는 이전보다 더 “장(瘴)”과 풍토병, 전염병을 연관하는 인식이 확산되
    었고 이는 용어를 통하여 확인할 수 있다고 보았다. 논의에 따르면 이규보는 대체로
    질병을 일으키는 나쁜 풍토 기운이라는 뜻으로 “남장(嵐瘴)”이란 단어를 썼으며 정포는
    혹독하게 앓는 고질병 정도의 의미로 “장려(瘴癘)”라는 용어를 사용하였다고 한다.(이
    경록,「고려시대의 유행병 대응과 그 성격」,『역사학보』252, 역사학회, 2021, 7~8쪽.)

일하게 『고려사』에서 장역은 '안개'와 '독한 기운'으로 인하여 발생하는 역병이라 정의되고 있다. 이러한 인식은 『동의보감』〈잡병편(雜病篇)〉의 기록에서도 확인된다. 특히 『동의보감』에서는 장역을 "우리나라에서도 특히 영남 지역의 봄과 가을에 산람장무의 독기에 감하여 걸리는 풍토병(역병)"이라 풀이하였는데, 헌강왕이 처용과 인연을 맺게 된 장소인 개운포는 울주, 즉 영남 지방의 한 지역이므로 간과할 수 없는 연관성을 지닌다.

따라서 '개운포(開雲浦)'는 헌강왕이 동해 용을 위하여 사찰 창건을 약속하는 일종의 불사(佛事)가 행해진 장소로서, 역병의 조짐 혹은 재이(災異)의 징조인 '구름[雲]'을 '소거한[開]' 장소라는 의미를 지녔으리라 짐작된다. 함께 살필 역사적 사실도 존재한다. 『삼국사기』에 기록된 통일신라기의 역병 관련 기사이다. 모두 11회에 달하는데,[24] 헌강왕의 부친인 경문왕의 재위기(861~875)에만 3회에 달하는 기록이 전한다. 경문왕을 이어 왕위에 오른 헌강왕 재위기의 역병 관련 기록은 『삼국사기』에 나타나지 않아 흥미롭다.

〈처용랑 망해사〉조가 수록된 「기이」편 서문에서는 제왕의 신이함을 "필히 여느 사람과 달리 능히 세상의 큰 변고를 이기고 제왕의 지위를 잡고 대업을 성취하는(必有以異於人者, 然後能乘大變, 握大器, 成大業也)"것이라 하였다. 『삼국유사』가 편찬될 당시 고려조에 역병의 창궐이 빈번

---

24 이현숙은 『삼국사기』와 『조선역병사』의 기록을 참고하여, 신라 통일기 전염병의 창궐 양상과 대응책을 살핀 바 있다. 논의에 따르면, 통일 신라에서 유행한 역병에 관한 『삼국사기』의 기록은 714년(성덕왕), 747년(경덕왕), 785년(선덕왕), 796년(원성왕), 833년(흥덕왕), 841년(문성왕), 857년(헌안왕), 867년(경문왕), 870년(경문왕), 873년(경문왕), 918(경명왕)년에 보인다고 한다.(이현숙, 「신라 통일기 전염병의 유행과 대응책」, 『한국고대사연구』 31, 한국고대사학회, 2003, 233쪽.)

하였다는 사실을 함께 고려한다면, 서술·편집자에게 이러한 헌강왕의
내력은 적지 않은 관심사로 작용하였을 여지가 크다.[25] 이는 서술·편집
자가 〈처용랑 망해사〉조의 첫 대목을 헌강왕 시절의 태평성대와 관련
한 기술로 꾸릴 수 있었던 동인이기도 하였을 것이다.

　『삼국유사』에서 밀교의 치병 신앙과 연관된 기사들은 대개 불교 사
상을 짙게 표방하는 편목에 편제되어 있다.[26] 서술·편집자의 의도가
다분한 찬술(撰述)이다. 용자(龍子)로서 헌강왕을 보필하고 종국에는 민
간의 구역신이자 문신으로 널리 숭앙되었던 처용의 내력이 「신주」편
이나 「감통」편에 수록되지 않고 '헌강왕대에 일어난 신이를 대표하는
사건'으로 선택되었다는 것은, 서술·편집자가 처용을 얻음으로서 역
병으로부터 민생을 안정시킬 수 있었던 헌강왕의 행보를 우선적으로
제왕의 대업, 즉 제왕이 보일 수 있는 신이(神異)로 꼽았다는 사실을 시

25　고려 후기는 전쟁과 역병의 시대라고 명명해도 좋을 만큼, 다양한 이민족의 풍토병들이
　　전쟁으로 인하여 고려로 유입되었다. 고려 초기, 중기와는 달리 지방의 반란을 집압하기
　　위한 토벌군대 내에서부터, 몽고군의 침략과 여몽 연합군으로 전쟁을 수행하는 와중에
　　발생한 전염병 등, 고려 중기에 비하여 발생 원인의 스펙트럼이 매우 다양한 것이 특징
　　이다. 특히 이 시기에는 전쟁 시 군대 내에서 발생한 전염병이 군대의 귀환 후 민간에
　　퍼져 큰 피해를 유발하였다. 『고려사』, 『고려사절요』, 『동국이상국집』, 『동안거사집』
　　에 전거하여 고려 후기의 역병 발생과 해결책을 정리한 연구 자료에 따르면, 총 21번에
　　달하는 기록을 확인할 수 있다.(이현숙, 「전염병, 치료, 권력: 고려 전염병의 유행과
　　치료」, 『이화사학연구』 34, 이화여자대학교 이화사학연구소, 2007, 19~35쪽.) 그 중 11
　　번에 달하는 기록은 일연의 생존 시기(1206~1289)와 맞물리며, 고려 후기라 할 지라도
　　역병이 전역으로 확산되었을 시, 고려는 국가적 차원에서 다수의 소재도량을 벌였다.
　　역병의 창궐과 소재, 그리고 소재 도량에 대한 일연의 관심이 적지 않았을 것이라 추정
　　할 수 있다.
26　『삼국유사』 권4, 「의해(義解)」 제5, 〈원광서학(圓光西學)〉조 ; 『삼국유사』 권6, 「신주(神
　　呪)」 제6, 〈밀본최사(密本摧邪)〉조 ; 『삼국유사』 권6, 「신주(神呪)」 제6, 〈혜통항룡(惠通
　　降龍)〉조가 대표적이다.

사한다.

하지만 기사에서 헌강왕은 종국에 국토수호신들—— 지신(地神)과 산신(山神)—— 의 경고를 알아채지 못하고 망국을 초래한 제왕으로 전락하고 말았다. 이와 같은 기사 구성은 제왕의 옳고 그른 행보와 그로부터 발생한 신이의 양가적 속성을 모두 보임으로써, 정법 치국의 중요성을 강조하고자 한 서술·편집자의 의도를 투영한 것이라 하겠다.

경문왕대 후반기에는 천재지변·역병 등이 자주 발생하였다. 때문에 헌강왕 즉위 시, 민생(民生)은 피폐할 수밖에 없었을 것이다. 『삼국사기』의 기사 내역과 출현 빈도 등을 볼 때, 당시 역병으로 인한 백성들의 고통 역시 극에 달한 상태였다. 헌강왕에게 시급했던 사안은 이러한 민생을 안정시키기 위한 위한 정치적 행보였다.

이러한 측면에서 처용은 실존인물이라기보다, 헌강왕 재위기에 민생 안정을 도모하기 위한 주요 정치적 기제가 되었던 신앙적 산물일 여지가 크다. 신성 존재의 비호(庇護)를 통하여 민생과 정국을 안정시키고자 하였던 정치적·신앙적 결과물이 처용이었을 것으로 보인다. 신성 존재였던 처용을 얻은 뒤 군신의 관계를 맺었다는 서사 상의 설정, 처용이 처음부터 문무왕대 이래 신라를 수호한다고 여겨졌던 동해 용의 신성한 혈통을 잇는 존재로서 등장하는 설정은 그 자체로 정치적 의도를 담고 있다.

실제로 신라 중대를 거쳐 하대에 이르기까지 사회 전반에 융성하였던 밀교 신앙은 치병뿐만 아니라 호국(護國)과도 긴밀한 연관성을 지닌다.[27] 또한 신라 자체에 전통적·독자적인 용신 신앙이 존재하였던 정황

---

27 안미경은 『삼국유사』 「신주(神呪)」 편에 수록된 밀본, 명랑, 혜통에 관한 기록을 크게 치병에 관한 기록(밀본, 혜통)과 호국에 관한 기록(명랑)으로 나누며, 호국 중심의 밀교

을 감안한다면, 이러한 신앙적 사유들은 '신라'에서 자연스레 습합되며, 신라 하대에 이르러 더욱 융성하였으리라 추정된다.

　이처럼 용신을 존숭(尊崇)하였던 밀교적 치병 신앙의 존재를 감안하자면, 〈처용랑 망해사〉조는 '신라'라는 특별한 기반을 바탕으로 토착 신앙, 밀교의 치병 신앙, 밀교의 호국 신앙, 신라의 전통 신앙이 '용신'이라는 특정 신격을 매개로 지배층과 민중의 영역을 아우르며 습합·분화·파생되어 온 흐름이 담긴 기사라 할 수 있다. 물론 헌강왕이 처용을 얻는 대목과 향가 〈처용가〉과 관련 서사는 다소 구분하여 살펴야 하겠다. 향가 〈처용가〉 전승에 관여한 밀교 신앙의 교의와 관련 경전은 달리 있는 듯하다. 이는 다음 장에서 상세하게 논의한다.

3. 『불설안택신주경』, 『공작왕주경』 신앙과 〈처용가〉 전승

　앞서 용자로서 역신을 쫓아 구역신, 문신의 신위(神威)를 얻었던 처용의 내력과 〈처용랑 망해사〉조의 관련 서사를 『관정경』의 소경인 『관정소룡대신주경(灌頂召龍大神呪經)』에 단서하여 살폈다. 하지만 향가 〈처용가〉와 고려가요 〈처용가〉의 전승 환경을 따지자면, 각 민가(民家)에서 수호신으로 섬겨 온 처용 신앙과 궁중 연례(宴禮)·나례(儺禮)로 편입되어 국가적·제도적 차원에서 호국신으로 섬겼던 처용의 신앙적 층위는

는 정치적 연관성이 강하며 고위 진골계 출신의 승려인 명랑과 왕실을 통하여 확대·융성하였던 반면, 치병 중심의 밀교는 왕 또는 왕실과의 관련성이 일견 존재하지만, 출신이 불명한 승려들의 대대적인 활동 등으로 신라 중대 밀교의 대중화는 치병 중심의 밀교를 통하여 크게 확대되었을 것이라 파악하였다.(안미경, 「신라중대 사찰의 밀교적 성격」, 경주대학교 석사학위논문, 2003, 26~53쪽.)

엄밀하게 다르다.

〈처용랑 망해사〉조에서 헌강왕이 처용을 얻은 이후의 서사, 그 가운데 향가 〈처용가〉 전승에 관여한 신앙·사상적 요소는 『관정경』과는 다소 결을 달리하는 『불설안택신주경(佛說安宅神呪經)』과 그 교의가 일정 정도 개입한 것으로 보인다.[28] 특히 이 경전과 관련 신앙은 향가 〈처용가〉의 발생을 비롯한 민간 신앙 범주의 처용 신앙이 형성·전파되는 과정에 적지 않은 영향을 끼친 듯하다. 경전 가운데 살펴야 할 주요 내용을 아래에 제시한다.

> 그때 이차(離車: 릿차비)족 장자의 아들 50명이 함께 몸에는 흙먼지를 뒤집어쓰고 마치 부모와 사랑하는 처자식을 잃어버린 것과 같이 근심 걱정에 싸여 부처님께서 계시는 곳으로 찾아왔다. (……) 그때 장자의 여러 아들들이 같은 소리로 함께 부처님께 말씀드렸다. "세존이시여, 사람이 사는 세간에 가택(家宅)의 길흉(吉凶)이 있는지 없는지를 잘 모르겠습니다." (……) 이런 말씀을 드리는 까닭은 스스로 생각하건대, 오직 제자의 복이 얇고 덕이 얇기 때문입니다. 살고 있는 집에 재앙과 괴이함이 자주 일어나고 악마가 밤낮으로 다투어 침범합니다. 그래서 앉거나 눕거나 편안하지 못함이 마치 끓는 물과 불을 끌어안고 있는 것과 같으며, 요즘에는 착한 마음을 잃어버려서 믿고 의지할 곳이 없습니다.
> 원컨대 세존께서는 제자의 청을 받아 주시어 저희가 사는 곳에 오셔서 집을 편안하게 해주소서. 집을 지키는 모든 귀신들과 사시(四時)의

---

28 해당 경전의 성립과 한역, 전래 등을 살필 만한 정보는 현재 극히 제한적이다. 중국 후한(後漢)시대(25~220)에 한역되었다고 알려지나 한역자는 미상이다. 달리 『안택주(安宅呪)』, 『안택법(安宅法)』이라 불리기도 한다. 『개원석교록』에 경전명이 기술되어 있는 데다, 『고려대장경』에 전문이 수록되어 전한다. 이 같은 정황을 감안하자면, 이 경전의 국내 유입은 꽤 오래 전에 이루어졌을 것으로 추정된다.

금기(禁忌)를 깨우쳐 주시어, 항상 번창함을 누리도록 해주시고, 밤낮으로 편안하게 해주시며, 재앙이 소멸되게 하여 주십시오." …중략 … 그때 세존께서는 이튿날 아침에 여러 제자들에게 명하시어 각자 의복을 차려 입도록 하시고 마을에 들어가도록 하셨다. 비구들은 각자 발우를 지니고 장자의 아들들이 사는 집으로 가서 공양을 마친 뒤에 전륜좌(轉輪座)를 펴고 장자의 아들들에게 미묘한 법을 설하여 그들로 하여금 두려움을 여의고 몸과 마음이 즐겁고 편안하도록 해주었다. 그때 모든 이차족들은 마치 비구가 제3선(禪)에 든 것처럼 각자 기뻐하는 마음을 내었다. …중략… "여러 선남자와 선여인들이여, 내가 열반에 들고 500세(歲)가 지난 뒤에는 중생의 허물이 무거워 삿된 견해가 치성하고 마귀의 도(道)가 다투어 일어날 것이다. 요망한 도깨비들이 망령된 짓을 하여 사람들의 출입하는 문을 살펴보다가 각자 틈을 엿보아서 사람의 장단점을 찾아서 상서롭지 못한 갖가지 곤란한 일을 벌일 것이다. 그때에 여러 제자들은 마땅히 한결같은 마음으로 부처님을 생각하고 법을 생각하며 비구승가를 생각하여서, 청정한 계율을 지켜야 한다. 삼귀(三歸)와 5계(戒)와 10선(善)과 팔관재계(八關齋戒)를 받들어 지녀야 한다. 아침저녁으로 여섯때에 예배를 드리고 참회하며 부지런한 마음으로 정진해야 한다. 그리고 청정한 스님을 청하여 안택재(安宅齋)를 베풀되, 여러 가지의 이름난 향을 사르고 장명등(長明燈)을 계속 밝혀 놓고, 지붕이 없이 드러나 있는 뜰 안에서 이 경전을 읽어야 하느니라. …중략… 신자(神子)와 신모(神母)와 집 안에 있는 모든 신과 사악한 귀매(鬼魅)와 해를 끼치는 망량(魍魎)과 폐를 끼치는 마귀(魔鬼)들은 각자 있는 곳을 편안히 여기고 쓸데없이 서로 침범하여 근심을 일으켜서 아무개 등으로 하여금 놀라고 두렵게 하지 말라.

『불설안택신주경』은 부처가 사위국(舍衛國)에 있을 때, 이차족(離車族) 장자의 아들 50명이 자신들의 집안에 재앙이 끊이질 않아 근심이 많으므로, 이들을 위하여 안택 진언과 안택재(安宅齋)를 마련한 내력과 관련 다라니들을 설하여 놓은 경전이다. '신주경(神呪經)'이라는 이름처럼, 경전에 수록된 특별한 신주(다라니)를 독송(讀誦)하면 출입문을 통해 집안에 침범하여 재앙을 일으키는 귀매·망량 등의 모든 귀기(鬼氣)들을 잠재울 수 있으며, 각 가신(家神)들이 제 위치를 지켜 더 이상 집안에 불상(不祥)한 일이 일어나지 않는다는 교의를 핵심으로 삼는다. 즉『불설안택신주경』은 밀교적 요소가 짙은 불교적 안택 신앙, 안택 다라니 신앙의 제요소를 갖춘 경전이라 할 수 있다.

『불설안택신주경』에 따르면, 한 집안에서 발생하는 질병과 공포를 일으키는 대상은 귀매와 망량, 마귀들이다. 특히 이들이 집안을 '침범' 하여 나쁜 기운들이 발생한다는 신앙적 사유는 향가 〈처용가〉 전승에서 '처용의 집에 들어 아내를 범한 역신'의 서사와 유사하다. 그밖에 경전에서는 집을 수리하거나 방을 옮기는 일을 안일하게 처리하였거나 흙 등을 잘못 다루었을 때도 일종의 동토(動土)와 같은 액운이 집안에서 일어나게 된다고 하였다.[29] 이러한 사기(邪氣)가 달리 경전에서는 '독 (毒)'이라는 용어로 표현되기도 하는데, 이것을 거두어 드리는 신격들

---

29 "아무개 등이 편안히 거주하도록 집을 건립한 이후로 남쪽에 대청을 짓거나 북쪽에 뒤채를 짓거나 동쪽과 서쪽에 곁채를 짓거나, 방앗간이나 창고나 우물이나 부엌이나 문이나 담장이나 정원이나 연못이나 여섯 가지 가축의 우리를 짓기도 하였다. 혹은 방을 바꾸고 흙을 옮기기도 하고, 제때가 아닌 때에 땅을 파거나 뚫기도 하였으며, 혹은 복룡(伏龍)과 등사(騰蛇)와 청룡(靑龍)과 백호(白虎)와 주작(朱雀)과 현무(玄武)와 육갑(六甲)의 금기(禁忌)와 십이시신(十二時神)이나 대문과 뜰과 지게문과 우물과 부엌의 정령이나 지붕과 문과 뒷간의 신(神)을 범하여 저촉하기도 하였습니다. 제가 이제 모든 부처님의 위신력과 보살님의 위광반야바라밀(威光般波羅蜜)의 힘으로써 집의 앞쪽과 집의 뒤쪽과 집의 왼쪽과 집의 오른쪽과 집의 가운데를 지키는 신들과 신자(神子) 와 신모(神母)와 그리고 복룡과 등사와 육갑의 금기와 십이시신과 시체를 날게 하는 사신(邪神)과 거들먹거리는 망량귀신들에게 형상과 소리에 의탁하여 이름을 올려서 붙이고 명하려 합니다."(『佛說安宅神呪經』)

가운데 구역신(치병신), 문신의 존재가 다음과 같이 언급된다.

> **"질병을 주관하는 자와 두통(頭痛)을 주관하는 자와, 사람의 집과 출입**
> **하는 문을 주관하는 자는,** 마땅히 모든 독을 거두어 들여서 나의 여러
> 제자들을 어지럽게 하지 마라. 만약 내가 주문하는 것을 따르지 않는다
> 면, 머리가 깨어져 일곱 조각이 날 것이니라."

그러니 『불설안택신주경』에 근거하자면, 불교적 안택 신앙에서는
구역신(치병신)은 가신(家神)으로서의 직능을 지닌 존재이며, 문신 역시
그와 같은 신앙적 자장 안에서 숭앙되었던 존격임을 알 수 있다. 경전
의 교의에서 구역신(치병신)과 문신은 귀매와 망량, 마귀들의 침입을 막
거나 집안의 분란이 일어난 원인을 직접적으로 소거할 수 있는 존재다.
무엇보다도 『불설안택신주경』은 현재 신앙적 범주를 달리하여, 우
리나라에서 토속(무속) 신앙과 불교 신앙이 강하게 결합된 '독경(讀經)
신앙'에서 안택을 위하여 독송되고 있다.[30] 신앙적 습합의 소종래를 명
확하게 따질 수는 없으나, 『불설안택신주경』에 수록된 다라니들의 내
용과 속성이 처용의 복합적인 신격 직능과 향가 〈처용가〉의 소재·내용
과도 긴밀한 연관성을 지니기에, 처용 문배와 관련한 문신 신앙 역시
단적으로 토속(민간) 신앙에서 비롯된 대상이라거나 중국의 문신 신앙
에 기원을 둔 것이라 단정할 수 없다.

---

30 김혁제의 『불경보감』에는 〈불설안택신주경〉이 수록되어 전한다.(김혁제, 『불경보감』,
   명문당, 2007.) 그의 저서는 독경무(讀經巫)들이 익히는 경문(經文)에 절대적인 영향을
   끼친 것으로 평가된다.

(1)
다리가 하나인 중생이여, 나를 괴롭히지 말 것이며(一足衆生莫惱我)
다리가 둘인 중생이여, 나를 괴롭히지 말 것이며(二足衆生莫惱我)
다리가 셋인 중생이여, 나를 괴롭히지 말 것이며(三足衆生莫惱我)
다리가 넷인 중생이여, 나를 괴롭히지 말라(四足衆生莫惱我)

(2)
백흑용왕 선자용왕 구바라용왕 아뇩대용왕
白黑龍王 善子龍王 漚鉢羅龍王 阿耨大龍王
(結界呪文)
가바티 가바티 시바하 동방대신용왕 칠리결계 금강택 남방대신용왕
칠리결계 금강택
伽婆致 伽婆致 悉波呵 東方大神龍王 七里結界 金剛宅 南方大神龍王
七里結界 金剛宅
서방대신용왕 칠리결계 금강택 북방대신용왕 칠리결계 금강택
西方大神龍王 七里結界 金剛宅 北方大神龍王 七里結界 金剛宅
이와 같이 세 번을 말한다.

(1)은 『불설안택신주경』에 등장한 심주(心呪) 중에서도 독특한 성격을 띤다. 대개 다라니는 범어의 소리를 그대로 옮기거나 (2)와 같이 특정 신격의 이름을 나열하는 방식으로 이루어지기 마련인데, (1)은 짧은 진언이면서도 '다리의 수'가 문제 시 되는 대상에게 자신을 괴롭히지 말 것을 명한다. '다리의 수'가 하나이든, 둘이든, 셋이든, 넷이든 이 요상한 존재는 집안에 침범하여 인간에게 액운을 불러주는 대상인 셈이다.

<표 1> <처용가> 해석과 원문

해석	원문
동경 밝은 달에	東京明期月良
밤들어 노니다가	夜入伊遊行如可
집에 들어와 자리를 보니	入良沙寢矣見昆
다리가 넷이러라	脚烏伊四是良羅
둘은 내 것이고	二肹隱吾下扲叱古
둘은 뉘 것인고	二肹隱誰支下焉古
본디는 내 것이다마는	本矣吾下是如馬扲隱
앗은 것을 어찌할꼬	奪叱良乙何如爲理古

처용 역시 역신이 자신의 아내를 범한 상황에서 <처용가>를 부르며 '다리의 개수'를 문제 삼는다. 그간 이 구절은 단적으로 남녀 간의 성적 결합이 표층화 된 알레고리로 구명되어 왔다. 뒤로 이어지는 7·8구의 내용도 그러하거니와 '아름다운 처용의 아내를 흠모한 역신'이라는 <처용랑 망해사>조의 기술이 이러한 해석을 견인하는 단서가 되었다.

하지만 『불설안택신주경』의 신앙적 맥락을 대입하자면, 굳이 처용이 아내와 역신의 동침을 보고 '내 것'과 '뉘 것'의 문제로 다리의 수를 이분하여 짚어냈던 사정은 '범인(凡人)'과 '사귀(邪鬼)'의 이질성,³¹ 곧 '함께 있어서는 안 될 존재'를 분명하게 갈음하는 의례적·신앙적 사유로도 해석할 수 있다.

---

31 이는 이매망량 등으로 총칭되는 요괴(妖怪)의 외관과 밀접한 상관성을 갖는 것으로 보인다. 『사기』의 <오제본기>에 따르면, "이매"는 사람의 얼굴을 하였지만 다리가 넷이 며 사람을 잘 홀린다("魑魅人面獸身四足, 好惑人")고 하였다. 또한 『산해경』에서는 "그 모습이 사람의 얼굴에 짐승의 몸뚱이며, 다리가 하나 손도 하나다."라고 기술되어 있다.

또한 (2)는 사방의 용신들을 불러 그들의 결계로서 삿된 귀기가 집안을 침범하지 못하도록 만드는 신주다. 용신이 역병을 비롯한 사기를 막는 존격이란 신앙적 사유는 앞서 『관정경』의 『관정소룡대신주경』에서도 확인한 바 있는데, 『불설안택신주경』은 그와 같은 용신의 직능이 안택신으로까지 분화·확장되었던 정황을 여실히 보여준다. 특히나 경전에서 설하는 신주 가운데, 뚜렷하게 특정 존격을 확인할 수 있는 대상이 오로지 용신이라는 사정도 간과할 수 없다.[32]

특히 〈오방처용무〉와 관련 의례,[33] 독경 신앙에서 질병, 고액, 구설을 피할 수 있도록 오방용신에게 기원하는 경문인 〈천룡경〉의 존재로 미루어 볼 때,[34] 이는 용신과 관련된 밀교의 치병 신앙 혹은 다라니 신앙이 신라 유입 이후 호국 신앙과 민간 신앙의 범주로 유입되며, 각자의

---

32 『불설안택신주경』에 보이는 신주는 모두 넷이다. 본문에서 제시한 두 개 외에 나머지는 다음과 같다. "나모불다사야 나모달마사야 나모승가사야(南無佛陀四野 南無達摩四野 南無僧伽四野)", "동방바구심산사라가차여백귀경착가(東方婆鳩深山婆羅伽扠汝百鬼頸著枷) 남방바구심산사라가차여백귀경착가(南方婆鳩深山婆羅伽扠汝百鬼頸著枷) 서방바구심산사라가차여백귀경착가(西方婆鳩深山婆羅伽扠汝百鬼頸著枷) 북방바구심산사라가차여백귀경착가(北方婆鳩深山婆羅伽扠汝百鬼頸著枷)"

33 서철원은 〈처용무〉에 등장하는 '오방처용'의 존재를 신라와 조선의 오방 관념에 의거하여 고찰한 바 있다.(서철원, 「처용가무의 전승 및 연행 과정에 나타난 오방처용의 성격」, 『한국시가연구』 30, 한국시가학회, 2016, 51~79쪽.) 실제로 삼산 오악 신앙에 기원을 둔 신라의 사방(四方)·오방(五方) 관념은 독자적인 형태의 방위불 신앙을 탄생시켰다. 특히 신라의 방위불 신앙은 전통 신앙 위에 밀교적 색채가 가미된 신라만의 독자적인 형태였다.(장미란, 「신라 오대산신앙체계의 변용배경과 의미」, 『동아시아불교문화』 44, 동아시아불교문화학회, 2020, 162~180쪽.) 이러한 사실은 '오방처용'의 존재와 신앙적 관념이 신라, 고려를 거치며 밀교의 '오방 용신' 신앙과 교섭하여 탄생한 신앙적·의례적 변용이었을 가능성 역시 시사하고 있다.

34 『한국구비문학대계』에서 김남수가 구연한 〈불설안택신주경〉, 〈안택축사살경(용호경)〉 등의 존재도 주목할 만하다.(한국정신문화연구원, 『한국구비문학대계(2~5): 강원도 속초시·양양군편(2)』, 한국정신문화연구원, 2002, 552~559쪽.)

영역에서 신앙적·의례적인 변화를 수반한 형태로 결을 달리해 간 양상이라 추정할 수도 있다. 앞서 살핀 바 대로 오방용신은 밀교 신앙에서 치병신, 축귀신으로 특정되었으며, 해당 신격과 관련된 다라니는 특정 공간의 삿된 기운을 막아주는 결계로서 특화되어 있었다. 이는 신라와 고려의 처용 신앙이 이와 같은 제요소들을 견인하며 체계화 되었다는 사실을 방증하는 것이 아닌가 한다.

한편 처용의 얼굴을 그려 붙였다던 신라 민간의 습속이나 고려가요 〈처용가〉에 보이는 처용의 형용 역시 밀교의 치병 신앙, 불교적 호국 신앙과 관련하여 풀어낼 수 있다. 그 근거가 되는 경전과 교의는 『공작왕주경(孔雀王呪經)』으로 대표되는 공작명왕 신앙이다.[35]

공작명왕은 주로 밀교에서 섬기는 명왕(明王)으로 여겨진다. 모든 독으로 인한 고통과 모든 병을 낫게 해주는 신으로, 다른 명왕들이 '분노존(忿怒尊)'으로 형상화 되는 정황과는 달리 매우 자비로운 특성을 지녔다고 알려져 있다.[36] 이는 향가 〈처용가〉 전승에서 처용이 취하였던

---

35 『공작왕주경』은 불공(不空)이 한역한 『불모대공작명왕경(佛母大孔雀明王經)』의 이역이다. 『공작명왕다라니경(孔雀明王陀羅尼經)』, 『공작왕다라니경(孔雀王陀羅尼經)』이라고도 불린다. 중국 양(梁)나라 때 승가바라(僧伽婆羅, Saṅghabhara)가 502년에서 520년 사이에 한역한 것으로 알려져 있다. 총 2권으로 구성된 이 경은 이역본인 『불모대공작명왕경(佛母大孔雀明王經)』과 내용은 거의 동일한 내용을 전하지만, 진언의 종류에 다소 차이가 있다. 특히 1음절의 범자를 연결해 놓은 진언이 상당수 들어 있다.

36 명왕 가운데서 자비상을 가진 보살은 이것뿐이다. 공작을 타고 연화좌(蓮華座)에 결가부좌(結跏趺坐)하고, 4비에는 각기 연화(蓮華), 구연과(具緣果, 모과(木瓜) 모양을 하고 있다), 길상과(吉祥果, 석류(柘榴)·대감자(大甘子)·이자(梨子)·조(棗)라고도 한다) 및 공작(孔雀)의 꼬리를 가지고 있다. 연화는 경애(敬愛)를, 구록과는 이익(利益)을, 길상과는 조복(調伏)을, 공작의 꼬리는 간난을 떨어버린다는 데서 평안을 뜻한다.(예용해, 『예용해 전집』, 「불상의 종류」, 〈공작명왕〉. 해당 원문은 한국의 지식콘텐츠-역사, 예술, 문학(www.krpia.co.kr)에서 제공하는 자료를 인용하였다.)

'관용의 자세'와도 일견 관련성을 지닌다. 더불어 고려조에 예종이 나라 전체에 창궐하였던 역병의 소거를 기양(祈禳)하기 위하여 《공작명왕도량》을 벌였던 사례나,[37] 조선조에도 왕이나 세자에게 병환이 생길 경우 《공작재》를 개설하였던 다수의 사례들은,[38] 관련된 소의 경전들과 신앙이 고려조와 조선조에 국가적 차원에서 여전히 숭앙되었음을 시사한다.

공작명왕과 관련한 경전으로는 다라니를 중심으로 한 주경(呪經)들과 해당 신격을 본존으로 삼아 벌이는 의식의 방법과 절차가 자세하게 수록된 『불설대공작명왕화상단장의궤(佛說大孔雀明王畫像壇場儀軌)』이 전한다. 특히 『불설대공작명왕화상단장의궤』에는 공작명왕의 화상을 그리는 방법과 형상이 아래와 같이 묘사되어 있다.

아난다야, 만약 괴롭고 번뇌하게 하는 재난이 일어날 때, 그 나라의 왕이나 왕자들, 대신이나 왕비나 후궁, 혹은 비구·비구니·선남자·선여인 등이 재난을 없애기 위해서는, 왕궁이나 수행하기에 알맞은 곳[勝地], 혹은 청정한 가람이나 본래 거주하는 집에서 법에 의지하여 땅을 청정하게 하고, 깊이가 1주(肘)가 되도록 땅을 파낸다. 기와와 조약돌과 땅 속의 더러운 것을 제거하고 깨끗한 흙으로 가득 메워 다지고 평평하게 한다. 흙이 본래 청정하면 그것을 사용하여 메운다. 만약 그 좋은 흙

---

37 "司天臺奏 今年疫厲大興尸骸載路請令有司收瘞 從之. (……) 乙酉 設孔雀明王道場 於文德殿."(예종 경인 5년(1110), 「세가」 제13, 『고려사』 제13권.)

38 『조선왕조실록』에 세종 32년 1월 22일 임금이 병환으로 효령 대군의 집으로 이어하였는데, 이때 불당에 공작재를 지냈다는 기록이 있다. 또한 문종 2년에 수양대군이 흥천사에서 공작재를 설행하였다는 기록, 세조 3년에 세자가 병을 얻어 승려 21인을 경회루 아래 모아 공작재를 베풀고 불법을 행하였다는 기록, 세조 12년에 임금의 병환으로 내불당에서 공작 기도재 등을 베풀었다는 기록 등이 확인된다.

이 남았으면 그곳은 매우 훌륭한 장소에 해당한다. 마땅히 진흙을 바르고 닦아내어 청정하게 하고서, 도량을 건립한다. 5주(肘) 길이로 네모난 단(壇)을 건립하되, 높이는 4지(指) 정도로 하고, 세 겹으로 자리를 마련한다.

혹은 물감을 이용해 그리거나, 혹은 오색(五色)의 가루를 사용한다. 내원(內院) 중심에 여덟 개의 잎을 가진 연꽃을 그리고, 연꽃 위에 불모대공작명왕보살(佛母大孔雀明王菩薩)을 그린다. 머리는 흰색으로 동쪽을 향하게 하고, 얇은 흰색 명주옷을 입히는데, 머리에 관을 씌우고 구슬 목걸이와 귀걸이, 팔찌 등 여러 가지로 장엄한다. 금색공작왕을 타고 결가부좌하고 흰 연꽃이나 청록색 연꽃 위에 앉아 있는 자비의 모습으로 네 개의 팔을 지니고 있다. 오른쪽 첫 번째 손은 활짝 핀 연꽃을 쥐고 있다. 두 번째 손은 연과(緣菓)【그 과일의 모습은 목과(木瓜)와 비슷하다.】를 함께 갖추고 있다. 왼쪽 첫 번째 손은 손바닥에 길상과(吉祥菓)【복숭아와 자두의 모양과 같다.】를 지니고 있다. 두 번째 손은 공작 꼬리를 열다섯 개 쥐고 있다.

『불설대공작명왕화상단장의궤』

前腔 新羅聖代 昭聖代 / 天下太平 羅侯德 / 處容 아바
　　　以是人生애 相不語ᄒ시란ᄃᆡ / 以是人生애 相不語ᄒ시란ᄃᆡ
附葉 三災八難이 一時消滅ᄒ샷다
中葉 어와 아븨 즈ᅀᅵ여 處容아븨 즈ᅀᅵ여
附葉 滿頭揷花 계오샤 기울이신 머리예
小葉 아으 壽命長願ᄒ샤 넙거신 니마해
後腔 山象이슷 깅어신 눈닙에 / 愛人相見ᄒ샤 오ᅀᆞ린 눈네
附葉 風入盈庭ᄒ샤 우글어신 귀예
中葉 紅桃花ᄀ티 븕거신 모야해
附葉 五香 마트샤 웅긔어신 고해
小葉 아으 千金 머그샤 어위어신 이베

大葉 白玉琉璃ㄱ티 히여신 닛바래 / 人讚福盛ᄒ샤 미나거신 특애
　　 七寶 계우샤 숙거신 엇게애 / 吉慶 계우샤 늘의어신 ᄉ맷길헤
附葉 셜믜 모도와 有德ᄒ신 가ᄉ매
中葉 福智俱足ᄒ샤 브르거신 ᄇ예 / 紅졍 계우샤 굽거신 허리예
附葉 同樂大平ᄒ샤 길어신 허튀예
小葉 아으 界面 도ᄅ샤 넙거신 바래
前腔 누고 지ᅀ 셰니오 누고 지ᅀ 셰니오 / 바늘도 실도 어ᄧ 바늘도
실도 어ᄧ
附葉 處容아비를 누고 지ᅀ 셰니오
中葉 마아만 마아만ᄒ니여
附葉 十二諸國이 모다 지ᅀ 셰온
小葉 아으 處容아비를 마아만ᄒ니여
後腔 머자 외야자 綠李야 / 샬리나 내 신고흘 미야라
附葉 아니옷 미시면 나리어다 머즌말
中葉 東京 ᄇᆞᆯᄀ ᄃᆞ래 새도록 노니다가
附葉 드러 내자리를 보니 가ᄅ리 네히로ᄉ얘라
小葉 아으 둘흔 내해어니와 둘흔 뉘해어니오
大葉 이런 저긔 處容아비옷 보시면 / 熱病神이ᅀᅡ 膾ㅅ가시로다
　　 千金을 주리여 處容아바 / 七寶를 주리여 處容아바
附葉 千金 七寶 말오 / 熱病神를 날 자바 주쇼셔　·
中葉 山이여 미히여 千里外예
附葉 處容아비를 어여려거져
小葉 아으 熱病大神의 發願이샷다
　　　　『樂學軌範』卷5, 〈時用鄕樂呈才圖儀〉, 〈鶴蓮花臺處容舞合設〉

　공작명왕은 머리에 관을 쓰고 구슬 목걸이와 귀걸이, 팔찌 등을 착용
하며, 연꽃에 둘러싸인 장엄한 모습을 보인다. 공작명왕의 손은 네 개
인데, 각각 연꽃, 연과, 길상과, 공작깃을 쥐었다고 하였다. 그 중 연과

와 길상과는 불경에 등장하는 과실의 종류로 경전에서는 각각 모과, 복
숭아 혹은 자두의 모양과 같다고 부연되어 있다.

　이는 『악학궤범』에 수록된 처용 가면의 형상, 속요 〈처용가〉의 "머자
외야자 綠李여"라는 구절을 연상시킨다. 처용의 코를 묘사하는 구절에
등장하는 "오향(五香)"은 본디 밀교에서 단을 만들 때 땅 속에 묻는 다
섯가지 향을 뜻하므로 공작명왕을 본존으로 하는 밀교 의례와도 나름
의 관련성을 지닌다.

〈그림 1〉 공작명왕상[39]　　　　　〈그림 2〉 『악학궤범』 처용관복

　또한 고려가요 〈처용가〉에는 "처용아바"가 "삼재팔난(三災八亂)"[40]을

일시에 소멸하는 존재로서 "수명장원(壽命長遠)"하여 크게 넓은 이마를
갖추었다고 하였는데, 이는 인간에게 닥친 재앙과 곤란을 소거하고 명
을 길게 이어준다는 공작명왕의 신능(神能)과 매우 유사하다.

　　말을 마치자, 부처님께서 아난타에게 말씀하셨다. "너는 마땅히 내가
말하는 대공작주왕(大孔雀呪王)을 지니고 사디 비구를 옹호하고 보살펴
주어라. 결계(結界)를 지어 안온을 얻게 하면, 모든 고통이 다 소멸할
것이다. '칼이나 몽둥이에 의하여 다치거나, 혹은 모든 독에 해를 입거나
이롭지 못한 일을 하거나, (……) 모든 나쁜 자들이 나타날 때에, 모두
나 아무개를 보호하여 근심과 고통을 떠나게 해주소서. 또한 놀라운 일
들이 있으니, 즉 왕이나 도적, 물·불·외적의 침입에 의한 두려움, 기근에
의한 두려움, 횡사하는 두려움, 지진의 두려움, 사나운 짐승들에 의한
두려움, 악지식에 대한 두려움, 죽음 직전의 두려움과 같은 이러한 두려
움에서 모두 나 아무개를 보호해 주소서. 또한 여러 가지 병이 있으니,
옴·문둥병·부스럼·버짐·치질·등창·종기·피부가 검게 되고 거칠어
지는 것·두통·신체의 반쪽이 아픈 것·소화불량, 눈·귀·코·혀·입·입
술·치아·목·가슴·등·옆구리·허리·배·위·장딴지·손·발·마디·은
밀한 부분이 아픈 것, 마음이 답답한 것·힘줄 당기는 것·체하는 것·마
르고 여위는 것·전신이 아픈 것 등이 모두 소멸되게 해주소서. 또 학질이
있으니 하루, 이틀, 사흘, 나흘 내지 7일, 보름, 한 달 혹은 수시로 발병하
며, 간혹 또는 열이 나거나 삿된 것에 홀리거나 목에 혹이 나는 병, 귀신
이 열을 내게 하거나 풍열(風熱)·가래·심병, 혹은 이러한 것이 다 모인
병, 혹은 귀신이 쓰이거나 여러 가지 독에 중독된 것, 사람이나 사람 아닌
것에 해를 입는 것 등, 이러한 나쁜 것이나 여러 가지 병이 생길 때에도

에게 닥치는 세 가지 재해를 말한다. 도병(刀兵), 기근(饑饉), 질역(疾疫)이 있으며 십이
지에 따라 는다. 팔난은 여덟 가지의 괴로움이나 어려움으로 배고픔, 목마름, 추위, 더위,
물, 불, 칼, 병란(兵亂) 등을 이른다.

나 아무개와 나의 모든 권속을 보호해 주소서. 제가 이제 결계(結界)를
하고 이 주를 염송할 것이니, 모두 안온하게 해주소서. 사바하.'

『불설대공작주왕경』 1권

만약 재난·가뭄·전염병·귀신·도깨비·목숨을 앗아가는 악독한 재
난과 장애가 있다면, 그 여러 가지 고난은 반드시 소멸되리라. 만약 기
원하는 바가 있다면, 마음대로 이루어지지 않는 것이 없으리라.

『불설대공작명왕화상단장의궤』

따라서 처용의 얼굴을 그려 붙였다는 문배, 처용 가면 등을 형상화
할 수 있었던 신앙적 기저 역시 이와 같은 공작명왕의 의궤와 일정한
상관성이 있을 것으로 보인다. 물론 밀교의 치병·구복 신앙인 공작명
왕 신앙과 그를 의례적 교의로 삼는《공작명왕도량》,《공작재》는 국
가적 차원에서 벌이던 의례로서, 특히 왕 또는 세자가 병환이 들었을
때 구병정근(救病精勤)으로서 왕실의 주도 하에 설행하였던 의례이기도
하다.

이러한 측면에서 신라에서 집집마다 문에 그려 붙였다는 처용 문배
와의 공작명왕 신앙과의 연관성은 전혀 찾아볼 수 없는 듯 보인다. 그
런데 구마라집이 번역한 것으로 알려진 『공작왕주경(孔雀王呪經)』의 첫
구절이 『불설안택신주경』에 수록된 오방용신을 청하는 결계 신주로
같다. 즉 두 경전이 같은 다라니를 공유하는 셈이다.

동방대신용왕칠리결계금강택(東方大神龍王七里結界金剛宅)
남방대신용왕칠리결계금강택(南方大神龍王七里結界金剛宅)
서방대신용왕칠리결계금강택(西方大神龍王七里結界金剛宅)
북방대신용왕칠리결계금강택(北方大神龍王七里結界金剛宅)

중앙대신용왕칠리결계금강택(中央大神龍王七里結界金剛宅)

이와 같이 세 번 말한다.

동방에서 각기 8만 4천의 귀신을 거느리는 동방의 청제대신용왕(青帝大神龍王)이여.

남방에서 각기 8만 4천의 귀신을 거느리는 남방의 적제(赤帝)대신용왕이여.

서방에서 각기 8만 4천의 귀신을 거느리는 서방의 백제(白帝)대신용왕이여.

북방에서 각기 8만 4천의 귀신을 거느리는 북방의 흑제(黑帝)대신용왕이여.

중방에서 각기 8만 4천의 귀신을 거느리는 중앙의 황제(黃帝)대신용왕이여.

동방단전군두광백보구개곡산십십오오합의탄(東方檀殿軍頭廣百步口開谷山十十五五合依吞)

남방단전군두광백보구개곡산십십오오합의탄(南方檀殿軍頭廣百步口開谷山十十五五合依吞)

서방단전군두광백보구개곡산십십오오합의탄(西方檀殿軍頭廣百步口開谷山十十五五合依吞)

북방단전군두광백보구개곡산십십오오합의탄(北方檀殿軍頭廣百步口開谷山十十五五合依吞)

중앙단전군두광백보구개곡산십십오오합의탄(中央檀殿軍頭廣百步口開谷山十十五五合依吞)

동방박구심산사라거수여백귀항착가(東方薄鳩深山沙羅佉收汝百鬼項著枷)

남방박구심산사라거수여백귀항착가(南方薄鳩深山沙羅佉收汝百鬼項著枷)

서방박구심산사라거수여백귀항착가(西方薄鳩深山沙羅佉收汝百鬼項著枷)

　　북방박구심산사라거수여백귀항착가(北方薄鳩深山沙羅佉收汝百鬼
項著枷)
　　중앙박구심산사라거수여백귀항착가(中央薄鳩深山沙羅佉收汝百鬼
項著枷)

『공작왕주경』

　『공작왕주경』, 『불설대공작주왕경』에서는 공작명왕을 본존으로 하
면서도 용신의 위상이 그 다음의 층위 혹은 그와 등가적인 층위로서
매우 중요하게 취급된다. 이러한 교의적 상관성은 공작명왕 신앙과『관
정경』의『관정소룡대신주경』, 『불설안택신주경』의 영향 관계를 보여
주는 것이라 짐작된다. 이들의 접점이 용신을 존숭하는 밀교의 치병 신
앙과 다라니 신앙에 있기 때문이다.

　그러므로 향가 〈처용가〉와 고려가요 〈처용가〉, 호국신 처용과 민간
수호신 처용의 접점, 〈처용랑 망해사〉조에서 확인되는 처용의 복합적
인 신격 특성은 불교의 호국룡 신앙과 민간 신앙의 단선적인 결합보다
도, 용신이 역병과 사기를 소재한다는 밀교의 치병 신앙과 관련된 제요
소들이 복합적으로 관여하며 빚어진 독특한 신앙적·문화적 산물로 파
악하는 편이 합당하다.

　두 〈처용가〉 노랫말, 그리고 그와 관련된 처용 신앙은 이처럼 지배층
과 민중의 영역을 역동적으로 아우르는 동시에 한 신앙적 자장 안에서
도, 결이 다른 신앙 간에도 습합과 변용을 거듭하며 형성·전승되어 왔
던 것으로 보인다. 향가 〈처용가〉와 민간에서 성행한 처용 문배, 평안
북도 자성에서 행해졌던 〈처용놀이〉, 고려가요 〈처용가〉, 〈처용무〉의
존재는 전승 환경의 결이 명확히 다르다. 민간에서 성행하던 처용 신
앙과 국가적 의례 차원에서 숭앙되었던 처용 신앙의 선후 관계는 고려
가요 〈처용가〉에 향가 〈처용가〉가 삽입된 것을 말미암아 비정할 수 있

을 것이다.

 향가 〈처용가〉를 포함한 민간의 처용 신앙이 궁중 연례(宴禮)·나례(儺禮) 등의 국가적 의례로 무리없이 편입될 수 있었던 까닭, 처용과 관련된 신앙이 오랜 시기를 거치며 지배층과 민중의 영역에서 각각 독자적인 분화와 파생을 거듭할 수 있었던 까닭 또한 신라 중고기를 기점으로 하대에 이르기까지 사회 전반에 급속도로 전파되었던 밀교의 치병 신앙, 다라니 신앙과 꽤 긴밀한 연관성을 지니고 있을 것으로 보인다.[41] 따라서 용신을 존숭하는 밀교의 치병 관련 기제들이 점차 시대적인 요구, 신앙공동체의 요구를 받아들이며 신라화·고려화·조선화 되어 다채로운 구색을 갖추어 간 흐름은 처용 전통이 형성·전승·변용되어 온 흐름과 맥을 함께한다고 볼 수 있겠다.[42]

 이에 그간 많은 연구들이 향가 〈처용가〉와 고려가요 〈처용가〉, 처용

---

41 김연민은 헌강왕 재위기를 포함한 9세기 신라 하대에는 다라니 신앙이 특정 유파를 넘어 신라불교 전체에서 중요하게 여겨졌으며, 특정한 의도를 담고 창작해낼 정도로 일상적인 영역까지 확장되었던 것으로 파악하고 있다. 특히 9세기 후반 사회혼란이 가중됨에 따라 이 같은 다라니 신앙은 기층민의 동요를 반영하여 참위 신앙 등의 토착 신앙과 혼재된 속성을 띠는 양상을 보이기도 하였는데, 특히『삼국사기』를 참고하면, 헌강왕 이후 진성왕 재위기에는 잘 알려진 다라니 어구를 활용한 일종의 "다라니은어(陀羅尼隱語)"로 시정을 비방하는 글("南無亡國刹尼那帝 判尼判尼蘇判尼 于于三阿干鳧伊娑婆訶") 이 공개적인 장소에 붙여졌을 정도로 신라 사회 전반에 성행하였던 정황이 포착된다고 한다.(김연민, 「신라 하대 다라니신앙과 그 의미」,『한국고대사탐구』 33, 한국고대사탐구학회, 2019, 443~481쪽.)

42 관련하여 박경우는 처용 담론에서 보여주는 다양한 변이가 단적으로 향가 〈처용가〉라는 일개의 노랫말을 기준으로 전승·창작(한역)된 것이 아니라, 담론이라는 거시적 향가를 기반으로 전승·변이 되었을 가능성을 제기한 바 있다. 그는 애초부터 처용 담론은 하나의 기준점을 제공하지 않고 다양한 변이를 허용하면서 새로운 해석과 변용을 시도해 온 것이라 하였다.(박경우, 「처용 담론의 추이와 그 전승의 문제」,『열상고전연구』 28, 열상고전연구회, 2008, 411~449쪽.)

신앙의 근간을 단적으로 토속(민간) 신앙일 것이라 단정하여 온 견해는
재고의 여지가 있다. 향가 〈처용가〉와 〈처용랑 망해사〉조의 서사, 고려
가요 〈처용가〉를 밀교의 치병 신앙과 관련된 교의와 의례를 견주었을
때, 결코 단조롭지 않은 신앙적·사상적 요소들을 유기적으로 해명할
수 있는 틀이 생겨나기 때문이다. 이에 향가 〈처용가〉, 고려가요 〈처용
가〉의 형성·전승에는 밀교의 치병 신앙이 적지 않은 영향을 끼쳤다고
할 수 있다.

　다만 향가 〈처용가〉, 고려가요 〈처용가〉의 형성·전승에 일단의 영향
을 끼쳤으리라 판단되는 밀교 경전의 교의와 다라니들은, 〈처용랑 망해
사〉조의 처용 관련 서사나 두 〈처용가〉의 노랫말과 온전히 일치하지
않는다. 향가 〈처용가〉와 고려가요 〈처용가〉의 독자성, 처용 신앙의 특
별함은 바로 이 지점에서 빚어진다. 향가 〈처용가〉와 고려가요 〈처용
가〉는 밀교 신앙의 자장에서 사상적·제의적 영향을 일정하게 받으며
형성·전승되어 왔지만, 시대별 전승을 거치며 신앙적·문학적 전통과
독자성을 특별하게 투영·함의하며 이루어진 것으로 이해하는 시선의
확장이 필요하다. 그렇기에 두 〈처용가〉는 우리 시가사 안에서 그 존재
론적 의의가 더욱 큰 것이라 하겠다.

4. 맺음말

　향가 〈처용가〉, 고려가요 〈처용가〉의 형성·전승에 관여한 신앙·사
상적 요소와 기반, 처용의 정체를 둘러싼 해명은 여전히 충분치 않다.
기실 처용의 존재와 내력, 두 〈처용가〉의 노랫말에는 민간 신앙, 불교
신앙, 도교 신앙에서 단선적인 유래를 찾아볼 수 없는 독특함이 담겨

있다. 이 글에서는 이러한 의문점을 해결할 수 있는 실마리가 처용이 지닌 복합적인 신격 직능에 있다고 보아, 그와 가장 유기적인 관계에 놓인 밀교의 치병 신앙에 대입하여 성글게나마 살폈다.

우선 『관정소룡대신주경』과 《소룡도량》에 단서하자면, 〈처용랑 망해사〉조는 '신라'라는 토대를 바탕으로 토착 신앙, 치병 중심의 밀교 신앙, 호국 중심의 밀교 신앙이 용신이라는 특정 신격에 매개하여, 지배층과 민중의 영역을 아우르며 습합·분화·파생되어 온 흐름이 담긴 기사로 읽어낼 수 있다. 또한 경전의 교의와 신앙에 근거하여, 용자(龍子)라는 혈연적 신성성을 토대로 역신을 구축(驅逐)한 처용의 정체와 처용 신앙의 사상적 기반이 용신을 존숭하는 이러한 밀교의 치병 신앙과 밀접한 관련성이 있음을 밝혔다.

다음으로는 『불설안택신주경(佛說安宅神呪經)』에서 밀교의 안택 신앙에서 용신과 문신이 한 집안을 수호하며 역신과 삿된 기운 등을 막아주는 존재로 나타나는 정황, 향가 〈처용가〉에서 문제시 되는 '다리의 수'와 관련된 다라니가 등장하는 정황 등에 단서하여, 해당 교의와 신앙이 향가 〈처용가〉와 민간에 성행하였던 처용 신앙과 긴밀한 관련성을 지녔을 것이라 판단하였다.

끝으로 『공작왕주경(孔雀王呪經)』과 《공작명왕도량》, 《공작재》의 존재, 해당 경전과 『불설안택신주경』이 용신 관련 다라니를 공유하는 정황, 그와 같은 다라니가 『관정소룡대신주경』이 표방하는 교의나 신앙과 맞닿아 있는 사실 등을 논의하였다. 특히 인간을 역병과 삼재팔난(三災八難)에서 구제하여 준다는 공작명왕의 신능(神能)과 고려가요 〈처용가〉 노랫말의 유사성, 공작명왕의 화상(畫像)과 고려가요 〈처용가〉에 묘사된 "처용아바", 『악학궤범(樂學軌範)』 '처용탈'과 유사성 등을 통하여, 〈처용가〉 전승, 처용 신앙을 형성·전승하여 온 요소들이 용신이 역병

과 사기를 소재한다는 밀교의 치병 신앙과 관련된 제요소들이 복합적
으로 관여하며 빚어진 독특한 신앙적·문화적 산물이며, 지배층과 민중
의 영역을 역동적으로 아우르며 습합과 변용을 거듭하며 왔다는 결론
을 얻을 수 있었다.

그러나 이 논의는 〈처용가〉 전승과 관련된 밀교의 치병 신앙을 주로
다루었던 탓에, 상세한 해명이 이루어지지 못한 부분들이 많다. 경전의
내용과 교의를 토대로 처용의 정체를 해명하고, 이와 〈처용가〉 전승의
신앙적·사상적 요소들을 분석하는 작업에 방점을 두었기에 밀교의 치
병 신앙에 대한 정보를 제공하는데 많은 지면을 할애하고 말았다.

그렇지만 이는 〈처용가〉 전승과 밀교의 치병 신앙 간의 영향 관계를
구체적으로 살핀 첫 논의의자, 본격적인 고찰을 위한 시론이었기에 발
생한 문제이다. 사실 상 〈처용가〉의 형성·전승에 영향을 끼쳐 온 신앙
들 간에 명확한 구분선을 두기 어렵다. 역사적·민속적 재구 또한 현전
자료가 턱없이 부족하기에, 체계적인 근거 역시 갖추기 어려운 실정이
다. 추후 밀교 신앙과 관련하여 향가 창작에 영향을 많이 미친 것으로
추정되는 경전들의 성립과 전파 시기, 동아시아권과 신라 내에서 변화
하여 왔던 신앙적·사상적 배경 등을 충분히 언급하는 논의의 보완이
필요할 것이라 여겨진다. 또한 〈처용무〉의 전승과 연행 양상 역시 밀교
신앙의 속성을 담지하는 것인지 구체적으로 살피는 작도 요구된다.

그간 〈처용가〉의 형성·전승 기반을 밀교 신앙과 연관하여 살폈던
사례는 없었으며, 무엇보다도 다양한 경전과 관련 의례를 통하여 그
이해를 심화하고자 하였다. 부족하게나마 그에 이 글의 의미를 두고자
한다.

참고문헌

1. 자료

『고금주(古今注)』
『고려사(高麗史)』
『공작왕주경(孔雀王呪經)』
『금광명경(金光明經)』
『금광명최승왕경(金光明最勝王經)』
『금조(琴操)』
『다라니집경(佛說陀羅尼集經)』
『동국이상국집(東國李相國集)』
『동문선(東文選)』
『동사강목(東史綱目)』
『동의보감(東醫寶鑑)』
『불설관정경(佛說灌頂經)』
『불설관정소오방용왕섭역독신주상품경(佛說灌頂召五方龍王攝疫毒神呪上品經)』
『불설대공작주왕경(佛說大孔雀呪王經)』
『불설대공작명왕화상단장의궤(大孔雀明王畫像壇場儀軌)』
『불설안택신주경(佛說安宅神呪經)』
『불설인왕반야바라밀경(佛說仁王般若波羅蜜經)』
『삼국사기(三國史記)』
『삼국유사(三國遺事)』
『설문해자(說文解字)』
『수서(隨書)』
『신증동국여지승람(新增東國輿地勝覽)』
『악학궤범(樂學軌範)』
『역옹패설(櫟翁稗說)』
『유마힐소설경(維摩詰所說經)』
『조선왕조실록(朝鮮王朝實錄)』

2. 단행본

가락국사적개별연구원 편, 『강좌한국고대사』 5, 2002.

강정식, 『제주굿의 이해의 길잡이』, 민속원, 2015.

고가연구회, 『한구시가 연구사의 성과와 전망』, 보고사, 2016.

고정옥, 『조선민요연구』, 수선사, 1949.

國文學新講編纂委員會 編, 『國文學新講』, 새문사, 2005.

국사편찬위원회, 『천민 예인의 삶과 예술의 제적』, 두산동아, 2007.

권상로, 『國文學史』, 新興文化社, 1948.

김기동, 『국문학개론』, 진명문화사, 1980.

김동욱, 『국문학사』, 일신사, 1988.

_____, 『한국가요의 연구』, 을유문화사, 1984.

김명자 외, 『한국의 가정신앙: 역사, 민속, 인접민속(상)』, 민속원, 2005.

김문태, 『三國遺事』의 詩歌와 敍事文脈 硏究』, 太學社, 1995.

김병곤, 『신라 왕권 성장사 연구』, 학연문화사, 2003.

김부식·일연 저, 『삼국사기·삼국유사』, 이병도 역주, 두계학술재단, 1999.

金思燁, 『改稿 國文學史』, 正音社, 1954.

_____, 『향가의 문학적 연구』, 계명대학교 출판부, 1979.

김승곤, 『한국어의 기원』, 건국대학교 출판부, 1985.

金承璨, 『新羅鄕歌硏究』, 第一文化社, 1987.

_____, 『韓國上古文學硏究』, 第一文化社, 1978.

金烈圭, 『鄕歌의 語文學的 硏究』, 서강대학교 인문과학연구소, 1972.

김열규, 『한국민속과 문학연구』, 일조각, 1985.

김완진, 『향가해독법연구』, 서울대학교출판문화원, 2016.

金雲學, 『新羅佛敎文學硏究』, 玄岩社, 1970.

김인회 외, 『한국무속의 종합적 고찰』, 고려대학교 민족문화연구소, 1982.

金種雨, 『鄕歌文學硏究』, 二友出版社, 1980.

김준오, 『시론』, 삼지원, 2000.

김창룡, 『고구려 문학을 찾아서』, 보고사, 2002.

金泰坤, 『韓國巫歌集(Ⅲ)』, 集文堂, 1978.

_____, 『韓國巫歌集(Ⅰ)』, 集文堂, 1971.

金宅圭, 『韓國農耕歲時의 硏究: 農耕儀禮의 文化人類學的 考察』, 嶺南大學校出版部, 1991.

金斗奉, 『濟州道實記』, 濟州道實蹟研究社, 1936.

김태식, 『가야연맹사』, 일조각, 1993.

김태준, 『조선한문학사(朝鮮漢文學史)』, 朝鮮語文學會, 1931.

金學成, 『韓國古典詩歌의 研究』, 圓光大學校出版局, 1985.

＿＿＿, 『한국고전시가의 전통과 계승』, 성균관대학교 출판부, 2009.

김학성·권두환, 『古典詩歌論』, 새문社, 2002.

김헌선, 『옛이야기의 발견』, 보고사, 2013.

＿＿＿, 『한국의 창세신화: 巫歌로 보는 우리의 신화』, 길벗, 1994.

＿＿＿, 『함경도 망묵굿 산천도량 연구』, 보고사, 2019.

김혁제, 『불경보감』, 명문당, 2007.

김현자, 『천자의 우주와 신화: 고대 중국의 태양신앙』, 민음사, 2013.

羅京洙, 『한국의 신화연구』, 교문사, 1993.

東國大學校佛敎文化研究所 編, 『佛敎의 國家·政治思想研究』, 1973.

민긍기, 『원시가요와 몇 가지 향가의 생성적 의미에 관한 연구』, 도서출판 누리, 2019.

박노준, 『신라가요의 연구』, 열화당, 1982.

박상란, 『신라와 가야의 건국신화』, 한국학술정보(주), 2005.

박충록, 『한국민중문학사』, 열사람, 1988.

반교어문학회, 『신라가요의 기반과 작품의 이해』, 보고사, 1998.

서대석, 『무가문학의 세계』, 집문당, 2011.

서영교, 『핼리혜성과 신라의 왕위쟁탈전』, 굴항아리, 2010.

성기옥, 『한국시가율격의 이론』, 새문社, 1986.

성기옥·김학성·김문기 외, 『한국문학개론』, 새문社, 2007.

宋芳松, 『韓國古代音樂史研究』, 一志社, 1985.

신연우, 『우리 설화의 의미찾기』, 민속원, 2008.

＿＿＿, 『서울굿 노래가락과 시조문학』, 보고사, 2013.

＿＿＿, 『자연 속의 시조 시조 속의 생활』, 이치, 2006.

심재관 외, 『석가와 미륵의 경쟁담』, 씨아이알, 2013.

심재완 편저, 『역대시조전서』, 세종문화사, 1972.

梁柱東, 『朝鮮古歌研究』, 博文書館, 1957.

＿＿＿, 『古歌研究』, 一潮閣, 1997.

양희철, 『삼국유사 향가연구』, 태학사, 1997.

呂基鉉, 『新羅 音樂相과 詞腦歌』, 月印, 1999.

尹敬洙, 『鄉歌·麗謠의 現代性 研究』, 집문당, 1993.

윤영옥, 『신라가요의 연구』, 형설출판사, 1980.

_____, 『韓國의 古詩歌』, 文昌社, 2001.

李家源, 『韓國漢文學史』, 民衆書館, 1961.

이기백, 『신라정치사회사연구』, 일조각, 1974.

李基白, 『新羅思想史研究』, 一潮閣, 1986.

이능우, 『고전시가론고』, 선명문화사, 1966.

이명선, 『朝鮮文學史』, 朝鮮文學社, 1948

이민홍, 『한국 민족예악과 시가문학』, 成均館大學校 大東文化研究所, 2002.

李秉岐·白鐵, 『國文學全史』, 新丘文化社, 1957.

이상익 외, 『고전문학 어떻게 가르칠 것인가』, 집문당, 1994.

이용범, 『한만(韓滿)교류사 연구』, 동화출판사, 1989.

이인택, 『신화, 문화 그리고 사상』, UUP, 2004.

이종출, 『한국고시가 연구』, 태학사, 1989.

이혜구, 『한국음악연구』, 민속원, 1996.

李熙德, 『韓國古代 自然觀과 王道政治』, 혜안, 1999.

林基中, 『新羅歌謠와 技術物의 研究』, 二友出版社, 1981.

慈山李相斐博士 華甲紀念 刊行委員會 編, 『國文學의 史的 照明(1)』, 계명문화사, 1994.

張德順, 『韓國 古典文學의 理解』, 一志社, 1973.

_____, 『韓國文學史』, 同和文化社, 1975.

_____, 『국문학통론』, 신구문화사, 1985.

張德順 外, 『한국문학사의 쟁점』, 집문당, 1986.

장주근, 『풀어쓴 한국의 신화』, 집문당, 1999.

장진호, 『신라향가의 연구』, 형설출판사, 1993.

(재)전통공연예술진흥재단, 『2016 전통예술 복원 및 재현 연구보고서』, 2017.

전영란, 『중국 소수민족의 장례 문화』, 중문, 2011.

鄭炳昱, 『韓國詩歌文學史(上)』, 『韓國文化史大系(Ⅴ): 言語·文學史(下)』, 高麗大學校 民族文化研究所, 1967.

鄭炳昱, 『한국고전시가론』, 신구문화사, 1982.

鄭尚均, 『한국고대시문학사연구』, 한신문화사, 1984.

정홍교, 『조선문학사: 원시-9세기』, 한국문화사, 1991.

조규익, 『풀어읽는 우리 노래문학』, 논형, 2007.

조동일, 『한국문학 이해의 길잡이』, 집문당, 1996.

_____, 『한국민요의 율격과 시가율격』, 지식산업사, 1996.

_____, 『韓國小說의 理論』, 지식산업사, 1996.

_____, 『탈춤의 원리 신명풀이』, 지식산업사, 2006.

_____, 『한국문학통사(1)』, 지식산업사, 2016.

_____, 『한국문학통사(3)』, 지식산업사, 2016.

채미하, 『신라 국가제사와 왕권』, 혜안, 2008.

청천 강용권박사 송수기념논총 기념회, 『청천강용권박사 송수기념논총』, 태화출판사, 1986.

최광식, 『한국고대의 토착신앙과 불교』, 고려대학교출판부, 2007.

崔南善, 『六堂崔南善全集(9)』, 현암사, 1974.

최승호, 『서정시의 이데올로기와 수사학』, 국학자료원, 2002.

최영희 선생 화갑 기념 한국사학논총 간행위원회, 『최영희 선생 화갑 기념 한국사학논총』, 탐구당, 1987.

崔珍源, 『韓國古典詩歌의 形象性』, 成均館大學校 大東文化硏究所, 1988.

최철, 『향가의 문학적 연구』, 새문사, 1983.

택와 허선도 선생 정년 기념 한국사학논총 간행위원회, 『韓國史論叢: 擇窩許善道先生停年紀念』, 1992.

한국고전시가작품론 편집부, 『한국고전시가작품론(1)』, 집문당, 1992.

한국정신문화연구원, 『한국구비문학대계(2~5): 강원도 속초시·양양군편(2)』, 2002.

許南春, 『古典詩歌와 歌樂의 傳統』, 月印, 1999.

허남춘, 『황조가에서 청산별곡 너머』, 보고사, 2010.

_____, 『제주도 본풀이와 주변 신화』, 보고사, 2011.

_____, 『설문대할망과 제주신화』, 민속원, 2017.

허문섭, 『조선고전문학사』, 한국문화사, 1996.

玄容駿, 『巫俗神話와 文獻神話』, 集文堂, 1992.

현용준, 『제주도 전설』, 서문당, 2002.

_____, 『제주도무속자료사전』, 도서출판 각, 2007.

홍문표, 『시적 언술의 원리』, 창조문학사, 2018.

黃浿江·尹元植, 『韓國古代歌謠』, 새문社, 1986.

황패강·조동일 외, 『韓國文學硏究入門』, 지식산업사, 2010.

나카자와 신이치, 김옥희 역, 『신화, 인류 최고의 철학』, 동아시아, 2017.
류종목·송용준·이영주·이창숙 譯解, 『시경·초사』, 『明文堂』, 2012.
마르셀 그라네, 신하령·김태완 역, 『중국 고대의 축제와 가요』, 살림, 2005.
박창화 필사, 김성겸 역, 『南堂遺稿』, 『고구려 창세기: 일본왕실서고에서 탈출한
　　　　대연방천제국』, 지샘, 2009.
Walter J.Ong, 이기우·임명진 옮김, 『구술문화와 문자문화』, 문예출판사, 2004.
李能和, 李在崑 옮김, 『조선무속고』, 동문선, 2002.
J.G.프레이저, 신상웅 옮김, 『황금가지』, 동서문화사, 2007.
J.해리슨, 오병남·김현희 공역, 『고대 예술과 제의』, 예전사, 1996.
이중환, 이익성 역, 『택리지』, 을유문화사, 2006.
좌구명, 신동준 역주, 『춘추좌전』, 인간사랑, 2017.
카시러 에른스트, 신응철 옮김, 『언어와 신화』, 지식을 만드는 지식, 2015.
캐서린 밸, 류성민 옮김, 『의례의 이해』, 한신대학교 출판부, 2013.

Condillac.Bonnot de Étienne, Aarsleff, Hans, Edt., "The origin poetry", *Condillac:
　　　　Essay on the Origin of Human Knowledge*, NewYork: United States of
　　　　America by Cambridge University Press, 2010.
旗田巍, 「高麗王朝」, 『朝鮮史』, 東京:岩波全書セレクション, 2008.
藤谷厚生, 「金光明経の教学史的展開について」, 『四天王寺国際仏教大学紀要
　　　　大学院』4, 四天王寺国際仏教大学, 2005, 1~28쪽.(http://www.shitenno
　　　　ji.ac.jp/ibu/images/toshokan/kiyo2004w-01fujitani.pdf)

3. 논문·학술대회 발표문
감영희, 「고전문학 중의 여성과 불교:『今昔物語集』의 용사(龍蛇)와 용녀성불(龍
　　　　女成佛)을 중심으로」, 『일어일문학』 27, 대한일어일문학회, 2005.
강경호, 「〈오ᄂ리〉 노래의 무가적 전통과「심방곡」과의 관련 양상」, 『영주어문』
　　　　17, 제주대학교 영주어문학회, 2009.
강명혜, 「〈황조가〉의 의미 및 기능: 〈구지가〉·〈공무도하가〉와의 연계성을 중심

으로」, 『온지논총』 11(1), 2004.

강명혜, 「죽음과 재생의 노래:「公無渡河歌」」, 『우리문학연구』 18, 우리문학회, 2005.

_____, 「강원 산간 지역의 동제,洞祭) 양상 및 특성: 산신제, 성황제, 거리제를 중심으로」, 『사회과학연구』 56, 강원대학교 사회과학연구원, 2017.

강문순, 「「喪輿소리」 研究: 죽음 意識을 中心으로」, 이화여자대학교 석사학위논문, 1982.

강정식, 「입춘굿의 고을굿적 성격과 복원 방안」, 〈굿과 축제, 원형과 변형의 이중 주〉, 탐라국입춘굿 복원 20돌 맞이 학술세미나 발표문, 2017.06.09.

고현아, 「신라 원화제 시행의 배경과 성격」, 『역사와 현실』 67, 한국역사연구회, 2008.

곽종철, 「洛東江河口 金海地域의 環境과 漁撈文化」, 『伽倻 文化研究』 2, 釜山女子 大學校 伽倻文化研究所, 1991.

구사회, 「〈헌화가〉의 '자포암호'와 성기신앙」, 『국제어문』 38, 국제어문학회, 2008.

_____, 「공무도하가의 성격과 디아스포라 문학」, 『한민족문화연구』 31, 한민족문 화학회, 2009.

권영철, 「黃鳥歌 新研究」, 『국문학연구』 1, 대구가톨릭대학교, 1968.

김기종, 「〈도솔가〉, 불국토의 선언」, 『한국시가연구』, 38, 2015.

김기형, 「〈새타령〉의 전승과 삽입가요로서의 수용 양상」, 『민족문화연구』 26, 고 려대학교 민족문화연구원, 1993.

_____, 「〈오ᄂᆞ리〉 유형의 기원과 전승 양상」, 『한국민속학』 30, 한국민속학회, 1998.

金蘭珠, 「굿노래로서의 〈龜旨歌〉와 〈海歌〉의 小考: 건국신화와 그 후대적 변모와 관련하여」, 『國文學論集』 14, 단국대학교 국어국문학과, 1994.

_____, 「詩歌에 나타난 生死 공간관 고찰」, 『東아시아古代學』 14, 東아시아古代 學會, 2006.

김대행, 「시의 율격과 시가의 율격」, 『국어교육』 65, 한국어교육학회, 1989.

김동욱, 「처용가 연구」, 『한국가요의 연구』, 을유문화사, 1984.

金杜珍, 「신라 六村長神話의 모습과 그 의미」, 『新羅文化』 21, 동국대학교 신라문 화연구소, 2003.

김명준, 「선덕여왕(善德女王) 대 〈풍요(風謠)〉의 불교정치적 의미」, 『우리문학연 구』 39, 2013.

김문태, 「〈헌화가〉·〈해가〉와 제의 문맥:『삼국유사』 소재 시가 해석을 위한 방법적 시고」, 『성대문학』 28, 성균관대학교, 국어국문학과, 1992.

김병곤, 「안압지의 월지 개명에 대한 재고」, 『역사민속학』 43, 한국역사민속학회, 2013.

김복순, 「가야불교와 신라불교의 특성과 차이」, 『한국불교사연구』 12, 한국불교사연구소, 2017.

김봉영, 「황조가의 새로운 이해: 그 창작의 시가와 문학적 성격」, 『국어국문학』 3, 조선대학교, 1981.

金相鉉, 「《三國遺事》에 나타난 一然의 佛敎史觀」, 『韓國史硏究』 20, 한국사연구회, 1978.

_____, 「輯逸金光明經疏-金光明最勝王經玄樞 所引 元曉疏의 輯編」, 『東洋學』 24. 동국대학교 사학과, 1994.

김성기, 「筌篌引의 作家에 對한 硏究」, 『한국시가문화연구』 13, 한국시가문화학회, 2004.

_____, 「황조가의 연모 대상과 창작시점」, 『고시가연구』 8, 한국고시가문학회, 2001.

김수경, 「남성성과 여성성의 대립으로 본 헌화가」, 『이화어문논집』 17, 이화여자대학교 한국어문학연구소, 1999.

김수민, 「『삼국유사』 처용설화와 중국 門神文化의 영향」, 『신라사학보』 50, 신라사학회, 2020.

김승찬, 『신라향가론』, 부산대학교 출판부, 1999.

김연민, 「新羅 密敎思想史 연구의 성과와 과제」, 『탐라문화』 64, 제주대학교 탐라문화연구원, 2020.

_____, 「신라 하대 다라니신앙과 그 의미」, 『한국고대사탐구』 33, 한국고대사탐구학회, 2019.

_____, 「惠通의 活動과 密敎思想」, 『신라사학보』 31, 신라사학회, 2014.

김연주, 「선진(先秦) 시기 산동성 지역 '동이(東夷)'에 관한 연구」, 이화여자대학교 박사학위논문, 2011.

김열규, 「가락국기고: 원시연극의 형태에 관련하여」, 『문창어문논집』 3, 문창어문학회, 1961.

金永峯, 「〈駕洛國記〉의 분석과 〈龜旨歌〉의 해석」, 『淵民學志』 5, 연민학회, 1997.

김영수, 「「公無渡河歌」 新解釋: '白首狂夫'의 정체와 '被髮提壺'의 의미를 중심으로」,

『한국시가연구』 18, 한국시가학회, 1998.

김영수, 「龜旨歌의 신해석」, 『東洋學』 28, 단국대학교 동양학연구소, 1998.

_____, 「황조가 연구 재고」, 『한국시가연구』 6, 한국시가학회, 2000.

_____, 「귀지가(龜旨歌)의 신해석」, 『東洋學』 28, 단국대학교 동양학연구소, 1998.

_____, 「鄕歌와 山川祭儀의 相關性 考察: 獻花歌와 海歌를 중심으로」, 『한문학논집』 19, 근역한문학회, 2001.

金永一, 「〈가락국기〉 敍事의 構成原理에 關한 一考察: 一然의 記述態度를 中心으로」, 『加羅文化』 5, 경남대학교 가라문화연구소, 1987.

김영준, 「고구려 패수희(浿水戱)에 대한 고찰」, 『한국학연구』 31, 인하대학교 한국학연구소, 2013.

_____, 「신라 일월제(日月祭)의 양상과 변화」, 『한국학연구』 52, 인하대학교 한국학연구소, 2019.

金瑛河, 「古代의 개념과 발달단계론」, 『한국고대사연구』 46, 한국고대사학회, 2007.

김유미, 「처용전승의 전개양상과 의미 연구」, 부산대학교 박사학위논문, 1998.

김은령, 「『삼국유사』의 시가와 향가: 찬시와 향가 속 '꽃'의 양상을 통해본 상징과 층위」, 『한국불교사연구』 13, 한국불교사연구소, 2018.

김재호, 「기우제의 제의맥락과 기우권역」, 『역사민속학』 18, 한국역사민속학회, 2004.

김정숙, 「신라시대 여성의 직조활동과 官職 進出」, 『민족문화논총』 44, 영남대학교 민족문화연구소, 2010.

김진희, 「열두 달 노래의 시간적 구조와 고려가요 〈動動〉」, 『한국시가연구』 40, 한국시가학회, 2016.

金昌謙, 「新羅 中祀의 '四海'와 海洋信仰」, 『한국고대사연구』 47, 한국고대사학회, 2007.

김창환, 「〈구지가〉의 인도 신화적 요소 고찰」, 『陶南學報』 25, 도남학회, 2015.

金泰植, 「駕洛國記 所在 許王后 說話의 性格」, 『韓國史研究』 102, 한국사연구회, 1998.

_____, 「金海 首露王陵과 許王后陵의 補修過程 檢討」, 『한국사론』 42, 서울대학교 국사학과, 1999.

김학성, 「향가에 나타난 화랑집단의 문화의미권적 상징」, 『성균어문연구』 30, 성균관대학교 국어국문학과, 1995.

김학성, 「花郎關係 鄕歌의 意味와 機能」, 『慕山學報』 9, 慕山學術研究所, 1997.

김학주, 「종규의 변화발전과 처용」, 『아세아연구』 8(9), 고려대 아세아문제연구소, 1965.

김헌선, 「〈가락국기〉의 신화학적 연구」, 『京畿大學校人文論叢』 6, 경기대학교 인문과학연구소, 1998.

김헌선·변진섭, 「구비문학에 나타난 꽃 원형: 이야기와 본풀이를 예증삼아」, 『구비문학연구』 28, 2009.

김혜정, 「씻김굿 상여소리의 사용양상과 민요·무가의 관계: 순천과 진도 씻김굿을 중심으로」, 『공연문화연구』 12, 한국공연문화학회, 2006.

김효경, 「수사(水死) 관련 신앙의례 고찰: 충남 해안(海岸)과 도서(島嶼) 지역을 중심으로」, 『한국무속학』 24, 한국무속학회, 2012.

金興三, 「新羅 聖德王의 王權强化政策과 祭儀를 통한 西河州地方 統治(上)」, 『江原史學』 13·14, 강원사학회, 1998.

나경수, 「한국 기록신화의 상징 해석과 역사 인식」, 『국어교과교육연구』 21, 국어교과교육연구회, 2012.

나정순, 「조선왕조실록을 통해 본 "시가"와 "가요"의 문제」, 『한국시가연구』 22, 한국시가학회, 2007.

나희라, 「신라의 종묘제 수용과 그 내용」, 『韓國史研究』 98, 韓國史研究會, 1997.

_____, 「고구려 패수에서의 의례와 신화」, 『사학연구』 118, 한국사학회, 2015.

_____, 「新羅初期 王의 性格과 祭祀」, 『韓國史論』 23, 국사편찬위원회, 1993.

남동신, 「고려 전기 금석문과 法相宗」, 『佛敎研究』 30, 한국불교연구원, 2009.

_____, 「진전사원(眞殿寺院)의 기원과 신라(新羅) 성전사원(成典寺院)의 성격」, 『한국사상사학』 41, 한국사상학회, 2012.

_____, 「『삼국유사(三國遺事)』의 성립사 연구: 기이(紀異)를 중심으로」, 『한국사상사학』 61, 한국사상학회, 2019.

남재우, 「駕洛國의 建國神話와 祭儀」, 『역사와 경계』 67, 경남사학회, 2008.

Liu Xue Fei, 「한국 상고시가와 『시경』의 연관성 연구」, 전남대학교 석사학위논문, 2012.

민영대, 「황조가 연구」, 『숭전어문학』 5, 숭전대학교, 1976.

박경신, 「巫歌의 時作原理에 대한 現場論的 研究」, 서울대학교 박사학위논문, 1991.

박경우, 「처용 담론의 추이와 그 전승의 문제」, 『열상고전연구』 28, 열상고전연구회, 2008.

朴大福, 「建國神話의 天觀念과 巫觀念」, 『語文研究』 32(3), 한국어문교육연구회, 2004.

朴明淑, 「고대 동이계열 민족 형성과정 중 새 토템 및 난생설화의 관계성 비교 연구」, 『국학연구』 14, 한국국학진흥원, 2010.

박미선, 「一然의 國王觀: 『三國遺事』「紀異」편을 중심으로」, 『韓國史學史學報』 33, 한국사학사학회, 2016.

박수정, 「新羅 執事省의 성격과 위상에 대한 再論」, 『신라사학보』 40, 신라사학회, 2017.

박유미, 「서사구조로 본 〈처용랑망해사〉의 성격」, 『한민족어문학』 59, 한민족어문학회, 2011.

박일용, 「〈수로부인〉의 상징체계와 〈헌화가〉〈해가〉의 의미」, 『고전문학과 교육』 31, 한국고전문학교육학회, 2016.

朴焌圭, 「1960年代의 國文學 研究 : 上代歌謠와 鄕歌의 研究를 主로하여」, 『용봉논총』 1, 전남대학교 인문학연구소, 1972.

박현수, 「서정시 이론의 새로운 고찰: 서정성의 층위를 중심으로」, 『우리말글』 40, 우리말글학회, 2007.

서대석, 「처용가의 무속적 고찰」, 『한국학논집』 2, 계명대학교, 1975.

_____, 「창세 시조신화의 의미와 변이」, 『구비문학』 4, 한국정신문화연구원, 1980.

서수생, 「〈笭篌引〉 新攷」, 『語文學』 7, 한국어문학회, 1961.

서영대, 「高句麗의 國家祭祀: 東盟을 중심으로」, 『韓國史研究』 120, 한국사연구회, 2003.

서정범, 「미르(용)어를 통해 본 용궁사상」, 『수필문학』 60, 수필문학사, 1977.

서철원, 「처용가무의 전승 및 연행 과정에 나타난 오방처용의 성격」, 『한국시가연구』 30, 한국시가학회, 2016.

_____, 「新羅中代 鄕歌에서 서정성과 정치성의 문제: 聖德王代 〈獻花歌〉·〈怨歌〉를 중심으로」, 『어문논집』 53, 민족어문학회, 2006.

成基玉, 「公無渡河歌 研究: 韓國 敍情詩의 發生問題와 관련하여」, 서울대학교 박사학위논문, 1988.

성범중, 「〈공무도하가(公無渡河歌)〉 전승 일고: 설화의 의미와 시가의 결구를 중

　　　　심으로」, 『한국한시연구』 창간호, 한국한시학회, 2018.

송효섭, 「始祖傳乘 속의 神秘體驗: 三國遺事 紀異篇의 敍述構造와 관련하여」, 『語文論叢』 7·8, 전남대학교 어문학연구회, 1985.

시가분과, 「고전시가 2016 연구동향」, 『고전과 해석』 23, 고전문학한문학회, 2018.

_____, 「고전시가 2017 연구동향」, 『고전과 해석』 26, 고전문학한문학회, 2018.

신선혜, 「신라 '阿尼'의 의미와 위상」, 『韓國史學報』 73, 고려사학회, 2018.

신연우, 「'제의'의 관점에서 본 유리왕 황조가 기사의 이해」, 『한민족어문학』 41, 한민족어문학회, 2002.

_____, 「시조(時調)와 서울 굿 노랫가락의 관계」, 『동방학지』 132, 연세대학교 국학연구원, 2005.

신영명, 「〈찬기파랑가〉의 상징체계와 경덕왕대 정치사」, 『국제어문』 43, 국제어문학회, 2008.

_____, 「〈헌화가〉의 민본주의적 성격」, 『어문논집』 37, 민족어문학회, 1998.

신용대, 「양산 손석인,孫錫麟 교수 정년 기념호: 송강(松江) 정철,鄭澈) 시조의 연구」, 『인문학지』 4, 충북대학교 인문학연구소, 1989.

신정훈, 「新羅 善德王代의 구휼이 가진 의미」, 『국학연구총론』 21, 택민국학연구원, 2018.

申鉉圭, 「「水路夫人」條 '水路'의 正體와 祭儀性 硏究」, 『어문론집』 32, 중앙어문학회, 2004.

辛玹淑, 「〈헌화가(獻花歌)〉의 불교적(佛敎的) 고찰(考察)」, 동국대학교 석사학위논문, 1983.

신현숙, 「〈헌화가(獻花歌)〉의 불교적(佛敎的) 고찰(考察)」, 『동악어문학』 19, 동악어문학회, 1984.

심상교, 「한국무속의 신격연구: 동해안오구굿을 중심으로」, 『한국무속학』 40, 한국무속학회, 2020.

심현용, 「고고자료로 본 신라의 강릉지역 진출과 루트」, 『대구사학』 94, 대구사학회, 2009.

沈曉燮, 「新羅 四天王信仰의 受容과 展開」, 『東國史學』 30, 동국역사문화연구소, 1996.

안계복, 「안압지 경관조성의 배경원리에 관한 연구(1): 역사적 사실에 기초한 시대적 배경」, 『한국전통조경학회지』 17(4), 한국전통조경학회, 1999.

야마다 후미토, 「新羅 聖德王代 毛伐郡城 築造의 背景과 目的」, 『大丘史學』 134,

대구사학회, 2019.

양재연, 「公無渡河歌(箜篌引) 小考」, 『국어국문학』 5, 국어국문학회, 1953.

양회석, 「白族說話 〈望夫雲〉과 內地說話 〈巫山神女〉 비교 연구」, 『중국인문과학』 37, 중국인문학회, 2007.

陽熙喆, 「月明師의 〈兜率歌〉와 그 關聯說話 研究」, 『인문과학논집』 8, 청주대학교 한국문화연구소, 1989.

어강석, 「한문학의 관점으로 본 〈구지가(龜旨歌)〉의 재해석」, 『정신문화연구』 38(1), 한국학중앙연구원, 2015.

엄경흠, 「龜旨歌의 語釋的 研究」, 『釜山漢文學研究』 5, 釜山漢文學會, 1990.

엄국현, 「『도솔가 연구』」, 『한국민족문화』 43, 부산대학교 한국민족문화연구소, 2012.

엄태웅, 「三國遺事 紀異 篇 〈聖德王〉條의 서술의도: 〈水路夫人〉條 의미 考究의 단초 마련을 전제로」, 『국학연구총론』 13, 택민국학연구원, 2014.

_____, 「『三國遺事』 「紀異」 〈水路婦人〉의 서술 의도: 〈성덕왕〉과의 관련성을 전제로」, 『국학연구총론』 16, 택민국학연구원, 2015.

여기현, 「三國史記 樂志의 性格(1)」, 『반교어문연구』 5, 반교어문학회, 1994.

염중섭, 「「月明師兜率歌」 속 〈祭亡妹歌〉의 배경과 내포 의미 검토」, 『동아시아불교문화』 41, 2020.

오건환, 「완신세후반의 낙동강 삼각주 및 그 주변해안의 고환경」, 『한국고대사논총』 2, 가락국사적개발연구원, 1991.

오정숙, 「慶州 南山 長倉谷 出土 彌勒三尊像 研究」, 영남대학교 석사학위논문, 2015.

오태권, 「〈龜旨歌〉 敍事의 封祭機能 研究」, 『列上古典研究』 26, 열상고전연구회, 2007.

옥나영, 「『관정경』과 7세기 신라 밀교」, 『역사와 현실』 63, 한국역사연구회, 2007.

유경환, 「헌화가(獻花歌)의 원형적 상징성」, 『새국어교육』 63, 한국국어교육학회, 2002.

유종국, 「〈공무도하가〉론: 론낙부의 원전 탐구를 통한 접근」, 『국어문학』 37, 국어문학회, 2002.

유창돈, 「上古문학에 나타난 巫覡思想: 시가를 중심으로」, 『思想』 4, 사상사, 1952.

윤명철, 「고구려의 고조선 계승성에 관한 연구(1)」, 『고구려발해연구』 13, 고구려발해학회, 2002.

尹善泰, 「新羅 中代의 成典寺院과 國家儀禮: 大·中·小祀의 祭場과 관련하여」, 「신라문화제학술발표논문집」 23, 동국대학교 신라문화연구소, 2002.

윤재운, 「신라 성덕왕·효성왕대의 정치와 사회: 『三國遺事』 聖德王·水路夫人·孝成王條를 중심으로」, 『신라문화제학술논문집: 신라 中代 神異의 역사』, 동국대학교 신라문화연구소, 2018.

이강옥, 「수로신화의 서술원리의 특수성과 그 현실적 의미」. 『가라문화』 5, 경남대학교 가라문화연구소, 1987.

이경란, 「6세기 신라 『관정경』 전래에 대한 고찰」, 『신라문화』 55, 동국대학교 신라문화연구소, 2020.

이경록, 「고려시대의 유행병 대응과 그 성격」, 『역사학보』 252, 역사학회, 2021.

이경엽, 「연구논문: 상대의 세시풍속과 그 전승 맥락」, 『남도민속연구』 5, 남도민속학회, 1999.

李圭培, 「「公無渡河歌」 再攷 試論: 歌·樂·舞 文獻記錄들로부터의 循環的 解釋學」, 『어문연구』 45(2), 한국어문교육연구회, 2017.

李基白, 「望海亭과 臨海殿」, 『미술사학연구』 5(7), 한국미술사학회, 1976.

李箕永, 「仁王般若經과 護國佛敎: 그 本質과 歷史的 展開」, 『東洋學』 5, 東洋學研究所, 1975.

이노형, 「〈새타령〉 연구」, 『어문학』 72, 한국어문학회, 2001.

李德民, 「水: 神話中的精神化石」, 『西北農林科技大學學報』 10(2), 西北農林科技大學, 2010.

李都欽, 「도솔가와 화엄사상」, 『韓國學論執(동아시아문화연구)』 14, 한양대학교 동아시아문화연구소, 1988.

_____, 「新羅 鄕歌의 文化記號學的 研究: 華嚴思想을 바탕으로」, 한양대학교 박사학위논문, 1993.

이동윤, 「新羅 上代 왕실의 재생산 인식과 女性의 즉위 배경」, 『한국민족문화』 74, 부산대학교 한국민족문화연구소, 2020.

이동철, 「수로부인 설화의 의미: 기우제의적 상황과 관련하여」, 『한민족문화연구』 18, 한민족문화학회, 2006.

李明九, 「도솔가의 역사적 성격」, 『논문집』 22, 성균관대학교, 1976.

이민홍, 「신라악무에서 향가의 위상과 〈도솔가〉의 악장적 성격」, 『민족무용』 5, 세계민족무용연구소, 2004.

李姸淑, 「龜旨歌考」, 『韓國文學論叢』 14, 한국문학회, 1993.

李英愛, 「新羅中代王權과 奉德寺, 聖德大王神鐘」」, 경희대학교 석사학위논문, 2001.

이영태, 「〈龜旨歌〉의 수록경위와 해석의 문제」, 『한국학연구』 10, 인하대학교 한국학연구소, 1999.

_____, 「〈황조가〉 해석의 다양성과 기능성: 『삼국사기』와 『시경』의 글자용례를 통해」, 『국어국문학』 151, 2009.

_____, 「수록경위를 중심으로 한 〈수로부인〉 조와 〈헌화가〉의 이해」, 『국어국문학』 126, 국어국문학회, 2000.

이완형, 「"水路夫人"條 歌謠 研究」, 『한국언어문학』 32, 한국언어문학회, 1994.

_____, 「「公無渡河歌」와 「祭亡妹歌」의 輓歌的 性格에 대하여」, 『어문연구』 24, 어문연구학회, 1993.

이임수, 「〈구지가〉, 〈해가〉, 〈헌화가〉의 비교연구」, 『신라문화』 46, 동국대학교 신라문화연구소, 2015.

이재호, 「〈화랑세기〉의 사료적 가치」, 『정신문화연구』 36, 1989.

李正龍, 「鏡城의 鏡에 대한 언어적 인식」, 『지명학』 19, 한국지명학회, 2013.

이정민·미조구치아키노리, 「신라사천왕사건축(新羅四天王寺建築)의 설계기술(設計技術) 고찰(考察)」, 『文化財』 53(3), 국립문화재연구소, 2020.

이종출, 「〈황조가〉 논고」, 『조대문학』 5, 조선대학교, 1964.

李鍾泰, 「新羅의 始祖와 太祖」, 『白山學報』 52, 白山學會, 1999.

이종호, 「고구려와 흉노의 친연성에 관한 연구」, 『白山學報』 67, 2003.

이주영, 「삼국시대 건국신화의 기반과 전개」, 고려대학교 박사학위논문, 2018.

이주희, 「水路夫人의 신분」, 『영남학』 24, 경북대학교 영남문화연구원, 2013.

李昌植, 「〈水路夫人〉 說話의 現場論的 研究」, 『동악어문학』 25, 동악어문학회, 1990.

이현숙, 「신라 통일기 전염병의 유행과 대응책」, 『한국고대사연구』 31, 한국고대사학회, 2003.

_____, 「전염병, 치료, 권력: 고려 전염병의 유행과 치료」, 『이화사학연구』 34, 이화여자대학교 이화사학연구소, 2007, 1~54면.

이현정, 「고대가요 〈구지가(龜旨歌)〉 삽입의 기능과 효용성: 서사로 편입된 주술요의 운용과 의미」, 『한국시가연구』 48, 한국시가학회, 2019.

_____, 「고대시가의 형성 기반과 존재 양상 연구」, 제주대학교 박사학위논문, 2020.

이현정, 「수로부인(水路夫人) 전승과 〈헌화가〉·〈해가〉 재해석: 성덕왕 기사의 서술·편제 목적과 『금광명최승왕경(金光明最勝王經)』 신앙을 근거로」, 『국제어문』 87, 국제어문학회, 2020.

李惠和, 「龍사상의 한국문학적 수용 양상」, 고려대학교 박사학위논문, 1998.

李昊榮, 「新羅 中代王室과 奉德寺」, 『史學志』 8, 단국대학교 사학과, 1974.

이희주, 「바리공주 무가의 텍스트 구성원리 연구」, 동아대학교 석사학위논문, 1999.

林甲娘, 「「公無渡河歌」의 原型的 硏究」, 『한국학논집』 14, 계명대학교 한국학연구원, 1987.

임재욱, 「〈龜旨歌〉에 나타난 신격에 대한 이중적 태도의 이해」, 『국문학연구』 19, 국문학회, 2009.

_____, 「11, 12월 노래에 나타난 〈동동(動動)〉 화자의 정서적 변화」, 『고전문학연구』 36, 한국고전문학회, 2009.

임재해, 「굿 문화사 연구의 성찰과 역사적 인식지평의 확대」, 『한국무속학』 11, 한국무속학회, 2006.

_____, 「맥락적 해석에 의한 김알지 신화와 신라문화의 정체성 재인식」, 『비교민속학』 33, 비교민속학회, 2007.

_____, 「민속문화에 갈무리된 제의의 정체성과 문화창조력」, 『실천민속학연구』 10, 실천민속학회, 2007.

임주탁·주문경, 「〈황조가〉의 새로운 해석: 관련 서사의 서술 의도와 관련하여」, 『관악어문연구』 29, 서울대학교 국어국문학과, 2004.

林治均, 「水路 夫人 說話 小考」, 『관학어문연구』 12, 서울대학교 국어국문학과, 1987.

장미란, 「신라 오대산신앙체계의 변용배경과 의미」, 『동아시아불교문화』 44권, 동아시아불교문화학회, 2020.

장선희, 「高句麗의 〈黃鳥歌〉 硏究」, 『光州保健專門大學論文集』 20, 광주보건전문대학교, 1995.

장홍재, 「〈황조가〉의 연모대상」, 『국어국문학연구논문집』 5, 청구대학 국어국문학회, 1963.

전기웅, 「헌강왕대의 정치사회와 '처용랑망해사'조 설화」, 『신라문화』 26, 2005.

전보영, 「경덕왕과 승려의 교류양상과 그 의미」, 『사학연구』 112, 한국사학회, 2013.

전성희, 「동해안별신굿에서 노래굿춤의 양식과 노래굿의 의미」, 『비교민속학』 55,

비교민속학회, 2014.

정 민, 「새를 통해 본 고전시가의 몇 국면」, 『한국시가연구』15, 한국시가학회, 2004.

정덕기, 「신라 中代 중앙행정관청의 계통과 등급」, 『신라사학보』44, 신라사학회, 2018.

정상홍, 「『시경』을 통해서 본 한국 上古詩歌의 발생적 기반:「公無渡河歌」를 중심으로」, 『한국문학과 예술』19, 숭실대학교 한국문학과예술연구소, 2016.

정승욱, 「주술적 기우제의 통합 제의원리 탐색 시론」, 『한국문학논총』72, 한국문학회, 2016.

정연식, 「역사음운학과 고고학으로 탐색한 關川 楊山村」, 『한국고대사연구』80, 한국고대사학회, 2015.

정영란, 「신라 효소왕대 왕권강화와 모량부 세력」, 한국교원대학교 석사학위논문, 2014.

정진원, 「月明師의 〈兜率歌〉 해독에 대하여」, 『口訣研究』20, 구결학회, 2008.

정진희, 「구요의 라후신앙으로 풀어본 신라 처용: 처용을 바라보는 또 하나의 시선」, 『동국사학』67, 동국대학교 동국역사문화연구소, 2019.

_____, 「왕권 의례요(儀禮謠) 〈도솔가〉의 맥락과 의미」, 『한국시가문화연구』42, 한국시가문화학회, 2018.

정혜원, 「살풀이의 기원적 의미 재고: 화랑과 화랭이의 연관성을 중심으로」, 『선도문화』28, 국제뇌교육종합대학원대학교 국학연구원, 2020.

정호완, 「신어산(神魚山)의 표상에 대하여」, 『한어문교육』7, 한국언어문학교육학회, 1997.

조규익, 「초창기 歌曲唱詞의 장르적 위상에 대하여: 〈북전〉과 〈심방곡〉을 중심으로」, 『국어국문학』112, 국어국문학회, 1994.

조기영, 「〈公無渡河歌〉 연구에 있어서 열가지 쟁점」, 『牧園語文學』14, 牧園大學校國語敎育科, 1996.

_____, 「〈공무도하가〉의 주요쟁점과 관련기록의 검토」, 『강원인문논총』12, 2004.

조법종, 「고구려 초기도읍과 비류국성 연구」, 『백산학보』77, 백산학회, 2007.

조승미, 「『금광명경』의 여신들과 한국불교에서의 그 신앙문화」, 『불교학연구』39, 불교학연구회, 2014.

조영주, 「신라 〈처용가〉와 고려 〈처용가〉의 내용과 기능의 차이」, 『온지논총』40, 온지학회, 2014.

조용호, 「豊饒祈願 노래로서의 〈龜旨歌〉 연구」, 『서강인문논총』 27, 서강대학교 인문학연구소, 2010.

_____, 「〈황조가〉의 求愛民謠的 성격」, 『고전문학연구』 32, 한국고전문학회, 2007.

_____, 「豊饒祈願 노래로서의「龜旨歌」 연구」, 『서강인문논총』 27, 서강대학교 인문학연구소, 2010.

조우연, 「고구려 祭天儀禮의 전개」, 『고구려발해연구』 41, 고구려발해학회, 2011.

조원영, 「신라 중대 신인종의 성립과 그 미술」, 『역사와경계』 40·41, 부산경남사학회, 2001.

조태영, 「『三國遺事』「水路夫人 說話의 神話的 成層과 歷史的 實在」, 『고전문학연구』 16, 한국고전문학회, 1999.

조현걸, 「불교의 정법치국의 이념과 신라정치체제에서의 수용: 신라의 삼국통일 이전 시가를 중심으로」, 『대학정치학회보』 16(3), 2009.

조현설, 「두 개의 태양, 한 송이의 꽃: 월명사 일월조정서사의 의미망」, 『민족문학사연구』 54, 민족문학사연구소, 2014.

주재근, 「한국 고대 유적 출토 현악기의 음악고고학적 연구」, 『국악교육』 47, 한국국악교육학회, 2019.

주혜린·윤지아·유정란·김혜빈 외, 「고전시가 2015 연구동향」, 『고전과 해석』 21, 고전문학한문학연구학회, 2016.

지준모, 「公無渡河 考正」, 『국어국문학』 62·63, 국어국문학회, 1973.

채미하, 「신라시대 四海와 四瀆」, 『역사민속학』 26, 한국역사민속학회, 2008.

채상식, 「신라통일기의 성전사원의 구조와 기능」, 『역사와 경계』 8, 부산경남사학회, 1984.

채숙희, 「Etude comparative entre le mythe d'Orphée et le mythe de Sourobuin de la Corée」, 『한국프랑스학논집』 40, 한국프랑스학회, 2002.

천소영, 「설(元旦)系 語辭에 대하여」, 『어문논집』 26, 고려대학교 국어국문학연구회, 1986.

최두식, 「詩經과 韓國古詩歌」, 『성곡논총』 15, 성곡언론문화재단, 1984.

최선경, 「〈兜率歌〉의 祭儀的 性格」, 『연민학지』 9, 연민학회, 2001.

_____, 「〈獻花歌〉에 대한 祭儀的 考察」, 『人文科學』 84, 연세대학교 인문과학연구소, 2002.

최신호, 「箜篌引 異考」, 『東亞文化』 10, 서울대학교 동아문화연구소, 1971.

최용수, 「〈헌화가〉에 대하여」, 『한민족어문학』 25, 한민족어문학회, 1994.

_____, 「구지가에 대하여」, 『배달말』 18, 배달말학회, 1993.

최정선, 「도솔가에 나타난 미륵신앙」, 『불교학연구』 19, 불교학연구회, 2008.

하경숙, 「고대가요의 후대적 전승과 변용 연구: 〈공무도하가〉·〈황조가〉·〈구지가〉를 중심으로」, 선문대학교 박사학위논문, 2011.

_____, 「향가 〈헌화가〉에 나타난 祈願의 표출양상」, 『문화와융합』 37(2), 한국문화융합학회, 2015.

河敬喜, 「呪術詩歌의 轉化 樣相 研究」: 疏通,comumunication)의 次元에서」, 서강대학교 석사학위논문, 1996.

하성운·송태규·박영재·윤지아 외, 「고전시가 2018 연구 동향」, 『고전과 해석』 29, 2019.

한경란, 「〈수로부인〉에 나타난 관세음보살 모티프 양상」, 『한국시가연구』 40, 한국시가학회, 2016.

한양명, 「편싸움의 誘因 變化: 祈豊에서 占豊으로」, 『한국민속놀이의 종합적 연구』 22, 한국민속학회, 1993.

한영화, 「신라의 지배 공간의 확장과 제의의 통합」, 『역사와 담론』 89, 2019.

한창훈, 「〈龜旨歌〉와 〈海歌〉의 呪(術)歌的 구조와 의미적 거리」, 『백록어문』 10, 백록어문학회, 1994.

허영순, 「수로설화에 나타난 가요의 신고찰」, 『국문학지』 2, 부산대학교, 1961.

현승환, 「황조가를 어떻게 가르칠 것인가」, 『백록어문』 14, 백록어문학회, 1997.

_____, 「黃鳥歌 背景說話의 文化背景的 意味」, 『교육과학연구』 1, 제주대학교 교육과학연구소, 1999.

_____, 「헌화가 배경설화의 기자의례적 성격」, 『韓國詩歌研究』 12, 한국시가학회 2002.

_____, 「해가 배경설화의 기자의례적 성격」, 『한국언어문학』 59, 한국언어문학회, 2006.

_____, 「공무도하가 배경설화와 무혼굿」, 『한국민속학』 52, 한국민속학회, 2010.

홍기삼, 「수로부인 연구」, 『도남학보』 13, 도남학회, 1991.

洪潤植, 「三國遺事와 密敎」, 『동국사학』 14, 동국역사문화연구소, 1980.

황경숙, 「가락국기의 上山儀禮와 구지가의 성격에 대한 소고」, 『국어국문학』 31, 부산대학교 국어국문학과, 1994.

黃柄翊, 「三國遺事 '二日竝現'과 〈兜率歌〉의 의미 고찰」, 『어문연구』 30, 한국어

문교육연구회, 2002.

黃柄翊, 「『三國遺事』 '水路夫人'條와 〈獻花歌〉의 意味 再論」, 『韓國詩歌研究』 22, 한국시가학회, 2007.

_____, 「『삼국사기』 유리왕 條와 〈黃鳥歌〉의 의미 고찰」, 『정신문화연구』 32(3), 한국정신문화연구원, 2009.

_____, 「역신(疫神)의 정체와 신라 〈처용가〉의 의미 고찰」, 『정신문화연구』 34(2), 한국학중앙연구원, 2011.

_____, 「산화(散花)·직심(直心)·좌주(座主)의 개념과 〈도솔가(兜率歌)〉 관련설 화의 의미 고찰」, 『韓國古詩歌文化研究』 35, 한국시가문화학회, 2015.

황패강, 「처용가고」, 『국어국문학』 26, 국어국문학회, 1963.

_____, 「龜旨歌攷」, 『國語國文學』 29, 國語國文學會, 1965.

_____, 「향가(鄕歌) 연구시론 1: 처용가연구(處容歌研究)의 사적 반성과 일시고」, 『고전문학연구』 2, 한국고전문학회, 1974.

4. 누리집

국사편찬위원회 한국사데이터베이스(db.history.go.kr)

동국대학교 불교학술원 아카이브(https://kabc.dongguk.edu/)

동국대학교 한글대장경 DB(https://abc.dongguk.edu/ebti/)

百度百科(baike.baidu.com)

불·보살의 본적(https://blog.naver.com/kihr2385)

불교학술원의 불교기록문화유산 아카이브(ttps://kabc.dongguk.edu)

e-국보 누리집(www.emuseum.jp)

KRPIA(www.krpia.co.kr)

한국고전번역원 한국고전종합DB(db.itkc.or.kr)

한국의 지식콘텐츠 KRpia(www.krpia.co.kr)

한국콘텐츠진흥원(www.kocca.kr)

5. 신문기사

「박정진의 차맥(21) 한국차 신화학 다시쓰기: ⑨화랑의 차, 한국 차 문화의 원형」, 세계일보, 〈www.segye.com/newsView〉

논문출처

4장 『금광명최승왕경』 신앙과 〈헌화가〉·〈해가〉

이 글은 『국제어문』 87집(2020)에 실린 「수로부인(水路夫人) 전승과 〈헌화가〉· 〈해가〉의 재해석: 성덕왕 기사의 서술편제 목적과 『금광명최승왕경(金光明最勝王經)』 신앙을 근거로」라는 논문을 수정·보완한 것이다.

5장 다라니인단법과 향가 〈도솔가〉

이 글은 『어문논총』 41호(2022)에 실린 「향가 〈도솔가〉 해석 재고: 밀교 사상과 다라니인단법(陀羅尼印壇法)에 근거하여」라는 논문을 수정·보완한 것이다.

6장 밀교의 치병 신앙과 향가·고려가요 〈처용가〉 전승

이 글은 『한국시가연구』 58집(2023)에 실린 「〈처용가〉 전승과 밀교 신앙의 연관성 고찰: 처용 신격의 복합적 속성에 단서하여」라는 논문을 수정·보완한 것이다.

이현정

제주대학교 국어국문학과를 졸업하고 같은 대학교 대학원에서 '고대시가의 형성기반과 존재 양상 연구'로 문학박사 학위를 받았다. 고전시가의 매력에 시나브로 젖어 들어 지금, 여기에서 옛것과 옛 노래의 전승 의의를 재확인하기 위한 공부를 이어가는 중이다. 특히 고대시가·향가와 밀교의 관련성을 톺아 보는 연구, 민요·무가 등의 구비시가와 고전시가의 교섭 양상에 관한 연구에 천착하고 있다. 또 공부에서 얻은 작은 깨달음들을 실천적으로 확장하며, 자신의 뿌리인 제주에 대한 연구도 수행하고 있다.

현재 제주대학교와 한밭대학교 강사, 제주대학교 인문과학연구소 특별연구원, 제주특별자치도 문화재위원으로 선임되어 활동 중이다. 주요한 저서로 『한국 마을굿/동제의 전승과 정읍 내동마을 당산제』(공저), 『한국민속상징사전: 토끼』(공저) 등이 있고, 주요 논문으로 「사대부의 제주 체험에 따른 노인성 인식의 변화 양상-조선조 16~19세기 체류 기록과 한시를 중심으로-」(우리문학회 학술상 수상), 「〈처용가〉 전승과 밀교 신앙의 연관성 고찰: 처용 신격의 복합적 속성에 단서하여」, 「고대시가와 전통예악의 친연성 탐색-시가와 가악의 효용성과 그 접점을 근거로-」, 「고려가요와 제주도 구비시가의 친연성 탐색-시상(詩想)과 표현기법의 유사성을 근거로-」, 「고대가요 〈구지가(龜旨歌)〉 삽입의 기능과 효용성-서사로 편입된 주술요의 운용과 의미-」 등이 있다.

고전시가 형성·전승의 미학

고전시가·향가 편

2023년 4월 28일 초판 1쇄 펴냄

지은이 이현정
펴낸이 김흥국
펴낸곳 도서출판 보고사

책임편집 이소희
표지디자인 김규범

등록 1990년 12월 13일 제6-0429호
주소 경기도 파주시 회동길 337-15 보고사
전화 031-955-9797(대표), 02-922-5120~1(편집), 02-922-2246(영업)
팩스 02-922-6990
메일 kanapub3@naver.com / bogosabooks@naver.com
http://www.bogosabooks.co.kr

ISBN 979-11-6587-479-7 93810
ⓒ 이현정, 2023

정가 30,000원